호르헤 루이스 보르헤스 Jorge Luis Borges

1899년 아르헨티나의 부에노스아이레스에서 태어났다.
1919년 스페인으로 이주, 전위 문예 운동인 '최후주의'에
참여하면서 본격적인 문학 활동을 시작한 그는
부에노스아이레스에 돌아와 각종 문예지에 작품을 발표하며,
1931년 비오이 카사레스, 빅토리아 오캄포 등과 함께
문예지《수르》를 창간, 아르헨티나 문단에 새로운 물결을
가져왔다. 한편 아버지의 죽음과 본인의 큰 부상을 겪은 후
보르헤스는 재활 과정에서 새로운 형식의 단편 소설들을
집필하기 시작한다. 그 독창적인 문학 세계로 문단의 주목을
받으며 세계적인 명성을 얻기 시작한 그는 이후 많은
소설집과 시집, 평론집을 발표하며 문학의 본질과 형이상학적
주제들에 천착한다. 1937년부터 근무한 부에노스아이레스
시립 도서관에서 1946년 대통령으로 집권한 후안 페론을
비판하여 해고된 그는 페론 정권 붕괴 이후 아르헨티나
국립도서관 관장으로 취임하고 부에노스아이레스 대학에서
영문학을 가르쳤다. 1980년에는 세르반테스 상, 1956년에는
아르헨티나 국민 문학상 등을 수상했다. 1967년 66세의
나이에 처음으로 어린 시절 친구인 엘사 미얀과 결혼했으나
3년 만에 이혼, 1986년 개인 비서인 마리아 코다마와
결혼한 뒤 그해 6월 14일 제네바에서 사망했다.

또 다른

심문들

또 다른

심문들

보르헤스
논픽션 전집   4

Otras Inquisiciones

호르헤 루이스 보르헤스

정경원 김수진 옮김

민음사

일러두기

I. 번역에 사용한 원서는 알리안사 에디토리알판 『또 다른 심문들』이다.

2. 원서에 실린 각주는 내용 끝에 (원주)를 표기했다.

3. 이 책의 1부 『또 다른 심문들』의 「시간에 대한 새로운 논증」에 속한 「죽음을 느끼다」는 보르헤스 논픽션 전집 1권의 2부 『아르헨티나 사람들의 언어』와 2권의 1부 『영원성의 역사』에도 수록되어 있으나 각 권의 맥락을 고려하여 각각 황수현, 이경민, 정경원 번역으로 싣는다.

2부
프롤로그 중의 프롤로그를 담은
몇 편의 프롤로그

1부   또 다른

심문들

마고 게레로에게 바친다.

만리장성과 책들

그 기다란 장벽은 그의 마법의 지팡이며

강력한 경계선이니…….

— 『던시어드』,[1] 제2권, 76장

최근에 나는 끝없이 이어지다시피 하는 중국의 만리장성
을 축성하도록 명한 사람이 자신의 재위 이전에 쓰인 모든 책
을 불살라 버리게 했던 바로 그 중국의 초대 황제 시황제였다
는 사실을 책에서 읽었다. 외침에 대적하기 위해 2500~3000킬
로미터에 달하는 성벽을 쌓아 올린 이와, 역사(歷史) 즉 과거를

---

[1]　　영국의 시인이자 비평가인 알렉산더 포프(Alexander
Pope, 1688~1744)의 대표적인 장편 풍자시로, 당시
영국 사회의 문제점들을 신랄하게 비판했다.

혹독하게 말살시켜 버린 이가 같은 사람이며, 그 사건들이 어떤 식으로든 곧 그의 속성을 발현했다는 사실에 왠지 모를 만족감과 불안감을 동시에 느꼈다. 이 글은 내가 그러한 감정을 느끼게 된 원인을 살펴보려는 목적에서 쓰였다.

역사적으로 볼 때 이 두 가지 사업은 당연한 조치였다. 한니발과 동시대를 살았던 진시황은 여섯 나라를 수중에 넣음으로써 봉건 시대를 종식시켰던 바, 국토 방위를 위하여 만리장성을 건설하고, 자신에 반대하는 세력이 서책을 근거로 선대의 황제들을 우러르지 못하도록 책을 불태워 버렸던 것이다. 사실 책을 불태우고 성벽을 쌓아 올리는 일은 새로이 권력을 쥔 사람이라면 누구나 행하는 통상적인 과업이다. 다만 시황제에게 남다른 점이 있었다면 그 사업의 규모였다. 그런데 일부 중국학 학자들이 이 문제를 이런 식으로 생각하는 것과 달리 나는 앞서 언급한 행위들을 얼마든지 있을 법한 일을 좀 지나치거나 과도하게 행한 것 이상의 무엇으로 본다. 채마밭이나 정원에 울타리를 두르는 것이야 통상적인 일이지만, 제국 전체를 담으로 에워싸는 일은 통상적이지 않다. 또한 가장 유서 깊은 민족 가운데 하나에게 신화적인 것이든 사실적인 것이든 그들의 과거를 기억에서 지워 버리도록 만들려는 일 역시 대수롭지 않게 넘길 일은 아닌 것이다. 진시황이 자신과 더불어 역사가 시작되리라고 말했을 당시, 중국인들은 이미 3000년의 역사를 지나 오지 않았던가.(그 역사 속에 황제(黃帝)와 장자, 공자와 노자도 있었다.)

시황제는 불륜을 저질렀다는 이유로 어머니를 내쳤는데, 이런 가혹한 판결은 그의 냉혹함만을 드러냈다는 것이 정설이다. 아마도 시황제가 서책을 모두 없애 버리려 했던 것은 책을 통해 자신이 비난받고 있다고 생각했기 때문일 것이다. 시황제가 모든 과거를 지워 버리려 했던 것 역시 모후의 비행이라는 단 하나의 기억을 지워 버리고 싶었기 때문이리라.(이는 유대의 어느 왕이 어린아이 하나를 죽이기 위해서 모든 아기를 죽여 버리도록 했던 것과 다를 바 없다.) 이러한 추정은 일견 타당성이 있어 보이기도 한다. 하지만 신화의 또 한 측면인 만리장성에 대해서는 아무런 설명을 해 주지 못한다. 역사가들은 시황제가 죽음에 대해 언급하는 것을 금지하고, 불로의 영약을 구하고자 했으며, 1년의 날수만큼이나 많은 방이 있는 호화로운 궁궐에 은거했다고도 한다. 이러한 사실들은 공간적 차원에서의 만리장성 축성과 시간적 차원에서의 분서 사건이 죽음의 도래를 막기 위한 마술적 방책이 아니었을까 하는 추측을 하게 만든다. 바뤼흐 스피노자도 모든 것은 자기 존재를 지속시키려는 특성을 갖는다고 쓴 바 있지만, 아마도 시황제와 그의 샤먼들은 우주의 본질은 불멸이며, 따라서 죽음이 틈입할 여지가 없다고 믿었던 것 같다. 시황제는 새롭게 태초의 시간을 시작하고자 했으며, 그래서 스스로에게 '시(始)'라는 이름을 붙였으리라. 또한 어떻게 해서든 문자와 나침반을 처음 만들어 낸 전설적 군주인 황제(黃帝)를 닮고자 하는 마음에 스스로를 '황제'라 불렀던 것이리라. 『제례서』²에 따르면 황제(黃帝)는 각 사물에 구체적인 이름을 부여했으며, 시황제 역시 자신

---

2   유가의 경전. 오경(五經)의 하나로, 「주례(周禮)」, 「의례(儀禮)」와 함께 '삼례(三禮)'라고 한다.

의 치세 동안에 길이 남을 명부를 통해 모든 사물이 그에 걸맞은 이름을 갖게 된 것에 대해 뿌듯하게 생각했다. 시황제는 불멸의 왕조 창건을 꿈꾸었으며, 추후 황손들의 칭호에 2황제, 3황제, 4황제 하는 식으로 무한히 이어지는 명칭을 붙이라고 명하기도 했다. 지금까지 나는 일종의 마술적 의도에 대해 언급했다. 아마도 장성을 축성한 것과 책을 불태운 행위가 동시에 행해진 일이 아님은 짐작할 수 있을 것이다. 이 사실은 (두 행위가 어떤 순서로 이루어졌다고 생각하든) 파괴로부터 시작하여 결국 보존해 나가기로 했던 어느 왕, 또는 과거에 지켜 왔던 것을 파괴하기에 이른 환멸에 사로잡힌 어느 왕의 이미지를 우리에게 부여하고 있다. 이 두 개의 추측은 하나같이 극적이기는 하나, 내가 아는 한 역사적 근거는 희박하다. 허버트 앨런 자일스에 따르면 책을 숨긴 사람들은 뜨겁게 달군 쇠로 낙인찍힌 뒤 죽을 때까지 터무니없다 싶은 성벽을 쌓는 형벌에 처해졌다고 한다. 이 주장은 또 다른 해석을 용이하게, 또는 가능하게 한다. 아마도 만리장성은 하나의 은유로써, 시황제는 과거를 숭배하는 사람들을 과거만큼이나 방대하고 우둔하며 쓸모없는 노역에 처했으리라는 것이다. 아마도 만리장성은 일종의 도전이었을 것이고, 시황제는 이런 생각을 했으리라. "사람들은 과거에 애착을 느낀다. 나나 내 수하의 형 집행관들이 그들의 애착을 막기 위해 할 수 있는 것이라고는 아무것도 없다. 언젠가는 누군가도 나와 똑같은 생각을 할 것이고, 그 사람은 내가 책을 불살라 없앤 것처럼 내가 세운 장성을 허물고, 나에 대한 기억을 지워 버릴 것이다. 그런 그는 곧 나의 그림자이자 나의 거울일 테지만, 그 자신은 그 사실을 모를 것이다." 시황제는 자

신의 제국이 덧없다는 것을 알았기에 그 제국에 장벽을 둘러
치려 했고, 책이 성스럽다는 것을 알았기에, 즉 책이 우주 또는
개개인의 의식이 가르쳐 주는 모든 것을 담고 있다는 것을 알
았기에 없애려 했을 것이다. 장서를 불태우는 것과 만리장성
을 축조하는 것은 비밀리에 서로를 무효화하는 행위일지도 모
른다.

　지금 이 순간뿐 아니라 다른 어느 순간에도 내가 결코 보지
못할 곳곳의 땅 위에 그림자를 드리우고 있고 또 드리울 굳건
한 성벽은, 그 어느 민족보다 숭고한 민족에게 그들의 과거를
모두 태워 버리라고 명했던 시저의 그림자다. 가능한 다른 온
갖 추측들은 차치하더라도, 이런 생각이 떠오르는 게 사실이
다.(그 본질적 특성은 대규모로 만들기와 대규모로 부수기 사이의 대
조에 있을 것이다.) 앞서의 경우를 일반화시켜 보면, 모든 형식
은 각각의 형식 안에 본질을 지니고 있을 뿐, 결코 추정적인 '내
용' 속에 본질을 지니고 있는 것이 아니라고 결론지을 수 있다.
이는 베네데토 크로체의 이론과 합치된다. 또한 1877년 월터
페이터는 모든 예술은 형식 그 자체에 다름 아닌 음악에의 표
방을 지향한다고 말한 바 있다. 음악, 행복한 상태, 신화, 숨 가
쁜 시간의 면면들, 때때로 만나게 되는 황혼과 어떤 특정한 장
소들은 우리에게 무언가를 말하고 싶어 하고, 또는 결코 잊어
서는 안 될 무언가를 이미 말해 버렸거나 지금 말하기도 한다.
아직은 언급되지 않았지만 절박하게 무언가를 드러내고자 하
는 것, 그것이야말로 미학적인 것 아니겠는가.

1950년, 부에노스아이레스에서

파스칼의 구(球)

우주의 역사는 어쩌면 몇 가지 은유의 역사일지도 모른다. 그리고 그 역사의 한 부분을 그려 내는 것이 이 글의 목적이다.

기원전 6세기경, 여러 도시를 다니며 호메로스의 시를 질릴 정도로 낭송하던 음유 시인 콜로폰의 크세노파네스는 신에게 인간적 속성을 부여한 시인들을 비난하면서, 그리스인들에게 하나의 무한 구체를 유일신으로 내세웠다. 플라톤의 『티마이오스』를 보면 구는 표면의 어떤 지점에서도 중심과 등거리를 이루기 때문에 가장 완벽하고 가장 균일한 형태를 지닌 도형이라고 쓰여 있다. 올로프 지곤은 크세노파네스의 말을 일종의 유추로 해석했다.(『그리스 철학의 기원』) 신을 구체라 했던 것은 구라는 형태가 신성을 표현하기에 가장 좋은, 혹은 가장 나쁘지 않은 형태이기 때문이라는 것이다. 그로부터 40년이 지난 후, 파르메니데스 역시 같은 말을 했다.("신은 중심으로부터 그 어느 방향으로 기운을 뿜어내도 그 기운이 균등하게 미치는 아주 둥근 구형의 덩어리 같은 것이다.") 또한 칼로헤로와 몬돌포 역시 '무한한' 구 또는 '무한히 확장되는' 구를 직관할 수 있었다고 하면서, 이 표현들이 역동적인 의미를 담고 있다고 했다.(『엘레아학파 알베르텔리』) 파르메니데스는 이탈리아에서 가르침을 설파했다. 그가 죽고 몇 년이 지나지 않아 시칠리아섬 아그리젠토 출신의 엠페도클레스는 난해한 우주 발생론을 제창했다. 흙과 물과 공기와 불의 입자들이 뒤엉겨 무한 구체, 즉 "고독한 순환을 즐기는 구체(Sphairos redondo)"를 형성하고 있던 시기를 상정한 것이다.

세계사의 흐름은 지속되었고, 크세노파네스의 비난을 받았던 너무나도 인간적인 신들의 위상은 시적 허구나 악마로까지 추락해 버렸지만, 전하는 바에 따르면 헤르메스 트리스메기스투스라는 사람이 있어 수많은 책을 구술했는데(알렉산드리아의 클레멘스에 따르면 42권, 이암블리코스에 따르면 2만 권, 헤르메스의 또 다른 이름 토트신을 섬기는 사제들에 따르면 3만 6525권에 이른다고 한다.) 그 책 속에는 모든 것이 다 담겨 있었다고 한다. 3세기 이래 편찬되었거나 혹은 날조되었을 이 허황된 장서의 일부분이 소위 '헤르메스 총서'라 불리는 일련의 책들이다. 그런데 12세기 말, 프랑스 신학자 알랭 드릴(알라누스 데 인술리스라고도 불렸다.)은 이 총서 가운데 한 권에서, 어쩌면 역시 트리스메기스투스가 쓴 것으로 알려진 『아스클레피오스』인지도 모르겠지만, 후대 사람들이 결코 간과할 수 없는 다음과 같은 명제를 찾아냈다. "신은 모든 곳에 중심이 있고 그 어느 곳에도 원주가 존재하지 않는, 지적인 구체이다."가 바로 그

것이었다. 그런가 하면 소크라테스 이전 시대의 사람들도 무한 구체에 대해 말하곤 했다. 이에 반해 알베르텔리는 (전에 아리스토텔레스가 그랬듯이) 이런 식의 명제는 주부와 술부가 서로의 효용성을 무효화시키므로 형용 모순[3]이라고 지적했다. 물론 알베르텔리의 지적이 맞을 가능성이 높다. 그러나 헤르메스 총서에 등장하는 그 명제가 어느 정도 위에 언급한 구체를 직관하게 해 주는 것도 사실이다. 이러한 이미지는 플라톤에서도 그랬듯이 13세기의 상징적 작품인 『장미 이야기』와 백과사전 『삼중 거울』에서도 재현된다. 16세기에 이르러서는 『팡타그뤼엘』 마지막 권, 마지막 장에 "우리가 신이라 부르는, 모든 곳에 중심이 있고 그 어느 곳에도 원주가 없는 지적인 구체"가 언급된다. 중세적 사고로 보자면 이 말의 의미는 아주 명백하다. 즉 신은 모든 피조물 하나하나에 깃들어 있되, 그 피조물 가운데 그 어느 것 하나로도 신을 규정할 수는 없다는 것이다. "하늘과 하늘들의 하늘이라도 주를 용납치 못하겠거든"이라고 솔로몬은 말했다.(「열왕기 상」 8장 27절) 구체라는 기하학적 은유는 결국 이 구절에 대한 주석으로 보인다.

단테의 시 속에는 장장 1400년간 인류의 상상력을 지배해 온 프톨레마이오스의 우주론이 담겨 있다. 바로 우주의 중심을 지구로 보는 관점이다. 이 우주론에 따르면 지구는 부동의 구체이며, 아홉 개의 구체들이 그 주위를 동심원을 그리며 회전하고 있다. 이들 가운데 지구에서 가까운 일곱 개의 천구는

---

3   서로 모순되는 어구를 나열하는 표현법.

각 행성(달과 수성, 금성, 태양, 화성, 목성, 토성)의 하늘이고, 여덟 번째 천구는 고정된 별들의 하늘이며, 아홉 번째 천구는 소위 '제1운동자'라 불리는 수정구의 하늘이다. 그리고 이 아홉 번째 천구 주위를 빛으로 만들어진 지고천(至高天) 엠피리우스가 둘러싸고 있다. 텅 빈 상태의 투명한 회전 구체들(어떤 행성 계는 쉰다섯 개의 구체로 이루어져 있다고 한다.)로 이루어진 이 정교한 천문 체계 전반은 인간 사고의 기틀이 되었다. 그러던 중 인류의 우주관을 뒤엎어 버릴 만한 문서가 발표되었으니, 아리스토텔레스 이론을 거부해 온 저자 코페르니쿠스가 그 문서에 조심스럽게 붙인 제목은 『천체 궤도의 회전에 대한 가설』이었다. 하늘 덮개의 무효화는 어떤 사람, 즉 조르다노 브루노 같은 사람에게는 일종의 해방이었다. 그는 『성회 수요일 만찬』에서 세계는 무한한 원인으로 인한 무한한 결과이며, 신성은 가까이에 있다고 주장했다. "우리 자신이 우리 안에 내재하는 것보다 훨씬 더 강하게 우리 속에 존재하기 때문"이라는 것이다. 그는 사람들에게 코페르니쿠스적 우주를 설명하기 위한 표현들을 찾아낸 뒤, 한 유명한 저서에 이렇게 썼다. "우리는 우주 자체가 완전한 중심이라고, 즉 우주의 중심이 도처에 있으며 원주는 그 어느 곳에도 없다고 장담할 수 있다."(『원인과 원리와 일자』 제5권)

이 글은 르네상스가 한창 빛을 발하던 시기에 발표되어 열광을 자아냈다. 하지만 그로부터 70년의 세월이 흐른 뒤, 당시

---

4   아리스토텔레스와 프톨레마이오스가 제시한 우주 모델에서 우주의 모든 것을 감싸며 모든 영역이 조화롭게 움직일 수 있게 하는 동력을 말한다.

의 열기는 사라져 버리고 사람들은 시공간 속에서 길을 잃었다고 생각하게 되었다. 만일 미래와 과거가 무한으로 이어진다면, 시간 속에서 실제로 '어느 한순간'은 존재할 수 없으며, 모든 존재가 무한한 것과 무한소(無限小)로부터 등거리에 있다면 공간 속에서 '어떤 곳'은 결코 존재할 수 없을 것이기 때문이었다. 그 누구도 어떤 날, 어느 장소에 존재하지 않았다. 자신이 누구인지 아는 사람도 없었다. 르네상스 시기, 인류는 인류의 역사가 청년기에 도달했다고 믿었고, 브루노와 캄파넬라, 베이컨 등의 입을 통해 이 사실이 천명되었다. 그러나 17세기에 이르러, 인류는 노쇠함을 감지하게 되었고, 이런 노령을 정당화하기 위한 방편으로 고안해 낸 것이 아담의 원죄로 인해 모든 피조물은 서서히, 그리고 피치 못하게 쇠락할 수밖에 없다는 믿음이었다.(「창세기」 5장에 보면 "므두셀라는······ 969세를 살고 죽었더라."고 되어 있고, 6장에는 "당시에 땅에는 네피림이 있었고"라 쓰여 있다.) 존 던은 애가(哀歌)『세계의 해부』 발간 1주년 기념에 즈음하여 당대의 사람들이 요정이나 피그미족처럼 수명도 너무 짧고 키도 작다며 개탄해 마지않았다. 존슨 전기에 따르면 밀턴도 이 땅에서 더 이상 서사 장르가 불가능해진 건 아닐까 우려했다고 한다. 글랜빌[5]은 "하느님의 훈장(勳章)"인 아담이 망원경적이고 현미경적인 시각을 갖고 있었다고 했다. 로버트 사우스[6]는 "아리스토텔레스 같은 사람도 아담의 찌

---

5   조지프 글랜빌(Joseph Glanville, 1636~1680). 영국의
     철학자. 경험론자 데이비드 흄의 선구자라 불린다.
6   Robert South(1634~1716). 영국의 신학자. 전투적인

꺼기에 지나지 않으며, 아테네도 에덴동산의 흔적에 다름 아니다."라는 유명한 글귀를 남겼다. 이 침체된 17세기에, 루크레티우스에 영감을 주어 6보격의 각시를 탄생시킨 절대 공간, 그리고 브루노에게 해방 그 자체였던 절대 공간은 파스칼에게 있어서는 미로이자 심연이었다. 파스칼은 세상을 증오했다. 그는 신을 숭배하고자 했지만, 그에게 있어 신은 증오스러운 세상보다도 현실적이지 못했다. 그는 하늘이 침묵하는 것을 개탄하며, 우리 인간의 삶을 무인도에 남겨진 조난자들의 삶에 비했다. 그는 끊임없이 물리적 세계의 중압감을 느꼈으며, 현기증과 두려움과 고독을 느꼈기에, 이 모든 것들을 다음과 같은 한마디에 담았다. "자연은 하나의 무한 구체이다. 중심이 도처에 있으며 원주는 그 어느 곳에도 없는 그런 무한 구체." 그런데 브룬스비크판에 이렇게 기록된 데 비해, 초고에서 삭제되거나 수정된 부분까지 원형으로 재생해 낸 투르네 비평판(1941년 파리에서 간행)을 보면 파스칼이 첫 구절을 '가공할(effroyable)'이라는 형용사로 시작하고 있음이 드러난다. "가공할 만한 구체. 중심이 도처에 있으며 원주는 그 어느 곳에도 없는 그런 가공할 구체."

우주의 역사는 어쩌면 몇 가지 은유에 대한 다양한 음조의 역사일지도 모른다.

1951년, 부에노스아이레스에서

설교와 라틴시로 유명하다.

콜리지의 꽃

1938년경, 폴 발레리는 다음과 같은 글을 썼다. "문학의 역사는 작가의 역사와, 작가의 생애나 작품의 전개 과정 속에서 발생한 사건의 역사가 아니다. 그것은 문학의 생산자 혹은 소비자로서의 '성령(聖靈)'의 역사이다. 유일무이한 그 작가를 논하지 않고는 문학의 역사는 결코 이어질 수 없었을 것이다." 성령에 대하여 이런 식의 견해가 피력된 것은 이때가 처음이 아니다. 1844년에도 콩코드 마을의 어느 작가도 이런 언급을 한적이 있었기 때문이다. "이 세상 모든 책들은 오직 한 작가가 집필한 것 같다. 그 모든 책들의 중심에 일종의 통일성이 존재하는 것으로 볼 때, 모든 책들이 전지한 한 작가의 작품이라는 사실은 부정할 수 없다."(에머슨의 『에세이집』 제2권 8장) 또 그로부터 20년 전에도 셸리가 "과거에 쓰였고, 현재도 쓰이고 있고, 앞으로 쓰일 모든 시는 결국 온 세상 모든 시인이 추앙해 마지않는 단 한 편의 무한 시에서 파생된 일화이거나 파편에 불과하다."라고 지적한 바 있다.(『시의 옹호』, 1821년)

끝없는 논쟁을 불러일으킬 수 있는 (범신론에 내포된) 이런 주장을 내가 새삼 원용하는 것은 소기의 목적을 달성하기 위해서다. 즉 같은 생각이 세 명의 작가가 발표한 서로 다른 세 작품을 통해 어떤 형태의 변천사를 드러내고 있는지 살펴보려는 것이다. 제일 먼저 볼 작품은 콜리지가 쓴 글이다. 실제로 콜리지가 이 글을 18세기 말에 썼는지 혹은 19세기 초에 썼는지는 확인할 수 없지만, 그는 분명 이렇게 쓰고 있다.

"어떤 사람이 꿈속에 에덴동산에 갔다가 그곳에 갔었다는 증거로 꽃을 한 송이 받게 되었다고 하자. 그런데 꿈에서 깨어나 보니 그 꽃이 손에 쥐어져 있었다……. 그렇다면?"

독자 여러분은 작가의 이런 상상에 대해 어떻게 생각할지 모르겠지만, 나는 당연한 상상이라고 생각한다. 이 상상을 또 다른 행복한 상상들을 도출해 내기 위한 출발점으로 삼는 것은 애초부터 불가능할 수밖에 없는데, 그것은 콜리지의 상상 속에서 이미 궁극적 도달점(terminus ad quem)의 반영인 통일성과 단일성이 발견되기 때문이다. 이것은 분명한 사실이다. 다른 모든 것들에서도 그렇듯이 문학의 흐름 속에서도 모든 행위는 무한 결과를 낳는 무한 원인과 원천의 집대성이기 때문이다. 콜리지의 머릿속에는 수 세대를 거치면서 연인들은 정표로써 꽃을 받고자 한다는 보편적이고 오랜 착상이 자리 잡고 있었던 것이다.

두 번째로 살펴볼 작품은 허버트 조지 웰스가 1887년에 처음 출간했다가 7년 뒤인 1894년 여름에 개정판을 낸 소설이다.

이 소설은 초판 발표 당시만 해도 『연대기적 아르고호』라는 제목이 붙어 있었는데(이제는 사용되지 않는 이 제목에서 '연대기적(chronic)'이라는 형용사는 어원학적으로 볼 때 '시간의(temporal)'라는 형용사에서 온 것이다.) 개정판에서는 『타임머신』으로 변경되었다. 이 작품에서 웰스는 미래에 대한 예견이라는 오래된 문학적 전통을 약간의 수정만 가해 그대로 답습하고 있다. 이사야는 바빌로니아의 패망과 이스라엘의 재건을, 아이네이아스는 자신의 후손인 로마 병사들의 운명을 예견한 바 있다. 또 『세문드의 에다』[7]에 나오는 예언자는 신들의 재림을 예견했다. 그 신들은 반복적으로 일어나는 전쟁 속에서 또다시 우리 인간 세계가 파멸되어 버린 후에야, 새롭게 펼쳐진 널찍한 초원 위에서 지난번에 두다 말고 팽개쳐 놓았던 체스 말들을 발견하게 될 것이라 했다……. 그런데 이들이 미래를 예견하기만 했던 데 비해, 웰스의 소설은 주인공이 직접 미래를 여행한다는 차이가 있다. 그의 여행은 고단하고, 먼지를 뒤집어쓰는 험난한 여정이다. 그는 서로 반목하며 살아가는 종족들(몰락한 궁성과 폐허가 된 정원에서 살아가는 게으른 종족 엘로이와 야맹증에 걸린 채 지하 세계에서 엘로이들을 잡아먹으면서 살아가는 종

---

7   『에다』는 12세기 아이슬란드의 시인이며 역사가였던 스노리 스툴루손이 젊은 세대에게 고시(古詩)의 감상과 작시법을 지도하기 위하여 쓴 책이다. 그런데 스노리가 『에다』를 쓸 때 이용한 원본이 훗날 발견되어, 이를 「시(詩)의 에다」, 「옛 에다」, 「고 에다」 등으로 부르게 되었으며, 학자 세문드를 그 편자로 지목하여 「세문드의 에다」라고 부르기도 한다.

족 모를록) 속에서 인간성이 훼손되어 요원하게 멀어져 버린 모습을 목도하고 돌아온다. 돌아온 그의 머리에는 백발이 성성했고, 손에는 시들어 버린 꽃 한 송이가 쥐어져 있었다. 이처럼 웰스의 개정판에서도 콜리지는 발견된다. 그런데 미래의 꽃을 구성할 원자는 현재 다른 위치를 점하고 있으며 아직 꽃을 이루기 위해 배열되지 않았기에 미래의 꽃이라는 존재는 모순이며, 따라서 미래에서 꽃을 가져온다는 설정은 하늘나라나 꿈 속에서 꽃을 가져온다는 설정보다 더 믿기 힘들다.

세 번째로 살펴볼 작품은 세 작품 중 가장 공들인 작품으로, 소위 고전이라는 그 기분 좋은 이름으로는 오히려 덜 불린 게 사실이지만 웰스의 작품보다 훨씬 더 복잡하게 쓰인 어느 작가의 작품이다. 바로 『노스모어가의 굴욕』을 쓴 비극적이고 수수께끼 같은 작가 헨리 제임스[8]다. 그는 사망 당시 『타임머신』의 변형 또는 개작본이라 할 수 있는 환상 소설 『과거감(The sense of the Past)』[9]을 미완의 유작으로 남겼다. 웰스의 주인공은 다른 운송 수단이 공간 속에서 움직이듯이 시간 속에서 앞으로 전진하거나 뒤로 후진하는 황당한 기기를 타고 미래를 여행한다. 이에 비해 제임스의 주인공은 상호 이동이 가

8　　Henry James(1843~1916). 미국의 소설가, 비평가.

9　　개인적으로 『과거감』을 읽어 보지는 못했지만 스티븐 스펜더가 자신의 저작 『파괴적 요소』 105~110쪽에서 다루고 있는 이 작품에 대한 분석은 읽어서 잘 알고 있다. 제임스와 웰스는 친구 사이였으며, 이 두 사람의 관계에 대해서는 웰스가 쓴 방대한 저서 『자서전 속 경험』을 보면 알 수 있다.(원주)

능해 과거, 즉 18세기로 돌아간다.(두 이야기 모두 불가능한 이야기지만, 그래도 비교하자면 제임스의 작품이 임의성이 덜하다.) 『과거감』에서 실재와 상상(현재와 과거)을 이어 주는 연결 고리는 콜리지나 웰스의 작품과 달리 꽃이 아니라 18세기에 그려졌음에도 불구하고 신기하게도 주인공의 모습이 그려져 있는 초상화 한 점이다. 그 초상화에 매료된 주인공은 그림이 그려진 시대로 돌아가는 데 성공한다. 그가 만난 사람들 가운데에는 필연적으로 문제의 화가가 포함되고, 이 화가는 공포심과 혐오감이 뒤섞인 심정으로 주인공의 모습을 화폭에 담는다. 미래의 존재로부터 낯설고 변칙적인 뭔가를 감지했기 때문이리라……. 이처럼 제임스는 그의 영웅 랠프 펜드럴을 18세기로 옮겨다 놓음으로써 필적할 수 없는 하나의 '영겁 회귀(regressus in infinitum)'를 창조해 냈다. 원인이 결과에 뒤이어 나타나고, 주인공을 여행하게 만들었던 계기가 여행의 결과물 가운데 하나로 나타나는 것이다.

사실 웰스는 콜리지의 글을 읽어 본 적이 없었던 데 반해, 제임스는 웰스의 작품을 읽어 보았으며 또한 높이 평가하고 있었다. 하지만 만일 모든 작가들이 결국 하나의 작가[10]라는 명제가 유효하다면, 이런 사실은 아무런 의미도 갖지 못한다. 엄밀히 말해, 그리 멀리까지 나아갈 것도 없다. 작가의 복수성(複數性)을 논하는 것은 부질없는 짓이라고 주장하는 범신론자는

---

10   17세기 중반 무렵, 범신론적 풍자시인 안겔루스 질레지우스는 (『방랑의 천사』 제5장 7쪽에서) 시복(諡福)을 얻은 모든 이들은 한 사람이며 모든 기독교도들은 그리스도라고 말했다.(같은 책 제5장 9쪽)(원주)

작가의 복수성이 그리 중요하지 않다고 말하는 고전주의자로
부터 의외의 지원을 받을 수 있기 때문이다. 고전주의적 관념
에서 문학이란 본연의 것일 뿐, 결코 개별적인 것들일 수 없었
다. 조지 무어와 제임스 조이스는 자신들의 작품에 다른 작가
들의 글을 단락째 혹은 문장 단위로 실은 바 있다. 오스카 와일
드 역시 다른 작가들이 사용할 수 있도록 플롯을 제공해 주곤
했다. 이 두 행위는 표면상으로는 서로 모순되어 보일 수 있지
만, 예술적으로는 그 의미가 동일하다. 만국주의적이고 무인
칭적인 의미를…… 말씀의 근본적 존재를 증명하는 또 하나의
증거이자 개별 작가의 경계를 부정하는 또 한 명의 작가가 바
로 저명 작가 벤 존슨이었다. 그는 동시대 문인들이 호평하기
도 하고 폄하하기도 했던 자신의 문학적 신조와 문학관의 표
명에 있어 세네카[11]와 쿠인틸리아누스,[12] 유스투스 립시우스,[13]
비베스,[14] 에라스뮈스,[15] 마키아벨리,[16] 베이컨,[17] 두 명의 스칼리

---

11   루치우스 안나에우스 세네카(Lucius Annaeus Seneca,
     BC 4?~65?). 스페인 태생의 고대 로마 철학자, 정치
     가. 후기 스토아 철학의 대표자.

12   마르쿠스 파비우스 쿠인틸리아누스(Marcus Fabius
     Quintilianus, 35?~95?). 스페인 태생의 고대 로마 수사
     학자.

13   Justus Lipsius(1547~1606). 플랑드르의 철학자, 인본
     주의자.

14   후안 루이스 비베스(Juan Luis Vives, 1492~1540). 스
     페인의 인본주의자, 철학자. 근대 실험 심리학의 시조
     로, 경험적 관찰과 실험을 중시하고 스콜라 철학에 반
     대했다.

15   데시데리위스 에라스뮈스(Desiderius Erasmus,

제르[18]의 글들을 조합해 사용했다.

　마지막으로 한 가지만 더 살펴보기로 하겠다. 한 작가를 주
도면밀하게 모방하는 사람들은 그 행동을 남몰래 하게 되는
데, 이런 일을 저지르는 이유는 그가 작가와 문학을 혼동하기
때문이며, 그 작가와 어느 한 가지 면만 다르면 그 작가의 논리
나 정설에서 벗어날 수 있으리라고 추정하기 때문이다. 꽤 오
랫동안 나는 거의 무한한 문학이 한 사람 안에 내재되어 있다
고 믿어 왔다. 그 한 사람은 칼라일이기도 했고, 요하네스 베커
이기도 했으며, 휘트먼이기도 했고, 라파엘 칸시노스아센스인
가 하면 드퀸시이기도 했다.

　　　　1466?~1536?). 르네상스 시대 가장 중요한 학자 중
　　　　한 사람으로 손꼽히는 네덜란드의 사상가. 근대 자유
　　　　주의 선구자로 불린다.

16　　　니콜로 마키아벨리(Niccolò Machiavelli, 1469~1527).
　　　　르네상스 말기 이탈리아의 정치 사상가, 외교가, 역사
　　　　학자. 대표작으로 『군주론』이 있다.

17　　　프랜시스 베이컨(Francis Bacon, 1561~1626). 영국 고
　　　　전 경험론의 창시자이자 과학자로 과학 혁명의 시조
　　　　라 불린다. '아는 것이 힘'이라고 말했다.

18　　　현대 연대학의 창시자로 불리는 조제프 쥐스트 스
　　　　칼라제르(Joseph Justus Scaliger, 1540~1609)와 그의
　　　　아버지 율리우스 카이사르 스칼리제르(Julius Caesar
　　　　Scaliger, 1484~1558)를 말한다.

콜리지의 꿈

서정시 「쿠블라 칸(kubla khan)」(각운이 맞거나 그렇지 않은 50여 개 행으로 이루어진 정교한 운율의 시)은 1797년 어느 여름날에 영국의 시인 새뮤얼 테일러 콜리지가 꾼 꿈의 산물이다. 당시 콜리지는 엑스무어 부근의 한 농장에 칩거 중이었다고 한다. 몸이 좀 좋지 않아 수면제를 한 알 복용한 그는 마르코 폴로에 의해 서방 세계에까지 널리 알려진, 황제 쿠빌라이 칸이 세운 궁전을 묘사한 퍼처스의 글을 읽은 뒤 곧 잠이 들었다. 그런 콜리지의 꿈속에서 그가 우연찮게 읽었던 문장들이 싹을 틔우더니 자라나기 시작했다. 잠결에 그는 일련의 시각적 이미지들과 그 이미지를 정확하게 형상화하는 시어들을 인지하게 되었다. 몇 시간 후, 잠에서 깨어난 그는 꿈속에서 자신이 300행에 달하는 시를 지었거나 누군가로부터 그 시들을 받았다고 믿게 되었다. 그는 그 모든 행들을 또렷이 기억하고 있었고 현재 그의 작품 일부를 이루고 있는 바로 그 시구들을 그대로 되살려 적을 수 있었다. 갑자기 손님이 찾아와 옮겨 쓰기를 멈추는 바람에 나중에 나머지 부분은 기억해 내지 못했지만. 콜리지는 "모호하나마 내가 본 것들의 전반적 형태는 기억이 났지만, 파편적으로 떠오른 여덟 개에서 열 개 정도의 시구를 뺀 나머지 전부는 마치 물 표면에 돌멩이를 던졌을 때 나타나는 잔상처럼 사라져 버린 것을 깨닫고 적잖이 놀라고 실망했다. 아! 마지막 부분은 미처 기억해 내지도 못했는데!"라고 탄식했다. 스윈번은 콜리지가 복원해 낸 부분은 영시 사상 최고의 걸작이며, 누군가 그 시를 분석해 낼 수 있다면, 그 사람은 (존 키츠의 은유에 따르면) 무지개라도 풀어낼 수 있을 거라 했다. 음악성이 근본 가치를 이루는 시를 번역하거나 축약해 내는 일은 허황된 일이며 시를 훼손하는 행위에 다름 아니다. 따라서 우리로서는 그저 콜리지가 꿈결에 그 훌륭함에 반론의 여지가 없는 시 일부를 받았다고 생각하면 그만인 것이다. 이는 다소 특이한 사례에 속하지만, 그렇다고 다른 예가 전혀 없는 것은 아니다. 심리학 연구지 《꿈 세상》에서 해블록 엘리스는 콜리지의 경우를 바이올리니스트이자 작곡가였던 주세페 타르티니의 경우와 비교한 바 있다. 타르티니는 (그의 노예였던) 악마가 바이올린으로 기가 막힌 소나타를 연주하는 꿈을 꾸다가 깬 후, 불완전한 기억을 더듬어 『악마의 트릴』을 완성했다. 무의식적 사고의 또 다른 고전적인 예로 로버트 루이스 스티븐슨의 경우를 볼 수 있다. 그는 『꿈의 장(章)』에 실린 글을 통해, 꿈속의 기억을 더듬어 『오랄라』를 썼으며, 1884년에는 역시 꿈에서 본 플롯을 이용해 『지킬 박사와 하이드 씨』를 썼다고 밝혔다. 타르티니는 깨어난 뒤 꿈에서 그가 들었던 음악을 되살려 작곡을 했으며, 스티븐슨은 꿈속에서 플롯, 즉 소설의 전반적 흐름을 부여받았다는 것이다. 콜리지가 시적 영감을 받은 경우와 좀 더 유사한 경우는 존사(尊師) 베다가 영감을 받아 쓴 캐드먼 이야기다.(『잉글랜드인의 교회사』 제4권 24쪽) 이야기 속 사건은 7세기 말에 색슨계 왕국들로 이루어진, 포교에 열심이면서 동시에 호전적인 잉글랜드에서 발생했다. 캐드먼은 나이 든 시골 양치기였다. 축제가 열리던 어느 날 밤, 그는 자신이 노래를 잘 부르지 못한다는 걸 잘 알고 있는데 사람들이 그에게 수금을 건넬 눈치이자 슬그머니 자리를 빠져나왔다. 그리고 마구간으로 가 말들 사이에 누워 잠을 청했는데, 꿈속에 웬 사람이 나타나 그의 이름을 부르더니 노래를 불러 보라고 시켰다. 캐드먼이 노래할 줄 모른다고 대답하자, 그 사람이 "만물이 창조된 태초의 모습을 노래하라."라고 하는 것이었다. 그 말에 캐드먼은 평생 한 번도 들어 본 적 없는 시구들을 읊기 시작했다. 꿈에서 깨어나서도 그 구절들이 생생하게 기억나 부근에 있는 하일드 수도원의 수도사들 앞에서도 그 시를 그대로 읊을 수 있었다. 그는 글을 읽을 줄 몰랐지만 수도사들이 성스러운 창세의 이야기를 들려주면 "마치 정결한 짐승이라도 되는 양 그 이야기들을 되새기고 나서 더없이 아름다운 시구를 만들어 냈으며, 이런 과정을 거쳐 세상과 인간이 창조된 창세기의 모든 역사를 노래했고, 이스라엘 자손의 출애굽을 노래했으며, 이스라엘 족속들이 약속의 땅에 간 이야기를 비롯해 성경에 나오는 수많은 일화들을 노래로 만들어 냈다. 또한 예수께서 인간으로 이 땅에 오신 이야기, 수난과 부활, 승천, 그리고 성령의 재림과 사도들의 가르침, 무시무시한 최후의 심판, 끔찍한 지옥의 형벌, 천국의 환희, 그리고 하느님의 은총과 심판도 노래했다." 그는 영국 역사상 최초의 성(聖)시인이었다. "그 누구도 그와 같을 수 없으니 ― 존사 베다는 이렇게 기록하고 있다. ― 이는 그가 인간에게 배우지 않고 신에게 배웠기 때문이다." 그로부터 수년의 세월이 흐른 뒤, 캐드먼은 자신이 죽을 날을 예언하고, 그 시각 잠을 청한 뒤 죽음을 기다렸다. 그가 그의 수호천사를 다시 만났기를 기원해 보자.

언뜻 보면 콜리지의 꿈이 선대의 경우보다 별로 놀라울 게 없는 것으로 보일 위험성도 있다. 물론 「쿠블라 칸」은 놀랄 만한 시고 캐드먼의 꿈에 등장했던 아홉 줄의 찬송가 가사 역시 그 시발점이 꿈이었음을 여실히 드러내고 있지만, 콜리지는 이전부터 이미 시인으로 활동하고 있었던 데 비해 캐드먼은 시인으로서의 소명을 처음 계시받았다는 차이가 있다. 그럼에도 불구하고 「쿠블라 칸」 속의 놀라운 꿈 이야기가 더욱더 신비감을 불러일으키는 것은 그 후에 있었던 사건 때문이다. 만약 그 사건이 사실이라면 콜리지의 꿈 이야기는 콜리지보다 수 세기 앞서 시작되어 아직도 끝나지 않고 있는 셈이다.

시인 콜리지는 1797년에(어떤 사람은 1798년이라고도 한다.) 꿈을 꾸었고, 1816년에 이르러 그 꿈 이야기를 미완으로 남겨진 자신의 시 작품에 대한 주석 겸 정당화의 변으로써 출간했다. 그로부터 20년 후, 페르시아 문학이 진하게 녹아 있는, 세계적으로 널리 알려진 역사서의 첫 번째 서구판 판본이 부분적으로 나마 파리에서 출간되었다. 제목은 『집사(集史)』로 14세기 라시드 앗 딘의 작품이었다. 그 책의 제1장에는 이렇게 쓰여 있다. "쿠빌라이 칸은 그가 꿈속에서 본 뒤 잘 기억하고 있던 설계도에 따라 샹투의 동쪽에 궁전을 건설했다." 이 글을 쓴 사람은 쿠빌라이 칸의 후손인 가잔 마흐무드였다.

13세기에 몽골의 어느 황제는 궁전 꿈을 꾼 뒤 꿈에서 본 대로 궁전을 건설했고, 18세기에 (그 궁전이 꿈에서 비롯된 것임을 전혀 알지 못했던) 영국의 어느 시인은 꿈에서 궁전을 묘사하는 시를 받았다. 잠든 사람들의 영혼이 작용하여 만들어 낸 이 대칭적 일화, 서로 다른 대륙과 수세기의 간극을 관통하여 일어난 이 대칭적 사건을 마주하고 있노라면, 공중 부양을 하고, 죽었던 사람들이 깨어나고, 경건한 책들이 출현하는 일 정도는 아무것도 아니거나 별것 아닌 것처럼 보인다.

사람들은 과연 어떤 설명을 선호할까? 우선 초자연적인 것을 거부하는 사람들은(나는 항상 이 부류에 속하려고 애쓴다.) 두 꿈 이야기는 단순한 우연의 일치일 뿐, 가끔 구름이 온갖 형상을 만들어 내듯 우연히 그리다 보니 사자나 말의 모습이 그려진 것과 같은 현상이라 할 것이다. 또 어떤 사람들은 콜리지가 어떤 식으로든 쿠빌라이 칸이 궁전 꿈을 꾸었다는 사실을 알게 되었고, 자신도 시 꿈을 꾸었다고 말함으로써 그럴듯한 허구의 이야기를 만들어 내어 자신의 시가 불완전하다든지 다른 시를 표절한 것 같은 느낌이 드는 것을 은폐하거나 정당화시키려 했다고 주장할 것이다.[19] 이러한 추측도 일리는 있다. 하

---

19   19세기 초와 18세기 말, 고전적 취향의 독자들은 지금과 달리 「쿠블라 칸」을 황당무계하고 지겨운 시라고 평가했다. 1884년, 최초의 콜리지 전기 작가 트레일은

지만 그러기 위해서는 임의적으로나마 콜리지가 1816년 이전에 쿠빌라이 칸의 꿈에 대해 읽을 수 있었으리라는,[20] 아직 중국학 학자들에 의해 검증되지 않은 자료라도 있어야 할 것이다. 사람들의 마음은 논리적으로 설명될 수 없는 가설들에 훨씬 더 끌리는 법이다. 예를 들어 궁전이 허물어지자 황제의 영혼이 콜리지 안으로 들어가서 그로 하여금 대리석과 무쇠보다 더 생명력이 강한 문자로 된 궁전을 재건토록 했다는 가설도 가능한 것이다.

첫 번째 꿈은 현실에 궁전을 더해 주었고, 이로부터 5세기 후에 꾸어진 두 번째 꿈은 현실에 그 궁전에 의해 연상된 한 편의 시를 (어쩌면 시의 단초를) 더해 주었다. 두 꿈의 유사성은 어딘지 기획된 것이었을 수도 있다는 생각이 들게 하며, 두 꿈 사이에 존재하는 어마어마한 시간의 간극은 초인적 존재가 이를 수행하고 있으리라는 생각을 하게 한다. 불멸하거나 장수하는 그 존재의 의도가 무엇이었는지를 파헤치는 일은 무모하다 못해 헛된 일일 수도 있겠으나, 아직도 그 의도했던 바가 다 이루어지지 않은 것은 아닐까 의심해 볼 수는 있다. 1691년, 예수회 소속의 P. 제르비용 신부는 쿠빌라이 칸의 궁전은 폐허로 남아 있을 뿐임을 확인했으며, 우리는 콜리지의 시 역시 겨우 50행 정도만 남아 있음을 알고 있다. 이런 사실로 미루어 보아, 꿈과

이 시에 대해 "광대한 몽환적 시 「쿠블라 칸」은 심리학적 호기심을 능가하는 작품이다."라고 썼다.(원주)

20 존 리빙스턴 로스의 「제나두로 가는 길」(1927), 358쪽과 585쪽 참조.(원주)

과업들로 이루어지는 일련의 사업은 아직 종결되지 못했음을
알 수 있다. 첫 번째 꿈을 꾼 주인공은 꿈속에서 궁전을 보고 그
궁전을 지었으며, 두 번째 꿈을 꾼 주인공은 첫 번째 사람의 꿈
에 대해 전혀 모르는 채 바로 그 궁전에 대한 시를 지었다. 이러
한 틀이 계속 유지된다면, 수백 년 후의 어느 날, 누군가가 같은
꿈을 꾸게 될 것이다. 그는 예전에 다른 사람들 역시 같은 꿈을
꾸었을지도 모른다는 생각을 해 보지도 못한 채, 그 꿈에 대리
석이나 음악의 형상을 덧입힐 것이다. 아마도 그러한 꿈들은
끝없이 이어질 것이고, 바로 전의 꿈은 다음번 꿈을 위한 열쇠
를 내포하게 될 것이다.

　이미 시는 쓰였고, 나는 그것이 드러내고 있는 또 하나의 표
명을 엿보았거나 엿보았다고 믿는다. 아직은 그 원형이 사람
들에게 드러나지 않고 있지만, (화이트헤드식 표현에 따르면) 영
원한 존재인 그것은 서서히 인간 세상으로 진입하고 있다. 그
첫 번째 증거가 쿠빌라이 칸의 궁전이며, 두 번째 증거가 콜리
지의 시였다. 이 두 가지를 서로 비교해 본 사람이라면 이 둘이
근본적으로는 동일한 것임을 알 수 있을 것이다.

시간과 J. W. 던[21]

(1939년 12월에 출간된)《수르(Sur)》제63호에서 나는 영겁 회귀를 주제로 아직은 미숙한, 처음 써 보아서 서툰 글 한 편을 발표했다. 그 서툰 글에서 내가 언급하지 않고 지나친 모든 사항들이 다 본의 아니게 누락된 것은 아니다. 무한 회귀 개념으로부터 인간과 시간에 대해 참으로 놀랄 만한 시각을 이끌어낸 J. W. 던의 논리는 신중히 생각한 끝에 빼기로 했던 것이다. 그의 이론에 대해 운운하려 했다가는(단순한 해석이라도 하려 들었다가는) 내 글의 한계만 드러내는 꼴이 될 터였기 때문이다. 던의 이론은 너무도 난해해서 따로 글을 써 설명해야 하는

---

21   John William Dunne(1875~1949). 아일랜드의 군인, 항공 엔지니어, 작가, 철학자. 초심리학 분야에서 꿈에 대한 이론 및 시간의 본질에 관한 저작을 발표했다.

바, 나는 이제부터 그 일을 하고자 한다. 나는 그의 글 중에서도 마지막 저서(『죽는 것은 아무것도 없다』, 1940년)를 검토해 보고 싶은 충동을 느꼈다. 그 책이 예전에 발표한 저서 세 권의 논지를 반복 또는 요약하고 있기 때문이다.

다시 말해, 그의 핵심 이론인 것이다. 그의 이론이 특별히 새로울 건 없지만, 그 속의 추론들은 말이 안 되고 엉뚱한 면이 있다. 그런데 그의 추론들을 언급하기에 앞서 몇 가지 전제부터 언급하고자 한다.

파울 도이센에 따르면,[22] 수많은 인도 철학에서 제7학설은 자아가 즉각적 인식의 대상이 될 수 있음을 부정한다. "만일 사람의 영혼이 인식 가능하다면, 그 영혼을 인식하기 위해 두 번째 영혼이 필요하며, 그 두 번째 영혼을 인식하기 위해 그것과는 또 다른 세 번째 영혼이 필요하기 때문이다." 힌두교도들에게는 도대체 역사 관념이라는 게 없지만(다시 말하자면, 심술궂게도 철학자들의 이름이나 그들이 속한 시대보다는 그들의 사상에 대한 연구를 선호한다는 말이다.) 그들이 이처럼 내면적 자기 성찰을 철저히 부정하고 나선 것은 8세기 전부터였다. 그 후 1843년 무렵, 쇼펜하우어가 그들의 사상을 재발견한다. 그는 이렇게 되풀이한다. "인식의 주체는 주체로만 인식될 수 없다. 그것은 또 다른 인식 주체의 인식 대상이 되기 때문이다."(아르투어 쇼펜하우어, 『의지와 표상으로서의 세계』 2권, 19장) 헤르바르트 또한 그 존재론적 증식의 유희에 동참했다. 나이 스물이 되

---

22   파울 도이센, 『인도 철학사』, 318쪽.(원주)

기 전, 자아는 불가피하게 무한할 수밖에 없는데, 이는 자기 자신을 파악하는 일이 자기 자신을 알아 가는 또 다른 자아를 필요로 하며, 그 또 다른 자아 역시 또 다른 자아를 필요로 하기 때문임을 논증해 낸 것이었다.(요한 프리드리히 헤르바르트, 『도이센: 새로운 철학』(1920년), 367쪽) 짧은 일화와 비유, 수준 높은 반어법, 도해 등으로 치장된 이런 논지야말로 바로 던의 저술이 말하고자 했던 바다.

던은 (『시간 실험』 제22장에서) 인식의 주체는 관찰 대상을 인식하기도 하지만 또 다른 인식의 주체 A와 그 A를 인식하는 또 다른 주체 B, 그리고 같은 방식으로 B를 인식하는 또 다른 주체 C도 인식한다고 주장한다. 또한 이렇게 무한히 존재하는 내면의 주체들은 삼차원적 공간에는 다 들어갈 수 없을지 모르지만 역시 무한으로 이어지는 시간이라는 차원 속에는 모두 들어갈 수 있음을 명백히 밝히고 있다. 이러한 던의 주장을 증명하기에 앞서, 나는 독자 여러분과 더불어 이 단락에서 말하고자 하는 바를 다시 한번 되새겨 보고자 한다.

영국 유명론의 충실한 계승자인 헉슬리는 사람이 고통을 감지하는 행위와 고통을 감지하고 있음을 깨닫는 행위는 표현의 차이일 뿐이라며, 모든 지각 행위마다 "감지하는 주체와 감지당하는 객체와 소위 '자아'라 불리는 그 무소불위의 인격체"를 구분 지으려 드는 순수 형이상학자들을 비웃었다. (올더스 헉슬리, 『에세이집』 제6권, 87쪽) 구스타브 스필러는 (『인간 심리』(1902)에서) 고통을 지각하는 것과 고통 자체는 서로 다른 별개의 것임을 인정하면서도, 사람의 목소리와 얼굴을 동시에 인지하는 것처럼 이 두 가지 역시 하나로 압축될 수 있다고 주장한다. 나는 이러한 견해에 일리가 있다고 본다. 던은 지각의 지각이라는 개념을 상정함으로써 각각의 개체에 현란하고 난해한 서열화된 주체를 포진시키고자 했는데, 어쩌면 최초의 주체로부터 시작되는 순차적 (혹은 상상의) 상태를 말하려고 했던 것이 아닌가 싶다. 라이프니츠[23]는 이렇게 지적했다. "만일 사람이 생각했던 것을 다시 생각하고자 한다면 그 생각했던 것을 생각하려는 뜻을 감지하는 것만으로도 충분할 것이다. 그러면 그 생각에 대한 생각, 그 생각에 대한 생각에 대한 생각들이, 이런 식으로 무한히 이어질 테니 말이다." (고트프리트 빌헬름 라이프니츠, 『신(新)인간오성론』 제2권, I장)

던이 고안해 낸, 무한으로 이어지는 시간에 대한 즉각적 체득의 과정은 설득력은 좀 떨어지지만 아주 기발한 것은 사실이다. 후안 데 메나가 「미로」[24]에서, 그리고 유스펜스키가 「테르티움 오르가눔」에서 지적한 것과 마찬가지로, 던 역시 미래는 그 유위전변과 세세한 역사를 지닌 채 이미 존재하고 있다고 주장한다. 그 선재하는 미래를 향하여(아니, 브래들리[25] 식 표

---

23   고트프리트 빌헬름 라이프니츠(Gottfried Wilhelm Leibniz, I646~I7I6). 독일의 철학자, 수학자, 자연 과학자, 법학자, 신학자, 언어학자, 역사가. 주요 저서로는 『단자론(單子論)』이 있다.

24   I5세기에 쓰인 이 시에는 '커다란 삼륜(三輪)'에 대한 시각이 엿보인다. 첫 번째는 부동(不動)의 바퀴로 과거를 의미하며, 두 번째는 회전하는 바퀴로 현재를 의미하며, 세 번째는 또 다른 부동(不動)의 바퀴로 미래를 의미한다.(원주)

25   프랜시스 허버트 브래들리(Francis Herbert Bradley,

현을 따르자면 그 선재하는 미래로부터) 우리가 지각하는 시간이라는 절대 강물, 혹은 인생이라는 죽음의 강물이 흘러가고 있는 것이다. 그 시간이 흘러가기 위해, 그 강물이 흘러가기 위해서는 다른 모든 움직임들이 다 그렇듯이 일정 시간이 필요하다. 그 첫 번째 시간을 흘러가게 할 두 번째 시간이 있어야 하고, 그 두 번째 시간을 흘러가게 할 세 번째 시간도 있어야 하고, 결국 그런 식으로 무한으로 이어지게 된다…….[26] 이것이 바로 던이 제시한 체계이다. 그러한 가상의 시간 혹은 몽환적 시간 속에서 또 다른 영겁회귀를 양산해 내고 있는 지각되지 않는 수많은 주체들은 무한으로 이어지는 공간을 소유하게 되는 것이다.

독자 여러분이 어떻게 생각할지 모르겠지만, 나는 시간이 무엇인지 밝혀낼 생각은 없다.(더 나아가 시간이 과연 어떤 '것'인지조차 확인할 생각이 없다.) 다만 시간의 흐름과 시간 그 자체는 서로 다른 두 개의 불가사의가 아닌, 하나의 불가사의라고 생각하고 있을 뿐이다. 그런데 이 사실을 믿지 못했던 던은 (소위) 붉게 떠오르는 둥근 달이 전하는 분할할 수 없는 하나의 시

1846~1924). 영국의 철학자. 독일 관념론의 영향을 받아 영국의 경험론 전통에 반대했으며 그에게 철학은 순수한 직접감정에 의해 절대자를 파악하는 것이었다.

26   "두 번째 시간 속에서 첫 번째 시간이 빠르게 혹은 더디게 흐르고 있다"라는 부조리해 보이는 던의 억지 주장에 반세기 앞서 쇼펜하우어도 『의지와 표상으로서의 세계』라는 작품에 첨부한 주석에서 같은 주장을 담았다가 비난 받은 적 있었다. 이 내용은 오토 바이스의 『역사-비평집』 제2권 829쪽에서 확인할 수 있다.(원주)

각적 이미지를 주어와 동사, 보어로 대체하는 몽상적 시인들
이 저지른 것과 유사한 실수를 저지르고 만 것이다. 주어와 동
사, 보어로 표현된 시구 역시 결국은 살짝 가면을 두른 주체 그
자체에 다름 아닌데 말이다……. 던은 베르그송이 지적한 바
있는, 즉 시간을 사차원의 공간 정도로 인식한 바로 그 그릇된
지적 관행의 대표적 희생양인 셈이다. 던은 미래가 선재한다고
주장했고, 우리를 그 선재하는 미래 쪽으로 이동시켜야 한다고
생각했지만, 그런 그의 주장을 뒷받침하기 위해서는 미래를 공
간으로 환원해야 하고, 또 다른 두 번째 시간과(이 두 번째 시간
역시 공간적 구조, 즉 선형이나 강물과 같은 형태로 인지된다.) 그 뒤
를 잇는 세 번째, 결국 100만 번째 시간까지도 필요로 한다. 던
은 네 권의 저서 모두에서 한결같이 시간의 무한 차원[27] 개념을
상정하고 있지만, 그런 차원은 공간 개념에 불과하다. 던에 있
어서 진정한 시간이란 무한으로 이어지는 일련의 흐름 속에서
끝내 손에 잡히지 않는 마지막 끝자락일 뿐이다.

　그런데 던은 어떤 이유에서 미래가 선재한다고 믿었던 것
일까? 그가 제시하는 이유는 두 가지인데, 그 하나가 예지몽
(豫知夢)이고, 또 다른 하나는 이러한 가정을 상정하게 되면 평
소 그가 즐겨 사용하던 방식인, 풀리지 않는 공식들에 상대적
단순성이 부여된다는 점이다. 뿐만 아니라 그는 무한 창조라
는 문제도 회피하고 싶어 한다…….

---

[27]　이 문장의 뜻은 문자 그대로다. 『시간 실험』 제21장에
　　서는 또 다른 시간에 수직으로 교차하는 시간에 대해
　　언급하고 있다. (원주)

신학자들은 모든 찰나에 대한 동시적이고 순간적인 점유를 일컬어 영원이라 규정하면서, 그 영원은 다름 아닌 신성(神性)의 속성 가운데 하나라고 지적한다. 그런데 던은 놀랍게도 영원이 이미 우리 인간의 속성이 되었다면서 매일 밤 꾸는 꿈을 통해 이 논지가 더욱 공고해지고 있다고 한다. 던에 따르면 꿈속에는 즉각적 과거와 즉각적 미래가 공존한다. 깨어 있는 동안에는 같은 속도로 흐르는 순차적 시간만을 경험하게 되지만, 꿈속에서는 무한대로 이어지는 광활한 영역을 바라보게 된다는 것이다. 꿈을 꾼다는 것은 그렇게 보게 된 모든 것들의 배열이며, 그것들로 만들어 낸 한 편의 역사이거나 많은 역사들의 무더기이다. 사람들은 스핑크스의 사진과 상점의 사진을 본 뒤 상점이 스핑크스로 변해 버린 모습을 창조해 내기도 한다. 또 내일 처음 만날 사람의 얼굴에 그저께 밤에 만났던 사람의 입 모양을 가져다 붙이기도 한다……(쇼펜하우어는 이미 실제의 삶과 꿈은 동일한 한 권의 책 속 서로 다른 책장에 불과하다며, 그 책을 순서대로 읽는 것은 실제의 삶을 사는 것이고, 여기저기 건너뛰며 읽는 것은 꿈을 꾸는 것이라고 했다.)

던은 사람들이 죽음을 통해 영원을 적절히 다루는 방법을 배울 것이라 생각한다. 사람들은 현세의 삶을 매 순간 돌이켜 조화롭게 배치해야 한다. 신과 친구들과 셰익스피어가 우리와 함께할 것이다.

참으로 놀라운 이론을 제시하고도 그 제창자가 오류를 저질러 버리면 그 이론은 무의미한 것이 되어 버리고 마는 법이다.

창조와 P. H. 고스[28]

　토머스 브라운 경은 자신은 아담의 후계자인 만큼 원죄를
내포하고 있다는 의미에서 "내 안에 배꼽 없는 남자가 살고 있
다."라는 희한한 글을 쓴 바 있다.(『의사의 종교』(1642)) 『율리
시스』 제I장에서 조이스 역시 어머니 없이 태어난 여인의 매
끈하고 탄탄한 복부를 언급한다. "하와! 벌거벗은 이브! 그녀
에게는 배꼽이 없었나니!" 이는 해괴하고 쓸모없는 이야기로
치부될 수도 있지만(나도 잘 알고 있다.) 동물학자인 필립 헨리
고스는 이 문제를 형이상학의 가장 핵심적인 문제, 즉 '시간'의
문제와 결부시켰다. 그 일이 1857년에 있었으니, 80년이나 잊
혀 있었다면 새롭다 해도 틀리지 않을 것이다.

28　　　Philip Henry Gosse(1810~1888). 영국의 자연학자이
　　　자 자연과학 대중화에 기여한 인물.

성경의 「로마서」 5장과 「고린도전서」 15장은, 모든 이들을
죽을 수밖에 없게 만든 최초의 인간 아담과 아담의 후손 예수
를 대비시키고 있다.[29] 그러나 이러한 대비가 단순한 불경으로
전락하는 것을 방지하기 위해, 아주 교묘하게 두 인물을 동등
한 선상에 놓음으로써 대비를 신화와 조화(造化)로 해석되게
만들고 있다. 『황금 전설』은 예수의 십자가가 에덴동산에 있
던 금단의 나무로 만들어진 것이라 말한다. 또한 신학자들은
성부와 성자가 아담을 창조하시면서 예수께서 죽으신 바로 그
나이, 즉 서른세 살의 나이로 창조하셨다고 한다. 말도 안 될 정
도의 이런 정확성은 고스의 우주 진화론에도 영향을 미친 것
이 분명하다.

『옴팔로스(Omphalos)』(1857)라는 책에서 고스는 우주 진화
론을 발표했는데 이 책에는 "지리학 난제를 해결하기 위한 시
도"라는 부제가 붙어 있었다. 나는 도서관에서 그 책을 찾아보
려 했지만 허사였기 때문에, 이 글을 쓰기 위해 하는 수 없이 에

---

29   종교시에서 이런 식의 결합은 매우 보편적이다. 아마
      이런 결합의 가장 뚜렷한 예가 바로 1630년 3월 23일
      에 존 던이 쓴 시 「주여, 나의 주여, 아픔 속에서 당신
      을 찬미합니다」의 끝에서 두 번째 연일 것이다.

      우리는 낙원과 갈보리 언덕을 생각하네.
      예수의 십자가, 아담의 나무가 한 곳에 있는 곳.
      주를 영접하니, 내 안에서 두 명의 아담이 만나는 것을
      알게 되도다.
      첫 번째 아담의 땀이 내 얼굴을 적신다면,
      또 다른 아담의 피가 내 영혼을 품어 안는구나.(원주)

드먼드 고스의 축약본(1970)과 H. G. 웰스의 축약본(1940)을 참조해야 할 것 같다. 고스의 저서는 이 축약본들이 다 담아 내지 못한 다른 사상들까지 소개하고 있지만, 이 축약본들도 고스의 견해에서 벗어나지는 않는 것으로 사료된다.

우연의 법칙을 다룬 『논리학』에서 존 스튜어트 밀은 매 순간의 상태는 그 이전 순간의 상태의 결과물이며, 어느 한순간에 대한 완벽한 이해는 무한 지성이 될 수 있는 바, 이로써 지나간 과거의 그리고 다가올 미래의 역사를 알 수 있을 것이라 말한다.(또한 그는 — 오, 루이 오귀스트 블랑키여! 오, 니체여! 오, 피타고라스여! — 어느 한 상태의 반복이 다른 모든 상태들의 반복을 가져올 것이며 이로써 우주의 역사도 하나의 순환하는 원이 될 것이라고도 한다.) 어느 정도 환상성이 가미된 것으로 보이는 라플라스의 온건한 판본은 이 지구를 아예 무화시켜 버릴 수 있을 정도다. 라플라스는 이론적으로 보자면 우주의 현 상태는 어느 하나의 형태로 요약할 수 있는데, 바로 그 형태로부터 혹자는 모든 미래와 모든 과거를 추론해 낼 수 있다. 밀은 장차 생겨날 수 있는 외부의 간섭이 이러한 연관 관계를 깨뜨릴 가능성을 배제하지 않는다. 그는 숙명적으로 q 단계는 r 단계를 야기할 것이며, 이 r 단계는 다시 s 단계를, s 단계는 t 단계를 야기할 것이라 확신한다. 다만 t 단계에 이르기 전에 신의 재앙이 내려 — 소위 '세상의 종말'이라 부르는데 — 지구가 멸망해 버릴 수는 있다. 미래는 분명 필연적인 사실이나 도래하지 않을 수도 있다는 것이다. 신은 곳곳에 숨어 있으니까.

1857년, 사람들은 일종의 부조화에 대해 걱정했다. 창세기에 따르면, 신이 이 세상을 창조하는 데 엿새가 걸렸다. — 일몰 시간에서 다음 일몰까지를 계산하는 히브리식 계산법에 따르면 분명 엿새다. ── 그런데 불경스럽게도 신학자들은 이보다 어마어마하게 긴 시간이 필요하다고 했다. 드퀸시 역시 성경은 인류에게 그 어떤 종류의 지식도 주입시켜서는 안 된다는 쓸데없는 주장을 되풀이한 바 있다. 지식은 인간의 지성을 계발시키고 훈련시키는 방대한 체계를 만들어 나갈 수 있기 때문이라는 것이다……. 도대체 어떻게 신과 화석의 존재를 병치시킬 수 있을까? 어떻게 하면 찰스 라이엘 경과 모세를 병치시킬 수 있을까? 기도로 강건해진 고스는 이 문제에 대해 놀라운 답변을 제시한다.

밀은 미래에 발생할 신의 어떤 행위에 의해 단절될 수 있는, 무한으로 이어지는 인과성 시간을 상상한다. 그런가 하면 고스는 이미 이루어진 신의 행위, 즉 천지 창조라는 행위에 의해 단절되고 만, 무한으로 이어지는 아주 철저히 인과성을 지닌 시간을 상상한다. n이라는 상태는 숙명적으로 v라는 상태를 야기하지만, 그 v 상태에 이르기 전에 최후의 심판이 있을 수도 있으며, n 상태는 c 상태를 예상케 했지만 f 상태 또는 b 상태에서 천지가 창조되는 바람에 c 상태는 끝내 도래하지 못했다는 것이다. 성 아우구스투스의 지적대로, 최초의 순간은 천지 창조의 순간과 일치한다. 그러나 그 최초의 순간은 무한한 미래와 동시에 무한한 과거도 내포하고 있다. 가상의 것이긴 하지만 세밀하고 운명적인 과거 말이다. 아담은 이 땅에 등장했을 때, 그의 치아와 골격 구조는 33세 남자의 것이었다. 또한 아담이 이 땅에 등장했을 때 (에드먼드 고스에 따르면) 어머니와 탯줄로 연결되어 있지 않았음에도 불구하고 배꼽을 갖고 있었

다. 이론적으로 보자면 원인 없는 결과는 있을 수 없으며, 모든
원인들은 또 다른 원인들을 필요로 하고, 그렇게 거슬러 올라
가면서 무수한 원인들을 요하게 된다.[30] 마찬가지로 모든 원인
들은 구체적인 결과를 남기기 마련인데, 실제로 존재하는 모
든 결과들은 천지 창조 이후의 것들뿐이다. 루한[31]의 골짜기에
는 글립토돈[32]의 뼛조각이 남아 있지만, 사실 글립토돈들은 존
재하지 않았다. 필립 앙리 고스가 종교계와 과학계에 제시한
(완전히 믿을 수 없는 것이기 이전에) 탁월하다고 해야 할 이론이
바로 이것이다.

물론 양쪽 모두 그의 이론을 거부했다. 신문기자들은 그의
이론을 하느님이 지질학자들의 믿음을 시험해 보기 위해 화석
들을 땅 밑에 묻어 놓은 것이라는 식의 주장이라며 폄하했고,
찰스 킹즐리는 주께서 "아무 소용없는 엄청난 거짓말"을 돌멩
이에 새겨 놓으신 것이라고 주장하는 것이라며 반박했다. 다
헛수고였지만 고스는 자신의 이론을 뒷받침하기 위한 형이상
학적 근거까지 제시했다. 앞선 순간과 뒤따르는 순간이 존재
하지 않음으로써 무한으로 이어질 수 없는 현재의 순간은 어
불성설이라는 것이다. 그가 과연 라파엘 칸시노스아센스의 탈

---

30   허버트 스펜서, 『사실과 의견』(1902) 148~151쪽 참
        조.(원주)

31   아르헨티나의 부에노스아이레스 주 북동쪽 루한강 유
        역에 위치한 도시.

32   육각형의 비늘딱지와 뼈 판으로 덮인 단단한 몸을 가
        진 빈치류의 포유동물. 신생대 3~4기에 번성했으나
        현재는 멸종되었다.

무드 선집 첫머리에 등장하는 "이것이 첫 번째 밤이기는 하지만, 세월은 이 밤을 수세기라는 세월 저 앞쪽에 포진시켰다."라는 전래 격언을 들어 본 적이 있는지 모르겠다.

잊혀 버린 고스의 이론을 위하여 그 이론의 두 가지 특성을 언급하고자 한다. 첫째는, 약간 기괴하게 느껴질 수 있는 우아함이고, 둘째는 본의 아니게 부조리한 '무(無)로부터의 창조'로 변질되어 버린 사실, 즉 베단타와 헤라클레이토스, 스피노자, 기타 원자론자들이 생각했던 것과 마찬가지로 우주가 무한하다는 견해를 간접적으로 드러내고 있다는 것이다……. 버트런드 러셀은 그의 이론을 현실화시켰다. 저서 『심리 분석』(1921) 제9장에서 그는 몽환적 과거를 '기억'하고 있는 인류로 가득 찬 이 세상은 불과 몇 분 전에 창조되었다고 썼다.

1941년, 부에노스아이레스에서.

추신

1802년에 샤토브리앙은 (『그리스도교의 정수』 제1권 4~5장에서) 미학적 측면에서 볼 때 고스의 이론과 유사한 이론을 발표한 바 있다. 즉 천지 창조의 첫째 날, 검은 방울새들과 애벌레들과 어린 강아지들과 씨앗들로 가득한 세상을 만드는 일은 그야말로 김빠지고 우스운 일이라고 말한 것이다. 그는 "처음부터 노쇠함이라는 것이 없었더라면, 순수한 자연이라도 지금의 늙어 버린 자연보다 아름답지 못했을 것이다."라고 했다.

아메리코 카스트로[33] 박사가 우려하는 것들[34]

'문제'라는 단어는 근본적으로 음험한 소망을 담고 있을 가
능성이 있다. '유대인 문제'라는 말이 곧 유대인들이 하나의 문
제임을 주장하는 것이며, 그 말이 곧바로 박해, 약탈, 총살, 참
수, 능욕 그리고 로젠버그 박사의 글 읽기를 떠올리게(그리고
되새기게) 만드는 것을 보면 알 수 있다. 이런 가짜 문제의 또 다
른 해악은 가짜 해결책을 조장한다는 것이다. 플리니우스는
(『자연사』 제8권에서) 여름만 되면 용들이 코끼리 떼를 공격하

---

33   아메리코 카스트로 케사다(Américo Castro Quesada,
1885~1972). 브라질 태생의 철학자이자 스페인 문화
역사가.

34   『아르헨티나의 언어적 특성과 그 역사적 의미』
(1941)(원주)(이하 『언어적 특성』으로 표기)

며, 모두들 코끼리의 피가 차갑다는 걸 알고 있는바, 바로 그 피를 모조리 빨아먹기 위해 용들이 공격을 감행한다는 위험천만한 가설을 제기하기도 했다. 카스트로 박사는 (『언어적 특성』 및 기타 등등의 저서에서) "부에노스아이레스의 언어적 혼란"을 밝혀냈을 뿐 아니라, "은어"와 "신비스러운 가우초 기질"이라는 가설을 감히 제기하고 있다.

첫 번째 이론 — 부에노스아이레스 지역에서의 스페인어 오염 실태 — 을 설명하는 데 박사는 자신의 지성에 의문을 제기하지 못하도록 허위와 다르지 않은 방법을 강구함과 동시에, 자신의 성실성에 대한 의구심을 갖지 못하도록 진솔한 방법을 동원했다. 그는 우선 파체코,[35] 바카레차,[36] 리마,[37] '라스트 리즌',[38] 콘투르시,[39] 엔리케 곤살레스 투뇬,[40] 팔레

---

35   호세 에밀리오 파체코(José Emilio Pacheco, 1939~
       2014). 멕시코의 시인, 소설가, 번역가.
36   바르톨로메 앙헬 베난시오 알베르토 바카레차
       (Bartolomé Ángel Venancio Alberto Vaccarezza, 1886~
       1959). 아르헨티나의 극작가, 탱고 작사가, 시인.
37   호세 마리아 안드레스 페르난도 레사마 리마(José
       María Andrés Fernando Lezama Lima, 1910~1976). 쿠
       바의 시인이자 소설가, 수필가.
38   본명은 막시모 사엔츠(Máximo Sáenz, ?~1960). 우루
       과이 태생의 작가, 기자. 일간지《부에노스아이레스의
       비평》에 '라스트 리즌'이라는 가명으로 기고하면서 큰
       명성을 얻었다.
39   호세 마리아 콘투르시(José María Contursi, 1911~
       1972). 아르헨티나의 탱고 작사가.
40   엔리케 곤살레스 투뇬(Enrique González Tuñón,

르모,[41] 얀데라스,[42] 말파티[43] 등의 단편들을 수집한 후, 어린애처럼 진지한 자세로 베껴 쓴 뒤, 우리의 언어가 타락했음을 보여 주는 실례로써 그것들을 '만천하에' 공개한다. 그는 이런 식의 글쓰기("Con un feca con chele/ y una ensaimada/ vos te venís pal Centro/ de gran bacán")가 만화 같은 일이라고 생각하며, 이를 일컬어 "심각한 변질의 징후"라고 했다. 이러한 징후의 오랜 뿌리를 거슬러 올라가 보면 라플라타강 유역 인근 국가들 가운데 어느덧 기력이 쇠해 버린 스페인 왕국의 숨결이 닿았던 곳들의 "익히 알려진 정황"에 이르게 된다. 같은 맥락에서 라파엘 살리야스[44]가 엮은 시집(『스페인의 범죄자와 그들의 언어』(1896)) 내용에 따르면, 마드리드에도 이미 본래 스페인어의 자취는 더 이상 남아 있지 않다.

그 여자 거기에

체모가 없다고들 하던데,

내가 봤거든.

1901~1943). 아르헨티나의 작가. 기자, 소설가.

41   미겔 앙헬 팔레르모(Miguel Ángel Palermo, 1948~?). 아르헨티나의 인류학자. 부에노스아이레스 대학의 교수.

42   니콜라스 데 라스 얀데라스(Nicolás de las Llanderas, 1888~1938), 아르헨티나의 극작가.

43   아르날도 말파티(Arnaldo Malfatti, 1893~1968). 아르헨티나의 극작가, 시나리오 작가.

44   라파엘 살리야스 이 판사노(Rafael Salillas y Panzano, 1854~1923). 스페인의 범죄학자.

끝내줘!

El chibel barba del breje

menjindé a los burós:

apincharé ararajay

y menda la pirabó,

(이 두 번째 연은 매우 심각하게 변질된 언어를 사용하고 있는
바, 그 의미 파악이 불가하다.)

스페인어가 처한 이 짙은 암흑 상황에 비하면 아래 제시한 은
어로 쓰인 빈약한 시 한 편은 가히 순수하다고까지 할 수 있겠다.

사내는 여자의 목을
따 버리고
경찰한테 잡힐세라
줄행랑을 쳐 버렸다[45]

---

45   이 단어는 루이스 비야마요르의 은어 어휘집 「밑바닥
언어」(1915)에 수록되어 있다. 카스트로가 이 어휘를
몰랐던 것은 아마도 아르투로 코스타 알바레스가 그
의 주요 저서인 『아르헨티나 스페인어』(1928)에서야
소개했기 때문일 것이다. 굳이 언급할 필요조차 없겠
지만, minushia, canushia, espirajushiar 같은 어휘를 사용
하는 사람은 아무도 없다.(원주)

minushia, canushia, espirajushiar는 아르헨티나에서 사
용하는 은어로 각각 '여자'나 '애인', '감방'이나 '교도
소', '도망치다'나 '달아나다'를 의미한다.

카스트로 박사는 『언어적 특성』 저서 139쪽에서 부에노스
아이레스 언어의 문제점들을 다룬 다른 서적 한 권을 예시한
다. 또 87쪽에서는 '린츠'라는 시골 마을 주민들과의 대화 내용
을 해독해 낸 것을 자랑스럽게 드러내면서 "그들은 아주 조악
한 표현 방식을 사용하며, 그들의 대화는 아르헨티나 지방 은
어에 익숙한 사람만이 제대로 알아들을 수 있다."라고 지적했
다. 은어들! 이 어휘를 복수로 쓴 것은 그것이 매우 독특한 것
임을 의미한다.(스페인 사람들이 툭툭 내뱉는 무수한 속어들의 홍
수에 견줘 보려고는 아무도 생각지 않는, 폐쇄된 지역 특유의 표현 방
식인) 토속 속어를 제외하면 이 나라에는 '은어들'이 없다. 방
언을 연구하는 연구소들이야 다르겠지만, 우리 아르헨티나 사
람들은 방언에 대해 고민하지 않는다. 방언 연구 기관들은 줄
기차게 탄생하는 은어들을 비판하는 것이 존재 이유이다. 사
람들은 에르난데스[46]로부터 즉흥적으로 '가우초적인 사람(el
gauchesco)'이라는 은어를 만들어 냈고, 포데스타와 공연했던
한 어릿광대를 보고 '어설픈 말씨를 쓰는 이민자(el cocoliche)'
라는 은어를 지어냈으며, 학습 부진아들을 일컫는 '버벅대는
애들(el vesre)'이란 은어를 탄생시켰다. 즉 은어와 그 발원점은
서로 상관관계에 있으며, 은어가 이렇게 많아진 것은 그 발원
점 덕분이고, 앞으로도 그럴 것이라는 것이다.

"부에노스아이레스에서 발화(發話)상의 문제점이 심각하
다."라는 말도 거짓은 아니다. 나는 카탈루냐, 알리칸테, 안달

---

46   호세 에르난데스(José Hernández, 1834~1886). 아르
헨티나의 시인이자 정치가.

루시아, 카스티야 등지를 가 봤고, 발데모사에서 2년, 마드리드에서 1년간 거주한 적이 있다. 그리고 그곳들에 대해 아름다운 추억을 간직하고 있다. 하지만 그렇다고 해서 스페인 사람이 우리 아르헨티나 사람보다 말을 더 훌륭하게 한다고 생각해 본 적은 없다.(스페인 사람들은 상대방이 신뢰할 수 있도록 묵직한 느낌을 주면서도 어조가 더 높다.) 카스트로 박사는 우리 아르헨티나 말이 의고주의적이라고 질책한다. 하지만 그의 고찰 방식에는 묘한 구석이 있다. 그는 스페인 오렌세주의 한 작은 마을의 박식한 사람들이 새로운 어휘를 수용하지 않는다는 걸 확인하고는 바로 아르헨티나 사람 모두가 그런 어휘를 수용하지 않는 것으로 결론지어 버린 것이다…….

사실 스페인어는 갖가지 측면에서 불완전함으로(모음들이 지나치게 단조로움, 단어들은 과도하게 억양을 띔, 복합문 만들기가 쉽지 않음.) 인해 골치를 썩고 있지만, 아둔한 스페인어 사용자들이 지적하는 '어렵다'는 불완전성 때문에 골치를 썩지는 않는다. 스페인어는 대단히 쉬운 언어이니 말이다. 스페인어를 어렵다고 하는 사람들은 스페인 사람들뿐이다. 아마도 카탈루냐어, 아스투리아 방언, 마요르카 방언, 갈리시아어, 바스크어, 발렌시아어들 때문에 혼란스럽기 때문일 것이다. 또 어쩌면 그릇된 자부심 때문일 수도 있고, 어쩌면 언어 사용자가 일종의 세련됨을 갖추지 못했기 때문일 수도 있다.(그런 사람들은 대격과 여격을 혼동하여 "그자를 죽여 버렸다.(le mató)"라고 할 것을 "그자에게 죽여 버렸다(lo mató)"라고 말하는가 하면, 아틀란티코(Atlántico)나 마드리드(Madrid) 같은 단어를 제대로 발음하지 못하며,『아르헨티나의 언어 특징과 그 역사적 의미』같은 책은 공연히 동음 중복적인 제목을 달고 있다고 생각한다.)

카스트로 박사는 자신의 저서에서 끊임없이 인습적인 미신을 고집한다. 로페스[47]를 경멸하고 리카르도 로하스[48]를 숭배하는가 하면, 탱고는 부정하고 연가(戀歌)를 은근히 칭송하며, 라미레스[49]나 아르티가스[50] 같은 사람은 평범한 인간으로 치부한 데 비해 로사스를 반란 기마군(騎馬軍)의 총수로 여겨 황당하게도 그에게 "최고의 켄타우로스"라는 별칭을 붙였다.(그루삭이 보다 훌륭한 문체와 보다 빛나는 판단력으로 그를 "후방 부대의 의용군"이라 칭했던 것과 달리 말이다.) 또 그는 '우롱', '조롱', '조소'를 나타낼 때 cachada라는 단어는 회피하면서도 ── 나도 기꺼이 이해는 한다. ── tomadura de pelo라는 어휘는 수용한다. 뒤의 표현이 더 논리적인 것도, 더 그럴듯한 것도 아닌데 말이다. 또 신대륙에서 사용하는 관용구들을 못마땅해하는데, 이유는 스페인 사람들이 사용하는 관용구가 훨씬 마음에 들기 때문이다. 그는 우

47　　후안 로페스 데 오요스(Juan López de Hoyos, 1511~1583). 스페인의 작가이자 인문학자.

48　　Ricardo Rojas(1882~1957). 아르헨티나의 시인이자 극작가.

49　　후안 라미레스 오로스코(Juan Ramírez Orozco, 1764~1852) 스페인의 군인. 라틴 아메리카 독립전쟁 당시 왕실군의 일원으로 전투에 참전했다. 훗날 페루 지역 스페인군 총사령관에 올랐다.

50　　호세 헤르바시오 아르티가스(José Gervasio Artigas, 1764~1850) 페루의 군인. 아르헨티나 독립 전쟁 당시 활약했으며, 오늘날의 아르헨티나와 우루과이를 있게 한 선구적 연방주의자로 일컬어진다.

리가 '하늘의~', '하느님의~'를 나타내면서 de arriba라는 단어를 쓰는 것을 마뜩잖아 한다. de gorra라고 하기를 바라는 것이다…….'부에노스아이레스의 언어 사용'에 대한 연구자 카스트로 박사는 아르헨티나 사람들은 '가재(langosta)'를 acridio라고 부른다는 사실을 심각하게 지적한다. 무슨 이유인지는 알 수 없으나 카를로스 데 라 푸아[51]와 야카레[52]를 애독하면서 '아빠(taita)'는 '아버지(padre)'를 친근하게 부르는 말이라고 밝히고 있다.

그의 저서는 형식 또한 내용에 뒤지지 않는다. 때로는 상업용 문체가 눈에 띈다. "멕시코의 도서관들은 양서들을 보유했었다."(49쪽) "엄격한 세관은…… 무거운 세금을 부과했다."(52쪽) 등이 그 예다. 그런가 하면 지속되고 있는 고루한 사고방식은 다채로운 난센스를 빼먹지 않는다. "그때 유일한 가능성으로 폭군이 등장한다. 그 자신은 막무가내로 뿜어 나오는 대중 에너지의 응축이었음에도, 그 에너지의 분출을 용인하지 않는다. 왜냐하면 그는 목동이 아니라 은근한 억압자이고 뿔뿔이 흩어진 가축 떼를 기계적으로, 난폭하게 우리 안으로 몰아넣는 거대한 외과 수술 도구이기 때문이다."(71~72쪽) 또 다른 쪽에서 바카레자 연구가인 박사는 "적절한 표현(mot juste)"

---

51 Carlos de la Púa(1898~1950). 아르헨티나 태생의 시인 이자 기자. 본명은 카를로스 라울 무뇨스(Carlos Raúl Muñoz)이지만 말레보 무뇨스 또는 카를로스 무뇨스 델 솔라르라는 필명으로 불리곤 했다.

52 본명은 펠리페 H. 페르난데스(Felipe H. Fernández, 1905~1974). 20세기 아르헨티나를 대표하는 최고의 시인 중 한 명.

을 시도한다. "같은 이유로 A. 알론소와 P. 엔리케스 우레냐[53]
의 놀라운 문법도 손상된다."(31쪽)

'라스트 리즌'의 옹호자들은 강력한 은유를 만들어 낸다. 무
수한 오류를 저지른 카스트로 박사는 라디오와 축구를 결합시
킨다. "이 세상에서 가치와 노력, 즉 창조력으로 탈바꿈시키는
데 오랜 시간이 소요되지 않는 매우 수용적인 태도를 의미하는
모든 것에 있어서 아르헨티나의 사상과 예술은 소중한 안테나
다. 만일 운명이 다정하게 다가오는 표식의 방향을 뒤틀어 버
리지만 않는다면 말이다. 시, 소설, 수필은 완벽한 '목표' 이상
의 것을 성취했다. 과학과 철학 사상 분야에서도 최고의 품격
을 자랑하는 이 분야 개척자들의 이름이 들어 있다." (9쪽)

그릇되고 보잘것없는 학식을 지닌 카스트로 박사는 지친 기
색도 없이 아부하고, 운이 맞는 산문을 쓰고, 테러리즘을 가한다.

추신

그의 책 136쪽에서 나는 이런 글귀를 읽었다. "빈정거리는
게 아니라, 정말 진지하게 아스카수비[54]나 델 캄포,[55] 에르난데

---

53   Pedro Henriquez Ureña(1884~1946). 도미니카 연방
      출신의 인문학자.
54   일라리오 아스카수비(Hilario Ascasubi, 1807~1875).
      아르헨티나 태생의 가우초 문학 작가, 정치인, 외교관.
55   에스타니슬라오 델 캄포(Estanislao del Campo,
      1834~1880) 아르헨티나의 군인, 작가.

스 같은 글을 써 보겠다고 덤벼드는 일 자체가 머리가 지끈거리는 일이다." 아래에 「마르틴 피에로」의 마지막 몇 개 연들을 옮겨 보겠다.

의기투합한 크리오요[56]들로서

크루스와 피에로는

한 목장의 소 떼를 조금 몰아내서는

이것들을 앞세우며 들키지 않고 재빨리

변방 지역을 가로질렀다오.

변방을 넘어갈 무렵 먼동이 밝아 오자,

마지막 백인 동네를 보도록

크루스가 말을 꺼내니

피에로의 뺨엔 두 개의

큰 눈물방울이 굴렀구나.

그리하여 선택한 방향을 쫓아

사막 안으로 들어갔던 것이니

여행 중에 어디쯤에서

죽었는지 어찌 되었는지 나도 모르오.

다만 훗날 그들의 확실한

소식을 알게 되기를 바랄 뿐이오.

---

56   스페인의 신대륙 발견 이후 아메리카 대륙에서 태어
      난 스페인인의 백인 후손을 일컫는 말.

이 정도의 후문(後聞)을 소개하면서
내 얘기에 종지부를 찍는 바요.
지금까지 읊은 불행의 사연들은
모두가 참말이기에 내가 소개하였소.
당신이 보고 있는 가우초 하나하나는
불행을 짜 내는 베틀이 아니던가!

그러나, 인간을 창조하신
하느님께 희망을 걸지어다.
여기서 이만 나는 하직하오.
"모두가 알고 있는 불행들을
아무도 얘기한 적 없기에"
내 나름대로 소개해 본 것이오.

"빈정거리는 게 아니라, 정말 진지하게" 나는 묻고자 한다.
누가 더 방언을 쓰고 있는 것일까? 내가 되읊었던 훌륭한 시의
작가인가, 아니면 도대체 일관성이라고는 하나도 없이 이것저
것 다 이어 붙이는 정형외과 장치와, 축구 놀이라도 하는 듯한
문학 장르와 엉망이 된 문법을 끼워 맞춘 편집자인가?
  I22쪽에서 카스트로 박사는 문체가 모범적인 몇몇 작가들
을 나열했다. 그 이름들 속에 내 이름이 포함되어 있지만, 나라
는 사람은 그다지 문체론을 거론할 만한 사람은 되지 못한다
고 생각한다.

서글픈 우리의 개인주의

애국심이란 환상에는 끝이 없는 모양이다. 서기 I세기의 플루타르코스는 코린토스의 달보다 아테네의 달이 더 아름답다고 주장하는 사람들을 경멸했다. 17세기의 밀턴은 하느님께서는 언제나 그 누구보다 앞서 영국인들에게 계시하신다고 했고, 19세기 초의 피히테는 우수한 자질을 갖고 있다는 것과 독일인이라는 것은 동일한 의미라고 말했다. 아르헨티나 민족주의자들도 바로 이런 사람들 주위로 꼬인다. 그들은 자신들의 행동이 아르헨티나 민족의 더 나은 면모들을 부각시키고자 하는 고매하고 순수한 의도에서 비롯된다고 주장한다. 하지만 그건 아르헨티나 사람을 몰라서 하는 말이다. 논란의 여지가 있겠지만 그들은 외부적 요인들, (예컨대) 스페인 정복자들이나 성상의 가톨릭 전통, 또는 '색슨적 제국주의' 같은 것들과 결부시켜 스스로를 규정지으려고 한다.

미국인이나 대다수 유럽인들과는 달리 아르헨티나 사람들
은 개인과 국가를 완전히 별개의 것으로 생각한다. 그 결과 아
르헨티나에서는 정부란 늘 형편없는 존재라거나 국가는 형태
조차 없는 추상적 개념이라는 의식이 팽배하다.[57] 분명한 것은
아르헨티나 사람은 각자가 한 명의 개인일 뿐, 결코 시민일 수
없다는 것이다. "국가는 윤리적 이상의 실현"이라는 헤겔의 말
은 아르헨티나 사람들에게는 귀신 씻나락 까먹는 소리에 불과
하다. 할리우드 영화를 보면 주인공 남자가 (통상적으로 기자로
그려진다.) 범죄자 친구와 우정을 나누지만 결국에는 그 친구
를 경찰에 넘기고 마는 상황에 끊임없이 박수를 보내도록 만
들곤 한다. 하지만 우정은 열정과 통하고 경찰은 마피아나 다
름없다고 여기는 아르헨티나인에게 있어 할리우드 영화 속의
"영웅"은 도무지 이해할 수 없는 건달로 여겨질 뿐이다. 또한
"각자 죗값은 알아서 치르게 될 것"이라거나 "어진 사람들이
다른 사람의 죄를 묻는 사형 집행인이 되는 것은 바람직하지
않으니 더 이상 아무 일도 하지 말라."(『돈키호테』 제I편 22장)
라고 한 돈키호테에 대해서도 유감스럽게 생각한다. 사실 나
는 스페인 형식을 그대로 답습하려는 우리의 부질없는 행위를
지켜보면서 줄곧 우리는 아무래도 스페인과는 다르지 않겠는

---

57   국가는 비인격적 존재이다. 아르헨티나 사람들은 개
      인 대 개인 관계만을 인식할 뿐이다. 따라서 아르헨티
      나 사람에게 있어 공금을 횡령하는 일은 범죄일 수 없
      다. 나 역시 실제로 그런 사건을 본 적이 있다. 물론 그
      런 행위를 정당화할 생각도 없고 잘한 짓이라고 생각
      하지도 않지만 말이다.(원주)

가 하고 생각해 왔다. 그런데 앞서 언급한 돈키호테의 두 마디에 내가 잘못 생각하고 있었다는 것을 깨닫게 되었다. 그 말은 스페인과 아르헨티나가 얼마나 유사할 수 있는지를 보여 주는 침착하고 비밀스런 상징 그 자체인 것이다. 이 유사성을 다시 한번 깊이 확인할 수 있게 된 것은 아르헨티나 문학에 등장하는 어느 절망적인 밤의 일화를 통해서다. 그날 밤, 지방 경찰 소속 한 경사는 용맹스런 한 남자를 죽여야 하는 범죄 행위에 공감할 수 없다고 절규하면서 오히려 도망자 마르틴 피에로 편에 서서 동료 군인들에 맞서 싸웠다.

유럽인들에게 있어 세상은 구성원 하나하나가 자신의 역할에 충실하며 살아가는 '코스모스'인 반면, 우리 아르헨티나인들에게 있어 세상은 '카오스'일 뿐이다. 유럽인들과 미국인들은 어떤 문학 작품이 상을 받게 되는 경우 그 책은 좋은 책이라고 생각하는 데 비해, 우리 아르헨티나인들은 제아무리 상을 받았다 하더라도 그저 나쁜 책이 아닐 가능성이 있다는 것 정도로 받아들인다. 통상 아르헨티나 사람들은 주위의 현상을 불신하는 것이다. 아르헨티나인들은 어쩌면 세상에는 자기들끼리 서로 알지는 못하지만 암암리에 이 지구를 지켜 나가고 있는 서른여섯 명의 의인 — 라미드 우프닉스(Lamed Wufniks) — 이 늘 존재하고 있다는 우화가 있다는 걸 잘 모를지도 모른다. 하지만 설사 그 우화를 읽는다 하더라도 그 대단한 위업을 담당하고 있는 서른여섯 명의 존재가 철저히 익명으로 감추어져 있다는 사실이 전혀 이상할 것 없다고 생각할 것이다……. 그들에게 있어 대중적 영웅이란 늘 지금 이 시점에서 한 판 벌이거나(피에로, 모레이라, 오르미가 네그라의 경우)

미래나 과거에 한판 승부를 벌이는 인물들(돈 세군도 솜브라의
경우)이다. 다른 나라의 문학 작품에서는 이와 유사한 경우가
발견되지 않는다. 예를 들어 유럽의 두 거장 키플링과 프란츠
카프카를 한번 생각해 보자. 언뜻 보아도 두 사람 사이에는 도
무지 공통점이라고는 없어 보인다. 키플링의 주요하게 다루는
주제는 일종의 질서의 회복(『킴』에서는 길, 『교각을 세우는 사람
들』에서는 교각, 『푸크 언덕의 요정』에서는 로마 시대 성벽 등)이었
던 데 반해, 프란츠 카프카는 주로 우주의 질서 속 어느 한 점,
아주 작은 어느 한 구석에조차 존재할 수 없었던 사람의 견딜
수 없는 비극적 고독감을 다뤘기 때문이다.

물론 지금까지 내가 언급한 내용들이 너무 부정적이라거
나 무정부주의적이라고 지적하는 사람들도 있을 것이다. 또
어쩌면 이런 것들로는 정치적 설명이 불가능하다는 지적도 가
능할 것이다. 그러나 나는 그와는 정반대의 견해를 피력하고
자 한다. 이 시대에 우리가 풀어야 할 가장 시급한 문제는(어느
덧 잊혀져 가고 있지만 한때 스펜서가 명철한 예지력에 힘입어 지적
한 바 있듯이) 국가가 점차적으로 개인의 행동에 틈입하고 있다
는 사실이다. 때로는 공산주의라 불리기도 하고 때로는 나치
즘이라 불리기도 하는 이런 사회악과 싸워 나가는 속에서, 지
금까지는 거의 무용지물이었거나 유해한 것으로 여겨지던 아
르헨티나의 개인주의가 그 정당성과 당위성을 획득하게 될 것
이다.

크게 기대하는 것은 아니지만 그래도 향수에 젖어, 나는 개
인주의라는 것이 우리 아르헨티나 사람들과 어떤 식으로든 친
화적인 면이 있지 않을까 하는 막연한 가능성에 대해 생각해

본다. (다시 말해) 정부의 간섭을 최소화 할 수 있도록 해 주는 수단으로 작용할 수 있을 가능성 말이다.

민족주의는 국가가 끊임없이 귀찮게 간섭하는 존재가 되었으면 하는 환상에 빠져 살고자 한다. 언젠가 지구상에 그런 유토피아가 건설되는 날이 온다면, 온 세상은 인류를 탐욕스럽게 만들어 결국에는 서로 반목하게 만들고야 마는 섭리로 가득 차게 될 것이다.

1946년, 부에노스아이레스에서.

케베도

　　역사가 다 그렇듯이 문학의 역사도 온통 수수께끼투성이
다. 그렇지만 그 수수께끼들 가운데 나를 가장 심란하게 했으
며 여전히 혼란스럽게 만드는 문제는 어떻게 케베도가 문학
사적으로 그렇게 미미한 영광밖에 누리지 못했는가 하는 것
이다. 세계적 문필가들의 목록을 훑어봐도 그의 이름은 찾을
수 없다. 나는 케베도의 이름을 누락시킨 말도 안 되는 행위의
이유가 과연 무엇인지 누차 찾아보고자 했다. 언제였는지, 어
떤 학회였는지 기억은 나지 않지만 하여간 한 학회를 통해 그
이유들을 발견했다고 생각한 적이 있다. 그건 그의 글들이 너
무 깐깐해 최소한의 감정적 이완을 독려하거나 심지어 용인조
차 하지 않기 때문이라는 것이다.(조지 무어는 "감정이 넘쳐흘러
야 성공한다."라고 한다.) 나는 문학사적 영광을 누리기 위해 작
가가 감상적임을 드러낼 필요는 없다고 보지만, 작품이나 작

가의 자전적 상황 가운데 일부 정도는 감정을 자극할 수 있어야 한다고 말해 왔다. 그런데 내가 관찰한 바에 따르면 케베도는 삶을 통해서도, 문학 작품을 통해서도 그 정겨움이 느껴지는 감정의 넘침을 만들어 내지 못했다. 반복적으로 되풀이되는 과도한 감정의 분출이 곧 문학사적 영광으로 화하는 것인데 말이다…….

이런 내 생각이 맞는 것인지는 나도 잘 모르겠다. 여하튼 한 가지 이유를 더 들자면, 케베도의 역량이 다른 작가에 못 미치는 것이 아니었음에도 불구하고 그가 독자들의 상상력을 사로잡을 만한 두드러지는 상징을 창조함으로써 우뚝 서지 못했다는 점이다. 호머에게는 살인을 저지른 아킬레우스의 두 손에 입맞춤한 프리아모스가 있었고, 소포클레스에게는 스핑크스의 수수께끼를 풀었지만 숙명에 의해 자신의 운명이라는 무시무시한 수수께끼를 풀게 된 한 왕이 있었으며, 루크레시오에게는 무한한 별들의 심연과 원자들의 부조화가, 단테에게는 아홉 개의 골짜기로 이루어진 지옥과 칸디다 로사,[58] 셰익스피어에게는 폭력과 음악이 가득한 세상이, 세르반테스에게는 흥겨운 유위변전을 거듭하는 산초와 돈키호테가, 스위프트에게는 성정 좋은 명마들과 거친 성격의 짐승 야후들이 사는 공화국이, 멜빌에게는 바예나 블랑카를 향한 애증이, 프란츠 카프카에게는 말없이 커져만 가는 미로가 상징으로 존재했는데 말이다. 세계적 작가 가운데 자기만의 상징을 빚어내지 못한 작

---

58   단테의『신곡』'천국 편'에 나오는 낙원을 말한다.

가는 없다. 여기서 기억해야 할 것은 상징이 늘 객관적이라거
나 외연적인 것은 아니라는 사실이다. 예컨대 공고라나 말라
르메 같은 작가들은 심혈을 기울여 비밀스런 작품을 만들어
가는 작가의 전형으로 남아 있으며, 휘트먼은 『풀잎』이란 작품
에 등장하는 반신(半神)적 주인공으로 남아 있다. 반면 케베도
의 경우에는 단지 풍자적 이미지로만 남아 있을 뿐인 것이다.
레오폴도 루고네스는(1904년에 간행된 『예수회 제국』 59쪽에서)
"스페인 출신의 가장 고귀한 문장가가 우스개 이야기의 전형
으로 전락해 버렸다."라고 개탄하기도 했다.

　일찍이 랭보가 에드먼드 스펜서를 일컬어 '시인 중의 시인'
이라 일컬었으니, 케베도에 대해서는 문장가 중의 문장가라고
해야 할 것이다. 케베도를 좋아하려면 (지금이든 앞으로든) 문
인이 되어야 할 것인 바, 역으로 생각해 보면 문학적 자질을 갖
춘 사람 치고 케베도를 좋아하지 않을 사람은 없을 것이다.

　케베도의 위대함은 그의 언어 사용에서 발견된다. (아우렐
리아노 페르난데스 게라처럼) 그를 철학자라 칭하거나 신학자,
또는 정치가로 구분하는 사람들도 있지만 이는 그의 작품을
내용면에서 살펴보지 않고 단지 제목만 보았기 때문에 생기는
오류다. 그의 논문 「부정하는 자들에 의해 모욕당하고, 인정하
는 자들에 의해 향유되는 신의 섭리: 욥의 가책과 박해 속에서
연구된 학설」은 논고라기보다는 협박에 가깝다. 키케로가 그
랬던 것처럼(『신의 본성에 관하여』 제2권 40~44쪽) 천체 관측을
통해 "광활한 빛의 공화국"이라든지 "이러한 별들의 움직임은
코스모스적 구성"이라고 했던 케베도 역시 다음과 같이 덧붙
였다. 그는 "신의 존재를 완전히 부정하는 사람들은 별로 많지

않았으니, 나는 여기서 그들의 이름을 밝혀 창피를 주고자 한다. 밀레시오의 디아고라, 알델라인의 프로타고라스, 데모크리토스와 (통상 아테오라 불리는) 테오도르의 제자들, 테오도르의 추잡하고 경솔한 제자로 보리스테인 출신인 비온 등이 그들이다."라고 했는데, 이건 그야말로 테러 행위나 다름없다. 철학사를 보면 인간의 상상력에 검은 유혹의 손길을 보내는, 허위임에 틀림없어 보이는 온갖 학설들이 존재한다. 예를 들어 하나의 영혼이 다양한 사람들의 육신을 전전한다는 플라톤과 피타고라스의 학설이나 세상은 성정이 포악하거나 조잡한 잡신들의 작품에 다름 아니라는 그노시즘적 학설 같은 것 말이다. 그런데 오로지 진리만을 탐구하는 케베도는 이런 검은 유혹에 결코 굴하지 않는다. 그는 영혼이 윤회한다는 학설을 "한량없는 무지의 소치"라거나 "총체적 광기의 소산"으로 치부했다. 예전에 아그리헨토의 엠페도클레스가 "나는 한때 소년이었고, 소녀이기도 했으며, 한 포기 잡초이기도 했고, 작은 새이기도 했으며, 바닷물 위를 솟구쳐 뛰어오르던 벙어리 물고기이기도 했다."라고 말했던 데 대해 케베도는 (『신의 섭리』에서) "법관들과 입법자들이 조사한 바에 따르면, 죄인 엠페도클레스는 한때 자신이 물고기였다는 말도 안 되는 주장을 하더니만 결국에는 물고기와는 완전히 딴판인 에트나의 나비가 되어 죽었다. 자신의 고향이라던 바다를 바라보며 불구덩이 속으로 뛰어든 것이다."라고 지적했다. 또 (『플루토의 돼지우리』에서는) 그노시즘을 신봉하는 자들에 대해서는 불온하고 사악하며 광기에 사로잡혀 불법을 자행하는 자들의 집단으로 몰아세웠다.

아우렐리아노 페르난데스 게라는 케베도의 저서 『하느님

과 우리 주 예수 그리스도의 정치』를 "가장 정확하고 고귀하며 적합한 완벽한 정부 체계"로 평가하고 있다. 그의 평가가 맞는 것인지 확인해 보기 위해서는 케베도 위 저서의 47장 전체가 단 한 가지의 재미난 가설, 즉 ('유대왕(Rex Judaeoru)'이란 명성을 얻고 있던) 예수의 언행이야말로 비밀스런 상징인 만큼 그에 따라 정치를 실현한다면 모든 문제가 해결될 수 있다는 가설만을 논리의 근간으로 하고 있을 뿐, 다른 모든 근간은 배제하고 있다는 것을 되새겨 보면 된다. 이런 신비적 논리에 근거하여 케베도는 사마리아 여인의 일화를 통해 국왕이 국민에 부과하는 조세의 부담은 가벼워야 한다는 논리를 이끌어 냈으며, 빵과 물고기의 일화를 통해서는 백성이 필요로 하는 것은 국왕이 조달해 줘야 한다는 논리를 이끌어 냈고, 반복적으로 등장하는 '따라다니는(sequebantur) 방식'을 통해서는 "대신들이 국왕의 뒤를 따라야지, 국왕이 대신들의 뒤를 따라서는 안 될 것이다."라는 지침을 이끌어 냈다……. 그가 선택한 방법이 참으로 임의적인 데다 그로 인해 진부한 결론만이 얻어질 뿐이라는 사실에 놀라지 않을 수 없다. 그러나 케베도는 언어가 지니는 신성함으로 그 모든 문제를 무마해 버린다.[59] 따라서 독자가

---

[59]   레예스는 (1939년 간행된 『스페인 문학 고찰』 133쪽에서) 다음과 같이 밝히고 있다. "케베도의 정치적 저작들은 정치적 가치에 대한 새로운 해석을 제시하지 못하고 있을 뿐 아니라 수사학적 가치까지 상실해 버린 느낌이다……. 기회주의적 팸플릿 같은 작품도 아니고 학술적 논리가 담긴 저술도 아니니 말이다. 『신(神)들의 정치』는 외형은 그럴싸해 보이지만 그야말

자칫 방심했다가는 그의 작품에 세뇌당할 수도 있다. 마르코 브루토 역시 이와 유사하게 황당한 논리를 펼쳤었는데, 생각한다는 것은 기억이 전제되어야 함에도 불구하고 그의 논리에 따르면 생각은 기억되어질 수 없는 것이다. 그는 그의 저술을 통해 케베도가 사용했던 위엄이 넘치는 문체를 완벽하게 완성해 낸 바 있다. 그의 간결한 문체를 보면 스페인어가 세네카와 타키투스, 루카노 식의 엄격한 라틴어나 백은 시대(白銀時代)[60]의 간결하고 건조한 라틴어로 회귀한 것 같은 느낌이 든다. 과장된 간결함, 도치법, 거의 대수학(代數學)에 가까울 정도의 정밀함, 대립되는 어휘의 사용, 건조함, 단어의 반복들로 그의 작품은 놀랄 만큼 정밀하다. 하지만 완벽하다는 판단을 내리는 데는 오랜 세월이 필요하다. 예를 들어 이런 말들을 보면 알 수 있다. "월계수 잎사귀들로 가문을 빛냈다. 위대하고 값진 승리에 개선의 환호로 답했다. 성스러운 삶을 기리고자 석상을 세웠다. 소중한 것의 가치가 쇠락하지 않도록 하기 위해 월계수 가지와 잎사귀들, 대리석상과 환호성들이 추구하는 것은 자만심이 아니라 우러름이었다." 케베도는 이런 문체 외에도 다른 문체들도 즐겨 썼는데, 외견상으로 보면 구어체의 부스콘 식 문체, 즉 『모든 이들의 시간』에서 보이는 황당하고 무절제한

로 형편없는 정치가들과의 한판 입씨름에 불과하다. 그나마 그 속에서 케베도 고유의 글맛을 느낄 수 있어 다행이다.(원주)

60 　라틴 문학의 황금시대에 뒤이어 도래한, 황금시대에 버금가는 문화적 업적의 시기. 이 시기에 다양한 문학 형식이 등장했으며, 특히 풍자가 유행했다.

(그렇다고 비논리적이지는 않은) 문체와 흡사하다.

"언어는 — 체스터턴에 따르면(『G. F. 와츠』(1904), 91쪽) — 과학적이지 않고 예술적이며, 언어를 발명한 자들은 전사(戰士)들과 사냥꾼들로, 과학에 훨씬 앞서 발명되었다." 그러나 케베도는 결코 언어를 그렇게 생각하지 않았다. 그에게 있어 언어는 본질적으로 논리적인 도구였다. 시가 갖는 진부함 또는 영속성은 — 수정 같은 물, 흰 눈 같은 손, 별처럼 빛나는 눈과 눈처럼 사물을 바라보는 별들 — 평이하기도 하지만 무엇보다 허위적이어서 그를 불편케 했다. 시의 이런 속성들을 비판하면서 그는 은유가 두 사물의 조직적 동화가 아니라 두 이미지들의 순간적인 부닥침이라는 것을 잊고 있었던 것이다.

그는 또한 관용구를 혐오했다. 그래서 관용구들을 "대중 앞에서 창피 주기" 위해 관용구들로 『이야기 중의 이야기』라는 서사시를 짓기도 했다. 그런데 이 작품에 심취한 다수의 후손들은 이 말도 안 되는 관용구의 집합 속에서 "온통 뒤죽박죽으로, 뒤범벅되어, 허둥지둥, 눈 깜짝할 새에, 닥치는 대로" 같은 문구들을 신성하게도 망각의 장으로부터 끄집어내는 난장 박물관의 모습을 발견해 냈다.

케베도는 곧잘 루키아노스 데 사모사타와 비교되곤 했다. 하지만 둘 사이에는 근본적인 차이가 있다. 루시아노는 2세기에 올림포스 신들의 신성에 대적해 종교적 논쟁을 야기시켰다. 하지만 케베도는 기원 후 16세기에 이러한 도전을 되풀이하였으되 단지 문학적 전통 차원에서 고찰하는 행위에서 그쳤기 때문이다.

간단하게나마 그의 산문을 일별해 보았으니, 이제 만만찮게 다양한 그의 시 작품에 대해 논의해 보고자 한다.

열정에 대한 보고서라는 측면에서 볼 때 케베도의 연애시들은 만족스럽지 않다. 반면 과장법의 유희와 페트라르카적 시작법의 신중한 적용이라는 측면에서 볼 때 그의 시들은 존경할 만한 것이 되곤 했다. 열렬한 욕구의 소유자인 케베도는 단 한순간도 스토아적 금욕주의가 되기를 포기하지 않았다. 또한 여자들에게 기대는 것 역시 그에게는 분별없는 짓으로 보였던 것 같다.("여성에 대한 애정은 표시하되 이것을 철석같이 믿지 않는 것이 현명한 행동이다.") 이쯤이면 사랑과 아름다움의 힘을 노래하는 그의 시집 『파르나소』에 실린 시 「뮤즈 IV」에서 엿보이는 고집스러운 인위성도 충분히 설명될 수 있을 것이다. 또 다른 시들에서는 케베도의 내면이 드러나는 시구들을 발견할 수 있다. 그 속에서 그의 슬픔과 분노 혹은 환멸이 감지되는 것이다. 예를 들어 토레 데 후안 아바드에서 돈 호세 데 살라스에게 써 보낸 소네트 (「뮤즈 II」, 109)가 있다.

> 몇 권 안 되는 훌륭한 서책들과 더불어
> 이 황량한 평화 속에 침잠한 채
> 나는 고인들과의 대화 속에 살면서
> 사자(死者)들을 나의 눈으로 듣는다.
>
> 항상 박식하지 않으며, 항상 열려 있지 않거나,
> 나의 문제들을 보상하고 지원하는,
> 음악적인 침묵의 대위법 속에
> 삶이라는 꿈을 향해 깨어 있는 자들은 말한다.

죽음이 자리를 비우게 하는 위대한 영혼들은,

보복의 세월이 준 모욕에 대해,

오 위대한 요셉이여, 박식한 그 인쇄물을 발행하라.

취소할 수 없는 도망 속에 시간이 도망치누나.

그러나 최고의 계산이 저것(저 시간)을 세고,

교훈과 학문 속에서 우리를 개선한다.

이 시에서는 기지주의적[61] 면모가 넘친다.(눈으로 듣고, 삶이
라는 꿈을 향해 깨어 있는 자들이 말하는 등) 그러나 이 소네트는
기지주의 덕분에 유효하다기보다는 기지주의에도 불구하고
유효한 시다. 내가 보기에 이 시는 현실을 묘사한 시는 아니다.
어차피 현실이란 언어적이지 않기 때문이다. 이 소네트의 시
어들은 그 시어들로 인해 떠오르는 장면들이나 시어들을 전달
해 주는 듯한 남성적 어감들에 비해 그리 중요할 것 없어 보인
다. 물론 모든 시가 다 이런 것은 아니다. 같은 시집에 담긴 유
명한 소네트「감옥에서 죽은, 오수나 공작 돈 페드로 히론에 대
한 불멸의 기억」에는 다음과 같은 구절이 있다.

그의 무덤은 플랑드르의 전장이요,

---

61   17세기 스페인 문학에서 수필가들이 즐겨 사용한, 허
세를 부리는 투의 문체. '콘셉티스모'라고도 불린다.
특히 풍자 수필에서 눈에 보이는 현상의 외피를 벗겨
내는 것에 주목했다.

그의 묘비는 핏빛 달이로다.

대구(對句)의 눈부신 효과가 모든 해석에 앞서고 있으며, 그 어떤 식의 해석에도 좌지우지되지 않는다. 그러기는 "군(軍)의 눈물"[62]이란 시구도 마찬가지다. 시구의 의미는 모호할 것 없다. 하지만 '군인들의 눈물'이란 시구는 쓸모없는 것이었다. '핏빛 달'에 대해서도 돈 페드로 테예스 히론이 무슨 심보에선지 터키인들의 상징으로 내건, 퇴색해 버린 상징물임은 모르고 지나는 편이 낫겠다.

케베도의 출발점은 대부분 고전이다.

티끌, 사랑에 빠져 버린 티끌이 되리라

위의 유명한 시구(「뮤즈IV」, 3I) 역시 그렇다.

눈을 멀게 하는 이 먼지 때문에 눈멀어 버린 내 사랑.

그것은 프로페르시우스 시구(「애가I」, I9)의 재창조이거나 승화다.

케베도의 시 세계는 참으로 광대하다. 일면 워즈워스를 떠올리게 만드는 성찰시(省察詩)도 여기에 포함된다. 그의 시는

---

62   상기 시구 바로 뒤 연에 등장하는 시구로 시인은 "폭우 속에서 군의 눈물이 커져만 간다. El llanto militar crecio en diluvio."라고 노래했다.

별 볼일 없이 삐걱거리는 엄격함,[63] 돌연한 신학자적 마술,("내
가 열두 제자와 저녁 식사를 나누었나니, 내가 곧 저녁 식사였다.")
그 역시 공고리즘적 유희가 가능함[64]을 증명하기 위해 삽입한

---

63   검은 어둠의 제왕과
      싸늘하게 식어 버린 죽은 그림자의 냉기가
      문지방과 문짝을 흔들어 대는 그곳에는
      절망적이고 가혹한 규율만이 지배했네.
      크게 벌린 세 개가 아가리가 요란스럽게 짖어 대더니
      성스럽고 순결한 새 빛을 보는 순간
      케르베로스는 입을 다물고, 느닷없이
      검은 그림자들이 깊은 한숨을 몰아쉬는구나.

      발아래서는 대지가 신음했고,
      하얀 재가 산처럼 뒤덮인 사막들은
      천상의 눈으로는 볼 가치조차 없으니,
      평원은 우리의 황색 속에 눈멀어 간다.
      두려움과 절망이 커져만 갔다.
      텅 빈 왕국에 울려 퍼지는 컹컹거리는 개 짖는 소리가
      침묵을 가르며 귓전을 두드린다.
      어느 것이 통곡인지 어느 것이 개 짖는 소리인지 알 수
      조차 없게.
                                        ──「뮤즈 IV」(원주)

64   일꾼의 운명을 타고난 짐승,
      유한한 생명을 가진 자들에게는 질투의 상징이었던
      짐승,
      제우스에게는 하나의 변장이자 옷이었던 짐승이여!
      시간 속에 신실했던 두 손은 둔해져 갔고,
      그 시간 저 너머에서 집정관들도 신음했으나,
      천상에서는 빛이 발하도다.
                                        ──「뮤즈 II」(원주)

공로리즘적 언어유희, 이탈리아의 세련됨과 부드러움,("푸르름으로 울려퍼지는 다소곳한 고독") 페르시우스[65]와 세네카, 유베날리스,[66] 성경, 벨라이의 요아킴과 같은 다양성, 라틴어의 간결함, 독설,[67] 놀랄 만큼 기교를 부린 농담,[68] 말살과 혼돈의 음산한 행렬 등을 아우른다.

토가는 티로산(産) 독에 싫증 나서,
혹은 창백하고 딱딱한 금 속에 이미
동양의 보석들에 덮여서,
오 리카스여! 너 순교자는 더 이상 쉬지도 못하는구나.

장엄한 정신 착란에 걸려,

---

65   아울루스 페르시우스 플라쿠스(Aulus Persius Flaccus, AD 34~AD 62). 로마 시대의 풍자 시인.

66   데키무스 유니우스 유베날리스(Decimus Junius Juvenalis, 50?~130?). 로마의 시인.

67   거짓이 크게 소리치며 도래하도다.
땀으로 번득이며
양 어깨 위 가득히
서캐들을 흩뿌리며.
                  —「뮤즈 V」(원주)

68   발코니 격자 앞에서,
피비오가 노래했다.
이미 그를 잊어버린 아민타를.
그녀는 더 이상 그를 기억하지 않는다고 사람들이 말했네.
                  —「뮤즈 VI」(원주)

이렇게도 죄 많은 행복이

너 검은 공포를 영광으로,

독사를 장밋빛으로, 코브라를 백합으로 네게 거짓말하는

구나.

너는 제우스의 궁전을 나누어 갖고 싶어 하니,

네가 죽는다는 걸 모르고 사는 방식 속에

금별은 거짓말을 한다.

그리고 그렇게도 많은 영광 속에서, 모든 것의 주인인 너,

시험을 치를 줄 아는 자에게, 너는

단지 비열하고 구역질 나는 진흙탕이다.

케베도의 걸작들은 그 걸작들을 빚어낸 영감과 그 걸작들 속에 내재된 보편적 사고 저 너머에 존재한다. 그의 걸작들은 모호하지 않다. 말라르메, 예이츠, 조지 버나드 쇼 등의 작품들과는 달리, 수수께끼를 심어 독자를 혼돈스럽게 하거나 주의를 딴 데로 돌리게 하는 오류를 범하지 않는다. 이것들은 (어떤 식으로든 말하자면) 칼이나 은반지처럼 언어로 형상화될 수 있는 순수하고 독자적인 대상이다. 그 예가 바로 "토가는 티로산 독에 싫증 나서"이다.

케베도가 서거한 지 300주년이 지났건만 그는 여전히 스페인 문단의 최고봉으로 자리매김되고 있다. 조이스나 괴테나 셰익스피어나 단테처럼, 프란시스코 데 케베도 역시 한 사람이기보다는 하나의 광대하고 복잡한 문학인 것이다.

『돈키호테』에 어렴풋이 나타나는 마술성

이 주제에 대한 연구가 몇 차례, 아니 어쩌면 제법 많이 있어 왔다. 하지만 내가 관심 갖는 부분은 이 주제의 참신성에 대한 논의가 아니라 그 속에 담긴 진위 여부다.

다른 고전들(『일리아스』나 『아이네이스』, 『파르살리아』, 단테의 『신곡』, 셰익스피어의 희비극들)과 비교해 볼 때 돈키호테는 사실주의적인 작품이다. 하지만 돈키호테가 표방하는 사실주의는 19세기에 팽배했던 사실주의와는 본질적인 차이를 보인다. 조지프 콘래드는 초현실적인 요소를 작품 속에 수용한다는 것은 일상적인 모든 것들에 담긴 경이로움을 부정하는 것과 같다고 생각했기에 자신의 작품에서 초현실적인 면모를 배제했다. 미겔 데 세르반테스가 이 같은 생각에 공감했는지는 알 수 없다. 다만 『돈키호테』를 통하여 세르반테스가 산문적인 현실 세계와 시적인 상상의 세계를 대비시키고 있음은 알 수

있다. 콘래드와 헨리 제임스는 현실이야말로 시적인 것이라
여겼기 때문에 현실을 소설화시켰지만, 세르반테스는 사실적
인 것과 시적인 것이 서로 이율배반적인 것이라 생각했다. 아
마디스[69]가 섭렵했던 광대하고 드넓은 공간과 대조적으로 세
르반테스는 카스티야 지방의 흙먼지 뽀얀 시골길과 허름한 여
인숙들을 등장시킨다. 오늘날의 작가 같으면 이를 패러디하여
주유소 같은 것을 등장시킬 수도 있을 것이다. 세르반테스는
우리 독자들을 위하여 17세기 스페인 시를 창조해 냈다. 하지
만 그에게 있어 17세기라는 시대와 당시의 스페인이라는 공간
은 결코 시적이지 못했다. 어쩌면 우나무노[70]나 아소린,[71] 안토
니오 마차도[72]처럼 라만차 지역에 대한 회상만으로도 영감이
떠올랐던 작가들에게는 불가해한 일일 수도 있을 것이다. 소
설『돈키호테』는 줄거리상 경이로움 자체가 불가능했다. 하지

---

69   가르시 로드리게스 데 몬탈보(Garci Rodríguez de
      Montalvo, 1450?~1505)가 쓴『갈리아의 아마디스』를
      말한다. 기사 문학으로, 14세기 중반부터 이미 높은
      인기를 누렸다.

70   미겔 데 우나무노(Miguel de Unamuno, 1864~1936).
      스페인의 철학가이자 시인이며 소설가. 스페인 '98세
      대'의 대표적인 작가로 꼽힌다.

71   Azorín(1874~1967). 본명은 호세 마르티네 루이스
      (José Maretinez Ruiz). 스페인의 평론가이자 수필가.
      대표작으로『시골의 마을 거리』,『카스티야의 정신』
      등이 있다.

72   Antonio Machado(1875~1939). 스페인의 시인. '98세
      대' 작가 중의 한 사람으로,『카스티야의 들』,『새로운
      노래』등이 대표작으로 꼽힌다.

만 세르반테스는 탐정 소설을 패러디할 때 범죄나 미스터리를 이용해 경이로움을 불어넣듯이 간접적인 방식으로 경이로움을 부각시키고 있다. 세르반테스는 결코 점이나 부적 등을 운운하지 않았지만 아주 교묘하게 초현실적인 면모를 가미했고, 당연히 이것이 훨씬 더 효과적이었다. 세르반테스는 내심 초현실적인 것을 좋아했던 것이다. 폴 그루삭은 1924년에 발표한 글에서 "라틴어와 이탈리아어에 대한 해박한 지식이 부족했던 탓에, 세르반테스의 문학은 특히 목가 소설과 기사 소설, 포로에 대한 우화 등에 그 뿌리를 두고 있다."라고 지적한 바 있었다. 결국 『돈키호테』는 목가 소설, 기사 소설, 우화 등을 바로잡는 교정적(矯正的) 차원의 글쓰기라기보다는 오히려 이런 이야기들이 주는 은밀한 향수와의 단절이라고 할 수 있다.

사실 모든 소설은 저마다 하나의 이상적 현실로, 세르반테스는 자신의 소설 속에서 주체와 객체, 그리고 독자의 세계와 책 자체의 세계를 서로 뒤섞는 즐거움을 만끽하고 있다. 이발사의 면도용 대야가 투구가 되고, 길마[73]가 말안장이 되는 것을 다루는 장면들에서는 이 문제를 드러내 놓고 논의하고 있지만, 앞서도 지적했듯이 일부 다른 장면들에서는 암시만 하고 있기도 하다. 제1부 6장에서는 신부와 이발사가 돈키호테의 장서들을 검열하는 장면이 나온다. 놀랍게도 검열 대상의 장서들 가운데에는 세르반테스 자신이 쓴 『갈라테아』라는 소설도 등장하는데, 돈키호테의 친구로 등장하는 이발사는 그

---

73   짐을 싣기 위해 말이나 소의 잔등에 올리는 안장 형태의 도구.

책을 폄하하면서 세르반테스에 대해 시인이기보다는 불행에
훨씬 더 정통한 사람이라면서 그의 소설 『갈라테아』가 창의성
은 돋보이나 문제를 제시할 뿐 아무런 결론도 도출해 내지 못
한 작품이라고 평가한다. 세르반테스의 꿈, 아니 어쩌면 세르
반테스의 다양한 꿈의 형상 가운데 하나라 할 수 있는 이발사
가 세르반테스를 심판하고 있는 것이다……. 또 한 가지 놀라
운 사실은 9장의 도입 부분에 이 소설 전부가 아랍어 원본의 번
역본이며, 세르반테스는 톨레도 시장에서 원본 필사본을 입수
하여 한 무어인을 자기 집에 한 달 반 동안이나 기거시키면서
번역하도록 했다고 밝히고 있다는 점이다. 『의상철학(衣裳哲
學)』이 독일 출신의 닥터 디오게네스 토이펠스드뢰크가 쓴 어
느 작품의 일부분이라고 둘러댔던 토머스 칼라일, 그리고 『조
하르(Zohar)』 혹은 『광휘의 서(書)』라고 일컬어지는 책을 저술
하고도 이를 3세기 무렵에 어느 팔레스타인 랍비가 쓴 것이라
고 말했던 스페인 카스티야 출신의 랍비 모이세스 데 레온의
경우를 떠올리게 만든다.

　이 같은 기이한 불확실성의 유희는 돈키호테 2부에서 절
정을 이룬다. 작품의 주인공들은 이미 I부를 읽은 사람들로,
돈키호테의 주인공들이 곧 돈키호테의 독자인 셈이기 때문이
다. 이쯤 되면 셰익스피어의 경우를 떠올리지 않을 수 없는데,
셰익스피어 역시 『햄릿』의 한 장면에 또 다른 이야기를 삽입
시킨 바, 그것이 바로 『햄릿』이라는 비극이었다. 그나마 원래
의 작품과 삽입된 작품이 정확하게 일치하지 않아 삽입의 효
과가 어느 정도 약화되고 있을 뿐이다. 세르반테스의 기교와
유사하면서도 더 큰 놀라움을 불러일으키는 것으로, 라마 왕

의 위업과 그가 악마들과 벌이는 싸움에 대해 노래한 발미키 (Vālmīki, 기원전 3세기경)의 시「라마야나」를 들 수 있다. 이 작품의 말미에는 자신들의 아버지가 누군지도 모르는 채 정글 속에서 의탁할 곳을 찾는 라마의 자녀들 이야기가 나온다. 그들이 찾아낸 은신처에는 한 은자가 있어, 그들에게 글을 가르친다. 그런데 이상하게도 그 스승이 바로 발미키이고 그들이 공부하는 책이 바로「라마야나」이다. 라마는 말을 제물로 공양할 것을 명령하고, 그가 치르는 공양 의식에 발미키가 제자들을 데리고 나타난다. 여기에서 발미키의 제자들은 라우드 반주에 맞춰「라마야나」를 노래한다. 라마는 자기 자신의 이야기가 담긴 노래를 듣고 자식들을 알아본 뒤 시인에게 보은한다……. 이와 유사한 일이 우연찮게『천일야화』에서도 발견된다. 일련의 환상적 이야기 모음인 이 이야기는 중심 줄거리가 주변적인 이야기로 곁가지를 치고 또 곁가지를 쳐 거의 혼란스러울 만큼 무수히 증식되고 또 증식되는데, 각각의 이야기 속에 담긴 사실성의 강도에 편차가 없으므로 (엄청난 효과를 발휘했어야 함에도 불구하고) 그 효과는 페르시아 양탄자만큼이나 피상적일 뿐이다.『천일야화』는 다음과 같은 일련의 이야기들로 잘 알려져 있다. 어느 왕이 날마다 새로운 처녀와 결혼을 하고 다음 날 동이 트면 그 처녀의 목을 베어 버리겠다는 잔혹한 마음을 먹는다. 세헤라자드는 우화를 들려주며 왕의 관심을 끌게 되고, 그렇게 천 하루 밤을 이어 가다 보니 왕에게 옥동자를 안겨 주게 된다. 천한 개의 이야기를 완성하기 위해선 각각의 이야기 속에 어떤 식으로든 다른 이야기들을 삽입하지 않을 수 없었다. 특히 그 수많은 이야기들 가운데서도 꽤나 혼

란스러운 오백 두 번째 밤의 이야기만큼 마술적인 이야기도
없을 것이다. 그날 밤, 왕은 왕비의 입을 통해 자기 자신의 이
야기를 듣게 된다. 왕은 다른 모든 사람들의 이야기일 수도 있
지만, 동시에 섬뜩하게도 자기 자신의 이야기일 수도 있는 우
화의 첫머리를 듣게 된 것이다. 과연 독자는 방대한 이야기 삽
입의 가능성, 즉 기묘한 위험성을 명확하게 감지하고 있는 것
일까? 페르시아의 왕비 세헤라자드는 끊임없이 이야기를 계
속할 것이고, 꿈쩍 않는 왕은 무한히 순환하는 미완의 『천일야
화』를 영원히 듣고 있게 된다는 것을……. 철학이 빚어낸 결과
라고 해서 예술적 결실보다 환상적인 측면이 떨어지지는 않는
다. 실제로 조시아 로이스는 『세계와 개인』 제I권(1899)에서
다음과 같이 말한 바 있다. "아주 평평한 영국의 어느 지표상에
지도 제작자가 영국 지도를 그렸다고 상상해 보자. 그 지도는
완벽하다. 지도는 워낙 작기 때문에 그 속에 영국 지표면의 세
세한 부분을 담을 수 없고 그리는 것 자체도 불가능하다. 그저
모든 것이 일치된 상태로 그 속에 있을 뿐이다. 그 지도는 그 속
에 지도의 지도를 내포하고 있으며, 그 지도의 지도에는 또 다
른 지도의 지도의 지도를 내포하고 있고, 이런 관계는 무한으
로 이어진다."

　우리는 왜 지도 속에 또 다른 지도가 내포되어 있고, 『천일
야화』 속의 천 하루 밤이 내포되어 있다는 사실에 불안해하는
가? 우리는 왜 돈키호테가 『돈키호테』의 독자가 되고, 햄릿이
『햄릿』의 관객이 된다는 사실에 불안해하는 것일까? 나는 분
명 이유가 있다고 생각한다. 픽션에 등장하는 등장인물들이
독자나 관객이 될 수 있다면, 그러한 전복이야말로 또 다른 독

자이거나 관객인 우리 자신을 허구의 존재로 만들어 버릴 수 있음을 암시하고 있기 때문이다. 1833년에 칼라일은 말했다. 우주의 역사는 모든 이들이 쓰고 읽고 이해하도록 하기 위해 애쓰고 있으며, 한편으로는 우주의 역사 자체가 스스로 묘사되어지고 있는, 무한으로 이어지는 성스러운 한 권의 책이라고.

너새니얼 호손[74]

　　이제부터 나는 은유(隱喩)의 역사, 아니 좀 더 정확히 말해
은유 몇 가지를 제시함으로써 미국 문학사에 대해 언급해 보
고자 한다. 나는 누가 은유를 창안해 냈는지 모른다. 아니 어쩌
면 은유를 창안해 낼 수 있다고 생각하는 것 자체가 잘못된 것
일지도 모른다. 진정한 은유, 즉 하나의 이미지와 또 다른 이미
지를 밀접하게 연결시켜 주는 은유는 항상 존재해 왔기 때문
이다. 그러니 아직도 창안해 낼 여지가 있다고 여겨지는 은유
들은 모조리 거짓이며 새롭게 창안해 낼 가치조차 없는 것들
이다. 내가 말하는 은유라는 것은 꿈과 연극 공연을 동일시하
는 것과 같은 것이다. 17세기에 케베도는「죽음이라는 꿈」의

74　　이 글은 1949년 3월, '고등 자유 대학(Colegio Libre de
Estudios Superiores)'에서 강연한 내용이다.(원주)

서두에서 같은 뜻을 밝혔으며, 공고라는 「다양한 상상」이라는 소네트에서 다음과 같이 말한 바 있다.

> 꿈은 극작가,
> 세찬 바람을 그리는 연극에서
> 온갖 허상들이 아름다운 형체의 옷을 입고 있네.

18세기에 조지프 애디슨은 은유에 대해 좀 더 세심한 묘사를 한 바 있다. 그는 이렇게 썼다. "꿈을 꾸는 동안, 영혼은 연극의 무대이고, 배우이며, 관객이다." 오래전, 페르시아의 오마르 하이얌은 세계의 역사는 신, 즉 범신론자들이 말하는 그 온갖 잡신들이 무료함을 달래기 위해 기획하고 공연하고, 관람하는 한 편의 연극이라고 했다. 그로부터 오랜 세월이 흐른 뒤, 스위스 출신의 융은 매혹적이고 아주 면밀한 저서들을 통해 문학적 창안은 몽환적 창안을, 문학은 꿈을 가능케 한다고 했다.

문학이 하나의 꿈이라면, 설사 그것이 심사숙고를 거쳐 작위적으로 꾸게 된 꿈이라 해도, 근본적으로 하나의 꿈이라면, 미국 문학사의 서두를 장식하는 비문(碑文)으로 공고라의 소네트를 사용한들 어떠하며, 꿈꾸는 자로서의 호손에 대한 연구로부터 미국 문학사를 시작한들 어떠랴. 물론 호손 이전에 다른 미국 작가들이 없었던 건 아니다. 그러나 에두아르도 구티에레스[75]의 맥을 잇는다지만 그에 비해 엄청나게 떨어지는

---

75   Eduardo Gutiérrez(1851~1889). 아르헨티나의 작가.
대표작으로 1880년에 발표된 『후안 모레이라(Juan

페니모어 쿠퍼[76]와 유쾌한 스페인 작가들의 계보를 잇는다는
워싱턴 어빙[77] 같은 이들을 무시하고 건너뛴다 해도 상관없을
것이다. 호손은 1804년 항구 도시 세일렘에서 태어났다. 세일
렘은 이미 당시 미국에 나타나고 있던 두 가지 비정상적인 모
습을 모두 지니고 있는 곳이었다. 빈곤에 찌든 오래되고 타락
한 도시라는 게 바로 그것이었다. 성경에 나오는 경건한 이름
을 따온 이 유구한 역사의 타락한 도시에서 호손은 1836년까
지 살았다. 그는 사람들과 사랑을 공유하지 못하는 자들이 갖
는 서글픈 애정과 실패 의식, 병증과 광기로 그 도시를 사랑했
다. 솔직히 그는 단 한 순간도 세일렘으로부터 멀어진 적이 없
었다 해도 거짓말은 아닐 것이다. 그가 그 마을을 떠나고 40년
후, 그의 몸은 런던이나 로마 같은 곳에 있었지만 마음만은 여
전히 세일렘이라는 청교도적인 시골 마을에 남아 있었기 때문
이었다. 그 예로 그가 19세기 중반이 다 가도록 조각가들이 누
드를 조각하는 것을 인정하지 못했던 것을 들 수 있다…….

그의 부친 너새니얼 호손 대위는 1808년 수리남의 인디아

Moreira)』가 있다.

76   제임스 페니모어 쿠퍼(James Fenimore Cooper,
      1789~1851). 미국의 소설가. 미국 개척자들과 원주민
      들의 모습이 담긴 소설을 썼다.

77   Washington Irving(1783~1859). 미국의 작가, 언론인.
      미국의 전설이나 영국의 설화 등이 담긴 『스케치북』
      을 출간하여 세계적인 명성을 얻었다. 마드리드와 스
      페인의 미국 공사관에 근무하며 스페인 문화를 연구
      하고 『알함브라 전설』 등의 책을 출판했다.

스 오리엔탈레스에서 황열병으로 사망했다. 그런가 하면 그의 조상 중 한 명인 존 호손은 그 유명한 1692년 마녀재판 사건에서 판사를 맡았는데, 그 사건으로 티투바라는 여자 노예를 포함해 모두 열아홉 명이나 되는 여자들이 화형을 당했다고 한다. 이 기막힌 재판 사건에서 (오늘날에는 광신이 또 다른 형태로 나타나고 있지만) 호손 판사는 냉혹하고 진지하게 판결에 임했었다. 너새니얼은, 우리의 너새니얼은 "마녀재판 사건이 어찌나 유명했었던지 그 불운한 여자들의 혈흔이 그분에게까지 남게 되었다고 생각하는 것은 당연했다. 혈흔이 몹시 깊어 차터 거리 묘지 아래 누인 조부의 오랜 유골에 아직도 그 혈흔이 남아 있을 것이다. 유골이 흙먼지가 되어 버리지 않았다면 말이다."라고 쓴 바 있다. 이런 회화적 묘사 외에도 호손은 또 이런 말도 했다. "나의 조상들이 후회하고 신께 참회했는지 나는 모른다. 다만 지금 이 순간, 그들을 대신하여 참회하면서 우리 가문에 내려진 저주가 오늘을 기점으로 사해지기를 나는 빌고 있을 뿐이다." 호손 대위가 죽자, 그의 아내이자 너새니얼의 모친은 2층에 있는 자신의 침실에 틀어박혀 지내게 되었다. 2층에는 너새니얼의 누이인 루이자와 엘리자베스의 침실이 있었으며, 복도 제일 끝 방이 너새니얼의 침실이었다. 이들 네 식구는 식사도 같이하지 않고, 거의 대화도 나누지 않았다. 음식은 쟁반에 올려 복도에 놓아두곤 했다. 너새니얼은 하루 종일 환상 소설을 쓰면서 시간을 보내다가 해 질 무렵이 되면 산책을 나가곤 했다. 이런 은밀한 생활 습관은 12년 동안이나 지속되었다. 1837년, 그는 롱펠로에게 편지를 한 통 썼다. "나는 은둔 생활을 하고 있다네. 그럴 생각은 손톱만큼도 없었고, 또 내게 이런 일이 일어나리라

고는 전혀 생각지도 못했지만 말일세……. 나는 수인이 되어 감
옥에 갇혀 버렸네. 이제 열쇠로 문을 열어 보려 하지도 않지. 아
니, 설사 문이 열려 있다 해도 나가기 두려울 걸세." 호손은 키 크
고 잘생긴 외모에 갈색 머리의 날씬한 청년으로, 걸음걸이는 마
치 뱃사람이라도 된 양 건들거렸다고 한다. 당시만 해도 (아이들
로서는 신나는 일이었겠지만) 아동 문학이란 게 따로 없었던 탓에,
호손은 여섯 살에 이미 『천로역정』을 읽었다. 그런가 하면 그가
최초로 돈을 주고 사서 읽은 책은 『페어리 퀸』이었다. 공교롭게
도 이 두 작품은 모두 알레고리였다. 또한 그의 전기에는 나와 있
지 않지만, 성경 역시 읽었을 것이다. 호손 I세, 그러니까 윌리엄
호손 오브 윌튼이 1630년에 검 한 자루와 더불어 영국에서 들고
왔던 바로 그 성경 말이다. 위에서 나는 '알레고리'라는 용어를
언급했는데, 이 용어는 매우 중요한 의미를 갖는다. 물론 호손의
작품을 언급하는 데 쓰기에는 다소 신중치 못하고 경솔한 표현
일 수도 있겠지만 말이다. 호손의 알레고리 방식이 에드거 앨런
포에게 비난받았음은 주지의 사실이다. 포는 비유적으로 뭔가를
표현하는 행위와 이런 식의 문학은 비난받아 마땅하다고 생각했
다. 이쯤에서 우리는 두 가지 문제를 생각해 보지 않을 수 없다.
하나는 이러한 문학적 비유가 과연 비난받을 만한 것인지를 고
찰해 보는 일이고, 또 하나는 호손이 과연 비유적 작품을 쓰는 작
가였는가 하는 문제를 조사해 보는 것이다. 내가 알기로 알레고
리에 대한 최고의 반론을 제시한 사람은 크로체[78]였고, 반면 최

---

78   베네데토 크로체(Benedetto Croce, 1866~1952). 이탈
      리아의 역사가이자 철학자로 신헤겔주의자이다.

고의 변론을 제시한 주인공은 체스터턴[79]이었다. 크로체는 알레고리에 대해 이렇게 말했다. 알레고리란, 처음에는 단테가 (소위) 베르길리우스와 베아트리체의 인도를 받는다는 듯이 묘사하지만 사실 단테는 영혼이고, 베르길리우스는 철학 또는 이성이나 자연의 빛이며, 베아트리체는 신학이거나 신의 영광을 의미한다고 밝히거나 독자들로 하여금 그렇게 생각하도록 만드는 식의 지루한 수사법, 즉 쓸데없는 반복의 유희라고 공박했다. 크로체에 따르면, 아니 크로체의 논리에 따르면 (그렇다고 크로체가 이런 예를 든 것은 아니다.) 단테는 처음에 이런 생각을 했을 것이다. "이성과 신앙은 영혼을 구원한다." 또는 "철학과 신학은 우리를 천국으로 인도한다." 그래서 철학 혹은 이성을 베르길리우스에 포진시키고, 신학 혹은 신앙을 베아트리체 속에 놓은 것이다. 말하자면 가면을 덧씌운 것이다. 크로체의 이런 오만불손한 해석에 따르면, 알레고리는 다른 수사법들에 비해 훨씬 광범위하고, 훨씬 더디며, 훨씬 불편한 수수께끼이다. 야만적이고 유치한 양식이자 산란한 미학인 것이다. 크로체는 1907년에 이와 같은 알레고리에의 반론을 제기했다. 그런데 크로체가 미처 모르고 있어서 그렇지, 실은 1904년에 이미 체스터턴이 이 반론에 대항하는 반론을 이미 제기해 놓은 상태였다. 그러고 보면 문학 세계는 참으로 상호 소통이 불가한 드넓은 세계인가 보다! 체스터턴의 논지는 19세기 말 영국의 유명 화가이자, 호손과 마찬가지로 알레고리즘으로

---

79   길버트 키스 체스터턴(Gilbert keith Chesterton,
      1874~1936). 영국의 소설가, 수필가, 평론가.

인해 비난받은 화가 와츠[80]에 대한 논문을 통해 알려졌다. 체스
터턴은 워츠가 알레고리즘을 화폭을 통해 실현해 냈다는 사실
은 인정했지만, 이런 방식이 비난받아야 한다는 점은 부인했
다. 그는 무한대로 이어지는 사물들이 현실을 창출해 내는데,
인간의 언어로는 현기증 날 만큼 무한으로 이어지는 사물들의
연쇄를 다 감당하지 못한다고 생각했다. 그는 또 다음과 같은
글을 쓰기도 했다. "사람은 자신의 영혼 속에 가을 숲속의 색깔
들보다도 더욱 더 다채롭고 훨씬 더 무한하며 뭐라 이름 붙일
수 없는 색깔들이 들어 있음을 알고 있다. 그러나 온통 뒤섞여
변해 버린 그 수많은 색깔들조차도 신음 소리와 고함 소리 같
은 임의 메커니즘에 의해 제각각의 색깔을 또렷이 드러낼 수
있다고 생각한다. 실제로 주식 중개인의 내면에서 터져 나오
는 소리들은 하나같이 신기에 가까운 기억력과 조바심으로 가
득한 번민을 담고 있다……." 훗날 체스터턴은 어떤 식으로든
접근할 수 없는 현실에도 상응하는 언어들은 있기 마련인데,
여러 가지 언어 가운데서도 특히 알레고리와 우화가 그 대표
적인 예라고 했다.

체스터턴의 논지를 달리 설명해 보자면, 베아트리체는 신
앙의 상징이 아니며, '신앙'이라는 어휘에 억지로 끼워 맞춘 임
의적 동의어가 아니라는 것이다. 그는 사실 이 세상에는 두 가
지 상징으로 표현될 수 있는 ── 아주 독특한 감정이자, 내밀

---

80   조지 프레데릭 와츠(George Frederick Watts,
       1817~1904). 빅토리아 왕조 시대에 유명세를 떨친 영
       국 태생의 화가, 조각가.

한 과정이자, 일련의 유사한 상태이기도 한 ─ 그 '무엇'이 있다고 한다. 그 두 가지 상징 가운데 하나는 상당히 빈약하기 그지없는 '신앙'이라는 소리이고, 또 하나는 '베아트리체'라는 것이다. 단테를 구원하기 위해 천국에서 하강하여 지옥에 그 발자취를 남긴 그 영광의 베아트리체 말이다. 이런 체스터턴의 논리가 정말 옳은 것인지는 나도 모르겠다. 다만 도식으로 축약되면 될수록, 냉정한 추상의 유희로 다가가면 갈수록 더 좋은 알레고리가 된다는 것을 알 뿐이다. 이미지를 통해 생각하는 작가들(셰익스피어나 던, 또는 빅토르 위고 같은 작가들)이 있는가 하면, 추상적 개념을 통해 생각하는 작가들(방다[81]나 버트런드 러셀 같은 작가들)도 있다. 전술한 작가들 가운데 어떤 부류의 작가들이 더 낫고 또 더 못하다고는 할 수 없다. 다만 추상, 즉 추론가가 상상하는 작가가 되고자 했다가는 바로 크로체가 지적했던 일이 일어나게 되는 것이다. 우리는 워즈워드의 말마따나 "독자의 이해를 저해하기 위해" 작품 속 논리가 작가에 의해 가식적으로 치장되고 위장된다는 점을 알고 있다. 그 가장 가슴 아픈 예가 바로 오르테가 이 가세트[82]일 것이다. 그의 탁월한 사고는 각고의 노력을 기울인 빈틈없는 은유들로 인해 가로막히곤 했다. 호손도 많은 경우 그랬다. 하지만 그 외의 다

---

81   쥘리앵 방다(Julien Benda, 1867~1956). 프랑스의 사상가, 작가.

82   호세 오르테가 이 가세트(Jose Ortega y Gasset, 1883~1955). 스페인의 철학자, 비평가. 『돈키호테 성찰』, 『대중의 반란』 등의 저작으로 유명하다.

른 면에서는 서로 대조적이다. 오르테가는 추론을 잘하지만 상상은 할 줄 모른다. 이에 비해 호손은 끊임없이 재미난 상상을 하는 작가이다. 다만 도무지 수용할 수 없는 상상이라는 게 문제였다. 그래서 그의 사고 자체에 대해서도 수용 불가하다고 하는 것이다. 그렇다고 그가 멍청한 사람이라는 뜻은 아니다. 다만 그는 대다수 여성들이 그러하듯이 변증법적 논리가 아닌 상상이나 직관을 통해 생각한다는 것이다. 그는 미학적 오류 때문에 상처 입었다. 즉 그가 상상한 것 하나하나를 우화로 탄생시켜야 한다는 청교도적 열망이 그로 하여금 우화에 윤리 의식을 덧붙이게 만들었고, 그러다 보니 그의 작품들은 왜곡되고 허위가 되어 버린 것이다. 그가 자기 생각을 간단간단하게 기록해 놓은 수첩이 지금까지도 보존되고 있는데, 그 속에는 1836년에 쓴 다음과 같은 기록도 남아 있다. "한 남자가 뱀 한 마리를 꿀꺽 삼켰다. 그 뱀은 그 남자가 열다섯 살에서 서른다섯 살이 되도록 무섭게 그 남자를 뒤흔들면서 스스로 양식이 되어 그 남자를 먹여 살렸다." 그것만으로도 충분하다. 그런데 호손은 여기에 부언을 꼭 해야 한다고 느낀 것 같다. 그는 "여기서 뱀은 질투나 사악한 열정의 표상이다."라고 덧붙였다. 1838년에는 이런 기록도 남겼다. "어떤 이의 행복을 파괴하는 기이하고 알 수 없는 지독한 사건들이 발생한다. 그 사람은 미지의 적들에게 그 책임을 돌린다. 하지만 결국에는 그 모든 게 자기 탓이며 자신이 원인 제공자였음을 깨닫게 된다. 정신적 행복은 결국 우리 안에 있는 것이다." 또 같은 해에 이런 기록도 남겼다. "사람이 깨어 있을 때에는 타인에 대해 좋게 생각하고 신뢰한다. 그런데 그 좋게만 봐 온 친구가 꿈속에서는 숙명적 원수처럼 행동해 불안해진다. 결국 꿈속에서 봤던 친구의 모습이 진실이었음을 알게 된다. 꿈이 옳았던 것이다. 해몽이야말로 진실에 대한 직관적 지각일 수 있다." 굳이 정당성이나 도덕률을 찾지도 않고, 암울한 공포 너머에 그 무엇도 존재치 않는 순수 판타지가 더 낫겠다 싶다. 이것은 또 다른 1838년의 기록이다. "사람들 속에는 자신의 운명과 인생이 다른 누군가의 손에 달려 있다고 상상하는 사람도 있다. 마치 자신과 그 누군가가 달랑 사막에 떨어진 것처럼." 이 기록은 이전 기록의 변형이기도 하고 또 5년 후 호손의 또 다른 기록과 유사하기도 하다. "강한 의지를 가진 사람이 정신적으로 그에게 종속된 다른 누군가에게 명령을 내리고, 명령을 받는 자는 그에 따라 행위를 취한다. 명령한 사람이 죽어도 명령받은 사람은 죽는 날까지도 그 행위를 지속한다." (나는 호손이 어쩌다가 이런 이야기를 기록하게 되었는지 알 수 없다. 또한 명령받는 자가 취한 행위가 혹 진부하거나 좀 무섭거나 환상적이거나 천박한 것이었는지도 잘 모른다.) 이번에도 노예근성, 즉 타인에게의 종속 문제를 다룬 예를 하나 더 들겠다. "한 부자가 자신의 집을 어느 가난한 부부에게 남겨 준다고 유언장에 기록한다. 이때부터 부부는 변하기 시작한다. 부부는 유언장에 암울한 분위기를 지닌 웬 하인을 지목하면서 그만은 절대로 내쫓아서는 안 된다고 정하고 있는 것을 알게 된다. 이 사실이 부부를 심란하게 만든다. 결국 두 사람에게 집을 남겨 준 주인공이 바로 그 하인이었음이 밝혀진다." 아래에 흥미로운 글귀 두 편을 더 소개하도록 하겠다. 이 글의 주제는 (피란델로[83]와 앙

---

83   루이지 피란델로(Luigi Pirandello, 1867~1936). 이탈리아의 극작가, 소설가. 1934년 노벨 문학상 수상. 인

드레 지드도 관심을 기울였던) 미학적 층위와 통속적 층위, 현실
적 층위와 예술적 층위 간의 부합 또는 상호 소통이다. 첫 번째
글은 다음과 같다. "두 사람이 길에 서서 어떤 사건이 벌어지기
를 기다리고 있다. 또 그 사건의 주요 배역들의 등장도 고대한
다. 그런데 실은 사건은 이미 벌어지고 있었고, 그 두 사람이 바
로 그 사건의 주요 인물이었다." 두 번째 글은 훨씬 더 복잡하
다. "어떤 사람이 소설을 쓰는데, 그 이야기가 자신의 의도와는
정반대로 전개된다는 것을 알게 된다. 등장인물은 자신이 원
하는 것과는 반대로 행동하며, 예상치 못했던 일들이 발생하
고, 어떻게든 막아 보려 헛되이 애쓰던 재앙은 서서히 그를 향
해 다가오기만 한다. 이 소설은 결국 그의 운명을 보여 주는 것
이며, 등장인물 가운데 하나가 바로 그 자신이다." 독서의 과정
중에 마치 실제 세계인 양 생각되는 그런 유희, 상상의 세계와
실제 세계 간의 순간적 합일은 근대적이거나 근대적으로 보인
다. 이런 현상의 근원, 전통적 뿌리는 『일리아스』이다. 『일리아
스』에서 트로이의 헬레나는 직물을 짜는데, 사실 그녀가 짜는
것은 곧 전쟁이고 또 트로이 전쟁의 비극이기도 하다. 이런 면
이 베르길리우스에게 영감을 준 모양이다. 그래서 그는 『아이
네이스』에서 트로이의 전사 아이네이아스가 카르타고 항구에
입성해서 어느 신전에 갔을 때 그곳 대리석 판에 자신이 참전
한 전쟁 장면이 새겨진 것을 보고, 수많은 전사들의 형상 속에

간의 다면성과 진실에 천착하여 『작가를 찾는 6인의
등장인물』과 같이 세계 연극사를 바꿔 놓은 역작을 남
겼다.

서 자기 자신의 모습을 발견하게 만든 것이다. 호손 역시 상상과 현실의 접촉을 좋아했는데, 그것이 곧 예술의 투영성이거나 자기 복제성이다. 또한 앞서 언급한 문구들을 통해 한 사람은 곧 다른 사람들이며, 한 사람은 곧 모든 사람이라는 범신론적 논리를 깨닫게 된다.

그런데 위의 언급 속에는 자기 복제나 범신론보다 더 심각한 무엇, 소설가가 되고자 하는 사람에게 있어 매우 심각한 무엇이 숨겨져 있다. 통상 호손이 중점을 둔 것, 즉 호손의 출발점이 상황 설정이었다는 것이다. 인물이 아닌 상황 설정 중심이다. 호손은 자기도 모르게 먼저 어떤 상황을 설정해 놓고, 그다음에 그 상황에 맞는 인물을 배치한 것이다. 나는 소설가는 아니지만, 그래도 이런 식으로 글을 쓰는 소설가는 없다는 것쯤은 알고 있다. 조지프 콘래드는 자신의 작품 『빅토리』에 나오는 가장 출중한 인물 가운데 하나인 스콤버그에 대해 "그는 실질적인 인물이다."라고 말한 바 있다. 어떤 작가이든 그 어떤 인물에 대해서든 솔직히 이렇게 말할 수 있을 것이다. 돈키호테의 모험담들은 그리 잘 꾸며진 이야기가 아니며, 추론들, 작가가 아마도 그렇게 불렀던 것 같은데, 이 지루하고 앞뒤가 맞지 않는 대화들은 실제적이지 못하기도 하다. 하지만 그럼에도 불구하고 세르반테스가 돈키호테를 정확히 파악하고 있었고, 돈키호테를 신임하고 있었다는 점에는 의심의 여지가 없다. 소설가의 믿음에 대한 우리의 믿음 덕분에 온갖 무지와 허위가 가능하다. 작가가 우리의 신앙을 우롱하기 위해서가 아닌, 단지 작품 속 캐릭터의 성격을 설정하기 위해 생각해 낸 것이라면 제아무리 허무맹랑한 사건이 벌어진다 해도 무엇이 대

수겠는가. "햄릿 왕자가 어떤 사람인지 알고 있다면 덴마크 왕
실로 추정되는 그곳에서 제아무리 추잡한 스캔들이 터지고
고약한 범죄 행위가 있었다 한들 무엇이 문제겠는가! 그런데
이와는 달리 호손은 먼저 상황 또는 일련의 상황을 설정해 놓
고, 그 상황에 걸맞는 인물들을 고안해 낸다. 이런 방식은 걸출
한 단편 소설을 만들어 내거나 그런 단편이 탄생하도록 해 준
다. 단편 소설은 분량이 짧아 등장인물보다는 줄거리가 더 눈
에 띄기 때문이다. 하지만 훌륭한 장편 소설을 만들어 내지는
못한다. 장편에서는 전체적인 줄거리가 (그런 것이 있다면 말이
다.) 마지막에 가서야 가시화되며, 그 줄거리 속에서 잘못 형성
된 캐릭터는 주변의 다른 인물들까지 비현실감으로 오염시킬
수 있기 때문이다. 이런 이유로 인해, 우선은 호손이 장편보다
는 단편에서 더 솜씨를 발휘했을 것으로 추정할 수 있다. 난 그
렇게 생각한다. 『주홍 글자』를 이루고 있는 스물네 개의 장들
에는 저마다 훌륭하고 감성적인 문장으로 이루어진 빼어난 풍
광 묘사가 넘쳐흐른다. 하지만 그가 묘사한 수많은 풍광 가운
데 그 어느 것도 『트와이스 톨드 테일스』에 실려 있는 웨이크
필드에 대한 묘사만큼 나를 감동시키지 못했다. 호손은 아무
이유 없이 아내를 버리고 떠났다가 집으로 돌아오는 길에 집
가까이에 거처를 정하고 누구의 의심도 사지 않고 장장 20년
을 숨어 지낸 어느 영국인의 이야기를 신문에서 읽었거나 읽
은 척하는 것 같다. 그 긴긴 세월 동안 그는 날마다 자기 집 앞
을 지나다녔고, 골목 어귀에서 자기 집을 바라봤으며, 수도 없
이 아내를 멀찍이서 쳐다볼 수 있었다. 세상 사람 모두가 그를
죽은 것으로 간주하고, 그의 아내는 이미 오래전에 과부가 되

었다는 상황을 수용했다. 그런 상태에서 어느 날, 그는 자기 집 현관문을 열고 들어섰다. 마치 몇 시간 외출했다 돌아온 사람처럼.(그 후 그는 죽는 날까지 모범적인 남편으로 살았다.) 그 희한한 사건을 접하면서 흥분되었던 호손은 그 사건을 파악하고 상상력을 덧붙이기 위해 애썼다. 그리고 주제에 대해 심사숙고해 보았다. 결국 「웨이크필드」라는 단편은 가출에 대한 추론적 이야기인 것이다. 수수께끼에 대한 해석은 무한하리만치 분분할 수 있다. 이제 호손의 해석을 한번 살펴보도록 하자.

호손은 웨이크필드를 평범하고 약간 허영기가 있으며, 이기적이고 유치한 미스터리를 즐기는 경향이 있고 쓸데없는 비밀을 간직하려는 성향이 있는 남자로 상상한다. 즉 미온적이고 상상력과 정신력이 부족한 사람, 늘 한결같은 모습을 보이는 그런 남편 말이다. 웨이크필드는 10월의 어느 날 해 질 무렵, 아내에게 작별을 고하면서 일을 보러 나가면서 늦어도 수일 내에는 돌아올 것이라 한다. ── 이때는 19세기 초반임을 상기할 필요가 있다. ── 남편이 무해한 미스터리에 심취해 있다는 걸 잘 알고 있는 아내는 굳이 남편에게 왜 여행을 떠나는지 묻지 않는다. 웨이크필드는 부츠를 신고, 마차를 타고, 코트를 입고, 우산과 여행 가방도 가지고 있다. 참 신기한 일이지만 웨이크필드는 자신에게 무슨 일이 일어나려고 하는지를 불행히도 아직 알지 못한다. 아내를 놀라게 만들고 불안하게 할 정도의 단호한 태도로 일주일 예정으로 집을 나선다. 문을 열고 나간 뒤 현관문을 닫는다. 그리고 다시 문을 반쯤 열고는 잠시 미소를 보냈다. 몇 년이 지나도록 아내는 그가 보낸 그 마지막 미소를 상기하게 될 것이다. 싸늘하게 얼어붙은 남편이 예의 그

마지막 미소를 띤 채 관 속에 누워 있거나, 영악하고 차분한 미
소를 머금은 채 영광 속에 천국에 가 있는 남편의 모습을 상상
할 것이다. 모두들 그가 죽었을 거라고 하는 데도, 아내는 그 미
소를 떠올리며 남편은 분명 살아 있을 것이라고 생각할 수도
있다. 웨이크필드는 여기저기 배회하다가 결국 미리 마련해
놓은 새집으로 들어가 벽난로 옆에 앉아 미소 짓는다. 이미 집
으로 돌아가는 길이었고, 여행은 끝나 있었다. 그는 자신이 그
곳에 있다는 사실이 믿어지지 않았으며, 무척 행복했다. 또 한
편으로는 사람들 눈에 띄어 발각되면 어쩌나 걱정스럽기도 했
다. 결국 거의 후회하는 심정이 되어 잠자리에 들었다. 큼지막
한 쓸쓸한 침대 위에 벌렁 누워 두 팔을 벌린 채 그는 큰 소리로
반복한다. "오늘 하룻밤만 나 혼자 여기서 자는 거야!" 다음 날,
평소보다 일찍 잠에서 깨어난 그는 당혹해하면서 스스로에게
자문한다. "이제 어찌할 것인가?" 하고. 스스로도 뭔가 목적이
있음을 알고는 있지만 정확히 그것이 무엇인지 규정할 수가
없다. 마침내 그는 자신이 집을 비우는 일주일이라는 시간이
모범적인 웨이크필드 부인에게 어떤 느낌을 불러일으키는지
알아보는 것이 목적임을 깨닫는다. 호기심은 그를 거리로 내
몬다. 그는 중얼거린다. "멀찍이서 집을 훔쳐봐야겠군." 아무
생각 없이 길을 걷다 보니 그의 작정과는 달리 습관적으로 자
신이 자기 집 앞에 와 있고, 막 문을 열고 들어가려는 찰나임을
깨닫게 된다. 그는 화들짝 놀라 뒷걸음질 친다. 아무도 못 봤겠
지? 뒤따라온 사람은 없겠지? 길모퉁이까지 간 그는 뒤돌아 자
기 집을 쳐다본다. 집은 예전과 달라 보인다. 이미 그가 다른 사
람이 되어 있기 때문이다. 자신도 모르는 사이에 단 하룻밤 만

에 그의 내면에서 변형이 이루어졌던 것이다. 영적으로 윤리관이 변하면서 추후 20년간 그에게 추방령을 내리게 된 것이다. 실제로 이 순간이 그의 기나긴 모험의 여정이 시작되는 순간이었다. 웨이크필드는 빨강 머리 가발을 구해 쓰고, 일상의 습관도 바꿔 머지않아 전혀 새로운 생활 방식을 수립한다. 그는 자신의 부재로 인해 아내가 그다지 고통받지 않는 게 아닌가 하는 의심으로 괴로워한다. 그래서 아내에게 큰 충격이 있기까지 집으로 돌아가지 않으리라 결심한다. 하루는 약제사가 그의 집으로 들어가는 게 목격되고, 또 어떤 날에는 의사가 왕진 오는 모습이 목격된다. 웨이크필드는 가슴 아파한다. 하지만 자신의 갑작스런 등장이 오히려 아내의 병세를 더욱 악화시키는 건 아닐까 걱정스럽다. 그래서 돌아가고픈 마음을 억누른 채 세월을 보낸다. 전에는 '며칠만 있다가 돌아가야지.' 했는데, 이제는 '몇 주만 있다가 돌아가리라.' 하고 생각한다. 그렇게 10년이 지난다. 어느덧 자신이 기행을 하고 있다는 사실조차 잊어버린 지 오래다. 그의 가슴이 담아낼 수 있는 최대한의 은근한 애정으로 그는 여전히 아내를 사랑하고 있다. 그의 아내는 그를 잊어 가고 있지만. 어느 주일 아침, 두 사람은 인파로 가득한 런던의 어느 거리를 서로 스쳐 지난다. 야윈 모습의 웨이크필드. 그는 마치 몸을 숨기려 하듯이, 도망치기라도 하듯, 그렇게 구부정한 자세로 지난다. 떨군 이마에는 온통 고랑처럼 주름이 잡혀 있다. 예전에는 평범했던 그의 얼굴은 그가 행한 기행으로 인해 기이하게 변해 버렸다. 가느다란 두 눈은 사방을 눈치보듯 두리번거리든가 초점을 잃고 멍한 상태가 된다. 아내는 살이 많이 쪘다. 아내의 한 손에는 성경책이 들려 있고, 그녀의 모

습은 평온하면서도 달관한 듯한, 그야말로 과부의 전형적인 모
습 그대로다. 어느덧 슬픔에 너무 익숙해져 있어, 그 어떤 행복
과도 그 슬픔을 바꾸려 들지 않을 성싶다. 두 사람은 서로 마주
쳤고, 서로의 시선이 부딪쳤다. 두 사람 사이로 숱한 인파가 파
고들면서 둘을 갈라놓는다. 웨이크필드는 자기 숙소로 돌아온
다. 열쇠를 두 번이나 돌려 문을 걸어 잠그고는 침대에 몸을 던
지고 흐느껴 운다. 그 순간 자신의 삶이 얼마나 단조로운 비참
함으로 점철되었는지 확인한다. "웨이크필드! 웨이크필드! 넌
정말 미쳤어!" 그는 스스로에게 소리친다. 아마 그는 정말 미쳤
으리라. 런던의 한가운데서 그는 세상과 분리되어 살아 왔다. 죽
지 않았으면서도 살아 있는 사람들 속에서 누릴 수 있는 특권과
공간을 포기해 버린 것이다. 정신적으로는 여전히 원래의 자기
집에서 아내와 살고 있다. 그는 자신이 다른 사람이 되어 있다는
걸 모르거나 거의 모른다. 그는 "곧 돌아갈 거야."라고 다시 되뇌
지만, 20년 전에도 똑같은 말을 되뇌곤 했다는 사실을 기억하
지 못한다. 그의 기억 속에 남아 있는 고독했던 지난 20년은 그
저 하나의 간주곡이거나 괄호 속에 담긴 삽입문에 불과해 보인
다. 어느 날 오후, 다른 오후와 똑같은, 지난 수천 날의 오후와 다
름없는 어느 날 오후, 그는 자기 집을 바라본다. 유리창을 통해
벽난로에 불이 타오르고 있는 게 보인다. 평면으로 이루어진 천
장에 불빛에 반사된 웨이크필드 부인의 그림자가 그로테스크
한 모습으로 그려진다. 갑자기 비가 오기 시작한다. 웨이크필드
는 냉기가 파고드는 걸 느낀다. 자기 집이 코앞에 있는데 이렇게
비에 젖어 서 있다는 게 우습게 느껴진다. 그는 무거운 발걸음을
이끌어 계단을 올라간 뒤 현관문을 열고 들어선다. 그의 얼굴에

우리 모두 알고 있던 예의 그 기괴하고 교활한 미소가 번진다. 마침내 웨이크필드는 집으로 돌아온 것이다. 호손은 그의 최후에 대해서는 언급하지 않지만, 어떤 식으로든 죽어 가고 있다는 걸 암시하고 있다. 그 작품의 마지막 문구를 그대로 옮기면 이렇다. "언뜻 보아도 무질서한 우리의 이 알 수 없는 세계 속에서, 모든 사람들은 저마다 어찌나 가혹한지 자칫 어긋났다가는 영원히 제 자리를 잃어버리는, 그런 끔찍한 위험에 처하게 되는 체계에 ― 체계들은 또 다른 체계들에, 모든 것이 모두에 ― 순응해 가고 있다. 웨이크필드처럼 '우주적 주변인'이 되는 위험을 말이다."

1835년으로 거슬러 올라가, 우리는 이 단순하고 불길한 비유 속에서 이미 허먼 멜빌과 카프카의 세계를 만날 수 있다. 수수께끼 같은 형벌과 불가해한 죄악의 세계 말이다. 혹자는 그게 뭐 대수냐고 말할지도 모른다. 카프카의 세계는 유대교적 세계이고, 호손의 세계는 구약 성서에서 전하는 분노와 형벌의 세계이기 때문이라면서. 물론 맞는 말이다. 하지만 이것은 윤리적인 관점에서만 봤을 때의 이야기다. 사실 무시무시한 웨이크필드 이야기와 카프카의 수많은 작품들 사이에는 공통된 윤리 의식이 담겨 있기도 하지만, 공통의 수사법도 담겨 있다. 예를 들어 주인공이 보여 주는 뿌리 깊은 진부함은 한없는 자기 상실과 대조를 이룸과 동시에 주인공을 훨씬 더 무기력하게 만들면서 스스로를 푸리아이[84]들에게로 넘겨주게 만들

---

84   그리스 신화의 에리니에스, 즉 복수와 저주의 세 여신. 로마에서 이들을 푸리아이라고 불렀다.

고 있다. 또한 뭔지 모를 기저가 존재하면서 그와 대조적으로 악몽은 또렷하게 그 모습을 드러내기도 한다. 호손은 다른 글들에서 낭만적 과거를 되살리고 있지만, 이 작품에서는 부르주아적 런던의 모습을 부각시킴으로써, 그 거대한 런던이라는 덩어리로 인해 영웅의 모습이 드러나지 않게 하고 있다.

호손에게 폐가 되지 않는다면, 이쯤에서 내 의견을 피력해 보고자 한다. 19세기 초에 호손이 발표한 단편 속의 기이한 상황이 20세기 초에 카프카가 쓴 단편들에서 느껴지는 것과 동일한 맛을 낸다 해도, 카프카적인 맛은 카프카에 의해 창조되고 정립되었음을 망각해서는 안 된다. 물론 웨이크필드가 프란츠 카프카보다 앞서 등장했지만, 카프카가 웨이크필드 읽기를 수정하고 정련하여 작품을 창작했기 때문이다. 결국 두 사람은 서로에게 빚진 셈이다. 그래서 위대한 작가는 선구자들을 창조한다고 하는 것이다. 선구자를 창조하고, 경우에 따라서는 그들을 정당화시키기도 한다. 셰익스피어 없이 과연 말로[85]가 있었겠는가 말이다.

번역가이며 비평가인 맬컴 카울리[86]는 「웨이크필드」 속에서 너새니얼 호손이 빚어낸 기이한 은거라는 알레고리를 발견한다. 쇼펜하우어는 사람이 행동하는 것도, 생각하는 것도, 질

---

85   크리스토퍼 말로(Chistopher Marlow, 1564~1593). 영국의 극작가, 시인. 셰익스피어의 활약으로 꽃피운 엘리자베스 여왕 시대 대표적인 극작가 중 한 명.

86   Malcolm cowely(1898~1989). 미국의 작가. 시인, 역사가, 편집자 비평가로서 다양한 활동을 했다.

병에 걸리는 것도 다 의지의 발현일 뿐이라는 명언을 남겼다. 이 말이 맞는다면 너새니얼이 여러 해 동안 사람 사는 세상으로부터 격리되어 지냈던 것은 오히려 세상과의 괴리감을 느끼지 않기 위함이었고, 그래서 취한 최선이 아마도 변화, 즉 웨이크필드만의 독특한 이야기를 만들어 나가는 것이었으리라. 만일 카프카가 웨이크필드 이야기를 썼더라면, 아마도 웨이크필드는 끝내 집으로 돌아가지 못했을 것이다. 호손은 웨이크필드가 집으로 돌아갈 수 있도록 해 주었지만, 그의 귀가는 기나긴 부재보다 훨씬 더 처량하고 처참할 뿐이다.

대단한 권위를 얻을 뻔했으나 결국 그렇게 되지 못함으로써 호손의 윤리관에 상처를 입히고 만 호손의 또 다른 비유가 바로 『세상이라는 홀로코스트』이다. 이 알레고리적 픽션에서 호손은 불필요한 축적에 지쳐 버린 인간들이 과거를 모조리 파괴해 버리는 순간을 상정한다. 어느 날 오후, 과거를 없애 버리기 위해 사람들이 미 대륙 서부의 광활한 지역으로 집결한다. 그 서부의 평원으로 지구 구석구석의 온갖 사람들이 모여든 것이다. 평원 한가운데 활활 타오르는 모닥불을 높이높이 피워 놓고 그 속에 사람들은 모든 종류의 족보, 증명서, 메달, 칙령 포고문, 판결문, 문장과 왕관, 홀과 교황의 관, 추기경의 자색 옷, 천개(天蓋), 왕좌(王座), 술, 커피 봉지, 차 상자, 담배, 연애편지, 대포, 검, 깃발, 군용 북, 고문 기구, 단두대, 교수대, 귀금속, 화폐, 소유 등기 문서, 법률과 규범집, 서책, 성직자의 모자, 고대 로마의 하얀 두루마리, 오늘날 이 땅에 널리 유포되어 세상을 힘겹게 옥죄고 있는 성스러운 경전들을 던져 넣는다. 호손은 타오르는 불길을 놀란 눈으로, 충격적인 표정으로 바라본다. 그러자 심각한 분위기의 한 남자가 그에게 슬퍼하지 말고 즐거워해야 한다고 말한다. 거대한 삼각뿔 형태의 불길이 태워 없애는 것은 오직 사물 속에서 스스로 사멸될 수 있는 것들뿐이기 때문이라는 것이다. 불구경을 하고 있는 또 다른 누군가는(악마이다.) 홀로코스트를 집행하는 사람들이 한 가지 잊은 것이 있다고 지적한다. 세상의 정수이자 모든 죄악의 근원인 인간의 마음은 불 속에 던져 넣지 않고 그저 그것이 외형적으로 드러난 몇 가지 형상만을 태워 없애고 있다는 것이다. 호손은 이런 결론을 내리고 있다. "사람의 마음, 마음, 그것은 모든 죄악의 진원지인 작지만 무한한 구체이다. 이 세상에 존재하는 범죄와 고통은 그 죄악이 빚어내는 몇몇 상징에 불과할 뿐이다. 그 내면의 구체를 정화시켜 보자. 그러면 이 가시적인 세계를 어둡게 만드는 온갖 악의 형상들이 환영처럼 사라져 버리고 말 것이다. 만일 우리 지성의 한계를 넘어서지 못하거나, 우리를 옭아매고 있는 것들을 추출해 내고 바로잡으려 하지 않는다면 인류의 모든 업적도 한낱 꿈으로 화해 버리고 말 것이기 때문이다. 공허하기 그지없다 보니, 앞서 내가 그토록 상세히 묘사했던 모닥불이 실재하는 것이었는지 아니면 상상의 산물로써 그저 하나의 비유에 불과했는지 여부조차 도무지 중요할 것 없는 그런 꿈으로." 여기서 호손은 인간의 타고난 원죄와 관련하여 기독교 강령, 특히 칼뱅 교리에 끌려가는 듯해 보인다. 그런가 하면 모든 사물의 허망한 소멸에 대한 자기 자신의 비유가 윤리적 의미뿐 아니라 철학적 의미도 지닐 수 있다는 점을 미처 깨닫지 못하는 것처럼 보인다. 관념론적 논리에서 말하듯이 이 세상이 '누군가'의 꿈이라면, 그리고 그 '누군가'가 지금도 우리 모두가 등장하는 꿈을 꾸고 있고 이 우주의 역사를 꿈꾸고 있는 것이 사실이라면, 모든 종교와 예술을 모조리 말살시켜 버리고 도서관을 통째로 불태워 버린들 어느 한 편의 꿈속에서 세간 몇 점 소멸시켜 버리는 것보다 대수로울 것 없을 것이다. 일단 한번 세간을 꿈꾸어 냈던 정신이라면 또다시 그것들을 꿈꾸어 낼 것이다. 그리고 정신이 꿈꾸기를 지속한다면, 잃을 것은 하나도 없다. 환상처럼 느껴지는 이 사실을 납득하게 된 쇼펜하우어는 자신의 저서 『소품과 단편집(Parerga und Paralipomena)』에서 역사를 셀룰로이드 조각은 그대로이되 나타나는 형상은 다양하게 바뀌는 만화경에, 배우는 바뀌지 않고 다만 역할과 가면만 바뀌는 무한하고 복잡한 희비극에 비교한 바 있다. 세상이 우리 영혼의 투사에 불과하고, 우주의 역사는 각자 속에 잠재해 있다는 이 같은 직관은 또한 에머슨으로 하여금 「역사」라는 제목의 시를 창작하게 만들었다.

과거를 철폐시켜 버리는 환상과 관련해, 불행하게도 이 일이 기원전 3세기에 중국에서도 시도된 적 있었다는 사실을 떠올려 보는 일이 적절한 것인지는 잘 모르겠다. 허버트 앨런 자일스[87]는 이렇게 쓰고 있다. "리시 총리 대신[88]은 시황제라 이름한 새로운 군주와 더불어 새 역사가 시작되어야 한다고 제의했다. 그래서 공연히 과거에 발목 잡히지 않기 위해 모든 것을

---

87 Herbert Allen Giles(1845~1925). 영국의 외교관이자 중국학자.

88 진나라의 승상 이사(李斯)를 가리킨다.

몰수하고, 영농, 제약, 천문학을 가르치는 책들을 제외한 모든
서책들을 불살라 버리라는 명이 내려졌다. 책을 숨기고자 했
던 사람들을 벌겋게 달군 인두로 지지고 만리장성 축성에 강
제로 내몰았다. 많은 소중한 작품들이 소실되었다. 그럼에도
훗날까지 공자의 저술들이 전수될 수 있었던 것은 이름조차
알려지지 않은 지식인들의 자기희생과 용기 덕분이었다. 사
람들은 너무 많은 문인들이 황명을 어겼다는 이유로 처형되는
바람에 겨울에도 그들의 시신을 파묻은 땅 위로 멜론이 주렁
주렁 열렸다고 전하고 있다." 17세기 중반 영국에서도 청교도
들, 그러니까 호손의 조상님들 사이에서도 이런 일이 시도된
바 있었다. "새뮤얼 존슨은 이렇게 지적한다. 크롬웰이 소집한
한 인민의회에서 런던탑에 소장된 모든 문서들을 불태워 버리
고, 과거사에 대한 모든 기억을 지워 버린 후, 생활의 모든 규
범이 새롭게 시작되도록 하자는 견해가 매우 진지하게 제기된
바 있다." 말하자면 과거를 지워 버리려는 시도는 이미 과거에
도 있었던 일로, 역설적이지만 이런 시도야말로 과거는 절대
지워질 수 없다는 증거이기도 하다는 것이다. 과거는 결코 소
멸될 수 없다. 모든 세상사는 언젠가 반복되기 마련인 바, 과거
를 지워 버리려는 시도 역시 그 반복되는 세상사 가운데 하나
인 것이다.

　역시 청교도의 혈통을 이어받은 스티븐슨[89]과 마찬가지로,

89　　이 문장의 출처는 로버트 루이스 스티븐슨의 여행
　　　기『실버라도 무단 거주자(The Silverado squatters)』
　　　(1883)이다.

호손은 끝까지 작가가 글을 쓰는 행위는 경망스러운 일일 뿐 아니라 좀 더 나쁘게 말하면 죄를 짓는 일이라고 생각한다.『주홍 글자』의 서문을 보면 그는 조상의 혼백들이 자신이 소설 쓰고 있는 모습을 지켜보고 있다고 상상하는 장면이 나온다. 이 장면은 아주 재미나다. "저 아이가 지금 뭘 하고 있는 거야?(한 혼백이 다른 혼백들에게 묻는다.) 소설을 쓰고 있네! 저게 무슨 소용이라고? 저런다고 과연 신께 영광을 돌릴 수 있을까? 저런다고 과연 현세와 후대의 인간들에게 널리 이로울 수 있을까? 저 지쳐 빠진 인간은 차라리 바이올린 연주자가 되는 게 더 나았을 거야." 이 장면이 흥미로운 것은 신뢰감 같은 것은 덮어 버리고 내적 불안감만 피력하고 있기 때문이다. 이 장면은 또한 윤리학과 미학에 대한 오랜 논의, 아니 바꿔 말하면 신학과 미학에 대한 오랜 논의를 내포하고 있기도 하다. 최초로 이런 논의를 담아냈던 증거는 인간에게 우상 숭배를 금지시켰던 성서에서 발견된다. 또 다른 예가 플라톤인데, 그는 저서『국가』제10권에서 "신은 탁자의 원형(태초의 이데아)을 창조해 냈으며, 목수는 그것의 환영을 창조해 낸 것뿐이다."라고 했다. 또 다른 증거는 마호메트로, 그는 살아 있는 존재의 모든 표상은 심판의 날 주님 앞에 나서야 할 것이라고 했다. 천사들이 장인더러 표상을 만들라고 명령하는데, 장인이 그 제작에 실패하자 천사들은 실패한 표상을 지옥에 던져 버리고 얼마간 내버려 둔다. 일부 회교 학자들은 혼백이 투영될 수 있는 형상들(조각상)만 금지시키기를 바라고 있다……. 플로티노스는 자신이 육체 안에 거하고 있다는 사실을 수치스럽다고 생각했으며, 그래서 조각가들이 자신의 모습을 조각해 영속시키는 것을 허락지 않왔다. 한번은 친구 하나가 초상화를 그릴 수 있게 해 달라고 청하자 플로티노스가 이렇게 대답했다. "자연이 나를 가두어 버린 이 환영을 끌고 다녀야하는 것만으로도 피곤하네. 그런데 내가 어떻게 이 환영의 환영을 영속시키라고 허락할 수 있겠는가?"

너새니얼 호손은 우리도 알고 있는 방법으로 (몽환이 아닌 방법으로) 이 난제를 해결해 냈다. 그는 교훈과 우화를 지어냈다. 예술이 양심의 기능을 담당하게 만들거나 최소한 그렇게 하도록 시도했던 것이다. 이를 명확히 하는 한 예로, 그는 『일곱 박공의 집』을 통해 어느 한 세대가 저지른 악은 일종의 연좌 처벌처럼 후세로 지속되고 이어져 내려간다는 것을 보여 주었다. 앤드루 랭[90]은 이 『일곱 박공의 집』이 에밀 졸라의 소설들, 혹은 에밀 졸라의 소설론에 정면으로 대립된다고 지적한다. 하지만 나로서는 순간 어안이 벙벙했을 뿐, 서로 너무 다른 이 두 작가의 이름을 나란히 배치시키는 것이 과연 무슨 소용이 있을까 싶다. 부디 호손이 무익하지 않은 그의 윤리적 의도를 지속시켜 나가거나 이어 나가기 바란다. 그의 작품은 결코 무익할 수 없다. 살아가기보다는 읽는 것으로 점철된 내 삶의 여정 속에서, 나는 온갖 문학적 의도와 문학 이론들은 그저 하나의 자극에 불과할 뿐, 마지막 작품에서는 그 모든 의도와 이론들을 무시하거나 심지어 그와 대치되는 말들을 쏟아 내기까지 한다는 걸 꽤 여러 차례 확인한 바 있다. 정말 작가 안에 뭔가가

---

90   Andrew Lang(1844~1912). 스코틀랜드 국경 인근 셀커크 태생의 비평가, 민속학자, 전기 작가 및 번역가.

내재되어 있다면 그 어떤 의도도, 설사 그것이 허황되고 오류 투성이인 의도라 하더라도, 치명적으로 작가의 작품에 영향을 미칠 수는 없다. 물론 작가는 부조리한 편견에 사로잡힐 수도 있다. 하지만 그의 작품이 순수하고, 순수한 시각에 부합하는 것이라면 결코 부조리하지 않을 수 있다. 1916년경, 영국과 프랑스의 소설가들은 독일인들은 하나같이 악마들이라고 믿고 있었다. (아니, 어쩌면 그렇게 믿고 있다고 믿었을 수도 있다.) 하지만 그들의 작품 속 독일인들은 인간의 모습으로 등장하고 있다. 호손에게 있어서도 최초 시각의 단초는 늘 진리였다. 다만 마지막 문단에 덧붙여진 윤리 의식 혹은 최초의 진리를 표출해 내기 위해 그가 고안해 내고, 덧입혀 무장시켜 내보낸 등장 인물들이 허위일 뿐이다. 우발적으로 탄생한 허위 말이다.『주홍 글자』속의 등장인물들은, 특히 여주인공 헤스터 프린 같은 경우, 그의 다른 작품에 나오는 인물들에 비해 훨씬 더 독자적이고 자율적으로 그려지고 있다. 그들은 살짝 변장을 한 호손의 단순한 투영에서 그치지 않고 소설 속 대다수의 인물들에 동화되어 버리곤 한다. 이러한 객관성, 이러한 상대적이고 부분적인 객관성이야말로 헨리 제임스와 루드빅 루이손[91] 같은 예리한 두 작가가『주홍 글자』를 호손 최고의 걸작이자 절대적 증거로 꼽게 만든 이유가 되었을 것이다. 하지만 나는 감히 이 두 대가들에게 견해에 이견을 제시하고자 한다. 객관성을 열망한다면, 객관성에 허기를 느끼고 갈증을 느낀다면 차라리

---

91   Ludwig Lewisohn(1882~1955). 미국 태생의 유대계 소
        설가, 비평가.

조지프 콘래드나 톨스토이에서 객관성을 찾아볼 일이다. 너새
니얼 호손에게서 그만의 독특한 맛을 추구하고자 한다면 그가
쓴 두툼한 소설 속보다는 차라리 한쪽에 밀쳐 놓은 다른 작품
혹은 가볍고 감상적으로 쓴 단편에서 찾아보는 것이 훨씬 나
을 것이다. 글쎄, 내 이런 이견을 어떻게 설명해야 할지 잘 모르
겠다. 나는 호손이 쓴 소설 세 편과 『대리석의 목신상』에서 독
자에게 감명을 주기 위해 전문가적 솜씨로 다듬은 일련의 상
황들을 발견할 수 있을 뿐, 자연스럽고 생기 넘치는 상상력의
발현을 찾아볼 수 없었다. (다시 말하지만) 상상이란 플롯 전반
과 그에 따른 여담들을 구성해 내는 것이지, 결코 일화들이나
배우들의 심리를(어쨌거나 이런 이름으로 불러야 할 것이다.) 줄
줄이 꿰어 맞추는 것이 아니다.

　존슨은 어느 작가라도 동시대인들에게는 빚지고 싶어 하
지 않는다고 지적한 바 있다. 호손은 동시대인들을 가능한 한
무시하려 들었다. 잘한 일인 것 같다. 어쩌면 우리의 동시대인
들은 우리와 너무나 흡사하기 때문에, 동시대인들은 늘 그렇
지만, 뭔가 새로운 것을 추구하는 사람이라면 차라리 옛것에
서 새로움을 찾는 게 훨씬 용이할 수도 있을 것이다. 호손의 약
력을 살펴보면, 드퀸시나 키츠, 빅토르 위고 등을 읽지 않은 것
으로 보인다. 그들 역시 호손을 읽지 않기는 마찬가지였지만.
그루삭은 미국 작가가 전적으로 독창적일 수 있다는 사실을
거부한다. 그리고 호손의 작품에서는 "호프만의 영향이 농후
하다."라고 밝힌다. 물론 두 사람이 서로 모른다는 전제하에 한
말이다. 호손의 상상은 낭만적이지만 그의 문체는 다소 과도
한 감이 있음에도 불구하고 18세기, 특히 멋진 18세기의 미약

한 말기 문체에 해당된다.

　나는 호손이 자신의 기나긴 고독감을 달래기 위해 썼던 일기의 일부를 읽어 본 적 있다. 아주 짧은 두 개의 글이었다. 아래에 나는 『대리석의 목신상』 일부를 소개하고자 한다. 독자 여러분이 호손의 글을 만나 보았으면 해서다. 이 글의 주제는 라틴 역사가들에 따르면 로마의 포럼 중심부에 깊어 파였다는 구멍 혹은 심연과 신들의 분노를 잠재우기 위해 그 끝없는 심연의 나락 아래로 무장을 하고 말을 탄 채 자신의 몸을 던져 버린 한 로마인의 이야기이다. 호손의 글은 이렇다.

　"바로 이곳이 영웅이 자신의 명마를 탄 채 몸을 날렸던, 바닥이 갈라졌던 바로 그 자리임을 확인해 봅시다. ── 케니언이 말했다. ── 얼마나 크고 컴컴한 구멍이 뚫려 있었는지 한번 상상해 보십시오. 바닥을 알 수 없을 만큼 깊고, 온갖 괴물들이 숨어 있으면서 저 아래서 흉측한 얼굴들이 위를 올려다보는, 입구 주변에는 시민들이 온통 둘러싸고 지켜보는 가운데 공포로 가득한 그곳을 말입니다. 구멍의 안쪽으로는 분명 예언적 영상들과 (로마가 앞으로 겪어야할 온갖 비운에 대한 예시들) 갈리아족과 반달족, 프랑스 병사들의 혼백들이 가득 차 있었을 겁니다. 그 구멍이 그렇게 빨리 닫혀 버리다니, 참 애석하군요! 그 구멍 속을 한 번만이라도 들여다볼 수 있다면 그 어떤 대가라도 치를 텐데 말입니다."

　"저는 ── 미리암이 말했다. ── 누구라도 암울하고 쇠약해진 순간에, 말하자면 직관의 순간에, 그 심연의 나락 속을 볼 수 있다고 생각해요."

"그 구멍은 ─ 케니언이 말했다. ─ 그저 우리 발아래 난, 이 세상 어느 곳에라도 날 수 있는 컴컴한 구멍입니다. 사람들이 행복이라고 생각하는 것의 바닥을 지탱하고 있는 것들 중에 가장 견고하다고 할 수 있는 물질마저도 실은 그 심연의 구멍 위를 덮고 있는 얇은 철판 조각에 불과하며, 그것이 우리의 몽환적 세상을 지탱해 주고 있는 것이랍니다. 그 철판을 부수는 데는 지진도 필요 없습니다. 겨우 우리의 다리를 지탱할 정도니까요. 발을 내딛을 때에도 아주 조심해야 합니다. 어차피 종국에는 우리 모두 구멍 안으로 추락하고 말겠지만요. 심연 속으로 몸을 던진 쿠르티우스[92]의 영웅주의는 아둔한 허세에 다름 아니었습니다. 어차피 로마 전체가 스스로 무너져 버리고 말았으니까요. 카이사르의 궁전이 돌더미가 무너져 내리는 소리를 내며 주저앉아 버렸습니다. 신전이란 신전은 다 무너져 버렸고, 수천 개의 신상들도 쓰러져 버렸습니다. 무수한 병사들과 개선군 들이 군가를 소리 높여 연주하며 심연의 입구를 향해 행진해 오면서 나락으로 떨어져 내렸어요……."

이상이 호손의 작품이다. 이성적 관점에서 보자면(예술과 뒤섞이지 않은 순수 이성을 말한다.) 내가 번역한 위의 열정적 장면은 말이 안 되는 장면이다. 포럼 한가운데 입을 쩍 벌린 구멍

92　　로마 신화에 등장하는 인물로 자기 자신을 하계의 신 플루토에게 바쳐 포럼 로마눔 한가운데 생긴 거대한 구멍을 메웠다.

은 너무나 많은 것들을 의미하고 있다. 단순히 문장만을 보면, 그것은 라틴 역사가들이 말하는 구멍이기도 하지만 "온갖 괴물들과 흉측한 얼굴들"이 있는 지옥의 입구이기도 하며, 인생의 가장 원초적 두려움이기도 하고, 동상들을 갉아 먹고 병사들을 삼켜 버리는 시간임과 동시에, 시간까지도 묻어 버리는 영원이기도 한 것이다. 결국 포럼의 구멍은 다중의 상징, 서로 병립하기 어려운 온갖 가치들을 내포하는 하나의 상징인 셈이다. 이성이나 논리적 사고로 판단하자면 이와 같은 다양한 가치가 일대 혼란을 야기할 수 있겠지만, 나름의 독특하고 비밀스러운 규범을 갖는 꿈에서는 그렇지 않을 뿐 아니라, 꿈이라는 모호한 영역 속에서는 하나도 여럿이 될 수가 있는 것이다. 그 꿈의 세계가 바로 호손의 세계이다. 호손은 "일관성도 없고, 기이하며, 꿈꾸려는 의도조차 갖지 않은" 진짜 꿈같은 꿈을 글로 써내기로 하면서, 지금껏 아무도 이와 유사한 시도를 해 보지 않았다는 데 놀라움을 드러냈다. 이 별난 계획, 우리의 "근대" 문학이 시행해 보려 했지만 모두 무위에 그쳤고, 오로지 루이스 캐럴만이 이루어 낼 수 있었던 계획을 기록해 두었던 바로 그 일기장에 그는 소소하고 구체적인 사안들, 즉 암탉의 움직임, 벽에 비친 나뭇가지의 그림자 등에서 느껴지는 세밀한 인상들 수천 가지를 적어 놓았다. 이렇게 적은 일기가 모두 여섯 권에 달하는데, 그 불가해할 정도의 방대한 양에 모든 전기 작가들이 하나같이 혀를 내둘렀다. "이 책들은 마치 ─ 헨리 제임스가 당혹스러운 마음을 이렇게 표현한 바 있다. ─ 누가 우편물을 뜯어 보면 어쩌나 하는 걱정스러운 마음을 갖고 자기 자신에게 그 편지를 보냈으나, 막상 읽어 보면 아무런 알맹

이도 없는, 반갑기는 하되 아무짝에도 쓸모없는 편지 같은 것
들이다." 나는 너새니얼 호손이 오랜 세월에 걸쳐 이런 사소한
모든 것들을 기록한 이유는 자기 자신이 실재하는 인물이었음
을 스스로에게 확인시켜 주기 위해서, 그리고 곧잘 그를 사로
잡곤 했던 비현실감과 환영들로부터 어떻게든 벗어나고 싶어
서였다고 생각하기로 한다. 그가 1840년에 남긴 일기 가운데
이런 구절이 있다.

> "지금 나는 내 방에 있다. 언제나 내가 있어 온 듯한 그 방
> 에. 이 방에서 나는 수많은 단편들을 완성했다. 그 수많은 단
> 편들을 나중에 내 손으로 불태워 없앴지만, 불태워진 그 수많
> 은 단편들은 불살라지는 운명이 걸맞은 그런 것들이었다. 이
> 방은 마법의 방이다. 수천수만의 환영들이 그 안에서 태어났
> 고, 그 가운데 일부는 지금도 세상 곳곳에서 볼 수 있으니 말
> 이다. 때로 나는 내가 꽁꽁 얼어붙은 채 꼼짝 못하고 마비된
> 상태로 무덤 속에 누워 있는 것 같은 생각이 들기도 했다. 또
> 어떤 때에는 행복하다고 느낀 적도 있었다……. 이제야 나는
> 내가 왜 이렇게 여러 해 동안을 이 고독한 방 안에서 포로 생
> 활을 해 왔는지, 왜 보이지 않는 그 쇠창살을 부숴 버리지 못
> 했는지 알 것 같다. 만일 내가 예전에 그 방을 빠져나올 수 있
> 었더라면, 아마 지금쯤은 거칠고 메마른 인간이 되고, 심장 전
> 체가 세상의 티끌로 온통 뒤덮여 있을 것이다……. 사실 우리
> 모두는 그저 환영일 뿐인 것을……."

위에 옮겨 적은 글귀 속에서 호손은 "수천수만의 환영들"

이라는 표현을 했다. 이 숫자는 결코 과장이 아닌 것 같다. 호손이 남긴 열두 권의 전집 속에만도 백 몇십 개에 달하는 단편이 포함되어 있지만, 그나마 이 숫자도 그가 일기에 적어 놓은 환영들의 수치와 비교하면 극히 일부에 지나지 않기 때문이다.(그가 완결한 단편들 가운데 하나는 (『히긴보텀 씨의 대 재앙』(반복되는 죽음)[93]이란 작품) 훗날 포가 창안하게 되는 탐정 소설 장르를 예시하고 있다.) 유토피아적 공동체 브룩팜에서 호손을 만나 본 마가렛 풀러 여사는 훗날 이렇게 기록했다. "저 대양 속에 우리는 겨우 물 몇 방울을 담고 있을 뿐이다." 또한 호손과 친분을 유지했던 에머슨도 호손은 한계가 없는 사람이라고 했다. 호손은 1842년, 그러니까 서른여덟 살에 결혼했는데, 결혼하는 그날까지 그의 생애는 줄곧 상상으로 가득한 정신적 삶으로 점철되어 있었다. 그는 보스턴 세관에서 일했고 리버풀 주재 미 영사를 지내기도 했으며 피렌체, 로마, 런던 등지에서 생활하기도 했지만, 그가 경험한 현실은 늘 환상적 상상이 빚어낸 노을 진, 혹은 달빛 어린 은은한 세상이었다.

이 글의 서두에서 나는 문학적 창안은 몽환적 창안을, 문학은 꿈을 가능케 한다는 심리학자 융의 학설을 언급한 바 있다.

---

93 히긴보텀 씨가 죽었다는 소식을 듣고 여기저기 소문을 퍼뜨렸던 도미니커스 파이크는 히긴보텀 씨가 살아 있음을 알게 되어 무척 난감해 한다. 결국 히긴보텀 씨를 찾아간 그는 자신이 사람들에게 했던 것과 같은 방식으로 죽임을 당할 뻔한 히긴보텀 씨를 구한다. 이책은 일종의 블랙 유머로 미래가 어떻게 과거에 영향을 미칠 수 있는지를 생각하게 한다.

이 학설은 사전에 의지하고 수사학에 기댈 뿐, 환상이라는 것
은 담고 있지 않은 스페인어로 된 문학에는 적용할 수 없을 것
같다. 하지만 북미의 문학에는 딱 맞는다. 미국 문학은 (영국 문
학이나 독일 문학이 그렇듯이) 모사하기보다는 창조하는 힘을 지
니고 있고, 관찰하기 보다는 만들어 내는 능력을 지니고 있다.
이런 측면 때문에 미국인들이 사실주의 작품을 신기하리만치
숭배하는 등의 현상, 일례로 모파상을 위고보다 더 중요하게
여기는 현상 같은 일이 발생하는 것이다. 그 이유는 미국 작가
는 위고처럼 될 수 있는 가능성은 지니고 있지만, 언짢으라고
하는 말이 아니라, 모파상이 될 가능성은 전혀 없기 때문이다.
천재 작가들을 여럿 배출했고, 영국과 프랑스 문학에 지대한
영향을 미쳤던 미국 문학과 비교해 볼 때, 우리 아르헨티나 문
학은 너무나도 지엽적인 문학으로 비칠 위험성이 있다. 하지
만 19세기 들어 미국 작가들이 지금까지도 넘보지 못하고 있
는 (아마도 동일 선상에조차 이르지 못한) 사실주의 문학 작품들,
에체베리아[94]와 아스카수비,[95] 에르난데스, 그리고 아직 널리
알려지지 않은 에두아르도 구티에레스 등의 놀랄 만큼 잔혹한
작품들이 선을 보였다. 물론 혹자는 포크너의 작품 역시 우리

---

94   호세 에스테반 안토니오 에체베리아(Jose Esteloan
      Antonio Echeveria, 1805~1851). 아르헨티나의 시인,
      작가. 중남미 문학에 낭만주의 사조를 이식시킨 대표
      적인 낭만주의 작가. 시집 『사로잡힌 여자』와 단편 소
      설 『도살장』이 대표작으로꼽힌다.

95   아르헨티나 민중이 부르던 노래에서 많이 발견되는
      4행시.

아르헨티나의 가우초 문학보다 잔혹함에서 떨어지지 않는다며 반론을 제기하려 들지도 모른다. 맞는 말이다. 나 역시 공감하는 바이기도 하다. 하지만 어디까지나 환각적인 방법을 통해서일 뿐이다. 지상에 발붙이지 않은 지옥을 통해서, 호손이 처음 시도했던 몽환적인 방법을 통해서 말이다.

호손은 1864년 5월 18일에 뉴햄프셔의 산악 지대에서 사망했다. 그의 죽음은 아주 고요하고 신비롭게 찾아왔는데, 그건 그의 죽음이 꿈결에 찾아왔기 때문이었다. 그가 꿈을 꾸면서 숨을 거두었다는 우리의 상상을 가로막을 것은 아무것도 없다. 아니 더 나아가 그가 무한으로 이어지는 일련의 마지막에서 꾸고 있던 꿈의 줄거리를 만들어 낼 수도, 죽음이 어떻게 그 줄거리를 완성하고 또 지워 버렸는지 지어낼 수도 있다. 어쩌면 언젠가 내가 그 이야기를 글로 쓸지도 모른다. 그리고 불완전하고 지루하며 여담에 불과한 이 이야기를 그럴듯한 단편으로 꾸며 내려 할지도 모른다.

반 위크 브룩스[96]는 『꽃피는 뉴잉글랜드』에서, D. H. 로렌스는 『고전 미문학 연구』에서, 또 루드빅 루이손은 『미국 문학사 이야기』에서 호손의 작품을 분석, 평가하고 있다. 그의 전기 또한 많이 나와 있다. 1879년에는 몰리 출판사에서 펴낸 『영국 문학가』 시리즈에 싣기 위해 헨리 제임스가 그의 이야기를 썼다는 사실도 밝혀 두고자 한다.

호손은 죽었지만, 많은 작가들이 그로부터 꿈꾸기를 이어

---

96   Van Wyck Brooks(1886~1963). 미국의 평론가, 전기
      작가. 1937년 퓰리처상 역사 부문 수상자.

받았다. 독자 여러분의 관용이 허락한다면, 다음에는 꿈이 악
몽으로 고조된 포의 영광과 멍에에 대해 연구해 볼 것이다.

상징으로서의 발레리

월트 휘트먼이라는 이름을 폴 발레리라는 이름과 나란히 놓는 것은 언뜻 보아도 자의적이다 못해 (더 나아가) 부질없는 일로 보인다. 발레리는 무한한 재능의 상징임과 동시에 무한한 불안감의 상징이기도하다. 이에 비해 휘트먼은 도무지 일관성이라고는 없는 사람의 상징임과 동시에 행복 지향적 성향이 지대한 사람의 상징이기도 하다. 발레리는 명석하게도 사고(思考)의 미로를 인격화한 데 비해, 휘트먼은 육체의 감탄사를 인격화했다. 발레리가 유럽의 상징이자 희미하게 남은 황혼의 상징이라면, 휘트먼은 아메리카 대륙과 여명의 상징이다. 문학계는 똑같이 '시인'이되 극단적으로 대립되는 두 시인을 동시에 수용하지는 못하는 것 같다. 하지만 한 가지 사실이 이 두 시인을 하나로 묶고 있다. 두 시인의 작품은 단순한 시로 바라보기보다는 그 작품에 의해 창조된 시인의 전형이 빚어내는 기호로 볼 때 더욱 더 그 진가를 발휘한다는 사실이다. 그래서 영국의 시인 라셀레스 애버크럼비[97]는 휘트먼이 "고매한 경험의 축적을 통해 자신의 모습에서 생기발랄한 인격체를 도출해 내는, 이 시대 시(詩)에서는 흔치 않은 진정한 위업을 이루었다."라며 잔뜩 치켜세울 수 있었다. 그의 이런 칭찬은 모호하고 과도한 감이 없지 않지만, 그래도 테니슨의 추종자인 지성인 휘트먼을 『풀잎』의 작가이자 반(半) 신성화된 영웅 휘트먼과 동일시하지 않는 나름의 특징이 있다. 이 둘을 구분하는 일은 중요하다. 휘트먼은 상상 속의 자기 자신이 되어 광시곡들을 써 내려갔는데, 그가 창출해 낸 상상 속의 자신은 일부 자기 자신의 모습을 지니고 있으며, 또 일부는 그의 시를 감상하는 독자들 하나하나의 모습과 닮아 있다. 이 때문에 비평가들을 화나게 만드는 분산이 생겨나는 것이고, 이 때문에 평생 단 한 번도 가 보지 못했던 곳에서 사람들이 그의 시에 날짜를 적어 넣는 관행이 생기게 된 것이고, 또 이 때문에 어떤 시구는 남부 지방에서 만들어지고 또 어떤 시구는 (실제로) 롱아일랜드에서 만들어지게 된 것이다.

　휘트먼 시의 목적 가운데 하나는 느긋하게 무한한 행복을 향유할 수 있는 인간 ── 월트 휘트먼 ── 을 그려 내는 것이다. 그런가 하면 발레리가 그려 내는 인간은 휘트먼의 인간보다 더 과장되고 더 몽환적이다. 발레리는 휘트먼처럼 박애 정신과 열정과 행복을 추구하는 인간의 능력은 그다지 찬미하지

97　Lascelles Abercrombie(1881~1938). 영국의 시인 겸 평론가. 대표작으로 『토머스 하디 연구』가 있다.

않았지만, 대신 정신 능력을 찬양해 마지않는다. 발레리는 에드몽 테스트라는 인물을 창조해 냈다. 우리 모두가 이 인물을 단순한 발레리의 도플갱어 정도로 여기지 않는다면, 아마도 이 인물은 금세기의 신화 가운데 하나가 될 수 있을 것이다. 우리에게 있어 발레리는 에드몽 테스트다. 다시 말해 발레리는 포가 창조해 낸 슈발리에 뒤팽, 신학자들이 창조해 낸 상상 불가한 신에서 파생된 또 하나의 분류이다. 분명한 건 아니지만 말이다.

예이츠와 릴케, 엘리엇은 발레리보다 훨씬 더 기념비적인 시들을 남겼으며, 제임스 조이스와 슈테판 게오르게[98]는 자신들의 언어로 발레리보다 훨씬 더 함축성 있는 수식을 더했다. (아마도 프랑스어는 영어나 독일어에 비해 수식의 여지가 좀 적은가 보다.) 하지만 이 훌륭한 작가들의 작품 이면에는 발레리에 필적할 만한 개성이 부족하다. 어찌 보면 작가의 개성은 곧 작품의 투영이라 할 수 있지만, 그렇다고 해서 이 점의 중요성이 떨어지는 것은 아니다. 낭만이 추하리만치 공상적이었던 시절, 나치즘과 유물론과 프로이드 학파의 예언과 초현실주의를 파는 장사꾼들로 인해 우울해지던 그 시절에, 인간을 각성시키는 일이야 말로 발레리가 감당했던(그리고 지금도 감당하고 있는) 훌륭한 사명이다.

이제 망자가 되었지만 폴 발레리는 여전히 그 어떤 사실에

---

98   Stefan George(1868~1933). 독일의 서정시인. 현대 독
      일시의 원형을 만든 것으로 평가받고 있으며, 대표작
      으로 「삶의 융단」, 「동맹의 별」 등이 있다.

대해서도 무한히 감각적이고, 그러기 위해 이 세상의 모든 사
실을 끝없는 생각의 고리를 이끌어 내는 자극으로 받아들이는
인간의 상징으로 우리에게 남아 있다. 자기 자신과 상이한 면
모들을 발산하는 셰익스피어에 대해 윌리엄 해즐릿[99]이 평했
듯이 우리도 발레리에 대해 "그는 전혀 그 자신이 아니다."라
고 말할 수 있는 그런 인간의 상징으로 평할 수 있다. 어떤 가
능성을 내포하고 있는지 규정지을 수조차 없는 놀라운 글들을
고갈됨 없이 쏟아 내는 그런 인간의 상징, 또 혈통과 국적과 정
욕이라는 카오스적 우상을 숭배하는 시절에도 변함없이 사유
의 한없는 즐거움과 은밀한 코스모스로의 모험을 추구하는 그
런 인간의 상징이라고도 말할 수 있을 것이다.

1945년, 부에노스아이레스에서.

---

99   William Hazlitt(1778~1830). 19세기 초에 활동한 영
      국의 수필가, 비평가. 낭만주의적 관점을 지닌 비평가
      로 작가의 인생이나 사회적 배경보다는 작품 자체에
      집중한 비평을 했다.

에드워드 피츠제럴드[100]에 관한 수수께끼

오마르 벤 이브라임이라는 사람은 기독교력으로 11세기(아랍의 헤지라력으로는 5세기)에 페르시아에서 태어나, 훗날 하사신파 혹은 암살 조직의 창시자가 되는 하산 벤 사바흐, 그리고 장래 알프 아슬란의 원로대신 겸 코카서스의 정복자가 되는 니잠 알물크와 코란을 익히고 전통을 배우며 함께 자랐다. 이 세 친구는 농담 반 진담 반으로, 언젠가 셋 중 하나에게 행운이 찾아오게 된다면 그 행운을 거머쥔 사람이 다른 두 사람을 잊지 말기로 맹세했다. 세월이 흘러 니잠이 원로대신의 직위에 오르게 되었다. 오마르는 친구의 행운에 힘입어 그저 그

100　Edward Fitzgerald(1809~1883). 영국의 시인, 번역가. 오마르 하이얌의 『루바이야트』를 번역한 것으로 유명하다.

친구의 영달을 기원하며 수학을 연구하기 위한 자그마한 공간
을 내어 달라고 청했다. (하산은 높은 직책을 하사해 달라고 청해
그 직위를 얻었지만, 결국에는 친구인 원로대신을 칼로 찌르도록 사
주하게 되었다.) 오마르는 니샤푸르의 재정에서 해마다 1만 디
나르의 연금을 받으면서 연구에만 몰두할 수 있게 되었다. 그
는 별자리 점성술은 믿지 않았지만 천문학은 연구했고, 술탄
이 장려하던 달력 개정 작업에 일조하였으며, 1차 방정식과 2
차 방정식을 푸는 그 유명한 대수법(代數法)을 창안했고, 원추
곡선의 교차점을 활용해 3차 방정식을 풀어내는 기하학의 법
칙도 밝혀냈다. 숫자와 천체의 신비는 여전히 그의 관심을 집
중시켰다. 그래서 그는 조용한 도서관에 앉아 이슬람어로는
이집트의 플라톤, 혹은 그리스 대가라는 뜻을 지닌 플로티노
스의 저서들과 성결 형제[101]가 쓴 이교도적이고 신비로운 백과
사전도 탐독했다. 이 백과사전에 따르면, 세상은 어떤 단일성
의 발산이라서 결국에는 그 단일성으로 회귀하게 될 것이라고
한다……. 이 말을 한 사람은 지구상의 형체들이 사물 너머에
서는 존재하지 않는다는 것을 알아낸 개종자 알파라비와 세상
은 영원함을 깨달은 개종자 이븐 시나다. 한 연대기에 따르면,
오마르가 인간의 몸에서 짐승의 몸으로 영혼이 옮겨 가고, 피
타고라스가 개와 이야기를 나누었듯이 자신도 당나귀와 이야

101　'순결한 형제들' 또는 '성실한 형제들'로도 불리는 이
　　들은『성결 형제의 서신』또는『순결한 형제들의 백과
　　사전』으로 알려진 철학서를 저술한 10세기 바스라의
　　무슬림 철학자 그룹이다.

기를 나눈다고 믿거나 믿기로 했다고 한다. 그는 종교가 없었지만 코란의 가장 난해한 부분도 정통 교리에 따라 해석할 줄 알았는데, 이는 당시 지식인이라면 누구나 신학자였으며 신학자가 되려면 신앙을 갖는 것이 필수적이었기 때문이었다. 천문학과 대수법과 변증법을 연구하는 틈틈이, 오마르 벤 이브라임 알카야미는 네 편의 시를 지었다. 그 가운데 첫 번째 시와 두 번째 시와 마지막 시는 운이 서로 맞는다. 이 4행시들 가운데 가장 널리 필사된 것도 500장 정도 필사된 것인데, 이 빈약한 수치는 그가 누릴 영광을 좀먹는 것이었다. 페르시아에서 시인이라면 (스페인의 로페[102]와 칼데론[103]처럼) 다작을 해야 했기 때문이다. 헤지라력으로 517년, 오마르는 『하나와 여럿』이라는 제목의 책을 읽고 있었다. 순간 불안감 혹은 불길한 느낌이 그를 엄습했다. 그는 자리에서 일어나 결코 다시 읽지 못한 그 페이지에 표시해 둔 뒤, 늘 존재해 왔던, 그가 자신의 난해한 대수학 저서 일부에서 은총을 강구했었던 바로 그 신에게 고해를 했다. 그리고 바로 그날, 해가 떨어질 시각에 그는 세상을 떠났다. 그 무렵 이슬람의 지도 제작자들이 그 존재조차 알지 못했던 북서쪽의 한 섬에서는 노르웨이 왕을 무찌르고 승리를

---

102   로페 데 베가(Lope de Vega, 1562~1635). 스페인의 극작가이자 시인, 소설가. 대표작으로 「상대는 모른 채 사랑하다」가 있다.

103   페드로 칼데론 데 라 바르카(Pedro Calderón de la Barca, 1600~1681). 로페 데 베가와 어깨를 견주는 스페인의 극작가. 대표작으로는 「정의의 왕자」, 「인생은 꿈」, 「살라메아의 촌장」 등이 있다.

거두었던 한 색슨족 국왕이 어떤 노르망디 공작에게 무릎을
꿇고 말았다.

그로부터 7세기의 세월이 영욕과 유위전변 속에 흐른 뒤,
영국에서 피츠제럴드라는 사람이 태어났다. 그는 지적인 면에
서는 오마르보다 좀 떨어졌지만, 감성이 훨씬 더 예민했고 애
수에 젖어 있었다. 피츠제럴드는 문학이 자신의 숙명임을 알
았기에 서두르지 않고 끈기 있게 실력을 키워 나갔다. 모든 문
학 작품을 통틀어 최고의 걸작이라 생각되었던 『돈키호테』를
(그렇다고 셰익스피어나 노장 베르길리우스를 폄하하려는 의도는
없다.) 읽고 또 읽더니, 급기야 그의 문학에 대한 애정은 단어를
찾는 데 참조했던 사전으로까지 확장되었다. 그는 가슴속에
음악을 품고 있는 사람이라면 누구나, 천운이 닿는 경우 평생
열 번에서 열두 번쯤은 시를 지을 수 있다고 생각했다. 하지만
거저 얻은 혜택이라고 함부로 남용할 생각은 없었다. 그는 (테
니슨이나 칼라일, 디킨스, 새커리[104] 등) 유명 인사들을 친구로 두
고 있었는데, 겸손하고 예의 바른 성품에도 불구하고 자신이
그 친구들보다 열등하다고 느끼지는 않았다. 그는 기품이 넘
치는 대화록 『유프라노르』와 칼데론과 위대한 그리스 비극 작
가들의 평범한 희곡 번역본을 출간했다. 스페인어를 배우다가
나중에는 페르시아어를 배우게 되었고, 그러다 보니 『만티그
알타이르(새들의 회의)』도 번역하게 되었다. 이 시는 자기들의

---

104   윌리엄 메이크피스 새커리(William Makepeace
Thackeray, 1811~1863). 영국의 작가. 디킨스와 어깨
를 나란히 하는 19세기 영국의 대표적 소설가.

왕 시무르그를 찾아 길을 떠난 새 떼에 대한 신비로운 서사인데, 새들은 일곱 개의 대양을 건너 마침내 왕이 사는 궁전까지 날아오르지만, 알고 보니 그들 모두가 시무르그이며, 시무르그는 그들 모두이자 각각의 새 한 마리 한 마리였다는 걸 깨닫게 된다는 내용이다. 1854년 경, 그는 오마르의 시를 필사한 모음집을 빌려 보게 된다. 그 시들은 다른 규칙에 따르지 않고 그저 운(韻)들이 알파벳 순서대로 정리되어 있었다. 피츠제럴드는 그 가운데 일부 행들을 라틴어로 옮겨 보았는데, 그 행들을 짜고 깁다 보면 서두에는 아침과 장미와 종달새의 이미지를, 말미에는 밤과 무덤의 이미지를 담은 유기적으로 지속되는 책을 한 권 만들어 낼 수 있으리라는 가능성을 발견했다. 이 불가능해 보이고 심지어 황당해 보이기까지 하는 목표를 위해 피츠제럴드는 은근과 고독과 광기로 가득한 그의 여생을 다 바친다. 1859년, 마침내 그는 『루바이야트』 초판을 발표한다. 그리고 그 후 많은 수정을 거쳐 조바심 어린 마음으로 새로운 판본들을 소개한다. 그런데 기적이 일어난다. 어쩌다 시를 창작하게 된 페르시아의 천문학자와 완벽하게 이해하지도 못하면서 동방의 책과 스페인의 책을 탐독한 영국 출신 괴짜의 우연한 만남을 통해 그 둘을 다 닮지 않은 기이한 시인이 탄생하게 된 것이다. 스윈번[105]은 피츠제럴드가 "오마르 하이얌에게 영국 최고의 시인들 속에 영주할 수 있는 자리를 내주었다."라고 썼으며, 이 비할 바 없는 책에 내포된 낭만적인 면과 고전적인

---

[105]   앨저넌 찰스 스윈번(Algernon Charles Swinburne, 1837~1909). 영국의 시인, 평론가.

면을 예민하게 감지한 체스터턴은 이 책에서 "선율은 빠져나가고 헌정사는 길이 남는다."라고 지적한다. 일부 비평가들은 피츠제럴드가 번역한 『오마르』를 일컬어 실은 페르시아적 암시로 가득한 영국 시라고 한다. 피츠제럴드가 궁금증을 갖고, 손질하고, 창조해 낸 건 사실이지만, 그가 번역한 『루바이야트』는 우리 독자들로 하여금 페르시아인이 되고 고대인이 되어 작품을 읽어 줄 것을 요구하는 것 같아 보인다.

이쯤 되면 형이상학적 추정을 하게 된다. 오마르는 (우리도 알다시피) 영혼이 여러 육신으로 전이될 수 있다는 플라톤과 피타고라스의 사상을 신봉했다. 그리고 수백 년의 세월이 흐른 뒤, 그의 사상은 영국에서 새롭게 되살아났다. 니샤푸르에서는 수학의 그늘에 가려 빛을 보지 못했던 문학의 운명을, 페르시아어와는 아주 먼, 그러니까 라틴어에 뿌리를 둔 독일어를 통해 실현시키기 위해서였다. 이사악 루리아 엘 레온은 죽은 자의 영혼은 불행한 영혼 속으로 파고들어 그 영혼을 지탱시키거나 훈육시킨다고 했다. 어쩌면 오마르의 영혼도 1857년 무렵에 피츠제럴드의 영혼 속에 둥지를 틀었는지도 모를 일이다. 『루바이야트』에는 우주의 역사가 신이 구상하고 만든 뒤, 지켜보고 있는 하나의 구경거리라고 씌어 있다. 이러한 논리는 (전문 용어로는 범신론이라 하는데) 우리로 하여금 영국인 피츠제럴드가 페르시아인 오마르를 되살릴 수 있었다고 생각하게 만든다. 근본적으로 피츠제럴드와 오마르 두 사람 다 신이거나 신의 순간적인 얼굴들이었기 때문이다. 이런 초자연적 현상들은 그저 운 좋게 맞아 떨어진 우연의 산물일 뿐이라고 생각하는 게 더 그럴듯해 보이고 경이롭게 느껴지기도 하다.

구름은 때로 산의 형상을 만들어 내기도 하고 혹은 사자의 형상을 만들어 내기도 한다. 마찬가지로 에드워드 피츠제럴드의 애수와 옥스퍼드 보들레이언 도서관 서가에 잊힌 채 꽂혀 있는 노란 종이에 붉은 글씨로 쓴 육필본은 우리를 위한 한 편의 시를 만들어 냈다.

모든 공조는 신비롭다. 더욱이 위의 영국인과 페르시아인의 공조는 더욱 더 그렇다. 이 두 사람은 서로 너무 다른 데다, 살아생전 두 사람이 서로 우정을 나눴던 것도 아니고 단지 죽음과 유위전변과 시간의 흐름을 통해 한 사람이 또 다른 사람을 알게 되었고, 그리하여 두 사람이 한 명의 시인이 되었기 때문이다.

오스카 와일드에 대하여

와일드의 이름을 언급하는 것은 멋쟁이 시인을 언급하는 것이자, 넥타이와 메타포로 사람들에게 감동을 선사해 보겠다는 순진한 꿈을 품고 있는 신사의 이미지를 불러일으키는 일이다. 그것은 또한 휴 베레커[106]와 스테판 조지의 작업처럼, 정선된 혹은 은밀한 유희로서의 예술 개념과 부지런하고 기괴한 예술가(플리니우스, 『박물지』 제28권 2장)로서의 시인 개념을 일깨우는 것이기도 하다. 그리고 19세기의 지쳐 버린 황혼을 떠

---

106   헨리 제임스의 소설에 등장하는 인물. 1896년 헨리 제임스는 짧은 이야기들로 구성된 『카펫 속의 인물』이라는 책을 펴냈는데, 이 이야기 속에는 이름이 드러나지 않는 화자가 등장한다. 이 화자는 문예지 작가로, 휴 베레커라는 소설가의 신작에 대해 리뷰를 쓰려고 한다.

올리게 하고, 온실 혹은 가면무도회의 강압적인 화려함을 생각나게 한다. 와일드란 이름과 더불어 떠오르는 이 모든 상념들이 틀린 것은 아니지만, 확신하건데 이 모든 기억들은 진실의 일부분에 불과하며, 자명한 사실에 대한 부정이거나 간과이기도 하다.

일례로 와일드가 상징주의 계열의 작가라는 주장에 대해 한번 생각해 보자. 이 주장을 뒷받침하는 정황들은 많다. 1881년 무렵 와일드는 유미주의(唯美主義)로 기울었다가, 10년 후에는 다시 퇴폐주의를 표방했다. 레베카 웨스트[107]는『헨리 제임스』제3권에서 퇴폐주의에 "중급이라는 낙인"을 찍었다며 와일드를 비난했다. 오스카 와일드의 시「스핑크스」의 시어는 놀라우리만치 학구적이다. 그는 슈보브[108]와 말라르메를 친구로 두었다. 그에 대한 반론의 가장 핵심적인 이유로 내세우는 것은 시건 산문이건 와일드의 구문이 간결하기 그지없다는 점이다. 수많은 영국 작가 가운데 그만큼 외국 독자들에게 읽히기 쉬운 작가도 없을 것이다. 키플링의 산문이나 윌리엄 모리스의 시를 해독할 수 없는 독자들이라도『윈더미어 부인의 부채』를 손에 잡으면 하루 만에 다 읽을 수 있을 정도이다. 와일드 시

---

107   Rebeca West(1892~1983). 본명은 시실리 이사벨 페어
       필드(Cicely Isabel Fairfild). 영국의 작가, 비평가. 각종
       시사지에 도서 비평을 게시했으며『병사의 귀환』,『재
       판관』같은 소설을 쓰기도 했다.
108   마르셀 슈보브(Marsel Schwob, 1867~1905). 프랑스의
       소설가, 학자. 상징주의의 영향을 받았으며,『이중의
       마음』,『황금 가면의 왕』등의 작품을 썼다.

의 운율은 즉흥적이거나 즉흥적인 것으로 비치고자 한다. 그
의 시에는 엄격하고 지혜로운 알렉산드리아 출신의 시인 라이
오넬 존슨의 시구 "인간에게 버림받은 채, 적막 속에서, 오직
주 예수와 단 둘이"에서와 같은 체험적 내용이 담긴 행은 단 한
행도 보이지 않는다.

　와일드가 기교 면에 아무런 무게를 두지 않는 것은 곧 그가
본질적으로 위대하다는 것으로 풀이될 수 있다. 와일드의 작
품이 그가 얻고 있는 명성의 성격에 부합하는 것이라면, 그의
작품은 『유랑의 궁전』이나 『뜰의 황혼』 식의 인위적 기교 그
자체로 이루어져 있어야 할 것이다. 물론 와일드의 작품에는
이런 기교가 넘쳐흐른다. 예를 들어 『도리언 그레이의 초상』
11장이나 『기방(妓房)』 또는 『황색 협주곡』를 떠올려 보면 된
다. 하지만 그에게서는 서술적 성향이 다분하다. 와일드는 화
려한 문체(purple patches)를 배제할 줄 아는 것이다. 사실 이런
표현을 만들어 낸 건 리케츠[109]와 헤스키스 피어슨[110]이었다지
만, 와일드가 비손가(家) 사람들에게 보낸 편지의 첫머리에서
도 그런 성향은 이미 잘 드러나고 있었다. 두 사람이 이런 표현
을 한 건 와일드라는 이름이 장식적 표현이라는 개념과 직결
된다는 것을 증명하는 일이기도 하다.

　여러 해를 두고 와일드를 읽고 또 읽다 보니 나는 그의 추

109　찰스 S. 리케츠(Charles S. Ricketts, 1866~1931). 영국
　　　의 비평가.

110　Hesketh Pearson(1887~1964). 영국의 비평가. 쇼, 길
　　　버트, 디킨스를 비롯한 많은 작가들의 전기를 썼다.

종자들이 단 한 번도 의심해 보지 않았을 성싶은 사실을 하나 깨닫게 된다. 거의 항상 와일드가 옳았다는 명확하고 기본적인 사실을 말이다. 『사회주의 체제하 인간의 영혼』이라는 책의 내용은 심금을 울리기도 하지만 옳은 말이기도 하다. 그가 《펠 멜 가제트》와 《스피커》에 마구 써 댔던 온갖 잡다한 글들에서도 레슬리 스티븐[111]이나 세인츠버리[112] 최고의 명문을 능가하는 명쾌한 견해가 넘쳐난다. 와일드는 일종의 라이문도 룰리오[113] 식 절충 예술을 시도했다는 이유로 비난받아 왔다. 물론, 그가 한 농담 가운에 일부에는 이런 비난이 적용될 수도 있을 것이다. ("영국인 특유의 얼굴 가운데 어떤 얼굴은 한번 보았더라도 늘 잊어버리게 된다." 같은 말 말이다.) "하지만 음악은 우리에게 실재와 거의 다름없는 미지의 과거를 떠올리게 해 준다."(『예술가로서의 비판』)라든지, "모든 인간은 사랑하는 것을 죽인다."(『리딩 감옥의 노래 1』)라든지, "어떤 행위에 대해 후회하는 것은 과거 혹은 과거의 행위를 수정하는 일이다."(『심연으

---

111   Leslie Stephen(1832~1904). 영국의 문학자, 철학자. 정치, 종교, 문예 등 다양한 부분에서 활약했다.

112   조지 세인츠버리(George Saintsbury, 1845~1933). 영국의 비평가, 문학사가. 대표작으로는 그리스·로마 시대부터 현대에 이르는 시간 동안 발표된 비평을 대상으로 쓴 『비평사』, 『프랑스 소설사』 등이 있다.

113   Raimundo Lulio(1232?~1315). 스페인의 철학자, 시인, 신비주의자이자 신학자.

로부터』)라든지[114], 레옹 블루아[115]나 스베덴보리[116]와는 어울리
지 않는, 그러니까 "매 시시각각 과거의 자신과 미래의 자신이
아닌 사람은 없다."(『심연으로부터』) 같은 명언에는 적용될 수
없다. 내가 이런 글을 쓰는 것은 독자들의 숭배를 이끌어 내기
위함이 아니다. 다만 흔히 사람들이 와일드답다고 생각하는
것과는 상이한 정신세계를 드러내기 위한 증거로 제시하고 있
을 뿐이다. 와일드는 내 판단이 틀리지 않는다면, 아일랜드의
모레아스를 훨씬 능가했다. 그는 18세기 사람이었지만, 더러
는 상징주의적 유희를 수용했다. 그는 기번이나 존슨, 볼테르
처럼 옳은 말을 하는 지성인이었다. 또한 "정확히 한마디로 말
하자면 철저히 고전적인 인간"[117]이었다. 그는 자신의 시대가

---

114   라이프니츠는 아르노의 강력한 논박을 불러일으킨 흥
       미로운 주장을 발표했는데, 이 주장에서 그는 인간 각
       개인은 선험적으로 자신에게 일어날 일들에 대한 관
       념을 내재하고 있다고 했다. 이 변증법적 숙명론에 따
       르면, 알렉산더 대왕의 경우, 왕권을 차지하게 되는 것
       도, 결국 바빌로니아에서 죽음을 맞이하게 되는 것도
       다 스스로에게 내재된 속성이라는 것이다.(원주)

115   Leon Bloy(1846~1917). 프랑스의 작가, 평론가, 언론
       인.

116   에마누엘 스베덴보리(Emanuel Swedenborg, 1688~
       1772). 스웨덴의 신비주의자, 자연과학자, 철학자. 자
       연과학자로 명성을 얻었으나 심령적 체험을 한 뒤에
       신비주의자가 되었으며 삼위일체에 대한 전통적인 해
       석을 배격하였다. 사후에 그의 교리를 따르는 '새 예루
       살렘 교회'가 설립되었다.

117   알폰소 레이예스 오초아(Alfonso Reyes Ochoa)가 멕시
       코 작가에게 한 말이다.(『해시계』, 158쪽)(원주)

원하는 것을 그 시대에 제공해 주었다. 대다수의 사람들에게는 눈물을 자아내는 희극을, 소수의 사람들에게는 언어를 통한 아라비아스러움을 준 것이다. 이런 서로 딴판인 두 가지 일을 그는 은은한 행복감 속에서 병행했다. 다만 너무나 완벽했던 게 오히려 이 일에 해가 되었다. 즉 그의 작품들은 지나칠 만큼 조화로워, 부득이 그럴 수밖에 없었던 것 같아 보이기도 하고, 더 나아가 무모해 보이기까지 한 것이다. 이제 우리로서는 와일드의 경구가 따라붙지 않는 우주를 상상하기조차 힘들지만, 그렇다고 해서 그가 제시한 경구들에 대한 칭찬이 잦아드는 것은 아니다.

덧붙여 한 가지만 더 말할까 싶다. 오스카 와일드라는 이름은 허허벌판 위에 세워진 도시들을 떠오르게 만들고, 그가 누린 영광은 형벌과 옥살이와 직결된다. 하지만 (이 점을 헤스키스 피어슨은 무척 안타까워했는데) 그의 작품에서는 기본적으로 행복의 맛이 묻어난다. 이와는 반대로, 강건한 신체와 정신의 전형으로 여겨지는 체스터턴의 값진 작품은 늘 악몽이 되어 버릴 여지를 지니고 있다. 악마적인 것과 공포가 그 안에 내재되어 있기 때문이다. 그나마 가장 낫다고 생각되는 부분마저도 독자를 경악으로 몰고 가니 말이다. 체스터턴이 유년을 되살리고 싶어 하는 어른이라면, 와일드는 온갖 불운과 불행에도 불구하고 변함없는 순수함을 지켜 가는 어른이다.

체스터턴이나 랭, 보즈웰[118]이 그렇듯, 와일드 역시 비평

---

118   제임스 보즈웰 (James Boswell, 1740~1795). 영국의 전
       기 작가. 새뮤얼 존슨을 스승으로 섬겼던 그는 훗날

계, 더 나아가 때로는 독자의 수용까지도 모른 척할 수 있는 복
받은 작가이며, 그렇기에 그의 작품은 우리에게 누를 길 없는
한결같은 즐거움을 주는 것이다.

『새뮤얼 존슨전』을 출간했다.

체스터턴에 대하여

그가 없애 버리지 않았기 때문에

나무가 주는 두려움은……

— 체스터턴, 「제2의 유년기」

에드거 앨런 포는 환상적인 순수한 공포 혹은 순수한 괴기로 가득한 단편들을 썼다. 에드거 앨런 포는 추리 소설의 창시자다. 그가 이 두 장르를 서로 결합시키지 않았다는 명제보다는 위의 명제들이 훨씬 더 확실하다. 그는 신사 오귀스트 뒤팽에게 다중 인격자가 오래전 저질렀던 범죄 사실에 주목할 것을 요구한다거나 검정과 주홍 일색의 방에서 유령이 가면을 쓴 프로스페로 왕자를 향해 총을 쏜 사건에 대해 설명할 것을 강요하지 않는다. 이와는 반대로 체스터턴은 열정적으로, 그리고 행복한 마음으로 걸작들을 마구 양산한다. 브라운 신부

가 등장하는 사가(Saga)들은 그 하나하나가 미스터리를 내포하
고 있는데, 처음에는 악마적이거나 마술적인 해석을 제기하다
가 결국 이 땅의 현세적 해석으로 그것들을 대치한다. 작가로
서 그의 솜씨는 이 여러 편의 짧은 픽션들 속에서도 결코 고갈
되지 않는다. 그 픽션들 속에서 나는 체스터턴 작품의 핵심, 즉
체스터턴의 상징 혹은 거울을 감지해 낸 것 같다. 세월 속에서,
그리고 쏟아져 나오는 작품들 속에서(『너무 많은 것을 아는 남
자』, 『시인과 미치광이』, 『미스터 폰드의 패러독스』) 반복적으로 나
타나는 구도는 그가 수사학적 기교보다는 기본적인 형식에 치
중하고 있음을 증명해 주는 것으로 보인다. 지금 내가 쓰고 있
는 이 글은 바로 그 형식에 대한 해석을 하는 데 목적이 있다.

먼저 너무나도 자명하게 여겨지고 있는 사실들에 대해 재
고해 볼 필요가 있다. 체스터턴은 가톨릭 신자였다. 체스터턴
은 사실주의 이전의 중세를 신봉했다.("작고, 희고, 깨끗한 런
던"[119]) 체스터턴은 휘트먼과 마찬가지로, 존재한다는 것은 그
사실 자체만으로도 너무나 경이롭기에 그 어떤 불행도 우리로
부터 희극적 감사의 마음을 앗아갈 수 없다고 생각했다. 물론
이런 생각들은 옳을 수도 있겠지만, 제한적 관심만을 불러일
으킬 수도 있다. 혹 체스터턴이 이런 믿음을 저버린다면 그것
은 곧 사람의 신조란 일련의 정신적·감정적 작용의 최종 단계

---

119   체스터턴에게 중세의 그리스도교는 "작고 희고 깨끗
한 런던"으로 생각하기에는 너무 길게 유지되었다. 런
던에서 태어난 체스터턴에게 '작음'은 복수(複數)의
현실, 하나로 모아진 생각을 의미했다.

라는 사실과, 인간이란 바로 이러한 일련의 과정의 총체임을 망각하게 되었음을 의미할 것이다. 영국에서 가톨릭 신자들은 체스터턴을 칭송했고, 자유사상가들은 그를 부정했다. 자신의 신념을 밝힌 다른 모든 작가들과 마찬가지로 체스터턴 역시 자신의 신념 때문에 심판대에 올랐고, 그 신념 때문에 비난받거나 박수를 받았다. 늘 대영 제국이라는 틀 위에서 사람들의 심판을 받아야 했던 키플링과 비슷한 경우라고 할 수 있다.

포와 보들레르는 블레이크의 잔혹한 신, 유리젠[120]이 그랬던 것처럼 경악에 찬 천지의 창조를 상정했다. 그러니 그들의 작품이 무시무시한 형상들로 가득한 것은 당연한 이치다. 내 생각에 체스터턴은 악몽의 연출가, 즉 기괴한 예술가(플리니우스, 『박물지』제28권 2장)라는 비난을 받지는 않았던 것 같다. 하지만 어쩔 수 없이 늘 타인들의 날카로운 시선을 받았다. 그는 만일 사람의 눈이 세 개였다면 어땠을까, 새의 날개가 세 개였다면 어땠을까 묻는다. 또한 범신론자들과는 반대로 죽은 자를 천국에서 만나는 일에 대해 말한다. 천사의 합창을 들려주는 영혼들은 하나같이 똑같은 얼굴을 하고 있다고 말하기도 한다.[121] 그는 사면이 거울로 된 감옥에 대해 말하기도 하고, 중

---

120   시인이자 화가인 윌리엄 블레이크가 상상해 낸 창조
      주의 이름. 그는 1794년에 자신이 그린 창조주 유리젠
      의 작업을 묘사한 『유리젠의 서』이라는 시집을 출간
      했다.

121   아타르(Attar)의 뜻("어느 곳에서나 우리는 하나의 얼
      굴만을 보게 된다.")을 널리 알리는 의미에서 잘랄-웃
      딘 루미는 시를 지었고, 이 시를 다시 뤼케르트가 번역

심이 따로 없는 미로에 대해 말하기도 하며, 금속제 로봇에 의
해 망가져 가는 인간에 대해 말하기도 한다. 또한 그는 새들을
잡아먹는다거나, 잎사귀 대신 깃털이 자라는 나무에 대해 말
하기도 하고, (『목요일이었던 남자』 6권에서) 이 세상 동쪽 끝자
락에는 이제 단순한 한 그루의 나무 이상인, 그리고 그 이하이
기도 한 나무가 한 그루가 존재할 것이고, 서쪽 끝자락에는 건
축되었다는 사실 자체만으로도 사악하기 그지없는 탑이 하나
있을 것이라고도 한다. 그는 멀리 있는 것, 더 나아가 잔악한
것을 통해 가까이 있는 것을 정의한다. 사람들이 자신의 눈을
언급하면, 그는 그 두 눈을 「에스겔」(1장 22절)의 표현을 빌려
"수정 같은 궁창"이라 불렀으며, 밤에 대해 논하면 (「요한계시
록」 4장 6절의) 전통적인 괴기로 마무리하며 밤을 일컬어 "앞뒤
로 눈이 가득 달린 괴물"이라 표현했다. 『나는 어떻게 슈퍼맨
을 찾았을까』 역시 조금도 뒤지지 않는 작품이다. 체스터턴은
슈퍼맨의 부모와 이야기를 나눈다. 어두컴컴한 방에만 틀어박
혀 지내는 아들의 외모에 대해 질문을 받은 슈퍼맨의 부모는
그에게 슈퍼맨은 자기 자신의 법칙을 스스로 창조하고, 그 법
칙에 의해 평가받는 존재임을 상기시켜 준다.("그들 슈퍼맨의
층위에서 보면 그는 아폴로 신보다도 아름답습니다. 물론 우리 인간

한 바 있다. 이 시에서(『작품집』 제4권, 222쪽) 잘랄-
웃딘 루미는 하늘과 바다, 꿈에는 오직 유일자만이
존재하며, 이 유일한 존재는 제 안에 흙과 불과 공기
와 물로 이루어진 세상이라는 전차를 견인하는 힘센
동물들을 한꺼번에 깃들게 하여 칭송받고 있다고 했
다.(원주)

의 층위에서 보면 좀 ……".) 또한 슈퍼맨의 부모는 손을 내밀어 슈퍼맨을 만져 보는 것도 쉬운 일이 아님을 인정한다.("댁도 이해하실 겁니다. 워낙 구조 자체가 다르니까요.") 또한 그들은 아들 슈퍼맨에게 머리카락이 있는지 깃털이 돋아 있는지 제대로 확인해 주지 못한다. 기체를 흘려보내 슈퍼맨을 죽여 버린 사람들이 인간의 형체와는 사뭇 다른 형태의 관을 들고 나온다. 이렇게 체스터턴은 조롱이라도 하듯이 기형학적(畸形學的) 환상에 대해 이야기를 풀어낸다.

이런 예들은 얼마든지 있다. 이것들은 체스터턴이 에드거 앨런 포나 프란츠 카프카 같은 작가가 되고자 했음을 보여 주는 것이기도 하지만, 그가 말하는 소위 '나'라는 수렁 속 뭔가는 늘 악몽으로 변하려는 경향이 있고 어딘지 비밀스러우며 맹목적이고 중심 지향적인 경향이 있음을 보여 주는 것이기도 하다. 그의 초기 작품들은 기품 있고 위대한 두 작가 브라우닝[122]과 디킨스를 정당화시키는 데 기여했다. 또한 독일에서 나온 최고의 작품은 그림(Grimm)의 단편들이라는 사실을 재론한 것도 의미가 있었다. 그는 입센을 폄하하고 로스탕[123]을 (거의 더 이상의 변론이 불가할 만큼) 두둔했다. 하지만 트롤들과 『페르귄트』를 쥐락펴락한 마왕은 다 "그가 꾼 꿈의 산물", 즉 "the stuff his dreams were made of"였다. 이런 뒤틀림, 악마의 의지에 속박

---

122   로버트 브라우닝 (Robert Browning, 1812~1889). 영국의 시인.

123   에드몽 로스탕(Edmond Rostard, 1868~1918). 프랑스의 극작가. 『로마네스크』와 『시라노』가 유명하다.

되어 버릴 수도 있다는 상상이야말로 체스터턴의 본질이라고
볼 수 있다. 내 생각에는 체스터턴의 이런 투쟁의 상징적 표출
이 바로 브라운 신부의 모험담이며, 그 모험담 하나하나는 이
성에 기대어 설명할 길 없는 사실들을 설명하고자 한다.[124] 그
래서 내가 글의 서두에서 이 픽션들을 체스터턴 작품의 핵심,
체스터턴의 상징 혹은 거울이라고 한 것이다. 이게 내 이야기
의 전부다. 다만 체스터턴이 자신의 상상력을 무릎 꿇리고 만
"이성"이라는 것이 사실은 이성이 아니라 가톨릭적 믿음, 다시
말해 플라톤과 아리스토텔레스에 종속된 유대교적 상상력의
총체였다는 것은 짚고 넘어가야 할 것 같다.

서로 상반되는 두 개의 비유가 떠오른다. 하나는 카프카 전
집 I권에 수록된 것으로, 천국 문을 들어서고자 하는 어떤 남
자의 이야기다. 첫 번째 문을 지키고 있던 수문장이 그에게 안
쪽으로 들어가면 겹겹이 또 다른 문들을 통과해야 하며[125] 모든
방마다 수문장이 지키고 서 있는데, 안쪽으로 갈수록 점점 더
힘 센 수문장들이 버티고 있다고 말해 주었다. 남자는 그곳에
앉아 기다려 보기로 한다. 그렇게 몇 날이 가고 또 몇 해가 흘
러 남자는 결국 죽게 된다. 죽어 가던 남자가 번민에 휩싸여 문

---

124   설명할 수 없는 것을 설명하는 것이 아니라, 혼돈스러
       운 것에 대해 설명하는 것은 일반적으로 추리 소설에
       부여된 과제다.(원주)

125   죄지은 자와 영광 사이에 있는 '문 뒤의 문' 개념은 『조
       하르』에 나오는 개념이다. 글래처의 『시간과 영원성
       속에서』 30쪽 및 마틴 부버의 『하시드 이야기』 92쪽
       참조.(원주)

는다. "그렇게 여러 해를 기다렸건만, 이 문으로 들어가려는 사람이 나 말고는 한 사람도 없다는 게 도대체 말이 됩니까?" 그러자 수문장이 대답한다. "아무도 이 문으로 들어가려 하지 않았던 건, 이 문은 오로지 당신 하나만을 위해 존재하는 것이기 때문이었소. 이젠 문을 닫아야 할 때가 되었소." (카프카는 『심판』 9장에서 조금 복잡한 형태지만 이런 비유를 제시하고 있다.) 또 다른 비유는 버니언[126]의 『천로역정』에 나오는 것이다. 사람들이 군인들이 방비하고 있는 성을 탐욕스러운 눈빛으로 쳐다본다. 성문 앞에는 수문장이 성 안으로 들어갈 만한 자격이 있는 사람들의 이름을 적기 위해 명부를 펼쳐 들고 서 있다. 대담무쌍한 한 남자가 수문장 앞으로 다가가 말한다. "그 명부에 나의 이름을 적어 넣으시오." 그러고는 남자는 검을 빼 들더니 군인들을 향해 돌진하여 피비린내 나는 상처를 주고받는다. 마침내 굉음과 함께 성문이 열리고 남자는 성 안으로 들어간다.

체스터턴은 평생을 이 두 번째 비유와 같은 글을 쓰는데 바쳤다. 하지만 그 안에 있는 뭔가는 늘 첫 번째 비유와 같은 글을 쓰려고 애쓰곤 했다.

126 　 존 버니언(Jhon Benyan, 1628~1688). 영국의 침례교 설교자이자 우화 작가. 대표작 『천로역정』은 종교적 구원에 이르는 길을 꿈이라는 형식을 빌려 쓴 종교 소설이다.

맨 처음의 웰스

해리스[127]는 오스카 와일드가 H. G. 웰스에 대해 질문을 받자 이런 대답을 했다고 전한다.

"그는 쥘 베른과는 또 다른 과학자라고나 할까요."

와일드가 이 말을 한 것은 1899년이었는데, 사람들은 와일드가 웰스를 이런 식으로 규정하거나 무시하려 했다기보다는 H. G. 웰스와 쥘 베른은 더 이상 병립시킬 수 없는 사람들이라는 사실을 지적하려 했던 것으로 보고 있다. 물론 우리 모두 그점에는 동감한다. 하지만 우리의 공감을 불러일으킨 서로 얽히고 설킨 온갖 이유들에 대해 훑어보는 일도 결코 무익하지만은 않을 것이다.

---

127   프랭크 해리스(Frank Harris, 1856~1931). 미국의 소
설가이자 저널리스트.

그 이유들 중에서도 가장 널리 인정받는 것은 전문가들이 보는 이유다. 웰스는 (사회학자가 되기 전까지만 해도) 스위프트와 에드거 앨런 포 식의 간결한 문체를 이어받은 빼어난 이야기꾼이었다. 이에 비해 쥘 베른은 기꺼운 마음으로 부지런히 글을 쓰는 날품팔이 글쟁이에 불과했다. 베른은 청소년을 대상으로 글을 쓴 데 비해, 웰스는 모든 연령층을 대상으로 글을 썼다. 그 밖에도 언젠가 웰스 스스로 밝힌 바 있는 또 다른 차이도 있다. 베른의 소설들은 제법 있을 법한 일들(잠수함이나 1872년 당시의 함정보다 훨씬 규모가 큰 함정, 남극의 발견, 유성 영화, 기구를 타고 아프리카 대륙 횡단하기, 지구 중심을 향하고 있는 사화산 분화구 등)을 다룬 데 비해, 웰스의 소설은 미래로 가 미래에 필 꽃을 꺾어 들고 돌아온 사람이나 거울에 비친 모습처럼 몸 전체가 통째로 뒤집혀 버려 심장이 오른쪽에 달린 채 다른 차원의 세상에서 귀환한 사람 이야기 같은 완전히 불가능한 일을 다루지는 않지만 그래도 (투명 인간, 사람을 갉아먹는 식인 꽃, 화성에서 일어나는 일들을 그대로 비춰 주는 수정 구슬 같은) 가능성을 가지고 있는 모든 소재를 다룬다. 언젠가 『달의 첫 방문자』를 두고 출간을 허가할 거냐 말 거냐 논란이 된 걸 본 쥘 베른이 "저런 황당한 이야기가 있나!"라며 화를 냈다는 이야기를 읽은 적이 있다.

내가 보기에도 위에서 살펴본 이유들은 다 타당성이 있어 보인다. 하지만 그것만으로는 왜 웰스가 늘 『헥토르 세르바닥』[128]의

---

128   쥘 베른의 작품으로, 영어 제목은 『혜성에서(Off on a Comet)』이다.

저자는 물론 로스니,[129] 리턴,[130] 로버트 팰톡,[131] 시라노[132] 등을
비롯해 그와 같은 방식으로 글을 쓰는 그 어떤 선구적 작가들
보다 무한 우위에 있는지에 대해 설명이 되지 않는다.[133] 이 작
가들의 작품 플롯은 제 아무리 높이 평가해 준다 해도 이 문제
를 해결할 수 없다. 그리 짧은 단편이 아니라면, 플롯은 그저 하
나의 구실이거나 출발점에 불과할 뿐이다. 플롯은 작품의 전
개에는 중요할지 모르지만 독서의 즐거움을 위해서는 그리 중
요하지 않기 때문이다. 이 점은 '모든' 장르의 문학에서 공히
발견되는 부분이다. 가장 훌륭한 플롯을 지니고 있다고 해서
최고의 추리 소설이 되지는 못한다. (최상의 플롯이 최상의 소설
이 되었더라면 『돈키호테』는 존재할 수 없었고, 버나드 쇼는 유진 오
닐보다 못한 작가로 치부되었을 것이다.) 나는 웰스의 초기 작품
들, 예컨대 『닥터 모로의 섬』이나 『투명인간』 같은 작품들이
시대를 앞서가는 것들이라 평가받는 데에는 상당히 중요한 이

---

129   로스니 J. H. (Joseph Henri Honoré Boex, 1856~1940).
      벨기에의 SF 작가. 원문에서는 보르헤스가 Rosny를
      Rosney로 잘못 표기했다.
130   자일스 리턴 스트레이치(Giles Lytton Strachey,
      1880~1932). 영국의 작가. '블룸즈버리 그룹'의 일원.
      대표작으로 『프랑스 문학의 이정표』가 있다.
131   Robert Paltock(1697~1767). 영국의 소설가. 대표작으
      로 『콘월 사람 피터 윌킨스의 삶과 모험』 등이 있다.
132   사비니엥 시라노 드베르주라크(Savinien Cyrano de
      Bergerac, 1620~1655). 프랑스의 극작가 겸 시인.
133   웰스는 1931년 작 『세계사 대계』에서 두 명의 선구자
      들, 즉 프랜시스 베이컨과 사모사타의 루키아노스의
      작품을 높이 평가한 바 있다.(원주)

유가 있다고 본다. 내용이 독창적이라서 그렇기도 하지만, 그보다는 스토리 전개가 어찌 보면 인간으로서는 도저히 벗어날 수 없는 운명 그 자체와 다르지 않다는 상징성을 띠고 있기 때문이기도 하다. 눈꺼풀이 빛을 차단시키지 못하기 때문에 잠을 자더라도 마치 두 눈을 뜨고 자는 것과 다름없는 처절한 운명의 투명 인간은 우리 모두가 느끼는 외로움이고 두려움이다. 밤마다 자신들의 노예근성을 읊조리며 앉아 있는 괴물들의 은신처는 바티칸이자 라싸(Lhasa)[134]다. 오랜 생명력을 지니는 작품은 늘 무한하고 유동적인 모호성을 지닌다. 그것은 사도 베드로처럼 모든 이들을 위한 전부이며, 독자의 면모를 드러내는 거울임과 동시에 세계 지도이기도 하다. 이런 현상은 작가의 존재에도 불구하고 거의 속절없이, 암암리에 나타난다. 작가는 그 어떤 상징성도 모르고 있다. 이렇게 천진난만하게 웰스는 초기의 환상적 작품들을 써냈다. 내 생각에 그의 훌륭한 작품이 내포하고 있는 내용보다 이런 점이 더 훌륭한 것 같다.

혹자는 예술이란 결코 주장을 설파해서는 안 된다고 하지만, 그들이 말하는 주장이라는 것은 곧 자신들의 주장에 반하는 주장이다. 그런 의미에서 내 생각은 좀 다르다. 나는 웰스의 거의 모든 주장에 대해 감사를 느끼고 있으며 신봉하고 있다. 하지만 그의 소설 속에 작가의 주장이 개입된 것에 대해서

---

134   티베트의 정신적 지주이자 종교 지도자인 달라이 라마가 기거하는 포탈라궁이 있는 도시. 티베트어로 '신의 땅'이라는 뜻이다.

는 안타깝게 생각하고 있다. 영국 유명론자들의 충실한 후계자인 웰스는 불굴의 "영국"을 운운하거나 "프러시아"의 모략이 어떻네 하고 떠들어 대는 우리네 습성을 비난하고 나선다. 나로서는 바람직하지 못한 신화에 대항하는 이런 플롯은 전혀 탓할 게 없다는 생각이다. 파함 목사의 꿈 이야기에 플롯을 구겨 넣는 것과는 상황이 다르니까 말이다. 작가가 실제로 발생하는 사건들에 대해 언급하거나 의식에서 비어져 나온 희미한 선을 엮어 가는 데 그칠 경우, 독자들은 작가를 전지전능한 인물로 여기거나 우주 혹은 신과 혼동할 수 있다. 그러다가 한풀 꺾여 추론이라도 하려고 하면 곧바로 작가의 모자람을 발견하게 된다. 결국 현실은 실재하는 사건들에서 비롯될 뿐, 추론에서 비롯되지 않는 것이다. 우리는 신이 (「출애굽기」 3장 14절의 말씀처럼) 스스로 있는 자임을 천명하도록 용인할 뿐, 헤겔이나 안셀무스의 '존재론적 증명(argumentum ontologicum)'처럼 신을 증명하거나 분석하는 일은 결코 용납하지 않는다. 신은 이론화해서는 안 되며, 작가는 예술이 우리에게 요구하는 순간적 믿음을 인간의 이성을 사용해 무효화시켜서는 안 된다. 또 다른 이유도 있다. 어떤 인물에 대해 반감을 표명하는 작가는 그 인물을 이해하지 못하거나 이해하지 못하는 게 당연하다고 고백하는 것처럼 보인다. 이렇게 되면 우리는 작가의 지성을 의심하게 되고, 천국과 지옥을 주재하는 신의 지성 또한 믿지 못하게 되는 것이다. 스피노자는 말하기를, 신은 그 누구도 미워하지 않으며 그 누구도 사랑하지 않는다고 했다.(『에티카』 제5권 17장)

케베도나 볼테르, 괴테를 비롯해 다른 많은 이들처럼, 웰스는 문장가라기보다는 문학가이다. 그는 어떤 식으로든 찰스 디킨스 식의 크나큰 행복감을 창출하는 수다로 가득한 책들을 썼으며, 사회학적 비유를 남발했고, 백과사전을 편찬했다. 소설의 가능성을 확장시켰고, 플라톤의 대화를 히브리식으로 모방해 욥기를 우리 시대에 맞게 새롭게 써냈으며, 교만하지도 비굴하지도 않은 어조로 유쾌한 자서전을 써냈다. 공산주의와 나치즘, 기독교 제일주의에 대항해 싸웠고, (예의 바르지만 날카롭게) 벨록[135]과 논쟁을 벌였고, 과거를 정리했으며, 미래를 기술했고, 현실의 삶과 상상의 삶을 기록했다. 도서관에 소장된 방대하고 다양한 책들 중에서도 나는 『타임머신』과 『닥터 모로의 섬』, 『원반 이야기』, 『달의 첫 방문자』 같은, 놀랍도록 기적적인 이야기들이 담긴 작품들이 제일 마음에 든다. 이 책들이야말로 내가 제일 처음 읽은 책들이었으며, 아마도 내 생애 마지막으로 읽게 될 책들도 바로 이 책들일 것이다……. 나는 이 책들이 발산하는 빛은 테세우스나 아하스베루스처럼 인류의 보편적 기억 속에 편입되어, 그 글을 쓴 작가의 개인적 영광을 초월하고, 그 글을 이루고 있는 언어가 소멸된 이후에까지도 배가되어 갈 것이라고 생각한다.

---

135   루이즈 스완튼 벨록(Louise Swanton Belloc,
        1796~1881). 아일랜드계 프랑스 작가, 번역가.

『비아타나토스』[136]

내가 처음 『비아타나토스』라는 책을 접하게 된 것은 드퀸시를 통해서였다. (내가 드퀸시에게 얼마나 큰 빚을 졌는가 하면, 특정 부분에서 빚을 졌다고 말하기 위해서는 나머지 다른 모든 부분들은 단념하거나 침묵하게 해야 할 정도이다.) 그 책은 17세기 초에 위대한 시인 존 던[137]이 집필한 것으로, 던은 그 글의 육필본

---

136   Biathanatos. 영국의 시인 존 던(John Donne, 1572~
      1631)이 중병에 걸렸을 때 집필한 책으로 흔히 『자살
      론』으로 알려져 있다.
137   존 던은 실로 위대한 시인이었으며, 아래의 시가 이를
      증명한다.

      내 이 두 손이
      상하전후로 유랑케 하라.

을 "인쇄하여 출간하거나 불태워 버리지 않는다는 조건" 하나만 달고 로버트 카 경에게 넘겨주었다. 던은 1631년에 사망했고, 1642년에는 내전이 발발했다. 1644년, 던의 장남은 "불태워지는 것을 막기 위해" 부친의 낡은 육필본을 출판사에 넘겼다. 『비아타나토스』는 약 200쪽에 달하는 책으로, 드퀸시는 이 책을 다음과 같이 요약하고 있다.(『글』 제8권, 336쪽 참조) "자살은 살인의 한 형태이다. 법률가들은 의도적인 살인과 정당방위로써의 살인을 구분하고 있다. 논리적으로 보자면, 이러한 구분을 자살에도 적용시킬 수 있을 것이다. 모든 살인 행위가 범죄로써의 살인 행위가 아니듯이 모든 자살행위가 구원받을 수 없는 크나큰 죄악은 아니라는 것이다." 바로 이것이 『비아타나토스』에 외형적으로 드러나는 논지인데, 이는 ("자살이 반드시 원죄는 아니며, 그렇지 않을 수도 있다."라는) 부제에서도 잘 드러나고 있으며, "그 자신을 제외한 다른 그 누구도 이해할 수 없는 온갖 이야기들을 글로 써냈으나, 어부들이 낸 수수께끼를 풀지 못해 목 졸려 죽은 것으로 알려지고 있는" 호머부터[138] 부성애의 상징인 펠리컨과 암브로시우스의 『6일간의 천지 창조론』에 따르면 "국왕의 칙령을 위반하는 경우 죽음에 처해지게 되는" 꿀벌에 이르는, 목록을 가득 채우고 있는 수많은 황당무계한 이야기들 혹은 실화들 역시 이 논지를 설명하거나 훤

오, 나의 신천지, 나의 아메리카여!
―『애가』, 19장 (원주)

138   알세오 데 메세나의 묘비문 참조.(『그리스 선집』, 제
       VII권, 1쪽)(원주)

히 드러낸다. 그런데 장장 세 쪽에 이르는 이 이야기들의 목록
을 들여다보면서 나는 어처구니없는 상황을 발견하게 되었
다. ("피부병의 고통을 덜고자 자살을 선택한 도미시아누스 황제의
측근 베스도" 이야기 같은) 애매모호한 이야기들은 포함되어 있
는 반면, (세네카, 데미스토클레스, 카토 이야기 같은) 너무나도
명료하게 이해되는 설득력 있는 이야기들은 빠지고 없다는
점이었다.

("가장 중요한 것을 기억할지니, 문은 열려 있도다."라고 한) 에
픽테투스와 ("햄릿의 독백은 곧 범인의 자성이란 말인가?"라고 했
던) 쇼펜하우어는 엄청난 지면을 할애하며 자살을 옹호한 바
있다. 앞서 이들 자살 옹호론자들의 생각에 일리가 있음을 확
인했기에 우리는 편안한 마음으로 이들의 글을 대할 수 있다.
이 같은 일은『비아타나토스』와 관련해서도 똑같이 발생하였
으며, 그 결과 나로 하여금 명확한 논지 아래 숨겨진 혹은 비밀
스런 논지를 감지하거나 감지했다고 생각하게 만들었다.

과연 던이 그 감추어진 논지를 암시하고자 하는 깊은 뜻을
가지고『비아타나토스』를 집필했는지, 아니면 순간적이든 어
렴풋이든 간에 그런 논지를 예견함으로써 이를 책으로 써내야
한다는 의무감을 갖게 되었는지 우리로서는 알 수가 없다. 하
지만 내가 보기에는 두 번째 것이 훨씬 신빙성 있어 보인다. 마
치 암호문처럼 A라는 사실에 대해 말하기 위해 B를 대신 말하
는 책이 있을 수 있다는 가설은 너무 작위적이기 때문이다. 불
완전한 직관에 의해 이루어지는 작업은 이런 식으로 행해질
수 없다. 휴 포셋[139]은 던이 스스로의 자살을 통해 자살에 대해
변론하려 했던 것 같다고 했다. 물론 던이 그런 생각을 했음은

충분히 가능하고 있음직한 일이다. 하지만 그런 생각만으로
『비아타나토스』를 충분히 설명할 수 있다는 건 천부당만부당
한 소리다.

던은 『비아타나토스』 3부에서 자의적 죽음은 성경에서도
언급하고 있다고 지적한다. 그 누구의 죽음도 삼손의 죽음만큼
장구하게 설명하지 않았다는 것이다. 그는 자의적 죽음의 예로
서 "대표적인 사람"은 곧 예수 그리스도를 상징하는 것이며, 이
것이 그리스인들에게는 헤라클레스라는 전형으로 나타났으리
라는 점을 전제로 삼고 있다. 프란시스코 데 비토리아[140]와 예수
회 소속의 그레고리오 데 발렌시아[141]는 헤라클레스의 죽음을
자살의 범주에 포함시키지 않으려 한다. 던은 이들의 견해에 반
박하기 위한 증거로 삼손이 복수를 이루기 직전에 했던 마지막
말 "블레셋 사람과 함께 죽기를 원하노라."(「사사기」 16장 30절)
를 제시한다. 또한 삼손이 건물 기둥을 무너뜨리긴 했지만, 이
는 "칼은 그것을 쓰는 사람의 뜻에 따라 칼날을 움직이는 것처
럼"(『신의 도시』 제1권 20장) 성령의 뜻에 따라 행동한 것뿐이므
로 다른 사람들의 죽음에 대한 책임도, 자기 자신의 죽음에 대

---

139   휴 이안손 포셋(Hugh I'Anson Fausset, 1895~1965). 영
       국의 작가, 시인, 비평가. 종교적 성격의 소설을 집필했
       으며 존 던, 키츠, 콜리지 등의 작가에 대한 책을 냈다.

140   Francisco de Vitoria(1483~1546). 스페인의 철학자, 신
       학자. 살라망카 대학의 신학 교수로 재직했다.

141   Gregorio de Valencia(1549~1603). 스페인의 철학자,
       신학자. 살라망카 대학에서 학위를 받았으며 프란시
       스코 데 비토리아의 영향을 받았다.

한 책임도 그에게는 없다고 했던 성 아우구스투스의 주장 역
시 거부한다. 던은 성 아우구스투스의 추론이 근거 없는 것임
을 확실히 한 뒤, 자신의 글 말미에 삼손은 다른 어떤 행위보다
특히 죽음에 있어 예수 그리스도의 상징으로 화했다는 베니토
페레이로[142]의 말을 인용하고 있다.

성 아우구스투스의 주장과는 달리 정적주의(靜寂主義)[143]자
들은 삼손이 "마귀에 씌어 블레셋 사람들과 함께 자살했다."
(『스페인 이단』제5권 1장 8항)고 믿었다. 밀턴 (예컨대 『투사 삼
손』에서) 또한 삼손 자살의 속성과 관련하여 정적주의자들의
주장을 옹호했다. 하지만 던은 그 의견에 이의를 제기하면서,
이 문제를 결의론(決疑論)[144]적 차원에서 보기보다는 일종의 은
유나 환영(幻影)으로 해석하려 했다. 그에게 삼손의 경우는 아
무런 중요성도 지니지 못한다. 중요할 이유가 뭐가 있겠는가?
혹 중요성을 갖는다면 그건 "예수 그리스도의 상징"으로서 받
아들일 때뿐이다. 구약 시대의 영웅은 하나같이 예수 그리스
도를 상징했다. 성 베드로에게 아담은 자신의 원형적 모습의

---

142   Benito Pereira(1533~1610). 스페인의 신학자, 철학자.
       자연철학과 과학에 관심이 깊어, 연금술에도 관심을
       두었다.

143   일종의 신비주의로 인간의 의지를 최대한 억제하고
       자신을 하느님께 맡김으로써 '영혼의 정적' 상태에 이
       르러야 한다고 주장하였다. 성사를 거부함으로써 이
       단으로 배척당했다.

144   도덕적 문제를 선(善)이라는 보편적 기준이 아닌 교
       회와 성서의 율법, 사회적 관습과 규범 등 광범위한 지
       식에 비추어 해결하려는 방법.

상징이었으며, 성 아우구스투스에게 아벨은 구세주의 죽음을, 아벨의 동생인 셋은 구세주의 부활을 상징하는 것이었다. 케베도에게는 "하느님의 사랑을 받은 욥이야말로 경이로운 구상"의 상징이었다. 던이 이런 고리타분한 유추를 들먹이는 것은 독자들로 하여금 "삼손에 대한 예전의 모든 기록들은 허위일 수 있지만, 예수 그리스도에 대한 기록은 허위가 아니다."라는 사실을 이해하게 만들기 위함이다.

예수 그리스도를 직접 언급하는 것은 그다지 큰 감동을 불러일으키지 못하므로, 성경의 두 구절만 언급하도록 하겠다. "나는 양을 위하여 목숨을 버리노라."(「요한복음」 10장 15절)라는 구절과 네 성자가 예수의 "죽음"을 일컫는 데 사용했던 "영혼이 떠나가다."라는 특이한 구절이다. "이를 내게서 빼앗는 자가 있는 것이 아니라 내가 스스로 버리노라."(「요한복음」 10장 18절)라는 구절에서도 십자가형 그 자체가 예수 그리스도를 죽인 것이 아니라, 사실상 예수 그리스도가 자신의 영혼을 경이롭게, 그리고 자발적으로 떠나보냄으로써 죽게 되었음을 암시하고 있다. 던은 1608년에 이러한 추론을 글로 써냈으며, 1631년에는 거의 임종을 앞두고 행한 화이트홀궁의 예배당 설교에서 이 내용을 포함시켰다.

『비아타나토스』를 쓴 외형적 목적은 자살을 막자는 데 있는 것 같지만, 그 기저에 자리 잡은 근본 목적은 예수 그리스도가 자살했음을 드러내는 데 있다.[145] 이 논지를 드러내는 방법으로 던이 「요한복음」의 구절을 인용하고, '숨을 거두다'라는 동사를 반복적으로 사용했다는 사실은 사실성이 떨어져 믿기조차 어려운 일이다. 물론 그가 이런 불경스러운 주제를 끈질

기게 주장하려 했을 리도 없다. 기독교도 입장에서는 예수의
탄생과 죽음이야 말로 세계사의 중심 사건으로, 그 이전부터
수세기 동안 준비되어 온 일이며, 그 이후의 모든 일들은 이 사
건의 반영일 뿐이다. 또한 진흙으로 아담이 만들어지기 이전
부터, 궁창이 궁창 위의 물과 궁창 아래의 물로 나뉘기 이전부
터, 이미 하느님 아버지는 그의 외아들이 십자가에 못 박혀 죽
을 것임을 알고 계셨고, 이 미래의 죽음을 연출하기 위해 천지
를 창조한 것이다. 던은 예수 그리스도의 죽음이 자의적인 죽
음이었다고 말한다. 그리고 이 말은 지구상의 모든 것들과 인
류, 이집트와 로마와 바빌로니아와 유대 족속은 예수를 죽게
만들기 위해 무(無)로부터 창조된 것들임을 의미한다. 아마도
쇠는 예수를 박을 못을 만들기 위해 만들어졌을 터이고, 가시
는 모욕의 면류관을 위해 만들어졌을 것이고, 피와 물은 예수
의 상처를 위해 만들어졌을 것이다.『비아타나토스』의 이면에
서는 자신의 교수대를 만들어 내기 위해 세상을 창조한 신이
라는 개념, 즉 바로크적 사유가 엿보인다.

　이 글을 다시 읽으면서 나는 철학사에서는 필리프 마인렌
더로 불리는 비극적 삶의 주인공 필리프 바츠를 떠올려 본다.
그도 나처럼 쇼펜하우어를 탐독하던 독자였다. 그는 쇼펜하우
어의 영향으로(아니, 어쩌면 영지주의(靈知主義)[146]의 영향이었을

145　드퀸시의『글들』제8권 398쪽과 칸트의『이성의 한계
　　　안에서의 종교』제2권 2쪽 참조.(원주)
146　영지주의, 즉 그노시스주의는 신비주의적이고 계시적
　　　이며 밀교적인 지식 또는 깨달음을 뜻하는 그리스어

수도 있다.) 우리 인간이 태초의 시간에 존재하고 싶지 않다는
열망으로 스스로를 파괴시켜 버린 어떤 신의 파편일 수도 있
다는 상상을 하게 되었다. 세계사는 바로 그 파편들의 고뇌에
찬 암울한 역사라는 것이다. 마인렌더는 1841년에 태어났으
며, 1876년에 저서 『구원 철학』을 출간한 후, 같은 해 자살로
생을 마감했다.

'그노시스'에서 온 것으로, 고대에 존재하던 혼합주의
적 종교 운동 중 하나이다. 내부적으로 여러 분파가 존
재하지만 불완전한 신인 데미우르고스가 완전한 신의
영(靈)인 프네우마를 이용해 물질을 창조하였고, 인간
은 참된 지식인 그노시스를 얻음으로써 구원을 얻을
수 있다고 주장한다.

파스칼

　　내 친구들은 나에게 파스칼의 사상이 그들로 하여금 사고 (思考)하게 만든다고 한다. 물론 이 세상에 생각을 위한 단초로 기능하지 않는 것은 하나도 없겠지만, 내 경험으로 미루어볼 때 파스칼의 훌륭한 사상들이 착각에 기인한 것이든 혹은 실재적인 것이든 하여간 우리가 당면한 문제들에 대해 해법을 제시해 준 경우는 본 적이 없다. 오히려 나는 그 사상들이 파스칼 자신이나 그의 면면 혹은 그의 특징에 대해 설명하고 있다고 본다. 우리가 "먼지의 정수"라는 표현으로 햄릿 왕자를 이해할 수 있을 뿐 인간 전체를 이해할 수 없는 것처럼, "생각하는 갈대"라는 표현은 그저 인간 파스칼을 이해하는 데 도움이 될 뿐 인간 전체를 이해하는 데에는 아무런 도움이 되지 못하다는 것이다.

　　내가 알기로, 발레리는 파스칼의 자의적 극화를 비난했다.

말하자면 파스칼의 저작은 어떤 학설 혹은 변증법적 이행의 이미지를 투영하기보다는 시공간 속에서 길을 잃고 만 시인의 이미지를 투영하고 있다는 것이다. 여기서 시간 속에서 길을 잃었다 함은 만일 미래와 과거가 무한한 것이라면 실질적인 어느 한 순간은 있을 수 없기 때문이고, 공간 속에서 길을 잃었다 함은 모든 존재가 무한 극대와 무한 극소 사이의 동거리상에 위치하고 있다면 어느 한 점도 있을 수 없기 때문이다. 파스칼은 "코페르니쿠스의 학설"을 경멸하고 나섰지만, 그 자신의 작품이야말로 우리에게는 알마게스트[147]적 우주관에서 이탈하여 케플러와 브루노의 코페르니쿠스적 우주관으로 접어든 혼돈스러운 신학자의 모습을 투영하고 있을 뿐이다. 파스칼의 세계는 루크레티우스[148]의 세계이지만(또한 스펜서의 세계이기도 하지만) 루크레티우스가 심취했던 무한의 문제가 파스칼에게는 두려웠던 것 같다. 어쨌든 분명한 것은 파스칼은 신을 갈구했고 루크레티우스는 신들에 대한 두려움으로부터 우리를 자유롭게 해 주고자 했다는 사실이다.

파스칼은 신을 찾았다고 했지만, 그가 제시한 증거가 일으킨 감동은 그가 얼마나 고독했었는지를 드러내는 증거조차 되

---

147   천동설을 주장한 그리스의 천문학자 프톨레마이오스의 저서 『천문학 집대성』의 아랍어 역본의 제목.

148   티투스 루크레티우스 카루스(Titus Lucretius Carus, BC 99~55). 고대 로마의 시인, 철학자, 『사물의 본성에 대하여』라는 그의 저서에서, 물질을 이루는 원자는 무한한 시간과 공간에서 물질을 이루며 존재한다고 주장했다.

지 못했다. 고독의 문제에 있어서 파스칼은 타의 추종을 불허할 정도인데, 다음의 것만 보아도 충분히 알 수 있다. 그 유명한 브룬츠비히판 제207번째 단상(얼마나 많은 왕국들이 우리를 모르고 있는가!)과 그 바로 뒤이어 나오는 "나는 무한하고 광대한 공간을 알지 못하고, 그 공간들 또한 나를 모르니."라는 문구 말이다. 첫 번째 문구에서 '왕국들'이라는 대단한 어휘와 마지막에 나오는 경멸적 동사는 실질적으로 깊은 인상을 심어 준다. 예전에 나는 이 한탄이 성경에 나왔던 구절이 아닌가 생각한 적이 있었다. 그래서 실제로 성경을 뒤져 보았던 기억이 난다. 하지만 성경에서 그 구절을 찾아내지는 못했다. 아마도 원래 성경에는 그런 구절이 없었는지도 모른다. 그 대신 찾던 것과는 정반대의 의미를 지닌 구절들, 신의 감시하에 자신이 알몸으로 있다는 것, 심지어는 장기 내부까지도 신의 눈에 다 보이고 있다는 사실을 깨닫게 된 한 인간의 두려움 섞인 말들만 찾아내게 되었다. 사도 베드로는 "우리가 지금은 거울로 보는 것같이 희미하나 그때에는 얼굴과 얼굴을 대하여 볼 것이요, 지금은 내가 부분적으로 아나 그때에는 주께서 나를 아신 것같이 내가 온전히 알리라."라고 말하고 있다.(「고린도전서」13장 12절)

만만치 않은 예가 일흔두 번째 단상이다. 이 단상의 2번째 단락에서 파스칼은 자연을 일컬어 "도처에 중심이 있고 그 어느 곳에도 언저리가 없는 그런 무한 구체"라고 정의하고 있다. 파스칼은 라블레[149]의 작품(『제3의 서(書)』제13장)과 상징주의

---

149   프랑수아 라블레(François Rabelais, 1494?~1553). 프
       랑스의 르네상스를 주도한 작가. 대표작으로 『팡타그

적 작품 『장미 설화』에서 그 무한 구체를 발견했다. 라블레는 그 무한 구체를 헤르메스 트리스메기스투스[150]에게 바쳤었고 『장미 설화』에서는 플라톤의 장미와도 같은 무한 구체를 상정한 바 있다. 그러나 이런 건 중요한 게 아니다. 여기서 중요한 것은 우주를 규정하기 위해 파스칼이 사용한 메타포가 이미 선대의 다른 사람들에 의해(그리고 토머스 브라운 경에 의해 『의사의 종교』에서) 신성을 규정하는 데 사용된 적이 있었다는 사실이다.[151] 파스칼에게 감동을 준 것은 조물주의 위대함이 아니라 천지 창조의 위대함이었던 것이다.

길이 남을 언어를 사용해 무질서와 비탄 (죽음과도 같은 고독(on mourra seul))을 논하는 걸 보면 파스칼은 유럽 역사상 가

뤼엘』과 『가르강튀아』가 있다.

150 　 신비주의 저술의 저자, 혹은 헬레니즘의 영향 아래서 그리스 신화, 헤르메스 신앙, 이집트 토트 신앙이 결합하여 탄생한 신, 전설 속의 현자 등으로 여겨진다.

151 　 내 기억으로는 우상을 제외한다면 역사상 원추나 정육면체, 피라미드 형태를 지닌 신들은 없었다. 반면 구체는 완벽한 형태인 만큼 신성에 걸맞다. (키케로, 『신의 속성에 관하여』 2권, 17쪽) 크세노파네스와 파르메니데스에게도 신은 구체였다. 일부 역사가들은 엠페도클레스(『단편』 28편)와 멜라소 역시 신을 무한 구체로 인식했다고 주장한다. 오리게네스는 죽었다가 부활할 때에는 구체를 띤다고 믿었다. 페히너 역시 (『천사들에 대한 비교 해부학』에서) 천사들이 현현할 때에는 구체를 띤다고 말했다. 파스칼 전에도 저명한 범신론자 조르다노 브루노가(『원인에 대하여』, 제5권) 물질로서의 우주에 트리스메기스투스의 이론을 적용한 바 있다.(원주)

장 가련한 인물 가운데 한 명이고, 확률 계산법을 호교론(護教
論)[152]에 적용시키는 걸 보면 그 누구보다도 경솔하고 경박한
사람이다. 그는 결코 신비주의자가 아니다. 스베덴보리에 의
해 비난받은, 천국은 선물이며 지옥은 형벌이라고 생각하며
감상적인 명상에 빠져 천사와 대화를 나눌 줄 모르는 바로 그
기독교도 중의 한 사람이다.[153] 그에게는 신 자체보다도 신을
부정하는 사람들을 향해 반론을 펴는 일이 훨씬 더 중요했다.

파스칼의 판본[154]은 당시의 복잡한 인쇄 체계를 통해 "제대
로 마무리되지도, 손질되지도 못해 어수선한" 초고의 특성을
그대로 드러내고 있다. 여하튼 소기의 목적은 달성한 셈이다.
반면에 주석은 빈약하기 이를 데 없다. 실제로 제I권 71쪽에서
성 토머스와 라이프니츠의 그 유명한 우주론적 증명을 단 일
곱 줄로 설명하고 있다. 편집인조차 그 내용을 이해할 수 없어
이런 주석을 달고 있다. "아마도 파스칼이 신앙심 없는 누군가
의 말을 옮겨 놓은 모양이다."

---

152   종교를 비이성적, 비과학적이라고 비판하는 사람들에
        대하여 종교는 이성과 과학을 초월하는 것일 뿐, 그에
        반하는 것이 아니라고 증명하고자 하는 학문.

153   『천국과 지옥』, 535쪽. 야콥 뵈메에(『여섯 개의 신학
        적 논점에 관하여』 제9편, 34쪽)도 그렇듯이 스베덴보
        리에게도 천국과 지옥은 인간이 자유롭게 추구할 수
        있는 것으로, 형벌로 인해 가야 하거나 복을 받아서 가
        는 그런 곳이 아니다. 버나드 쇼의 『인간과 초인』 제3
        막도 참조.(원주)

154   자카리 투르뇌르판 『팡세』(1942년 파리 출간)를 가
        리킨다.(원주)

몇몇 주석에서 편집자는 몽테뉴나 성경 구절 등을 인용하고 있는데, 이런 현상은 앞으로도 점차 확산될 것이다.『내기』[155]에 대한 이해를 돕기 위해서는 아신 팔라시오스[156]가 지적했듯이(『이슬람의 발자취』(1941, 마드리드)) 아르노비우스나 시르몽,[157] 알가젤[158] 등의 글을 인용하면 되고, 회화에 대한 반론의 이해를 위해서는 신이 탁자의 원형을 창조했고, 목수는 그 원형의 이미지를 복사해 만들어 냈으며, 화가는 그 복사된 이미지의 또 다른 이미지를 복사해 냈다고 설명하는『국가』제10권의 문구를 인용하면 될 것이다. 또한 일흔두 번째 단상("나는 그가 광대함을 그려 내길 원하는 걸까? 이 함축된 원자라는 테두리 안에서……")의 이해를 돕기 위해서는 소우주 개념에서 예시

---

155 『파스칼의 내기』는 신의 존재가 우연의 문제라는 가정에 기초하여 신의 존재에 대한 믿음에 대해 토론하는 자리에서 파스칼이 제창한 논쟁이다. 논쟁의 핵심은 신이 존재하는지 확실하지는 않지만, 신이 존재한다는 데 내기를 거는 게 합리적이라는 것이다.

156 미겔 아신 팔라시오스(Miguel Asín Palacios, 1871~1944). 스페인의 가톨릭 사제. 이슬람과 아랍어를 연구했다.

157 자크 시르몽(Jacques Sirmond, 1559~1651). 프랑스의 역사학자, 신학자. 예수회 소속으로 가톨릭 교부들에 대한 저작으로 유명하다.

158 알 가잘리(Abū Hamid Muhammad al-Ghazālí, 1058~1111). 알가젤(Algazel)은 라틴어식 이름. 이슬람의 사상가로 정통파 이슬람 교학에 신비주의를 도입했다. 그의 저작은 라틴어로 번역되어 중세 유럽 사상계에 큰 영향을 미쳤다.

된 내용을 인용하거나 라이프니츠(『단자론』, 67쪽)와 위고(『박쥐』)를 인용하면 될 것이다.

자그마한 모래알은 자전하는 우주
지구와 마찬가지로 그 한 알의 모래 속에도 우울한 다수가
담겨 있다.
스스로를 혐오하고 증오하는 수많은 사람들이…….

데모크리토스는 무한 속에서 세계는 동일하며, 그 동일한 세계 속의 동일한 인간들은 한 치의 오차도 없이 동일한 운명을 지고 간다고 생각했다. (만물 속에 만물이 포함되어 있다고 했던 아낙사고라스의 영향을 받은) 파스칼은 그 동일한 세계 속에 또 다른 세계의 모든 것을 포함시킴으로써 이 세상에 세상을 포함하지 않은 원자는 없으며, 그 자체가 원자가 아닌 세상도 없다고 했다. (물론 파스칼이 이렇게 말한 것은 아니지만) 그런 식으로 세계가 무한히 증식되어 나간다고 생각하는 것은 지당한 일이다.

존 윌킨스의 분석적 언어

　나는 『브리태니커 백과사전』이 14쇄에서 존 윌킨스 항목을 삭제해 버린 걸 발견했다. 물론 그 항목에 그리 특별한 내용이 없었던 걸 생각하면 삭제해 버린 것도 지당한 일이다.(그저 한 스무 줄에 걸쳐 단순한 전기적 내용들을 열거한 것뿐이니까. 윌킨스는 1614년에 태어나 1672년에 사망했다든지, 찰스 루이스 왕자의 사제승을 지냈다든지, 옥스퍼드 대학 단과대 학장을 역임했다든지, 런던 왕실 협회의 초대 사무총장을 지냈다는 것 등 말이다.) 하지만 윌킨스가 쓴 저서를 고려해 보면 그의 이름을 삭제한 건 실수가 아닐 수 없다. 윌킨스는 톡톡 튀는 호기심으로 가득한 사람이었다. 그에게는 신학도, 암호문도, 음악이나 투명 벌집을 만드는 일도, 비가시(非可視) 행성의 궤적도, 달나라 여행의 가능성도, 세계 공용어의 가능성과 그 원칙도 모두 관심거리였다. 특히 세계 공용어 문제와 관련하여, 그는 『실제 문자와 철학

적 언어에 대한 소고』(사륙배판으로 1668년에 발간된 600쪽 분량
의 책)라는 책을 저술한 바 있다. 하지만 우리 국립 도서관에는
그 책이 소장되어 있지 않다. 그래서 나는 이 글을 쓰기 위해 P.
A. 라이트 핸더슨이 쓴『존 윌킨스의 생애와 시간』(1910), 프리
츠 모스너의『철학사전』(1924), E. 실비아 팽크허스트의『델포
스』(1935), 랜슬롯 호그벤의『위험한 생각들』(1939) 등을 참고
했다.

우리 모두 한 번쯤은 온갖 감탄사와 격한 표현들을 쏟아 내
면서 luna[159]가 moon보다 표현력이 훨씬 풍부함을 (또는 부족함
을) 주장하는 여자와 맞서 도무지 당해 낼 것 같지 않은 언쟁을
벌여 본 적이 있을 것이다. 하지만 단음절의 moon이 2음절의
luna보다 단순한 대상을 재현하는 데 좀 더 잘 어울릴지도 모른
다는 가능성을 제외한다면, 이 논쟁을 뒷받침해 줄 만한 증거
는 하나도 없다. 사실 합성어와 파생어를 빼고 보면, (요안 마르
틴 슈라이어의 '볼라퓌크'[160]와 페아노의 공상적 '인터링구아'[161]도 예
외 없이) 이 세상 모든 언어는 하나같이 표현력이 부족하다. 스
페인 한림원에서 편찬한 문법책은 그 어떤 판형에서건 하나같

---

159   스페인어로 '달'을 의미한다.
160   처음으로 대중의 지지를 얻은 근대적 국제어. 독일의
       목사 슈라이어에 의해 만들어졌으며 1880년 발표되
       었다.
161   1903년 이탈리아의 수학자 주세페 페아노가 만들어
       발표하였으나 라틴어를 기반으로 변형한 이 언어는
       체계가 명확하지 않아 곧 사장되었다. 이후 언어학자
       알렉산더 고드가 정리하여 공식화하였다.

이 "스페인어는 어휘가 다채롭고, 적절하며, 표현력이 풍부하여 모두의 부러움을 사는 언어"임을 강조하고 있다. 하지만 이는 증거가 뒷받침되지 않았으니 그저 교만에 불과할 뿐이다. 스페인 한림원이 몇 년에 한 번씩 스페인어 어휘의 의미를 설명하는 사전을 펴내고 있기는 하지만 말이다……. 17세기 중반 무렵에 윌킨스가 고안해 낸 세계어는 어휘 하나하나가 나름의 뜻을 갖는다. 데카르트는 1629년 11월에 쓴 한 편지에서 10진법을 사용하면 단 하루 만에 무한한 사물의 명칭을 다 익힐 수 있을 뿐 아니라, 새로운 언어, 즉 과리스모로 쓰기까지 다 통달할 수 있다고 밝힌 바 있다.[162] 또한 그는 인류의 사고 전체를 조직하고 담아낼 수 있는 보편·유사 언어의 고안을 제안하기도 했다. 1664년, 윌킨스는 바로 이를 실행에 옮겨 보기로 마음먹었다.

윌킨스는 세계를 먼저 마흔 개의 범주 또는 종(種)으로 나눈 뒤 그것을 다시 차(差)로, 또 그것을 다시 류(類)로 나누었다. 그리고 각각의 종마다 두 글자로 이루어진 단음절 문자를

---

162   이론적으로 볼 때, 번호를 부여하는 체계의 수는 무한정이다. 그중에서 가장 복잡한 것은 (신성이나 천사들이 쓰기에) 무한한 상징의 수, 즉 각각의 완전수에 하나의 상징을 부여하는 방식일 것이다. 물론 가장 단순한 것은 숫자를 딱 두 개만 사용하는 것이다. 0은 0이라 쓰고, 1은 1이라 쓰며, 2는 10으로 쓰고, 3은 11, 4는 100, 5는 101, 6은 110, 7은 111, 8은 1,000 식으로 말이다. 이런 체계를 발명한 사람은 라이프니츠인데, 아마도 「역경」에 나오는 수수께끼의 6괘에서 아이디어를 떠올린 것 같다. (원주)

부여하고, 각각의 차에는 자음 한 개를, 각각의 류에는 모음 한
개를 부여했다. 예를 들어 de는 원소(元素)를 의미하며, deb은
원소 중에서도 제I번 원소인 '불'을 의미하고, deba는 불이라는
원소의 일부인 '불꽃'을 의미하는 것이다. 르텔리에[163](1850)의
유사 언어에서도 a는 동물을 의미하고, ab는 포유류를, abo는
육식 동물을, aboj는 고양잇과를, aboje는 고양이를 의미하며,
abi는 초식 동물을, abiv는 어류를 의미한다. 보니파시오 소토
스 오찬도[164](1845)의 유사 언어에서도 imaba는 건물을 말하고,
imaca는 방을, imafe는 병원을, imafo는 격리소를, imarri는 집을,
imaru는 별장을, imedo는 기둥을 imede는 말뚝을, imego는 바닥
을, imela는 천장을, imogo는 창문을 의미하며, bire는 제본하는
사람을, birer는 제본하는 행위를 의미한다.(최근에 벌인 이번 조
사 작업은 1886년에 부에노스아이레스에서 출간된 페드로 마타 박
사의 『세계어의 발자취』를 근거로 한 것이다.)

존 윌킨스의 분석적 언어 속 어휘들은 조잡한 임의적 상징
이 아니다. 어휘를 구성하는 글자들은 카발라[165]를 신봉하는 사
람들은 성경의 글자 하나하나가 의미를 지니고 있다고 여긴
다. 이 성경 속 글자들과 마찬가지로, 존 윌킨스의 분석적 언어

---

163   샤를루이오귀스탱 르텔리에(Charles-Louis-Augustin
        Letellier). 프랑스의 언어학자, 언어철학자. 인공 언어
        를 발명했다.

164   Bonifacio Sotos Ochando(1785~1869). 스페인의 언어
        학자이며, 인위적인 보편 언어의 창조자이기도 하다.

165   히브리어로 전통을 의미하는 '카벨'에서 유래된 말로
        유대 신비교의, 혹은 유대 신비주의를 뜻한다.

도 한 글자 한 글자가 다 나름의 의미를 지니고 있다. 모스너는 어린아이들의 경우 이 언어가 인공적으로 창제된 것이라는 걸 알아채지도 못한 상태에서 다 깨우칠 수 있을 것이며, 나중에 자라서 학교에 가게 되면 이 언어야말로 우주의 열쇠이며 비밀의 백과사전이라는 사실도 깨닫게 될 것이라고 했다.

윌킨스 방식이 어떤 것인지는 확인되었지만 그 다음 과정, 즉 윌킨스 언어의 토대라 할 수 있는 40진법 조견표가 환산 불가능하거나 너무 어렵다는 문제에 대한 검토는 아직 이루어지지 않고 있다. 잠시 여덟 번째 범주인 돌의 범주를 한번 짚어 보자. 윌킨스는 돌을 일반석(규석, 자갈, 석반), 값싼 돌(대리석, 호박, 산호), 보석(진주, 오팔), 투명한 돌(자수정, 사파이어), 그리고 불용성 돌(석탄, 점토, 비소) 등으로 분류했다. 아홉 번째 범주 역시 여덟 번째 범주만큼이나 황당하다. 아홉 번째 범주를 통해 우리는 금속이 불완전한 금속(진사(辰砂), 수은), 인공 금속(청동, 놋쇠), 재귀(再歸)성의 금속(줄밥, 녹), 그리고 천연 금속(금, 주석, 구리) 등으로 분류할 수 있음을 알게 된다. 가장 획기적인 것은 열여섯 번째 범주로, 타원형의 태생(胎生) 물고기가 포함되어 있다. 이런 모호함과 중복과 결핍 등은 프란츠 쿤 박사가 『천상에 있는 친절한 지식의 중심지』라는 어느 중국 백과사전에 실렸던 모호하고 중복적이고 결함투성이인 분류를 떠오르게 만든다. 이 오래된 백과사전에는 동물을 다음과 같이 분류할 수 있다고 씌어 있다. ⓐ 황제에 예속된 동물들 ⓑ 박제된 동물들 ⓒ 훈련된 동물들 ⓓ 돼지들 ⓔ 인어들 ⓕ 전설의 동물들 ⓖ 떠돌이 개들 ⓗ 이 분류 항목에 포함된 동물들 ⓘ 미친 듯이 날뛰는 동물들 ⓙ 헤아릴 수 없는 동물들 ⓚ 낙타 털로 만든 섬세한 붓으로 그려진 동물들 ⓛ 그 밖의 동물들 ⑩ 방금 항아리를 깨뜨린 동물들 ⑪ 멀리서 보면 파리로 보이는 동물들. 브뤼셀 도서 연구소 역시 혼돈스러운 분류를 하기는 마찬가지다. 이 연구소는 세계를 1000개의 하위 단위로 세분하는데, 그 가운데 262번째는 교황이고, 282번째는 로마 가톨릭 교회이며, 263번째는 주일(主日)이고, 268번째는 주일 학교고, 298번째는 몰몬교이고, 294번째는 바라문교와 불교와 신도(神道)와 도교이다. 그 밖에도 완전히 이질적인 하위 분류도 포함되어 있는데, 예를 들어 "동물 학대, 동물 보호, 윤리적 관점에서 본 비탄과 자살, 다양한 흠과 결점. 여러 가지 덕목과 특성들." 같은 179번째 분류가 그것이다.

　지금까지 나는 윌킨스와 이름을 알 수 없는 (혹은 가짜) 중국 백과사전의 저자, 브뤼셀 도서 연구소 등의 임의 전횡(專橫)에 대해 언급했다. 하긴 세상을 분류하는 행위치고 임의 전횡이 아닌 게 있을 수 없다는 건 세상이 다 아는 사실이다. 그 이유는 아주 간단하다. 바로 우리가 세상이 무엇인지 알지 못하기 때문이다. 데이비드 흄은 (1779년에 간행된 『자연종교에 대하여』 제5권에서) 이렇게 말했다. "세상은 어떤 유아적 신(神)이 그리다가 자신의 형편없는 그림 솜씨가 창피해 한쪽으로 내동댕이쳐 버린 조악한 스케치에 불과하며, 다른 상위 신들의 비웃음의 대상에 불과한 저급한 신의 작품이며, 어느덧 노쇠해 은퇴하여 죽음을 목전에 둔 신성(神性)의 혼돈스러운 산물이다." 한 걸음 더 나아가자면, 단일 유기체(有機體)란 의미에서 볼 때 '우주'라는 야심찬 이름을 붙여도 될 만한 세상이란 없는 게 아닐까 의심스럽기까지 하다. 설사 그런 것이 존재한다 해도 그 존재의 목적을 짐작할 수가 없다. 신이 만든 비밀 사전 속 어휘들과 그 뜻, 어원과 동의어 등도 짐작할 수 없기는 마찬가지다.

그러나 이처럼 세상이라는 신성한 체계를 통찰할 수 없음에도 불구하고 우리 인간은 비록 임의적이나마 인간의 체계를 확립하는 일을 결코 단념하지 않는다. 윌킨스의 분석적 언어 역시 이런 인간의 체계만큼이나 가상한 시도이다. 윌킨스 언어 속의 종과 류는 상호 모순적이고 경계도 모호하다. 하지만 어휘를 이루고 있는 철자 하나하나가 각각의 하부 개념과 그 범주를 가리킨다는 전략 자체는 무척 창의적이다. 예를 들어 'salmón(연어)'이라는 어휘만으로는 아무런 의미도 지니지 못하지만 '연어'에 해당되는 윌킨스 언어의 어휘 zana는 (40개의 범주와 그 범주가 정하는 종(種)의 구분에 정통한 사람에게는) 육질이 붉은, 비늘 덮인, 민물고기를 의미한다.(각각의 존재의 명칭 속에 그 존재의 운명과 과거와 미래가 포함된 그런 언어를 고안해 낸다는 게 이론적으로 보자면 불가능한 것도 아니다.)

희망과 유토피아를 제외하고, 언어에 대해 가장 명쾌하게 정의한 글은 다음과 같은 체스터턴의 글이다. "사람은 자신의 영혼 속에 가을 숲속의 색깔들보다도 더욱 더 다채롭고 훨씬 더 무한하며 뭐라 이름 붙일 수 없는 색깔들이 들어 있음을 알고 있다……. 그러나 온통 서로 뒤섞여 변해 버린 그 수많은 색깔들조차도 신음과 고함 같은 임의 메커니즘에 의해 제각각의 색깔을 또렷이 드러낼 수 있다고 생각한다. 실제로 주식 중개인의 내면에서 터져 나오는 소리들은 하나같이 신기에 가까운 기억력과 조바심으로 가득한 번민을 의미하고 있다고 생각한다."(『G. F. 와츠』(1904), 88쪽)

카프카와 그의 선구자들

언젠가 나는 카프카의 선구자들에 대해 조사해 본 적이 있었다. 처음에만 해도 나는 카프카를 수사학적 찬사에 있어서 불사의 상징이라 할 만큼 유별난 사람으로 생각했었다. 하지만 조사한 지 얼마 되지 않아, 나는 기존의 다양한 형태의 문학과 다양한 시기의 글들 속에서 이미 카프카의 목소리나 습성이 감지되고 있다는 사실을 알게 되었다. 여기에 그 글들 몇 편을 시대순으로 소개해 볼까 한다.

첫 번째 소개할 글은 운동을 부정한 제논의 역설이다. (아리스토텔레스는 말했다.) A지점에 있는 운동자는 결코 B지점에 도달할 수 없는데, 이는 A에서 B에 도달하기 위해서는 우선 두 지점의 2분의 I 지점을 지나야 하는데, 그 2분의 I 지점을 지나기 위해서는 다시 그 2분의 I의 2분의 I 지점을 지나야 하고, 그곳에 도달하기 위해서는 또다시 그 2분의 I의 2분의 I의 2분의 1 지점을 지나야 하며, 이렇게 무한히 지속되기 때문이다. 이 유명한 난제를 그대로 형식상에 드러낸 것이 바로 카프카의 『성(城)』이며, 운동자와 화살과 아킬레우스는 문학에 등장하는 최초의 카프카적 등장인물들이다. 우연히 책들을 뒤적이다 발견하게 된 두 번째 글이 지니고 있는 카프카와의 유사점은 형식이 아니라 어조에 있었다. 그 글은 그 훌륭한 마르굴리스의 『중국 문학 선집』(1948)에 실려 있는 9세기의 산문가 한유(韓愈)의 우화이다. 이 우화에는 신비스러운 느낌의 다음과 같은 단락이 포함되어 있다. "유니콘(일각수)이 초자연적인 존재이며 길조라는 점은 전 세계적으로 받아들여지고 있는 사실이다. 찬미가로부터 연대기, 유명인의 전기, 권위 여부를 따질 필요조차 없는 명저들이 다 그렇게 말하고 있기 때문이다. 심지어 시골 마을의 꼬맹이들과 여인네들조차도 유니콘이 길조를 나타내는 동물이라고 알고 있을 정도이다. 하지만 유니콘은 가축이 아니고, 아무 데서나 쉽게 볼 수 있는 동물도 아니며, 딱히 어느 종류에 속한다고 구분할 수도 없는 동물이다. 말이나 소, 늑대나 양하고는 다르다는 뜻이다. 이런 상황인지라 유니콘을 마주친다 해도 그게 무슨 동물인지 알 수 없을 것이다. 갈기가 있으면 말이고, 뿔이 있으면 황소라 할 테지만, 유니콘은 어떻게 생겼는지 모르기 때문이다."[166]

---

166   그 신성한 동물에 대한 무지와 속인의 손에 의한 불시의, 불명예스러운 죽음은 중국 문학의 전통적 테마다. 융의 『심리학과 연금술』(취리히: 1944)의 마지막 장을 보면 두 개의 신기한 해명이 들어 있다.(원주)

세 번째 글은 출처가 좀 더 확실한 글이다. 키르케고르의 글이기 때문이다. 이 두 작가가 정신적인 면에서 유사하다는 건 널리 알려진 사실이다. 하지만 내가 알기로는 키르케고르도 카프카만큼이나 현대적이고 부르주아적인 주제를 상당 부분 종교적 비유로 나타냈다는 사실은 그다지 부각되지 않은 듯하다. 월터 라우리는 (1938년 옥스퍼드 대학 출판부에서 간행된) 『키르케고르』에서 두 가지 비유를 제시했었다. 그 가운데 하나는 부단한 감시 속에 영국 중앙은행에서 발행되는 지폐를 점검하는 지폐 위조범의 이야기다. 이 이야기에서처럼 신은 키르케고르를 신임하지 않으면서도 그에게 악행에 길들여진 신을 파악하는 임무를 부여하고 있다. 또 다른 비유의 주제는 북극 탐험이다. 덴마크의 사제들은 설교대에 서서 북극 탐험에 참여하는 일은 영혼의 영원한 안녕을 위해 좋은 일이라고 말한다. 하지만 북극에 도달하기는 쉽지 않을 것이며, 어쩌면 불가능할지도 몰라서 모든 사람들이 다 그 모험에 뛰어들 수는 없으리라고 생각한다. 그리고 결국에는 덴마크에서 런던으로 가는, 그러니까 뱃길로 가는 여행은 물론 그 어떤 형태의 여행이나 전세 마차를 타고 일요일에 공원을 산책하는 일까지도 알고 보면 진정한 북극 탐험이나 다름없다고 말한다. 네 번째 예시를 발견한 것은 1876년에 간행된 브라우닝의 시 「두려움과 양심의 가책」에서였다. 이 작품 속에서 어떤 남자에게 유명한 친구가 한 명 있었다. 아니 있다고 믿고 있었다. 그 친구를 한 번도 본 적 없고, 사실 지금까지 그 친구가 자신을 도와줄 수도 없었지만, 사람들이 그 친구의 고매한 면면들에 대해 이야기하는가 하면, 그 친구가 보낸 것이 분명한 편지들이 돌곤 했다. 그런데 그 친구의

면면에 대해 의문을 재기하는 사람이 등장했다. 또 필적 감정
사들은 편지가 위조된 것이라고 확인했다. 결국 마지막 행에
서 그 남자는 묻는다. "이 친구가 혹 신이 아니었을까?"라고.

나도 이 글을 위해 이야기 두 편을 소개하고자 한다. 하나는
레옹 블루아의 『불쾌한 이야기』에 실려 있는 이야기로 지구본
과 지도, 철도 노선표와 여행 가방만 잔뜩 챙겨 놓은 채 끝내 고
향을 한 발자국도 벗어나지 못했던 사람들의 사연을 담고 있
다. 또 하나는 『카르카손』으로 던세이니 경[167]의 작품이다. 어
느 무적 군대가 무한성(無限城)을 떠나 수많은 왕국을 정복하
고 괴물들을 맞닥뜨리며 사막과 산악 지대를 공격한다. 하지
만 군대는 더러 카르카손을 먼발치에서 볼 수 있었을 뿐 끝내
그곳에 도달하지는 못한다.(이 이야기는 얼른 눈치챌 수 있듯이
앞의 이야기와는 정반대의 이야기이다. 앞의 이야기가 끝끝내 도시
를 빠져나가지 못한 이야기라면 두 번째 이야기는 끝내 도시에 도달
하지 못한 이야기이기 때문이다.)

내 생각이 틀리지 않다면, 위에 언급한 서로 상이한 여러 편
의 이야기들은 카프카와 흡사하다. 내 생각이 틀리지 않다면,
이 모든 이야기들이 서로서로 흡사한 것은 아니다. 이 중에서
도 두 번째 명제는 특히 중요한 의미를 갖는다. 앞의 모든 이야

---

167 에드워드 J . M. D. 플랜캣(Edward John Moreton Drax
Plunkett, 1878~1957). 주로 필명인 던세이니 경(Lord
Dunsany)으로 알려져 있다. 아일랜드의 극작가, 설화
작가. 현실 세계와 요정, 신화의 세계를 주제로 신과
인간의 투쟁을 그리는 상징적인 작품을 썼다.

기 속에는 정도의 차이는 있을망정 저마다 카프카적 특징이 존
재하고 있다. 하지만 후대에 카프카가 글을 써내지 않았더라면
아마도 선대의 그 글들 속에서 카프카적 특징을 감지해내지 못
했을 것이다. 아니 아예 그런 것이 존재하지도 않았을 것이다.
로버트 브라우닝의 시 「두려움과 양심의 가책」이 카프카의 작
품을 예언하고 있는 게 사실이지만, 우리는 카프카를 읽음으로
써 브라우닝의 시를 좀 더 정제된 시각으로 읽을 수 있고 완전
히 새로운 각도에서 바라볼 수 있게 되는 것이다. 브라우닝은
오늘날 우리가 읽는 것과는 다른 방식으로 자신의 시를 읽었을
것이다. 비평 용어에서 '선구자'라는 용어는 없어서는 안 될 필
수 용어이지만, 논쟁이나 경쟁이라는 의미가 함축된 용어에서
탈피하여 정화시킬 필요가 있다. 실제로 모든 작가는 그들의 선
구자들을 창조한다. 이들은 미래에 대한 우리의 관념을 바꾸어
가듯이 과거에 대한 우리의 관념도 수정한다.[168] 이런 상호 관계
속에서 인간의 정체성과 복수성은 하등의 중요성도 갖지 못한
다. 『관찰(Betrachtung)』을 통해 나타나는 최초의 카프카보다는
브라우닝이나 던세이니 경이 오히려 암울한 신화들과 잔혹한
제도를 그려내는 카프카의 선구자라 할 수 있을 것이다.

1951년, 부에노스아이레스에서.

---

168   T. S. 엘리엇, 『시점(視點)』(1941), 25~26쪽.(원주)

도서 예찬에 대하여

　『오디세이아』제8권을 보면 신들이 불행이라는 옷감을 짜
는 것은 미래의 세대들이 노래할 거리가 다 떨어지지 않게 하
기 위해서라고 써 있다. 말라르메는 "세상은 한 권의 책을 위하
여 존재한다."라고 했는데, 이 말은 약 3000여 년 전에『오디세
이아』에서 표명했던 불행에 대한 미학적 정당성을 다시 한번
반복하고 있는 게 아닌가 싶다. 그렇다고 해서 이 두 개의 목적
론이 온전히 일치한다는 것은 아니다. 그리스 시대의 목적론
은 음성 언어 시대에 걸맞는 것이며, 프랑스 시인의 목적론은
문자 언어 시대에 해당되는 개념이기 때문이다. 다시 말해『오
디세이아』는 '말하기'를, 말라르메는 '책 쓰기'를 불행의 목적
으로 상정하고 있는 것이다. 그 책이 어떤 책이든 간에, 책은 우
리에게 성스러운 대상이다. 그러기에 세르반테스는 사람들이
말하는 소리에는 열심히 귀 기울이려 하지 않으면서도 "길바

닥에 굴러다니는 찢어진 종이 쪼가리" 하나까지도 주워 읽지
않았던가! 버나드 쇼의 극작품 중 하나에서 화재가 발생해 알
렉산드리아 도서관이 소실될 위험에 처한 장면이 나온다. 누
군가가 인류의 기억이 다 불타 버리겠다고 소리치자 시저가
그에게 말한다. "불타도록 내버려 둬라. 하나같이 불경스러운
기억들뿐이니까." 내 생각에 역사적 인물 시저는 작가가 작품
속에 담아낸 생각에 찬성하기도 하고 반대하기도 하겠지만,
우리들처럼 그것을 불경스러우나마 하나의 이야기로 인정하
지는 않는 것 같다. 그 이유는 분명하다. 고대인들에게 있어 문
자 언어는 음성 언어의 대용품에 불과했기 때문이다.

피타고라스가 자신의 사상을 글로 남기지 않은 일은 유명
한 일화로 남아 있다. 곰페르츠[169]는 『그리스의 사상가』 제I권
3장에서 피타고라스가 말로 하는 교육에 큰 가치를 두었었기
때문에 그런 것이라며 그의 입장을 변호했다. 피타고라스의
그 순수한 금욕적 태도가 플라톤의 영향이라는 점은 불가항
력적일 만큼 분명하다. 플라톤은 『티마이오스』에서 다음과 같
이 말했다. "세상의 아버지인 제작자를 찾아내는 일은 보통 어
려운 일이 아니다. 하지만 어떻게 찾아낸다 하더라도 모든 사
람들에게 그에 대해 설명하는 일은 아예 불가능하다." 그리고
「파이드로스」에서는 문자 경시 경향이 담긴 한 이집트 우화를
들려주면서 (문자에는 사람들로 하여금 기억의 훈련을 태만하게 하
고 기호에 의지하게 만드는 속성이 있다고 한다.) 책들은 그림 속

---

169   테오도어 곰페르츠(Theodor Gomperz, 1832~1912).
        오스트리아의 철학자, 고전학자.

형상들처럼 "살아 있는 것처럼 보이나 주어진 질문들에 단 한 마디의 대답도 하지 못한다."라고 주장했다. 그리고 이러한 문제의 심각성을 경감하거나 제거하기 위해 생각해 낸 것이 바로 철학적 대화였다. 스승은 제자를 선택할 수 있으나 책은 자신의 독자를 선택하지 못한다. 독자가 사악할 수도 혹은 바보일 수도 있는데 말이다. 문자 언어에 대한 이 같은 플라톤의 우려는 이교 문화권의 클레멘테 데 알렉산드리아[170]의 말들 속에서도 지속적으로 나타나고 있다. "글로 쓰지 않고 살아 있는 음성으로 배우고 가르치는 것이 보다 분별 있는 행동이다. 왜냐하면 씌어진 것은 정체된 상태로 남게 되기 때문이다.(『스트로마타』)" 또 같은 책에서 이런 말도 했다. "한 권의 책 속에 모든 것을 다 담아낸다는 것은 어린아이 손에 칼을 쥐어 주는 것에 다름 아니다." 그뿐만 아니라 복음서에서도 이런 우려는 계속된다. "성스러운 것을 개에게 주지 말며 돼지에게 진주를 던져 주지 말라. 발로 짓밟고 산산조각 내어 되돌려 줄 것이 뻔하기 때문이다." 이는 말로 훈육하는 스승 중의 스승 예수 그리스도의 말씀이시다. 예수는 오로지 단 한 번 땅에 글을 쓴 적 있었지만 아무도 그것을 읽지 않았다.(「요한복음」 8장 6절)

알레산드리아의 클레멘스는 2세기 말에 문자를 통해 문자에 대한 그의 우려를 피력했다. 그리고 많은 세대교체를 거친

---

170 알렉산드리아 정교회의 교황도 알렉산드리아 데 클레멘테라고 한다. 알렉산드리아의 클레멘스. 그리스의 교부로서 젊었을 때 기독교로 개종한 아테네인이라고 전해진다.

4세기 말에 이르러서는 음성 언어보다 문자 언어가, 목소리보다는 펜이 우위라는 사고가 팽배하기 시작했다. 이즈음 놀랄 만한 사건이 일어났으니, 한 작가가 광대한 시간의 흐름 속에서 기원을 설정하고는 이를 '순간'이라 명명한 것이었다.(순간이라 이름 짓는 것은 결코 과장된 것이 아니다.) 바로 성 아우구스투스로, 그는 『고백록』 제6권에서 다음과 같이 말하고 있다. "암브로시우스가 책을 읽을 때면 혓바닥 한 번 움직이지 않고 말 한마디 하지 않은 채 책장을 따라 시선만 옮겨 갔다. 이때 그의 영혼이 그 글의 의미를 꿰뚫고 있었다. 아무도 책 읽는 방에 들어오지 못하게 했고, 누가 찾아왔다고 알리는 것조차 금지시킨 채 늘 이렇게 똑같이, 아무 말 없이 책을 읽는 그의 모습을 여러 차례 볼 수 있었다. 나중에 우리는 그가 다른 일들의 혼잡스러움에서 벗어나 자신의 영혼을 정화하기 위해 그에게 주어진 그 짧은 시간만큼은 다른 어떤 일로도 방해받고 싶지 않아 했음을 짐작하게 되었다. 말하자면 난해한 강해를 듣고 있던 한 청자가 그에게 모호한 부분에 대해 설명을 요구하거나 그와 그 문제에 대해 토론하러 들어와 원하는 만큼 책을 읽을 수 없게 되면 어쩌나 하는 걱정을 했던 것 같다. 내 생각에 그는 음성 언어를 절제한다는 의미에서 그런 식으로 책을 읽었고, 그만큼 내용도 쉽게 이해했던 것 같다. 아무튼 그의 의도가 무엇이었든 간에 주효했던 것만은 틀림없어 보인다. 성 아우구스투스는 384년 당시 밀라노 대주교였던 성 암브로시우스의 제자였다. 그로부터 13년 후, 성 아우구스투스는 누미디아에서 그의 『고백록』을 집필했는데, 그때까지도 방에 가만히 앉아 말 한마디 없이 책만 보고 있던 성 암브로시우스의 모습에 무척

마음이 쓰였다.[171]

성 암브로시우스는 소리 기호를 생략한 채 문자 기호에서 곧바로 직관으로 이동한다. 그가 시작한 이 이상한 기교, 즉 소리 죽여 책을 읽는 기교는 경이적인 결과를 도출한다. 이렇게 세월이 흐르다 보면 목적을 달성하기 위한 도구로서가 아니라, 목적 그 자체로서의 책 개념을 도출해 내기 때문이다. 세속 문학으로 전수된 이 신비로운 개념은 플로베르와 말라르메, 헨리 제임스와 제임스 조이스에게 그들만의 독특한 문학을 가능케 한다. 바야흐로 인간에게 무엇인가를 명하거나 금지하기 위해 인간에게 말을 하던 신의 개념에 대해 절대서, 즉 성서의 개념이 우위를 점하게 된 것이다. 회교도들에게 있어서『코란』("책" 또는『알 키타브』라 부르기도 한다.)은 단순한 신의 글을 넘어서 인간의 영혼 혹은 우주 그 자체이다. 영원 혹은 분노 같은 신의 속성들 가운데 하나인 것이다. 코란 13장에는 "『어머니 책』은 천국에 보관되어 있으니"라는 독특한 구절이 있다. 스콜라 철학에서 알가젤이라 부르는 아랍의 무하마드 알가잘리는 말했다. "『코란』은 책으로 씌어져 나오고, 혀끝에서 말이 되어 나오며, 가슴에 새겨지지만, 그럼에도 불구하고 여전히 신

---

171   그 당시에는 구두점과 단어의 분철 부호가 없었기 때문에, 의미를 더 잘 파악하기 위해 책을 소리 높여 읽는 것과 고문서의 부족을 완화 또는 극복하기 위해서 공동으로 책 읽는 것이 전통이었다. 사모사타의 루치아노의 대화체 작품『무지한 책 구입자에 반대하는 (Contra un ignorante comprador de libros)』은 2세기의 그러한 관습에 대한 증거를 내포하고 있다.(원주)

안에 존재하므로 글로 씌어지거나 인간에 의해 이해된다 해도 결코『코란』그 자체가 변질되지는 않는다." 조지 세일은 결코 창조되지 않는 이 책『코란』이야말로 다름 아닌 플라톤 철학의 이데아 혹은 전형임을 알아챘다. 알가젤이 이븐 시나 및 순결 수도사들의 백과사전을 통해 이슬람권에 알려져 있는 플라톤적 전형들에 의지해『어머니 책』개념을 증명하려 했던 것도 사실이다.

　이슬람교도들이 한때 유대인이었다는 사실은 무척 황당한 사실이다. 유대 성경 제1장을 보면, "하느님이 이르시되 빛이 있으라 하니 빛이 있었고"라는 그 유명한 구절이 있다. 이것이 히브리 신비학자들이 신의 명령은 글자에서 유래했다고 주장하는 근거다. 6세기 무렵 시리아 혹은 팔레스타인에서 쓰인『세페르 예지라』(『창조의 서(書)』)는 만군의 여호와시며 이스라엘의 신이자 전지전능하신 신이 1에서 10까지의 숫자와 글자 열두 개로 우주를 창조했다고 밝히고 있다. 숫자가 창조의 도구 혹은 요소라는 것은 피타고라스와 이암블리코스[172]의 교리이기도 하다. 문자 또한 그렇다는 것은 새롭게 글을 숭배하기 시작한 분명한 징후이다.『세페르 예지라』제2장 2절에는 이런 말도 씌어 있다. "신은 스물두 개의 기본 문자로 그림을

172　Iamblichos(250~325). 그리스의 신플라톤파 철학자. 플라톤 철학의 기초 위에 자연철학, 형이상학, 동방의 여러 종교의 교설을 더해 신비주의적 요소가 많은 다신교적 신학을 주창했다. 피타고라스의 전기를 쓰기도 했다.

그리고, 조각하고, 조합하고, 검토하고, 바꾸고 하여 세상에 존재하는 모든 것, 앞으로 존재할 모든 것을 창조했다." 더 위에서는 어떤 문자로 공기와 물과 불, 지식, 평화, 신의 은혜, 꿈, 분노를 만들어 냈는지, 또한 (예를 들어) 어떻게 생명을 창조해 내는 능력을 지닌 문자 '카프'를 이용해 태양을, I년 중의 수요일을, 신체 부위 중의 왼쪽 귀를 만들었는지에 대해서도 밝히고 있다.

이슬람교도들이 한때 기독교도였다고 하는 것은 설상가상으로 황당하다. 신이 책을 한 권 썼다는 생각은 그들로 하여금 신이 책 두 권을 썼을 수 있으며, 나머지 한 권이 바로 우주일 것이라는 상상을 하게 만든 것이다. I7세기 초에 프랜시스 베이컨은 그의 저서 『학문의 발달』에서 신은 우리 인간이 실수를 범하지 않도록 하기 위해서 우리에게 두 권의 책을 주었다고 말했다. 그 한 권은 성스러운 글로 쓰인 책으로 신의 뜻을 드러내고 있으며, 또 다른 한 권은 피조물들로 쓰인 책으로 신의 권능을 보여 주고 일을 뿐 아니라 첫 번째 책을 해석하기 위한 열쇠로 기능하기도 한다. 베이컨은 대단한 은유를 제시하고 있다. 우주는 기본적인 몇 가지 형태들(기후, 밀도, 무게, 색깔)로 요약될 수 있는데, 이 형태들은 한정된 개수의 "문자 체계" 혹은 일련의 문자들로 구성되어 있고, 이 문자들로 우주라는 텍스트를 써 내려간다고 한 것이다.[173] 토머스 브라운 경은 I642년경

---

173   갈릴레오의 작품들 속에는 책으로서의 우주의 개념이 많이 나온다. 파바로의 선집 『갈릴레오 갈릴레이: 사고, 좌우명, 그리고 판결』(피렌체: 1949))의 두 번

에 다음과 같이 말했다. "나는 두 권의 책을 통해 신학을 배웠다. 하나는 성서였고 또 하나는 모든 사람들의 눈앞에 그대로 펼쳐진 우주적이고 공공연한 책이었다. 성서 속에서 신을 만나지 못했던 사람들도 다른 한 권의 책에서는 신을 발견했다." (『의사의 종교』 제1권 16장) 같은 책에 다음과 같은 글귀도 있다. "모든 사물은 인위적이다. '자연도 신이 만든 예술품'이기 때문이다." 200년의 세월이 흐른 뒤, 스코틀랜드 출신의 칼라일은 많은 작품들 곳곳에서, 그중에서도 특히 카를리오스트로에 대한 수필에서 베이컨의 은유를 능가하고 있다. 그는 우주의 역사는 우리가 판독해 나가면서 동시에 불확실하게 써 내려가고 있는, 또 그 속에 우리 자신도 쓰이고 있는 한 권의 '성서'라고 했다. 또 훗날 레옹 블루아는 다음과 같이 말했다. "세상에 자신이 누구인지 말할 수 있는 사람은 없다. 그 누구도 이 세상에 자신이 무엇을 하러 왔는지, 자신의 행동, 자신의 감정, 자신의 생각이 무엇에 상응하는지, 자신의 진정한 이름이 무엇인지 알지 못한다. '광명'의 책에 영원히 기록된 자신의 '이름'조차도……. 역사는 강세 표시와 구두점 하나하나가 온전한 하나

째 단락의 제목은 「자연에 관한 책」이다. 다음에 오는 문구를 옮기면 다음과 같다. "철학은 우리 눈(모든 인류) 앞에 끊임없이 펼쳐진 그 위대한 책 속에 씌어 있다. 그렇지만 그 우주는 글자를 알지 못한다면 그리고 그것을 이루고 있는 글자 모양을 이해하지 못한다면 알 수 없는 것이다. 그 책의 문자는 수학이며 본질(글자의 모양)은 삼각형, 원, 또 다른 기하학적인 형태이다.(원주)

의 문장이나 온전한 한 장(章) 만큼이나 중요성을 지니는 방대한 예배용 책이다. 이 모든 것들이 얼마나 중요한 지는 결정된 바 없이 꼭꼭 숨겨져 있다.(『나폴레옹의 영혼』, 1912년판) 말라르메에 따르면 세상은 한 권의 책을 위해 존재하며, 블루아에 따르면 우리 모두는 마법 책을 구성하고 있는 한 문장이거나 한 단어 혹은 한 글자이며, 끊임없이 이어지는 이 책이야말로 세상에 존재하는 유일한 것으로, 세상 그 자체이다.

1951년, 부에노스아이레스에서.

키츠의 나이팅게일

영국의 서정시를 자주 접해 본 사람이라면 폐병에 시달리고 가난했으며, 사랑까지도 불운했던 존 키츠가 1819년 4월의 어느 날 밤 23세의 나이에 함스테드의 어느 정원에서 지은 「나이팅게일 송가」를 기억할 것이다. 키츠는 교외에 위치한 그 정원에서, 오비디우스와 셰익스피어의 저 영원한 나이팅게일 소리를 듣고서 자신의 필멸성을 느꼈으며, 그 필멸성을 눈에는 보이지 않는 나이팅게일의 희미하지만 끝없이 이어지는 노래 소리에 견주어 보았다. 키츠는 시인에게서는 나무에서 잎이 돋아나듯이 그렇게 자연스럽게 시가 솟아나야 한다고 기술했다. 그가 식상함을 모르는 한없이 아름다운 시를 창작해 내는 데에는 두세 시간이면 충분했고, 다시 다듬는 일도 좀처럼 없었다. 내가 알기로, 키츠의 진가에 문제를 제기하는 사람은 아무도 없었지만, 해석상의 논란은 계속되어 왔다. 문제의 핵심은 이 시의 끝에서 두 번째 연에 있다. 가변적이고 필멸하는 존재 키츠는 "부단한 세대교체 속에서도 사라지지 않는" 새를 바라본다. 그 새소리는 그 옛날 어느 오후, 이스라엘의 평원에서 모아브 여인 루스가 들었던 바로 그 소리이다.

1887년 출간된 키츠에 대한 단행본에서 시드니 콜빈(기자이자 로버트 루이스 스티븐슨의 친구)은 내가 이야기한 연의 난해함을 인식하였거나 아니면 지어냈다. 그의 재미난 견해를 잠시 옮겨 보도록 하겠다. "키츠가 인간 삶의 찰나성과 새의 삶의 영속성을 대비시킨 것은 논리적 오류이며, 내 눈에는 시적 오류로도 보인다. 인간의 삶은 개개인의 삶으로 파악한 데 비해, 새의 영원한 삶은 종의 삶으로 파악했기 때문이다." 1895년에는 브리지즈도 이와 같은 주장을 했다. 리비스는 1936년에 그러한 브리지즈의 견해를 수용하면서 거기에 주석까지 덧붙였다. "당연히 이러한 개념에 함축된 허구성은 그것을 받아들였던 감정의 강도를 증명한다……." 키츠는 자신의 시 첫 연에서 나이팅게일을 '숲의 요정'이라 불렀다. 또 다른 비평가 개러드는 그 표현을 진지하게 옹호하면서, 7연에서 그 새가 불멸인 것은 숲의 요정이자 숲의 신이기 때문이라는 견해를 밝힌다. 애미 로웰의 지적은 보다 더 명확하다. "상상적 혹은 시적 감각이 조금이라도 있는 독자라면, 키츠가 그 순간 노래하고 있던 나이팅게일을 언급하는 것이 아니라 그 종 전체를 언급한다는 것을 바로 직관할 수 있을 것이다."

지금까지 현재와 과거 속 다섯 명의 비평가들의 다섯 가지 견해를 들어 보았다. 내 생각에 모든 견해 중 그나마 좀 덜 모호해 보이는 것은 미국 비평가 애미 로웰의 것이다. 그러나 그의 견해 중 받아들일 수 없는 것은 그날 밤의 찰나적 존재로서의 나이팅게일과 종으로서의 나이팅게일을 대립시킨다는 점이다. 이 연을 해석하는 데 필요한 단서, 가장 결정적인 단서는 쇼펜하우어의 형이상학적인 한 구절에서 찾을 수 있을 것이다. 물론 그가 키츠의 송가를 읽었을 리는 만무하지만 말이다.

「나이팅게일 송가」가 1819년작인 데 비해 『의지와 표상으로서의 세계』 제2권이 등장한 것은 1844년이었다. 이 책 41장에는 다음과 같은 구절이 있다. "올 여름의 제비는 첫해 여름의 제비와 다른 것인지, 그 두 제비 사이에서 정말 무(無)에서 무언가를 창출해 내는 기적이 수백만 번 일어났는지, 그리고 그 기적이 다시 수백만 번의 전멸로 조롱당하는지 우리 한번 진지하게 자문해 보자. 내가 저기서 놀고 있는 고양이가 300년 전 저 자리를 어슬렁거리기도 하고 이리저리 뛰어다니기도 했던 바로 그 고양이라고 우기는 경우 그 말을 듣는 사람은 내가 정신 나간 사람이라고 생각할 것이다. 그러나 그 두 고양이가 본질적으로 전혀 다른 두 마리의 고양이라고 생각하는 것이 훨씬 더 정신 나간 생각이다." 즉 개체는 어떤 면에서는 종이며, 키츠의 나이팅게일은 또한 루스의 나이팅게일이기도 하다는 말이다.

아무렇지도 않게 "나는 아무것도 모르며, 아무것도 읽지 않았다."라고 쓸 수 있었던 키츠는 학습용 사전을 뒤적이다가 그리스 정신을 알게 되었다. 키이츠가 그리스 정신을 깨달은 것 혹은 재창조했다는 것의 아주 미세한 증거가 바로 어느 날 밤의 어둠 속 나이팅게일에서 플라톤적 나이팅게일을 직관해 낸 점이다. 키츠는 아마도 '원형'이라는 단어를 정의해 낼 수 없었겠지만, 쇼펜하우어의 이론을 4반세기나 앞서고 있었다.

문제가 이렇게 해결되고 나면, 전혀 다른 성격의 두 번째 문제가 남는다. 개로드[174]나 리비스,[175] 또 다른 사람들은 왜 이 명백한 해답에 이르지 못했는가?[176] 케임브리지에서는 17세기에 플라톤주의자들이 모여 소위 케임브리지 플라톤학파를 이루었는데, 리비스는 그 케임브리지 대학 내 한 단과 대학 소속 교수였다. 브리지스[177]는 「4차원」이라는 제목의 플라톤적 시를 썼다. 그런데 이런 사실들을 열거하다가는 수수께끼 같은 문제의 어려움만 가중시킬 것 같다. 내가 잘못 이해한 것이 아니면, 그 이유는 영국 정신의 정수에서 기인한 것이다.

콜리지는 모든 인간은 태어날 때부터 이미 아리스토텔레

---

174 히스코트 윌리엄 개로드(Heathcote Willam Garrod, 1878~1960). 영국의 문학가, 고전 학자. 옥스퍼드의 시학 교수로 명성을 얻었으며 존 키츠에 대한 저작으로 유명하다.

175 프랭크 레이먼드 리비스(Frank Raymond Leavis, 1895~1978). 영국의 문예 비평가. 케임브리지 학파의 중심인물로, 비평지를 발행하며 활발한 활동을 했다.

176 여기에 천재적인 시인 윌리엄 버틀러 예이츠를 덧붙여야겠다. 그는 「비잔티움으로의 항해」 첫 번째 연에서 새들의 "죽어 가는 세대"에 대해 언급하면서 키츠의 송가를 조심스럽게 아니면 무의식적으로 암시하고 있다. 헨(T. R. Henn)의 『외로운 탑』(1950), 211쪽을 참조.(원주)

177 로버트 시모어 브리지스(Robert Seymour Bridges, 1844~1930). 영국의 시인. 독실한 기독교 신앙을 투영한 시를 썼다.

스적이거나 플라톤적이라고 본다. 플라톤주의자들은 계(係),
과(科), 속(俗)을 구체적 현실로 받아들인다. 이에 비해 아리스
토텔레스주의자들은 그것을 보편화된 현실로 간주한다. 후자
는 언어를 우주에 대한 상징적 기호들의 어설픈 유희 이상으
로 보지 않지만, 전자에게는 언어가 곧 우주의 지도이다. 플라
톤주의자는 세계를 일면 조화로운 우주, 즉 코스모스이자 하
나의 질서로 이해하지만 아리스토텔레스주의자에게는 그러
한 질서가 우리의 편파적 인식에서 발생한 오류이거나 허구일
수 있다. 장소와 시대에 따라 서로 대립적인 이 불멸의 철학자
들은 다른 언어를 사용하는 다른 이름의 주인공이 된다. 파르
메니데스, 플라톤, 스피노자, 칸트, 프랜시스 브래들리 같은 이
름들이 첫 번째 주인공들이고, 헤라클레이토스, 아리스토텔레
스, 로크, 흄, 윌리엄 제임스 같은 이름들이 두 번째 주인공들
이다. 중세의 까다로운 학파들은 하나같이 인간 이성의 대 스
승인 아리스토텔레스를 추종한다. (『향연』 제4권, 2장) 그러나
실상 유명론자들은 그 자신이 아리스토텔레스이며, 사실주의
자들은 플라톤이다. 14세기 영국의 유명론은 용의주도한 18세
기 영국 관념론으로 되살아난다. '존재는 필요 이상으로 확장
되지 않는다.'라는 오컴의 경제 공리는 그에 못지않게 단정적
인 '존재의 지각(see est percipi)'이라는 명제를 가능케 하거나 예
시한다. 콜리지는 인간은 태어날 때부터 아리스토텔레스적이
거나 플라톤적이라고 주장했다. 그는 영국 정신을 이어받아
아리스토텔레스적으로 태어났다고 단언할 수 있다. 영국 정
신에 있어 실재하는 것은 추상적 개념이 아니라 개체들이다.
종으로서의 나이팅게일이 아니라 구체적인 나이팅게일인 것

이다. 영국에서 「나이팅게일 송가」가 올바로 이해되지 못하는 것은 당연하고 아마 불가피한 일일 것이다.

이상에서 말한 것을 비방이나 경멸로 이해하는 사람이 없기를 바란다. 영국인이 종을 거부하는 것은 개체를 환원 불가능한, 동화 가능한 유일무이의 독립적 존재로 느끼기 때문이다. 사색 능력이 없어서가 아니라, 조심스러운 윤리관이 영국인으로 하여금 독일인처럼 추상에 탐닉할 수 없게 만드는 것이다. 영국인들은 「나이팅게일 송가」를 이해하지 못한다. 이 값진 몰이해를 통해 그들은 로크가 되고, 버클리가 되고, 흄이 되었으며, 70년 전 『개인 대 국가』[178]라는 전대미문의 예언적 경고장을 작성할 수 있었다.

나이팅게일은 지구상의 모든 언어에서 음악적인 이름(나이팅게일, 나흐티갈, 우시놀로)을 갖는 행운을 누린다. 마치 인간에 경이로움을 안겨 주는 노래가 진정한 가치를 잃지 않기를 본능적으로 원하기라도 하는 것처럼 말이다. 지금은 다소 비현실적으로 들릴 정도로, 시인들은 나이팅게일을 예찬해 왔다. 새보다 오히려 천사에 가까울 정도로. 『엑시터 서(書)』의 앵글로색슨적 수수께끼에서("오랜 오후의 노래꾼, 나는 별장에서 귀족들에게 즐거움을 선사한다.") 스윈번의 『비극적 아틀란타』에 이르기까지, 나이팅게일은 영문학 속에서 끝없이 노래했다. 초서와 셰익스피어도 나이팅게일을 예찬했고, 밀턴과 매슈 아

---

178   영국의 사회학자 허버트 스펜서(Herbert Spencer, 1820~1903)가 1884년 출간한 책으로, 국가의 통치 행위와 개인의 권익의 관계에 대해 논하는 내용이다.

놀드도 나이팅게일을 예찬했다. 그러나 블레이크에게서 호랑이의 이미지를 떼어 낼 수 없는 것처럼, 나이팅게일의 이미지는 숙명적으로 존 키츠에게 연결되어 있다.

수수께끼들의 거울

성서가(문학적 가치 이외에) 상징적 가치도 지닌다는 생각은 오래전부터 전해 온 합당한 견해다. 이런 견해는 알렉산드리아의 필론과 유대 신비주의자들, 스베덴보리 등에서 발견된다. 성서에 기록된 일들이 사실이라면(하느님은 진리이고, 진리는 거짓말을 하지 않는다는 등) 우리는 우리가 그 일들을 행한 것이 신에 의해 결정되고 계획된 비밀극을 맹목적으로 연기해 온 것에 다름 아니었음을 인정해야 한다. 그러고 보면 이런 생각과 우주의 역사는, 역사 속 우리의 삶과 우리 삶의 가장 은밀한 면이 정할 수 없는 상징적 가치를 지니고 있다는 생각과 그리 큰 간극이 있는 것도 아니다. 많은 사람들이 우주의 상징적 가치에 대해 논했었지만, 그중에서도 레옹 블루아의 논리가 가장 획기적이다. (노발리스[179]의 심리학적 문구들과 『런던 모험담』이라 불리는 마첸의 자서전에서도 이와 유사한 가설이 발견된다.

사물들이나 기온, 달 같은 외부 세상은 우리 인간이 망각해 버린, 혹
은 판독하기 어려운 하나의 언어라는 가설 말이다……. 또한 드퀸시
도 이와 비슷한 말을 했다.[180] 우주가 빚어내는 비합리적인 소리까지
도 일면 저마다 자신의 열쇠와 엄격한 문법과 구문법을 갖고 있는 무
수한 대수이자 언어일 것이고, 따라서 제아무리 미미한 것이라도 어
마어마한 것을 비추는 비밀 거울이 될 수 있다."라고.)

　　레옹 블루아는 다음과 같은 성 베드로의 말에서 영감을 얻
었었다. "지금은 우리가 흐릿하게 거울을 통해 볼 수 있지만 그
때에는 얼굴을 마주하고 볼 것입니다. 지금은 내가 부분적으
로만 알겠지만, 그때에는 하느님이 나를 알듯이 나도 하느님
을 온전히 알게 될 것입니다."(「고린도전서」 13장 12절) 토레서
아마트는 궁색하나마 이를 다음과 같이 번역하고 있다. "우리
가 지금은 거울로 보는 것 같이 희미하나 그때에는 얼굴과 얼
굴을 대하여 볼 것이요 지금은 내가 부분적으로 아나 그때에
는 주께서 나를 아신 것같이 내가 온전히 알리라." 마흔네 개의
목소리가 스물두 개의 목소리 역할을 한다. 더 말 많고 더 쇠진
한 자가 되는 것은 불가능하다. 시프리아노 데 발레라는 보다
원문에 충실한 번역을 보여 준다. "지금은 우리가 어둠 속에서
거울을 보지만 그때엔 얼굴을 직접 맞대고 보게 될 것이다. 지
금은 그를 부분적으로 알지만 그때는 그가 나를 알듯 나 또한

179　　Novalis(1772~1801). 본명은 프리드리히 폰 하르덴베
　　　르크(Friedrich von Hardenberg). 독일의 시인. 독일 초
　　　기 낭만파를 대표하는 시인이다.
180　　『글들』(1896) 제I권, 129쪽.(원주)

그를 알게 되리라."라고. 토레스 아마트는 이 구절이 신성에 대한 우리의 견해를 보여 준다고 생각한다. 이에 비해 시프리아노 데 발레라는 (그리고 레옹 블루아 역시) 우리의 보편적인 견해를 의미한다고 생각한다.

내가 아는 바로는, 블루아는 자신의 추측에 결정적인 형태를 남기지 않았다. 그의 단편적인 작품에는(그 속에는 불평과 불명예가 난무하고, 아무도 아닌 것처럼 그것을 무시한다.) 다른 견해 혹은 다른 면이 있다. 여기 이러한 몇 개의 견해들, 내가 『배은망덕한 거지』, 『산에 사는 노인』, 『비매품』의 구구절절한 이야기들에서 다시 조사한 것들이 있다. 나는 이 견해들이 완전하다고는 생각하지 않는다. 나는 레옹 블루아에 대한 어떤 전문가가(나는 레옹 블루아 전문가는 아니다.) 이 견해들을 완성하고 수정하기를 바란다.

첫 번째 견해는 1894년 6월의 것이다. 나는 이렇게 번역하겠다. "성 파블로의 금언 '지금은 거울에 비친 것처럼 희미하게 보인다.'의 거울은 진정한 심연에 가라앉기 위한 채광창일 것이며 이것은 인간의 영혼이다. 창공이라는 심연의 공포스런 무한함은 하나의 환영, 즉 '어떤 거울로' 비춰진 우리들 심연의 외적 영상인 것이다. 우리는 우리 심장의 무한함에 시선을 집중하고 천문학적 연구를 행해야 한다. 그것들로 신은 죽기를 원했고…… 만일 우리가 은하수를 본다면, 그것이 우리 영혼속에 진정하게 존재하기 때문이다."

두 번째는 같은 해 11월의 것이다. "나는 내가 예전에 했던 생각들 중 하나를 기억한다. 차르는 1억 5000만 백성들의 우두머리이고 정신적 아버지이다. 그러나 이 무거운 의무도 다 껍

데기에 불과하다. 신 앞에서가 아니라, 그저 몇 안 되는 인간 앞
에서만 책임자이기 때문이다. 만일 그의 제국에서 힘없는 자
들이 억압을 받았다면, 만일 그 시대가 큰 재앙일 뿐이었다면
그의 구두를 닦는 일을 하는 하인이 유일하고 진정한 책임자
가 아니라고 어찌 말할 수 있겠는가? 심원함의 신비스러운 규
율하에서 누가 과연 진정한 러시아 황제이고, 누가 왕이고, 누
가 순전한 하인이라며 자만할 수 있으리요?"

　세 번째는 12월에 쓰인 편지의 것이다. "모든 것은, 가장 힘
겨운 고통까지도, 상징일세. 우리들은 꿈속에서 외치는 잠자
는 자들이고, 우리를 힘들게 하는 그러한 것들이 훗날의 기쁨
을 내포한 우리의 비밀 요소라는 것을 우리는 모르고 있지. 한
번 보세. 성 베드로는 'Per speculum in aenigmate'라고 하지 않았
나? '하나의 거울을 통해 흐릿하게'라는 뜻이지. 그러니까 우
리는 불꽃으로 타오르며 만물을 비추시는 하느님을 강림의 순
간이 오기까지는 볼 수 없다는 것이고."

　네 번째는 1904년 5월의 것이다. "거울을 통해 흐릿하게,
성 베드로는 말한다. 우리는 모든 것들을 거꾸로 맺힌 상으로
본다. 그래서 준다고 생각하지만 사실 받고 있는 것이다. 그렇
다면 (내게 한 괴로워하는 영혼이 말한다.) 우리가 하늘에 있고 신
이 땅에서 고통받는 것이다."

　다섯 번째는 1908년 5월의 것이다. "성 파블로의 거울(Per
speculum) 텍스트에 대한 후아나의 놀라운 생각. 이 세상의 쾌
락은 거울 속에서 거꾸로 본 지옥의 고통일 것이다."

　여섯 번째 것은 1912년의 것이다. 미래 속에 숨어 있는 또
다른 영웅의 선구자로 여겨진 사람이자 상징인, 나폴레옹의

상징을 해독하는 것이 목적인 레옹 블루아의 「나폴레옹의 정신」에 책장 한 장 한 장 속에는 저자의 의도가 숨어 있다. 두 개의 구만 봐도 충분히 알 수 있다. 하나는 "각각의 사람은 알지 못하는 무엇을 상징하기 위해 그리고 신의 도시를 짓기 위해 쓰일 보이지 않는 물질로 이루어진 하나의 작은 조각, 혹은 산을 실현하기 위해 이 땅에 있다."라는 구절이고 다른 하나는 "이 땅에는 정확하게 자신이 누구인지 표명할 수 있는 사람은 아무도 없다. 아무도 누가 이 세상에 무언가를 하러 왔으며 무엇이 그의 행동에, 그의 느낌과 생각에 상응하는지 알지 못하며 그리고 그의 진정한 이름도, 탄생 기록에 있는 그의 불멸의 이름이 무엇인지 알지 못한다……. 역사는 이오타(iota, 그리스 자모의 아홉 번째 문자)와 점들이 구절들 혹은 완전한 챕터들보다 가치가 덜한 곳인 하나의 거대한 의례 텍스트이다. 그러나 이것들의 중요성은 미결정적이라는 것과 깊이 숨겨져 있다는 것이다."라는 구절이다.

이전 단락들은 아마도 독자들에게 블루아에 대한 단순한 감사로 여겨지리라. 내가 알기로 그는 한 번도 이 견해들을 해명하려 하지 않았다. 나는 감히 이 견해들을 있을 법한 것들이라고 판정하겠다. 그리고 기독교 교리에서 벗어날 수 없는 것이라고도 생각한다. 반복해 말하건대 블루아는 유대 카발라주의자들이 성서에 적용했던 방법을 완전한 창조에 적용했을 뿐이다. 카발라주의자들은 성령에 의해 구술된 작품은 절대적인 하나의 텍스트라고 생각했다. 우연의 협력이 전혀 없다면 텍스트를 언급할 가치가 있다. 우연성이 침범할 수 없는 책, 끝없는 목적의 메커니즘인 책의 그 경이로운 전제는 카발라주의자

들에게 문자 언어를 바꾸게 하였고, 글자의 수적 가치를 합하게
하였다. 소문자와 대문자를 관찰하게 하였고, 시 작법과 어구의
철자 바꾸어 쓰기를 찾게 하였고, 어렵지 않게 장난칠 수 있는
것들에서 해석상의 엄격함을 찾게 하였다. 무한지성[181]의 작품
속에서는 아무것도 우연적이지 않다는 것이 그들의 변명이다.
레옹 블루아는 이 세상의 모든 존재 속에, 그리고 모든 순간 속
에 그 상형문자적 특성(성경의 특성, 천사들의 암호의 특성)을 요
구한다. 미신적 성향이 있는 그는 이 유기적인 문자의 틈입을
믿는다. 열세 명의 식솔들이 불행의 상징이자 죽음의 상징인
'노란 오괄'이라는 단어를 발음하고…….

　세상이 의미를 가지고 있다는 것은 의심스럽다. 세상이 이
중 삼중의 의미를 가지고 있어서 속기 쉽다는 것은 더욱 의심
스럽다. 나는 그렇다고 이해한다. 그러나 블루아에 의해 불려
온 상형문자적 세상은 신학자들의 지적인 신의 위엄에 더욱
합당한 세상이라고 나는 이해한다.

　어떤 이름도 그가 누구인지 알려 주지 않는다고 레옹 블루

181　　독자들은 "무한지성이란 도대체 무엇이냐?"라고 물
　　　을 것이다. 지금까지 신학자치고 그 어휘를 규정하지
　　　않은 신학자는 하나도 없을 것이다. 그중 하나를 예로
　　　들어 보겠다. 사람이 태어나서 죽는 그날까지 내딛는
　　　한 걸음 한 걸음은 시간 속에서 아무도 예기치 못했던
　　　형상을 그려 낸다. 우리 인간이 삼각형의 형상을 곧바
　　　로 직관하듯이 신의 지성은 우리가 그려 낸 그 형상을
　　　곧바로 직관한다. (아마도) 그 형상은 이 세상에서 수
　　　행하게 될 나름의 기능이 있는 모양이다.(원주)

아는 확언했다. 아무도 그 친숙한 무지를 어떻게 밝힐지 모른
다. 레옹 블루아는 열렬한 카톨릭 신자라고 알려졌고 카발라
주의자들의 계승자였고, 스웨덴보리와 블레이크의 비밀 형제
였다. 이들은 사교의 교주들이었다.

두 권의 책

웰스의 마지막 작품 『신세계 입문: 혁명 세계 건설의 지침
서』는 얼핏 보면 순전히 험담으로 일관된 백과사전 같다. 쭉쭉
읽히는 이 책에서 그는 히틀러 총통을 "어디 한 군데 부러진 토
끼 새끼" 같다고 비난하고, 괴링은 "밤새도록 온 도시의 깨진
유리 파편을 쓸어 담고는 또다시 파괴하는 도시의 학살자"라
비난하고, 앤서니 이든을 "도저히 달랠 길 없는 국제 연맹의 핵
심 홀아비"라 비난하고, 이오시프 스탈린을 "심지어 프롤레타
리아가 무엇인지, 어떻게 어디를 지배해야 할지 아는 사람 하
나 없는데도 무조건 프롤레타리아의 독재를 변호한답시고 헛
소리를 떠들어 대는 사람"이라고 비난하고, 어리석은 "철기
병"을 비난하고, 프랑스군의 장군들을 "무능력과 체코슬로바
키아산(産) 탱크와 무전기를 통해 흘러든 풍문과 자전거를 타
고 돌아다니며 낭설을 퍼뜨리고 다니는 몇몇 사람들에게 패하

고 만 주인공들"이라 비난하며, 영국 귀족 사회를 "패배에 대한 확고한 의지의 소유자"라 비난하고, 남아일랜드를 "분노에 찬 소집단"이라 비난하고, "이미 독일이 패한 전쟁인데 거기서 승리하기 위해 노력을 아끼지 않는 것 같다."라며 영국의 외무부 장관을 비난하고, 새뮤얼 호어 경을 "정신적, 도덕적 바보"라고 비난하며, 영국인과 미국인을 스페인의 자유 정신을 배신했다고 비난하고, 이 전쟁은 이념을 위한 전쟁일 뿐 "당대의 무질서"가 빚어낸 범죄 행위는 아니라고 주장하는 사람들을 비난하며, 이 세상을 낙원으로 만들기 위해서는 괴링이나 히틀러 같은 악마들만 퇴치하거나 제거하면 충분할 것이라 믿는 순박한 이들을 비난한다.

지금까지 웰스가 퍼부었던 독설들을 정리해 보았다. 물론 이것들에 문학적 가치가 있는 것도 아니고, 또 어떤 것은 부당하기까지 하지만, 그래도 그가 증오심이나 분노를 드러냄에 있어 치우침이 없었음을 보여 주고 있다. 또한 이 독설들은 그 자체로 전쟁의 중에 영국의 작가들이 자유롭게 글을 쓸 수 있었음을 여실히 드러낸다. 하지만 그 풍자적 독설보다 더욱 중요한 것은 이 혁명적 입문서에 담긴 이론이다. 그 이론은 정확히 다음과 같은 명제로 요약될 수 있다. 영국은 영국의 혁명 정신을 전반적인 혁명 정신(하나된 세계의 혁명 정신)과 동일시한다는 것. 또는 승리는 쟁취할 수 없거나 무용한 것이란 것이다. 이 책 제12장(『신세계 입문』 제12장, 48~54쪽)에서는 신세계의 토대를 밝힌다. 마지막의 세 장에 걸쳐서는 소소한 몇 가지 문제에 대해 논의한다.

믿기 어려운 일이지만 웰스는 나치가 아니었다. 이 일이 믿

기 어려운 것은, 나와 동시대를 산 모든 이들은 그 사실을 부정
하거나 스스로 모르고 있었을 뿐 거의 모두가 나치였기 때문
이다. 1925년 이래로는 특정 국가에서 태어나거나 특정 민족
(혹은 우수 인종의 혼혈)으로 태어나는 필연적이고 당연한 현실
이 그들만의 특권이자 효과 만점의 부적이라고 생각지 않는
언론인이 없을 정도였다. 민주주의의 옹호자들조차 그의 독자
들에게 적과 동일한 언어를 사용해 대지와 피가 발하는 내밀
한 명령을 받든 심장의 고동 소리를 들어 보라고 주장한다.

　내 기억으로는 스페인 내전 중에도 내용조차 파악하기 힘
든 온갖 논의가 있었다. 어떤 이들은 자신들을 공화주의자라
고 밝혔고, 다른 이들은 민족주의자라고 밝혔으며, 또 다른 이
들은 마르크스주의자라고 밝혔으나, 여하튼 하나같이 가울라
이터[182]와 같은 위치에서 인종과 민족에 대해서 떠들어 댔던 것
이다. 심지어 '망치와 낫'을 든 사람들조차도 인종 차별 주의자
가 되기에 이르렀다……. 놀랍게도 결국에는 반유대주의에 대
해 혼돈만 야기시켰던 한 회의도 기억난다. 내가 반유대주의
자일 수 없는 데에는 많은 이유가 있지만, 그중에서도 가장 중
요한 것은 내가 유대인과 반(反)유대인을 구별하는 일 자체가
통상적으로 무의미하며, 때로는 허망하거나 덧없다고 보기 때
문이다. 물론 그 당시에 나와 같은 생각을 하는 이들은 없었다.
그 시대 사람들은 하나같이 독일 내 유대인과 독일인은 다르
다고 주장했던 것이다. 내가 그들의 주장이 아돌프 히틀러가

182　나치당의 계급 중 하나. 지방의 당 최고 지도자를 일컫
　　는 말.

말한 것과 다를 바 없다고 생각한들 무슨 소용인가. 내가 인종
차별주의에 반대한다는 기치를 내걸었던 회의가 선민주의를
용인하고 있음을 감지했다 한들 무엇 하겠는가. 내가 '나는 사
람을 두고 어느 인종에 속하는지 따지지 않는다. 그저 그가 인
간인 것만으로도 충분하기 때문이다. 사람은 어느 누구도 다
른 이보다 열등하지 않다.'라는 마크 트웨인의 지혜로운 언급
(마크 트웨인, 『헤들리버그를 타락시킨 사람』, 204쪽)을 들이대 봤
자 아무 소용없을 뿐이다.

　　『사람의 운명』(1939), 『전쟁과 평화에 대한 상식』(1940)
같은 다른 책들에서도 그렇듯이 이 책에서 웰스는 우리에게
인간성의 본연을 기억하라고 지적하며, 외형적인 것이든 혹은
내면적인 것이든 사소한 상이점에 연연해하지 말라고 가르친
다. 사실 그의 만류는 그리 놀랄 만한 것도 아니다. 그저 최상
의 공동생활을 위해 각 개인에 요구되는 기본적인 예의범절을
각 국가에 요구하고 있는 것뿐이기 때문이다. 웰스는 "제대로
정신 박힌 사람이라면 누구든 독일인과 세계의 주도권을 두고
다툼을 벌이는 영국인을 나치보다 고귀한 선택된 민족이라 여
기지 않는다. 그런 사고방식이야말로 인류가 벌이는 전쟁의
이유인 셈이다. 그런 이유가 아니라면 다른 아무런 이유도 없
으니까. 그런 이유를 내걸어야 한다고 의무감을 느끼는 것도
특권에 다름 아니다."

　　『사람들로 하여금 생각하게 하라』는 버트런드 러셀의 수필
모음집 가운데 한 권의 제목이다. 웰스는 앞서 요약 정리해 보
았던 작품에서 독자들에게 지리학적, 경제적, 인종적 차이를
배제하고 세계사를 되짚어 볼 것을 권고하는데, 러셀 역시 보

편성을 충고하고 있다. 상기한 저서 제3장「자유로운 사고와
틀에 박힌 선전」에서 그는 초등학교에서부터 신문 내용을 있
는 그대로 믿지 않도록 가르쳐야 한다고 주장한다. 이러한 소
크라테스적 방법은 어떤 식으로든 효과를 발휘할 것이다. 내
가 아는 지인 중에는 심지어 신문을 제대로 읽는 사람조차 거
의 없기는 하다. 그들은 스스로를 인쇄 기술과 구문 기교에 농
락당하도록 방치해 둔다. 어떤 사건이 일어난 것은 그저 커다
란 검은 활자로 써 있기 때문이라고 생각한다. 그들은 12호 활
자와 진실을 혼동한다. 'B 지점을 지나 진격하려던 공격 부대
원들의 시도는 하나같이 처절하게 실패하고 말았다.'라는 기
사는 B 지점을 잃게 되리라는 걸 시사하는 완곡어법이라는 것
을 이해하려 들지 않는다. 게다가 두려운 마음을 갖는 것만으
로도 적을 이롭게 하는 게 될 거라는 일종의 마술에 걸리게 된
다⋯⋯. 버트런드 러셀은 국가가 사람들에게 그런 속임수와
기만에 현혹되지 않도록 면역 체계를 갖게 해야 한다고 제안
한다. 예를 들어 학생들에게 나폴레옹군의 최후의 패배 사건
을《모니퇴르(Moniteur)》기사를 통해 확인하게 하는 것이다.
그 취지는 이렇다. 프랑스와의 전쟁사를 영국에서 쓰인 글을
통해 익혔다면 이번에는 프랑스 관점에서 이 역사를 다시 서
술해 본다는 것이다. 우리 나라의 '민족주의자'들은 이미 이 역
설의 방법을 적용하고 있는 모양이다. 아르헨티나의 역사를
키추아족이나 케란디족이 아닌, 스페인의 관점에서 가르치고
있으니 말이다.

그의 다른 글들 가운데「파시즘의 계보학」이라는 글 역시
만만찮게 중요하다. 저자는 이 글 서두에서부터 정치적 사건

들은 해묵은 역사에서 비롯된다고 말하고, 하나의 주장이 등장하는 시점과 그것이 현실 적용되는 시점 사이에는 상당한 시간 차가 있기 마련임을 줄곧 강조한다. 결국 우리를 화나게 하거나 흥분케 하거나 종종 파멸로 이끌곤 하는 "불타는 현재"는 낡아 빠진 논의의 불완전한 반사일 뿐인 것이다. 국민군과 비밀 스파이로 악명을 떨친 히틀러도 토머스 칼라일과 J. G. 피히테의 반복일 뿐이며, 레닌은 칼 마르크스의 전사(轉寫)에 불과한 것이다. 바로 이런 점 때문에 진정한 지성인은 오늘날 늘 화두가 되고 있는 '현실은 늘 시대착오적이다.'라는 논쟁을 피해 가는 것이기도 하다.

러셀은 파시즘 사상은 요한 고트라이프 피히테와 칼라일로부터 나왔다고 주장한다. 피히테는 그 유명한 저서『독일 국민에게 고함』4장과 5장에서 독일인의 우수성은 순수한 언어를 확고부동하게 소유하고 있는 덕이라고 주장하고 있다. 하지만 이건 터무니없는 이유다. 이 세상에 순수한 언어는 존재하지 않는 것으로 추정되기 때문이다.(설사 말 그 자체는 순수할 수 있을지라도 그것이 묘사하는 대상은 그렇지 못하다. 순수주의자들이 제아무리 '데포르테(deporte)'[183]라고 고집해도 어차피 그 의미는 '스포츠'에 다름 아니다.) 또한 독일어는 바스크어나 호텐토트 부족의 언어보다 순수하다고 할 수 없다는 것도 익히 알려진 사실이다. 뿐만 아니라 다른 언어와 섞이지 않은 언어가 왜 더 나은 것인지에 대해서 의문이 일기 때문이기도 하다……. 칼

---

183   스페인어로 '스포츠'를 의미한다.

라일의 입장은 훨씬 더 복잡하고 웅변적이다. 그는 1843년에 민주주의는 만인을 이끌 영웅을 찾아내지 못하는 절망감과 같다고 쓴 바 있다. 또 1870년에는 "인내할 줄 알고, 고귀하며, 사려 깊고, 경건한 독일"이 "허풍쟁이에 허영심 많고 호들갑스러우며 호전적이고 게으르고 과민한 프랑스"를 이긴 데 박수갈채를 보냈다.(『잡기(雜記)들』제7권, 251쪽) 그는 중세를 높이 평가한 데 비해 의회주의는 바람 든 풍선이라며 비난했고, 토르신과 사자왕 윌리엄, 녹스,[184] 크롬웰, 페데리코 2세, 과묵한 닥터 프란시아[185]와 나폴레옹의 추억을 옹호했으며 "투표함을 통해 예견된 혼돈스러운 세상"이 아닌 또 다른 세상을 열망했고, 노예 제도의 폐지를 혐오했으며, 구리를 소름 끼치도록 잘못 활용하여 만든 동상들을 녹여 실생활에 유용한 구리 대야를 만들 것을 주장했고, 곳곳에 병영을 설치하는 일을 옹호했으며, 기꺼운 마음으로 튜톤 민족을 창안해 냈다. 원망을 퍼붓고 싶거나 찬사를 보내고 싶은 다른 이들은 『과거와 현재』(1843)와 1850년에 발간된 『후기(後期) 팸플릿』을 참조해 볼 일이다.

버트런드 러셀은 다음과 같은 문장으로 결론을 내리고 있다. "어찌 보면 18세기 초반의 분위기는 이성적이었고 우리 시대의 분위기가 비이성적이라고 정의하는 것이 맞을 것 같다."

---

184   존 녹스(John Knox, 1514~1572). 스코틀랜드의 종교
       개혁 운동가, 역사학자. 칼뱅파의 스코틀랜드 교회를
       창설했다.

185   호세 가스파르 로드리게스 데 프란시아 이 벨라스코
       (José Gaspar Rodríguez de Francia y Velasco, 1766~
       1840). 파라과이의 정치 지도자이자 사상가.

나는 이 문장 앞머리에 달라붙은 온건한 부사구 '어찌 보면'을 삭제해 버리고 싶다.

1944년 8월 23일 자 기사

이 날짜의 대중 일간지는 나에게 세 가지의 이질적인 놀라
움을 안겨 주었다. 파리의 해방에 대해 들었을 때 내가 느꼈던
물리적 행복의 정도와 군중 심리라도 야비하지 않을 수 있음
에 대한 인식, 그리고 수많은 히틀러 추종자들의 불가사의하
고 악명 높은 열정이 그것이다. 나는 이러한 열정에 대해 파고
드는 일은 스스로 시 경계석(境界石) 하나 때문에 강의 흐름까
지 저지시켜야 하느냐고 따지고 드는 수로(水路) 기술자와 같
아지는 것임을 알고 있다. 많은 사람들이 내게 허황된 것을 따
지고 든다며 비난할 것이라는 말이다. 그럼에도 불구하고 이
일은 일어나고 말았고, 이는 수많은 부에노스아이레스 주민들
이 증언해 줄 수 있을 것이다.

처음부터 똑같은 사람들을 두고 캐물어 봐야 아무 소용없
는 짓임을 알고 있었다. 이 변덕스런 종족은 그들의 지리멸렬

함 덕분에 자신들의 지리멸렬을 변명해야 한다는 의식마저 상실해 버리고 말았다. 그들은 게르만 민족을 숭상하고 색슨계 미국인을 혐오한다. 또 베르사유에서 나온 글들은 비난하지만 잡지《블리츠크리그》에 실린 황당한 글에 대해서는 찬사를 보낸다. 그들은 반유대주의자들이면서도 유대 민족에서 기원한 종교를 신봉하고, 잠수함전에 대해서는 찬사를 아끼지 않지만 대영 제국의 해적질에 대해서는 혹독한 비난을 아끼지 않는다. 그들은 제국주의를 고발하면서도 식민지가 불가결한 공간이라는 논리를 옹호하고 선전한다. 그들은 영국의 일거수일투족에는 그리스도의 교리를 적용시키지만 독일의 행위에는 차라투스트라를 적용시킨다.

나로서는 "나는 아르헨티나 사람이다."라는 재미난 어구를 수없이 되뇌는 것으로써 명예도 자비도 구할 필요 없어지는, 그야말로 혼돈의 핏줄을 타고난 사람들과 대화하면서 맛보게 되는 불안감보다는 다른 모든 종류의 불안감이 훨씬 낫다는 생각이 든다. 그뿐만 아니라 사람들은 자신의 행동을 유발시키는 근본 원인에 대해 잘 알지 못하는 법이라고, 프로이트도 말하고 월트 휘트먼도 지적하지 않았던가? 아마도 파리라는 도시와 해방이라는 상징적 마법의 위력이 워낙 강하여 히틀러 추종자들로 하여금 그것이 자신들의 힘의 소멸을 의미한다는 사실조차 망각하게 만든 게 아닌가 싶다. 지쳐 버린 나로서는 이 문제의 진정한 해답으로서 그저 경망스러움과 두려움, 그리고 별다른 저의 없는 현실 야합 정도를 제기하고자 한다.

며칠 후, 책 한 권과 어떤 기억이 떠올랐다. 내 머릿속에 떠오른 책은 조지 버나드 쇼의 『인간과 초인(超人)』으로, 그 책

가운데서도 존 테너의 형이상학적 꿈이 나오는 장면이 생각났
던 것이다. 여기서 저자는 지옥에 대한 두려움은 지옥이 지니
는 비현실감 때문에 생긴다고 말하고 있다. 이런 견해는 아일
랜드의 존 스코투스 에리우게나의 견해와 비견될 수 있을 것
이다. 에리우게나는 원죄와 악의 실질적 존재 자체를 부정하
였으며, 마귀를 비롯한 모든 피조물들은 신으로 귀착된다고
주장했다. 또한 내가 떠올린 기억은 8월 23일과는 완전히 정
반대의 날이라 할 수 있는 1940년 6월 14일에 대한 기억이었
다. 그날, 이름은 기억하고 싶지 않은 친 독일 성향의 한 남자가
우리 집으로 들어서더니, 문간에 선 채 놀랄 만한 소식을 전해
주었다. 나치 군대가 파리를 점령했다는 것이었다. 나는 슬픔
과 경악과 불쾌감이 뒤범벅되어 치솟는 걸 느꼈다. 정체 모를
무엇인가가 나를 꼼짝 못 하게 만들고 있었다. 환희에 차 오만
스러워진 탓인지 그자의 목소리는 심할 만큼 들떠 있었고 말
하는 투도 무척 당돌했다. 그자는 조만간 나치 군대가 런던에
도 입성하게 될 것이라고 덧붙였다. 그 어떤 저항도 부질없었
으며, 그 무엇으로도 나치의 승리를 저지할 수 없었던 것이다.
그런데 바로 그때 나는 그 역시 두려움에 떨고 있다는 걸 알아
차릴 수 있었다.

　지금까지 내가 말한 내용들에 부연 설명이 필요할지도 모
르겠다. 혹 이렇게 해석해 보면 어떨까 싶다. 유럽인들과 미국
인들에게는 가능한 규범이 하나, 오직 하나 있다. 한때는 그 규
범을 '로마'라는 이름으로 불렀으며, 지금은 그것을 '서구 문
명'이라 부른다. 따라서 '나치 되기'는(역동적인 야만인이 되어
보는 것, 바이킹이 되어 보는 것, 타타르인이나 16세기 정복자나 라틴

아메리카의 가우초나 북미 인디언이 되는 것도) 장기적으로 볼 때 정신적으로나 도의적으로나 불가능한 일인 것이다. 나치즘은 에리우게나의 지옥처럼 비현실적이다. 사람이 존재할 수 없는 현실인 것이다. 사람들은 단지 그것을 위해 죽거나, 그것을 위해 거짓말을 하거나, 그것을 위해 남을 죽이거나, 그것을 위해 피 흘릴 수 있을 뿐이다. 자기 자신이라는 철저한 고독 한가운데서 승리를 열망할 수 있는 사람은 아무도 없는 법이다. 이제 한마디만 덧붙이고자 한다. "히틀러는 파멸당하고 싶어 했다." 히틀러는 언젠가 자기 자신을 파멸의 구렁텅이로 몰아넣고 말이 운명적 군대를 맹목적으로 지원한 바 있었다. 신기하게도 무쇠로 만들어진 까마귀와 용(둘 다 괴물임을 기억해야 한다.)이 헤라클레스를 도왔던 것처럼 말이다.

윌리엄 벡퍼드의 『바테크』에 관하여

　　와일드는 "미겔 앙헬의 작품에 대해 전혀 언급하지 않고 있는 미겔 앙헬의 전기"라는 재담이 칼라일의 것이라고 지적했다. 현실은 너무 복잡하고 역사는 너무 단편적이며 단순화되어 있기에 전지 전능한 관찰자가 한 사람의 전기를 쓰자면 아마도 각각의 독립적 사건들을 다룰 것이고 또 독자들이 전기의 주인공을 이해하기 위해 사전에 읽어 치워야 할 전기를 무수하게, 거의 무한대로 이어지는 권수만큼 펴내야 할 것이다. 그러니 한 사람의 인생을 한번 터무니없다 싶을 만큼 단순화시켜 보자. 일단 평생 1만 3000건의 일이 있었던 것으로 상상해 보자. 어떤 전기에는 이 가운데 열한 번째, 스물두 번째, 서른세 번째 일을 기록한다……. 또 다른 전기에는 아홉 번째, 열세 번째, 열일곱 번째, 스물한 번째 일을……. 그리고 또 다른 전기에는 세 번째, 열두 번째, 스물한 번째, 서른 번째, 서른아홉 번째 일을…… 어떤 것은 주인공이 꾼 많은 꿈 가운데 하나의 이야기일 수도 있고, 또 어떤 것은 주인공의 신체 기관에 대한 것일 수도 있으며, 또 어떤 것은 주인공이 저지른 위선적 행동들에 대한 것일 수도 있고, 또 어떤 것은 주인공이 피라미드를 떠올렸던 모든 순간들에 대한 기록일 수도 있을 것이며, 또 어떤 것은 밤을 꼬박 지새우고 여명을 맞이하는 이야기일 수도 있다. 언뜻 이 모든 것들은 망상에 불과한 것으로 보일 수도 있겠지만, 애석하게도 전혀 그렇지 않다. 이 세상에는 작가의 전기를 쓰면서 문학적 일대기만을 쓰려는 사람도, 군인의 전기를 쓰면서 군인으로서의 일대기만을 쓰려는 사람도 없다. 전기를 쓰려는 사람은 주인공의 가계에 얽힌 이야기로부터, 그를 둘러싼 경제적, 정신병리학적, 외과적, 인쇄 세계와 관련된 이야기까지 모든 것의 일대기를 담고자 하는 것이다. 제8권 700쪽에는 포의 생애가 일부 엿보인다. 이사를 하게 되어 잔뜩 들떠 있던 작가는 「소용돌이」[186]와 천지개벽과도 같은 「유레카」[187]에 달 주석조차 떠올릴 수 없었다고 한다. 또 다른 예를 보도록 하자. 이번에는 볼리바르의 전기 서문에 있는 재미난 문구이다. "동일 저자가 나폴레옹 전기를 쓰면서 전쟁 이야기를 거의 빼 버렸듯이 이 책에서도 저자는 전쟁 이야기는 거의 다루지 않는다." 칼라일의 재담은 결국 오늘날의 문학을 예언한

---

186   포의 단편 「큰 소용돌이에 휘말리다(A Descent into a Maelstrom)」.

187   포가 1848년에 쓴 소논문 「유레카: 산문시(Eureka: A Prose Poem)」.

셈이다. 물론 미겔 앙헬의 작품에 대한 언급을 회피한 1943년 판 미겔 앙헬의 전기는 일종의 역설이었겠지만 말이다.

최근에 나온 윌리엄 벡퍼드(1760~1844)의 전기에서도 위와 같은 현상을 발견할 수 있다. 윌리엄 벡퍼드는 폰트힐 출신으로 백만장자의 전형이자 대지주, 여행가, 서적 애호가, 성과 미로 건축가의 전형으로 여겨지고 있다. 그의 전기를 저술한 채프먼은 그의 방탕한 삶을 폭로하고 있지만(혹은 폭로하고자 하지만) 그의 소설『바테크』에 대한 분석은 완전히 배제하고 있다. 마지막 열 쪽에 담긴 내용으로 인해 윌리엄 벡퍼드가 영광을 누리기에 부족함이 없는 소설인데도 말이다.

나는『바테크』에 대한 비평들을 조사해 보았다. 1876년에 개정판에 실린 말라르메의 서문은 온통 유쾌한 관찰들로 가득하지만(예를 들어 서문을 통해 이 소설은 하늘이 그대로 올려다 보이는 탑 꼭대기 발코니에서 시작되어 마법에 걸린 지하실에서 마무리된다는 걸 알 수 있다.) 어원학적으로 볼 때 읽기 힘들거나 아예 불가능한 프랑스 한 지방의 방언으로 쓰여 있었다. 그런가 하면 벨록은 (1928년『천사와의 대화』에서) 벡퍼드에 대한 자신의 생각을 밝혔다. 특별한 저의는 없지만 그의 글을 볼테르의 글과 비교하면서 그를 '당대 최고의 천박한 인간'으로 치부해 버린 것이다. 그러나 아마도 가장 놀랄 만한 견해는 세인츠버리가『케임브리지 영국 문학사』제11권에서 피력한 견해일 것이다.

근본적으로 소설『바테크』는 그리 복잡한 이야기가 아니다. 바테크(압바시드 왕조의 제9대 칼리프인 하룬 베날모타심 바티크 빌라)는 행성의 메시지를 풀어내고자 하늘을 찌를 듯이 높다란 탑을 하나 세운다. 행성들은 그에게 지속적으로 예언의 메시지를 보내 주는데, 그 하나가 미지의 땅에서 빼어난 위인이 오게 될 것이라는 것이었다. 그러던 중, 한 상인이 이 나라 수도에 들어오게 된다. 상인의 인상이 어찌나 험악했던지 경비병들은 상인의 눈을 가린 채 칼리프에게 데려간다. 상인은 칼리프에게 신월도를 판 뒤 사라져 버렸다. 그 검의 날에는 신기하게도 변화하는 문자가 새겨져 있었는데, 이 문자들은 보란 듯이 바테크의 호기심을 자극하기 시작했다. 웬 남자가 나타나(그 역시 나중에 사라지고 말았지만) 그 문자를 해독해 준다. 어떤 날에는 이런 글이 있었다. "나는 모든 것이 경이로움 그 자체인 곳에서 온 자그마한 경이로움이되 이 땅의 지존이로다." 또 다른 날 나타난 글은 이랬다. "덮어 버려야 할 일을 겁 없이 들춰내 알고자 하는 이가 있도다!" 칼리프는 마술에 완전히 빠져 버리고 만다. 어둠 속에서 들려오는 상인의 음성은 그에게 무슬림으로서의 신앙을 포기하고 어둠의 세력을 숭배하도록 종용한다. 만일 그렇게만 한다면 '지하 불의 성'이 그의 것이 된다는 것이다. 그 성의 창고 속에 있는 행성들이 그에게 약속했던 온갖 보물들, 세상을 지배하도록 해 줄 부적들, 천지 창조 이전의 술탄들과 슐라이만 벤다우의 왕관도 다 그의 것이 될 터였다. 탐욕에 눈이 멀어 버린 칼리프는 무릎을 꿇고 만다. 상인은 마흔 명의 인신 공양을 요구한다. 그로부터 피비린내 나는 여러 해가 흐른다. 증오심으로 영혼까지 검게 물들어 버린 바테크는 어느 황량한 산으로 간다. 두려움 반, 기대 반의 상황 속에서 그의 눈앞에서 땅이 열린다. 바테크는 세상의 제일 깊은 바닥까지 걸어 내려간다. 창백한 얼굴에 한마디 말도

없는 수많은 사람들이 서로 얼굴 한번 쳐다보지 않은 채 무한
으로 이어지는 듯한 지하 성의 웅장한 통로들을 헤매고 있다.
상인의 말은 거짓이 아니었다. '지하 불의 성'에는 온갖 보물들
과 부적들이 넘쳐 나고 있었던 것이다. 하지만 동시에 그곳은
지옥이었다.(파우스트 박사 류의 이야기나 다른 유사한 중세 전설
속에서 그려지는 지옥은 악의 신들과 타협한 죄인들에 대한 형벌이
었는데, 바테크가 본 지옥은 형벌인 동시에 유혹이었다.)

　　세인츠버리와 앤드루 랭은 '지하 불의 성' 창조야말로 벡퍼
드 최고의 영예라고 말하거나 암시했다. 나는 그 성이야말로
참으로 잔혹한 최초의 문학 속 지옥이라 생각한다.[188] 그리고
감히 이러한 역설을 제기하고자 한다. 문학사상 가장 그럴듯
한 최초의 지옥, 즉 『신곡』에 등장하는 '처절한 왕국'은 잔혹한
곳이 아니다. 잔혹한 일들이 벌어지는 장소일 뿐이다. 차이점
은 명확하다.

　　스티븐슨은 (『꿈의 장』에서) 어린 시절에 희뿌연 색상들의
가증스런 결합체가 자신의 뒤를 쫓는 꿈을 꾸곤 했던 일이 있
었다고 말한다. 체스터턴은(『목요일이었던 남자』 제4권에서) 이
세상 서쪽 끝에는 그럭저럭 나무라 할 수 있는 것이 존재하며,
동쪽 끝에는 그 모습조차 사악해 보이는 탑이 하나 있다는 상
상을 펼쳤다. 포는 『병 속의 수기』에서 선원의 살아 숨 쉬는 육

188　　여기서 '지옥'이라 함은 문학적 지옥일 뿐 신비주의적
　　　　지옥은 아니다. 즉 시기적으로 앞서 나온 스베덴보리
　　　　의 '선택적 지옥'(『천국과 지옥』, 545, 554쪽)이 아니
　　　　라는 것이다.(원주)

신이 평퍼짐해지는 것만큼 배의 용적도 늘어 가는 남극 지역 바다에 대해 말한 적 있고, 멜빌은『모비 딕』의 상당 부분을 흰 고래가 발하는 형용할 수 없을 만큼 새하얀 백색이 빚어내는 두려움을 그려 내는 데 할애했다…… . 지금까지 다양한 예시를 들었는데 아마도 이 정도면 단테의 지옥은 감옥의 개념을 확대시킨 것이며, 벡퍼드의 지옥은 끝없이 이어지는 악몽을 확대시킨 것임을 간파할 수 있을 것이다.『신곡』은 문학사상 가장 당위성을 인정받는 확고부동한 작품인 데 비해『바테크』는 단순한 호기심, 즉 '향수와 일회용품'에 불과하다. 하지만 나는『바테크』야말로 아주 초보적인 수준에서나마 토머스 드퀸시와 포, 샤를 보들레르, 위스망스[189]의 악마적 아름다움을 드러낸 작품이라고 생각한다. 영어에는 초자연적 공포를 나타내는 말로 번역하기 힘든 'uncanny'라는 형용사가 있는데, 이 형용사야말로(독일어로는 unheimlich로 번역된다.)『바테크』일부분에 딱 들어맞는 말 같다. 내 기억으로는『바테크』이전의 어떤 작품도 이 형용사를 붙일 만한 것은 없었다.

채프먼은 벡퍼드에게 영향을 주었던 책들로 바르텔미 데블로[190]의『동방의 도서관』해밀턴[191]의『사면(四面)』, 볼테르의

---

189   조리스 카를 위스망스(Joris Karl Huysmans, 1848~1907). 프랑스의 작가, 미술 평론가. 열렬한 가톨릭 신자로 자연주의 작가로 데뷔하였으나 차츰 퇴폐적이고 유미적인 성향의 작품을 썼다.

190   바르텔미 데블로(Barthelemy d'Herbelot, 1625~ 1695). 프랑스의 동양학자.

191   안토니 해밀턴(Antonie Hamilton, 1646~1720). 아일

『바빌론의 공주』, 그리고 늘 모욕과 찬사를 동시에 받는 갈랑
의『천일야화』등이 있다. 나는 여기에 피라네시[192]의「환상의
감옥」을 추가하고자 한다. 이것은 벡퍼드가 무척 좋아했던 에
칭 작품으로 강력한 성채이자 동시에 도저히 빠져나갈 수 없
는 미로를 형상화하고 있다. 벡퍼드는『바테크』제I장에서 오
감을 의미하는 다섯 채의 성을 소개한다. 마리노[193] 역시『아도
네』에서 이와 유사한 다섯 개의 정원을 묘사한 바 있다.

  I782년 겨울, 불과 2박 3일 만에 윌리엄 벡퍼드는 칼리프
의 비극적 이야기를 완성했다. 그는 이 작품을 프랑스어로 썼
는데, 나중에 I785년에 헨리[194]가 영어로 번역본을 냈다. 세인
츠버리는 I8세기 프랑스어가 단순한 이야기 속에 내포된 "형
언하기 힘든 두려움"(이건 벡퍼드의 표현이다.)을 표현하는 데는
영어만 못했다고 주장한다.

  헨리의 영역본은 '모든 이의 도서관' 시리즈의 제 856번째

랜드의 고전주의 작가. 프랑스어로 작품을 썼다.

192   조반니 바티스타 피라네시(Giovanni Bathsta Piranesi,
     I720~I778). 이탈리아의 판화가로, 초현실주의 작가
     들에게 영감을 준 환상적인 분위기의 작품을 많이 남
     겼다.

193   잠바티스타 마리노(Giambattista Marino, I569~
     I625). 이탈리아의 시인. I7세기 문학의 특색인 두운
     법, 중의법, 대구법, 과장법 등을 잘 사용하여, '마리나
     즘'이라 불리는 과장된 수사법을 퍼뜨렸다. 걸작이라
     불리는『아도네』는 루이 I3세에게 헌정되었다.

194   새뮤얼 헨리(Samuel Henley, I740~I8I5). 영국의 신
     부이자 저술가.

도서로 출간되어 있으며, 파리의 페랭 출판사는 말라르메가 서문을 쓰고 감수한 원본을 출간했다. 채프먼이 각고의 노력을 기울여 펴낸 문헌 목록에 말라르메가 쓴 서문과 감수 내용이 빠져 있는 건 참으로 이상한 일이다.

1943년, 부에노스아이레스에서.

『보랏빛 대지』에 대하여

허드슨의 초기 소설인 이 작품은 거의 『오디세이』로 생각
될 만큼이나 고전적인 형식을 취하고 있다. 그 형식이 너무나
초보적이어서 형식이라는 이름을 붙이는 것조차 자칫 이 작품
에 대한 모독이 되고, 작품의 가치를 떨어뜨리는 일이 될 정도
이다. 영웅이 길을 떠나고, 그의 앞길에는 수많은 모험들이 기
다리고 있다. 이런 종류의 위험이 내재하는 유랑 소설에는 아
풀레이우스의 『황금 나귀』와 페트로니우스의 『사티리콘』 속
단편들, 찰스 디킨스의 『픽위크』 클럽과 『돈키호테』, 라호어[195]
의 『킴』과 아레코[196]의 『돈 세군도 솜브라』 등이 해당된다. 그런

195　파키스탄 펀자브주의 한 도시. 주인공 킴이 살았을 당
　　시는 영국령 인도에 편입된 상태였다.
196　아르헨티나 부에노스아이레스주에 있는 마을.

데 이런 종류의 픽션들에 대해 악자 소설(피카레스크 소설)이라는 이름을 붙이는 것이 내 눈에는 부당해 보인다. 그 이유로는 첫째, 그 어휘가 지니고 있는 의미의 범위가 너무 협소하다는 것을 들 수 있고, 둘째로 시공간적인 제약(16세기 스페인, 17세기)이 존재한다는 것을 들 수 있다. 여하튼 장르라는 것은 복합적인 개념이다. 얼마든지 무질서하고, 두서없고, 변화무쌍한 전개가 있을 수 있는 것이다. 그러나 점차 알 수 있겠지만 그 속에 혼돈을 통제하는 비밀스러운 질서가 존재한다는 사실 역시 묵과할 수 없다. 얼른 떠오르는 명백한 예 몇 가지만 들어보겠다. 어차피 허점을 드러내지 않는 작가는 없을 테니 말이다. 세르반테스는 두 명의 인물을 창조해 낸다. 비쩍 마른 체구에 키는 장대같이 크고, 고행자를 자처하는 정신 나간 허풍쟁이 시골 귀족과 통통하게 살이 오르고 땅딸막한 키에, 왕성한 식욕을 자랑하는 잔머리의 대가 수다쟁이 촌부가 그 주인공이다. 완전히 대조적이고 대비되는 이러한 두 인물 간의 부조화는 결국 이들을 우스꽝스러운 인물로 전락시킴으로써 현실감을 제거하는 결과를 가져온다.(레오폴도 루고네스도 『광대』 제7장에서 이미 그러한 비난을 암시한 바 있다.) 키플링도 '무한 세계의 친구', 천방지축 킴을 창조해 낸다. 책 서두 부분에서 그는 이미 왠지 모를 광적인 애국심에 사로잡혀 킴에게 첩자라는 지독한 임무를 부여한다. (그로부터 35년이 지난 후에 발간된 그의 문학 전기에서조차 키플링은 고집스럽게 입을 다물어 버려 여전히 그 이유를 알 수 없는 상태이다.) 내가 이러한 허점들을 짚어 내는 데에는 이들 작가들에 대해 손톱만큼의 적의도 깔려 있지 않았음을 밝힌다. 다만 지금까지와 똑같은 자세로 『보랏빛 대지』를 평가해 보고자 먼저 위의 작업을 수행했을 뿐이다.

　나의 고찰의 대상인 소설 장르에서 보면 유치한 작품일수록 단순한 모험의 연속과 단순한 변화를 추구한다.『뱃사람 신드바드의 7일간의 모험』이 아마도 가장 대표적인 예가 될 것이다. 이런 종류의 작품에서 영웅은 독자만큼이나 비인격적이고 수동적인, 단순한 한 등장인물일 뿐이다. (이보다는 조금 복잡하게 짜여진) 또 다른 류의 소설에서는 사건들이 영웅의 면모를 부각시키는 기능을 담당한다. 더러 어리숙함과 광기를 드러내는 경우도 있지만 말이다. 돈키호테 I부가 바로 그런 경우이다. (최종 단계에 해당되는) 또 다른 종류의 소설에서는 영향의 방향성이 이중적, 상호적으로 작용한다. 즉 영웅은 상황을 변화시키고, 반대로 상황은 영웅의 면모를 변화시키는 것이다.『돈키호테』2부와 마크 트웨인의『허클베리 핀의 모험』,『보랏빛 대지』가 바로 그 예다.『보랏빛 대지』는 사실상 두 개의 줄거리를 지니고 있다. 첫 번째 줄거리는 가시적인 것으로, 영국 청년 리처드 램이 반다 오리엔탈[197]에서 겪는 모험담이다. 두 번째 줄거리는 비가시적이고 내재적인 것으로, 램이 표방하는 행복한 야성에 대한 것이다. 그 야성은 루소가 일부 떠올렸고, 니체가 어느 정도 예견했던 바로 그 야수성으로 점차 변해 간다. 그들의 "편력 시대"는 바로 "수업 시대"이다. 그런데 허드슨이 온몸으로 은둔자로서의, 전원의 삶의 맛을 깨닫

197　우루과이강 동쪽과 라플라타강 북쪽 지방을 아우르는 지역을 일컫는 말. 당시 스페인의 식민지였다.

게 되었던 반면, 루소와 니체는 단지『여행 총사』[198] 전집과 호머의 서사시를 통해 그 맛을 알고 있을 뿐이다. 물론 그렇다고 해서『보랏빛 대지』가 흠잡을 데 없는 완벽한 작품이라는 말은 아니다. 이 작품에도 명백한 오류가 존재한다. 예기치 못했던 일들은 의당 우연의 탓으로 돌리는 것이 그 예다. 이 때문에 몇몇 모험담에서는 공연히 피곤할 정도의 복잡성이 창출된다. 어쩌나 복잡하게 꼬여 있던지 나조차도 말미의 몇몇 모험담은 공연히 주의력만 흐트러뜨릴 뿐 도무지 재미를 느낄 수 없다고 생각하기에 이르렀다. 이 골치 아픈 몇 개의 장에서 허드슨은 책이란 모름지기 연속적인 것이어야 함에도 불구하고(『사티리콘』 혹은 『엘 부스콘』처럼 거의 순수할 정도로 연속적이어야 하는데도 불구하고) 불필요한 인위성으로 인해 오히려 연속성을 단절시키고 있음을 깨닫지 못했던 것 같다. 이런 현상은 지겹도록 만연해 있는 오류다. 디킨스도 모든 소설에서 유추적 장황함을 떨쳐내지 못한다.

아마도 가우초 문학치고『보랏빛 대지』를 능가하는 작품은 없을 것이다. 그런데도 몇몇 지형적 오류나 서너 개의 오자('Camelones'를 'Canelones'로 쓴다든지, 'Aria'를 'Arias'로 쓴다든지, 'Gumesinda'를 'Gumersinda'로 쓰는 등) 등이 우리로 하여금 그 진실을 확인하지 못하게 만드는 게 아쉬울 따름이다.『보랏빛 대

---

198   항해를 통해 닿은 신대륙 아메리카와 미지의 여행지 아프리카 등지의 문화와 지리 등을 담은 여행의 백과사전. 프랑스에서 1746에서 1759년까지 총 15권이 출간되었다.

지』는 근본적으로 크리오요적이다. 다만 화자가 영국인이라
는 정황 때문에 가우초치고는 좀 어색하게 느껴져 독자 입장
에서 일부 사실들에 대해 명확한 설명이나 강조를 요하는 것
마저도 당연해 보이는 것이다.《수르》제31호에서 에제키엘
마르티네스 에스트라다[199]는 이렇게 밝힌 바 있다. "우리는 시
인도, 화가도, 허드슨 같은 작가도 갖지 못했다. 아니 앞으로도
결코 갖지 못할 것이다. 에르난데스는 허드슨이 노래하였고,
발견하였고, 언급한 바 있는 아르헨티나의 만화경 같은 삶의
한 부분이다……. 예를 들어『보랏빛 대지』의 마지막 부분에는
서구 문명과 기독교 문화의 가치에 맞서는 아메리카 대륙 지
고의 철학과 절정의 정당성이 내재되어 있는 것이다." 주지하
다시피 마르티네스 에스트라다는 허드슨의 작품 전반을 우리
가우초 문학의 경전 중에서도 최고의 작품으로 꼽는 데 추호
의 망설임도 없었다. 우선『보랏빛 대지』의 배경이 타의 추종
을 불허할 만큼 광대하기 때문이다. 마르틴 피에로는(루고네스
를 성화시키려는 계획에도 불구하고) 용맹함과 탱고를 떠올리게
하는 불평불만으로 위장한 칼잡이의 자서전이라기 보다는 그
저 우리의 근본(1872년!)에 대한 서사시에 불과할 뿐이다. 물
론 아스카수비에 이르면 칼잡이들이 보다 생생하고, 행복해하
고, 용기백배한 모습으로 그려지고 있지만, 이 모든 면모들은
권당 400여 페이지 정도 되는 세 권의 책 속에 단편적이고 은
밀한 형태로 존재할 뿐이다.『돈 세군도 솜브라』는 그 대화 속

---

199   Ezequiel Martinez Estrada(1895~1964). 아르헨티나의
       작가, 시인 수필가.

에 담긴 진실성에도 불구하고, 순수한 과업을 찬양하고자 하는 열망에 밀려 퇴색한다. 또 그 누구도 화자가 가우초임을 알아채지 못하는데, 바로 그 점이 소 떼로 전쟁을 묘사하려 했던 그 대형 극작품의 정당성을 이중으로 훼손시키는 부분이다. 구이랄데스는 전원의 일상들을 읊어 대느라 목소리를 드높였다. 허드슨은 (아스카수비나 에르난데스나 에두아르도 구티에레스처럼) 잔혹하기까지 한 사실들을 매우 태연스럽게 말한다.

혹자는『보랏빛 대지』에는 가우초적인 면모가 직접 등장하는 게 아니라 문구를 통해 간접적으로 드러나고 있다고 한다. 초상화를 그리듯이 섬세하게 그려 내는 것보다는 훨씬 나을 수도 있다는 말이 대답이 될 수 있을 것 같다. 가우초는 말수도 적지만 기억과 자기반성의 오묘한 기쁨을 모르거나 혹은 경멸하는 사람이다. 이런 감정들이 얼굴에 공공연히 드러나게 되면 이미 가우초적 면모는 훼손되는 것이다.

허드슨이 높이 평가받는 또 다른 이유는 지리적 정확성 때문이다. 그는 부에노스아이레스 태생임에도 불구하고, 마술적인 팜파스 지역에서도 최초의 반란으로부터 최후의 반란까지 끊임없이 반란이 일어났던 보랏빛 대지, 즉 동토를 선택한다. 아르헨티나 문학에서는 특히 부에노스아이레스 출신의 가우초들을 선호하는데, 그 이유는 매우 역설적이게도 '가우초' 문학이라는 명성의 근원지가 부에노스아이레스라는 거대한 도시로서 존재하고 있기 때문이란 것을 들 수 있다. 사실 문학 이전에 역사로 눈을 돌려 보면, 그 빛나는 가우초의 영광이 부에노스아이레스의 운명에는 아주 미미한 영향을 미쳤을 뿐이며, 그 이외의 다른 지역에는 아예 손톱만큼의 영향조차 행사하지 못했음을 확인할 수 있으니 말이다. 가우초 전쟁의 전형적인 조직이라 할 수 있는 반란군의 무리는 부에노스아이레스에서만 산발적으로 등장한다. 실제로 지배권을 행사하는 주체는 도시와 도시의 호족들이다. 설사 누군가 개인이 반란을 일으킨다 해도 — 법률적 서류에 근거할 때는 오르미가 네그라 같은 사람, 문학에서는 마르틴 피에로 같은 사람이 — 기껏해야 경찰의 수배 명단에 오를 뿐이다.

허드슨은 자신의 영웅을 가로막는 장애물로서 또 다른 패거리의 검을 선택했다. 이 적절한 선택이 있었기에 리처드 램의 운명은 우연과 온갖 형태의 전투 — 정처 없는 사랑을 만들어 내는 우연 — 가 뒤엉켜 더욱 더 파란만장해질 수 있었던 것이다. 매컬리는 존 버니언에 대한 글을 쓰면서 한 인간의 상상력이 시간의 경과에 따라 다른 많은 사람들에게는 개인적 기억으로 자리 잡게 되는 게 참 신기한 일이라고 말했다. 허드슨의 상상력도 사람들의 기억 속에서 지속된다. 파이산두의 밤을 뒤흔들던 영국군의 총성, 전투를 앞두고 깊은 상념에 잠긴 채 쓰디쓴 담배를 맛나게 빨아들이는 가우초, 은밀한 강변에서 외지인에게 몸을 맡기는 소녀.

제임스 보스웰에 의해 널리 알려진 문장을 완벽의 경지에 달하도록 손보고 또 손보면서, 허드슨은 평생 여러 차례에 걸쳐 형이상학을 연구해 볼까 시도해 보았지만, 그 시도를 가로막은 것은 늘 행복이었다고 한다. 문장(문학을 하면서 접한 수많은 문장 가운데서도 가장 기억에 남는 문장)은 인간과 책의 전형이다. 선혈이 낭자하고 이별로 가득함에도 불구하고 『보랏빛 대지』는 지구상에 존재하는 얼마 되지 않는 행복한 책들 가운데 하나이다.(이와 비슷한 또 다른 예는 역시 미국 소설이며, 역시 낙원의 맛이 넘쳐흐르는 마크 트웨인의 『허클베리 핀』이다.) 나는 낙관론자들과 비관론자들의 혼란스러운 논쟁에는 관심 없다. 감상주의자인 휘트먼이 강력하게 주장하는 이론적 행복에도 관심 없다. 그저 나는 리처드 램의 행복한 신전과, 친구나 불운한 사람들을 포함한 모든 인간의 유위전변을 수용하는 그의 너른 마음에만 관심이 갈 뿐이다.

마지막으로 한마디만 더 할까 한다. 크리오요적 뉘앙스를 알아채는가 혹은 그러지 못하는가는 그다지 중요한 일이 아닐지도 모른다. 그러나 분명한 것은 외국인들(물론 스페인 사람들도 포함해서) 가운데 영국인 작가를 제외한 그 누구도 그런 뉘앙스를 감지해 내지 못한다는 것이다. 밀러, 로버트슨, 버튼, 커닝햄 그레이엄, 허드슨.

1941년, 부에노스아이레스에서.

누구인가로부터 아무도 아닌 것으로

태초에 신은 신들(엘로힘(Elohim)), 즉 복수 명사였다. 이 신에 대해 혹자는 주님이라 부르고 또 혹자는 충만함이라 불렀으며, 그 이름 속에서 사람들은 과거의 다신교의 메아리를 감지하거나 혹은 유일하시며 삼위일체라는 니케아 강령의 전조를 감지할 수 있다고 믿었다. 엘로힘은 언어를 단수화시켰다. 율법의 첫 구절을 문자 그대로 보면 이렇게 말하고 있다. "태초에 신들이 천지를 창조하였다." 여기에서 복수 명사가 암시하는 모호함에도 불구하고, 엘로힘은 명확한 존재였다. 그는 주 여호와로 불렸으며 아침 공기를 호흡하고, 간혹 영시에서 지칭하듯이 서늘한 아침나절이면 들녘을 거닐곤 했다는 구절들을 발견할 수 있다. 사람들은 이런 점을 인간적 면모로 규정짓는다. 성서에 이런 구절이 있다. "여호와께서는 이 땅에 인간을 창조한 것을 후회하고 애통해했다." 또 다른 구절에서는 "너

237

의 하느님 나 여호와는 질투심 많은 신이기에"라고 말하고 있으며, 또 "내가 타오르는 분노로 말하노니"라고 말하고 있기도 하다. 이러한 구절들의 주체는 분명 "누군가", 즉 세월이 흐르면 흐를수록 더욱더 거대해져 그 윤곽마저 그릴 수 없게 될, 육신으로 이루어진 '누군가'인 것이다. 그 존재는 이름도 다양하게 변모해 왔다. 야곱의 요새, 이스라엘의 돌, 나, 군대의 신, 왕의 왕 등이 그것이다. 이 중 왕의 왕이라는 이름은 그레고리오 마그노[200]가 말했던 '하느님의 종들의 종'이라는 표현과는 상치됨을 알 수 있는데, 원전에는 '왕'의 최상급으로 되어 있다. 프라이 루이스 데 레온[201]은 이렇게 말한다. "히브리어에서는 어떤 사물을 배로 강조하고자 할 때, 이것이 긍정적인 강조든 부정적 강조든, 이처럼 이중 용법을 사용한다. 따라서 '노래의 노래라 함은 스페인어에서 흔히 '노래 중에서도 최고의 노래'라고 하는 것과 같은 의미를 가지며, '사람의 사람'이라는 것은 다른 모든 사람들 중에서도 빼어난 사람, 다른 많은 사람 중에서도 가장 특출한 사람을 의미한다." 기원후로 들어선 이후 초창기 수세기 동안 신학자들은 과거에 '자연'이나 '주피터'를 형용하기 위해 사용했던 전유물인 '전(全)'이라는 접두어를 갖

---

200   Gregorio Magno(540~604). 교황 성 대 그레고리오 1세. 유능하고 학식 높기로 유명하였으며 막대한 경비를 들여 자선을 베풀기도 했다. '하느님의 종들의 종'은 교황을 일컫는 말로, 그가 처음 사용했다고 한다.

201   Fray Luis de León(1527~1591). 스페인 아우구스학파의 수도사, 르네상스 시인. 성서를 스페인어로 번역했다는 죄목으로 종교 재판을 받고 실형을 살았다.

다 붙이곤 했다. 곧잘 통용되던 예로는 '전능하신, 전재하신,
전지하신' 등이 있는데, 이런 표현들은 신을 상상을 불허하는
'최상급'들로 이루어진 가공할 만한 혼돈 덩어리로 만들어 준
다. 다른 것들도 그렇지만 이런 식의 명명법도 신성을 제한하
는 것으로 보인다. 5세기 말엽에, 신학서 『코르푸스 디오니시
아쿰(Corpus Dionysiacum)』을 쓴 익명의 저자는 그 어떤 서술어
도 신을 표현하기에는 적합지 않다고 지적한 바 있다. 신을 규
정하는 것은 '무(無)'여야 하며, '전(全)'은 아니라는 것이다. 쇼
펜하우어는 다음과 같은 짧은 문장만을 남겼다. "신학이야말
로 유일한 진실이라 할 수 있지만, 그 속에는 알맹이가 들어 있
지 않다." 그리스어로 번역된 판본에 실려 있는 『코르푸스 디
오니시아쿰』 속의 명칭들은 9세기에 이르러 한 독자에 의해
라틴어로 번역되었는데, 그는 이 라틴어 번역본에서 그 이름
들을 다음과 같이 바꾸고 있다. "요한네스 에리우게나(Johannes
Eríugena) 혹은 스코투스(Scotus), 즉 역사 속에서 스코투스 에
리우게나, 즉 아일랜드의 아일랜드인(Irlandés Irlandés)를 의미
하는 "후안 엘 이를란데스(Juan del Irlandés)"로 명명한 것이다.
이것은 범신론적 성격을 띤 교리를 담고 있다. 모든 개별체들
은 신의 현전(즉 신성의 계시 혹은 발현)으로서, 그 이면에는 신
이 존재하는데, 그 신은 유일한 실체이지만 "정확히 그 정체
가 무엇인지는 알 수 없다. 그것은 신이 어떤 '무엇'이 아닌데
다가, 스스로도 다른 모든 지성으로도 이해할 수 없는 불가해
한 존재이기 때문이다." 신은 단순한 '지(知)'가 아닌, 그 이상
의 무엇이며, 단순한 '선(善)'이 아닌, 그 이상의 무엇이다. 모
든 속성을 한참이나 능가하며, 모든 속성을 거부한다. 후안 엘

이를란데스를 정의하자면, 그것은 무(無)를 의미하는 니힐룸(nihilum)이라는 한마디로 축약될 수 있다. 신은 '무로부터의 창조(creatio ex nihilo)'의 근원적 '없음'이며, 원형들과 더 훗날 구체적인 인간을 창조해 내는 심연이다. 신은 완전한 무(無)이다. 이런 생각을 착안해 낸 사람들은 신이 단순한 '누구'도 단순한 '무엇'도 아니라는 느낌에 이런 생각을 하게 되었다. 마찬가지로 삼카라(Samkara)[202]도 가르치기를, 깊은 꿈속에서는 사람이 곧 우주이며, 곧 신이라 했다.

이상의 글은 결코 우연적인 것이 아니다. 무(無)에 이르는 놀라운 과정은 다른 모든 의식(儀式)에서도 드러나거나 혹은 드러나고자 한다. 물론 우리는 셰익스피어의 경우에서도 이를 발견할 수 있다. 셰익스피어와 동시대를 살았던 벤 존슨[203]은 우상 숭배의 경지까지는 아니더라도 셰익스피어를 숭배한다. 드라이든[204]은 셰익스피어를 일컬어 극적인 영국 시인들 중에서도 가히 호머라 부를 만하다고 천명하면서도 늘상 무미건조하고 과장되어 있다는 사실 역시 인정했다. 상념의 세기 18세

---

202 다아난다 사라스바티(Dayananda Sarasvati, 1824~1883). 별명이 물라 삼카라(Mula Samkara)인 인도의 종교 개혁가. 인도의 전통적 종교 사상으로의 회귀를 주장하였으며, 베다에 등장하는 여러 신은 명칭만 다를 뿐 하나의 신을 의미하는 것이라 주장했다.

203 Ben Jonson(1572~1637). 17세기 영국의 극작가, 시인, 비평가.

204 존 드라이든(John Dryden, 1631~1700). 영국의 시인, 극작가, 비평가.

기에는 그가 갖춘 미덕을 찬양하고 그가 갖추지 못한 것들을
탓했다. 1774년에 모리스 모건은 리어왕과 팔스타프를 작가의
머릿속에서 나온 하나의 변형에 불과하다고 단언했다. 19세
기 초, 이러한 견해는 콜리지에 의해 재창조되는데 콜리지에
게 있어 셰익스피어는 한 인간이라기보다는 스피노자의 무한
한 신이 빚어내는 문학적 변주이다. 콜리지는 이렇게 쓰고 있
다. "인간 셰익스피어는 '개별적 속성(natura naturata)'이며 하나
의 결과지만, 동시에 우주적이면서도 잠재적으로는 개성적인
데, 이런 사실은 다양한 경우들이 지니는 복수성에 대한 관찰
의 망각을 통해서 드러나는 것이 아니라, 무한한 변주를 만들
어 낼 수 있는 능력, 그래서 자신의 개별적 존재는 그 무한함 중
의 하나에 불과하게 되는 능력을 통해 드러난다." 해즐릿[205]은
이렇게 말한다. "셰익스피어는 단지 모든 사람들과 닮았다는
점을 제외한다면, 다른 모든 사람들과 닮았다. 사실 그는 대단
한 존재지만, 또한 다른 모든 사람들이 지닌, 혹은 지닐 수 있는
면모들의 총체이기도 했다." 훗날 위고는 그를 바닷물에 견주
었다. 즉 가능한 모든 형태의 못자리[206]라는 것이다.

205　윌리엄 해즐릿(William Hazlitt, 1778~1830). 영국의
　　비평가, 수필가. 『셰익스피어의 성격』, 『영국 희극 작
　　가론』 등의 평론으로 유명하다.
206　불교에서는 하나의 사안을 반복적으로 묘사한다. 초
　　기 불교 서적에서는 부처가 무화과나무 아래서 세상
　　의 모든 인과(因果)가 무한히 연계되어 있음과, 한 사
　　람 한 사람 속에 깃든 과거와 미래 역시 무한히 연계되
　　어 있음을 깨달았다고 묘사한다. 그로부터 수 세기가

어떤 '무엇'이라는 것은 곧 그 외의 다른 모든 것이 아님을 의미한다. 이러한 진실로 인해 혼돈을 경험하게 되는 직관은 사람들로 하여금 '아무것도 아님'이야말로 '그 무엇이 되기'이며, 경우에 따라서는 '모든 것이 되기'가 아닐까 하는 상상을 가능케 한다. 이러한 허위는 권력을 포기하고 거리로 나가 동냥을 자처한 힌두스탄의 그 전설적인 국왕의 말 속에도 담겨 있다. "이제 내게는 왕국이 없거나 무한한 왕국이 있으며, 이제 나는 내 한 몸에 속해 있지 않거나 내 모든 대지에 속한다." 쇼펜하우어는 이렇게 썼다. "역사는 끝이 없는, 인간 자자손손으로 이어지는 당혹스러운 꿈이다. 꿈속에는 지속적으로 반복되는 형식이 존재한다. 아마도 형식 이외에 다른 무엇은 없을 것이다. 그 형식 중의 하나가 바로 여기에 쓰인 것이리라."

1950년, 부에노스아이레스.

지난 뒤 나온 후기 서적들은 이 세상 그 무엇도 실제가 아니며, 우리가 알고 있는 모든 지식은 허위고, 설사 갠지스 강가의 모래알만큼이나 많은 갠지스강이 있고 또 그렇게 많은 새로운 갠지스강들의 모래알만큼이나 수많은 또 다른 갠지스강이 있다 하더라도, 그 많은 강가의 모래알 숫자는 부처가 깨닫지 못한 사물들의 수보다는 적을 것이라고 묘사하고 있다.(원주)

어느 전설의 형상들

사람들은 노인이나 병자, 주검을 보고 싶어 하지 않는다. 그럼에도 불구하고 사람들은 죽음과 질병과 노쇠함에서 벗어날 수 없다. 부처는 이러한 생각 때문에 자신이 집과 부모를 떠나 고행자의 노란 승복을 입게 되었다고 말했다. 그의 이런 언급은 불교 경전들 중 한 권에서 확인할 수 있다. 또 다른 경전에는 신들이 보낸 다섯 명의 밀사에 대한 비유가 기록되어 있다. 다섯 밀사란 어린아이, 허리가 휜 노인, 수족이 부자연스러운 병자, 고뇌하는 죄인, 그리고 사자(死者)를 말하는데, 그들은 태어나고, 늙고, 병들고, 정의의 심판에 고통받고, 죽는 것이 인간의 타고난 운명이라고 말한다. '저승 심판관'은(힌두스탄의 야마 신화에서 저승 세계의 판관 역할을 맡은 자로, 그가 그 직책을 맡은 것은 그저 최초로 죽음을 맞이한 사람이기 때문이라고 한다.) 죄인에게 이 밀사들을 보지 못했느냐고 묻는다. 죄인은 보기는 했으나 그들이 던지는 경고를 해독하지 못했다고 대답한다. 수문장들은 불이 활활 타오르고 있는 집 안으로 죄인을 처넣는다. 물론 부처가 이런 무시무시한 비유를 지어낸 것은 아니다. 우리는 그가 그저 비유를 사람들에게 설파했을 뿐(『마지마 니카야』[207]) 그의 생애 자체는 그런 비유와는 아무 상관없었다는 것을 알아 둘 필요가 있다.

현실이라는 것은 말로 묘사하기에는 너무 복잡할 수 있다. 전설이 이 현실을 재현시키기는 하지만 때로는 그릇된 형태로 재현되어 입에서 입으로 구전되며 전 세계로 퍼져 나가기도 한다. 상기한 비유와 부처의 발언에서는 노인과 병든 자와 죽은 자가 등장했지만 시간이 흐르면서 이 두 개의 이야기는 서로 혼돈스럽게 뒤섞이면서 하나로 뭉뚱그려져 또 다른 한 편의 이야기를 탄생시키기에 이르렀다.

부처의 전신인 보살 싯다르타는 태양의 혈통인 위대한 왕 슈도나다의 아들이었다. 그를 수태하던 날 밤, 그의 어머니는 상아가 여섯 개나 달린 눈처럼 하얀 코끼리가 자신의 오른편 옆구리로 들어오는 꿈을 꾸었다.[208] 해몽가들은 장차 태어날 왕

---

207   불교 경전의 하나. '니카야'란 한 권의 경전이 아니라 부처가 실제 설법했다고 여겨지는 말씀을 모은 여러 종의 경전을 의미한다. 우리나라에는 '아함경'이라는 명칭으로 전승되었다.

208   힌두교도가 가축처럼 여기는 코끼리는 온화함의 상징으로, 여러 개의 상아는 총체로서의 신을 상정한다. 숫자 '6'은 육도윤회(六道輪廻), 부처 이전의 여섯 부처, 천정과 천저를 포함한 여섯 방위, 『아유르베다』에서

자가 천지를 호령하게 되든가 혹은 법륜을 회전시키며[209] 중생을 삶과 죽음의 문제로부터 자유롭게 만들든가 둘 중의 하나가 될 꿈이라고 했다. 영속할 위대함보다는 순간의 위대함을 선호한 국왕은 아들을 궁 밖으로 나가지 못하게 하고 아들을 타락시킬 수 있다고 보이는 모든 것들로부터 철저하게 격리시켰다. 그렇게 장장 스물아홉 해 동안 말초적 감각의 쾌락을 충족시키는 꿈같이 행복한 시간들이 흘렀다. 그러던 어느 날 아침, 장막 밖으로 나온 싯다르타는 "머리카락도 남들과 다르고, 몸 상태도 남들과 다른" 허리가 굽은 웬 남자를 보고 멍한 표정을 짓는다. 그 남자는 지팡이에 의지하지 않고는 걸음조차 걷지 못했으며, 온몸을 부들부들 떨고 있었다. 싯다르타는 저 남자가 도대체 어떤 사람이냐고 묻는다. 마부는 그 남자가 노인이며 세상 모든 사람들은 언젠가 그처럼 늙게 된다고 설명한다. 불안해진 싯다르타는 마부에게 즉시 돌아갈 것을 명령하나 또 다른 성문에 종기와 종양이 잔뜩 나고 열에 들뜬 사람이 보인다. 마부는 그가 병자이며 이 세상 그 누구도 질병의 위험으로부터 자유롭지 못하다고 설명한다. 또 다른 성문에서는

'브라만의 6대문'이라 부르는 '6신성' 등과 같이 자주 쓰인다.(원주)

209   이 은유는 티베트인들이 기도할 때 사용하는 기계, 즉 축대를 축으로 하여 회전하는, 똑같은 주문이 잔뜩 쓰인 돌돌 말린 종이들이 다닥다닥 붙어 있는 바퀴 또는 원통의 발명을 암시한다. 어떤 것들은 손으로 돌릴 수 있게 되어 있고, 또 어떤 것들은 거대한 방아처럼 물이나 바람을 이용해 돌린다.(원주)

관 속에 누워 있는 남자를 보게 되는데, 사람들은 꼼짝 않고 누워 있는 남자가 죽은 것이며 세상에 태어난 모든 생명체는 결국 죽기 마련이라고 말한다. 마지막 하나 남은 성문 앞에서 그는 살려고 버둥거리지도, 죽기 위해 애쓰지도 않는 탁발승을 하나 만나게 된다. 그 승려의 얼굴에는 평화가 깃들어 있다. 마침내 싯다르타는 길을 발견하게 된다.

하디는 이 전설이 '현대적 면모'를 갖추고 있다며 그 나름의 특징을 칭송했다.(에드먼드 하디, 『고대 팔리어 경전에 따른 불교』) 조롱조의 문체를 즐겨 쓰지만 늘 적절하다는 느낌을 주지도, 또는 세련되었다는 느낌을 주지도 못하는 A. 푸세[210]는 보살 싯다르타가 사전에 생로병사에 대해 아무런 지식도 갖지 못한 것을 고려해 볼 때, 이 이야기 속에는 극적인 변환과 철학적 가치가 내포되어 있는 것으로 볼 수 있다고 지적한다. 5세기 초에 승려 파히엔(Fa-Hien)[211]은 신성한 책을 찾기 위해 힌두스탄 왕국을 순례하다가 폐허만 남아 있는 카필라바스투시(市)와 아소카가 만남을 기리기 위해 성벽의 동서남북에 세운 네 개의 형상을 보았다. 7세기 초에 한 가톨릭 사제는 『바를람과 조사팟(Barlaam y Josafat)』이라는 소설을 썼다. 조사팟(보살 조사팟)은 인도 어느 왕의 아들이다. 천문학자들은 그가 왕국 중에

---

210   알프레드 푸세(Alfred Foucher, 1865~1952). 프랑스의 인도학자. 프랑스 극동 학원 원장 역임. 인도 불교 미술 연구도 유명하다.

211   법현(法顯). 동진 시대 최초로 인도를 순례하고 불경을 들여와 번역했다. Fa-Hien, Faxian 등은 그의 법명을 서양식으로 옮긴 표기다.

서도 으뜸 왕국인 '영광의 왕국'을 통치하게 될 것이라고 예언
한다. 왕은 그를 성 안에 은둔시키나 조사팟은 맹인, 나병 걸
린 환자, 그리고 곧 죽을 사람을 보면서 인간의 불행을 깨닫
게 되고 결국에는 은자 바를람을 통해 신앙으로 귀의하게 된
다. 이 기독교판 부처 전설은 네델란드어와 라틴어를 포함한
많은 언어로 번역되었다. 하콘 하코나르손의 주청으로 8세
기 중엽에는 아이슬란드에서도 『바를람 사가』가 탄생하기도
했다. 세사르 바로니오 추기경은 자신이 쓴 로마 순교자 열전
을 복간하면서(1585~1590) 조사팟 이야기를 포함시키기도 했
다. 1615년에는 디에고 데 코우토[212]도 자신의 저서 『데카다스
(Decadas)』를 연속 출간하면서 원주민 사이에 전해지는 전래
우화와 성 조사팟의 진실하고 경건한 실화 사이에 유사성이
있음을 지적했다. 이 모든 것들, 혹은 그보다 더 많은 것들을 독
자들은 메넨데스 이 펠라요[213]의 『소설의 기원』 제 I 권에서 볼
수 있을 것이다.

　그러나 부처가 로마에 의해 서구 대륙에서 성인으로 추앙
받았을 것이라고 주장하는 이 전설에는 허점이 있다. 부처가

212　　Diego de Couto(1542~1616). 포르투갈의 역사가. 왕
　　　　의 관리이자 연대기 작가인 주앙 드 바후스(João de
　　　　Barros, 1496~1570)의 사후에 포르투갈 정복 활동에
　　　　대한 연대기, 『데카다스』를 이어 쓰라는 명령을 받아
　　　　이행하였다.

213　　마르셀리노 메넨데스 이 펠라요(Marcelino Menéndez y
　　　　Pelayo, 1856~1912). 스페인의 역사학자, 문학 비평가,
　　　　스페인어학자.

이루어 낸 만남들은 효과 만점이기는 했으나 가능해 보이지 않기 때문이다. 싯다르타 성의 성문 네 개와 교훈을 주는 네 명의 인물은 우연의 법칙에 어긋나고 있으니까 말이다. 물론 심미적 측면보다는 중생의 교화에 더 큰 관심을 기울이는 학자들은 이런 이상 상황마저 정당화시키고자 한다. 쾨펜은 이 전설의 말미에 등장하는 나병 환자와 죽은 자, 그리고 승려를 일컬어 싯다르타에게 가르침을 주기 위해 신성들이 만들어 낸 환영이라고 언급하고 있다.(『부처의 종교』 제1권, 82쪽) 또한 산스크리트 서사 『부다카리타』[214] 제3권에서는, 신들이 죽은 사람을 하나 만들어 냈지만 시신을 운구하는 동안 싯다르타 왕자와 그의 마부를 제외한 그 누구도 그 시신을 보지 못했다고 적고 있다. 16세기에 발간된, 이 전설을 담고 있는 한 서적에서는 네 사람은 한 신이 네 번의 변신을 통해 빚어낸 인물들이라고 적고 있다.(위제르, 『부처의 일생』, 37~41쪽)

좀 더 거슬러 올라가면 『랄리타비스타라』[215]도 있다. 변형된 산스크리트어로 쓰인 이 산문 및 운문집은 상당히 부풀려 표현하는 경향이 있는 것 같다. 이 책에 담겨 있는 구세주 이야기는 어찌나 과장되어 있는지 스트레스에 현기증까지 느껴질 정도이니 말이다. 1만 2000명의 승려들과 3만 2000명의 보살

---

214   우리나라에는 「불소행찬」이라는 제목으로 전래된 부처의 전기이다.

215   산스크리트어로 쓰여진 불교 경전의 하나. 「보요경」으로도 알려져 있다. 부처의 일대기와 가르침을 소설적으로 전한다.

에 둘러싸인 부처가 이 작품 속 내용을 신들에게 들려준다. 제 4계(界)에서는 결국 죽기 위해 태어날 그를 위하여 그가 태어날 시기와 왕국, 그리고 계급을 미리 설정해 놓았다. 그가 설법을 펼칠 때면 8만 개의 북소리가 울려 퍼지고, 그의 어머니의 몸에는 10만 마리 코끼리의 힘이 깃들어 있다고 한다. 이 기이한 시에서 보면, 부처는 자기 운명의 각 단계를 스스로 이끌어 나가는 인물이다. 그는 신성들로 하여금 상징적인 네 인물을 만들어 내게 한 뒤 마부에게 그들이 누구냐고 묻지만 실은 그들이 누구인지, 무엇을 의미하는지 이미 다 알고 있다. 푸세는 이 부분에서 부처가 마부도 알 만한 사실을 모른다는 걸 견딜 수 없어 하는 작가들의 뻔한 노예근성이 발견된다고 지적하고 있다. 그러나 내가 보기에는 이 문제에는 좀 다른 해답이 제시될 수도 있을 것 같다. 아마도 그래서 부처가 네 인물을 창조한 뒤 제삼자에게 그 인물 속에 깃든 의미가 무엇인지를 물은 것이리라. 아마도 이 문제에 대해서는 신학적 대답을 해야 하지 않을까 싶다. 즉 대승 불교가 바로 그 해답이 되리라는 것이다. 순간적 존재로서의 부처는 영원한 부처의 투영 혹은 반영이라는 것으로, 천상의 부처가 명령을 내리면 지상의 부처는 이로 인해 곤란을 겪거나 혹은 그 명을 그대로 실행한다. (금세기에 들어서는 '무의식'이라는 또 다른 신화나 어휘를 갖다 붙이고 있지만.) 인간의 형상으로 나신, 하느님의 또 다른 이름인 예수가 십자가 못 박혀 "아버지, 아버지, 왜 저를 버리시나이까?"라고 절규했다면, 마찬가지로 인간의 형상을 입고 이 땅에 온 부처는 스스로의 뿌리인 신성이 창조해 낸 피조물들을 보고 경악한 셈이다……. 사실 이 문제에 해답을 제시하자고 굳이 까다로운 종교 교리를 들먹일 필요도 없는지 모른다. 그저 힌두스탄의 온갖 종교들, 특히 불교에서 세상은 덧없는 꿈에 불과하다고 가르치는 것을 떠올려 보는 것만으로도 충분할 테니 말이다. 빈테르니츠[216]에 따르면, (어떤 부처가 행하는) 유희 속 면밀한 관계가 바로 『랄리타비스타라』이다. 또한 대승 불교에서는 이 땅에서의 부처의 일평생 또한 이 같은 한 차례의 유희 또는 한 번의 꿈이라고 본다. 싯다르타는 자신이 태어날 나라와 부모를 선택한다. 싯다르타는 자신을 혼돈으로 빠뜨릴 네 사람을 창조하고는 또 다른 사람으로 하여금 이 네 사람이 지니는 의미를 해석하도록 만든다. 이 모든 과정을 싯다르타의 꿈으로 본다면 이 모든 이야기는 그럼직해 보인다. 아니 어쩌면 (나병 환자와 승려가 꿈속의 인물에 불과하다고 보는 데서 더 나아가) 싯다르타마저도 누구인지 모를 이가 꾼 꿈속의 형상에 불과하다고까지 생각하는 게 나을 수도 있다. 어차피 대승 불교적 시각에서 보면 이 세상도, 불자도, 열반도, 윤회도, 부처도 하나같이 비현실일 뿐이니까 말이다. 어떤 유명한 책에 따르면, 열반에 들면 그 누구도 죽지 않는다고 한다. 왜냐하면 열반 속에서는 무수한 존재들의 소멸이 어느 마법사가 우연히 마법으로 빚어낸 환영들의 소멸에 불과하다고 보기 때문이다. 또 다른 책에서는 모든 것을 그저 공허함이거나 하나의 이름, 또는 그 사실을 밝힌 한 권의 책이자 그 책을 읽는 한 사람의 독자

216 　모리스 빈테르니츠(Moritz Winternitz, 1863~1937). 오스트리아의 인류학자, 인도학자. 주요 저서로 『인도 문학사』가 있다.

일 뿐이라고 적고 있다. 따라서 역설적이지만 앞서 언급했던
시에 등장하는 엄청난 수의 사람들은 현실성을 강조하기보다
오히려 반감시키는 효과를 가져올 뿐이다. 1만 2000명의 승려
들과 3만 2000명의 보살은 오히려 한 명의 승려와 한 명의 보
살보다 더 구체적이다. 무수한 형상들과 무한 크기의 숫자는
(12장에는 스물세 개의 어휘가 들어 있는데, 이 어휘들은 '0'들로부터
커져 나온 어느 한 숫자, 즉 9에서 49, 51과 53 다음에 나오는 숫자를
가리킨다.) 무한하고 어마어마한 크기의 물거품으로, '무(無)'
를 강조한 것이나 마찬가지다. 이렇게 이 전설 속에는 비현실
이 틈입해 있다. 처음에는 성문 앞에 출현한 네 명의 등장인물
들을 환영으로 만드는가 싶더니, 다시 왕자를 환영으로 만들
고, 이렇게 환영이 된 왕자와 더불어 모든 세대의 사람들과 우
주 전체를 다 환영으로 만들고 마니까.

　19세기 말에 오스카 와일드는 이 이야기의 색다른 판본을
제시했다. 행복한 왕자가 끝내 고통을 발견하지 못하고 궁 안
에서만 살다가 죽었으나 사후에 천상에 오른 뒤 높다란 그곳
에서 모든 것을 내려다보게 된다는 것이다.

　힌두스탄의 역사는 명확지 않다. 나의 학식은 그보다도 훨
씬 더 부정확하고. 쾨펜과 헤르만 베크 역시 지금 이 글을 쓰고
있는 나만큼이나 오류를 저질렀을 수도 있다. 지금까지 써 내
려온 전설에 대한 내 글이 본질적으로는 진실에 근거하되 우
연한 실수들로 덧입혀져 또 하나의 전설이 된다 할지라도 나
는 절대 놀라지 않을 것이다.

알레고리에서 소설로

우리 모두에게 있어서 알레고리는 미학적 착각이다. (처음에는 "알레고리가 미학적 착각이나 다름없다."라고 쓸 생각이었는데, 나중에 보니, 그런 내 주장이 또 하나의 알레고리가 되어 있음을 깨닫게 되었다.) 내가 알기로, 알레고리에 대해서는 이미 쇼펜하우어(『의지와 표상으로서의 세계』 제1권, 50쪽)와 드퀸시(『글들』 제11권, 198쪽), 프란체스코 데 상티스(『이탈리아 문학사』 제7권), 크로체(『에티카』, 37쪽), 체스터턴(『G. F. 와츠』, 183쪽) 등이 분석한 바 있지만, 이 글에서 나는 크로체와 체스터턴의 분석만을 고찰의 대상으로 삼고자 한다. 크로체는 알레고리 기법을 부정했고, 체스터턴은 옹호했다. 나는 크로체의 말에 일리가 있다고 생각하면서도, 그가 어쩌면 그토록 마음껏, 사람들 눈에 부당해 보일 정도로 알레고리를 향유할 수 있었는지 궁금해진다.

크로체의 입장은 명약관화해, 그가 한 말을 스페인어로 그
대로 옮겨 놓기만 해도 충분히 이해가 갈 정도이다.

"만일 상징이 예술적 직관과 불가분의 것으로 이해된다면,
상징은 항상 관념적 특성을 가지고 있는 직관 그 자체와 동의
어가 될 수 있다. 그러나 상징이 직관과 분리 가능하고, 따라
서 상징과 그 상징을 통해 표현된 기존의 사물이 서로 각각 표
현될 수 있다면 이 상징은 지적 오류에 다름없다. 결국 우리가
상정한 상징이라는 것은 모호한 관념의 표상이자 알레고리이
며, 지식이거나 그 지식을 모방하는 기술인 것이다. 물론 우리
는 알레고리적인 것에 대해 공정한 입장을 취해야 하며, 때로
는 알레고리적인 것이 전혀 무해하다는 것도 인정해야 한다.
『해방된 예루살렘』[217]이란 작품에서 사람들은 온갖 교훈을 찾
아내며, 음탕한 시인 마리노의『아도니스』[218]에서는 방탕한 쾌
락이 결국 고통으로 끝나고야 만다는 사색의 결실을 도출할
수 있다. 조각상을 만들어 낸 조각가가 그 조상 앞에 '자비' 혹
은 '선(善)'이라는 제목을 붙여 놓기도 한다. 완성된 작품에 이
런 식의 알레고리를 덧붙인다고 해서 작품에 해가 되지는 않
기 때문이다. 이런 알레고리들은 일련의 표현 방식에 부가적
으로 첨가된 또 다른 표현 방식일 뿐인 것이다.『해방된 예루

---

217   르네상스 시대의 이탈리아 시인 토르콰토 타소(Tor-
quato Tasso, 1544~1595)의 대표작.

218   1593년 윌리엄 셰익스피어가 쓴 장편 서사시『비너스
와 아도니스』를 말한다.

살렘』에는 시인의 생각을 드러내는, 산문 한 쪽이 추가되어 있다. 『아도니스』에도 시인이 독자들에게 말하고자 했던 바를 정리한 시 한 수, 아니 한 연이 덧붙여져 있다. 조각상에는 '자비'나 '선'이라는 작품명이 붙여졌고.

『시학』(바리: 1946) 222쪽에서 보면, 크로체의 어조가 한층 과격해진 걸 알 수 있다. 여기서 그는 "알레고리는 정신세계의 직접적 표출이 아닌, 글 장난 또는 일종의 암호 해독 놀음이다."라고 말하고 있다.

크로체는 내용과 형식 간의 차이를 인정하지 않는다. 형식이 곧 내용이고, 내용이 곧 형식이라는 것이다. 그에게 있어 알레고리는 하나의 형식 속에 두 개의 내용을 담아내려 하는 기괴한 무엇이다. 즉 형태는 하나인데 그 안에 즉물적이거나 문자 그대로인 것과(단테가 베르길리우스의 길 안내를 받아 끝내 베아트리체에 이르게 된다는 내용) 비유적인 것(인간이 이성의 인도에 따라 궁극적으로 신앙심에 이르게 된다는 내용) 둘 다를 한꺼번에 담아내려 한다는 것이다. 크로체는 이런 알레고리적 글쓰기는 결국 난해한 수수께끼가 되어 버린다고 본다.

반면에 체스터턴은 알레고리적인 것에 대한 옹호를 위해 언어는 표현 능력이 고갈되어 더 이상 현실을 묘사해 낼 수 없다는 견해를 부정하는 데서 출발한다.

사람은 자신의 영혼 속에 가을 숲속의 색깔들보다도 더욱 더 다채롭고 무한하며 뭐라 이름 붙일 수 없는 색깔들이 들어 있음을 알고 있다……. 그러나 온통 서로 뒤섞여 변해 버린 그 수많은 색깔들조차도 신음과 고함 같은 무작위적인 수법에 의해 제각각의 색깔을 또렷이 드러낼 수 있다고 생각한다. 실제로 주식 중개인의 내면에서 터져 나오는 소리들은 하나같이 신기에 가까운 기억력과 조바심으로 가득한 번민을 의미하고 있다고 생각한다.(『G. F. 와츠』(1904), 88쪽)

언어의 표현 능력 부족 공언은 곧 다른 것들에 틈입의 여지를 주는데, 이때 알레고리도 건축이나 음악처럼 이 다른 것들 가운데 하나가 될 수 있는 것이다. 알레고리는 여러 개의 어휘들로 이루어져 있으나 단순히 수많은 용어 가운데 한 용어가 아니라, 어휘가 나타내고자 하는 비밀스런 의미와 가치를 담고 있는 수많은 기호들 가운데 하나다. 한 개의 음절보다는 훨씬 더 정확하고 풍요로우며 적절한 기호 말이다.

이 빼어난 두 논쟁가들 가운데 누구의 견해가 옳은지는 나도 잘 모르겠다. 한 때는 알레고리적 기교가 매혹적으로 보였지만 (오늘날 200여 개의 판본이 전해지는 기욤 드 로리의 미로적 시 『장미 설화』에는 무려 2만 4000편의 시가 담겨 있지 않은가.) 오늘날에는 혐오스럽게 여겨지고 있기 때문이다. 아니 혐오스러울 뿐 아니라 어리석고 경박하다는 생각까지 들 정도이다. 『신생』을 통해 자신의 열정을 이야기로 풀어낸 단테도, 자신을 목졸라 오는 칼날의 위협을 느끼면서 파비아 탑 속에서 『철학의 위안』를 집필했던 로마인 보이티우스는 이런 감정을 이해하지 못할 것이다. 취향이란 것이 시시각각 변화하기 마련이라는 사실을 인정하지 않고서야 이 부정 교합을 어떻게 설명할 수 있을까?

콜리지는 모든 인간은 아리스토텔레스적이거나 플라톤적인 사고를 갖는다고 한다. 플라톤주의자들은 이데아가 현실이라고 믿는 데 비해 아리스토텔레스주의자들은 이데아는 개념일 뿐이라고 생각한다. 플라톤 주의자들에게 언어는 임의적 상징체계에 불과한 데 비해 아리스토텔레스 주의자들에게 언어는 우주의 지도이다. 플라톤주의자들은 우주가 '코스모스'이며 질서라고 보지만, 아리스토텔레스주의자들의 눈에는 그 질서라는 것이 인간의 파편적 지식이 불러온 착각이거나 허구로 보인다. 시공을 초월하여 결코 끝나지 않을 이 두 반론의 주인공들은 사용하는 언어와 이름만 달리하며 줄곧 존재해 왔다. 파르메니데스와 플라톤, 스피노자, 칸트, 프랜시스 브래들리가 한편에 서 있다면, 헤라클레이토스와 아리스토텔레스, 로크, 흄, 윌리엄 제임스 등이 다른 한편에 서 있는 것이다. 중세의 난해한 학파들은 아리스토텔레스를 일컬어 소위 인간 이성의 대가라 했다.(『향연』 IV, 2) 그러나 사실 유명론자들은 모두가 아리스토텔레스이고, 실제론자들은 모두가 플라톤이라고 볼 수 있다. 조지 헨리 루이스는 철학적으로 가치 있다고 할 만한 중세 시대의 유일한 논쟁으로는 유명론과 실제론 간의 논쟁을 들 수 있다고 지적한다. 그의 이런 주장은 다소 경솔해 보일 수도 있지만, 보이티우스의 설명에 따르면 9세기 초에 포르피리우스의 말 한마디로 인해 촉발되어 11세기 말에 안셀무스와 로셀리누스가 지속했고 기욤 드 오캄이 14세기에 재론했던 그 집요한 논쟁의 중요성을 부각시키기에는 부족함이 없다.

상상할 수 있겠지만, 이처럼 오랜 세월 논의가 지속되는 동안 중립적 자세가 나타나는가 하면 극명한 차이를 드러내는

입장들도 한없이 많이 등장했다. 그러나 실제론에 있어 가장
핵심은 보편적인 것들이고(플라톤은 이데아나 형식이란 이름으
로 부르고, 우리는 추상적 관념이라 부르는 것들) 유명론에 있어서
는 개별적인 것들이었다. 철학의 역사는 심심풀이 유희나 말
장난으로 가득한 공허한 박물관이 아니다. 사실 위에서 언급
한 이론은 현실을 직관하는 서로 다른 두 개의 방법론일 뿐이
다. 모리스 드 울프[219]는 이렇게 말했다. "초현실주의는 실제론
을 옹호했다. (11세기의) 역사학자 헤리만[220]은 'in re(현실)'의
변증법을 설파하던 학자들을 일컬어 '구태의연한 식자들'이
라고 불렀으며, 아벨라르 역시 변증법을 일컬어 '케케묵은 강
령'이라 했고, 심지어 12세기 말에 이르러서는 변증법에 반하
는 입장을 취하는 자들에게 '모던(moderni)'이라는 이름을 붙여
줄 정도가 되었다." 지금으로서는 생각조차 할 수 없는 논리가
9세기에는 명백한 진리로 보였고, 어떤 식으로든 14세기까지
지속되었던 것이다. 그런가 하면 예전에는 몇 안 되는 소수만
이 주창했던 신사조 유명론이 오늘날에는 만인이 공감하는 것
이 되어 버렸다. 유명론의 승리는 참으로 폭넓고 근원적이어
서 '유명론'이란 이름조차 붙일 필요가 없을 정도다. 유명론자
아닌 사람이 없기에 그 누구도 자신이 유명론자라고 밝히지
도 않는다. 그러나 중세 시대만 해도 가장 근원적인 것은 사람

---

219   Maurice De Wulf(1867~1947). 벨기에의 철학자. 중세
         철학사의 개척자라고 평가된다.
220   투르네의 헤리만(Hériman of Tournai, 1095~1147). 투
         르네의 생 마르탱 수도원의 수도사이자 연대기 작가.

이 아니라 그 속에 깃든 인성이었으며, 개인이 아니라 종, 종이 아니라 속, 속이 아니라 신이었다는 점을 이해해야 한다. 내 생각에는 바로 그러한 개념들로부터(그 가장 명백한 예가 아마도 에리우게나의 4중 체계일 것이다.) 알레고리적 문학이 배태되었을 것 같다. 소설이 개별 인간의 우화라면 알레고리 문학은 관념 덩어리가 빚어낸 우화이다. 관념들은 상징화 되어있다. 따라서 각각의 알레고리에는 소설적인 무언가가 내재되어 있다. 소설가들이 상정하는 개인들은 그 안에 종의 특성을 내포하고 있는 것이다. (예를 들어 뒤팽이 이성이고, 돈 세군도 솜브라가 가우초를 대표하듯 말이다.) 결국 소설 속에는 알레고리적 요소가 있는 것이다.

알레고리에서 소설로, 종에서 개인으로, 실제론에서 유명론으로 넘어가는 과정에는 수 세기가 소요되었다. 하지만 나는 감히 그 전환이 이루어진 것으로 보기에 가장 적합한 날짜 하나를 못 박고자 한다. 바로 1382년의 어느 날, 그러니까 스스로 자기 자신을 유명론자로 생각지도 않고 있던 제프리 초서가 보카치오의 시 「그리고 숨겨진 칼로 저지른 반역(E con gli occulti ferri i Tradimenti)」을 영역하기로 하고, 이를 「망토 안에 칼을 숨기고 있는 미소 짓는 그 남자(The smyler with the knyf under the cloke)」로 옮겼던 그날을 말이다. 보카치오의 시 원문은 『테세이다』제 7권에서, 초서의 영역본은 『기사 이야기』에서 각각 확인할 수 있다.

1949년, 부에노스아이레스에서

버나드 쇼에 관한(를 지향하는) 주석

13세기 말 라이문도 룰리오(라몬 룰)는 칸칸이 분류되어 있고 각 칸마다 라틴어 단어가 붙어 있는, 크기가 제각각인 회전하는 원판들을 조립함으로써 모든 신비를 풀어 보려 했다. 그리고 19세기 초 존 스튜어트 밀은 어느 날 하루아침에 음계의 조합이 사라지는 건 아닐까, 또 장래 등장할 무수한 베버와 모차르트를 위한 여지가 없는 건 아닐까 우려했다. 또한 19세기 말 쿠르트 라스비츠[221]는 20여 개의 철자 부호의 모든 변이

---

221   Kurd Lasswitz(1848~1910). 독일의 소설가, 과학자,
       철학자. 독일 공상 과학 문학의 아버지라 평가받는다.
       1901년에 발표된 소설『우주적 도서관』에 실린「꿈의
       수정」이라는 단편 소설이 보르헤스의 소설「바벨의
       도서관」에 영감을 주었다고 한다.

를 기록할 수 있는, 즉 모든 언어로 모든 표현이 가능한 압도적이고 환상적인 우주적 도서관을 언급했다. 룰리오의 장치, 밀의 두려움 그리고 라스비츠의 혼란스런 도서관은 조롱의 대상이 될 수도 있겠지만 사실 평범함의 틀을 뛰어넘는 것들이다. 즉 형이상학과 예술을 일종의 조합의 유희로 변모시키는 것이다. 이러한 유희에 빠져든 사람들은 한 권의 책이 하나의 말의 구조이거나 혹은 일련의 말들의 구조들이라는 사실을 망각한다. 책은 독자와 나누는 대화고 그의 목소리에 부과되는 억양이며 그의 기억 속에 남겨진 변화무쌍하고 지속적인 이미지들이다. 독자와의 대화는 무한으로 이어진다. 그 때문에 'amica silentia lunae'는 지금은 살갑고 고즈넉하며 눈부신 달을 의미하지만 『아이네이스』에서는 그리스 사람들로 하여금 트로이 성 안으로 들어갈 수 있게 해 주었던 어둠, 즉 달이 보이지 않는 음력 섣달그믐 전후를 의미했다……[222] 한 권의 책은 단순히 한

---

222 모방한 것으로 보이는 몇몇 문장을 기준으로, 밀턴과 단테는 이 장면들을 다음과 같이 해석했다. 『신곡』「지옥편」제1장 60행과 제5장 28행에서 단테는 "모든 빛이 잠들고"와 "태양도 침묵하는 곳"이라는 문장으로 지옥의 어둠을 드러냈다. 또한 밀턴은 『투사 삼손』에서 이렇게 썼다.

내게는 태양도 어둡고
달처럼 고요하나니,
태양이 밤을 적막케 할 때
달마저 사라져 버리고 난 텅 빈 공간 속으로 몸을 숨기라!
—E. M. W. 틸야드, 「밀턴의 배경」, 101쪽 참조.

권의 책이 아니라는 단순하면서도 충분한 이유 때문에 문학은
고갈되지 않는다. 한 권의 책은 소통이 단절된 물건이 아니다.
책은 하나의 관계이자 수많은 관계들의 축이다. 하나의 문학
은 이후의 것이건 이전의 것이건 다른 문학과 차별화 되는데,
텍스트 자체에 의해서라기보다는 읽혀지는 방식에 의해서 그
렇게 된다. 만약 현재의 어떤 페이지라도 — 예를 들어 이 페이
지라도 — 내게 2000년에 사람들이 그것을 읽을 방식대로 읽
을 수 있게 허용된다면 나는 2000년의 문학이 어떨지 알 수 있
을 것이다. 형식적 유희로서의 문학 개념은 최상의 경우에는
문장과 연으로부터 대가다운 품격이 빛나는 훌륭한 작품(벤 존
슨, 에르네스트 르낭, 플로베르)에 이르지만, 최악의 경우에는 허
영심과 우연이 빚어낸 놀라우리만치 형편없는 작품들(발타사
르 그라시안, 에레라 레이시그[223])에 이르기도 한다.

만약 문학이 단지 언어의 조합이었다면, 변이를 시도하여
누구라도 책 한 권쯤은 저술할 수 있을 것이다. "Todo fluye.(모
든 것은 흐른다.)"라는 이 단순한 문구는 헤라클레이토스의 철
학을 두 단어로 요약하고 있다. 라이문도 룰리오는 첫 번째 단
어를 전제로 두 번째 단어를 밝히고, 조직적인 우연으로 그러
한 철학과 다른 아주 많은 것들을 얻기 위해서는 자동사를 사
용하는 것으로 족하다고 우리에게 말할 것이다. 이에 대해 우

---

223   홀리오 에레라 이 레이시그(Julio Hererra y Reissig,
　　　　1875~1910). 우루과이의 대표적인 모더니즘 시인.
　　　　1899년 잡지 《라 레비스타(La Revista)》를 창간하여 모
　　　　더니즘 전파에 일조했다.

리는 삭제를 통해 얻어지는 형식은 본연의 가치를 잃고 심지어 의미마저도 상실할 거라고 대답할 수 있을 것이다. 따라서 어떤 가치를 지니게 하기 위해서는 헤라클레이토스와의 관계 속에서, 헤라클레이토스의 경험과의 관계 속에서 그 가치를 고려해야 한다. 물론 "헤라클레이토스"는 얼마든지 그러한 경험을 할 만한 인물이지만 말이다. 나는 하나의 책이 대화고 관계라는 형태를 취하고 있다고 말했다. 대화 상대는 대화 전부나 절반을 차지해야 하는 건 아니다. 아무 말 않고도 얼마든지 지적 역량을 뽐낼 수 있으며, 식견을 드러내거나 우매함을 내보일 수 있다. 문학에서도 동일한 현상이 일어난다. 달타냥이 수많은 공적을 세운 데 비해 돈키호테는 날마다 두들겨 맞고 조소당하지만, 돈키호테의 용맹이 더욱 빛난다. 이는 우리를 지금껏 생각지 않았던 미학적 문제로 이끈다. 작가는 자신 보다 뛰어난 인물을 창조할 수 있을까? 나는 그렇지 않다고 생각하는데, 이런 나의 부정 속에는 지적인 면과 윤리적인 면이 모두 포함된다. 나는 우리에게서 우리의 전성기 때보다 더 명석하고 고매한 창조물들이 생겨날 수는 없다고 생각한다. 그 점에 있어, 나는 쇼의 탁월함에 대한 신념을 가지고 있다. 초기작들에서 보이는 길드와 자치 체제 문제에서 독자는 흥미를 상실할 뻔하거나 이미 상실해 버렸을 것이다. 『유쾌한 극』은 어느 날 셰익스피어에 대한 조롱에 못지않은 불쾌한 조롱을 받는 위험에 처한다.(유머는, 추측하건대 구전 장르이자 대화 속에서 빛을 발하는 것이지 서면화될 성질의 것은 아니다.) 서문과 능변적인 판본이 밝히고 있는 사상은 셰익스피어, 새뮤얼 버틀러에서 찾아볼 수 있지만,[224] 라비니아,[225] 브랑코 포스넷,[226] 크리건,²²⁷ 쇼토버,²²⁸ 리처드 두건,²²⁹ 그리고 특히 줄리어스 시저²³⁰는 당대 예술에서 창조된 그 어느 인물보다도 뛰어나다. 앞서 언급한 등장인물들, 혹은 니체의 어릿광대 차라투스트라와 더불어 '테스트 씨'²³¹를 떠올리는 것은 곧 감탄과 더 나아가 경악까지 하면서도 쇼의 탁월함을 직관하는 것이다. 1911년 알버트 쇠르겔²³²은 당시의 통상적인 구실을 갖다 붙이면서 "버나드 쇼는 영웅적인 개념을 폐지시킨 주인공이자 영웅을 죽이는 사람이다."(『시적 작품과 시인과 시간』)라고 썼는데, 이는 영웅적인 것

---

224 스베덴보리에서도 마찬가지이다. 인간과 슈퍼맨에서 지옥은 형벌 장소가 아니라, 운 좋은 사람들이 천상을 택하는 것과 마찬가지로, 죽은 죄인들이 친화성에 의해 선택한 장소이다. 1758년 출판된 스베덴보리의 「천국과 지옥」이라는 논문은 같은 의견을 표명하고 있다.(원주)

225 셰익스피어의 희곡 「타이투스 안드로니쿠스」의 등장인물.

226 쇼의 희곡 「브랑코 포스넷의 폭로」의 등장인물.

227 쇼의 희곡 「존 불의 다른 섬」 속 등장인물.

228 쇼의 희곡 「상심의 집」 속 등장인물.

229 리처드 두건(Richard Dudgeon). 희곡 「악마의 제자」 속 등장인물.

230 쇼의 희곡 「시저와 클레오파트라」 속 등장인물.

231 폴 발레리의 저작에 등장하는 허구적 인물로 순수하고 기이한 지식인으로 그려진다. 후대의 평론가들은 발레리 자신을 투영한 것으로 평가한다.

232 Albert Soergel(1880~1958). 독일의 비평가. 보르헤스의 소설 「셰익스피어의 기억」의 등장인물 '헤르만 쇠르겔'의 모델.

은 낭만적인 것을 배제하고 있다는 점과 세르지오 사라노프[233]를 통해서가 아니라『무기와 인간(Arms and the Man)』의 블런츨리 대위를 통해 육화되리라는 것을 알지 못했기 때문이다.

프랭크 해리스가 쓴 버나드 쇼에 관한 전기에는 쇼가 쓴 멋진 편지 한 통이 실려 있는데, 그중 다음 부분을 인용해 볼까 한다. "나는 모든 것이며 모든 사람들이고 아무것도 아닌 무(無)이자 그 누구도 아니다." 천지 창조 이전의 신, 또한 또 다른 아일랜드 출신인 후안 에스코토 에리우게나가 '니힐(Nihil)'이라 칭했던 근원적 신성에 필적할 만한 이 같은 무(無)에서 버나드 쇼는 거의 셀 수 없는 수많은 인물들 혹은 극적인 등장인물을 창조해 냈는데, 그중에서도 가장 허망한 인물은 그 자신을 수많은 인물들에게 각인시키고, 곧잘 신랄한 말투로 신문의 지면을 장식하곤 했던 바로 G. B. S. 자신이 아닐까 싶다.

쇼의 근본적 화두는 철학과 윤리학이다. 따라서 그가 이 나라에서는 가치를 제대로 평가받지 못하거나 단지 몇몇 경구 정도로 다루어지고 마는 것은 당연하고 필연적이다. 아르헨티나 사람은 세상이 우연의 결과물이라고 생각한다. 즉 데모크리토스가 말한 원자의 우발적인 동시 발생 현상이라고 생각하는 것이다. 따라서 철학은 관심사가 아니다. 윤리학 역시 마찬가지다. 따라서 아르헨티나 사람에게 있어 사회생활은 개인과 계층과 국가 간의 분쟁으로 요약될 수 있으며, 그 속에서는 멸시당하거나 패배당하는 것을 제외하고는 모든 것이 합당하다

---

233   쇼의 희곡「무기와 인간」속 등장인물.

고 본다.

　사람의 특정한 개성 및 다양한 변주야말로 당대 소설의 주된 테마이다. 서정시는 사랑의 기쁨과 슬픔에 대한 무한한 찬미이고, 하이데거와 야스퍼스의 철학은 우리 각자를 무(無)나 신성과 나누는 은밀하고 끝없는 대화의 흥미로운 대담자로 만든다. 형식상 놀라움을 안겨 주는 이러한 학풍은, 베단타 철학에서는 중대한 실수라며 맹공을 퍼붓는 자신에 대한 환상을 조장한다. 사람들은 곧잘 절망과 고뇌에 빠져 허우적거린다. 하지만 안을 들여다보면 이는 허영심에 대한 아부나 다름없다. 이런 맥락에서 볼 때 사람들은 비윤리적이다. 반면에 버나드 쇼의 작품은 해방의 운치를 남긴다. 회랑 학설[234]이나 북유럽 무훈 신화 같은 운치를.

1951년, 부에노스아이레스에서.

234　　제논 학파의 이론. 회랑 학파란 이름은 제논이 아테네의 한 회랑에서 제자들을 가르친 데서 비롯되었다.

한 이름이 일으킨 반향의 역사

시공간을 떠나 한 신과 한 꿈, 그리고 미쳤으되 자신이 미쳤음을 모르지 않는 한 인간은 애매모호한 어떤 말들을 되풀이하는데, 그 말들을 살피고 헤아려 보는 게 이 글의 목적이다.

태초의 말은 널리 알려져 있다. 모세 이야기를 다룬 성서의 두 번째 이야기, 소위 「출애굽기」 3장에 그 말이 기록되어 있기 때문이다. 이 부분을 읽어 보면, 목자이자 출애굽기의 저자이며 주인공인 모세가 신에게 이름을 묻자 신이 이렇게 대답하는 장면이 있다. "나는 스스로 있는 자이니라." 이 불가사의한 말을 살펴보기 전에, 마술적이거나 근원적인 사고를 하는 데 있어서는 이름이 임의적인 상징이 아니라 정의하고자 하는 대상의 중요한 구성 요소라는 것을 상기할 필요가 있다.[235] 오스트레일리아의 원주민들에게는 타 부족 사람들이 알아들어서는 안 되는 은밀한 이름이 있었다. 고대 이집트 사람들 사이에도 이런 유사한 풍습이 전해져 왔다. 즉 사람들은 저마다 이름이 두 개로, 하나는 누구나 다 아는 평범한 이름이고, 또 하나는 감춰진 진짜 이름 혹은 특별한 이름이었다. 장례 문학에 따르면 육신의 사후 영혼은 숱한 위험에 노출된다고 한다. 그중에서도 자신의 이름을 망각하는 일이(개인의 정체성을 상실하는 일) 가장 심각한 위험일 것이다. 그리고 신들, 악마들, 저승 문들의 진짜 이름을 아는 일도 중요하다.[236] 이에 자크 방디에는 다음과 같이 말했다 "신적 권한을 지니기 위해서는 신이나 신성화된 피조물의 이름을 아는 것만으로도 충분하다." 드퀸시는 로마의 진정한 이름은 모두에게 비밀에 부쳐져 있었으며, 공화국 말기에 퀸투스 발레리우스 소라누스[237]는 그 이름을 밝히려는 신성 모독을 범하여 사형에 처해졌다고 종종 지적하곤 했다.

---

235   플라톤의 대화집의 하나인 『크라틸루스』는 말과 사물의 필연적 관계를 논의하고 부정하는 것처럼 생각된다.(원주)

236   그노시스교도들은 이러한 독특한 견해를 계승, 재발견했다. 고유한 이름에 대한 광범위한 어휘는 이런 식으로 형성되며, 바실리데스(Basílides)는 (이레네오에 의하면) 모든 천상의 우주적 열쇠라 할 수 있는, 동음 중복적이고 순환적인 카울라카우(Kaulakau)의 단어를 요약한다.(원주)

237   Quintus Valerius Soranus(BC 140?~BC 82). 고대 로마의 호민관. 술라가 독재관으로 부임하여 민회와 호민관의 권력을 축소하는 개혁을 단행할 때 처형당했다. 금기시된 로마의 진정한 이름을 발설하여 사형당했다는 이야기도 전해진다.

야수성이 그 이름을 숨기는 것은 그 이름을 지닌 자들이 다른 사람들을 죽이거나 광폭하게 만들거나 복속시키는 마술적 효험을 발휘하지 못하게 하기 위해서이다. 이러한 미신과 그 그림자는 비방과 모욕 속에서 지속되어 왔다. 우리는 우리 이름이 갖는 음가에 그 어떤 말들이 더해지는 것을 용납하지 못한다. 프리츠 마우트너[238]는 이런 지적 습관을 분석하고 비난했다.

모세는 하느님에게 이름이 무엇인지 물었는데, 이것은 앞서도 살펴보았듯이 언어학적 열(列)에 대한 호기심의 발로가 아니라 신은 과연 누구인지, 좀 더 정확히 말해 신은 과연 무엇인지를 규명하고자 함이었다.(9세기에 에리우게나는 신은 무엇이라고 그 누구도 지칭할 수 없는 대상이므로 누구인지, 무엇인지 알 수 없다고 했다.)

모세가 들었던 그 놀라운 답변에 대해 당신은 어떤 해석을 하는가? 기독교 신학에 따르면 "나는 스스로 있는 자이니라."라는 말은 실제로 존재하는 것은 오직 신뿐임을 뜻하거나, 메스리치의 마지드의 지적처럼 나라는 칭호는 오로지 신에 의해서만 언표될 수 있음을 의미한다. 영원한 실체, 곧 신의 순수한 속성은 연장과 사유라고 주장하는 스피노자의 학설은 어떤 멕시코인이 유추적으로 표현한 "신은 존재하되 우리는 존재하지 않는 자들이다."라는 말 속의 의미를 아주 잘 드러내고 있다.

이 첫 번째 해석에 따르면 "나는 스스로 있는 자이니라."라는 말은 실체론적 진술이다. 혹자는 이 대답을 질문에 대한

---

238   Fritz Mauthner(1849~1923). 오스트리아-헝가리 제
         국 출신의 철학자, 비평가, 저널리스트.

회피로 본다. 신은 자신이 누구인지 말하지 않고 있다는 것이
다. 어차피 대답해 봐야 대화 상대인 인간의 지성으로는 이해
가 불가능하기 때문이다. 마틴 부버[239]는 'Ehych asher ehych[240]'라는
말은 '나는 무엇이든 될 수 있다.' 또는 '나는 어디든 있을 수 있
다.'로 번역될 수 있다고 한다. 모세가 이집트의 주술사들이 하
듯이 신에게 신적 권한을 지니기 위해 어떤 이름으로 부르는
게 좋을지 물었더라면, 신은 분명 "오늘은 내가 너와 대화를 나
누는 자이나, 내일은 어떤 모습으로도, 억압과 불의와 불운의
모습으로도 변할 수 있는 존재이다."라고 답했을 것이다. 이 내
용은 『곡과 마곡』에서 찾아볼 수 있다.[241]

Ich bin der ich bin, Ego sum qui sum, I am that I am[242] 같은 다
양한 인간의 언어로 불리게 된 근엄하신 신의 이름은 수많은
어휘들로 이루어졌음에도 불구하고 단 하나의 단어로 이루어
진 이름들보다 더 불가해하고 견고하며, 여러 세기 동안 그 수
가 증가되고 여기저기 인용되어 오다가 1602년 윌리엄 셰익스
피어가 한 희곡을 쓰기에 이르렀다. 이 희곡 곳곳에서 우리는

---

239   Martin Buber(1878~1965). 오스트리아 출신의 유대
       계 종교철학자.
240   히브리어로 "나는 스스로 있는 자이니라."라는 뜻.
241   부버는 산다는 것은 영혼이라는 기이한 집에 잠입해
       들어가는 것이라고 했는데, 그 집은 널판자로 되어 있
       으며, 그곳에서 우리는 시시각각 변하고 때때로 공포
       스러운 상대를 맞이하여 피할 수 없는 미지의 게임을
       한다.
242   모두 "나는 스스로 있는 자이니라."라는 뜻.

허세로 가득 찬 비겁한 군인을 만나는데, 그는 대단히 자부심 강한 자로 계략으로 장군의 자리까지 오른 인물이었다. 그러나 결국 계략은 탄로 나고, 그 남자는 공개적으로 좌천되는데, 바로 이때 작가인 셰익스피어가 개입하여 깨진 거울에 모습이 투영되듯이 그의 입술 사이로 신이 산에서 했던 말이 스며 나오게 한다. "나는 이제 더 이상 장군이 아닐 것이다. 그러나 나는 장군처럼 먹고 마시고 자야만 한다. 지금의 내가 나를 살게 할 것이니." 이렇게 말하는 순간, 패롤리스[243]는 더 이상 희극의 상투적 인물이 아니다. 이제 그는 어떤 한 사람이자 모든 사람이 된 것이다.

마지막 판본이 나온 것은 대략 1740 몇 년 경, 그러니까 스위프트가 기나긴 번민에 빠져 있던 기간이었다. 스위프트에게는 도저히 견딜 수 없을 듯한 지옥 같은 시간이었다. 스위프트는 냉철한 지성과 싸늘한 증오심의 소유자였지만 항상 (플로베르와 마찬가지로) 어리석은 것에 매료당하곤 했다. 아마도 어리석음 저 너머에서 광기가 그를 기다리고 있다는 것을 알고 있었기 때문이었으리라. 그는 『걸리버 여행기』 3부에서 일말의 증오심을 품고 몰락하였으되 영원불멸하는 종족의 사람들을 그리고 있다. 이들은 식욕이 없어 배불리 먹지도 못하고, 시시각각 언어가 변화하는 바람에 동료와 이야기를 나눌 수도 없으며, 한 행에서 다른 행으로 넘어갈 때까지 기억이 지속되지 못해 읽는 것도 불가능하다. 스위프트는 혹시 이런 일이 일

---

243 셰익스피어의 희곡 「끝이 좋으면 다 좋다」에 나오는 등장인물.

어나면 어쩌나 하는 두려움에, 또는 마법처럼 이런 두려움을
떨쳐 버리고자 이런 무시무시한 상상을 한 것이 아닐까 싶다.
1717년, 그는 『밤의 사색』 속에 나오는 등장인물 영을 통해 이
런 말을 했다. "나는 저 나무와 같아서 숲을 위해 죽을 것이다."
이후에도 스위프트는 전 생애를 통해 이런 끔찍한 문구들을
몇 개 남겼다. 이런 근엄하고 우울한 성격은 종종 그에 대한 세
간의 평판에도 영향을 미쳐, 새커리는 "그를 떠올리는 일은 대
제국의 폐허를 떠올리는 일 같다."라고까지 말했다. 하지만 신
이 한 신비로운 말들을 스스로 하는 것만큼 감동적인 예는 없
을 것이다.

청각 상실 증세, 현기증, 광기에 대한 공포, 마지막으로 어
리석음은 스위프트의 우울증을 가중시키고 심화시켰다. 그는
기억을 상실하기 시작했다. 안경을 쓰지 않으려 했기 때문에
읽을 수도 없었으며, 이미 쓰는 일은 할 수 없게 된 상황이었다.
그는 매일 죽게 해 달라고 신에게 간원했다. 어느 날 오후, 자포
자기해서 그랬는지 절망감에 사로잡혀 그랬는지, 혹은 순수한
본질적 실체에 깊이 정착해 그랬는지 알 수 없지만, 여하튼 늙
고 실성했을 뿐 아니라 빈사 직전의 상태에 다다른 그가 "나는
스스로 있는 자이니라! 나는 스스로 있는 자이니라!"라고 되뇌
는 것을 볼 수 있었다.

"유감스럽게도 나는 나이며(스위프트라는 뜻이다.) 또한 나
는 이 세상 다른 많은 것들처럼 불가피하고 필연적인 우주의
일부이고, 더불어 나는 신이 원했던 그 존재 그대로이며, 우주
의 섭리가 만들어 낸 존재니, 결국 존재한다는 것은 모든 것이
됨을 의미하는 것이리라."

이쯤에서 태초의 말에 대한 이야기를 끝마치고 일종의 에 필로그로써 쇼펜하우어가 임종에 즈음하여 에두아르트 그리 제바흐[244]에게 남긴 말을 전하고자 한다.

때때로 나 자신이 불행하다고 생각하곤 했지만 그것은 혼동과 착각에 기인한다. 내가 나 자신을 다른 사람으로, 예컨대 이름 없는 보조자나 명예 훼손 소송의 피의자로, 사랑하는 소녀에게 무시당한 남자로, 외출조차 할 수 없는 환자로, 또는 이와 비슷한 온갖 고통을 겪는 다른 누군가로 생각했던 것 뿐이다. 그러나 나는 그런 사람들이 아니었다. 그것은 단지 내가 입었다 벗어 버린 옷가지에 불과할 뿐이었으니까. 그렇다면 진정 나는 누구란 말인가? 나는 『의지와 표상으로서의 세계』의 저자이며, 미래의 사상가들이 다루게 될 '존재'라는 수수께끼에 대한 해답을 던져 준 주인공이다. 나는 그런 사람이니, 누가 과연 내 남은 생애 동안 이를 문제 삼을 수 있겠는가?

『의지와 표상으로서의 세계』에 썼던 대로, 쇼펜하우어는 사상가가 된다는 것 역시 환자나 여자에게 무시당한 남자가 되는 것만큼이나 허망한 일이며, 본질적으로 그는 또 다른 무엇임을 잘 알고 있었다. 여기서 또 다른 무엇이라는 것은 바로 의지이며, 패롤리스의 암울한 근원이며, 스위프트를 그 자체였던 바로 그것을 일컫는다.

---

244   Eduard Grisebach(1845~1906). 독일의 작가, 외교관.

수치스러운 역사

1792년 9월 20일 (군사를 이끌고 파리로 행군 중인 바이마르 공과 동행하던) 요한 볼프강 폰 괴테는 유럽 최강의 군대가 몇몇 프랑스 군인에 의해 발미에서 쫓겨나는 해괴한 사건을 목격하고는 넋이 빠진 동료들에게 "오늘 이곳에서 새로운 역사의 장이 열렸으며, 우리가 그 시작을 함께 했다."라고 말했다.

그날 이후 세상에는 역사적인 사건들이 넘쳐 나게 되었고, 사전 선전과 지속적인 홍보 속에서 그런 사건들을 만들어 내거나 가장하는 일이 각 정부(특히 이탈리아, 독일, 러시아 정부)의 과업 가운데 하나가 되었다. 세실 B. 데밀[245]의 영향력이 감지되는 이런 종류의 사건들은 역사보다는 차라리 저널리즘과 깊

---

245   Cecil B. DeMille(1881~1959). 스펙터클 시대극의 창
시자라고 부르는 미국의 영화감독.

은 관련이 있다. 나는 역사, 그러니까 진정한 역사는 더 지조 있고, 그 역사가 이루어진 근본적인 발발일 또한 오래도록 비밀에 부쳐져 왔을 수도 있지 않을까 생각해 본다. 한 중국 작가는 유니콘이 세간에 알려지지 않은 이유는 그것이 평범하지 않기 때문이라고 지적했다. 사람의 눈은 익숙한 것들만 보는 법이다. 예수께서 십자가에 못 박히심은 성서에 기록되어 있지만, 말하지 않으면 인정하지 않는 것이다.

사실 우연히 그리스 문학사 책을 뒤적이다가 약간 수수께끼 같은 느낌을 주는 문장을 하나 접하고 관심을 갖다 보니 이런 생각에까지 이르게 되었다. 그 문장은 바로 이것이었다. "He brought in a second act.(그는 제2의 배우를 데려왔다.)" 잠시 읽기를 멈춘 나는 그 기이한 행위의 주체는 에스킬루스이며, 아리스토텔레스『시학』제4장에서 그가 "배우의 수를 하나에서 둘로 늘렸다."라는 문구를 읽었던 것을 기억해 냈다. 알다시피 이 글은 디오니소스교에서부터 나온 것이다. 처음에는 1인다역 배우인 히포크리토스가 굽 높은 구두를 신기도 하고, 까만 옷을 입는가 하면 자주색 옷으로 갈아입기도 하고, 가면으로 얼굴을 가리기도 하면서 합창단원 열두 명과 무대를 채우곤 했다. 연극은 제의의 일종으로, 모든 제례 의식이 그렇듯이 때로는 '불변'이라는 원칙에 도전을 겪기도 한다. 기원전 500년경에 그 일이 일어났을 때, 아테네인들은 놀란 눈으로, 더 나아가 호들갑을 떨면서(빅토르 위고는 '호들갑'으로 묘사했다.) 예상치 못했던 제2의 배우의 등장을 지켜보았다. 아득한 옛날의 어느 봄날, 꿀빛 도는 극장에서 그들은 무슨 생각을 했을까? 정확히 무엇을 느꼈을까? 아마 경탄은 아니었을 것이다. 호들갑도

아니었을 것이다. 짐작건대 그것은 일종의 놀라움이었을 것이
다.『투스쿨라나스』라는 책에서 보면, 에스킬리오가 피타고라
스 학파에 들어가는 장면을 볼 수 있다. 하지만 그가 불완전하
게나마 하나가 둘이 되고, 단수가 복수가 되어 결과적으로 무
한대로 이어지는 변환의 의미를 이해했는지는 알 수 없다. 제
2의 배우가 등장하면서, 대사와 더불어 등장인물이 다른 등장
인물에 대해 나타낼 수 있는 반응의 가능성이 무한대로 확장
된다. 예지력이 있는 관객이라면, 그 가능성과 더불어 미래에
등장할 수많은 배역들을 볼 수 있었을 것이다. 햄릿과 파우스
트, 지그문트, 맥베드, 페르귄트, 그리고 지금까지도 우리 눈으
로 확인하지 못한 수많은 배역들을 말이다.

　독서 중에 나는 또 다른 역사적 사건을 하나 발견해 냈다.
기원후 13세기, 그러니까 1225년에 아이슬란드에서 일어난
사건이었다. 후세에 교훈으로 남기고자, 역사학자이자 암호
연구가인 스노리 스툴루손[246]은 보르가피오르드에 있는 그의
별장에서 그 유명한 하랄드 시구르다르손 국왕, 일명 무자비
한 왕으로 불리며 한때 비잔틴 제국과 이탈리아, 아프리카까
지 침략한 그 왕의 최후의 역사를 글로 남겼다. 영국 색슨 혈통
의 왕인 고드윈의 아들 하랄드 주니어 국왕의 동생인 토스티

---

[246]　Snorri Sturluson(1178~1241). 아이슬란드의 시인이
　　　자 정치가. 에길 스칼라그림손의 자손으로 북유럽 신
　　　화와 고대 노르드 시에 대한 자료인『산문 에다』와 노
　　　르웨이 왕들의 전설과 역사를 묶은『혜임스크링글라』
　　　등을 남겼다.

그는 권력에 욕심을 내어 하랄드 시구르다르손 국왕에게 원조를 청했다. 두 사람은 노르웨이 군대를 동원해 영국 동해안으로 상륙한 뒤 요크성을 공략했다. 요크성 남부에서는 영국군이 그들과 대치했다. 널리 알려진 이 사건에 대해 스노리는 이렇게 묘사하고 있다.

20명의 기마병들이 침략군을 향해 다가왔다. 사람들은 물론 말들까지 완전 무장을 한 상태였다. 기마병 가운데 한 사람이 물었다.

"여기 토스티그 백작이 있소?"

"내가 토스티그 백작이오."

백작이 대답했다.

"당신이 정말 토스티그 백작이라면, 당신의 형님께서 당신에게 용서를 베풀고자 하시며, 또한 왕국의 3분의 I을 나누어 주고자 하심을 알리러 왔소."

기마병이 말했다.

"내가 그 제안을 받아들인다면, 하랄드 시구르다르손 국왕에게는 무엇이 돌아가오?"

백작이 물었다.

"형님 국왕께서는 그분 또한 잊지 않고 계십니다. 그에게는 영국 땅 6피트를 떼어 줄 것이나, 키가 워낙 크신 양반이시니 I피트 정도 더 주실 수도 있을 겁니다."

기마병이 말했다.

"그렇다면, 당신 국왕에게 전하시오. 죽을 때까지 싸우겠노라고."

백작이 말했다.

기마병들은 돌아갔다. 하랄드 시구르다르손 국왕이 심각한 표정으로 물었다.

"말을 그럴싸하게 잘하는 저치는 도대체 누구요?"

"고드윈의 아들 하랄드입니다."

다른 장에서는 이날 해가 떨어지기 전에 노르웨이 군대가 대패했다고 적고 있다. 이날 전투에서 하랄드 시구르다르손 국왕은 전사했고, 토스티그 백작 역시 사망했다.(『헤임스크링글라』10권, 92쪽)

(애국심 운운하는 꾼들의 서툰 흉내 내기에 진저리가 나 버린) 이 시대는 그 무엇을 인식하더라도 항상 의구심을 갖는 경향이 있는데, 이것이야말로 영웅적인 것의 본질적 특징이다. 사람들은 『엘 시드』에도 그 특징이 들어 있다고 하는데, 나는 『아이네이스』 시구 속에서("아들아! 내게서는 용기와 진정한 신념을, 그리고 다른 이들에게서는 성공을 배우거라!"), 말돈의 영국식 발라드에서("우리 부족은 낡은 창과 검을 공물로 바칠 것이오!"), 그리고 『롤랑의 노래』와 빅토르 위고, 휘트먼과 포크너("말 냄새와 분노의 냄새보다도 더 짙은 라벤더 향"), 허스먼의 「용병들을 위한 묘비명」과 『헤임스크링글라』의 「영국 땅 6피트」에서도 그런 특징을 찾을 수 있었다. 역사학자들은 겉으로는 단순해 보이지만, 그 뒤에는 미묘한 심리전이 내재해 있다. 하랄드는 그의 동생을 알아보지 못하는 척했는데, 이는 곧 그의 동생인 토스티그 역시 그를 아는 척해서는 안 됨을 암시하고 있다. 동생 토스티그 백작도 형을 배신하지 않지만, 그는 동맹국 국왕

역시 배반하지 않는다. 하랄드 국왕은 동생은 용서해 줄 생각이었지만, 어찌 보면 이해할 수 있는 일이었음에도 불구하고 노르웨이 국왕의 침략에 대해서는 묵과할 수 없었던 것이다. 동생에게는 왕국의 3분의 1을, 노르웨이 국왕에게는 영국 땅의 6피트를 내어 주마고 했던 그의 말재간에 대해서는 더 이상 왈가왈부하지 않겠다.[247]

영국 왕의 그 멋진 대답보다 더 멋진 것이 딱 한 가지 있다. 이야기의 주인공이 패배자의 혈통을 길이 보존하고 있는 아이슬란드 사람이라는 점이 바로 그것이다. 마치 카르타고 혈통이 우리들에게 레굴루스의 위업에 대한 기억을 유산으로 남겨 주었듯이 말이다. 그러니 삭소 그라마티쿠스가 『덴마크인의 사적』에 이렇게 쓴 것 아니겠는가? "아이슬란드 인들은 모든 민족의 역사를 배우고 기록하기를 즐겼으며, 자신들의 위대함뿐 아니라 이민족의 위대함을 널리 알리는 일 또한 영광으로 여겼다."라고.

역사적인 날이란 영국인이 말했던 날이 아니라 원수가 역사적인 날로 기록했던 바로 그날이다. 아직 미래 속에 존재하고 있을 예언된 날짜, 즉 혈통과 국가와 인종을 망각한 날짜 말이다. 조국이라는 개념에도 이러한 미덕을 적용해야 한다. 즉 스노리는 그런 미덕을 실현함으로써 조국의 개념을 극복하고

---

247 칼라일은 모멸적인 한 마디를 첨언해 이 수치를 최고조로 극대화한다. 즉 '영국 땅 6피트'라는 표현 앞에 '무덤을 쓰기 위한'이라는 표현을 덧붙인 것이다.(「노르웨이 초기 왕들」, 제II권)(원주)

전파하였다.

로렌스[248]의 『지혜의 일곱 기둥』 마지막 장에서 스노리의
또 다른 위업을 발견할 수 있다. 로렌스는 독일군의 전투력에
대해 높이 평가하면서 이렇게 말한다. "이번 전투에서 나는 처
음으로 내 형제들을 죽인 자들에 대해 긍지를 느낄 수 있었다."
그리고 덧붙인다. "독일군은 참으로 대단하다."

1952년, 부에노스아이레스에서.

---

248   토머스 에드워드 로렌스(Thomas Edward Lawrence,
       1888~1935). 영국의 군인, 고고학자. I차 세계 대전
       당시 터키에서 독립하려는 아랍인들의 독립 전쟁에
       참전하여 활약했다. 이때의 활약으로 '아라비아의 로
       렌스'라는 별칭을 얻었으며, 이 경험담을 『지혜의 일
       곱 기둥』이라는 자전적 에세이에 담아 펴냈다.

시간에 대한 새로운 논증

나 이전에 시간은 존재하지 않았고, 나 이후에도 시간은
존재하지 않을 것이다.

나와 함께 시간은 태어났고, 나와 함께 시간은 죽을 것이다.

── 다니엘 폰 체프코, 「육백 개의 현명한 2행시」, 제3권

서언

18세기 중엽에 출간된 이 논증(또는 『논증』이라는 글 제목)
은 꽤 오래도록 흄의 참고 문헌 목록에 들어 있었으며, 모르긴
해도(베르그송 이후에) 헉슬리나 켐프 스미스[249] 같은 이들도 언
급한 적이 있었을 것이다. 그런가 하면 1947년에 출간된 논증
은 구시대적 체계에서 비롯된 '시대착오적 불합리(reductio ad

absurdum)'다. 좀 더 나쁘게 말하자면, 형이상학 속에서 길을 잃
고 만 어느 아르헨티나인의 조잡한 수작이다. 여하튼 이 두 가
지 추측은 모두 맞는 말일 것이다. 아니 틀림없이 분명한 사실
이다. 따라서 나는 거창한 결론을 끄집어내 이 논증들을 수정하
겠다고는 장담할 수는 없고, 그저 어쭙잖은 논리 정도를 제시
할 생각이다. 아래에 내가 제시하려는 논리는 제논의 화살이나
『밀린다팡하』에 나오는 그리스왕의 마차만큼이나 케케묵은 것
이다. 그래도 새로운 것이 있다면, 바로 버클리의 고전적 논리
를 적용하고 있다는 점이다. 사실 버클리와 그의 계승자 흄은
나의 이론과 상반되거나 전혀 무관한 이론들을 글을 통해 발표
한 바 있다. 그러나 그럼에도 불구하고 나는 내가 분명 그들의
논리로부터 지극히 명백한 결론을 도출해 냈다고 믿는다.

제일 먼저 제시한 글(A)은 1944년에 쓴 글로《수르》제 115
호에 실린 글이다. 두 번째 글(B)은 1946년에 쓴 글로, 이것은
첫 번째 글에 대한 수정본이다. 나는 일부러 이 두 편의 글을 하
나로 묶지 않았다. 서로 유사한 두 편의 글을 모두 읽어 보는 게
까다로운 주제를 쉽게 이해하는 데 좀 더 도움이 될 것이라 보
기 때문이다.

제목에 대해서도 한마디 하고 넘어가겠다. 고백하건대 이
글의 제목은 논리학자들이 소위 '형용 모순'이라고 일컫는 터
무니없는 것의 예임에 틀림이 없다. 왜냐하면 시간에 대한 논

---

249   노먼 켐프 스미스(Norman Kemp Smith, 1872~1958).
스코틀랜드의 철학자. 1929년 이마누엘 칸트의 『순수
이성비판』을 번역, 출간했다.

증이 새롭다(혹은 구식이다)고 말하는 것은 이 논증이 타파할 수 있는 속성이 있다는 인식을 갖게 하지만 동시에 논증의 순간적 속성을 전제하고 있기 때문이다. 하지만 이런 문제에도 불구하고 나는 이 제목을 그대로 둘 셈이다. 이 난해한 말장난까지도 내가 말하는 언어유희의 중요성이 결코 과장이 아니었음을 일깨워 주는 데 일조할 테니 말이다. 이와는 별도로 사람의 언어라는 것은 워낙 시간의 흐름에 따라 그 속으로 녹아들고 활력을 발하는 존재로, 이 책 속의 그 어떤 문구 하나도 시간을 필요로 하거나 요하지 않는 것이 없다.

나는 이 글들을 나의 선조이신 후안 크리소스토모 라피누르(1797~1823)께 바친다. 그는 아르헨티나어로 쓴 기념비적 시 몇 편을 남기셨을 뿐 아니라, 신학의 그림자로부터 철학의 순수성을 지켜내고 로크와 콩디야크[250]의 기본적인 이론을 도입함으로써 철학 강의의 개혁을 시도한 분이셨다. 그는 재난의 와중에 사망했다. 세상 모든 사람들이 그렇듯이 그분 역시 세상을 잘못 타고 태어났던 것이다.[251]

1946년 12월 23일, 부에노스아이레스에서.

---

250 에티엔 보노 드 콩디야크(Etienne Bonnot de Condillac, 1715~1780). 프랑스의 철학자. 계몽 시대에 데카르트, 스피노자 등의 관념적 사고법에 반대하고 경험적, 구체적 감각을 바탕으로 사유하는 감각론을 주장했다. 대표 저서는 『감각론』이다.

A

I

　나는 평생을 문학에 헌신하고, 더러 형이상학적 당혹 속을
넘나들면서 시간에 대한 논증을 감지하거나 느꼈다. 물론 나
자신조차 그 논증에 대한 확신이 없었지만, 시간에 대한 논증
은 밤이나 자명한 이치조차 몽환적인 것으로 만드는 지친 황
혼 녘이면 나를 찾아오곤 했다. 그 논증은 내 모든 책들 속에 어
떤 방식으로든 담겨 있다. 시집「부에노스아이레스의 열기」
(1923)에 실려 있는「어떤 무덤의 비문」과「책략」이 그 예이다.
또한『심문들』(1925)에 실린 글 두 편,『에바리스토 카리에고』
(1930) 40쪽 일부와 그보다 훨씬 전에 발표된「죽음을 느끼다」
도 마찬가지다. 그래서 나는 이 글을 통해 상기한 모든 글들에

251　　불교에는 현시(顯示)가 없으며『밀린다팡하』를 인용
하지 않는다.『밀린다팡하』는 2세기에 나온 변론서로,
여기에는 박트리아나의 왕 메난드로(밀린다)와 승려
나가세나가 벌인 논쟁이 나온다. 논쟁의 발단은 이렇
다. 왕의 마차는 바퀴나 네모난 차체, 바퀴 축, 창, 굴레
로 만든 게 아니었다. 마찬가지로 사람도 물질이나 형
식, 감정, 생각, 본능, 지식으로 이루어지지 않았다. 그
런 것들은 결합되어 있지도 않았고, 그렇다고 해서 따
로 떨어져서 존재하지도 않았다. 오랜 나날이 흘러 논
쟁이 끝나자 메난드로는 붓다에 귀의했다.
『밀린다팡하』는 리 데이비즈(Rhys Davids)에 의해 영
어로 번역되었다.(옥스퍼드, 1890~1894)(원주)

근간을 제공하고자 한다.

　이 논증의 제기는 버클리의 관념론과 라이프니츠의 정리를 그 출발점으로 하고 있다. 버클리는 『인간 지식의 원리』 3권에서 다음과 같이 말했다. "우리의 사고도, 우리의 열정도, 우리의 상상력에 의해 형성된 관념도 정신 없이는 존재하지 않는다는 것을 모두들 인정할 것이다. 또한 내게는 온갖 감정 또는 감각 속에 새겨진 관념들 역시, 그것들이 어떠한 형태로 뒤섞여 있건 간에(바꿔 말해서 그것들이 만들어 낸 것이 무엇이든 간에) 그것을 인식하는 정신 속에서만 존재할 수 있다는 점이 위의 사실만큼이나 명백해 보인다……. 나는 지금 이 글을 쓰고 있는 책상이 존재한다고 단언할 수 있다. 책상을 보고 만질 수 있다는 말이다. 하지만 설사 책상 앞에 있지 않은 상황이라 하더라도 역시 같은 말을 했을 것이다. 이는 만일 여기에 책상이 있다면 그것을 지각할 수 있을 것이라는 뜻도 되고, 또는 다른 어떤 정신이 있어서 그 정신이 책상을 지각하고 있다는 것을 뜻하기도 한다……. 지각되는지의 여부에 상관없이 무생물들의 절대적 존재를 운운하는 것이 내게는 분별없는 행위로 여겨진다. 존재하는 것은 지각되는 것이다. 즉 정신이 지각하지 못한다면 그것은 존재할 수 없다는 말이다." 버클리는 같은 책 스물세 번째 단락에서 자신의 견해에 대한 반론들을 예견하여 이렇게 부연하고 있다. "초원의 나무와 도서관의 책들을 상상하는 것보다 더 쉬운 일이 뭐가 있겠는가? 그것들 가까이에 있으면서 그것들을 지각하는 누군가를 상상하지 않더라도 말이다. 솔직히 이처럼 쉬운 일은 없을 것이다. 그러나 이런 질문을 해 보면 어떨까? 당신들은 당신들이 책들 혹은 나무들이라

고 부르는 관념들을 정신 속에 넣어 놓았을 뿐 그것들을 지각
하는 누군가에 대한 관념은 빠뜨리고 지나고 있는 것이 아닌
가 하고. 그럼에도 불구하고 당신들이 그 모든 것들을 생각하
지 않았던가라고. 나는 정신이 관념을 상상해 낼 능력이 있다
는 것은 부정하지 않지만, 사물이 정신의 밖에 존재할 수 있다
는 것은 부정한다." 또 여섯 번째 단락에서 버클리는 이런 말도
했다. "세상에는 너무나 명백해서 눈만 떠도 훤히 다 보이는 진
리들이 있다. 그중 하나는 아주 중요하다. 즉 천상의 합창과 지
상의 만물들은 ── 우주라는 놀라운 공간을 구성하는 모든 개
체들 ── 정신 밖에 존재하지 않는다는 사실이다. 지각되어진
것 외에 또 다른 존재는 없다. 우리가 생각하지 않는 사물은 존
재하지 않는다. 만일 존재한다면 '무한 영혼'의 정신 안에 존재
할 뿐이다."

　　관념론의 창시자 버클리의 표현에 따르면, 이것이 바로 관
념론이다. 관념론을 이해하기는 쉽다. 다만 관념론의 테두리
안에서 생각하는 것이 어려울 뿐이다. 그래서 쇼펜하우어 자
신도 관념론을 설명하면서 태만함의 죄를 범한 것이 아니겠는
가. 쇼펜하우어는 1819년에 출간된 그의 저서 『의지와 표상으
로서의 세계』 I권 서두에서 전 인류를 무한한 당혹감에 사로
잡히게 하는 다음과 같은 말을 했다. "세상은 나의 표상이다.
이 사실을 고백하는 나 자신은 태양이나 땅이 무엇인지 알지
못한다. 다만 태양을 바라보는 두 눈과 땅을 매만질 수 있는 손
이 있음을 알고 있을 뿐이다." 다시 말해서 관념론자인 쇼펜하
우어에게 인간의 두 눈과 손은 땅과 태양보다 덜 몽환적이거
나 피상적인 존재인 것이다. 1844년에 쇼펜하우어는 보완본

을 출판한다. 그 책 1장에서 그는 기존의 오류를 다시 범하거나 심지어 심화시키기까지 한다. 우주를 두뇌의 작용으로 정의하고 '두뇌 속의 세상'과 '두뇌 밖의 세상'을 구분한 것이다. 그러나 버클리는 1713년에 필로누스[252]에게 이런 말을 하게 했다. "당신이 말하는 두뇌는 감지할 수 있는 것으로, 정신 속에서만 존재할 수 있다. 나는 하나의 관념이나 정신 속의 사물이 다른 모든 것들을 만들어 낸다는 추론이 과연 당신에게 타당하게 여겨지는지 알고 싶다. 만일 '그렇다'라고 대답한다면, 그 최초의 관념이나 두뇌의 기원에 대해서는 어떤 설명을 할 수 있겠는가?" 쇼펜하우어의 이원론 혹은 지성주의론에 정반대되는 것이 바로 스필러의 일원론이다. 스필러는 1902년에 출간된 『인간의 마음』 8장에서 보이는 것과 만져지는 것을 설명하기 위해 사용된 망막과 피부는 시각 및 촉각 두 개의 시스템이라고 말한다. 그리고 우리가 보고 있는 방(대상)은 상상의 방(머리 속의 방)보다 크지도 않고 또한 상상의 방을 내포하지도 않는다. 또한 버클리는 『인간 지식의 원리』 10쪽과 116쪽에서 사물의 1차 성질(견고성과 사물의 부피)과 절대 공간을 부정한다.

버클리는 객체가 지속적으로 존재한다고 주장한다. 설사 사람이 객체를 인식하지 못한다 하더라도 신은 그것을 인식하기 때문이다. 흄은 버클리보다 더 논리적인 방법으로 이를 부정한다.(『인간의 본성에 대한 논문』 제1권, 4, 2쪽) 버클리는 "나라

---

252   조지 버클리의 저서 『하일라스와 필로누스가 나눈 세
       편의 대화』를 말한다.

는 존재는 단순히 내 관념들로 이루어진 덩어리가 아니라 다른 무엇, 즉 능동적으로 생각하는 존재다."(『대화론』3권)라고 말함으로써 개개인의 정체성을 인정하기 때문이고, 이에 비해 회의주의자인 흄은 이를 반박하면서 각 개개인은 "미처 인지할 틈도 없을 정도의 빠르기로 이어지는 지각들의 모음 혹은 다발"이라고 했기 때문이다.(『대화론』I권, 4, 6쪽) 버클리와 흄은 공히 시간을 인정한다. 다만 버클리에게 있어서 시간은 "일정하게 흘러가며 모든 존재들이 참여하고 있는 관념들의 연속"이었고(『인간 지식의 원리』, 98쪽) 흄에게 있어서 시간은 "불가분적인 순간들의 연속"이었다.(『청정도론 제I권, 2, 2쪽).

지금까지 나는 관념론 추종자들의 주장을 일부 인용하여 그들의 정통 논리를 반복적으로, 명료하게 예시해 보았다. 그뿐만 아니라 (감히) 쇼펜하우어를 비판하기까지 했다. 이는 모두 독자 여러분이 그 불안정한 정신세계로 속으로 파고들 수 있게 도와주기 위함이었다. 덧없는 인상들의 세계, 물질도 영혼도 객체도 주체도 없는 세계, 이상적인 공간 구성이 없는 세계, 시간, 즉『프린키피아』에서 말하는 그 일률적인 절대 시간으로 이루어진 세계, 끝없이 지속되는 미로, 혼돈, 꿈. 데이비드 흄이 도달했던 거의 불완전한 분열, 바로 그것 말이다.

관념론자들의 주장을 용인하는 경우 (아마도 피치 못할 결과겠지만) 한 걸음 더 나아갈 수 있을 것 같다. 흄에게는 달의 형상이나 달의 색깔에 대해 운운하는 일이 천부당만부당한 일이었다. 형상과 색깔 그 자체가 달이기 때문이다. 물론 정신의 지각에 대해서도 말할 수 없다. 정신이라는 것도 알고 보면 일련의 지각이기 때문이다. "나는 생각한다. 고로 나는 존재한다."

라던 데카르트의 명제는 더 이상 유효하지 못하다. '나는 생각한다.'라는 말 자체가 이미 나를 상정하고 있는 만큼 '선결문제 요구의 오류(petitio principii)'를 범하고 있기 때문이다. 18세기에 리히텐베르크는 '나는 생각한다.' 대신에 그냥 '천둥이 친다.' 또는 '번개가 친다.' 하는 식으로 '생각이 든다.'라는 무인칭 문구를 사용할 것을 제안했다. 다시 한번 말하지만, 개개의 사람들 뒤에 숨어서 그들의 행동을 주관하고 인상을 수용하는 비밀스러운 '나'는 없다. 일련의 상상적 행위들과 부유하는 인상들, 그것이 바로 우리인 것이다. 그런데 '일련의'라고? 영혼과 물질이라는 연속도 부정하고 공간도 부정한다면, 도대체 우리가 시간이라는 연속에 대해 무슨 권리를 갖고 있는 것인지 나는 알 수가 없다. '현재'라는 어느 한 순간을 가정해 보기로 하자. 어느 날 밤, 미시시피강 위에서 잠을 자던 허클베리 핀이 깨어난다. 그가 탄 뗏목이 어둑어둑한 강물을 따라 아래로 아래로 떠내려 가고 있다. 날씨도 제법 쌀쌀한 것 같다. 쉼 없이 들려오는 물소리가 허클베리 핀의 귀청을 두들긴다. 그는 천천히 두 눈을 뜬다. 수없이 많은 총총한 별들이 시야에 들어온다. 줄줄이 늘어선 나무들의 모습이 흐릿하게 드러난다. 잠시후 그는 다시 캄캄한 물속 같은, 도무지 기억해 낼 수 없는 꿈속으로 빠져든다.[253] 형이상학적 관념론자들은 지각에 물질적 실

---

253   독자의 이해를 돕고자 나는 두 가지 꿈 사이에 있는 한
       순간을 지적한 바 있다. 그 순간은 문학적이되 역사적
       이지는 않은 순간이다. 의심하는 이가 있다면 다른 예,
       원한다면 그 사람의 삶 같은 걸 집어넣어도 좋다.(원주)

체(객체)와 정신적 실체(주체)를 더하는 것은 무모하고 헛된 일
이라고 주장한다. 나는 이것들을 끝만큼이나 시작도 인식할
수 없는 일련의 연속에 붙여진 이름이라고 생각하는 것 또한
비논리적이기는 마찬가지라고 생각한다. 허클베리 핀이 지각
한 강물과 강변에 또 다른 강변의 또 다른 실체로서의 강물 개
념을 덧붙이는 일, 다시 말해 즉각적인 인식의 그물망에 또 다
른 인식을 추가하는 것은 관념론에서 볼 때에는 부당한 일이
다. 내가 보기에도 연대기적 정확성, 예컨대 1849년 6월 17일
오후 4시 10분에서 4시 11분 사이에 무슨 일이 있었다는 식으
로 사건을 붙여 넣는 것 역시 부당하기는 마찬가지이다. 다른
말로 설명해 보자. 나는 관념론의 논리에 의거해, 관념론자들
이 용인하는 무수한 시간의 연속을 부정한다. 흄은 각각의 사
물이 저마다의 자리를 차지하고 있는 절대 공간의 존재를 부
정했다. 나는 시간 속에서 갖가지 사건들이 서로 연결되어 있
는 그런 어떤 시간의 존재를 부정한다. 공존을 부정하는 것은
연속을 부정하는 것만큼이나 어려운 일이다.

　나는 많은 경우에 있어서 연속적인 것을 부정한다. 또한 많
은 경우에 있어서 동시대적인 것을 부정한다. "내가 내 연인의
정숙함을 생각하며 행복에 젖어 있던 그 순간, 내 연인은 나를
배반하고 있었다."라고 말하는 사람이 있다면 그 사람은 자기
스스로를 기만하고 있는 것이다. 우리가 살아가는 각각의 상
태는 절대적인만큼 그가 느낀 행복과 그가 당한 배신은 결코
동시대적이지 않기 때문이다. 그 배신의 발견은 새로운 또 하
나의 상황일 뿐, 그 "이전의 상황들"을 변화시킬 능력은 없는
것이다. 오늘의 불행은 과거의 행운보다 더 사실적이지 않다.

좀 더 구체적인 예를 하나 제시하겠다. 1824년 8월 초에 이시도로 수아레스[254] 대령은 페루 후아레스 기병 중대의 선두에서 후닌의 승리를 다짐했다. 1824년 8월 초에 드퀸시는 『빌헬름 마이스터의 도제(徒弟) 시대』에 대해 혹평을 쏟아 냈다. 이 두 사건은 (지금 보면 동시대적일 수 있겠지만) 동시대적이지 않다. 왜냐하면 이시도로 수아레스 장군은 몬테비데오에서, 그리고 드퀸시는 에든버러에서 각자 서로를 알지 못한 채 죽고 말았기 때문이다. 매 순간은 자치적이다. 복수도 용서도 감옥들도 그리고 심지어 망각까지도 돌이킬 수 없는 과거를 변화시킬 수는 없다. 희망과 두려움도 나에게는 마찬가지로 헛될 뿐이다. 이 두 단어는 늘 미래에 일어날 일들과 연계되는데, 현재의 미세한 한 조각에 불과한 우리들에게 미래의 사건은 결코 일어날 리 없기 때문이다. 현재, 즉 심리학자들이 말하는 '가상 현재(specious present)'는 1초의 몇 분의 1에서 몇 초정도까지만 지속될 뿐이다. 우주의 역사도 그런 식으로 지속된다. 다시 말해 한 사람의 삶이 없는 것처럼 역사도 없고, 심지어 수많은 밤들 중의 하룻밤도 없다. 그저 우리가 살아가는 매 순간만 존재할 뿐, 그 순간의 가상의 총체는 존재하지 않는다. 모든 사건의 총체인 우주는 셰익스피어가 1592년에서 1594년 사이에 꿈꾸었던 말들(한 마리였던가, 여러 마리였던가, 아니면 한 마리도 없었던가?)의 집성보다 더 가공적이다. 그래서 한마디 더 부연하자

---

254   마누엘 이시도로 수아레스(Manuel Isidoro Suárez, 1799~1846). 페루의 독립 전쟁에서 활약한 아르헨티나 출신의 군인.

면, 시간이 정신적 과정일진데 어떻게 수천의 사람들이 그것을 공유할 수 있겠는가? 아니 수천은 고사하고 단 두 사람이나마 그것을 공유할 수 있겠는가?

불쑥불쑥 튀어나오는 예시들로 단절되기도 하고 혼란스러워진 탓에 전 단락의 논지가 복잡해 보일 수도 있을 것이다. 그래서 좀 더 직접적인 설명을 해 보고자 한다. 끊임없는 반복이 발생하는 인생을 한번 가정해 보자. 예컨대 내 인생 같은 것을 말이다. 나는 성당 묘지 앞을 지날 때면 늘 아버지와 조부모님과 증조부님들이 그곳에 묻혀 계시다는 사실을 상기하고 그들처럼 나도 언젠가는 그곳에 묻히게 되리라는 생각을 하곤 한다. 그러다가 문득 전에도 이런 생각을 수차례 했었다는 데 생각이 미친다. 또 나는 우리 동네의 적막한 밤거리를 거닐 때마다 밤이 우리를 참으로 행복하게 해 준다는 생각을 한다. 추억과 마찬가지로 고독은 나른하고 잡다한 일상을 잊게 해 주기 때문이다. 또한 나는 사랑이나 우정의 상실이 슬퍼질 때면 잃은 것은 오로지 실제로 소유하지 않았던 것들뿐이라고 생각해 본다. 나는 마을 남쪽 거리의 어느 모퉁이를 돌아설 때마다 그대 헬렌을 생각한다. 바람에 유칼립투스 향기가 실려올 때마다 나는 내 어린 시절의 아드로게를 떠올린다. 나는 "나는 같은 강에 두 번 손을 담그지 못하리라."라는 헤라클레이토스 91번째 문장을 상기할 때마다 그의 놀라운 궤변에 감탄한다. 우리에게 1차 감각("강은 다른 것이다.")을 쉽사리 받아들이게 함으로써 은근슬쩍 2차 감각("나는 타자다.")을 강요하고, 종국에는 우리가 그것을 발명했다는 착각에 빠지게 만들기 때문이다. 나는 독일어를 사랑하는 사람이 이디시어를 비난하는 것을 들

을 때마다, 우선 이디시어가 성령의 언어에 의해서조차 더럽혀
지지 않았던 독일의 한 방언이라는 사실을 떠올린다. 이러한 동
어 반복(그리고 위에서 미처 언급하지 않은 온갖 동어 반복들)이야말
로 내 삶을 이루는 것들이다. 물론 이것들은 아주 똑같이 반복되
지는 않는다. 하지만 그렇다고 해서 상황의 양태의 수가 무한한
것은 아니다. 우리는 한 사람(혹은 서로 알지 못하지만 동일한 정신
적 과정이 작용하고 있는 두 사람)의 정신 속에 두 개의 동일한 순
간을 설정할 수 있다. 일단 동일함이 설정되면 이런 질문을 할 수
있다. 이 두 개의 동일한 순간은 같은 것이 아닐까? 단순히 반복
된 언어만으로도 얼마든지 일련의 시간을 무너뜨리고 혼돈스럽
게 만들 수 있지 않을까? 평생을 셰익스피어의 문구 한 줄 한 줄
에 바친 열렬한 애호가들은 글자 그대로 셰익스피어가 아닐까?

나는 내가 틀을 잡은 이 체계가 과연 윤리성을 담보하고 있
는가에 대해서는 아직 확신이 서지 않는다. 아니, 그런 게 존
재하는지조차 모르겠다. 『미슈나』[255]에 실린 『산헤드린』[256] 법
전 제4장 5항에서는 신의 정의 측면에서 보면 한 사람을 죽인
자는 곧 세상을 멸망시킨 자나 다름없다고 한다. 만일 복수성
이 존재하지 않는다면 인류를 전멸시켜 버린 자도 최초의 살
인자이자 한 사람을 죽인 카인보다 죄가 더 크다 할 수 없다. 이
는 정통 논리이다. 또한 전 인류의 멸망은 멸망이란 측면에서

---

255   히브리어로 '공부'라는 뜻으로, 되풀이하여 가르친다
        는 의미를 지닌 경전이다.

256   고대 유대인들의 정치 기구. 최고 재판권을 가지고 있
        었으며, 종교적, 정치적으로도 최고의 권위를 지녔다.

한 사람의 소멸보다 더 우주적이지도 않다. 이는 마법적 논리
이다. 내 생각도 마찬가지다. (화재나 전쟁, 전염병 같은) 대규모
의 엄청난 재난들도 수많은 거울에 반사되어 몽환적으로 증식
된 단 하나의 고통이다. 버나드 쇼는 이렇게 말한다.(『사회주의
개론』, 86쪽) "당신이 받는 고통은 당신이 이 땅에서 겪을 수 있
는 최악의 고통이다. 만일 당신이 굶주림으로 죽는다면 당신
은 이 땅에 존재했던 그리고 앞으로 존재할 모든 종류의 굶주
림으로 인해 고통받는 셈이다. 설사 1만 명의 사람들이 당신과
함께 굶주려 죽는다 해도, 그들이 당신의 운명에 동참함으로
써 당신의 굶주림의 강도가 1만 배 늘어나는 것도, 당신의 고
통의 시간이 1만 배 증가하는 것도 아니다. 인간이 감당해야
할 고통의 어마어마한 합계로 당신을 압도당하게 하지 마라.
어차피 그러한 합계는 존재하지도 않는다. 굶주림도 고통도
축적되는 것이 아니다."(C. S. 루이스, 『고통의 문제』 제7권 참조)

　루크레티우스는 아낙사고라스 덕분에 금은 금 입자들로, 불
은 불똥으로, 뼈는 보이지 않는 작은 뼛조각들로 이루어져 있다
는 이론을 제시한다.(『만물의 본성에 대하여』 제1권, 830쪽) 성 아
우구스투스의 영향을 받은 것으로 보이는 조사이어 로이스[257]
는 시간이 시간으로 이루어져 있다면 "무언가가 일어나고 있
는 모든 현재는 또한 하나의 연속"이라고 주장한다.(『세계와 개
인』 제2권, 139쪽) 그 주장은 내가 쓴 이 글 속 주장과 유사하다.

---

[257]　Josiah Royce(1855~1916). 미국의 철학자. 하버드 대
학 철학과 교수. 신혜겔학파. 철학과 문예비평에 공헌
했다.

II

모든 언어의 속성은 연속성이다. 영원한 것과 비시간적인
것을 설명하려 드는 것은 부질없는 짓이다. 앞서 제시한 내 글
을 읽으며 불만을 느낀 사람들이라면 1928년에 나온 이 글을
선호할 듯하다. 이 글은 앞서도 한번 언급한 적이 있었던 「죽음
을 느끼다」의 일부이다.

나는 며칠 전의 경험을 여기에 옮겨 적고자 한다. 그때 겪었
던 하찮은 경험을 모험이라는 이름으로 부르기에는 너무 속절
없고도 황홀한 것이지만, 그렇다고 상념이라 부르기에도 지나
치게 비이성적이며 감상적이다. 그날의 경험은 어떤 한 장면
과 그 장면 속의 한마디, 즉 내가 예전에 내뱉었지만 그 밤에 이
르러서야 제대로 소용됨으로써 살아 숨 쉬게 된 그 한마디에
대한 이야기다. 지금부터 나는 그 말을 했던 시공간에서 벌어
진 일들과 더불어 그 밤의 경험담을 이야기하고자 한다.

기억을 떠올려 보면 이렇다. 그날 어둠이 내리기 전 오후,
나는 바라카스에 있었다. 바라카스는 평소에 즐겨 찾는 곳은
아니었고, 내가 주로 다니는 곳과의 거리를 따져 보더라도 그
곳에 간 건 별난 일이었다. 무슨 특별한 계기가 있었던 건 아니
었다. 밤이 하도 고즈넉하기에 저녁 식사 후 그냥 밖으로 나와
생각에 잠겼을 뿐이다. 나는 딱히 행선지를 정하고 싶지 않았
다. 최대한의 가능성을 부여한 것이다. 굳이 수많은 길들 중 어
느 길로 가야 한다는 의무감 때문에 무한한 가능성에 대한 기
대를 억누르고 싶지 않았다. 그러다 보니 최악의 상태, 즉 발길

닿는 대로 가는 상태가 되어 버렸다. 나는 꼭 널찍한 대로로 가
야 한다는 편견도 버리고 그저 아무 골목길이나 마음 끌리는
대로 갔다. 하지만 그 와중에서도 익숙한 이끌림에 의해 어느
동네로 가게 되었다. 늘 그 이름을 기억하고 있는, 내 가슴에 경
외심을 불러일으키는 그런 동네들이었다. 그곳이 내 어린 시
절의 마을 모습을 그대로 간직하고 있는 것은 아니었다. 하지
만 여전히 신비로운 구석이 남아 있었다. 손에 잡히는 무엇은
아니지만 낯익은 신화적 시간, 즉 말로는 얼마든지 형언할 수
있는 그런 것들 말이다. 내가 거의 끝 무렵에 거쳐 간 길들은 평
소 알고 있던 모습들과는 아주 딴판이었다. 우리 집이나 눈에
는 보이지 않는 우리의 뼈가 묻혀 있는 곳임을 실제로는 망각
하고 있을 따름인데 말이다. 나는 어느 길모퉁이에서 발걸음
을 멈췄다. 밤공기를 한껏 들이마시고 차분하게 생각을 정리
했다. 피로 탓이었는지, 원래 복잡한 형태를 띠지는 않았지만
내다보이는 풍경이 더욱 단순하게 느껴졌다. 그곳만의 전형적
인 특성 때문에 유난히도 비현실적인 느낌도 들었다. 거리를
따라 나지막한 집들이 늘어서 있었는데 그걸 보면서 제일 먼
저 떠오른 느낌은 궁핍해 보인다는 느낌이었고, 두 번째로 떠
오른 느낌은 행복감이었다. 그곳은 아주 가난하지만 정말 아
름다운 마을이었던 것이다. 나지막한 집들 가운데 유난히 튀
는 집은 한 채도 없었다. 아름드리 무화과나무가 길모퉁이에
그늘을 드리우고 있었고, ─ 역시 나지막한 담장보다 좀 더 높
게 세워진 ─ 집집의 대문들은 밤을 이루고 있는 바로 그 재료
로 만들어진 것 같은 느낌이었다. 동네 골목길은 가파른 경사
길이었고 맨땅으로 된 그 골목길 흙은 정복자들의 발길조차

닿지 않은 태고의 아메리카 대륙 흙 그대로였다. 팜파스와 맞닿아 있는 골목 저 끝자락은 흐릿하게 말도나도를 향해 뻗어 있었다. 혼탁한 대지를 딛고 선 장밋빛 담장은 달빛을 받고 섰다기보다는 제 고유의 빛을 발산하고 있는 듯했다. 그 담장이 빚어내는 부드러움에는 장밋빛이라는 이름이 아니고는 달리 부를 말조차 없었다.

나는 이 단조로운 정경을 물끄러미 지켜보고 있었다. 순간 이런 생각이 들었다. 아마도 큰 소리로 이렇게 외친 것 같다. "30년 전의 그날과 똑같아⋯⋯." 나는 정확한 날짜를 가늠해 보았다. 다른 나라에서 같으면 아마도 최근의 어느 날 정도라고 생각되겠지만, 이곳처럼 자고 깨면 세상이 달라져 있는 나라에서는 꽤 오래전 일인 것만 같았다. 어쩌면 그날, 새 한 마리가 지저귀고 있었을지도 모른다. 그리고 나는 그 새에 대해 그 새만한 크기의 자그마한 애정을 느꼈었을 수도 있고. 그러나 분명한 것은, 그날 밤, 칠흑 같은 정적 속에서 들려오는 소리라고는 마찬가지로 시간을 초월해 버린 것 같은 귀뚜라미들의 노랫소리 뿐이었다는 점이다. 홀연히 "나는 지금 1800 몇십 년에 와 있다."라는 생각이 들면서 이것이 그저 말로만 하는 게 아니라 정말 현실인 듯 생각되었다. 나라는 사람은 죽어 있다는 생각이 들면서 세상을 관념적으로 지각하게 되는 것 같았다. 형이상학에서도 최고의 명쾌함을 자랑하는 과학에 대해 무한한 두려움이 느껴졌다. 나는 지금껏 단 한 번도 '시간'이라는 강물을 거슬러 올라갈 수 있으리라 생각해 본 적 없었다. 아니 그뿐만 아니라 나 자신이 생각조차 하기 힘든, 그래서 그 의미가 결핍되어 있거나 부재한 '영원'이라는 단어의 신봉자라는 생각을 해 본 적 없었다.

이제 나는 영원에 대해 이렇게 말해 볼 생각이다. (적막한 밤, 장밋빛 담장, 인동덩굴의 향기, 태초의 본원적인 흙과 같은) 동일한 사건들의 순수한 재현은 수년 전 바로 그 길모퉁이에 있었던 바로 그 재현과 단순히 동일한 것이 아니다. 그저 유사하다거나 반복적인 게 아니라 바로 그것 그 자체인 것이다. 만일 우리가 시간의 정체를 직관할 수 있다면, 시간은 환영이나 마찬가지다. 어제의 한 순간과 오늘의 한 순간 사이에 분명한 차이가 있지도 않고 서로 분리할 수도 없다는 사실만으로도 시간을 붕괴시키기에 충분하다.

인간사에 존재하는 그러한 순간들의 수가 무한하지 않음은 분명한 사실이다. (육체적 고통과 쾌락의 순간들, 꿈을 꾸는 순간들, 음악을 한 곡을 듣는 순간들, 뭔가에 깊이 몰두해 있거나 마냥 권태로워하는 순간들과 같은) 가장 기본적인 순간들은 개인과는 더 상관없다. 그래서 이런 결론을 이끌어 냈다. 인생은 너무도 보잘것없어 도저히 불멸할 수 없다는 것이다. 하지만 우리는 우리의 이런 보잘것없음에 대해 인정하지 않으려 든다. 시간이라는 것은 감각의 영역에서는 쉽게 반론이 가능한 대상이지만, 근본적으로 연속성이라는 개념과 불가분의 관계에 있는 지성적 영역에서는 그리 쉽게 반론의 여지를 주지 않기 때문이다. 그래서 나도 감상적 일화 한 토막에 내 막연한 생각을 하나를 담아 본 것이고, 도저히 해답을 도출할 수 없을 것 같은 이 글 속에는 진정 황홀했던 순간과 그 밤이 내게 한껏 베풀어 주었던 영원감(永遠感)의 암시를 담아 본 것이다.

B

관념론은 철학사의 수많은 학설들 중에서도 가장 오래되고 널리 알려진 학설이다. 칼라일이 한 말이다.(『노발리스』(1829)) 철학자의 목록을 무한히 이어 갈 생각은 없지만, 칼라일이 말한 철학자들의 목록에는 원형만이 실재하는 유일한 것이라고 주장한 플라톤 학파의 철학자들(노리스,[258] 유다 아브라바넬,[259] 게미스투스,[260] 플로티누스[261]), 신성이 아닌 모든 것은 우연적인 것이라고 주장한 신학자들(말브랑슈,[262] 요하네스 에크하르트[263]), 그리고 우주로부터 '절대성을 지닌'이란 형용사를 도출해 낸 일원론자(브래들리, 헤겔, 파르메니데스[264]) 등을 포함시

---

258   존 노리스(John Norris, 1657~1711). 영국의 철학자.
       케임브리지 플라톤 학파라고 불린다.

259   유다 레온 아브라바넬(Judah Leon Abravanel, 1465~
       1523). 포르투갈 유대계 의사. 시인이자 신플라톤주
       의자.

260   게오르기우스 게미스투스(Georgius Gemistus, 1355~
       1452). 후에 플레톤(Plethon)이라고 불렸다. 비잔틴제
       국의 신플라톤주의자.

261   Plotinus(205?~270?). 고대 그리스의 철학자. 신플라
       톤주의의 창시자로 알려져 있다.

262   니콜라 말브랑슈(Nicolas Malebranche, 1638~1715).
       프랑스의 철학자. 모든 사상의 원인은 신이라는 기회
       원인론을 주장했다.

263   Johannes Eckhart(1260?~1327). 통칭 마이스터 에크하
       르트. 중세 독일의 신비주의 사상가로, 도미니크 교단
       의 신학자다.

264   파르메니데스(Parmenides, BC 510?~450?). 고대 그리

켜야 할 것 같다……. 관념론은 형이상학적 불안만큼이나 오
랜 역사를 지니고 있다. 관념론을 첨예하게 옹호한 조지 버클
리는 18세기에 관념론을 꽃피운 철학자이다. 쇼펜하우어의 주
장(『의지와 표상으로의 세계』 제2권, I장)과는 달리, 버클리가 놀
라운 것은 관념론 자체에 대한 직관 때문이 아니라 관념론을
증명해 내려고 고안한 논증들 때문이다. 버클리는 물질에 대
한 반대 개념으로써 이 논증을 활용하였으며, 흄은 이 논증을
다시 본성에 적용시켰다. 나는 이제 이 논증을 시간에 적용시
켜 보고자 한다. 우선 변증법적 논증의 각 단계부터 간단히 요
약해 보도록 하자.

　버클리는 물질을 부정한다. 여기서 오해가 있으면 안 된
다. 물질을 부정한다는 것은 색깔, 냄새, 맛, 소리, 촉감을 부정
한다는 것이 아니다. 외부 세계를 구성하는 그러한 종류의 지
각 외에 아무도 깨닫지 못하는 고통, 아무도 보지 못하는 색채,
아무도 감촉으로 감지하지 못하는 무엇을 부정한다는 뜻이다.
그는 물질을 지각의 범주에 포함시키는 것은 알 수 없는 엉뚱
하고 헛된 세계를 세계의 범주에 포함시키는 것과 같다고 설
명한다. 그는 감각으로 이루어진 외부 세계는 믿지만, 물질세
계는 (소위 톨런드[265]의 세계) 허망한 복제일 뿐이라고 생각한다.

스 철학자. 엘레아학파의 창시자로 플라톤에게 영향
을 주었다.

265　존 톨런드(John Toland, 1670~1720). 아일랜드의 철학
자. 신은 천지 창조 후에는 인간 세계에 개입하지 않는
다는 이신론을 주장함.

그는 다음과 같이 밝힌다.(『인간 지식의 원리』 제3권) "우리의 사고도, 우리의 열정도, 우리의 상상력에 의해 형성된 관념도 정신 없이는 존재하지 않는다는 것을 모두들 인정할 것이다. 또한 내게는 온갖 감정 또는 감각 속에 새겨진 관념들 역시, 그것들이 어떠한 형태로 뒤섞여 있건 간에(바꿔 말해서 그것들이 만들어 낸 것이 무엇이든 간에) 그것을 인식하는 정신 속에서만 존재할 수 있다는 점이 위의 사실만큼이나 명백해 보인다……. 나는 지금 이 글을 쓰고 있는 책상이 존재한다고 단언할 수 있다. 책상을 보고 만질 수 있다는 말이다. 하지만 설사 책상 앞에 있지 않은 상황이라 하더라도 역시 같은 말을 했을 것이다. 이는 만일 여기에 책상이 있다면 그것을 지각할 수 있을 것이라는 뜻도 되고, 또는 다른 어떤 정신이 있어서 그 정신이 책상을 지각하고 있다는 것을 뜻하기도 한다……. 지각되는지의 여부에 상관없이 무생물들의 절대적 존재를 운운하는 것이 내게는 분별없는 행위로 여겨진다. 존재하는 것은 지각되는 것이다. 즉 정신이 지각하지 못한다면 그것은 존재할 수 없다는 말이다." 버클리는 같은 책 스물세 번째 단락에서 자신의 견해에 대한 반론들을 예견하여 이렇게 부연하고 있다. "초원의 나무와 도서관의 책들을 상상하는 것보다 더 쉬운 일이 뭐가 있겠는가? 그것들 가까이에 있으면서 그것들을 지각하는 누군가를 상상하지 않더라도 말이다. 솔직히 이처럼 쉬운 일은 없을 것이다. 그러나 이런 질문을 해 보면 어떨까? 당신들은 당신들이 책들 혹은 나무들이라고 부르는 관념들을 정신 속에 넣어 놓았을 뿐 그것들을 지각하는 누군가에 대한 관념은 빠뜨리고 지나고 있는 것이 아닌가 하고. 그럼에도 불구하고 당신들이

그 모든 것들을 생각하지 않았던가라고. 나는 정신이 관념을
상상해 낼 능력이 있다는 것은 부정하지 않지만, 사물이 정신
의 밖에 존재할 수 있다는 것은 부정한다." 또 여섯 번째 단락
에서 버클리는 이런 말도 했다. "세상에는 너무나 명백해서 눈
만 떠도 훤히 다 보이는 진리들이 있다. 그중 하나는 아주 중요
하다. 즉 천상의 합창과 지상의 만물들은 — 우주라는 놀라운
공간을 구성하는 모든 개체들 — 정신 밖에 존재하지 않는다
는 사실이다. 지각되어진 것 외에 또 다른 존재는 없다. 우리가
생각하지 않는 사물은 존재하지 않는다. 만일 존재한다면 '무
한 영혼'의 정신 안에 존재할 뿐이다.(버클리의 신은 이 세상에 일
관성을 부여하기 위해 찾아온 구경꾼이다.)

　위에서 제시한 버클리의 학설은 지금껏 곡해되어 왔다. 허
버트 스펜서는 만일 본성 이외에 아무것도 존재하지 않는다
면, 본성은 시간과 공간 속에서 무한한 것이어야 한다며 반론
을 제기한 바 있다.(『심리학 개론』 제8권, 6장) 본성이 시간 속에
서 무한한 것이라는 주장은 모든 시간이 결국은 누군가에 의
해 인지되는 시간이라고 볼 때 옳은 주장이고, 이 시간이 필연
적으로 무한 세기의 시간을 그 안에 내포해야 하는 것이라면
그르다. 그 반면에 시간이 공간 속에서 무한한 것이라는 주장
은 버클리가 누차 절대 공간을 부정했던 만큼(『인간 지식의 원
리』, 116쪽; 『사이리스』, 266쪽) 부당하다. 더 설명하기 힘든 것은
쇼펜하우어가 관념론자들에게 있어 세상은 하나의 지적 현상
이라고 한 주장이 범한 오류이다.(『의지와 표상으로서의 세계』
제2권 1장) 사실 버클리는 이렇게 주장했다.(『하일라스와 필로
누스가 나눈 대화』 제2권) "두뇌는 감지할 수 있는 사물이므로 정

신 속에서만 존재할 수 있다. 당신들은 정신 속에서 하나의 관념과 하나의 사물이 만나는 경우 또 다른 모든 관념과 사물을 야기시킬 수 있다고 생각하는가? 만일 그렇게 생각하는 사람이 있다면 묻는다. 태초의 관념이나 두뇌의 근원에 대해서는 무어라 설명할 것인가?" 실제로 두뇌라는 것은 켄타우로스 성좌처럼 그저 외부 세계의 일부일 뿐이다.

버클리는 감각의 인상 이면에 객체가 실재함을 부정하며, 흄은 변화의 지각 뒤에 주체가 실재함을 부정한다. 전자는 물질을 부정한 것이고, 후자는 정신을 부정한 것이다. 전자는 인상의 연속선상에 물질이라는 형이상학적 개념을 포함시키는 것을 원치 않았고, 후자는 정신 상태의 연속선상에 '나'라는 형이상학적 개념을 덧붙이기를 원치 않는다. 버클리 논변의 확장은 상당히 논리적인데, 이는 알렉산더 캠벨 프레이저가 지적했듯이 버클리가 이미 예견한 바 있을 뿐 아니라 데카르트의 '나는 존재한다(ergo sum)'라는 명제를 통해서까지 지적한 것에서도 알 수 있다. 흄에 앞서 「세 편의 대화」의 마지막 편인 3편에서 하일라스는 "당신을 이루고 있는 요소들이 유효한 것들이라 해도, 당신 자신은 그 어떤 실체에 의해서도 뒷받침되지 않는 변동하는 관념 체계일 뿐이다. 왜냐하면 물질적 세계에 대해 말하는 것처럼 정신적 실체에 대해 설명하는 것 역시 불합리하기 그지없기 때문이다."라고 지적했다. 반면 흄은 다음과 같이 소신을 밝힌다.(『인간 본성에 관한 논고』제1권, 4장 6쪽) "우리는 놀라운 속도로 서로 잇따르는 지각의 집합체이자 총체이다…… . 정신은 일종의 연극으로, 그곳에서는 수많은 지각들이 끝없이 등장하고 사라지며, 다양한 방식으로 변하고 결합한다. 메타포에 속아서는 안 된다. 지각이 정신을 형성하며, 우리는 어느 곳에서 연극이 행해지고 있는지, 어떤 요소들로 연극이 이루어지는지 추측할 수 없다."

관념론자들의 주장을 용인하는 경우 (아마도 피치 못할 결과겠지만) 한 걸음 더 나아갈 수 있을 것 같다. 버클리에게 시간이란 "일률적으로 흐르는 관념들의 연속이며,(『인간 지식의 원리』, 98쪽) 모든 존재들은 이에 관여한다." 그리고 흄에게 있어 시간이란 "분절할 수 없는 순간의 연속이다."(『인간 본성에 관한 논고』 제I권, 2장 3쪽) 그러나 연속하는 물질과 정신을 부정한다면, 또한 공간을 부정한다면 무슨 권리로 시간이라는 연속성을 막을 수 있을지 나는 모르겠다. 제각각 (실제 또는 추측으로) 인식되는 것 이외의 물질이란 없다. 각각의 정신 상태 이외의 정신이란 없다. 시간 또한 순간순간의 현재가 아니면 존재할 수 없을 것이다. 장자의 꿈처럼 아주 단적인 경우를 예로 들어 보자.(허버트 알렌 자일스, 『장자』(1889)) 지금으로부터 약 24세기 전의 어느 날, 장자는 자신이 나비가 되는 꿈을 꾸었다. 그런데 꿈에서 깨어난 그는 자신이 나비가 되는 꿈을 꾼 것인지 아니면 나비인 자신이 지금 장자라는 사람이 되어 있는 꿈을 꾸고 있는 것인지 알 수가 없었다. 그럼 이제 잠에서 깨어난 순간은 접어 두고, 꿈을 꾸던 시간 혹은 꿈꾸던 시간 중의 어느 한 순간으로 가 보자. "나는 창공을 날아다닐 뿐 장자라는 사람에 대해선 전혀 알지 못하는 한 마리 나비가 되는 꿈을 꾸었다."라고 『장자』에 쓰여 있다. 우리는 사실 장자가 노란 삼각의 날개를 펄럭이는 나비가 되어 공중을 날고 있다고 생각하면서도 그 아래로 펼쳐진 정원을 과연 볼 수 있었을지에 대해서는 끝내 알아

내지 못할 것이다. 그러나 한 가지 분명한 사실은, 설사 기억이 이미지를 재생시켜 준다 해도 그 이미지는 지극히 주관적이라는 점이다. 정신물리학에 따르면 꿈속 나비의 이미지는 꿈꾼 이의 신경계에 생겨난 어떤 변화에 기인하는 것으로 사료된다. 버클리에 따르면 그 순간에 장자의 육체는 존재하지 않았다. 또한 그가 몸을 누인 채 꿈을 꾸었던 검은 침상 또한 존재하지 않았다. 그것들은 다만 신의 정신 속에 지각되고 있을 뿐이었다. 흄은 장자의 꿈 이야기를 한결 단순화하여 정리했다. 흄에 따르면 그 순간 장자의 정신은 존재하지 않았다. 다만 존재했던 것은 꿈의 색깔들과 스스로 나비가 되었음에 대한 확신뿐이었다. 그저 "지각의 집합체이자 총체"라는 순간적 조건, 즉 기원전 4세기경의 장자의 정신으로서 존재했을 뿐이다. 일련의 무한 시간 속의 한 점인, '$n-1$'과 '$n+1$' 사이에 놓인 n이라는 조건으로서 존재했을 뿐이다. 객체로서의 또 다른 한 마리 나비를 지각하는 나비 한 마리를 더하는 것은 흄에게는 공허한 복제에 불과하다. 수많은 과정 속에서 또 다른 '나'를 더하는 것 역시 그에게는 마찬가지로 터무니없는 일이었다. 그저 꿈꾸는 행위, 즉 지각하는 행위가 있었을 뿐이었다고 생각할 뿐 결코 꿈꾸는 이나 꿈 자체가 있었다고 생각해서는 안 된다. 객체와 주체를 거론하는 일은 불경스러운 신화에 빠져드는 것임을 명심하자. 만일 각각의 정신 상태가 충만해 있으며, 그 정신 상태를 하나의 정황이나 하나의 '나'와 연계하는 게 부당하고도 불필요한 덧붙임에 불과하다면, 우리는 도대체 어떤 권리로 장자에게 시간 속에 또 다른 공간을 부여할 수 있겠는가? 장자는 나비가 되는 꿈을 꾸었고, 그 꿈을 꾸는 동안 그는 장자가 아닌 한 마리 나비였다. 공간과 나라는 정체성이 허물어진 마당에, 어떻게 그 순간순간을 깨어 있는 자의 순간순간과 중국 봉건 시대와 연결시킬 수 있을까? 이 질문은 대략적으로나마 장자가 꿈을 꾸었던 날짜를 밝혀 낼 수 없으리라는 것을 의미하는 게 아니다. 이 말의 의미는 우주 속에서 발생하는 어떤 사건이든 그 연대기적 고착은 우주라는 외계와는 전혀 상관없다는 것이다. 중국에서 장자의 꿈 이야기는 널리 알려진 고사다. 그렇다면 그의 꿈 이야기를 읽은 수많은 독자들 가운데 누군가가 나비가 되고 또다시 장자가 되는 꿈을 꾼다고 가정해 보자. 그리고 또한 얼마든지 일어날 수 있지만, 우연히 그 꿈이 과거 장자가 꾸었던 꿈과 한 치의 오차도 없이 똑같다고 가정해 보자. 이런 동일성을 가정한다면 이런 질문이 가능할 것이다. 서로 일치되는 그 순간들은 같은 순간이 아닐까? 반복이라는 단 하나의 조건만으로도 세계의 역사를 뒤흔들고 혼란에 빠뜨려, 결국 역사라는 것의 존재를 부정하기에 충분하지 않을까?

시간을 부정하는 것은 두 가지를 부정하는 것이다. 우선 일련의 조건들의 연속을 부정하는 것이며, 또한 일련의 조건들의 동시성을 부정하는 것이기도 하다. 실제로 각각의 조건이 절대적이라면, 그 절대 조건들의 관계는 그 관계가 존재한다는 사실을 깨닫는 것으로 수렴된다. 만일 이미 알고 있다면, 하나의 상태는 또 다른 상태에 선행한다. 예컨대 G라는 상태와 H라는 상태가 동시대적임이 미리 알려져 있다면 동시대적으로 발생하는 것이다. 쇼펜하우어[266]가 실제 탁자를 놓고 했던 주장과는 달리(『의지와 표상으로서의 세계』 제2권, 4쪽) 각각의 시간의 파편은 총체적 공간을 동시대적으로 내포하지 않는다. 시간은 전재하지 않는 존재인 것이다.(이 논지도 이쯤 되면 더 이상 공간이 존재하지 않음이 확실해진다.)

마이농[267]은 대상론에서 실재하지 않는 대상, 예컨대 4차원이나 콩디야크의 감각적 상(像), 로체의 가상 동물, 음수 I의 제곱근 등이 이해될 수 있음을 인정했다. 이러한 견해가 유효하다면 물질도, '나'라는 존재도, 외부 세상도, 우주의 역사도, 우리의 삶도 모두 이 흐릿한 지구에 속한다.

무엇보다 '시간의 부정'이라는 표현은 모호하다. 플라톤이나 보에티우스[268]가 말한 '영원함'을 의미할 수도 있고, 섹스투스 엠피리쿠스[269]의 딜레마를 의미할 수도 있기 때문이다. 엠피리쿠스는에서 지나가 버린 과거와 아직 오지 않은 미래를 부정하고, 현재는 분리될 수 있기도 또는 없기도 하다고 말한다.(『수학 논박』 제II권, 197쪽) 현재는 분리될 수 없다. 현재가 분리될 수 없다면 과거와 연결되는 시작점도 없을 것이고 미래로 이어지는 끝점도 없을 것이며, 시작과 끝이 없으니 당연히 중간점도 없을 것이기 때문이다. 또한 현재는 나눌 수 없기

---

266   과거 뉴턴은 이렇게 단언했다. "공간을 구성하는 개개의 입자가 영원하다면, 각각의 분리할 수 없는 순간은 지속되면서 도처에 존재해 있다." (『프린키피아』 3, 42)(원주)

267   알렉시우스 마이농(Alexius Meinong, 1853~1920). 오스트리아의 철학자, 심리학자. 대상론을 주창하였다.

268   Boethius(480~524). 로마의 저술가이자 철학자. 대표작으로는 옥중에서 집필한 『철학의 위안』이 있다.

269   Sextus Empiricus(200?~250?). 고대 그리스의 의학자, 철학자.

도 하다. 현재가 나눌 수 있는 것이라면, 그 현재는 지나간 과
거였던 한 부분과 현재가 아닌 한 부분으로 이루어져야 할 것
이다. '에르고(ergo, 고로)' 현재는 존재하지 않는다. 과거와 미
래가 존재하지 않듯이 시간 또한 존재하지 않는다. 프랜시스
허버트 브래들리는 이 당혹스러운 사실을 재차 발견하고는 이
렇게 수정했다. 그는 (『현상과 실재』 제4권에서) 현재를 여러 개
의 현재로 나눌 수 있다면 이것도 시간보다 더 복잡한 것이 되
고, 반대로 현재를 쪼갤 수 없다면, 시간은 그저 비시간적 사물
들이 만들어 내는 관계에 불과한 것이 된다. 앞서 보았듯이 이
런 추론법은 추후에 모든 것을 부정하기 위해 부분들을 부정
하는 것이 된다. 나는 전부를 거부함으로써 부분들 하나하나
를 두드러지게 만들고자 한다. 나는 버클리와 흄의 변증법을
경유하여 다음과 같은 쇼펜하우어의 견해에 이른다. "의지가
표출되는 방식은 현재일 뿐 과거도 미래도 아니다. 과거와 미
래는 그저 개념으로 존재할 뿐이며, 이성의 근원인 인식의 연
계 속에서 존재할 뿐이다. 그 누구도 과거를 살지 않았으며 미
래를 살지 않을 것이다. 현재만이 모든 삶의 양태이며, 그 어떤
악도 감히 범할 수 없는 모든 삶의 소유물이다. 시간은 끝없이
회전하는 원이다. 원의 곡선이 하강하는 지점은 과거고, 상승
하는 지점은 미래다. 제일 꼭대기에는 나눌 수 없는 한 점이 있
다. 이 점이 바로 현재로, 어떤 절선[270]과 닿아 있다. 절선인 관

---

270   곡선상의 두 점 P, Q를 연결하는 직선을 가정하고, 점
       Q가 이 곡선에 한없이 접근해 P와 근접할 때 직선 PQ
       의 극한의 위치.

계로 부동하고 확장되지 않는 이 점은 시간이라는 양태의 대상과 양태가 따로 없는 주체와의 접촉점을 의미한다. 주체가 양태를 띠지 않는 것은 주체는 인식할 수 있는 것이 아니며, 인식의 선결 조건이기 때문이다."(『의지와 표상으로서의 세계』제 I권, 54쪽) 5세기 불교 경전『청정도론(淸淨道論)』은 같은 이야기를 동일한 상징을 통해 설명한다. "엄밀히 말해 한 사람의 삶은 한 관념의 존재 시기와 일치한다. 굴러가는 수레바퀴가 한 바퀴를 돌아 동일한 지점의 땅과 마찰하듯이 인생도 하나의 관념이 지속되는 동안 지속된다."(라다크리슈만,『인디언 철학』제 I권, 373쪽) 또 다른 불교 경전들에는 이렇게 쓰여 있다. 이 세상은 멸망했다가 65억 밤이 지난 뒤에야 겨우 다시 만들어졌으며, 그 땅 위의 모든 사람들은 찰나적이고 외로운 일단의 사람들이 눈이 핑핑 돌 속도로 만들어 놓은 환영이다. "과거의 사람은,『청정도론』에 따르면 과거에 살았지, 현재나 미래에는 살지 않는다. 반대로 미래의 사람은 미래에 살 것이어서, 과거나 현재에 살지 않는다. 현재의 사람은 현재를 살고 있기에, 과거에 살았던 사람도 미래에 살 사람도 아니다."(『청정도론』제 I권, 407쪽) 이는 플루타르코스의 다음 문장에 비할만 하다.(『델포이에서』, 18) "어제를 살았던 사람은 오늘은 죽은 사람이다. 오늘을 사는 사람은 내일이면 죽을 사람이다."

그러나 아직도, 그러나 아직도…… 시간의 연속을 부정하는 것, '나'를 부정하는 것, 거대한 우주를 부정하는 것은 언뜻 보아 절망스러운 것 같지만 은밀한 위로가 되기도 한다. 우리의 운명은(스베덴보리와 티베트 신화에 나오는 지옥과는 달리) 비현실

성 때문에 공포스러운 게 아니다. 운명이 공포스러운 건 운명
이란 것이 돌이킬 수 없는 데다, 빠져나올 수도 없기 때문이다.
시간은 나를 이루고 있는 본질이다. 시간은 강물이어서 나를
휩쓸어 가지만, 내가 곧 강이다. 시간은 호랑이여서 나를 덮쳐
갈기갈기 찢어 버리지만, 내가 바로 호랑이다. 시간은 불인 까
닭에 나를 태워 없애지만, 나 역시 불과 같다. 세상은 불행히도
현실이다. 나는 불행히도 보르헤스다.

　　친구여, 이 정도면 됐고, 혹시라도 더 읽고 싶다면
　　자네 스스로가 글을 쓰고, 그 글 자체가 되길 바라네.
　　　　── 안겔루스 질레지우스, 「방랑의 천사」, 제6장, 263쪽

고전에 관하여

어원학이 큰 관심을 끄는 것은 도대체 규칙이 없다는 점 때문일 것이다. 오랜 세월을 지나면서 의미가 예측 불가한 변화를 겪으니 말이다. 거의 역설적이라고도 할 수 있겠지만, 그런 변화 때문에 어떤 개념 속에서 그 원래의 어원적 단어는 전혀, 혹은 거의 찾아낼 수 없다. '셈(cálculo)'이란 말이 라틴어로는 작은 돌멩이를 의미하며, 그 원래의 어원적 단어는 피타고라스학파에서 숫자가 발명되기 이전에 셈을 하는 데 돌멩이를 사용했었음을 안다 해도 대수학[271]의 비밀을 정복할 수는 없다.

---

271 영어의 algebra는 al-jabr라는 아라비아어에서 유래하며, 방정식(方程式)의 이항을 의미한다. 우리말의 대수학은 중국어로 번역한 것을 답습하여 쓰고 있으며, 수 대신 문자를 써서 문제 해결을 쉽게 하고, 또 수학

또 '히포크리토(hipócrita)'는 배우를 의미하며, 인물은 가면을
의미함을 안다 해도 윤리학 연구에는 아무런 쓸모가 없다. 마
찬가지로 우리가 소위 '고전'이라는 것을 정의하는 데 있어 이
단어가 라틴어 'classis'에서 유래한 형용사이며, 세월 속에 부유
하는 중에 점차 '질서'라는 의미를 갖게 되었다고 해도 아무 소
용없다.('Ship'과 'shape' 간의 변환, 형태상의 유사성을 기억해 볼 일
이다.)

  그렇다면 고전적인 것이란 무엇인가? 물론 손만 뻗으면 엘
리오트와 아놀드[272], 생트뵈브[273]가 내린 '고전'에 대한 합리적
이고 명쾌한 정의들을 볼 수도 있고, 이 훌륭한 작가들에 나 역
시 전적으로 동감하지만, 그들이 내린 정의를 언급하지는 않
을 생각이다. 내 나이 일흔을 훌쩍 넘었다. 이 나이가 되면 우연
이나 새로움 같은 것은 진실이라 믿는 것보다 중요할 수 없다.
그래서 여기서는 지금껏 내가 생각해 온 관점을 밝히는 선에

적 법칙을 일반적으로 또 간명하게 나타내는 것을 뜻
한다. 어쨌든 방정식을 푸는 것이 이 분야의 출발점이
었으나, 오늘날의 대수학은 그것에 그치지 않고 널리
수학 일반의 기초 분야가 된다.

272   매튜 아놀드(Matthew Arnold, 1822~1888). 교육자 및
시인으로 1865년에는 유명한 『비평시론』을 발표하였
는데, 이것은 나중에 『비평론집』에 수록되었고, 현대
비평의 길을 여는 데 이바지하였다. 그 밖의 저서로는
『교양과 무질서』, 『성 바울과 프로테스탄트』, 『문학과
도그마』 등이 있다.

273   샤를 오귀스탱 생트뵈브(Charles Augustin Sainte-
Beuve, 1804~1869). 프랑스의 비평가, 시인, 소설가.

서 만족할 생각이다.

　내가 처음 자극을 받게 된 건 허버트 알렌 자일스의 『중국 문화사』(1901) 때문이었다. 이 책 2장에서 나는 공자의 저서 다섯 권 가운데 하나가 『주역』 또는 『춘추』로, 이 책은 64개의 괘로 이루어져 있으며, 그 64개의 괘는 파편적으로 또는 통으로 된 여섯 개의 문장을 조합할 수 있는 모든 경우의 수를 합한 것이라는 사실을 읽었다. 예를 들어 하나의 변화형을 보면, 통문장 두 줄에 부분 문장 하나와 통문장 세 개가 수직으로 가로 놓인 형태이다. 선사 시대의 한 황제가 성스러운 거북의 등껍질에서 이것을 발견했다고 한다. 라이프니츠는 이 괘의 도식에서 2진법을 발견했다고 한다. 또 다른 이들은 불가사의한 철학을 찾아냈다고 하고, 빌헬름 같은 다른 이는 미래를 예견하는 기구를 발견할 수 있었다고 하는데, 이는 64개의 형상이 모든 일 혹은 과정의 64개 상태와 일치하기 때문이었다. 또 어떤 이들은 특정 부족의 어휘를 발견했으며, 또 다른 이들은 달력을 발견했다고 했다. 술 솔라르[274]는 그저 단순한 작은 막대기 또는 성냥을 이용하여 그 텍스트를 다시 만들곤 했다. 외국인들의 눈에는 『주역』이 그저 단순한 '선택'으로 보일 수도 있을 것이다. 하지만 수천 년간 식자들이 그 책을 읽었고 또 공들여 다시 읽었으며 앞으로도 계속해서 읽을 것이다. 공자는 그의 제자들에게 운명이 자신에게 100년의 시간을 더 허락한다면 그 반은 그의 학업 정진과 비평 또는 그 둘 다에 바칠 것이라고 말

274　　Xul-Solar(1888~1963). 아르헨티나의 화가, 조각가, 시인.

했다.

난 일부러 극단적인 예로서 읽을거리 하나를 선택했는데, 이는 내 신념에서 비롯한 행동이었다. 이제야 내 논리에 도달한 것이다. 고전은 한 국가나 몇몇 국가, 또는 오랜 세월이 그 책 속에 담긴 것은 하나같이 사려 깊고, 운명적이며, 우주처럼 심오하고 무한한 해석이 가능하기라도 하다는 듯이 읽기로 결정한 그런 책이다. 예상할 수 있겠지만, 읽기로 결정한 책은 다양할 수 있다. 독일인과 오스트리아인에게는 『파우스트』가 천재적인 작품이나 다른 이들에게는 밀턴의 「복락원」이나 라블레[275]의 작품처럼 그저 진부한 책들 중 하나일 뿐이다. 욥기와 신곡, 맥베스 같은 작품들은(내 경우에는 북부의 몇몇 '사가'들도 그렇지만) 불멸을 약속하지만, 우리는 현재의 연장이라는 것을 제외하면 미래에 대해 아무것도 아는 게 없다. 선호는 얼마든지 미신이 될 수 있는 것이다.

난 우상을 타파하려는 기질을 가지고 있지 않다. 나이 서른 무렵, 마세도니오 페르난데스[276]의 영향 아래서 미(美)라는 것이 몇몇 소수 작가의 특권이라고 믿었는데, 이제는 아름다움

---

275   프랑수아 라블레(Francois Rabelais, 1494~1553). 랑스의 작가, 의사, 인문학자로 프랑스 르네상스의 최대 걸작인 『가르강튀아와 팡타그뤼엘 이야기』(1534)의 작가로서, 16세기의 프랑스 르네상스 문학을 대표하는 작가이다.

276   Macedonio Fernandez(1874~1952). 아르헨티나 출신 작가로 호르헤 루이스 보르헤스의 아버지와 친분 관계가 있었다.

이 모두의 것이며 우연히 뒤적이던 책 어느 페이지나 길거리에서 나누는 대화 속에도 숨어 있다는 것을 알게 되었다. 나는 말레이시아어와 헝가리어를 전혀 모르지만, 만일 연구의 기회가 허락된다면 이 두 언어에서도 영혼이 희구하는 많은 것들을 찾아낼 수 있으리라 확신한다. 언어적 울타리에도 불구하고 사람들은 정치적으로나 지리적으로 서로 넘나든다. 번스[277]는 스코틀랜드에서는 고전이지만, 트위드강 이남에서는 던바[278]나 스티븐슨보다 인기가 못하다. 결국 한 시인의 영광은 적막한 도서관에서 그 책을 접하는 각 세대 익명의 독자들이 느끼는 감흥과 무감동에 달려 있는 것이다.

문학이 야기하는 감정들은 아마도 영원할 것이다. 하지만 그런 장점을 상실하지 않기 위해서는 아주 작은 것이라 해도 그 방법에 끝없이 변화가 가해져야 한다. 독자가 그 방법을 인식하면 할수록 그 방법의 효과는 감소된다. 그리고 이런 이유 때문에 고전 작품이 존재한다고 하거나 그것이 영원할 것이라고 정의하는 일이 위험하다는 것이다.

누구나 자신의 예술과 자신의 작품들에 회의적 감정을 갖는다. 볼테르나 셰익스피어의 명성이 지속될 것임을 의심하는 일을 포기해 버린 나는 이제 (1965년 말의 어느 날 오후) 쇼펜하우어와 버클리의 명성이 지속될 것임도 믿는다.

(다시 말하거니와) 고전은 무슨 대단한 장점을 가진 책이 아

---

277   Robert Burns(1759~1796). 스코틀랜드의 시인.
278   윌리엄 던바(William Dunbar, 1453~1530). 「엉겅퀴와 장미」(1503)를 쓴 영국의 시인.

니다. 그것은 각 세대의 사람들이 온갖 이유 때문에 넘치는 열
의와 알 수 없는 공경심을 갖고 읽게 되는 그런 책이다.

에필로그

교정을 보다 보니 이 책에 실린 잡다한 글들 속에 두 가지 경향이 엿보이는 것 같다.

그 한 가지는 종교적 관념이나 철학적 사고를 미학적 가치에 의거해 평가하고, 더 나아가 단순함과 경이로움을 가장하여 판단한다는 것이다. 아마도 이것이야말로 내 사고의 기저에 회의주의가 깔려 있음을 보여 주는 증거일 것이다. 다른 한 가지는 사람에게는 상상할 수 있는 능력이 있음을 드러내는 우화나 은유의 수가 제한적이기는 하지만, 그 얼마 되지 않는 창작물이 '베드로'처럼 모든 사람을 위한 모든 것이 될 수 있음을 가정하려 (그리고 확인하려) 한다는 것이다.

에필로그를 쓰는 참에 한 가지 오류를 바로 잡고자 한다. 내 글 어딘가에서 베이컨이 "신이 '세상'과 '성경'이라는 두 권의 책을 저술했다."라고 말한 것으로 썼다. 하지만 사실 베이컨은 스

콜라 철학의 보편적 주장을 되뇐 것에 불과했다. 13세기 저작인
성 보나벤투라의 『신학서설』에 보면 이런 구절이 있다. "세상은
성 삼위일체의 뜻을 읽어 낼 수 있는 한 권의 책이다." 에티엔 질
송[279]의 『중세 철학』 442쪽과 464쪽을 참조하기 바란다.

1952년 6월 25일, 부에노스아이레스에서.

---

279   에티엔앙리 질송(Etienne-Henry Gilson, 1884~1978).
       프랑스의 철학자, 철학사가. 신토머스주의자.

II부　　　　　프롤로그 중의

프롤로그를 담은 몇 편의 프롤로그

프롤로그 중의 프롤로그

루이스 데 레온은 '노래 중의 노래'라는 표현을 썼고, '밤 중의 밤'이나 '왕 중의 왕' 같은 표현이 있듯이, '프롤로그 중의 프롤로그'는 굳이 설명할 필요도 없이 히브리어의 최상급 표현에서 나온 것이다. 그러나 사실 여기서는 1923년부터 1974년까지 영업한 출판사 '토레스 아구에로 에디토르(Torres Agüero Editor)'가 선정한 몇 편의 프롤로그들 앞에 놓일 첫 페이지를 의미할 뿐이다. 다시 말하자면 최고의 프롤로그들을 소개하는 이류 정도 되는 프롤로그라고 보면 되겠다.

1926년 당시 나는 굳이 이름까지 기억해 낼 생각 없는[280] 한 에세이집에서 발레리라르보(Valery-Larbaud)가 듣기 좋으라고

---

280   돈키호테 첫머리에 나오는 표현을 차용한 문장이다.

한 소리겠지만, 우리 둘 다 잘 알고 지내는 구이랄데스를 일컬어 라틴 아메리카 작가로서는 매우 독특하게도 다양한 주제를 다루는 작가라고 치켜세웠다고 언급한 적 있다. 여기에는 역사적인 바탕이 깔려 있다. 투쿠만 학회에서 우리는 스페인 사람이 되기를 완전히 포기해 버렸다. 우리의 임무는 미국이 그랬듯이 '다름'의 전통을 세우는 것이었기 때문이다. 우리가 태어난 조국 땅에서 그런 전통을 찾는다는 것은 명백한 자기모순이었다. 원주민 문화일 것으로 추정되는 우리 문화 속에서 그런 전통을 찾는다는 것은 어이없다 못해 당치도 않은 일이었다. 이렇게 도저히 안 될 일임을 깨닫고 결국 우리는 유럽, 좀 더 구체적으로는 프랑스를 선택하기로 했다. 미국인이었던 포(포는 미국보다는 유럽에서 소설가로서 명성을 얻었으며, 유럽에서 저명해진 19세기 최초의 미국 작가 중 한 명이었다.)도 보들레르와 말라르메를 통해[281] 우리에게 알려지지 않았던가. 피와 언어도 일종의 전통인데, 피가 다르고 언어가 달라도 프랑스는 우리에게 그 어떤 나라보다도 훨씬 더 큰 영향을 미쳤다. 막스 엔리케스 우레냐[282]에 따르면 멕시코시티와 부에노스아이레스, 이 두 도시에서 모데르니스모[283]가 가장 화려하게 꽃피웠는데, 모

---

281   프랑스에서는 샤를 보들레르가 몸소 포를 번역한 덕에 포가 매우 높은 평가를 받았다. 보들레르의 불어 번역본은 유럽에서 읽히는 포 작품들의 정본이 되었다.

282   Max Henriquez Urena(1886~1968). 도미니카 공화국 태생의 작가. 시인, 교수, 외교관으로도 활동했다.

283   19세기 말, 라틴 아메리카의 여러 나라가 독립하는 중에 일어난 중남미 최초의 모더니즘 운동.

데르니스모는 다양한 문학을 되살렸고 이를 가능케 한 도구는 다름 아닌 '스페인어'였다. 그리고 이 모든 일이 위고와 베를렌이 없었다면 결코 가능하지 못했을 것이다. 훗날 모데르니스모는 대양을 건너 스페인에까지 도달했고, 여러 훌륭한 시인들에게 영감을 심어 주었다. 내가 어렸을 적만 해도 프랑스어를 모른다는 것은 거의 문맹이라는 것과 같았다. 다만 세월이 흐르면서 프랑스어의 자리를 영어가 차지했고, 다시 영어의 자리를 무지(無知)가 차지하게 되었을 뿐이다. 무지한 우리의 스페인어를 포함해서 말이다.

　이 책을 살펴보다 보면 그 속에서 오늘날에는 거의 망각되어 버리고 만 영어에의 찬미가 발견되곤 한다. 불과 연기를 나치즘의 아버지로 언급한 칼라일, 여전히 제2의 돈키호테를 꿈꾸고 있다고 말하는 세르반테스, 천재적인 신화『파쿤도』, 위대한 대륙의 목소리 월트 휘트먼, 정교함의 극치 발레리, 몽환적 체스와도 같은 루이스 캐럴, 엘레아적 연기[284] 카프카, 구체

284　엘리아학파에 속한 제논은 "아킬레우스는 영원히 거북이를 따라잡을 수 없다."라는 역설을 제시한 바 있다. 느린 거북이가 100미터 앞에서 출발하고 빠른 아킬레우스가 100미터 뒤에서 출발하여 달리기 경주를 벌인다고 가정할 때, 아킬레우스가 거북이가 있던 자리까지 달려오는 동안에 거북이 역시 앞으로 기어가 조금 더 앞에 가 있을 것이고, 이렇게 발생하는 '지연'은 끝없이 반복되는데, 이렇게 되면 아무리 무한 반복해도 거북이는 항상 아킬레우스 앞에 있을 것이기 때문에 영원히 거북이를 따라 잡을 수 없다는 역설적 논리다.

적 천국을 제시한 스베덴보리, 소문과 분노의 맥베드, 신비로
운 미소의 마세도니오 페르난데스, 절망적 신비 문학의 알마
푸에르테 등이 이 책 속에서 자신들의 메아리를 들을 수 있을
것이다. 나는 이 책들을 읽고 또 읽고, 문구 하나하나를 주의 깊
게 살펴보았지만 어제의 나는 오늘의 내가 아니기에 추서를
통해 앞서 기술한 내용들이 올바른지, 반론을 펼치는 게 옳은
지를 밝히기로 한다.

　다행히 내가 아는 한 지금까지 프롤로그론(論)을 정립한 사
람은 없었다. 뭔가를 누락시켰다고 해서 고민할 필요도 없다.
어차피 무슨 이야기를 하고 있는지는 누구나 알 테니까. 거의
대부분의 경우 프롤로그는 뒤에 나올 내용들에 대한 찬양 일
색이거나 고인에 대한 애도와 다를 바 없어 무책임할 정도의
과장이 넘쳐 흐르다 보니 까다로운 독자들은 일종의 관례 정
도로 치부해 버리곤 한다. 그런가 하면 탐미주의적 해설이나
논증을 담아 낸 프롤로그의 예도 있다. 워즈워스가 자신의 『서
정 가요집』 2판 서두에 단 길이 기억될 서문이 바로 그것이다.
몽테뉴의 수상록에 실린 간결하지만 감동적이었던 머리말 역
시 놀라운 걸작에 실리기 부족하지 않을 만큼 놀라운 서문이
었다. 세월이 흘러도 결코 잊지 못할 수많은 역작들의 서문은
본문과 떼려야 뗄 수 없는 불가분의 관계에 있다. 『천일야화』
(버튼은 굳이 『천일야화 서(書)』라고 부르기를 원하지만)의 맨 앞
부분에 등장하는, 매일 아침 왕비의 목을 베도록 명하는 왕의
이야기 역시 뒤이어 나오는 이야기들에 비해 결코 경이로움이
덜하지 않는다. 「캔터베리 이야기」에서 말을 타고 가며 다양
한 이야기를 들려주는 순례자들 장면도 많은 이들에 의해 작품

전체에서 가장 생동감 넘치는 장면으로 평가받고 있다. 이사벨 여왕 시대 연극에서는 배우가 올라와 연극 전반의 주제를 알려 주는 서막이 프롤로그 역할을 했다. 카몽이스[285]가 행복에 겨워 수차례 반복했던 서사시 「나는 무기를 노래하노라」의 기도문도 같은 것으로 보는 게 맞을지 모르겠다.

　　　　무기들과 한 남자를 나는 노래하나니……[286]

프롤로그는 대가에 어울리는 찬미를 대신하는 대체물이 아니라, 일종의 완곡한 비평이다. 오랜 세월에 걸쳐 다양한 견해들을 담아낸 나의 프롤로그에 대해서도 좋은 평가와 그렇지 않은 평가가 엇갈릴 것이다.

이미 사람들의 뇌리에서 잊혀져 버린 프롤로그들을 되짚어 보면서 나는 문득 좀 더 독창적이고 더 나은 책을 써 봐야겠다는 생각을 하게 되었다. 그래서 누군가 원한다면 그 책에 대해 가차 없이 형을 집행할 수 있도록 제공하고자 한다. 물론 훨씬 더 노련한 솜씨와 내가 지금 지닌 것과 같은 집요함이 요구되겠지만 말이다. 1830 몇 년인가에 칼라일은 독일인 교수를 빙자해 의상 철학을 다룬 두툼한 원고 『의상철학』[287]을 인쇄소

285　　루이스 바스 드 카몽이스(Luiz Vaz de Camoens, 1524~
　　　　1580). 대서사시 『우스 루지아다스(Os Lusiadas)』를
　　　　쓴 포르투갈의 시인.
286　　베르길리우스 「아이네이스」의 첫머리.
287　　'토이펠스드뢰크 씨의 생애와 견해 3부작'이라는
　　　　부제가 붙어 있다. 원제인 『사터 리사터스(Sartor

에 넘기고는 그중 일부를 약간 수정 번역한 바 있다. 지금 내가 하고 있는 작업도 이것과 유사한 일이다. 즉 실존하지 않는 책들의 프롤로그들을 다룰 것이라는 말이다. 그래서 어쩌면 출간되었을 법도 한 이런 책들에서 따온 인용문들이 넘쳐날 것이다. 사람들은 느긋하게 펼쳐지는 상상의 나래나 별 의미 없이 이어 가는 대화에는 다양한 의견들을 표명하지만 심혈을 기울여 쓴 글에는 별 다른 의견을 제시하지 않곤 한다. 하지만 극소수라도 제시되는 그런 의견들이야말로 결코 쓰이지 않을 그런 글들을 있게 하는 무형의 자양분이 될 것이다. 그래서 어쩌면 사람들은 주술사에 가까운 기사를 꿈꾸는 가엾은 인간인지, 혹은 가엾은 인간이 되기를 꿈꾸는 주술사에 가까운 기사인지 결코 알 수 없는, 때로는 '돈키하노'라고도 불리는 『돈키호테』에 프롤로그를 쓰는 것이리라. 당연히 패러디와 풍자는 피할 것이며, 줄거리는 우리의 정신이 꿈꾸고 수용할 수 있는 바로 그것이어야 할 것이다.

1974년 11월 26일, 부에노스아이레스에서
호르헤 루이스 보르헤스

Resartus)』는 '다시 재단된 재단사'라는 뜻인데 여기서 의상은 영혼이나 신 같은 눈에 보이지 않는 존재들을 상징하는 자연의 만물을 뜻한다. 칼라일은 가상의 인물인 독일의 의상 철학자 토이펠스드뢰크의 전기를 2부에 배치하고, I부와 3부에서는 의상 철학에 대해 논한다.

『알마푸에르테의 산문과 시』

약 반세기 전의 어느 날, 매주 일요일마다 우리 집에 들르
곤 했던 엔트레 리오스 출신의 한 청년이 우리 집 서재의 푸
르스름한 빛을 뿌리는 둥그런 가스등 아래서 시 한 수를 읊었
다. 영원히 끝날 것 같지 않은, 모르긴 해도 도저히 이해할 수
없을 것 같은 그런 시였다. 우리 부모님의 친구였던 그 청년은
시인이었고 그가 즐겨 사용하던 주제는 이 지역의 가난한 주
민들이었지만, 그날 밤 그가 낭독한 시는 그의 작품이 아니었
다. 그가 낭독한 그 시는 시 속에 우주 전체를 담아내고 있다는
느낌이 들었다. 물론 내가 주변 상황을 묘사하면서 오류를 빚
었다 해도 놀랍지 않을 것이다. 그날은 어쩌면 일요일이 아니
라 토요일이었을 수도 있고, 이미 전등이 가스등을 대체한 뒤
였을 수도 있다. 하지만 한 가지 분명한 것은 그 시구들을 통
해 내가 돌연한 계시를 받았다는 사실이다. 그날 밤까지만 해

도 나에게 있어 언어라는 것은 커뮤니케이션의 수단이자 일상적인 기호의 메커니즘일 뿐이었다. 에바리스토 카리에고가 읽어 준 알마푸에르테의 시들은 시가 음악이 될 수도 있고, 열정이 될 수도 있으며, 꿈이 될 수도 있다는 사실을 내게 일깨워 줬다. 하우스만[288]은 시라는 것은 몸으로 느낄 수 있는 무엇, 살과 피로 느낄 수 있는 무엇이라고 쓴 바 있다. 나는 알마푸에르테(Almafuerte)[289] 덕분에 그 마법과도 같은 신기한 열기를 난생처음 경험할 수 있었다. 훗날 또 다른 시인들과 또 다른 언어들이 그를 빛바래게 하고 희미하게 지워 버렸다. 휘트먼과 릴리엔크론[290]에 의해 위고가 지워졌던 것처럼 말이다. 그러나 나는 과달키비르 강변과 로다노 강변의 알마푸에르테를 기억한다.

알마푸에르테의 단점은 명약관화하고, 그런 단점들은 늘 패러디와 경계를 접하고 있다. 그렇지만 결코 의심할 수 없는 한 가지는 뭐라 설명할 길 없는 그의 시적 분위기다. 그리고 이러한 모순, 때때로 저속한 방식으로 표현되던 이러한 문제점이 늘 흥미로운 지점이었다. 내가 아직까지 저술하지 않았거

288　알프레드 에드워드 하우스만(Alfred Edward Housman, 1859~1936). 영국의 시인, 고전학자.

289　'강력한 정신'이란 뜻으로, 아르헨티나의 시인 페드로 보니파시오 팔라시오스(Pedro Bonifacio Palacios, 1854~1917)의 필명이다.

290　프리드리히 아돌프 악셀 데틀레프 폰 릴리엔크론(Friedrich Adof Axel Detler von Lilliencron, 1844~1909). 독일의 시인. 군인과 관리직을 지냈으며 전쟁 체험을 생생하게 담아낸 데뷔작, 『부관 기행, 기타(Adjutantenritte und andere Gedichte)』(1908)로 유명하다.

나 또는 앞으로도 쓰지 않겠지만 어느 정도 환상적이라거나 이상주의적이라고 평가받는 작품들 중에는 「알마푸에르테 이론」이라 이름 붙여야 마땅한 작품이 하나 있다. 고전적 서체로 책 초판본을 필사하던 사람들이 내가 그 가상의 책을 쓴 것은 1932년이라고 확인해 줬다. 그 책은 대략 100쪽 분량이며 8절판 크기라고 한다. 하지만 그 책에 대해 더 자세히 이야기하는 것은 오히려 그 책을 더 환상적인 책으로 만들어 버릴 것이 분명하다. 그 누구도 존재하지 않는 것 때문에, 혹은 가능한 것들로만 구성되어 부동의 기이한 세계 속에만 존재하는 것 때문에 고통받아서는 안 된다. 지금 내가 쓸 수 있는 것은 어마어마하게 광대한 한 권의 책이 수년간의 세월 끝에 남겨 준 기억에 상응할 뿐이다. 더욱이 그 책은 쓰이지 않았다고 하는 게 걸맞다. 확인된 그 책의 주제는 작가의 혼이라기보다는 글자에 불과하고, 작품에 내포된 의미는 없이 드러난 기호 체계일 뿐이다. 페드로 보니파시오 팔라시오스에 대한 구체적인 추정이 알마푸에르테에 대한 보편적 이론에 선행하고 있지만, 단언컨대 이론은 추정과는 다르다.

팔라시오스가 평생 동안 정결한 삶을 살았다는 것은 모르는 사람이 없다. 사람들이 느끼는 평범한 행복과 사랑이 그에게는 냉담이나 가혹한 책망의 형태로 나타나 일종의 성스러운 공포를 불러일으켰던 게 아닌가 싶다. 이런 측면과 관련해 독자들은 보나스트레[291]의 1920년 문제작 「알마푸에르테」와 역

---

291   보나스트레(Bonastre). 페드로 보니파시오 팔라시오스의 또 다른 이름. 역시 알마푸에르테를 지칭한다.

시 1920년에 안토니오 에레로[292]가 쓴 반박 글 「알마푸에르테와 소일로」에 대해 의문을 제기할 수 있었던 것이다. 이런 걸 차치하더라도, 알마푸에르테 자신의 증언은 그 어떤 논의보다도 효과적이다. 그럼 이제 알마푸에르테가 쓴 첫 번째 시 「심연에서」의 마지막 열 소절을 다시 한번 읽어 보도록 하자.

> 나는 지금 당신의 저주를 받게 될
> 상황에 있다.
> 당신이 무한히 이어질 비참 속에서
> 살아야 할 테니까.
> 나는 영혼이요, 통찰이요,
> 오라비만큼이나 당당한
> 루스벨의 오라비로다.
> 루스벨은 오라비처럼
> 불경스럽게 소리치는구나.
> 내 둥근 머리 위로
> 영광의 저주를 퍼부으라!
> 나는 석회와 자갈밭에
> 뿌리내린 야자수로다.
> 자부심으로 가득한,
> 승화된 자존심으로 가득한 꽃을 피운다.
> 나는 별의 흐름을 따라

---

292 안토니오 에레로(Antonio Herrero). 아르헨티나 인문학자. 「알마푸에르테와 그의 작품」을 썼다.

흩날린 씨앗이요,

독수리 날갯짓에 허공으로 날아오르는

보잘것없는 작은 새일 뿐이네.

불멸의 그림자가 되기를 갈망하는

그림자의 그림자!

나는 내가 웃을 때마다

또 다른 누군가가 웃는 것이라 생각하고,

길들여진 망아지인 양

내가 나를 나로 취급하지 않네.

나는 경직되고 불모가 되어 버린

공허의 표현일 뿐.

그 어떤 풀도 죽어 버리고 마는

사막의 먼지처럼.

나는 죽어도 죽은 이가 되고 싶지 않은

죽은 이로다.

위에 소개한 시구에 드러난 불행도 대단하지만, 그보다 훨씬 더 중요한 것은 그 불행을 용감하게 받아들이는 것이다. 니콜라 부알로[293]나 크로포트킨,[294] 스위프트 같은 여타 시인들도

---

293   Nicolas Boileau(1636~1711). 프랑스의 시인, 비평가. 대표 시집으로 『풍자시집』, 『서한집』 등이 있다.

294   표트르 알렉세예비치 크로포트킨(Pyotr Alexeyevich Kropotkin, 1842~1921). 러시아의 지리학자, 아나키스트 운동가, 철학자. 보로딘이라는 가명으로 활동했다.

팔라시오스를 에워싸고 있는 그 고독이 어떤 것인지 알고 있었지만, 그들 중 누구도 알마푸에르테처럼 좌절과 옹호와 신비에 대한 보편적 이론을 만들지 못했다. 나는 이미 알마푸에르테의 한가운데 고독이 자리 잡고 있음을 지적한 바 있다. 알마푸에르테는 실패는 그 혼자만의 상흔이 아닌, 인간 전체의 어쩔 수 없는 궁극적 운명이라는 불안감을 표명했다. 그는 이렇게 썼다. "인간의 행복은 신의 의도대로 찾아오는 것이 아니다.", "정의 외에 다른 것을 요구하지 말라. 그러나 그보다 더 최선은 아무것도 요구하지 않는 것이다.", "모든 것을 멸시하라. 모든 것은 멸시당해 마땅한 조건들을 갖고 있음을 자각하고 있다."[295] 알마푸에르테의 순수한 염세주의는 『전도서』와 마르쿠스 아우렐리우스의 염세주의를 훌쩍 뛰어넘는다. 이들은 세상을 조롱하고 있지만 신과 정의로운 인간은 칭송하고 찬양했다. 신과 동일시한 것이다. 그러나 알마푸에르테는 달랐다. 그에게 있어 미덕은 우주의 힘이 부여하는 하나의 우연일 뿐이었던 것이다.

　　나는 행복도, 권력도,
　　신실함도, 조화로움도, 강인함도 믿지 않는다.
　　그 모든 것은 도박판의 요행처럼

295　동시에 블레이크도 이렇게 쓰고 있다. "새들에게 공기가 필요하고 물고기에게 바다가 필요하듯이 멸시받을 만한 것들에게는 멸시가 필요하다.". 『천국과 지옥의 결혼』(1793)(원주)

우연히 거머쥔 행운일 뿐이라고 생각하기 때문이다.

그는 『선교자』에서 이렇게 말했다.

스피노자는 후회의 감정을 일종의 슬픔의 한 형태로 보아
비난했다. 알마푸에르테는 용서를 그렇게 생각했다. 그는 용
서라는 개념 속에는 현자적인 자세와 교만한 관용의 자세, 한
인간이 다른 인간에게 행하는 경솔한 '최후의 심판'이라는 의
미가 담겨 있다며 비난한 것이다.

> 거룩한 하느님의 아들이
> 골고다 언덕에서 사악한 인간을 용서하는 순간……
> 그는 우주 삼라만상에
> 상상도 할 수 없는 가장 치욕적인 모욕을 안겨 주었다!

아래의 시 두 줄에서 그런 그의 생각이 좀 더 명료하게 드러
난다.

> ……나는 너를 용서하는 하느님의 아들 그리스도가 아니다.
> 나는 너를 사랑하는, 그보다 더 좋은 그리스도다!

알마푸에르테는 인간에 대한 온전한 측은지심을 발현하고
자 소경처럼 스스로도 앞을 보지 않고자 했고, 앉은뱅이처럼
쓸모없고자 했으며, 더 나아가 불경스러운 인간처럼 불경스러
워지고자 했다. 앞서도 언급했듯이, 그는 좌절이 결국은 온 인
류가 운명적으로 맞이해야 할 궁극적 종말이라고 생각했다.

그는 인간은 넘어지면 넘어질수록 높이 올라가고, 스스로를 낮추면 낮출수록 칭찬받을 것이며, 부수고 없앨수록 결코 도덕적이지 않은 우리의 우주처럼 될 것이라고 했다. 그래서 진지한 자세로 이런 글도 썼다.

> 나는 모든 사람들이 빠질 수밖에 없는
> 놀라운 노예근성과,
> 진흙탕에 빠져 다시는 찾아낼 수 없는 십자가와,
> 심연 속의 칠흑 같은 밤을 숭배한다.

같은 시의 다른 부분에서는 살인에 대해 이렇게 썼다.

> 늑대의 직감은 어디에 감춰 두었는가?
> 비극적 기운은 어디에 놓아 두었는가?
> 서둘러 살인을 저지르고 절도를 행하는 동안
> 나를 파수꾼으로 세워 놓은 채!

같은 생각을 기저에 깔고 있다고도 보이고 드러내고 있다고도 보이는 「신이 그대를 구원하셨다」라는 시는 마지막 소절을 보는 것만으로도 충분하다.

> 밤낮으로 고통받는 이,
> 심지어 밤이면 잠든 사이에도 고통받는 이에게
> 그가 겪는 고통이라는 것은
> 열정이 빚어낸 거대한 십자가.

나는 그 십자가 앞에 머리를 조아리고, 두 무릎을 꿇으며,
양팔에 입 맞춘 뒤 이렇게 외친다. 신이 그대를 구원하셨다!
검은 그리스도가, 냄새나는 성자가, 내면은 욥인 자가,
불경스러운 고통의 성배인 그 자가!

알마푸에르테는 전혀 다른 시절을 살았어야 할 사람이었
다. 그가 만일 기독교 시절에 소아시아나 알렉산드리아에서
태어났더라면 아마도 이단의 창시자가 되었거나, 은밀한 구원
을 꿈꾸는 몽환가가 되었거나, 마법의 실을 잣는 사람이 되었
을 것이다. 어쩌면 턱수염을 길게 기른 선지자나 전사가 되었
을 수도 있고, 안토니오 콘셀헤이로[296]나 마호메트 같은 사람이
되었을 수도 있다. 매우 문명화된 사회에서 태어났더라면 버
틀러나 니체 같은 사람이 되었을 수도 있을 것이다. 그런데 운
명은 그를 1854년에서 1917년 사이에 부에노스아이레스 외곽
의 변두리에 살게 했고, 주변에 온통 흙과 먼지와 좁다란 골목
길이 가득하게 했으며, 널판으로 지은 목조 가옥과 그런 곳에
서 살아가는 부족 사람들, 낫 놓고 기역 자도 모르는 시골 무지
렁이들을 옆에 두게 했다. 그는 독서를 너무 못했거나 너무 많
이 했다. 시프리아노 데 발레라[297]에 따르면, 알마푸에르테는
성경 구절을 반복해서 읽었을 뿐 아니라 관련된 논의를 듣고,

---

296   Antonio Conselheiro(1830~1897). 브라질의 종교 지도
       자. '카누두스'라는 사회주의 자치 공동체를 설립했다.
297   Cipriano de Valera(1531~1600). 스페인 태생의 성경
       번역가.

관련 글들을 읽었다. 당시의 남아메리카에서 읽을거리라고는 유일신, 또는 삼위일체 신성이 담겨 있거나 성직자들 이야기가 담긴 교리 문답서와 앞 못 보는 이들을 위한 검은 미로밖에 없었다. 물론 이 두 가지는 결국 뷔히너[298]와 스펜서[299]가 지적했듯이 영원으로 이어지는 시간 속에서 서로 뒤섞여 갔지만 말이다. 알마푸에르테는 이 두 가지 선택지 중에 후자를 택했다. 즉 신도 믿지 않고 희망도 배제하는 신비주의자가 되었던 것이다. 그는 버나드 쇼의 말대로 하늘이 내려 준 달콤한 선물을 경멸했다. 행복이란 갈구할 만한 대상이 아니라고 진심으로 믿었다. 그런 그의 믿음은 그의 작품 곳곳에 도사리고 있다. 예를 들어 앞서 인용한 일종의 복음서 성격을 띤 시에서 이렇게 쓴 것을 볼 수 있다. "인간의 가장 완벽한 상태는 초조함과 갈망과 끝없는 슬픔으로 가득한 상태다."

페데리코 데 오니스[300]는 1934년에 펴낸 『스페인과 라틴 아메리카 시선집』에서 알마푸에르테의 이념은 세속적이었음을 수차례 반복적으로 언급했다. 그러나 나의 이 프롤로그는 정반대의 주장을 지지한다. 아르헨티나의 그 어떤 작가도 그만큼 수사학적으로 멋지고 빛나며 항상성을 지닌 표현을 하지 못했기 때문이다. 그 어떤 작가도 지적으로 그만큼 현란하지

---

298   게오르크 뷔히너(Georg Büchner, 1813~1837). 독일의
       극작가. 표현주의의 선구자로 평가된다.
299   허버트 스펜서(Herbert Spencer, 1820~1903). 영국의
       사회학자, 철학자.
300   Federico de Onis(1885~1966). 스페인의 언어학자, 문
       학비평가.

못했으며, 그 누구도 그만큼 윤리라는 주제를 되살려 내지 못했다.

아르헨티나의 작가 알마푸에르테는 장인이었고 더 나아가 예술가였다. 그의 작업은 결정이 아닌 필요였다. 반면 알마푸에르테는 사르미엔토[301]가 그랬고 아주 드물게 루고네스가 그랬던 것처럼 유기적이었다. 그가 표출한 추악함이 백일하에 드러나 있지만, 그가 지닌 열정과 신념이 그를 구원해 냈다.

그는 모든 위대한 본능적 시인들과 마찬가지로 상상하고도 남을 정도의 형편없는 시들을 남겼지만, 더러는 최고의 시를 쓰기도 했다.

발췌 및 프롤로그, 『알마푸에르테의 산문과 시』,
시글로 이 메디오 시리즈, 에우데바, 1962.

---

301   도밍고 파우스티노 사르미엔토(Domingo Faustino Sarmiento, 1811~1888). 아르헨티나의 대통령을 지낸 문필가, 교육가, 정치가.

일라리오 아스카수비『파울리노 루세로』
아니세토 엘 가요『산토스 베가』

아스카수비는 자신의 조국과 함께 성장했다. 지금으로부터 그리 오래지 않은 과거지만 지금으로서는 상상조차 하기 어려운 혼돈의 초입과 혼돈의 정점을 경험했다. 그리고 그 세월 속에서 조국이라는 땅덩어리는 늘 그의 오랜 고독과 멋진 풍광과 함께 했다. 그가 경험한 혼돈은 우리에게 '다수감(多數感)'과 '현기감(眩氣感)'을 불러일으켰다. 그 황폐했던 시절에는 각개가 다수여야 했기 때문이었다. 그의 모친은 1807년 어느 여름날 이른 새벽에 (오늘날 벨 바이예라고 불리는) 프라일레 무에르토 역참의 마차 아래서 그를 출산했다. 이 출생 이야기는 역사적 사실을 뛰어넘는 하나의 전설이 되어 버렸다. 아스카수비는 부에노스아이레스에서 어린 시절을 보내며 글을 깨우쳤고, 닥치는 대로 책을 섭렵했다. 1819년에는 아르헨티나 최초의 상선인 '아르헨티나의 장미호' 견습 선원으로 채

용되어 프랑스령 기아나로 향했다. 미국 남부와 캘리포니아까지 돌아 그가 다시 고향으로 돌아온 건 1922년이었다. 살타에서는 아레날레스 정권을 지원했고, '버려진 아이들(Niños Expósitos)'의 기관지를 발행하더니 급기야 호세 아레날레스와 손잡고 잡지《살타(Revista de Salta)》를 창간했다. 몇 차례 볼리비아를 오가다 다시 부에노스아이레스로 돌아온 그는 아르헨티나-브라질 전쟁에 참전하기도 했다. 파스[302]와 솔레르[303] 밑에서 복무했던 아스카수비는 후에 가우초어로 나눈 대담 중 한 군데에서 솔레르와 얽힌 재미난 일화를 소개하기도 했다. 통일당의 일원이 된 그는 라바예[304] 장군이 이끄는 전투의 최전선에서 중대를 진두지휘했으나 결국 1832년에 로사스[305]가 이끌던 적군의 포로로 사로잡히고 말았다. 1834년에는 레티로 인근 부교에서 탈출에 성공해 몬테비데오로 도망쳤으나, 때마침 독재정권의 2인자로 군림하고 있던 오리베에 의해 포위되고 말

---

302   호세 마리아 파스(José María Paz, 1791~1854). 아르헨티나의 군인.

303   미겔 에스타니슬라오 솔레르(Miguel Estanislao Soler, 1783~1849). 아르헨티나의 군인이자 정치인. 아르헨티나와 칠레의 독립전쟁, 아르헨티나 내전 등에 참전했다.

304   후안 갈로 라바예(Juan Galo Lavalle, 1797~1841). 아르헨티나의 군인, 정치가.

305   후안 마누엘 데 로사스(Juan Manuel de Rosas, 1793~1877). 19세기 아르헨티나의 독재자. 가우초 의용군을 조직해 원주민들을 정벌하고 부에노스아이레스를 장악해 주지사가 되었다. 공포 정치를 펼치다 추방당해 영국에서 사망했다.

왔다. 그렇게 꼼짝없이 포위된 속에서 여러 해를 보내는 동안 아스카수비는 기타를 퉁기는 병사들을 위해「파울리노 루세로의 연가」를 썼다. 그야말로 생생하고도 확고부동한 자신의 시상을 쏟아 부은 역작이었다. 아울러 빵 가게를 열어 번 수익은 모조리 라바예 장군의 제2차 원정에 쓸 함선을 건조하고 출항 준비를 하는 데 바쳤다. 1852년 마침내 길고도 긴 몬테비데오 포위가 풀리면서 카세로스 전투가 발발했다. 아스카수비는 부에노스아이레스 당에 합류해 오늘날 아니세토 엘 가요라는 요란한 별명을 얻고 후스토 호세 데 우르키사와 맞서 싸웠다. 그리고 그 즈음 그는 전 재산을 콜론 극장 건축에 쏟아부었는데, 화재가 발생하면서 파산 지경에 이르고 말았다. 결국 그는 퇴역 군인 연금을 받기 위해 백방으로 뛰며 법원에 호소했으나, 당시 판결을 맡았던 루피노 데 엘리살데 판사는 "청원자는 경제 상황이 좋았을 당시 국가에 부담이 되고 싶지 않다며 연금 수령을 대상자에서 제외해 줄 것과, 후에 본인이 수급하게 될 연금을 공공시설 재건에 써 줄 것을 요청한 바 있다."라고 판결했다. 1860년 미트레 정권은 모병을 위해 그를 유럽으로 파견했다. 그리고 파리에서 아스카수비는 자신이 쓴 가장 유명한 작품이자 동시에 가장 활력이 떨어지고 거의 난해하기까지 한 서사시「산토스 베가」의 집필을 시작해 마무리까지 했다. 그러나 이 작품집에서는 그의 영혼과 인디오의 기억 같은 것은 찾아보기 힘들다. 분명 뭔가 즉각적인 자극이 필요했던 것 같다. 어쩌다 한두 편 좋은 시가 있기도 하지만, 대부분은 시간을 돌이키지도 향수를 불러일으키지도 못한다. 그가 파리에서 쓴 세 권의 시집은 날개 돋힌 듯 팔려 나가 남아나지 않았지만 쾌락적일 뿐 엄격함이 결여되어 있어 그 시집들보다는 오히려 선집이 그를 반영한 것으로 보인다. 아스카수비는 1875년 부에노스아이레스에서 사망했다.

만일 호세 에르난데스가 1872년보다 일찍 세상을 떴더라면 아마도 아스카수비는 가우초 시인의 전형이 되었으리라. (호세 에르난데스의 표현에 따르면, 그는 1872년 당시 「마르틴 피에로」를 집필 중이었으며, 그 작업이야말로 지긋지긋한 호텔방 생활을 잊게 해 줄 수 있는 원동력이었다.) 이달고[306]가 드리운 오랜 수호자적 그림자도, 다양한 변주를 시도했던 에스타니슬라오 델 캄포도 아스카수비의 우월성을 확인시켜 주는 역할밖에 하지 못했으리라. 그러나 세상사가 그렇게 되지만은 않는 법. 아스카수비는 문학사가들에 의해 희생당했으며 심지어 아르헨티나인들에게 잊히고 말았다. 그 대신 에르난데스가 더 큰 영광을 누렸다. 오늘날 흐뭇한 표정으로 그를 기억하는 사람도, 희미하게나마 기억하는 사람도 없으며, 시험 전날 밤에 부지런히 훑어보는 예상 문제 속에도 그의 이름은 남아 있지 않다. 내가 이 책을 집필한 목적 중에는 아스카수비의 작품이 전혀 평범하지 않다는 사실을 알리고, 에르난데스의 작품과는 주제 면에서나 시어(詩語) 면에서나 전혀 공통점이 없다는 점을 명확히 하는 것이 포함되어 있다. 이들 두 사람은 아르헨티나의 역사 속에서 서로 다른 시기를 살았다. 일라리오 아스카수비는 우리에게 "아르헨티나 공화국과 동우루과이의 전제 군주들

---

306   바르톨로메 이달고(Brtolomé Hidalgo, 1788~1822).
우루과이의 시인. 가우초 문학의 선구자.

에 대항해 싸우고 노래하는 리오 델 라 플라타의 가우초"를 보여 준다. 반면에 호세 에르난데스는 국경 지대에서 사막 지대까지 흘러가 온갖 우위전변을 겪는 한 촌부(村夫)의 개인사를 보여 준다. 두 사람이 다룬 주제들에 대해 세밀히 들여다보면 들여다볼수록, 이들이 서로 얼마나 다른지가 더욱 명료해진다. 에르난데스는 이렇게 노래했다.

한 인디오가 서둘러 멀고 먼 길을
걷는다. 고달프고 힘든 길을.
그가 나아갈 방향은 확고하니
마음 내키는 대로 바꾸지 않는다.
칠흑같이 캄캄한 밤,
벌레 한 마리도 빠져나갈 수 없으리라.

완벽한 대형을 이룬 채
어둠 속을 걷는다.
조심스럽게 포위망을 좁혀 가다
해 뜰 무렵에는
난두스와 사슴, 베나오 들을 포획한다.
포위망에 들어온 모든 것들을.

연기 신호가
하늘 높이로 피어오른다.
그 신호를 알아차리지 못하는 이
아무도 없다.

342

곳곳에서 일행을 살찌우기 위해
온갖 것들이 달려 나온다.

촌부들이 떼를 지어 걸어 나가며
포위망을 형성하니
수많은 동물들이
공격에 어쩔 줄 모른다.
그리고 사방에서 튀어나와
점점 그 수를 늘려 나간다.

이번에는 아스카수비의 시를 들어 보자. 아니, 보기로 하자.

인디오들의 공격에
느껴진다. 분명
들판 곳곳에서 도롱뇽들부터
화들짝 놀라 앞장서 달아나는 것이.
포위망에 에워싸이자
들개들이 달려 나오고,
여우와, 타조와, 사자와,
사람과, 토끼와, 베나오 들이 튀어나온다.
비탄에 젖은 짐승들이 서로 그들 사이를
이리 뛰고 저리 뛰어 다닌다.

그때 양치기들이
큰 소리를 질러 대며 동물을 몰아간다.

그리고 새처럼 끼룩거리며
이리저리 뛰어 다닌다.
그렇다. 확실하게
새로운 사냥감을
먼저 발견한 이들은 그리 한다.
인디오들이 앞장서면
차하 사냥꾼들이
이리저리 나는 듯이 뛰어다니며
'차하!', '차하!'라고 외치는 것이다.

야수들을 경악케 한
이들 무리 뒤로
인근 들판에서는
마치 구름과도 같이
뽀얀 먼지가 가득 일어
드넓은 팜파스를 온통 뒤덮는다.
끝없이 펼쳐진 평원 위를
서둘러 달려온 발걸음이 채우고,
반원형의 포위망 속에
함성이 가득하다.

　다른 것도 한번 비교해 보기로 하자. 에르난데스는 아침의
특징들을 이렇게 열거하고 있다.

　새벽이 되기가 무섭게

하늘빛이 밝아 오기 시작한다.

새들이 지저귀고

암탉이 꼬꼬댁거린다.

이런 광경이 서서히 잦아들면

사람들은 저마다 일을 시작한다.

아스카수비는 거의 같은 시어들을 활용해 서서히 찾아오
는 여명을 추적한다.

새벽의 여명에

하늘이 밝아 오고,

횃대로 뛰어오른 암탉들이

활강을 하며

마당으로 내려앉는다.

그의 작품에는 과격함도 보이지 않는다. 만일 아르헨티나
문학에 에스테반 에체베리아의 「도살장」에 할애할 한 페이지
의 여유가 있다면, 그 한 페이지는 아스카수비의 「라 레팔로사
(La refalosa)」에 할애하는 것이 맞다. 물론 에체베리아에게는
아스카수비에 없는 환상적 힘이 발견되지만, 에체베리아의
궁극적 특성은 일종의 순진무구함과 천박한 흉포성일 뿐이
다. 아스카수비의 시 세계는 행복과 용기, 그리고 전쟁은 동
시에 축제가 될 수 있다는 신념으로 규정된다. 시인 데틀레프
폰 릴리엔크론은 하늘나라에서나마 전투에 참여해 보고 싶
다면서, 아마도 아스카수비는 북구 신화 속 호전적 낙원에나

어울릴 법한 자신의 이런 감정을 이해할 것이라고 했다. 적색 당의 병사 아스카수비에게 바치는 그의 헌시를 한번 들어 보자.

> 위대한 전사이며,
> 동방의 철의 가슴이자
> 다이아몬드 심장인
> 나의 대령 마르셀리노여!
> 모든 살인자와
> 모든 증오스러운 배신자와
> 제멋대로 날뛰는 망아지도
> 그 불운한 삶을
> 소사가 있는 곳에
> 사브르의 칼날이 있는 곳에
> 바치노라.

아스카수비의 시들은 한 세기가 지났음에도 불구하고, 세월의 흔적으로 빛이 바래지도 않고 닳지도 않은 채 여전히 새 카드나 새로 주조한 동전처럼 빛을 발한다. 그의 시가 갖는 결점은 어느 미지의 신이 선사한 즉흥성이다. 그 즉흥성은 활활 타오르는 영감을 언제든지 무심함이나 진부함으로 탈바꿈시킬 수 있다. 모든 시인이 그렇듯이 아스카수비 역시 자신이 쓴 최고의 시로 평가받을 권리가 있다. 그가 쓴 최고의 시와 최악의 시 이면에는 조국을 향한 위대한 사랑이 자리 잡고 있다. 그 사랑 때문에 그는 자신의 삶을 칼과 검이라는 그 무시무시한 여명에 기꺼이, 흔쾌히 내걸었던 것이다.

발췌 및 프롤로그, 『파울리노 루세로』, 『아니세토 엘 가요』, 『산토스 베가』,
시글로 이 메디오 시리즈, 에우데바, 1960.

아돌포 비오이 카사레스 『모렐의 발명』

1882년 경, 스티븐슨은 영국의 독자들이 이야기의 굴곡을 다소 무시하는 경향이 있으며, 스스로 스토리 또는 미세하고 세밀한 스토리가 없는 소설을 써내는 데 매우 능숙하다고 생각하는 것 같다고 썼다. 1925년에 『예술의 비인간화』를 쓴 호세 오르테가 이 가세트는 스티븐슨이 언급한 이런 무심함을 뒷받침하면서 『예술의 비인간화』 96쪽에서 "오늘날에는 우리의 우월한 감수성을 자극할 수 있는 모험을 창조해 내는 일이 무척 어렵다."라고 썼고, 97쪽에서는 "그러한 창조가 사실상 불가능하다."라고도 썼다. 그런가 하면 이 두 쪽을 제외한 또 다른 여러 쪽에서는 '심리' 소설을 옹호하면서 모험이 주는 기쁨은 존재하지 않거나 오래전 어린 시절의 이야기에 불과하다는 의견을 개진했다. 보아하니 이러한 생각은 1882년에도, 1925년에도, 심지어 1940년에도 통용되는 게 틀림없어 보인다. 하지만 일부 작가들은 이런 견해에 반대하는 것으로 보인다. 그 속에 아돌포 비오이 카사레스가 포함된 것은 정말 다행이지만 말이다. 이제 나는 이들 일부 작가들이 그 견해에 반대하는 이유에 대해 잠시 설명하고자 한다.

첫째 이유는(역설적인 면이 있지만, 지금은 이런 역설적인 면모를 강조할 생각도, 그렇다고 감출 생각도 없다.) 일상의 이야기를 담아내는 소설이 갖는 본질적인 탄탄함이다. '심리' 소설은 정보 제공의 성격이 강하다. 러시아 작가들이나 그들의 작풍을 이어받은 작가들은 지긋지긋할 정도로 도저히 있을 수 없는 인간형들을 이야기한다. 예컨대 행복으로 인한 자살을 한다거나 호의를 베푸는 차원에서 살인을 저지르는 사람들, 서로 너무나 사랑해서 영원히 이별하는 사람들, 열정이나 겸허함으로 인해 밀고하는 사람들이 그런 예다. 이러한 넘치는 자유는 곧 넘치는 무질서로 통하게 된다. 한편 '심리' 소설은 동시에 '사실주의' 소설이 되기를 추구한다. 즉 심리 소설은 언어의 기교 같은 특질은 망각한 채 공연히 마치 진짜이기라도 한 양 세밀하거나 어떻게든 애매모호함이 없도록 묘사하려고 한다. 사실 마르셀 프루스트 저작의 일부 페이지나 장들은 창작으로 받아들이기 어렵다. 그래서 우리도 모르는 사이에 그의 책은 심심풀이나 일상의 여가 생활을 위해 읽지는 않게 되는 것이다. 반대로 모험 소설은 사실을 그대로 묘사하려 들지 않는다. 근거 같은 건 절대로 따지지 않는 상상의 상물인 것이다. 그러나『황금 당나귀』나『돈키호테』, 신드바드의 일곱 번의 여행 속에서처럼 줄지어 일어나는 사건의 연속 속으로 빠져들지도 모른다는 우려가 탄탄한 스토리를 만들어 내게 한다.

두 번째로 나는 지적 품격을 그 이유로 들고자 한다. 물론 서사적 측면의 다른 이유들도 있지만 말이다. 금세기에 사람들은 더 이상 재미난 이야기를 새롭게 만들어 낼 수 없다고들 한다. 그 누구도 금세기가 이전 세기보다 조금이라도 우월한 부분이 있다면, 그 우월성은 바로 줄거리를 짜내는 데 있다고 감히 주장하려 들지 않는다. 스티븐슨은 모르긴 해도 체스터턴보다는 훨씬 열정적이고 다채롭고 명민하고, 우리의 완벽한 우정에 걸맞은 그런 격 있는 사람일 터다. 하지만 스토리 면에서는 오히려 그만 못하다. 드퀸시는 소소한 공포심이 밀려드는 밤이면 미로의 한가운데로 침잠해 버렸다. 그러나 카프카에 필적할 만한 자신의 우화 속에 "말로 표현할 수 없고, 자기 반복적인 무한"의 느낌을 담아내지는 못했다. 오르테가 이 가세트는 당당히 발자크의 '심리' 소설이 우리를 만족시키지 못했다고 지적했다. 그의 스토리에 대해서도 같은 평가를 내린 것이다. 셰익스피어와 세르반테스는 공히 무척이나 아름다우면서도 남성을 능가하는 그야말로 이율배반적인 여성상을 내세우곤 했는데, 사실 이러한 동인은 더 이상 작동하지 않는다. 나는 스스로 모든 모더니즘의 미신으로부터 자유로운 사람이라고 생각한다. 나는 어제와 오늘 사이에 약간의 차연(差延)이 존재한다는 환상, 그리고 오늘과 내일 사이에 또 다른 차연이 존재할 것이라는 환상으로부터 자유로운 사람이다. 그렇지만 그 어떤 시절에도 『나사의 회전』[307]이

---

307 헨리 제임스의 소설. 『나사의 회전』은 한 여인의 극단적인 심리와 천진한 아이들의 관계를 중심에 둔 뛰어난 심리 소설이자 '유령'이라는 초자연적인 현상을 직

나 『심판』[308], 『지상의 나그네』[309], 그리고 부에노스아이레스가
낳은 아돌포 비오이 카사레스의 작품과 같은 놀라운 스토리를
지닌 소설들은 없었다고 생각한다.

스토리를 창안해 낼 수 없는 금세기 특유의 장르 중 하나라
할 수 있는 추리 소설은 미스터리한 일들을 이야기하지만 결국
에는 정당성이 확보되고 타당성 있는 사건임이 드러난다. 이런
추리 소설에서 아돌포 비오이 카사레스는 어찌 보면 너무나도
어려운 문제들을 쉽게도 풀어낸다. 몽환이나 상징 이외에 다른
해결책은 없어 보이는 불가사의의 오디세이를 전개시키고, 그
저 환상적일 뿐 결코 초자연적이지 않은 것을 통해 그러한 불가
사의를 해독하는 것이다. 설익거나 불완전한 계시에 빠져 버릴
지도 모른다는 두려움이 나로 하여금 비오이 카사레스의 스토
리나 광대하고 정교한 지식에 대해 검증하지 못하게 한다. 그
대신 이렇게 말할 뿐이다. 비오이는 아우구스티누스와 오리게
네스[310]가 논박하고, 루이 오귀스트 블랑키가 논증했으며, 단테
가브리엘 로세티가 영원히 기억될 노래에서 언급했던 개념을
문학적으로 재생시켰다고. 단테는 이렇게 노래했다.

접 다룬 점에서 현대적 고딕 장르의 계보에 속한 작품
이다.

308   독일의 작가 프란츠 카프카의 미완성 장편 소설.

309   프랑스의 소설가 쥘리앵 그린(Julien Hartridge Green,
1900~1998)의 소설.

310   오리게네스(Origenes, 185?~254?). 알렉산드리아학
파의 신학자. 그리스도교 신학과 그리스 철학을 조화
롭게 융화시켜 이후 신학 사상의 발전에 기여했다.

나는 전에도 이곳에 왔었지만,

그게 언제였는지, 어떻게 왔는지 말할 수 없네.

저 문밖에는 잔디밭이 있었고,

진하고 달콤한 향내가 났었지.

그리고 한숨 소리와 해안을 따라 반짝이는 불빛들……

  스페인어로는 논리적으로 뒷받침이 되는 상상의 작품이
아직 많지 않을 뿐 아니라 심지어 매우 드물기까지 하다. 고전
주의 작가들은 비유와 과도한 풍자, 더러는 언어의 모순 등을
구사했는데, 요즘 작가들의 작품 중에는 고작『기이한 힘』[311]에
포함된 이야기 하나 정도, 그리고 산티아고 다보베[312]가 쓴 이
야기 하나 정도를 기억할 뿐이다. 모두 부당하게 잊힌 작품들
이지만 말이다.『모렐의 발명』[313]은 그 제목만으로도 또 다른
섬 출신 발명가 모로를 떠올리게 하는데[314] 이 작품은 우리의
영토와 우리의 언어에 새로운 장르를 이식시켰다.

---

311   레오폴도 루고네스의 단편집. 1906년 출판되었으며,
       아르헨티나의 SF, 판타지 장르의 선구적 역할을 한 소
       설로 평가받는다.

312   Santiago Dabove(1889~1952). 아르헨티나의 시인, 소
       설가, 수필가.

313   아돌포 비오이 카사레스의 작품. 환영 속의 여인을 너
       무나 사랑한 나머지 그 영상 속에 스스로 삽입되길 원
       하는 주인공을 통해 환상과 가상 현실에 대한 구분이
       희미해진 현대 사회를 예견했다.

314   『모로 박사의 섬』. 영국 작가 허버트 조지 웰스의 공상
       과학 소설.

나는『모렐의 발명』을 쓴 작가와 함께 그 작품의 플롯에 대한 상세한 이야기를 나누었다. 그리고 그 책을 다시 읽어 보았다. 이제 그것은 전혀 모호하지 않으며, 완벽하다는 평가가 더 이상 과장으로 생각되지 않는다.

프롤로그,『모렐의 발명』,
에디토리알 로사다, 1940; 에메세 에디토레스, 1953.

레이 브래드버리 『화성 연대기』

금세기 후반부에 사모사타의 루키아노스[315]는 『진짜 이야기』라는 책을 썼는데 그 책에는 수많은 경이로움이 담겨 있었고, 그중에는 투명석고에 대한 묘사도 실려 있었다. 진짜 이야기를 써내는 사모사타에 따르면, 투명석고는 금속과 유리가 실을 잣듯 꼬이고 가지런히 빗질한 듯 정렬되어 있으며, 곳곳에 틈이 벌여져 숨 쉬듯 공기를 뱉어 낸다고 한다. 16세기 초반에 루도비코 아리오스토[316]는 한 용맹스러운 남자가 달에서 연

---

315   Lukianos(115?~?). 제정 로마 시대의 풍자 작가. 현전하는 작품 대부분은 편지 형식의 단편으로, 종교, 정치, 철학 등 당대의 세태를 풍자적으로 공격한 것이다. 가장 잘 알려진 작품인 『진짜 이야기』는 훗날 『걸리버 여행기』 같은 가공의 여행기가 나오는 데 영향을 끼쳤다.

316   Ludovico Ariosto(1474~1533). 이탈리아의 시인으로,

인들의 눈물과 한숨, 노름으로 날려 버린 시간, 쓸모없는 계획, 채워지지 않은 갈망과 같은 지구가 잃어버린 모든 것들을 발견해 냈다는 상상을 했다. 17세기에 케플러는 『별들의 꿈』이라는 책을 펴내면서 마치 그 책이 꿈속에서 보았던 책을 그대로 필사한 것인 양 행동했다. 저자는 그 책에서 달에 살면서 낮에는 깊은 동굴 속에 숨어 있다가 해가 지면 기어 나오는 뱀들의 형상과 습성에 대해 장황한 설명을 늘어놓았다. 위의 첫 번째와 두 번째 상상의 여행 사이에는 1300년의 세월이 있었고, 두 번째와 세 번째 여행 사이에는 약 100년 정도의 세월이 존재했다. 긴 세월의 간극에도 불구하고 첫 번째와 두 번째 여행은 책임질 일 없는 자유로운 발명이었고, 세 번째 여행은 진실 추구 욕구로 인해 방해를 받은 경우였다. 그 이유는 매우 명확하다. 루시아노와 아리오스토에게 달나라로의 여행은 불가능한 일의 상징이거나 전형이었다. 즉 라틴 사람에게 검은 백조와 같은 존재였던 것이다. 그러나 케플러에게 달로의 여행은 우리에게 그렇듯이 이미 가능한 일이었다. 보편적 언어의 창시자 존 윌킨스가 '항해 가능성에 대한 담론'이라는 제목의 부록이 달린, 달나라에 인간이 살 수 있는 또 다른 세상의 존재 가능성을 보여 주는 글 『달나라 속 우주 발견』을 쓴 것이 그 무렵 아니었던가? 아울루스 겔리우스[317]의 『아티카의 밤』에는 피타

보르헤스가 언급한 장시는 그의 대표작 『광란의 오를란도』(1516)이다. 사라센에 대항해 싸운 샤를마뉴와 오를란도의 무훈을 노래한 서사시이다.

317　　Aulus Gellius(123?~165?). 고대 로마의 수필가.

고라스학파의 아르키타스[318]가 창공을 거니는 목제 비둘기를 제작했다는 대목이 있다. 윌킨스 또한 언젠가는 전동 자동차나 그와 유사한 것들을 타고 인류가 달나라에 갈 수 있을 것이라 예언한 바 있다. 가능하거나 있을 법한 미래를 앞서 다룬다는 면에서 볼 때, 내가 잘못 판단한 게 아니라면『별들의 꿈』은 미국인들이 일면 공상 과학 소설이나 사이언티픽션[319]으로 명명한 바 새로운 장르의 서사를 개척한 셈이다. 그 장르의 놀랄 만한 실례 중 하나가 바로 이『연대기』인데, 연대기의 주제는 우주 정복과 식민화다. 미래를 살아갈 인류의 이 힘겨운 과제는 그 시대가 떠맡게 될 과제인 것으로 보이지만, 레이 브래드버리는 이를 서글픈 어조로 말한다. 물론 일부러 그러려 한 건 아니고, 아마도 감추어진 내면적 영감 때문이었을 것이다. 책 서두에 등장한 화성인들은 무시무시한 형상을 하고 있었지만, 다 쓸어버릴 때가 되었을 때에는 연민이 생겨나기도 한다. 사

---

318   아르키타스(Archytas, BC 430~BC 365). 고대 그리스의 정치가, 기술자, 천문학자, 장군, 철학자이자 피타고라스학파 수학자.

319   scientifiction은 scientific이라는 형용사와 fiction이라는 명사를 서로 결합시켜 만들어 낸 괴물 같은 용어이다. 우습게도 스페인어에서는 이와 유사한 조어들이 곧잘 만들어지곤 한다. 예를 들어 마르셀로 델 마조는 타지 출신의 집시들(gríngaros＝gríngos＋zíngaros)이라는 용어를 사용했고, 폴 그루삭은 공쿠르 형제의 박물관에 떡하니 자리 잡은 일본 소품(japoniaiserie＝japan＋niaiserie)이라는 용어를 언급한 바 있다.(원주)

람들은 화성인들을 몰살시켜 버렸지만 작가는 전혀 승리감에 도취되지 못한다. 오히려 슬픔과 환멸에 젖은 채 붉은 지구 위로 미래 인류의 혈통이 뻗어나갈 것이라고 공표했다. 이런 그의 예언은 우리에게 마치 푸르스름한 먼지 모래에 뒤덮인 사막처럼 바둑판 형태로 형성된 도시의 폐허와 노르스름한 일몰과 모래 사이로 지나는 오래된 배들의 형상을 보여 준다.

다른 작가들은 미래의 날짜를 쓰고 사람들은 그걸 믿지 않는다. 왜냐하면 다 문학적 협약에 불과하다는 걸 알고 있기 때문이다. 브래드버리는 2004년이라고 날짜를 못 박았고, 우리는 중력과 피로감과 거대하고도 텅 빈 과거의 축적을 느낀다. 바로 셰익스피어의 시에 등장하는 '어두운 이면과 시간의 심연'인 것이다. 이미 르네상스 시대가 지오다노 브루노와 베이컨의 입을 통해 확인했듯이, 진정 오래된 것은 우리들이지 창세기 속 인간도 호머의 인류도 아니다.

그가 쓴 책을 덮으면서 나는 스스로에게 이렇게 물어본다. 일리노이 태생의 이 남자가 도대체 무슨 수를 썼기에 다른 행성을 정복하는 이야기에 내가 두려움과 고독감을 느끼는 것일까?

이 환상적 이야기는 어떻게 내 심금을 울린 것인가? 그것도 가슴속 깊은 곳을? 감히 대답하거니와, 모든 문학은 상징적이기 때문이다. 이에 대한 매우 원초적인 경험도 몇 차례 있다. 작가가 경험을 독자들에게 전달하기 위해 '환상'이나 '현실'을 활용하고, 맥베스나 라스콜리니코프에 기대고, 1914년 8월의 벨기에 침공을 언급하거나 화성 침공을 언급하는 것들이 바로 이런 것들이다. 사이언스 픽션에 환상이나 몽상이 담긴 것이 뭐가 문제인가? 환영이 등장하는 이 책에서 브래드버리는 『메인 스트리트』에서 싱클레어 루이스[320]가 그랬듯이 자신의 공허하고 기나긴 휴식과 미국인 특유의 권태로움과 고독을 그대로 담아냈을 뿐이다.

어쨌거나 「제3차 원정」은 이 책 속에서도 가장 불안감을 자아내는 이야기다. 그가 느끼는 공포감(의심)은 관념적이고, 존 블랙 선장의 손님들의 정체에 대해 느끼는 불안감은 사실 신(神)이라는 존재 앞에서 우리 자신 역시 누구인지 알 수 없으며 우리의 모습은 과연 어떠한지 알 수 없다는 다소 거북한 심정을 반영하고 있다. 아울러 「화성인」이라는 제목이 달린 에피소드도 짚고 넘어가고자 한다. 그 속에는 프로테우스[321] 신화를 애잔하게 비튼 이야기가 담겨 있기 때문이다.

1909년 어느 날 황혼이 내려앉을 무렵, 나는 이제는 더 이상 존재하지 않는 커다란 저택에서 서둘러 책 한 권을 읽은 일이 있다. 그때 읽은 책은 웰스가 쓴 『달의 첫 방문자』이었다. 그

320　해리 싱클레어 루이스(Harry Sinclair Lewis, 1885~1951). 미국의 소설가. 미국인 최초로 1930년 노벨 문학상을 수상했다. 상업주의를 비판하고 미국 사회를 풍자하는 작품으로 호평을 받았다.

321　그리스 신화에 등장하는 해신 중 한 명. 해신 포세이돈의 아들, 혹은 신하로 알려져 있으며 포세이돈의 등장 이전부터 존재했을 가능성 또한 제기된다. 흔히 네레우스, 포르키스와 더불어 '바다의 노인'이라고 불리는데 다른 전승에서는 파로스의 아들이자 이집트의 왕이라고도 한다. 주로 바다짐승을 돌보는 일을 하며 변신과 예언 능력이 있다고 전해진다. 이방인을 싫어하여 여러 가지 모습으로 변신하여 피한다는 이야기가 유명하다.

리고 1954년 늦가을 무렵, 브래드버리의 『연대기』 때문에, 즉
그 발상과 너무나도 변화무쌍하게 풀어 가는 그 이야기 때문
에 새삼 즐거운 공포를 다시 경험할 수 있었다.

프롤로그, 『화성 연대기』, 에디시오네스 미노타우로, 1955.

1974년 추서

　나는 포가 쓴, 전반적으로 봤을 때 그의 개별 작품 하나하나
보다 훨씬 뛰어난 것으로 보이는 『그로테스크하고 아라베스
크한 이야기들』(1804)을 새삼 탄복하며 다시 읽은 적이 있다.
브래드버리는 스승으로부터 무한한 상상력을 물려받은 것 같
다. 하지만 감탄을 자아내고 때로는 전율을 불러일으키는 문
체는 계승하지 않았다. 애통하게도 러브크래프트에 대해서는
같은 말을 할 수 없을 것 같지만 말이다.

에스타니슬라오 델 캄포『파우스토』[322]

에스타니슬라오 델 캄포는 아르헨티나에서 가장 사랑받는 시인 가운데 한 명이다. 어쩌면 우리는 그가 만들어 낸 가우초들을 온전히 믿지 못할 수는 있겠으나, 하나같이 그들을 창조해 낸 사람을 만나 보는 것이 행복이었다고 느낀다. 호메로스의 시를 음유 시인들이 낭독했듯 그의 작품들 역시 글로 남아 있지 않을 수도 있겠으나, 여전히 사람들의 뇌리 속에 자리 잡고 머무르면서 기쁨을 안겨 주고 있다.

---

322 호르헤 루이스 보르헤스는 부에노스아이레스의 에디토리알 노바에서 출간된 콜렉시온 마르 둘세의 1946년판『파우스토』에도 프롤로그를 쓴 바 있다. 그러나 본 책에서는 에디콤 판본 프롤로그만 수록하기로 한다.(원주)

　우리의 친구 에스타니슬라오 델 캄포는 1834년 2월 7일, 부에노스아이레스에서 태어났다. 라바예 장군이 이끄는 군사령부 사령관이었던 에스타니슬라오 델 캄포 대령의 아들로 태어난 그는 스승 일라리오 아스카수비가 그랬듯 일관성이라는 좋은 전통을 이어받았다. 로사스 독재 정권 시대를 살았고, 그 후에는 이어지는 내전을 경험하면서 군 생활을 했다. 부에노스아이레스 방어전, 세폐다 전투와 파본 전투, 베르데 전투에도 아르헨티나 연방과 부에노스아이레스의 마찰로 참전했다. 호세 에르난데스와는 달리 그는 병영 생활을 문서로 증명할 필요가 없었다. 그는 바로 그 현장에 있었기 때문이다. 그는 전투를 시작하기에 앞서 늘 정복을 차려 입고, 오른손을 군모 속에 넣은 채 첫 번째 탄알에 인사를 건네는 것으로 유명하다. 1868년, 아돌포 알시나는 그를 지방청장으로 임명했고, 그루삭[323]은 마치 가우초 시인은 하나같이 격이 떨어지는 사람들이기라도 한 양 그를 책상 끼고 앉은 뜨내기 노래꾼이라는 조롱 섞인 별칭을 붙여 주었다. 1870년에는 그가 쓴 시들을 한데 모아『시집』이 출간되었으며, 당시 호세 마르몰이 서문을 썼다. 물론 이 시집에 실린 모든 시들이 가우초 시인 것은 아니다. 평범한 11음절 시들 중에는 나폴레옹 3세라는 이름 대신「키 작은 나폴레옹」이란 이름을 붙인 시도 있고, 스페인의 맛이 물씬 풍기는 4행시들도 포함되어 있다.

---

[323]　폴 그루삭(Paul Groussac, 1848~1929). 프랑스에서 태어나 아르헨티나에서 활동한 작가, 문학 평론가.

아아, 내가 목동이고

그대가 목녀였더라면,

우리 둘이 함께

양 떼와 뒤섞여 걷고 있을 것을.

그는 1880년 부에노스아이레스의 자택, 지금은 '수아레스,
라바예 이 에스메랄다 바'가 있는 자신의 집에서 숨을 거뒀다.
호세 에르난데스와 기도 스파노가 장례식에서 추모사를 했으
며, 마누엘 무히카 라이네스는 멋진 전기를 출간했다.

1866년 8월, 에스타니슬라오 델 캄포는 구노의 「파우스
트」 오페라에서 가우초에 대해 만들어 낸 이미지에 대해 기이
하다는 생각을 지우지 못해 「파우스트」에 대한 시를 써 보겠다
고 작정했다. 그리고 바로 그날 밤, 첫 번째 시가 세상에 태어났
다. 알다시피 이 시는 두 명의 가우초가 대화를 나누는 방식으
로 되어 있는데, 가우초 둘 중 하나는 오페라 「가우초」를 관람
한 뒤 친구에게 그 오페라가 마치 현실을 그대로 옮겨 놓은 듯
했다고 말한다. 루고네스는 이 말에 반박한다. "대사 한마디
라도 알아들을 가우초는 없다. 졸거나 뛰쳐나가지 않고 끝까
지 참고 앉아 오페라를 관람할 가우초도 없다. 오페라의 음악
은 가우초에게 끔찍한 소리였을 것이다. 심지어 서정미 넘치
는 연극을 보겠다고 제 돈 내고 들어와 앉은 가우초는 상상조
차 할 수 없다."(『파야도르』, 157쪽) 루고네스의 이런 반박에 대
해서는 설사 그것이 자연주의적이라 하더라도 모든 예술은 인
습적이기 마련이며, 그중에서도 특히 쉽게 수용할 수 있는 인
습이 있다면 그게 바로 작품을 기획하는 일이라고 대답해 주

면 될 일이다. 그런 작품들의 예가 바로 아나스타시오[324]의 '희극적인 꿈'과 마르틴 피에로의 방대한 시적 전기 등이다. 콜리지의 말에 따르면, 우리 스스로 회의를 거두기로 마음먹는다면 놀라운 시를 얻을 수 있게 된다.

변호할 수 없는 것들을 변호하는 척하는 작품들, 즉 에라스뮈스의 『광기』, 토머스 드퀸시의 『예술의 한 분야로 간주된 살인에 대하여』, 와일드의 『거짓의 쇠락』 같은 작품들은 이성의 시대를 전제로 하고 있으며, 광기와 살인, 그리고 누군가는 그런 악을 옹호할 수 있다는 사실을 그들이 즐기고 있다는 거짓 등과는 전혀 관계없는 그런 시대를 전제로 하고 있다. 반면에 거친 방언을 써 가며 물이 목마름보다 우월하다는 것을 증명해야 하고, 닭은 사람들이 죽기 전에 최소한 한 번쯤을 올려다 볼만한 가치가 있다는 것을 증명해야 하는 그런 시대에 대해서는 어떻게 생각하는가? 우리는 바로 그런 시대를 살고 있다. 그러니 20세기 중반, 부에노스아이레스에서는 그 무엇보다 『파우스토』의 프롤로그가 『파우스토』에 대한 변호가 되어야 한다.

당연한 일이지만 내가 아는 한, 처음으로 이것을 비방하고 나선 사람은 라파엘 에르난데스였다. 그는 1896년, 페우아호 거리들의 명칭록이라는 의외의 주제를 담고 있는 한 책에서 『파우스토』를 비방했다. 그리고 1916년에는 루고네스가 그의 뒤를 이어 공격에 나섰다. 이 두 사람은 공히 에스타니슬라오

---

324   에스타니슬라오 델 캄포의 별명.

델 캄포의 무지함과 허위성을 비난했다. 첫 연의 첫 소절부터 찬성할 수 없다는 것이다. 라파엘 에르난데스는 이렇게 말했다. "경주마는 장밋빛이 도는 복숭앗빛이다. 즉 경주마로서는 절대로 가질 수 없는 그런 털 빛깔인 것이다. 정말로 그 말이 그런 색이었다면, 그건 삼색 수고양이만큼이나 기이한 일이다." 또한 루고네스는 이렇게 밝혔다. "설사 주인공처럼 마음이 넓다 해도 크리오요 기수라면 절대로 장밋빛이 도는 복숭앗빛 말은 타지 않는다. 경주마는 늘 대수롭지 않은 존재로, 마구간에서 뒷발질을 해 대거나 심부름하는 종자 소년들이 타고 다닐 수 있도록 준비하는 것이다." 그리고 다른 시구도 비판의 대상이 되었다.

달에서도 망아지의
고삐를 조일 수 있는

라파엘 에르난데스는 망아지에게는 고삐를 매지 않고 재갈을 물리는 법이며, 말고삐를 조이는 주체는 "크리오요 출신 기수 자신이 아니라 성난 그링고[325]"라고 지적했다. 루고네스 역시 "가우초는 절대로 말고삐를 조여 말을 통제하지 않는다. 이건 허세깨나 부리는 그링고가 정원사의 말을 길들인다며 끌고 다니는 것일 뿐 크리오요라는 건 허위다."라고 말했거나 썼다. (훗날 비센테 로시 역시 『마르틴 피에로』를 동일한 방식으로 분

---

325   미국인을 낮춰 부르는 말.

석하여 루고네스와 마찬가지로 혹평한 바 있다.)

이토록 확고한 반대에 대해 뭘 어찌 하겠는가? 내가 그 거친 논쟁을 중재하는 것은 얼토당토다. 게다가 나는 비난의 대상이 되고 있는 에스타니슬라오 델 캄포보다 훨씬 무지하기까지 하지 않은가. 다만 감히 한마디 슬쩍 던져 본다면, 정통파 시인들이 제아무리 장밋빛 도는 털을 혐오한다고 해도,

장밋빛 도는 복숭앗빛에

라는 시구가 이상하게도 여전히 맘에 든다. 작품을 읽다 보니 익숙해져서인지, '장밋빛'이라는 시어가 일종의 특별한 쾌청함을 발하기 때문인지 나도 모르겠다. 다만 이걸 다르게 바꿨더라면 견디기 힘들었을 것이라는 건 알 수 있다. 데시마[326]라는 시는 고정적이지 않고 관대한 언어로 이루어진다. 그러니 굳이 지금의 현실이나 또 다른 현실들과 대조할 필요가 없다.

상황은 달라지게 마련이고, 벌어진 일들도 지나기 마련이며, 말의 털에 조예가 깊은 이들의 박식함도 흐려지기 마련이다. 하지만 달라지지 않는 것이 있다면, 즉 우리의 인생이 지속되는 한 늘 우리와 함께하는 것이 있다면, 바로 행복과 우정을 지켜보는 기쁨일 것이다. 문자 속에서 느껴지는 것이라고 해서 그 기쁨이 피부로 느끼는 현실 속에서만 못하리라는 법은 결코 없을 것이다. 그리고 이것이야말로 시의 핵심 덕목이다.

---

326   스페인의 정형시 양식으로, 1연이 8음절 10행으로 구성된다.

아니, 시의 핵심 덕목이 아닐까 싶다. 많은 이들이 시인이 자신의 시 속에 집어넣은 일출, 평원, 일몰에 대한 묘사가 훌륭하다며 찬사를 아끼지 않는다. 그러나 내 눈에는 시의 배경이 되는 무대에 대해 서문에서 한마디 함으로써 그러한 것들의 묘사를 허위로 오염시켜 버린 것으로 보인다. 진정 찬사를 받아 마땅한 것은 두 사람의 대화이며, 두 사람의 대화를 빛나게 만드는 투명하고 찬란한 빛을 뿌리는 우정이다.

에스타니슬라오 델 캄포. 사람들은 그의 목소리 속에는 시간의 한 점이자 공간의 한 지점이었던 가우초가 들어 있지 않다고들 한다. 하지만 나는 알고 있다. 그의 목소리 속에는 가우초였고, 가우초이고, 가우초일 사람들의 용맹스러움과 우정이 들어 있다는 것을.

프롤로그, 『파우스토』, 에디콤 S. A., 1969.

1974년 추서

연극으로 만들어진 작품에서 가우초에 대한 몰이해가 드러났어도 루고네스는 전혀 놀라지 않은 모양이다. 1911년에 그가 쓴 『민낯과 복면(Caras y Caretas)』에 이런 일화가 있기 때문이다.

그 당시, 부에노스아이레스에서는 포데스타(Podestá)라는 성(姓)을 가진 사람들이 있었는데, 이 성은 가우초임을 드러내고 있었다. 거의 대부분의 마을에서 제일 먼저 그 성에 붙여진 이름은 후안 모레이라(Juan Moreira)였다. 하지만 후에 산 니콜라스(San Nicolás)에 이르러서는 좋은 의미에서 모두를 그냥 '오르미가 네그라(Hormiga Negra)'로 칭하곤 했다. 우엘가(Huelga)는 오르미가 네그라라는 이름은 주변 곳곳에 유명세를 떨치던 영악한 어느 가우초의 젊은 시절에서 비롯되었다고 회고한다.

그 이름이 처음 사용되기 직전, 키 작고 제법 나이 든 한 남자가 빈곤함이 뚝뚝 묻어나는 차림새를 하고 가우초들이 있는 막사에 나타났다.

그가 말했다.

"당신네들 중 몇몇이 일요일에 나가 사람들 앞에서 자기가 오르미가 네그라라고 말하고 다니는 모양인데, 사람들을 기만하는 그런 행동 앞으로 절대로 하지 마시오. 오르미가 네그라는 바로 나고, 모두 내가 오르미가 네그라인 걸 알고 있으니 말이오."

포데스타라는 성씨를 가진 사람들은 남다른 면모를 가진 그 남자를 잘 맞아들이고는 문제가 된 그 오르미가 네그라라는 이름은 이미 전설이 되어 버린 그를 기리는 의미에서 사용되고 있는 것임을 이해시켜 보려 했다. 하지만 숙소로 주문한 진 여러 잔을 마시도록 했음에도 불구하고 다 소용없는 일이었다. 이미 결심을 굳힌 그는 지금까지도 자신을 존중하지 않은 이는 아무도 없었다면서, 향후 누구라도 오르미가 네그라라는 이름을 팔고 다닐 시에는 그게 노인이 됐든 누구가 됐든 가리지 않고 모조리 박살 내겠다고 호언장담을 한 것이다.

너무나도 확고한 태도에 두 손 두 발 다 들지 않을 수 없었
다. 결국 일요일, 정해진 시간 이후 포데스타 성씨를 쓰는 사
람들은 스스로를 '후안 모레이라'라고 일컫기 시작했다.

토머스 칼라일 『의상철학』

관념론은 시공간을 포함한 우주와 우리 인간을 표상, 또는 표상들의 혼돈으로 보는 주의로, 엘레아학파의 파르메니데스 이래로 지금까지 관념론은 수많은 사상가들에 의해 다양한 형태로 표방되어 왔다. 그럼에도 불구하고 지금까지 버클리 주교만큼 관념론을 명쾌하게 논증한 이는 없을 것이며, 스코틀랜드 출신의 청년 사상가 토머스 칼라일이 『의상철학』(1831)을 통해 보여 준 것만큼 확신과 필사적 열의와 강력한 풍자를 담아 논증해 낸 예도 없을 것이다. 라틴어 제목인 "Sartor Resartus"는 '다시 재단된 옷', 또는 '다시 기운 옷'이란 뜻으로, 이 작품은 제목만큼이나 단순하지 않다.

칼라일은 '악마의 똥 신의 아들'이라는 뜻의 디오게네스 토이펠스드뢰크(Diógenes Teufeldsdröeckh)라는 이름의 인물을 가상의 교수로 내세웠고, 그 교수로 하여금 독일어로 모래 철학, 다른 말로 표상들의 철학에 대한 두툼한 책을 펴내도록 했다. 그리고 200여 쪽에 달하는『의상철학』은 모두 이 방대한 분량의 책에 대한 간단한 논평과 요약을 담아내고 있다. 칼라일은 이미 시데 아메테 베넹헬리라는 아랍 작가에게 저술의 공을 떠넘긴 세르반테스의 작품『돈키호테』를 스페인어로 읽은 뒤였다.『의상철학』속에는 토이펠스드뢰크의 처절한 생애가 담겨 있는데, 사실 이것은 저자 자신의 상징적이고 비밀스러운 자서전이고 그 속에 조롱이 담겨 있기도 하다. 니체는 칼라일을 영국 최악의 작가로 둔갑시켰다며 리히터[327]를 비난한 바 있다. 리히터의 영향이 확실히 있었던 것은 사실이지만, 사실 리히터는 평온하고 거의 혐오스러움이라고는 담겨 있지 않은 꿈을 꾸었던 사람이고, 칼라일은 악몽을 꾸었던 사람일 뿐이다. 세인츠버리는 자신이 쓴 영국 문학사에서『의상철학』은 스위프트의 패러독스를 극단적으로 확장한 것이며, 리히터의 스승인 스턴의 문체를 과장한 것이라고 말했다. 칼라일 자신은『통 이야기(A Tale of a Tub)』에서 담비 가죽을 두르고 머리 위에 가발을 얹은 이를 판사라는 이름으로 부른다면, 우리는 매끈한 검은 천과 하얀 천을 조합한 옷을 두르고 있는 이를 주교라는 이름으로 부른다고 기술했던 스위프트의 선구자적 모습을 언급한 바 있다.

　관념론은 우주를 표상이라고 말한다. 칼라일은 우주를 한 편의 연극이라고 했다. 칼라일은 무신론자였고 부모님에게 물

327　장폴 리히터(Jean-Paul Richter, 1847~1937). 독일의 미술사학자, 작가.

려받은 신앙을 포기했지만, 스펜서가 지적한 바와 같이 그의 우주관, 인간관, 행동관을 보면 그가 엄격한 칼뱅주의자이기를 포기한 것이 아님을 알 수 있다. 그의 우울한 염세주의와 철과 불 같은 윤리관은 장로교의 유산이며, 절묘하게 상대를 매도하는 기술과, 역사는 우리가 끊임없이 해독하고 써 내려가고 있으며 동시에 누군가 우리를 보며 묘사하고 있는 성스러운 기록이라고 하는 입장은 그 정교함으로 보았을 때 레옹 블루아의 전신이라 할 만하다. 그는 19세기의 한가운데서 이미 민주주의라는 것은 투표함이 가져올 예견된 혼돈이라고 마치 예언이라도 하듯 쓴 바 있으며, 모든 동상들을 모아들여 요긴하게 쓸 동제 욕조로 만들어 버리라고 조언하기도 했다. 나는 지금까지 『의상철학』보다 더 열이 치솟고 격한 감정으로 쓴 책도, 비탄으로 인해 미친 듯이 써 내려간 책도 읽어 보지 못했다.

서문, 『의상철학』,
비블리오테카 에메세 데 오브라스 우니베르살레스,
에메세 에디토레스, 1945.

토머스 칼라일 『영웅숭배론』[328]
랠프 월도 에머슨 『대표적 인간들』

우리로서는 신의 행보를 가늠할 수가 없다. 1839년 말, 토머스 칼라일은 기품이 넘쳐흐르는 에드워드 윌리엄 레인의 번역본 『천일야화』를 읽었다. 책 속 이야기들은 하나같이 '분명한 거짓말'임에 틀림없어 보였지만, 그 거짓말들을 둘러싼 수

---

328   이 책은 토머스 칼라일이 1840년 5월 5일부터 22일까지 영국 런던에서 한 여섯 차례의 강연 원고를 모아 1841년 단행본으로 간행한 것이다. 칼라일은 이 책에서 영웅의 개념을 군사적인 것에서 도덕적인 것으로 확장하여 '위인'에 가까운 개념으로 설명한다. 칼라일에 따르면 영웅의 조건은 성실성과 통찰력이라는 정신적이고 도덕적인 위대함이며, 평범한 사람일지라도 누구나 고귀한 점을 지니고 있어서 계기만 주어지면 영웅이 될 수 있다고 한다.

많은 경건한 성찰들에 대해서는 인정한다. 그 책을 읽은 뒤 칼라일은 아라비아의 유목민들에 대해 생각하게 되었다. 그들은 한 붉은 수염을 한 남자가 나타나 유일신 이외의 다른 신은 존재하지 않는다는 가공할 소식을 전하면서, 피레네산맥에서 갠지스강에 이르는 지역에서 지금까지도 끝날 줄 모르고 이어지는 전쟁을 일으키기 전까지만 해도 남몰래 샘물과 별들을 우상으로 숭배하며 살았다. 이들 아랍인들에게 마호메트가 없었더라면 과연 어떻게 되었을까? 칼라일은 궁금해졌고, 그것이 이 책을 이루는 여섯 차례 강연의 모태가 되었다.

격한 어조와 숱한 과장 및 은유에도 불구하고 『영웅숭배론』은 하나의 이야기 이론이다. 영웅에 대해 생각하고 또 생각하는 것은 칼라일의 습성 중 하나였다. 1830년, 그는 이야기는 통제할 수 없는 무엇이라고 했다. 세상에 모든 조상들의 혈통이 아닌 후손은 있을 수 없으며, 모든 미래의 부분적이나마 불가결한 이유가 아닌 사건은 없기 때문이다. 결국 "이야기는 선형적이지만, 이야기된 것은 견고하다."라는 것이다. 1833년에는 성서[329]는 우주적 이야기이며, 그것은 "모든 인류가 해독해야 하고 또한 써 가야 할 것임과 동시에 그 속에 자기 자신이 기술되어야 하는 것"이라고 했다. 그리고 한 해 뒤에 『의상철학』에서 다시 한번 복음서는 우주적 이야기라고 주장하며 「초연함의 중심」이라는 절에서는 인재야말로 진정 성스러운 텍스트

---

329 레옹 블루아는 이런 추정을 카발라적 맥락에서 더욱
　　　발전시켰으며, 그 예가 바로 자신의 자전적 소설인
　　　『절망한 사나이』이다.(원주)

이며, 재능 있는 사람들을 비롯한 또 다른 사람들은 언급이며, 어휘이며, 주석이며, 탈굼[330]이며, 설교 말씀이라고 명시했다.

　이 책의 형식은 간혹 바로크적 느낌이 풍길 만큼 난해하지만, 그 속에서 주장하는 바는 굉장히 단순하다. 칼라일은 첫 번째 강연 첫 단락에서 이를 매우 강하고 확고하게 밝히고 있다. 바로 이렇게 말이다. "우주적 이야기, 즉 이 세상을 살아가는 인간이 행한 역사를 말하는 것은 사실 이 땅 위에서 살아간 위인들의 이야기다. 그들은 사람들의 우두머리였고, 도공이자 그들이 만든 거푸집이었으며, 광의의 의미였고, 인류가 행하고 이룩한 모든 것의 창조자였다." 그리고 마지막 단락을 요약하면 이렇다. "이 땅의 역사는 곧 위대한 인간들의 자서전이다." 결정론자들에게 있어 영웅이란 당연히 하나의 결론이다. 그러나 칼라일에게 있어 그것은 하나의 원인이다.

　허버트 스펜서는 칼라일이 부모님으로부터 이어진 신앙심을 포기했다고 하면서도 그의 세계관, 인간관, 윤리관을 보면 결국 엄격한 칼뱅주의자이기를 포기하지 않았음이 분명하다고 지적했다. 그의 우울한 염세주의, 사람을 일부 선택된 자들(영웅들)과 신으로부터 버림받은 수많은 사람들(천민들)로 나누는 시각은 명백한 기독교적 유산으로 보인다. 물론 한 토론에서 영혼의 불멸은 '낡아 빠진 유대의 넝마(Old Jewish rags)'라고 하고, 1847년에 쓴 한 서신에서는 기독교 신앙이 '비겁한 자들의 천박하고 달콤한 종교'로 타락해 버리고 말았다고 주장

330　　아람어로 번역된 구약 성서를 일컫는다.

하기도 했지만 말이다.

칼라일의 종교보다 더 중요한 것은 그의 정치론이다. 사실 그와 동시대를 살았던 사람들은 그의 정치관을 이해하지 못했지만, 지금에 와서는 공공연한 단어 하나만으로도 그것을 담아 낼 수 있다. 바로 '나치즘'이다. 러셀은『파시즘의 혈통』(1935), 체스터턴은『휴전의 종말』(1940)에서 이를 언급한 바 있다. G. K. 체스터턴은 자신의 명저에서 처음 나치즘을 접했을 때 느꼈던 공포와 경악을 묘사했다. 새롭게 등장한 나치즘이라는 사조는 그에게 애잔한 어린 시절의 기억을 떠오르게 했다. 체스터턴은 이렇게 썼다. "묘지에 갈 때마다 가는 길 내내 손톱만큼의 유머 감각조차 없는 칼라일의 악하고 야만스럽고 미련한 것들이 부활하듯 되살아나는 건 정말 믿기 힘든 일이다. 그건 마치 앨버트 공이 앨버트 기념비[331]에서 내려와 캔싱턴 공원을 가로질러 걸어가는 것 같은 느낌이다." 이외에도 칼라일의 나치즘을 증명할 문건들은 부지기수로 많다. 결국 나치즘은 (단순히 사람들 모두가, 특히 미련하고 사악한 인간들이 막연히 가지고 있는 인종 우월주의의 표명이 아닌 만큼) 스코틀랜드 출신 칼라일의 분노를 다시 한번 드러내는 것이었다. 칼라일은 1843년에 민주주의는 우리를 이끌 영웅을 찾아내지 못한 절망감과 다르지 않다고 말했다. 그런가 하면 1870년에는 "허

---

331   영국 런던 켄싱턴 가든 남쪽에 있는 거대한 기념비. 빅토리아 여왕(1819~1901)이 남편 앨버트 공을 기리기 위해 세운 것으로 기념비 가운데 앨버트 공의 동상이 서 있다.

세 부리고, 허영기 넘치고, 겉만 번드르르하고, 툭하면 싸우려
들고, 불안하고, 과민한" 프랑스를 누르고 "끈기 있고, 고상하
고, 깊이 있고, 견고하며 자비로운" 독일이 승리했음을 선포하
기도 했다. 그는 중세를 찬양했고, 의회주의라는 헛바람을 비
난했으며, 토르 신의 기억과 윌리엄 서자왕과 존 녹스와 올리
버 크롬웰과 프리드리히 2세와 과묵한 닥터 프란시아[332]와 나
폴레옹을 옹호했으며, 사람 사는 모든 곳에 병영과 감옥이 있
음에 기뻐했고, "투표로 인해 예견된 혼돈"이 없는 세상을 갈
망했으며, 증오와 죽음의 고통을 중시했고, 노예제 철폐를 혐
오했으며, 구리 입장에서는 끔찍할 정도의 파격이겠지만 동상
을 모조리 허물어 쓸모 있는 욕조로 만들 것을 제안했고, 돈 많
은 유태인보다는 학대당하는 유태인이 낫겠다고 했으며, 아
직 죽지 않았거나 죽음을 향해 내달리는 사회가 아니라면 모
든 사회는 하나의 위계라고 했고, 비스마르크를 정당화했으
며, 게르만족을 경외하다 못해 거의 창조하다시피 했다. 혹시
내가 위에서 언급하지 않은 또 다른 견해가 필요하다면 『과거
와 현재』(1843)와 말도 많고 탈도 많은 1850년 저작 『레터 데
이 팸플릿』을 읽어 보기 바란다. 이 책만으로도 충분하겠지만
말이다. 또한 마지막 강연에서는 남아메리카 독재자를 이유로

---

332   호세 가스파르 로드리게스 데 프란시아 이 벨라스
       코(José Gaspar Rodríguez de Francia y Velasco, 1766~
       1840). 스페인으로부터 독립을 이끌어 낸 파라과이의
       지도자. 1814년부터 1840년까지 나라를 운영하면서
       외세 배격과 고립을 기조로 하는 쇄국 정책을 실시했
       다. 자주 프란시아 박사(Dr.)로 불린다.

총기병을 앞세운 크롬웰의 의회 해산을 변론하는 예도 찾아볼
수 있다.

　내가 위에 열거한 내용들은 논리에 반하지 않는다. 영웅의
신성한 의무를 요구받은 자에 대해 사람들은 당연히 그 유명
한 도스토예프스키의 주인공이나 키에르케고르의 아브라함
처럼 인간의 의무에서 자유롭다고 생각한다. (혹은 영웅 스스로
그렇게 생각한다.) 또한 모든 모험적인 정치인은 스스로 하나의
영웅이 되고, 마구잡이로 행동하면서도 그것이야말로 스스로
가 영웅임을 입증하는 증거라고 생각한다.

　루카누스[333]는 『파르살리아』 첫 번째 시가를 이렇게 시작하
고 있다. "Victrix causa diis placuit, sed victa Catoni.(승리자의 이유
는 신을 기쁘게 하고, 패배자의 이유는 카톤을 기쁘게 하노라.)" 사람
은 우주에 반할 이유를 가질 수 있다는 뜻이다. 반면 칼라일은
역사와 정의를 별개로 보지 않는다. 승리할 만한 사람이 이긴
다는 원칙은 학자들에게 나폴레옹의 명분이 워털루 전투의 아
침까지만 해도 흠잡을 데 없었지만 밤 10시 무렵에는 부당하
고 가증스러운 것으로 전락하고 말았음을 보여 준다.

　이런 증거들이 칼라일의 진정성을 무효화하는 건 아니다.
이 세상 그 누구도 칼라일만큼 이 세상을 비현실적이라고(악

333　　마르쿠스 루카누스(Marcus Lucanus, 39~65). 고대 로
　　　　마의 시인. 현전하는 서사시 『내란기(De Bello Civili)』
　　　　는 『파르살리아』라고도 불리며, 폼페이우스와 카이사
　　　　르의 싸움을 주제 삼아 멸망해 가는 공화제의 말로를
　　　　비관적 시선으로 묘사하였다.

몽, 그것도 아주 끔찍한 악몽처럼 비현실적이라고) 느끼지 못했다. 그의 총체적인 환영주의에서 단 한 가지 건질 것이 있다면, 그 것은 바로 그의 노력이다. 이건 제대로 이해해야 하는데, 여기 서 노력이라 함은 허세나 허상 같은 결과물이 아니라 과정을 말하는 것이다. 그는 이런 말을 한 적 있다. "인간이 행한 모든 일은 허망하고 소소하며 무가치하다. 단지 존재하는 것은 그 일을 하는 사람과 그 사람 속에 깃든 영혼뿐이다."

약 100여 년 전, 칼라일은 자신의 주위에서 노쇠해 버린 세 상은 용해시켜 버려야 하며, 의회를 해산하고 아무런 조건 없 이 막강하고 말없는 자들[334]에게 권력을 이양해야 한다는 생각 이 움트고 있다고 믿었다. 그리고 러시아와 독일과 이탈리아 는 그 우주적 만병통치약이 지닌 이점을 진액까지 다 빨아먹 으려 들었다. 그 결과가 바로 비굴함과 공포, 잔인함, 정신적 황폐, 그리고 밀고였다.

많은 이들이 장폴 리히터가 칼라일에게 큰 영향을 미쳤다 고 말한다. 칼라일은 장폴 리히터의 시 「퀸투스 픽슬라인의 삶」을 영어로 번역했는데, 한 쪽에 불과하지만 아무리 정신없 는 사람이라 하더라도 원래 시와 번역가의 독창성을 혼동할 수 없을 것이다. 두 사람 모두 미로처럼 비비 꼬인 시를 쓰고 있 지만, 리히터의 시가 잔뜩 뒤얽힌 것은 과도한 감상주의와 무

---

334   테니슨은 지도자(Fuehrer)를 갈망하는 마음을 자신의
       시 속에 끼워 넣었다. 예를 들면 「모드(Maud)」라는 시
       10연에 이렇게 쓰고 있다. "뻔한 곳에서도 여전히 강
       인한 사람……"(원주)

기력감과 관능성 때문이고, 칼라일의 시가 그런 것은 그를 일
하게 하는 열정 때문이기에 그렇다.

　1833년 8월, 스코틀랜드의 적막한 크라이겐푸토크 저택으
로 청년 에머슨이 칼라일을 찾아왔다. (그날 오후, 칼라일은 기번
의 전기를 구상하고, 그 이야기에 '구세계와 신세계를 잇는 멋진 다
리'라는 제목을 붙였다.) 그리고 1847년, 에머슨은 다시 영국으
로 돌아와 '대표적 인간들'을 조직하는 일련의 강연을 열었다.
그가 생각하는 강연 구상은 칼라일이 생각했던 일련의 강연들
과 동일한 것이었다. 나는 에머슨이 그런 유사한 형식을 발전
시킴으로써 근본적인 차별성을 또렷이 부각시키려 했던 게 아
닌가 생각한다.

　사실 칼라일에게 있어 영웅이란, 군사적인 맥락도 아니고
나쁜 뉘앙스를 담아내려는 것도 아니지만, 하위의 인간들을
이끄는 감히 어찌해 볼 수 없는 반(半) 신적인 존재다. 반면 에
머슨은 영웅을 모든 인간에게 내재된 가능성이 찬란하게 드러
나 숭상받는 존재로 본다. 에머슨에게 핀다로스[335]는 인간의 시
적 재능을 드러내는 증거이며, 스베덴보리나 플로티누스는 무
아지경을 불러일으키는 능력의 증거다. 그는 이런 말을 했다.
"모든 천재적 작품 속에서 우리는 한때 우리 것이었으나 결국
뿌리쳤던 생각들을 발견하게 된다. 그것들은 어딘지 낯선 장
엄함을 덧입고 우리에게 돌아오는 것이다." 또 어느 에세이에

335　　　　Pindaros(BC 518?~BC 438?). 그리스의 서정시인.

는 이렇게 썼다. "이 세상에 존재하는 모든 책들은 단 한 사람이 쓴 것이다. 그 단 한 사람이 모든 책 속에 존재하니, 결국 모든 책들은 전지전능하신 유일한 기사의 작품임을 부정할 수 없다." 그런가 하면 또 다른 에세이에서는 이렇게도 말했다. "자연의 형상은 영원한 현재이며, 이 현재는 나의 장미 정원에 한때 공중 정원에서 칼데아인에게 행복을 주었던 바로 그 장미를 피어나게 한다."

위에 언급한 내용만으로도 에머슨이 신봉했던 환상적 철학, 즉 일원론을 드러내는 데 부족함이 없다. 우리 인간의 운명은 비극적이다. 어쩔 수 없이 시간과 공간의 제약을 받는 존재이기 때문이다. 결국 모든 조건을 무화시켜 버리고 한 인간이 모든 인간이며, 우주 전체가 아닌 일개의 사람은 없다는 믿음만큼 우리의 귀를 즐겁게 해 주는 말도 없다. 이러한 교리를 신봉하는 사람들은 주로 불행한 사람들이거나, 무심한 사람들이거나, 우주 속으로 스스로 소멸되어 가기를 갈망하는 그런 사람들이다. 에머슨은 폐 질환을 앓고 있었음에도 본능적으로 행복해했다. 휘트먼과 소로를 독려했으며, 위대한 지적 시인이었고, 문장의 예술가였으며, 존재의 다양성을 즐겼고, 켈트족과 그리스인과 알렉산드리아인과 페르시아인의 섬세한 독자였다.

라틴 학자들은 솔리니우스에게 플리니우스의 원숭이라는 별칭을 붙였다. 1873년 무렵, 시인 스윈번은 침해당했다는 생각에 독특한 편지를 한 통 보냈는데 그 편지 속에는 다음과 같은 재미있는 구절을 비롯해 별로 기억하고 싶지 않은 여러 가지 구절들이 포함되어 있다. "이보세요, 신사 양반! 당신은 칼라일의 어깨를 딛고 명성에 올라 탄 쇠약하고 이빨 빠진 한 마리 비비일 뿐입니다." 1897년에 그루삭 역시 비비라는 동물명까지 들먹이지는 않았지만 혐의를 걸어 내지는 않았다. "초감각적이고 상징적인 에머슨이 스코틀랜드 출신 칼라일의 날카로운 문체와 놀라운 역사적 비전이 빠지고 없는, 일종의 미국판 칼라일이라는 것은 주지의 사실이다. 스코틀랜드의 칼라일은 그 깊이로 인해 어두워 보이지만, 솔직히 에머슨은 어두움으로 인해 깊어 보이는 게 아닐까 싶다. 어찌 되었건 에머슨은 '진짜였던 자'가 '될 수도 있었던 자'에게 행사했던 그 매혹을 끝내 벗어던지지 못했다. 단지 과도하리만큼 고지식한 미국인들만이 대가와 보잘것없는 제자를 동일시하려 들 뿐이다. 그 제자라는 사람은 위대한 스승 앞에서 마지막까지 괴테 앞에서 에커만[336]이 취했던 일종의 공경의 자세를 견지했는데도 말이다." 비비라는 동물 이름을 붙였건 그러지 않았건, 에머슨을 비판했던 위의 두 사람이 간과한 것이 있다. 바로 에머슨과 칼라일 사이에는 18세기에 대한 반감을 제외하고는 아무런 공통점이 없다는 점이다. 칼라일은 악습과 천민적 습성을 지닌 낭만주의 작가였고, 에머슨은 신사에 고전주의자였다.

썩 마음에 들지는 않지만 『케임브리지 미국 문학사』의 한 장에서 폴 엘머 모어는 에머슨을 일컬어 '미국 문학사에 빛나는 작가'라고 추켜세웠고, 그 전에도 니체가 '에머슨의 저술만

---

336   요한 페터 에커만(Johann Peter Eckermann, 1792~
        1854). 괴테의 비서를 지낸 독일의 문필가. 그의 저서
        『괴테와의 대화』는 괴테 연구에 중요한 문헌이다.

큼 나의 심금을 울린 책은 없었다. 감히 나 정도가 칭송할 작품들이 아니다.'라고 썼다.

　세월이 흐르면서 역사의 흐름 속에서 창의적인 작가로서, 새로운 학파의 시조로서 휘트먼과 포가 에머슨의 영광을 빛바라게 만들었다. 한 줄 한 줄 읽어 갈 때마다 그들이 에머슨만 못하다고 하는 데 넌더리가 난다.

번역 및 서문,『영웅숭배론』,『대표적 인간들』, 클라시코스 잭슨 시리즈, W. M. 잭슨사, 1949.

『카리에고의 시(詩)』

두 개의 도시 파라나와 부에노스아이레스, 그리고 1883년 과 1912년, 이것이 에바리스토 카리에고의 짧은 생애를 규정 하는 시공간이다. 순수하고 뿌리 깊은 정통 엔트레리오스 사 람인 그는 조상의 용맹스러운 숙명에 대한 향수를 느꼈으며 뒤마의 낭만주의 소설과 나폴레옹 전설, 그리고 맹목적인 가 우초 숭배 속에서 일종의 보상을 모색했다. 그는 그렇게 조금 은 '부르주아의 감동을 위하여', 그리고 조금은 포데스타 가문 사람들이나 에두아르도 구티에레스의 영향으로, 산 후안 모레 이라[337]를 추모하는 시 한 편을 헌정했다. 그의 삶을 둘러싼 정 황들은 다음과 같은 몇몇 개의 단어들로 기술될 수 있다. 그는

---

[337]   마르틴 피에로는 여전히 루고네스에게 인정받지 못한 다.(원주)

저널리즘에 투신했고, 빈번히 문학 동호회에서 활동했으며, 그 세대 사람들이 하나같이 그랬듯이 그 역시 알마푸에르테와 다리오,[338] 하이메스 프레이레[339]에 심취했다.

어렸을 적에 나는 그가 「선교자」[340]를 거의 100여 연이나 외워서 낭독한다는 소리를 들었고, 세월이 흘러서도 여전히 그의 열정적인 목소리를 들을 수 있었다. 그의 정치적 견해에 대해서는 거의 아는 바 없지만, 그가 어설프지만 명백한 무정부주의자였다는 추정이 사실일 것이다. 동 세기 초 대부분의 남아메리카 지식인들이 그랬듯이, 그 역시 자신이 일종의 명예 프랑스 시민이라고 생각하거나 느꼈고, 1911년에 이르러서는 그의 또 다른 숭배 대상 중 하나였던 위고의 언어를 직접 읽을 수 있게 되었다. 그는 『돈키호테』를 읽고 또 읽었으며, 루고네스보다는 에레라를 좋아하는 그만의 취향이 있었다. 지금까지 열거한 이름들만으로도 그의 인명록을 마무리할 수 있을 정도지만, 그의 독서량은 결코 만만치 않았다. 그는 폐결핵으로 인한 미열이 있었기에 더욱 더 끝없이 일했다. 라플라타에서 알마푸에르테의 집을 찾아간 몇 번의 경우를 제외한다면, 그는

---

338   루빈 다리오(Rubén Darío, 1867~1916). 니카라과의 시인. 모데르니스모 운동을 주창하여 라틴 아메리카는 물론 스페인의 현대시에도 지대한 영향을 끼쳤다.

339   리카르도 하이메스 프레이레(Ricardo Jaimes Freyre, 1868~1933). 볼리비아에서 아르헨티나로 귀화한 시인, 외교관, 역사가. 모데르니스모 운동과 관련된 인물이다.

340   알마푸에르테의 시 「선교자」를 말한다.

이야기와 소설이 머릿속에 넣어 준 여행 이외의 여행을 해 본 적이 없었다. 그리고 존 키츠가 앓았던 것과 같은 병으로 키츠와 같은 스물아홉 나이에 요절했다. 이 두 시인은 모두 영광에 굶주려 있었다. 물론 지금도 선전은 책략으로 여겨지지만, 그와는 달리 그 시절에 열정은 정당한 것이었다.

팜파스에 처음으로 시선을 돌린 사람이 에스테반 에체베리아였다면, 마찬가지로 주변의 외곽에 처음 눈길을 준 사람이 에바리스토 카리에고였다. 그가 쓰는 시는 시어와 주제 면에서도 한껏 자유로웠고, 시의 길이는 모데르니스모[341] 덕분에 스페인어로 쓰인 문학이 그랬듯이 바다 이쪽에서 저쪽에 닿을 만큼 길고도 길었다. 하지만 그에게는 모데르니스모가 자극인 동시에 족쇄가 된 것도 사실이다. 「이단자들의 미사」라는 시는 거의 절반이 다리오와 에레라의 무의식적인 패러디로 채워져 있는 것이 그 예다. 그러나 이런 부분들과 그의 시 속에 남아 툭툭 튀어나오는 몇몇 악습들을 제외한다면, 우리가 일명 '발견'이라 부르는 외곽의 발견은 카리에고의 가장 본질적인 가치라고 할 수 있다.

작품을 제대로 써내기 위해서 카리에고는 시어 하나하나

---

341   1888년 시 분야를 중심으로 시작된, 당시 라틴 아메리카 시단을 풍미하던 고전주의 시학을 혁신한 라틴 아메리카 최초의 문학 운동이다. 모데르니스모는 영미권의 모더니즘과 다른 용어로, 영미권의 모더니즘이 근대성에 대한 회의를 표출한 반면 모데르니스모는 근대성의 표현, 즉 문학적으로 근대성을 따라잡으려는 노력의 표출이다.

가 갖는 뉘앙스와 함축적 의미에 민감한 문인이었어야 했지만, 동시에 그가 주된 주제로 삼았던 미천한 사람들과 크게 다르지 않은, 교양이라고는 눈곱만큼도 없는 그런 비문화인이어야 했다. 하지만 안타깝게도 카리에고는 둘 다 되지 못했다. 뒤마를 향하는 회상과 모데르니스모의 화려한 시어들이 그와 팔레르모[342] 사이에 똬리를 틀었고, 결국 팔레르모를 달타냥과 비교하지 않을 수 없게 만들었다. 「외곽의 혼」이라는 시 일부는 영웅적 서사시의 면모가 나타나지만 또 다른 일부에서는 사회성 짙은 항거의 목소리가 드러나고, 「교외 지역의 노래」라는 시에서는 '성스러운 우주적 천민'에서 시작한 시가 평범한 중산층에게로 옮겨 간다. 그리고 이런 2기이자 말기의 시들이 그가 가장 명성을 누린 시절의 작품들이다. 이렇게 발전해 간 시가 결국 그만의 시가 되었는데, 그런 시를 일컬어 찌든 궁핍과 질병, 환멸, 우리를 갉아먹고 절망하게 만드는 시간, 가족, 애정, 풍속, 그리고 거의 잡스러운 것들에 대한 시라고 부르는 것은 정당치 않아 보인다. 탱고도 이와 유사한 방식으로 발전해 나갔다는 사실이 매우 의미심장하다.

카리에고는 그의 모든 선구자들이 감내했던 운명을 그대로 이어 나갔다. 그와 동시대를 살았던 사람들 눈에 변칙으로 보였던 그의 작품들은 이제는 그저 평범할 뿐이다. 세상을 등진 지 반세기가 지났건만 카리에고는 시의 역사에서 만큼 시 자체에서 위상을 드러내지 못하고 있다.

---

342 「이단자들의 미사」의 배경이 된 외곽 동네 이름.

우리는 젊은 나이의 요절이 낭만주의 시인의 운명의 일부임을 알고 있다. 그리고 나는 최소한 한 번 이상 그가 그렇게 젊은 나이에 세상을 떠나지 않았더라면 과연 어떤 시를 썼을까 궁금해한 적이 있다. 그의 수작「결혼」은 유머로의 선회를 드러내고 있기 때문이다. 물론 이것은 분명 억측에 불과할 것이다. 그러나 한 가지 분명한 것은, 카리에고가 우리의 언어의 진화 경로를 수정했고 지금도 수정하고 있다는 점, 그리고 모든 문학이 지향하는 바로 그 특성들을 그의 시 속에 담아내고 있다는 점이다. 잘생긴 남자, 한 땀을 잘못 뜬 바느질하는 처녀, 장님, 오르간 연주자와 같은 그의 작품 속 주인공들에게 또 다른 인물, 즉 시를 읊으며 나지막한 집들 사이를 천천히 걷다가 잠시 발을 멈추고 곧 작별을 고하게 될 주변의 것들을 쳐다보는 폐병에 걸려 죽어 가는 젊은이를 한 명 더한다면 힘이 될 것이다.

발췌 및 프롤로그, 『카리에고의 시』,
시글로 이 메디오 시리즈, 에우데바, 1963.

1974년 추서

시는 과거와 함께 태어난다. 「이단자들의 미사」 속 팔레르모는 카리에고가 어린 시절을 보낸 곳이었고, 나는 가 본 적 없는 곳이다. 시는 가볍게라도 시간이 지닌 예스러움과 향수를 필요로 한다. 우리는 가우초 문학에서도 같은 것을 발견하게 된다. 리카르도 구이랄데스도 돈 세군도 솜브라를 노래하면서 자신이 그 애가(哀歌)를 지을 당시의 돈 세군도 솜브라가 아닌, 한때 그였고, 그일 수 있었던 돈 세군도 솜브라를 노래했다.

미겔 데 세르반테스 『모범 소설』

정통 관념주의자들이라면 천국 또는 그 깊이를 헤아릴 수 없는 신의 지성(知性) 속에는 아무 일도, 정말 아무 일도 겪지 않는 한 남자의 세세한 감정을 기록한 한 권의 책과, 아무도 아니거나 혹은 누군가에 의해 자행되는 무한히 이어지는 일련의 몰개성한 사건들로 끝없이 점철되는 또 다른 한 권의 책이 있다고 상상할 수 있을 것이다. 첫 번째 책과 같은 책이 이 땅에 존재하는데, 바로 헨리 제임스가 쓴 『정글의 야수』이며, 또 다른 책이 바로 『천일야화』 또는 『천일야화』에 대한 우리의 숱한 기억들이다. 그리고 첫 번째 책은 심리 소설이 지향하는 목표이며, 또 다른 책은 모험 소설이 지향하는 목표이기도 하다.

인간의 문학에는 그리 대단한 엄격함이 존재하지 않는다. 가장 움직임이 큰 소설은 심리적 움직임을 담아내고, 가장 소극적으로 움직이는 소설은 어떤 사건 정도를 담아낸다. 『천일야화』의 세 번째 밤에는 솔리만에 의해 구리로 된 병 속에 갇힌 채 깊은 바다 속으로 던져진 마법사가 등장한다. 그는 처음에는 자기를 꺼내 주는 사람을 부자로 만들어 주겠다고 다짐한다. 그런데 100년이 지나도록 자유를 찾지 못하자 이번에는 자신을 풀어 주는 사람에게 세상의 모든 금은보화를 갖게 해 주겠다고 다짐한다. 그리고 또다시 100년이 지나자 이번에는 세 가지 소원을 들어 주겠다고 다짐했지만, 또다시 수백 년의 세월이 흐르고 만다. 마침내 절망해 버린 마법사는 자신을 풀어 준 사람을 죽여 버리고 말겠다고 다짐한다. 이것이야말로 심리적이고 사실적이며 놀랄만한 진짜 창제가 아닌가? 이와 유사한 일이 최초이자 가장 내면적인 인물 소설이며, 동시에 마지막이자 최고의 기사 소설인『돈키호테』에서도 일어난다.

『모범 소설』은 두 편의『돈키호테』가 나온 중간 시점인 1613년에 출간되었다.「링코네테와 코르타디요」,「개들의 대화」같은 피카레스크적 작품을 제외한다면 풍자는 거의 혹은 전혀 담겨 있지 않으며, 신부와 이발사가 보여 준 엉뚱함과『페르실레스와 시히스문다의 모험』에서 거짓말같이 정점을 찍은 그 별남이 상당히 많이 담겨 있다. 사실 세르반테스 속에는 지킬처럼 최소한 두 사람이 들어 있다. 고지식한 노인이자 살짝 명예욕에 물든 다독가이자 수시로 변화무쌍한 꿈을 꾸는 한 사람과 이해심 넘치고 관대하며, 그루삭의 바람과는 상관없이 그와 몽테뉴를 일컬을 때 쓰는, 독하지 않게 빈정댈 줄 아는 또 한 사람, 그렇게 두 사람 말이다. 서둘러 터져 나오는 사건들과 화자의 느긋한 지체 사이에 명확한 대립이 존재함이 느껴진다. 루고네스는 세르반테스가 오랜 세월 속에서도 추구하던 당초의 목표를 이루지 못했다고 지적한다. 아니 사실은 목표를 추구하지도 않았다는 게 맞을 것이다. 세르반테스는 그 긴긴 세월 동안 서두르지 않고 독자들에게 공을 넘겼다. 굳이 관심을 끌려고 애쓰지 않지만 관심을 갖게 만든 것이다. 그는 요란한 음조와 간결한 문장이라는 상반되는 대립적 요소에 관심 없었다. 소위 구두체라고 하는 것이 다양한 문체 중의 하나라는 것을 그는 모르지 않는다. 그의 만들어 낸 대화는 연설이라 불린다. 대화를 나누는 사람들은 대화 중간에 끼어들지 않고 상대방이 하던 말을 마무리할 때까지 놓아둔다. 우리 시대 사실주의에서 드러나는 잘려 나간 문장들은 세르반테스의 눈에는 마치 문학이라는 예술에 걸맞지 않은 서투름으로 보였을 것이다.

단테는 분석을 위해 글을 썼다. 스페인 비평가들은 과도하게 세르반테스를 수용하고 있으며, 검증하기보다는 그냥 숭배하려고 한다. 예를 들어 돈키호테가 되기를 꿈꾸었던 알론소 키하노에게 라만차라는 곳은 너무 한구석에 처박힌, 먼지만 날리고 시시한 시골이라는 지적을 한 사람이 아무도 없다. 『모범 소설』이라는 제목도 옳지 않다. 페드로 엔리케스 우레냐는 스페인어로 소설, 즉 노벨라(novela)는 이탈리아어의 novella, 프랑스어의 nouvelle과 정확히 일치하는 단어라고 말하면서도 모범, 즉 ejemplares라는 단어에 대해서는 다음과 같은 지적을 하고 있다. "한 가지만 말하자. 어떤 식으로든 이 소설들을 통해 얻은 교훈이 이 책을 읽는 독자들에게 나쁜 생각이나 욕망을 불러일으키게 될 것 같으면, 나라면 이 소설들을 대중 앞에 꺼내 놓기 전에 이것을 쓴 나의 손을 잘라 버릴 것이다."

편협한 세기에 아량을 드러내고, 종교 재판의 화톳불과 카디스의 약탈[343]이라는 동시대를 살면서도 「영국에서 온 여인」의 작가는 영국에 대한 증오의 조짐이라고는 손톱만큼도 드러내지 않는다. 유럽의 수많은 나라들 중에서도 그가 가장 사랑했던 나라는 그 언어에 빚지고 있었던 이탈리아였다.

세르반테스는 우연과 돌발성과 운명을 드러내는 마법의 그림 같은 것에 매료되어 있었지만, 사실 마음 깊은 곳으로부터 그가 진정 끌렸던 것은 바로 사람이었다. 그는 사람의 유형에도 관심 있었고(「링코네테」와 「코르타디요」, 「피의 힘」), 개개인 자체에도 관심 있었다.(「질투심 많은 늙은이」, 「유리 석사」) 개인에 대한 관심의 예로는 『돈키호테』 중간에 삽입된 「무모한 호기심」도 빼놓을 수 없다. 그럼에도 불구하고 여전히 의아한 것은 그 시대의 독자들이 이 소설들을 좋아한 이유는 소설의 줄거리 때문도 아니고, 그 속에 그려진 심리적 징후들 때문도 아니고, 그렇다고 소설을 통해 볼 수 있는 펠리페 3세 시대 스페인 사람들의 생활상 때문도 아니라는 점이다. 사람들이 이 소설을 좋아한 것은 바로 세르반테스 고유의 방식, 다시 말하자면 세르반테스의 목소리 때문이었던 것이다. 케베도의 『마르쿠스 브루투스의 생애』나 사아베드라 파하르도[344]의 『정치적 모토』와 『고딕식 왕관』 같은 작품들은 문어체 작품의 훌륭

---

343 카디스 전투. 영국 침략을 준비하며 카디스항에 정박해 두었던 스페인 함대를 영국의 해적 출신 프랜시스 드레이크가 습격하여 수많은 상선과 함대의 보급선을 불태웠다.

344 디에고 데 사아베드라 파하르도(Diego de Saavedra Fajardo, 1584~1648). 스페인의 작가이자 외교관.

한 예이다. 그에 비해 세르반테스의 작품은 쓸데없이 수사학
적 기교를 부려야겠다는 욕심을 부리지만 않는다면, 뭔가 이
야기를 듣고 있다는 느낌을 강하게 준다.『돈키호테』집필과
관련된 연구 중 하나에서 메넨데스 이 펠라요[345]는 세르반테스
의 작업 방식을 일컬어 '성공적이고 지혜로운 더딤'이라 했는
데, 나중에 이 말이 옳았음을 다음과 같은 말로 다시 한번 밝혔
다. "『모범 소설』가운데「질투심 많은 늙은이」와「링코네테」
는 포라스 데 라 카마라가 초고를 그대로 옮겨 쓴 사본이 남아
있는데, 이 초고와 후에 출간된 최종본 사이에는 얼마나 큰 차
이가 있는지 모른다."여기서 우리는 예이츠의「아담의 저주」
중 일부 구절을 떠올려 볼 필요가 있다. "시구 하나 만들어 내
는 데만도 몇 시간씩 걸릴 수 있다. 하지만 타고난 재능이 없다
면 아무리 고쳐 쓰고 또 고쳐 써도 다 헛수고일 뿐이다."

　수사학적 기준으로 평가한다면, 이 세상에 세르반테스만
큼 많은 문제를 드러내는 작가도 없을 것이다. 반복과 언어의
난립, 모음 충돌, 변칙의 오류, 불필요하고 작품에 악영향을
미치는 형용사의 무절제한 사용, 의도의 왜곡 등이 부지기수
로 나타나기 때문이다. 그러나 그의 작품 근저에 깔려 있는 어
떤 매력이 이런 모든 문제점들을 무화시키고 지워 버린다. 세
상에는 분석 결과에 민감하게 반응하는 작가들이 있다. 예를
들어 체스터턴이나 케베도, 베르길리우스 같은 작가들이 그렇
다. 이런 작가들 눈에는 수사학적으로 정당화될 수 없다면 그

345　마르셀리노 메넨데스 이 펠라요(Marcelino Menéndez y
　　　Pelayo, 1856~1912). 스페인의 작가, 언어학자.

어떤 기법도, 작품이 주는 그 어떤 행복감도 용인될 수 없다. 그런가 하면 드퀸시나 셰익스피어처럼 작품에 대한 분석 자체를 받아들이지 않는 작가들도 있다. 그런데 이들보다 더 불가사의한 작가들이 있으니, 바로 분석해서는 도저히 용납될 수 없는 작가들이 바로 그들이다. 잘 검토해 보면 그들이 쓴 문장치고 다르게 고쳐 쓸 수 없을 것 같은 문장이라고는 도대체 없다. 글을 깨우친 사람이라면 누구라도 그들이 쓴 글의 오류를 지적할 수 있을 것이다. 비평 내용은 하나같이 맞는 말인데 오히려 원작이 거의 그렇지 않다. 그런데 이렇게 온갖 지적을 다 받음에도 불구하고, 그들이 쓴 글은 왜인지 알 수 없으나 독자들의 환영을 받는다. 그리고 도대체 그 이유를 설명할 길 없는 바로 그런 부류의 작가들 속에 미겔 데 세르반테스가 있다.

『모범 소설』을 칭송하는 많은 찬사들 중에서도 가장 기억될 만한 것은 바로 괴테의 찬사이다. 괴테가 1975년에 실러에게 보낸 서신들 중 하나에『모범 소설』에 대한 찬사가 들어 있는데, 그 부분을 페드로 엔리케스 우레냐가 스페인어로 번역했다. "내가 세르반테스의 소설들 중에서 매우 교훈적이며 동시에 재미있는 보물을 하나 발견했다네. 이미 좋은 소설로 인정받고 있지만 우리가 정말 그렇다고 인정할 수 있다니 참으로 기쁜 일일세. 우리들이 준수하고 있는 원칙을 잘 지키며 쓴 작품을 이 땅 위에서, 우리 주변에서 만날 수 있다는 것이 우리를 발전시키는 것 아닌가." 로페 데 베가[346]의 평가 역시 만만치

---

346   Lope de Vega(1562~1635). 스페인 황금 세기의 가장 중요한 시인, 극작가 중 한 명.

않다. "스페인에도 …… 스페인 사람들은 물론 이탈리아 사람들이 번역해 읽는 소설이 있다. 그 소설에서 사람들은 미겔 세르반테스 고유의 맛과 문체를 발견한다. 나는 그 소설들이 매우 재미있음을 고백한다. 그리고 반델로[347]의 비극적 이야기 중 몇몇 개와 마찬가지로 모범적인 소설이라고 생각된다. 하지만 그 소설들은 학술적인 사람들, 아니면 최소한 위대한 궁정의 사람들이거나 두드러지는 환멸 속에서도 격언과 금언을 발견해 낼 수 있는 그런 사람들이 썼음이 분명하다."

이 책의 운명은 매우 모순적이다. 세르반테스가 이 책을 쓴 이유는 허구의 이야기들을 통해 스스로 느끼는 초로의 우울한 심정을 달래 보려는 것이었는데, 우리는 그의 이야기들을 통해 어렴풋이나마 노쇠한 세르반테스의 흔적을 들여다보기 위해 그 책을 찾으니 말이다. 우리의 심금을 울리는 주인공은 마하무트도, 집시 여인도 아니다. 우리를 감동시키는 자는 그런 주인공들을 상상하고 있는 세르반테스다.

서문, 『모범 소설』,
클라시코스 카스테야노스, 에메세 에디토레스, 1946.

---

347   마테오 반델로(1480~1560?). 보카치오의 『데카메론』을 모방한 사람.(원주)

윌키 콜린스『월장석(月長石)』

1841년에 작품 자체보다는 그 작품이 문학계 전반에 끼친 영향이 훨씬 큰, 불행한 천재 작가 포가 필라델피아에서 역사상 최초의 추리 소설『모르그가의 살인』을 출간했다. 이 소설은 처음 맞닥뜨렸을 때에는 도저히 풀릴 것 같지 않은 의문투성이의 사건, 상상력과 논리로 차근히 문제를 해결해 나가는 탐정, 그리고 특별한 설명이 없어서 그 정체를 정확히 파악할 수 없는 탐정의 친구 같은 추리 소설 장르의 기본적인 규칙을 철저히 준수하고 있다. 탐정의 이름은 오귀스트 뒤팽으로, 나중에는 셜록 홈스로 불리는 캐릭터로 발전하게 되었다. 이 책이 나오고 20여 년이 지난 뒤, 프랑스 작가 에밀 가보리오[348]의

---

348   Émile Gaboriau(1832~1873). 19세기 프랑스의 소설
      가. 대표작은『르루주 사건』,『오르시발의 범죄』,『서

『르루즈 사건』과 영국 작가 윌키 콜린스의『흰옷을 입은 여인』
과『월장석』이 세상에 나왔다. 특히『흰옷을 입은 여인』과『월
장석』은 사람들이 보낸 찬사보다 훨씬 더 큰 찬사를 받아도 좋
을 그런 소설들이다. 체스터턴은『월장석』이 운 좋은 현대 작
가들의 그 어떤 작품들보다도 우수하다고 칭찬했고, 스윈번은
부지런히 영역본으로 번역하면서『월장석』은 그야말로 걸작
이라고 추켜세웠으며, 오마르 하이얌을 훌륭하게 번역했던 피
츠제럴드는 필딩349이나 제인 오스틴의 작품들보다『흰옷을 입
은 여인』이 훨씬 낫다고 했다.

절묘하게 씨실과 날실을 엮어 내는 이야기의 대가이자 비
통할 정도의 초조감을 불어넣고 예기치 못했던 결말을 내어놓
는 대가 윌키 콜린스는 다양한 주인공들의 입을 통해 끝없이
이야기보따리를 풀어낸다. 극적인 관점과 풍자적 관점이 적잖
이 등장하며 대비를 드러내는 이러한 글쓰기 방법은 13세기
서간체 소설에서 비롯된 것으로, 후에 열 명의 등장인물이 한
명씩 차례대로 이야기하는데 이야기 내용은 동일하지만 각자
의 해석이 다른 그 유명한 브라우닝의 시「반지와 책」350에 영
향을 미쳤다. 멀리는 이참에 언급하자면 포크너와 브라우닝을

류 113호』,『르코크 탐정』등이다.

349   헨리 필딩(Henry Fielding, 1707~1754). 영국의 소설
가.

350   영국의 빅토리아 시대를 대표하는 작가인 브라우닝의
가장 훌륭한 시집으로 평가받고 있다. 2만 1000행이
넘는 극적 설화 장시 또는 운문 소설로, 1698년 로마
에서 일어난 살인 사건과 재판을 소재로 삼았다.

번역한 아쿠타가와[351]에게서도 이런 방식을 볼 수 있다.

『월장석』이 길이 남게 된 이유는 그 줄거리 때문이기도 하지만, 또한『로빈슨 크루소』를 읽고 또 읽는 어엿한 남자 베터리지, 박애주의자 에이블화이트, 불구의 몸으로 사랑에 빠진 로재너 스피어맨, "감리교도 마녀"로 불리는 미스 클라크, 영국 소설 최초의 탐정 커프 등 살아 움직이는 듯하고 인간미 넘치는 주인공들 때문이기도 하다.

T. S. 엘리엇은 "이 시대의 소설가치고 콜린스로부터 독자를 끌어당기는 기술과 관련하여 뭐라도 배울 게 없는 이는 아무도 없다. 소설이 계속 존재하는 한 소설가들은 끊임없이 멜로드라마의 가능성에 대해 연구해야 할 것이다. 오늘날의 추리 소설은 위험천만한 반복을 지속하고 있다. 언제나 그렇듯이 첫 장에서는 집사가 사건을 발견하고, 언제나 그렇듯이 마지막 장에서는 탐정이 범인을 색출해 낸다. 물론 언제나 그렇듯이 독자들이 누가 범인인지 다 알고 난 후다. 그러나 이와는 대조적으로 윌키 콜린스의 접근 방식은 고갈되지 않는다." 사실 추리 소설 장르는 장편 소설보다는 단편 소설 형태가 더 많다. 그 선구자 격인 체스터턴이나 포도 늘 단편을 더 선호했다. 그런데 콜린스는 자신의 작품 속에 등장하는 인물들이 단순히 게임이나 메커니즘 속의 한 조각에서 머물지 않도록 하기 위해 그들

---

351   아쿠타가와 류노스케(芥川龍之介, 1892~1927). 일본
       의 소설가. 합리주의와 예술 지상주의 작풍으로 일세
       를 풍미하였으나, 만년에는 시대의 동향에 적응하지
       못하여 자살하고 말았다.

에게 인간적인 모습과 실재하는 듯한 형상을 덧입혔다.

　풍경화를 그리는 화가 윌리엄 콜린스의 장남 윌키 콜린스는 1824년에 런던에서 출생해서 1889년에 영면했다. 그는 생전에 여러 편의 작품을 남겼는데, 스토리는 복잡하지만 명쾌했고, 결코 긴장감 없이 늘어지거나 혼란스럽지 않았다. 그는 변호사였고, 아편 중독자였으며, 배우이자 디킨스의 절친한 벗으로 그와 공저하기도 했다.

　그에 대해 관심이 생긴 독자라면 엘리스가 쓴 1931년판 윌키 콜린스 전기와 디킨스의 서간집, 엘리엇과 스윈번의 연구를 참조하기 바란다.

서문, 『월장석』, 에메세 에디토레스, 1946.

산티아고 다보베『죽음과 죽음의 옷』

셰익스피어가 꿈꾼 한 남자는 우리 인간이 꿈과 동일한 물질로 되어 있다고 했다. 많은 사람들은 이 말을 실망과 은유의 중간쯤 되는 표현으로 받아들일 테고, 형이상학주의자들이나 신비주의자들은 엄밀한 진실을 대놓고 표명한 것으로 느낄 것이다. (사실 셰익스피어가 이 둘 중 어떤 입장인지는 알 수 없다. 어쩌면 그는 불멸하는 자신의 언어들이 빚어내는 음악성만으로도 충분하다고 생각할지도 모른다.) 어쩌면 존재하지도 않을 새로운 견해 같은 건 만들어 내지 않고 대신 영구히 존재하는 과거의 견해를 재발견하거나 재고찰한 마세도니오 페르난데스는 무척이나 너그럽게, 그리고 열정을 다해 모든 것이 꿈이라는 그 남자의 말을 지지했는데, 나는 1922년 무렵 그와 함께 산티아고 다보베를 만나게 되었다. 마세도니오는 우리 둘을 마주한 뒤 불과 몇 시간 만에 우리를 이상주의자로 만들어 버리고 말았

다. 버클리를 떠올리고 그의 마술적이고 놀라운 가설을 열정
적으로 설명한 것이 나에게는 주효했다. 하지만 산티아고 다
보베가 그날의 대화를 통해 인간이 한낱 꿈에 지나지 않는다
는 사실에 설득당했다는 생각은 들지 않는다. 다만 허무주의
와 쓰디쓴 현실은 결국 그를 인생이 꿈에 불과하다는 주의로
이끌었다. 산티아고는 1960년대를 풍미했던 이 꿈인지 현실인
지를 살다가 죽었으며, 이 책에서 내가 언급하고 있는 현실인
지 꿈인지 속에서 여전히 살아가고 있다.

   얼마간, 지금 생각하면 몇 해 정도 되었던 것 같은데, 그 기
간 동안 매주 토요일마다 우리는 후후이 거리에 있는 한 허름
한 카페에서 지금은 거의 전설이 되다시피 한 마세도니오의
동호회 모임에 참여했다. 우리는 더러 새벽 동이 틀 때까지 끝
없이 이야기를 나누었는데, 주된 주제는 철학과 미학이었다.
그때까지만 해도 정치적 열정이 다른 열정을 갉아먹기 전이었
고, 우리 스스로가 개인주의적 성향의 무정부주의자라고 믿고
있었음에도 불구하고 크로포트킨이나 스펜서보다는 은유의
활용이나 '나의 부재' 같은 주제가 훨씬 중요했다. 모임에서는
피부로 느끼지는 못했지만 거의 마세도니오가 대화를 주도했
다. 그의 말을 들으면서 인류에 영원토록 큰 영향을 미친 피타
고라스나 부처, 소크라테스, 예수 같은 사람들이 문어보다는
구어를 선호했다는 사실에 우리가 얼마나 놀랐던지……. 여
하튼 이런 관념적이고 열정만 가득한 동호회 모임의 전형적인
특징은 일반적인 것이 개별적인 것을 무화시켜 버린다는 것이
다. 사실 나는 산티아고의 생애나 다사다난한 모습에 대해서
는 거의 아는 것이 없다. 내가 아는 것이라고는 한때 경마장에

서 일했다는 것, 그리고 평생을 부모님과 조부모님과 증조부모님이 사셨던 모론에서 살았다는 것 정도다. 하지만 다른 누군가를 통해 타인을 알 수 있다면, 나는 그를 온전히 알았다고도 할 수 있다. 그래서 단편 소설 속에서 그를 소개할 수도 있을 것 같다. 허위 같은 건 전혀 없이 말이다. 그는 피타고라스가 되고자 했던 일종의 방관자였다. 일주일 내내 느릿느릿 흐르는 시간을 지친 기색 하나 없이 견뎌 냈다. 늘 어설프게 담배를 피워 물고, 마테차를 마시거나 기타를 퉁기는 게 게으름이 묻어나는 그의 평소 모습이었다. 그의 집은 오래된 고택으로 집 저 안쪽으로 마당이 있었고, 그 마당 제일 안쪽 해가 잘 드는 곳에 채소밭이 있었다. 큼지막한 포도 시렁을 통해 한낮의 햇살이 조각조각 쏟아져 내리면 산티아고는 꿈을 그리거나 구체화시키면서 마당과 2층의 방 여기저기를 어슬렁거리곤 했다. 한번은 우리에게 자신이 평생을 모론에 살았기 때문에 위대한 소설을 써낼 준비가 다 되어 있다고 미소 지으며 말한 적이 있었다. 마크 트웨인 역시 짙은 물색을 드러내며 오랜 세월 마치 항해사라도 되는 양 굽이굽이 흐르는 미시시피강에 대해 같은 생각을 했었다. 즉 그 지역의 다양한 사람들이 전 세계 곳곳에서 살아가는 모든 인간 또는 각각의 개인을 대표한다고 생각했던 것이다. 늘 주제를 찾아 헤매던 자연주의 작가들에 대한 생각이나 편견과 관련해서 다보베는 자연주의는 문학이라기보다는 저널리즘에 가깝다고 판단했다. 그와 드퀸시나 쇼펜하우어가 쓴 글들에 대해 토론을 벌였던 기억도 나는데, 사실 그는 우연히 손에 들어오게 된 글 정도를 읽은 게 아닌가 싶다. 그는『돈키호테』나 에드거 앨런 포, 모파상 등에 대해 오래전부터 경의를 표해 오던 것을 제외한다면, 문어에 대해 별다른 기대 같은 게 없어 보였다. 물론 괴테에게도 인간적으로 할 수 있을 만한 정도의 경의는 표했지만, 다른 사람들에게 일어나는 일이 그에게도 일어났다. 그에게 음악은 단순한 정서적 쾌감을 넘어 지적 쾌감까지 불러일으켰다. 연주도 잘했다. 하지만 그는 직접 연주하는 것보다는 음악을 듣거나 분석하는 것을 더 좋아했다.

음악에 대한 그의 견해들이 떠오른다. 마세도니오의 동호회 모임에서 우리는 탱고 음악이 유쾌한지 슬픈지에 대해 토론을 벌인 적이 있었다. 저마다 어떤 곡들은 예외적이라고 치부하는가 하면, 또 어떤 곡들은 전형적이라고 주장했다. 심지어 「일곱 마디」나 「돈 후안」 같은 곡이 감동적이라는 것에도 의견 일치를 보지 못했다. 그런데 우리의 논쟁을 가만히 듣고 있던 산티아고가 결국 모든 멜로디는 설사 보잘것없는 탱고의 선율이라 할지라도 '슬프다'나 '즐겁다' 같은 형용사보다는 훨씬 더 복잡하고 풍요로우며 정밀하기 때문에 우리의 논쟁은 다 쓸데없다고 했다. 그는 탱고에는 관심 없었지만, 외곽 지역의 영웅적 연대기, 멋진 남자들의 이야기에는 지대한 관심을 보였다. 그리고 전혀 감동적이거나 감정적이지 않은 어조로 그 이야기들을 들려주었다. 그가 들려준 이야기 중 결코 잊지 못할 이야기가 하나 있다. 그것은 부에노스아이레스주 어느 마을에 유곽이 문을 열면서 생긴 일에 대한 것이었는데, 유곽이 생기자 동네를 훤히 꿰고 있던 '착한 아이들'이 속이 시커먼 어른들한테 그 기묘한 시설물에 대한 이야기를 해야 하는 상황이 되었다고 했다. 사실 그때까지만 해도 건달들이 추구

하던 사랑은 가정에서 나누는 사랑이거나 파란만장한 사연이
깃든 그런 사랑이었는데 말이다. 모파상은 아마도 이런 상황
이 좋았던 모양이다.

산티아고는 이 상황에 대해 비현실적이라기보다는 헛되다
는 느낌을 받았다. 물론 환상 소설 속에는 비현실적인 느낌과
헛된 느낌 둘 다가 존재한다. 그 예가 바로 앞서 언급한 포의 단
편과 루고네스의 「기괴한 힘」 등이다. 루고네스 사후에 출간된
『기괴한 힘』 속 단편들은 흔히 우리가 '가능한 상상'이라 부르
는 장르에 포함시킬 수 있지만, '장르'라는 것 자체가 그저 편
의상 붙인 이름에 불과할 뿐, 심지어 우리는 우주라는 것이 환
상 문학의 한 전형인지 아니면 사실주의의 표본인지조차 명확
히 알지 못하는 것이 사실이다.

세월은 인간이 만들어 낸 작품들을 퇴색시키지만, 역설적
으로 흩뜨림과 무상함을 주제로 하는 몇몇 작품들은 그 운명
을 피해 간다. 확신하건대 우리의 후손들 역시 「먼지가 되다」
라는 독특하고도 침통함을 담아낸 작품이 소멸되어 가도록 놓
아두지 않을 것이다.

페이루[352]나 줄리어스 시저와 마찬가지로 그의 형제뻘인 산
티아고 역시 우정을 만들어 가는 데에도, 마세도니오 페르난
데스에게 영향을 미친 방언의 사용에 있어서도 천재적이었다.

서문, 『죽음과 죽음의 옷』, 에디토리알 알칸타라, 1971.

---

352   마누엘 페이루(Manuel Peyrou, 1902~1974). 아르헨티
         나의 기자, 작가. 보르헤스의 친구.

『마세도니오 페르난데스』[353]

거의 행동하지 않고 그저 생각이 주는 기쁨에 도취된 채 살았던 마세도니오 페르난데스의 전기는 아직까지 나온 게 없다.

마세도니오 페르난데스는 1874년 6월 1일, 부에노스아이레스에서 태어나 1952년 2월 10일, 부에노스아이레스에서 영면했다. 법학을 전공한 뒤 몇 차례 법정에 서기도 했으며, 금세기 초반에는 포사다스 법원에서 서기보로 일하기도 했다. 1897년에는 훌리오 몰리나 이 베디아, 그리고 아르투고 무스카리와 함께 파라과이에서 무정부주의자 단체를 설립하여 무정부주의가 존속했던 기간 동안 활동했다. 1900년에는 엘레나

---

353   아르헨티나의 지성계에 큰 영향을 준 작가이자 철학자.
       보르헤스의 정신적 스승이었던 그는 당시 아르헨티나
       의 아방가르드 작가들 중 가장 중요한 인물로 꼽힌다.

데 오비에타와 결혼하여 자녀를 여럿 두었으며, 아내가 사망했을 당시 애절함이 절절하게 묻어나는 유명한 애가를 발표한 바 있다. 마세도니오가 열광했던 것 중 하나가 바로 친구였다. 그가 친분을 쌓은 사람들로는 레오폴도 루고네스, 호세 잉헤니에로스,[354] 후안 B. 후스토,[355] 마르셀로 델 마소,[356] 호르헤 기예르모 보르헤스,[357] 산티아고 다보베, 훌리오 세사르 다보베,[358] 엔리케 페르난데스 라토우르,[359] 에두아르도 히론도[360] 등이 있다.

흔들리는 내 기억에 따르면 1960년이 거의 끝나 갈 무렵, 세월이 나에게 남겨 준 사랑스럽고 어찌 보면 신비스럽기까지 한 인상이 있었으니, 바로 마세도니오 페르난데스에 대한 인상이었다.

기나긴 삶의 여정 속에서 수많은 유명 인사들과 이야기를

---

354   호세 잉헤니에로스(José Ingenieros, 1877~1925). 의사, 정신 분석학자, 범죄 연구자, 사회학자, 작가. 그는 1918년 대학 개혁 운동의 중심인물이었던 대학생들에게 커다란 영향을 끼쳤다.

355   Juan Bautista Justo(1865~1928). 아르헨티나의 의사, 기자, 정치가, 작가. 1896년 아르헨티나의 사회당 창당에 참여했으며 사망할 때까지 사회당의 수장이었다.

356   Marcelo del Mazo(1879~1968). 아르헨티나의 시인, 수필가.

357   Jorge Guillermo Borges(1874~1938). 보르헤스의 아버지.

358   Julio César Dabove. 의사. 산티아고 다보베의 형.

359   Enrique Fernández Latour(1898~1972). 아르헨티나의 작가. 마세도니오 페르난데스의 친구.

360   Eduardo Girondo(1848~1931). 아르헨티나의 작가.

나눠 봤으나 마세도니오만큼, 아니 하다 못해 그와 엇비슷한 정도라도 내게 감명을 준 사람은 없었다. 그는 남다른 지성을 감추려 들 뿐 결코 드러내려 하지 않았다. 늘 대화의 언저리에 위치했지만, 대화의 중심은 항상 그였다. 가르치려 들기보다는 늘 질문하는 어조와 겸허히 답하는 태도를 유지했다. 결코 높은 자로 군림하지 않았다. 말수가 별로 없었고 그나마 말을 해도 몇 마디 하지도 않았다. 평소 말투는 너무 조심스러워 우유부단해 보일 정도였다. 흡연으로 인해 쉬어 버린 저음의 목소리는 어느 정도는 모르겠지만 똑같이 흉내 낼 수는 없을 정도였다. 넓은 이마, 무슨 색이라고 꼭 집어 규정하기 힘든 눈빛, 잿빛 머리카락과 잿빛 콧수염, 자그마한 키에 평범해 보이는 외모. 그에게 육신은 거의 정신을 빛내기 위한 구실이었다. 그를 직접 보지 못한 사람이라면 마크 트웨인이나 폴 발레리를 떠올리면 될 거다. 다만 본인은 둘 중 마크 트웨인을 닮았다고 하는 걸 더 좋아할 것 같다. 발레리는 마세도니오가 보기에는 깊이 생각하고 있는 걸 너무 가볍게 떠들어 대는 사람으로 보였을 것이기 때문이다. 사실 그는 프랑스 작가 발레리에 대해 완전히 호의만 갖고 있지는 않았다. 내가 존경하고 또 존경해 마지않는 빅토르 위고에 대해서도 그가 이렇게 말했던 게 기억난다. "나는 그 역겨운 수다쟁이와 함께 그곳을 나섰다. 이미 독자는 가고 없었는데도 그는 끊임없이 이야기를 쏟아 내고 있었다." 카르펜티에와 뎀시의 그 유명한 타이틀 매치가 있었던 날 밤[361]에는 이렇게 말하

---

361   1921년 7월 2일, 미국 뉴저지에서 당시 복싱 챔피언이
        었던 잭 뎀시가 프랑스의 조르쥬 카르펜티에와 3차 방

기도 했다. "뎀시가 첫 한 방을 날리자마자 프랑스 코홀리개는 매표소로 직행할걸. 경기가 눈 깜짝할 새에 끝나 버렸으니 입장료 되돌려 달라면서 말이야." 그는 스페인 사람들을 그가 신처럼 떠받드는 작가 중의 한 사람인 세르반테스를 통해 평가했다. 그의 눈에는 재앙이나 마찬가지인 그라시안이나 공고라를 통해 평가하지 않고 말이다.

나는 선친으로부터 마세도니오와의 우정과 그에 대한 숭배를 유산으로 물려받았다. 우리 가족은 유럽에서 여러 해를 지낸 뒤 1921년에 귀국했다. 제네바의 수많은 서점들, 그리고 마드리드에서 경험했던 대화가 넘치는 여유로운 생활이 처음에는 많이 그리웠다. 하지만 마세도니오를 만나면서 그 시절에의 향수를 떨쳐 버릴 수 있었다. 내가 유럽에서 지냈던 기간 중 마지막으로 큰 감동을 받았던 것은 유대 혈통의 위대한 스페인 작가 라파엘 칸시노스 아센스[362]와의 대화였다. 그라는 사람 속에는 마치 사람 자체가 유럽이자 유럽의 역사이기라도 한 듯 모든 언어와 모든 문학이 깃들어 있었다. 그런데 마세도니오에게서는 또 다른 뭔가를 발견할 수 있었다. 마세도니오는 마치 태초의 인간인 아담과도 같아서, 낙원의 숱한 문제들에 대해 고민하고 해결했다. 칸시노스가 시간의 총체라면, 마세도니오는 젊은 영원이었다. 박식함은 헛될 뿐으로, 그저 생

어전을 가졌다.

[362] Rafael Cansinos Assens(1882~1964). 세비야에서 출생한 유대계 스페인 작가. 시, 소설, 수필을 남겼으며 문학 평론과 번역도 했다.

각하지 않는 것을 요란하게 드러내는 방법일 뿐이었다. 사란디 거리의 어느 집 뒤뜰에서 그는 어느 날 오후 우리에게 말했다. 만일 그가 들판으로 나가 정오의 대지 위에 드러누워 두 눈을 감은 채 우리를 에워싼 여건에서 완전히 벗어나 깨달음을 추구한다면, 순간적으로 우주의 수수께끼를 풀어낼 수 있을 거라고. 실제로 그가 그런 행복을 맛보았는지는 알 수 없지만, 그래도 그런 행복을 슬쩍 엿보는 정도는 했을 것이다. 마세도니오가 세상을 뜨고 몇 해 뒤, 나는 일부 불교 사원에서는 스승이 성인들의 초상을 불태우거나, 정전들을 함부로 다룸으로써 제자들에게 글은 죽을 수 있으되 영혼은 영원하다는 사실을 가르친다는 글을 읽은 적이 있다. 나는 이 기이한 글을 읽으면서 이것을 통해 마세도니오의 정신세계가 형성된 것이 아닌가 생각했다. 하지만 이국적 정취를 지닌 마세도니오의 성격상 내가 그런 이야기를 하는 것을 마뜩잖아 했다. 선불교를 수용한 이들은 선불교 교리의 역사적 근원에 대해 이야기하면 불편해한다. 마찬가지로 마세도니오 역시 지금 현재의 이곳 부에노스아이레스라는 내밀한 진실이 아닌 정황적 관행에 대해 누군가가 말하려 들면 불편해했을 것이다. '인간이라는 존재'가 내포하는 몽환적 정수는 마세도니오가 가장 즐겨 사용하던 주제 중 하나지만, 내가 중국의 한 작가가 자신이 나비가 되는 꿈을 꾸었는데 깨어나고 보니 자신이 나비가 되는 꿈을 꾸었던 사람인지 혹은 나비가 지금 사람이 된 꿈을 꾸고 있는 것인지 모르겠다고 했다더라 말하자, 마세도니오는 유서 깊은 그 거울을 인정하는 대신 그 글이 쓰인 날짜가 언제쯤이냐는 질문을 던졌다. 나는 기원전 5세기라고 대답했고, 이에 마세도니오는 중국어라는 게 그때 이래로 숱한 변화를 겪어 왔던 터라 그 이야기 속에 등장하는 어휘 중에 그 의미가 불명확하지 않은 것이라고는 오로지 '나비'라는 단어뿐일 것이라고 했다.

마세도니오의 정신세계는 겉으로 보기에는 느리게 움직이는 것 같았지만 사실 끊임없이, 그리고 매우 빠른 속도로 움직이고 있었다. 그리고 그에게는 다른 사람들의 반박이나 수용은 하등 중요할 것 없었다. 그의 생각은 늘 태연할 뿐이었다. 언젠가는 자신의 이런 생각이 세르반테스에서 비롯되었다고 말하는 걸 들은 적 있다. 그러자 성미 급한 어떤 사람이 『돈키호테』의 어느 장인가에서 세르반테스는 전혀 반대되는 견해를 피력하고 있다고 썼다. 하지만 마세도니오는 그런 사소한 장애물 때문에 돌아설 사람은 아니었다. 마세도니오는 이렇게 응대했다. "그랬을 수도 있지요. 하지만 세르반테스가 그렇게 쓴 건 성직자들과 잘 지내야 했기 때문입니다." 내 사촌 기예르모 후안이 리오 산티아고 해군 학교에 다닐 당시에 마세도니오를 찾아간 적이 있었는데, 그때 마세도니오는 해군 학교에 각지에서 온 학생들이 다 모였으니 기타를 치는 일이 많을 것 같다고 했다. 그러나 사촌이 그곳에서 몇 달째 지내고 있지만 기타 치는 사람은 한 번도 본 적이 없다고 했다. 그런데 마세도니오는 이 부정의 대답을 긍정의 대답으로 받아들이고는 나에게 다른 사람으로부터 명확한 확답을 듣기라도 했다는 듯한 어조로 말했다. "그것 보게. 거긴 분명 기타의 중심지라니까."

그의 이런 뜨뜻미지근한 태도 때문에 다른 사람들의 생각대로 우리의 이미지가 굳어졌을 것으로 생각된다. 즉 마세도니오 페르난데스는 자신의 지성을 우리 모든 사람들에게 돌리는 자비로운 오류를 저지른 것이다. 우선 그는 자신의 지성을 당연히 그와 가장 빈번하게 대화를 나누곤 했던 아르헨티나인 전체의 지성으로 돌렸다. 언젠가 우리 어머니는 마세도니오는 누가 대통령이 되든지 상관없이 모든 대통령을 지지해 왔고 또 지지하고 있다고 비판한 적이 있다. 그런데 이리고옌[363]을 칭송하다가 하루아침에 다시 우리부루[364]를 칭송하는 그의 변화무쌍함은 부에노스아이레스는 결코 오판하지 않는다는 신념에서 비롯된 것이었다. 그는 한 번도 읽어 본 적 없으면서도 모두가 칭송해 마지않는다는 이유 하나로 호수에 케사다[365]나 엔리케 라레타[366]를 칭송하는 사람이었다. 아르헨티나인에 대한 이러한 맹목적 믿음으로 인해 그는 우나무노를 비롯한 스페인 작가들이 자신들의 작품이 부에노스아이레스에서도 읽힌다는 사실을 알고 있었기 때문에 책을 쓸 때 생각을, 그것도

---

363   Hipólito Yrigoyen(1852~1933). 아르헨티나 부에노스 아이레스 태생. 급진시민연합 소속으로 두 차례 아르헨티나 대통령을 역임함. 1차 재임 기간은 1916년 10월 12일~1922년 10월 12일, 2차 재임 기간은 1928년 10월 12일~1930년 9월 6일.

364   호세 펠릭스 우리부루(José Félix Uriburu, 1868~1932). 아르헨티나 살타 태생. 국민자유연합 소속으로 아르헨티나 대통령에 당선. 재임 기간은 1930년 9월 6일~1932년 2월 20일.

365   Josue Quesada. 본명은 호세 케사다(Jose Quesada, 1885~1958). 아르헨티나의 작가, 저널리스트.

366   엔리케 로드리게스 라레타(Enrique Rodriquez Larreta, 1875~1961) 아르헨티나 부에노스아이레스 태생 작가. 저서로는『돈 라미로의 영광』등이 있다.

아주 많이 하게 된다고 확신했다. 그는 개인적으로 매우 친하게 지내던 루고네스를 무척 좋아했고 글을 통해 칭송하곤 했지만, 또 어떤 때에는 그렇게 독서도 많이 하고 놀라운 재능도 있는 루고네스가 왜 작품을 안 쓰는지 모르겠다는 내용의 글을 발표하기도 했다. "도대체 그는 왜 시를 안 쓰는 걸까?" 이렇게 묻곤 한 것이다.

마세도니오의 예술에는 눈에 띌 정도의 무위와 고독이 넘친다. 거의 황량하기까지 한 전원에서의 삶은 우리 아르헨티나인들에게 권태로움 없는 고독의 습성을 가르쳐 주었다. 우리가 고독이라는 습성의 소중함을 깨닫지 못하게 된 건 텔레비전과 전화, 그리고 말할 것도 없이 독서 같은 것들 때문이다. 마세도니오는 몇 시간이고 아무것도 하지 않은 채 홀로 있을 수 있는 사람이었다. 너무나도 유명한 어떤 책은 홀로 외로이 무엇인가를 기다리는 한 남자를 묘사하고 있다. 그러나 마세도니오는 홀로 외로이 있으되, 아무것도 기다리지 않았다. 그저 말없이 순순히 시간이 흐르도록 내버려 둘 뿐이었다. 그의 오감은 불쾌한 느낌은 감지하지 않으면서 기분 좋은 느낌, 예를 들어 영국산 담배 냄새, 잘 우러난 마테차 향기, 스페인산 가죽으로 제본한 『의지와 표상으로서의 세계』 등이 주는 느낌은 지속시키는 데 익숙했다. 우연은 그를 11번가의 집 또는 트리부날레스가의 집이라 불리는 저택의 단출한 방들로 이끌었다. 어떤 방에는 창문이 없었고, 또 어떤 방에는 좁아 터진 마당으로 난 창이 있기도 했다. 내가 그 집의 문을 열고 들어서면 그곳에 마세도니오가 있었다. 어떤 날에는 침대 위에 걸터앉아 있었고, 또 어떤 날에는 꼿꼿한 등받이가 있는 의자에 앉아 있기도 했다. 그런 그를 보면 몇 시간째 미동도 않고 앉아 있었던 것 같은 인상을 받았고, 스스로 방 안에 갇혀 있다는 사실도, 그 속에서 시들어 가고 있다는 생각도 전혀 하지 않는 것 같다는 느낌이 들었다. 나는 지금까지 마세도니오만큼 추위를 많이 타는 사람을 본 적이 없다. 그는 늘 커다란 수건을 양 어깨에 두르고 있었는데 가슴 위로 늘어뜨린 수건 자락이 마치 아랍풍의 의상 같아 보였다. 거기에 마부들이 쓰는 모자나 검정 밀짚모자 하나만 씌워 놓으면 딱 될 것 같은 그런 모양새였다. (석판화 같은 데서 보았던 가우초들이 그런 차림이었던 기억이 나기 때문이다.) 그는 '따뜻함이 주는 기쁨'에 대해 즐겨 말하곤 했는데, 그가 말하는 '기쁨'은 사실상 성냥 세 개에 불을 붙인 뒤 부채꼴 형태로 벌려 복부 가까이로 가져다 대는 것을 말했다. 그가 왼손으로 순식간에 사라져 버리고 말 그 빈약한 난방을 가동시키는 사이, 그의 오른손은 일종의 심미적이거나 형이상학적인 성격을 띤 가설을 더욱 강조시키는 기능을 했다. 매서운 추위가 위험천만한 결과를 불러올지도 모른다는 두려움에 그는 겨울에는 옷을 입은 채 잠을 잤다. 침대 자체가 주는 온기 같은 건 개의치 않았다. 또한 지속적으로 체온을 유지해 주는 턱수염이야말로 치통을 방지해 주는 자연 방지책이라는 의견을 내세웠다. 식이 요법과 고 당분 음식에 대해 관심이 많기도 했다. 어느 날인가 오후에는 메렝게[367]와 알파호르[368]의 장단점에 대해 장시간 토론을 벌인 적이 있었

---

[367]   달걀 흰자로 낸 거품에 설탕을 섞어 오븐에 구운 달걀
        모양의 과자. 머랭 과자의 한 종류.

[368]   밀가루 반죽에 아몬드나 호두, 꿀을 넣어 만든 달콤한

는데, 한참이나 공평하고 세심한 이론적 논리를 펼친 끝에 결국 그는 크리오요 전통 과자의 손을 들어주면서 침대 아래 놓아두었던 먼지 쌓인 주머니를 하나 끄집어냈다. 주머니에 들어 있던 원고 뭉치와 마테 잎, 담배 사이를 헤집던 그는 알파호르인지 메렝게인지 알아보기조차 힘든 뭔가를 꺼내 들고 우리에게 먹어 보라고 고집을 부리기도 했다. 이런 일화들은 자칫 황당한 행동으로 보일 수 있었다. 사실 그 당시만 해도 우리에겐 그래 보였으니까. 그런데도 그런 일은 지속적으로 반복되었고, 약간 과장을 하자면 그런 상황에서도 그에 대한 우리의 존경심은 손톱만큼도 손상되지 않았다. 나는 마세도니오를 조금도 폄훼할 생각이 없다. 그래서 이쯤에서 그가 벌인 소소하고 황당한 행동에 대한 묘사는 멈추려고 한다. 어쨌거나 나는 내가 지금까지 알고 지낸 사람들 가운데 가장 독특한 사람은 마세도니오라는 믿음을 유지하고 있다. 모르긴 해도 보즈웰 역시 새뮤얼 존슨[369]에 대해 나와 같은 생각을 했던 것 같다.

마세도니오 페르난데스에게 글쓰기는 힘든 일이 아니었다. 그는 (내가 알아 온 그 어떤 사람보다도) 생각하기 위한 삶을 살았다. 작가들이 굵직한 플롯의 흐름에 몰두하듯 그는 날마다 생각의 변화와 돌출에 몰입했는데, 이런 방식의 사고를 그

스페인 전통 과자. 일반적으로 마카롱과 비슷한 모양이다.

369 Samuel Johnson(1709~1784). 영국 시인, 평론가.《워싱턴 포스트》는 지난 1000년 동안 최고의 업적을 남긴 인물 또는 작품 선정에서 그를 최고의 저자로 선정했다.

는 스스로 글쓰기라 불렸고, 이런 글쓰기가 그에게는 전혀 힘든 일이 아니었다. 그의 사고는 마치 생각을 글로 써 내려가는 것처럼 생생했다. 고독이 감도는 방 안에서도, 시끌벅적한 카페에서도 그는 타자기가 뭔지도 모르는 시대 사람답게 길쭉길쭉한 글씨로 종이를 채우고 또 채워 나갔다. 사실 그 시대만 해도 또박또박한 글씨체야말로 일종의 기품을 드러내는 방식 중 하나였다. 그가 대충 쓴 편지조차도 출판을 위해 쓴 원고와 비교할 때 창의성이나 자유분방함이 결코 부족하지 않았고, 심지어 더 우아하기까지 했다. 마세도니오는 자신이 쓴 글을 그다지 가치 있게 여기지 않았다. 그래서 이사를 갈 때에는 탁자 위에 잔뜩 쌓여 있거나 상자와 장롱 속에 가득 찬, 형이상학적이고 문학성 넘치는 육필 원고들을 가져가지 않곤 했다. 이렇게 그가 쓴 원고의 상당 부분이 소실되었고, 대부분은 돌이킬 수 없는 상태가 되었다. 내 기억에 나는 누차 그의 이런 부주의를 나무라곤 했는데, 한번은 그가 사람이 뭔가를 잃어버렸다고 생각하는 것 자체가 오만이라고 지적했다. 인간의 정신세계라는 게 워낙 빈약해서 동일한 것을 두고 발견했다가 잃어버리고, 또 재발견하는 것을 반복하는 운명을 안고 있기 때문이라는 것이었다. 그가 쉽게 글을 쓸 수 있었던 또 한 가지 이유는 언어의 음과 더 나아가 음조에 대해 덮어 놓고 경멸감을 드러냈기 때문이다. 언젠가는 “나는 소리 따위를 읽어 내는 독자가 아니네.”라고 강조했다. 루고네스나 다리오가 운율을 찾아내기 위해 조바심을 내는 것이 그의 눈에는 다 부질없는 행동으로 보였을 뿐이다. 그는 시라는 것이 글자 하나하나나 아이디어, 또는 우주의 미학적 정당성 속에 깃들어 있다고 주장했다. 그러나 세월이 흐르면서 나는 기본적으로 시가 억양, 즉 하나의 문구가 갖는 일종의 호흡 속에 깃들어 있다는 생각을 하게 된다. 마세도니오는 음악을 음악 속에서 찾았을 뿐, 언어 속에서 찾지는 않았다. 이런 자세는 우리가 부지불식간이라도 그가 쓴 글, 특히 산문 속에서 음악성, 즉 그의 목소리가 빚어내는 그만의 리듬을 감지하는 것을 차단했다. 마세도니오는 소설 속 등장인물은 윤리적으로 완벽한 인간이어야 한다고 주장했다. 그러나 사실 이 시대는 그와는 정반대의 경향을 보여 주고 있다. 유일한 예외가 있다면 늘 영웅과 성인을 꿈꾸고 만들어 내려 했던 쇼의 훌륭하기 짝이 없는 인물들뿐일 것이다.

사람을 미소 짓게 만드는 마세도니오의 예의 바른 태도와 다소 묘연한 분위기 이면에는 두 가지에 대한 두려움이 깃들어 있었다. 바로 고통과 죽음에 대한 두려움이 그것이다. 죽음에의 공포는 그로 하여금 '나'를 부정하게 만들었다. 죽어야만 하는 나를 상정하지 않기 위해서였다. 고통에의 공포는 육체적 고통이 극심할 수 있다는 사실을 부정하게 만들었다. 그는 인간의 육체가 강렬한 쾌락이나 극심한 통증을 느낄 만한 능력이 안 된다고 스스로를 설득하고 우리까지 설득하고자 했다. 라토우르와 나는 그에게서 이런 아름다운 은유를 들은 적이 있다. "쾌락이 장난감 가게 격인 이 세상에서 고통은 철공소 격이 될 수 없다." 쾌락이 늘 완구점 격인 것은 아니라거나, 무엇보다 세상이란 것이 반드시 대칭적인 것만은 아니라고 반론을 늘어놔 봐야 아무런 소용이 없었다. 치과 의사의 펜치를 맞닥뜨리지 않기 위해 마세도니오는 끊임없이 치아 사이를 조금이라도 넓히기 위해 집요하리만치 애썼다. 즉 왼손을 칸막이로 막듯 치아 뒤쪽으로 넣어서 받친 뒤 오른손으로 치아를 밀곤 한 것이다. 날마다, 그것도 수년 동안 지속적으로 실행한 이 방법이 얼마나 성공적인 결과를 가져왔는지에 대해서는 나도 알 수 없다. 인간은 본능적으로 고통에 직면하게 되면 가급적 그 고통에 대해 생각하지 않으려고 애쓴다. 그런데 마세도니오는 반대로 사람들이 그 고통과 모든 주변 정황에 대해 미리 상상해야만 실제로 고통에 맞닥뜨렸을 때 놀라지 않을 수 있다고 주장했다. 그는 이런 식으로 치과 대기실과 인사말, 수술용 의자, 치과 기구들, 소독약 냄새, 미지근한 치과용 물, 치아에 실리는 압력, 불빛, 치아를 뚫고 들어오는 바늘, 그리고 마침내 찢기고야 마는 장면을 상상하곤 했다. 미리 하는 이런 상상이 완벽해서 이례적인 사안 하나도 발생할 여지를 남겨 두어서는 안 되었지만, 마세도니오는 끝내 사전 상상을 완수하지는 못했다. 아마도 그가 하는 상상은 그를 쫓아 다니는 무시무시한 허상들을 정당화시키는 구실에 불과했을 것이다.

명성이 갖는 메커니즘에 대해서는 관심이 있었지만 끝내 명성을 얻지는 못했다. 한 해인가 두 해 동안은 공화국 대통령이 되겠다는 원대하지만 헛된 꿈을 꾸기도 했다. 그에게 담배 가게를 열어 보는 게 어떻겠냐고 권하는 사람은 여럿 있었지만 대통령이 되어 보는 게 어떻겠냐고 하는 사람은 한 명도 없었다. 그런 통계적 수치를 보고도 그는 담배 가게 주인이 되는 것보다는 대통령이 되는 게 훨씬 쉬울 거라는 결론을 내리곤 했다. 우리 중 누군가도 그러면 대통령이 되는 것보다 담배 가게를 여는 것이 훨씬 어렵다고 생각하는 것이 당연하다는 말을 한 적이 있었다. 마세도니오는 진지한 표정으로 고개를 끄

덕였다. "가장 필요한 것은 이름을 널리 알리는 것인데……."
라고 그는 누차 반복해 말하곤 했다. 유명 일간지 지면에 이름
이 실리는 것은 어렵지 않지만, 그 일간지를 통해 이름이 널
리 알려지다가는 자칫 줄리우 단타스[370]나 '시가리요스 43' 담
배 꼴이 되기 십상이었다. 사람들의 상상력 속으로 교묘하고
쥐도 새도 모르게 스며드는 것이 최선이었다. 마세도니오는
자신의 세례명을 활용하기로 했고, 나의 누이와 내 누이의 몇
몇 친구들이 작은 종이와 카드 등에 마세도니오의 이름을 적
은 뒤 슬며시 카페나 전차 안, 인도나 남의 집 현관, 영화관 등
에 놓고 오는 수법을 썼다. 그런가 하면 외국인 공동체의 환심
을 사는 작전도 펼쳤다. 대단한 몽상가였던 마세도니오는 독
일 클럽에 짝도 맞지 않는 쇼펜하우어 저작 한 권을 슬며시 놓
아두고 왔다며, 그 속에 자신의 서명이 들어 있고 페이지 곳곳
에 연필로 메모를 적어 놓았다고도 했다. 이렇게 대략 상상의
산물이자 매우 조심스럽게 수행했기 때문에 그 결과가 신속
히 나올 것 같지 않은 작전들을 펼치던 중, 부에노스아이레스
를 배경으로 하는 환상 소설을 한번 써 보자는 원대한 계획을
세우기에 이르렀다. 그리고 우리는 모두 함께 소설 집필을 시
작했다. (내 기억이 틀리지 않는다면, 훌리오 세사르 다보베가 지금
까지도 그때 쓴 소설의 원고 중 첫 두 장을 보관하고 있을 것이다. 우
리가 그 소설을 결국 완성할 수 없었던 것은 실제로 글로 써내기보다
는 말로 하기를 즐겨했던 마세도니오가 소설을 쓰는 일을 계속 지연

---

370   Júlio Dantas(1876~1962). 포르투갈의 극작가이자 소
       설가.

시켰기 때문이다.) 책 제목은 『대통령이 될 남자』였고, 소설 속 등장인물은 마세도니오의 친구들이었다. 책 마지막 페이지에서 독자는 이 책이 주인공인 마세도니오 페르난데스와 다보베 형제들, 그리고 9장 말미에 죽음을 맞이하는 호르헤 루이스 보르헤스와 그 기이한 무지갯빛 모험을 경험했던 카를로스 페레스 루이즈를 비롯한 여러 사람들에 의해 쓰였음을 깨닫게 될 예정이었다. 플롯은 두 개의 축으로 짜여 있는데, 한 축은 겉으로 드러나는 이야기로, 공화국 대통령이 되기 위한 마세도니오의 흥미로운 활동들로 구성되어 있었고, 비밀리에 깔려 있는 또 하나의 축은 역시 대통령이 되기 위해 움직이는 신경쇠약증에 걸린 백만장자들, 즉 광인들로 구성된 파당의 음모로 이루어져 있다. 이들 파당은 사용이 불편한 발명품들을 단계적으로 만들어 내어 사람들의 저항을 약화시키고 무력화시킨다. (우리에게 소설을 쓰게 만들었던) 첫 번째 발명품은 사실상 커피를 달달하게 만드는 것을 방해하기만 하는 자동 설탕 그릇이다. 뒤이어 다른 발명품들이 등장하는데, 예를 들면 앞뒤 모두에 연필심이 달려 눈을 찌를 것 같은 양면 연필, 양쪽 모두 같은 높이에 가로대가 빠져 있는 경사 급한 접이식 사다리, 한쪽은 면도날이고 다른 한쪽은 빗이 달려 있어 언제고 손가락이 베일 수 있는 면도칼 겸 빗, 서로 상반되는 신물질로 만들어져서 우리의 예상을 비웃기라도 하듯 덩치는 큰데 무척 가볍거나 크기는 아주 작은데 너무나도 무거운 가재도구들, 추리 소설 곳곳에 마구잡이로 뒤섞여 있는 엉뚱한 단락들, 수수께끼 같은 시구나 다다이즘적이거나 큐비즘적인 그림들을 들 수 있다. 첫 번째 장은 거의 전체가 '나'는 존재하지 않는다는 교리를 맞닥뜨린 한 시골 청년의 두려움과 당혹감을 묘사하고 있는데 결국 그 청년은 사실상 존재하지 않는, 그저 공예품에 불과한 자동 설탕 그릇일 뿐이었다. 두 번째 장에서는 두 사람이 슬쩍, 그것도 아주 잠시 등장한다. 사실 우리의 의도는 이들 두 사람의 비중을 점차 늘려 가는 것이었다. 또한 우리는 사건들이 점차 풍성해질수록 문체도 점차 풍요로워지도록 할 셈이었다. 그래서 제I장에서는 피오 바로하[371]가 사용한 대화 방식의 어조를 선택했고, 마지막 장에서는 케베도 식의 좀 더 바로크한 어조를 도입할 생각이었다. 최종적으로는 정부가 해체되고 마세도니오와 페르난데스 라토우르가 카사 로사다[372]로 입성하게 되지만, 무정부주의적인 그 세계에서는 그 무엇도 의미를 획득하지 못한다. 이 미완의 소설에서는 은연중에 『목요일이었던 남자』[373]가 투영되고 있음을 알 수 있다.

마세도니오에게 문학은 생각보다 덜 중요했고 출판은 문학보다 덜 중요해서 사실상 거의 아무런 중요성도 갖지 않았다. 밀턴이나 말라르메가 한 편의 시나 한 페이지의 글을 통해 자신의 삶의 정당성을 추구했다면, 마세도니오는 우주를 이해하고 자신이 누구였는지 혹은 과연 무엇이기라도 했었는지를 알고자 했다. 그에게 글을 쓰고 출판을 하는 것은 부차적인 일

---

371   Pio Baroja(1872~1956). 스페인의 소설가. 소설, 희곡,
        전기 등의 다양한 분야에서 다작한 것으로 유명하다.
372   부에노스아이레스에 위치한 대통령궁.(정부 청사)
373   철학과 신학, 사회비평적 배경이 짙게 깔린 우화성 짙
        은 작품으로, G. K. 체스터턴의 I908년작. 인간의 자유
        의지와 악마의 존재를 주제로 삼은 추리 소설.

이었다. 그와 나누는 대화나 그와 나눈 우정도 매력적이었지만 마세도니오는 그보다 지혜로운 방식으로 우리에게 삶의 모범을 제시했다. 오늘날 지식인이라고 일컬어지는 사람들은 사실상 지식인이 아니다. 그들은 지식을 활용해 일하거나 행동의 도구로 삼고 있을 뿐이기 때문이다. 마세도니오는 순수한 묵상가로 가끔씩 글을 썼고, 아주 드물게 출간을 했다. 마세도니오를 드러내기 위한 최선의 방식은 일화를 소개하는 것인데 여기에는 단점이 하나 있다. 즉 기억할 만한 일화들의 경우 그 주인공이 늘 오늘날에는 고전적이라고 부르는 동일한 경구들을 읊어 대거나 또는 종국에 동일한 결말에 처하고야 마는 기계적인 존재로 전락하게 된다는 것이 그것이다. 또 하나의 방식이 있다면 마세도니오의 어록을 소개하는 것이다. 그는 현상에 대중없이 이런저런 말들을 갖다 붙여 현상을 풍요롭게 만들고 경탄스러운 것으로 탈바꿈시키곤 했다. 모론 저택, 혹은 11번가 저택으로 불리는 그 집에 무심한 듯 존재하는 그 자체만으로도 우리 개개인의 행불행보다 훨씬 중요성을 띠는 한 남자가 있었음을 깨닫는 것은 하나의 기쁨이었으며, 그 남자가 바로 마세도니오였음을 나는 어떻게든 드러내고 싶었다. 정말 그런 마음을 가졌었고, 다른 사람들도 그건 마찬가지였지만 결국 나는 그것을 드러내지 못했다.

마세도니오는 표상으로서의 세계의 이면에 존재하는 항구적인 물질을 거부하고, 표상을 감지하는 '나'도 거부했지만, 대신 현상을 인정했고, 그 현상은 예술이나 사랑 같은 것을 통해 드러난다고 주장했다. 내 생각에 마세도니오에게는 예술보다 사랑이 훨씬 더 경이로운 무엇이었던 것 같다. 그가 예술보다 사랑을 더 우위에 둔 것은 그가 신봉한 교리 때문이 아니라 (앞서도 언급했듯이) '나'를 부정하는 행동에서도 볼 수 있는 서정적인 성격에서 비롯된 것이었을 것이다. '나'를 부정하는 것은 결국 열정에 있어서도 주체와 객체가 따로 존재하지 않는다는 것이고, 그런 상황만이 유일한 현상이기 때문이다. 마세도니오는 우리에게 — 아마도 인사를 나누는 행위를 말하는 것 같은데 — 두 사람이 몸을 서로 끌어안는 행위는 하나의 영혼이 또 다른 영혼들을 만들어 내는 신호라고 말했다. 하지만 그의 철학에 영혼이란 존재하지 않는다.

구이랄데스와 마찬가지로 마세도니오는 미래주의와 입체파를 일컫는 비공식적이고 때늦은 버전, 즉 재미 삼아 제시한 시각, 혹은 회의적인 시각으로 부에노스아이레스에 이목을 집중시킨 「마르틴 피에로」 세대에 자신의 이름을 편입시키는 것을 허용했다. 하지만 나는 개인적인 친분을 떠나서라도 마세도니오를 「마르틴 피에로」 세대에 편입시키는 것은 구이랄데스를 이 세대에 편입시키는 것보다 훨씬 더 부당한 일이라 생각한다. 모든 울트라이즘[374]이 「루나리오 센티멘탈」에서 출발했듯이 「돈 세군도 솜브라」도 루고네스의 「파야도르」에서 비롯되었지만, 마세도니오의 세계는 훨씬 더 다양하고 광대하다. 마세도니오에게 문학 기법은 관심사가 아니었다. 근교의

---

[374]   세계 1차 대전 이후 스페인 문학에 나타난 경향으로 기존의 형식적인 구조와 장식적인 문체에서 벗어나 단순하고 함축적인 표현을 추구하고자 하는 문예 운동. 1920년대 중반부터 점차 쇠퇴했다.

자연에 대한 숭배와 가우초에 대해서도 마세도니오는 순진한 조롱을 해 대곤 했다. 그는 한 조사에서 가우초가 말들을 위한 오락거리라고 말하면서 "가우초들은 날마다 바닥에 서 있잖아!", "어쩜 저렇게 제 발로 걸어다닐까!"라고 했다. 그리고 어느 날 낮엔가는 발바네라 교회 앞뜰에 유명세를 안겨 준 혼탁한 선거 이야기를 하면서 "우리 발바네라 교구 사람들은 너무나도 위험천만한 이번 선거와 더불어 다 죽은 거다."라고 말하기도 했다.

그의 철학념 이념과 빈번하고 신중한 미학적 의견 외에도 마세도니오는 우리에게 명성에 연연하지 않으면서 열정과 성찰로 가득 찬 삶을 살아간다는 측면에서 그 누구와도 비할 수 없는 모습을 보여 주었고, 지금도 여전히 보여 주고 있다. 나는 마세도니오의 철학을 쇼펜하우어나 흄의 철학과 비교했을 때 어떤 유사점과 차이점이 있을지 알지 못한다. 그저 1920년 무렵, 부에노스아이레스에서 한 남자가 생각하고 또 생각한 끝에 영원한 어떤 것들을 발견해 냈음을 알게 된 것만으로도 충분하다.

**발췌 및 서문, 『마세도니오 페르난데스』,
에디시오네스 쿨투랄레스 아르헨티나스,
비블리오테카 델 세스키센테나리오, 1961.**

『가우초』

　　말 잔등 위에 올라 앉아 대지를 내려다보며 그 말을 다루는 기수는 시대를 막론하고 말을 타고 있는 모습의 조각상으로 상징되는 직관적 관념을 만들어 냈다. '말을 타고 있는'이라는 형용사는 이미 로마 시대에도 군대와 사회 전반에 반영되고 있었다. '카바예로'[375]와 '리테르',[376] '슈발리에'[377] 같은 어휘들이 엇비슷한 어원에서 출발하고 있음은 모두가 아는 사실이다. 영국의 비평가들 역시 예이츠의 시에서 '말을 타는 사람(rider)', 즉 기수라는 시어가 갖는 무게감과 가치를 강조하고 있다. 이 땅에 존재하는 그런 사람들이 바로 가우초였다. 물론

---

[375]　caballero. 기사를 의미하는 스페인어.

[376]　ritter. 기사를 의미하는 독일어.

[377]　chevalier. 기사를 의미하는 프랑스어.

지금은 다 사라지고 오직 거칠고 고독한 기억만이 배어나는 빛바랜 영예만 남아 있을 뿐이지만.

새뮤얼 존슨은 선원과 병사라는 직업은 위험성이 있기에 위엄을 지녔다고 말했다. 우리의 가우초 역시 위엄을 갖고 있다. 가우초는 팜파스와 철조망 사이에서 거친 날씨, 미지의 대지, 드넓은 평원을 마주해 싸울 줄 아는 사람들이었다. 가우초가 어느 종족인지를 규정하려는 것은 부질없는 일이다. 잊혀버린 정복자들과 원주민들 사이에서 우연찮게 태어난 자손인 가우초는 인디오와 흑인종 혹은 백인종이 더러 섞인 메스티소였다. 가우초가 된다는 것은 운명이었다. 그들은 불모와 가혹의 예술을 배웠고 그들의 적은 파란만장한 지평선 저 너머에 도사리고 있는 기습과 게으름, 목마름, 맹수들, 가뭄, 불타는 들판이었다. 훗날 그들은 자유주의 운동과 무정부주의 운동을 맞이했다. 그들은 저 멀리 서부의 먼 친척들과는 달리 모험가도 아니었고, 드넓은 처녀지를 찾아 나선 탐색가도 아니었고, 금맥을 찾아온 이들도 아니었다. 그러나 전쟁 탓에 그들은 멀리 떠밀려 나가 라틴 아메리카 대륙의 낯선 땅에서 자유와 조국 같은, 끝내 제대로 이해조차 못할 추상적 관념이나 표어, 지도자를 위해 목숨을 바쳤다. 위험이 잠시 소강상태에 접어들면 일손을 놓기도 했다. 그들이 가장 좋아하는 것은 느릿느릿 퉁겨 대는 기타 소리와 부른다고 하기보다는 말하는 것에 가까운 노래, 담배, 말 경주, 타오르는 장작불 주위로 둥그렇게 둘러앉아 마시는 마테차, 탐욕의 흔적이 아닌 세월의 흔적. 이는 두말할 것도 없이 유명한 것들이다. 1856년에 휘트먼은 이렇게 썼다.

평원을 가로지르는 가우초가 보인다.

고삐를 당기며 말 등에 올라앉은 비할 데 없이 멋진 기마
병이 보인다.

팜파스에서 광활한 농원을 찾아 누비는 것이 보인다.

그리고 반세기 뒤, 리카르도 구이랄데스는 동일한 유랑인
을 수사적으로 그려 냈다.

광활한 초원을 누비는 이의 상징이자 진정한 사내인,
대범한 전사.
사랑과 용맹과
야생성!

정확히 말하자면, 가우초
바람에 나부끼는 옷자락
승자를 묘사하는
이야기의 주인공.

신념으로 가득 찬
마음,
충직한
의지,
사내의 '건장한' 육신
순례자는 달린다.
평원을 누비며

용기로 강인해진
두 손으로 생명을 감싸 쥔 채

가우초의 빈곤함은 일종의 사치를 품고 있었다. 용맹이 바로 그것이었다. 시저도 인정했다시피, 가우초는 단검술을 창안했고 후세에 남겨 주었다. 판초 속으로 집어넣은 왼팔을 마치 방패처럼 앞에 두고, 칼끝은 하늘을 향해 찌르듯이 위를 향하게 했다. 사람과 싸울 때에는 단판 결투로 결판을 냈고, 북부 지방의 범 사냥꾼인 경우에는 재규어 칼을 쓰기도 했다. 가우초의 용맹은 아무런 사심도 없는 것으로, 치빌코이에 사는 한 가우초 이야기를 들은 적 있는데, 그는 정중히 한 남자에게 도전하겠다며 주 영토 전체를 가로질러 갔다고 한다. 도전 상대에 대해서는 그저 용맹한 자라는 것 외에는 알지 못하면서 말이다. 세월이 흐르는 동안 이와 유사한 일들이 숱하게 일어났다. 하지만 토요일 밤 거나하게 술을 마셔 흉폭함을 드러냈다고 해서 가우초의 잔인함을 과장해서는 안 된다고 생각한다. 사람들의 존경을 한 몸에 받는 에르난데스 소설의 주인공 마르틴 피에로와 에두아르도 구티에레스의 소설 속 칼잡이들의 일생은 그 영웅들 속에서 황야에서 살아가는 우리 가우초의 원형을 발견하게 만든다. 사실 사르미엔토가 규정한 반역의 가우초는 그저 가우초의 한 종류일 뿐이었다. 산 니콜라스 농원의 오르미가 네그라나 케켄의 티그레는 도망자였고, 무리의 맨 앞에서 앞장서 농원을 습격했던 레푸블리카 오리엔탈의 클리누도 멘차카 같은 사람들도 다행히 어쩌다 한번 등장할 뿐이다. 어쩌다 한번 등장하는 게 아니었다면 오늘날까지 그 전설들이 기억되지도 못했을 것이다. 오스카 와일드가 남긴 말 중 하나는 자연이 예술을 모방하고 있음을 경고하고 있다. 포데스타 가문 사람들은 크리오요 덕분에 소설의 주인공이 된 잘생긴 시골 남자의 성장에 영향을 미칠 수 있었다. 1908년에 부에노스아이레스의 외곽을 처음으로 노래한 에바리스토 카리에고는 자신의 시 「잘생긴 남자」를 산 후안 모레이라를 경건히 추모하며 바쳤다. 지난 세기 말엽과 금세기 초엽의 추리 소설에 대해서는 사람들이 '모레이라처럼 되고 싶어 하는' 질서를 교란시킨다며 비난했다. 모르긴 해도 무법의 가우초들 중에 가장 유명한 사람이 바로 후안 모레이라였을 거고, 지금은 그 자리를 마르틴 피에로가 대신하고 있는 게 맞을 것이다.

험난한 인생은 가우초를 용맹스럽게 만들었다. 물론 가우초의 지도자라고 해서 늘 용맹스러웠던 것은 아니다. 로사스 같은 경우는 누가 봐도 비겁한 인간이었다. 말을 타던 시절에는 조용히 마장을 연습하는 사람이라는 명성을 얻어야만 했다. 그런 경우가 아니라면 가우초 가문에서 카우디요가 나는 일은 없었다. 아르티가스나 오리베, 구에메스, 라미레스, 로페스, 부스토스, 로사스로 불리는 알다오, 우르키사 등은 농장주였지 유랑민이 아니었다.

나는 그리 미신적인 사람은 아니다. 꽤나 학식이 깊은 내 친구 중 한 명이 엔트레리오스 지역에서 달구지를 몰고 가는 한 남자에게 토요일 밤마다 개로 변신하는 늑대 이야기를 물어본 적 있었다. 그러자 남자는 미소 띤 얼굴로 "아이고, 신사 양반, 그런 걸 믿습니까? 다 지어낸 이야기입니다."라고 대답했다.

아스카수비는 『파울리노 루세로 또는 폭군 후안 마누엘 데 로사스와 그 측근들을 무너뜨리는 그 순간까지 노래하며 싸워 나가는 리오 데 라 플라타의 가우초들』이라는, 이제는 하나의 대서사가 되어 버린 작품에서 가우초를 멋진 군인으로 추켜세웠다. 에스타니슬라오 델 캄포는 독자에게 기쁨을 선사하는 어떤 책에서 아르헨티나인들의 무척이나 속 깊고 공고한 열정과 사나이들 간의 우정을 스스로 맞닥뜨리도록 하기 위해 가우초를 활용했다. 그 뒤에는 에르난데스의 작품을 고발하고 재창조해 낸 레오폴도 루고네스의『파야도르』가 뒤를 이었다. 어조는 영웅적이었지만, 1926년 구이랄데스의『돈 세군도 솜브라』에 이르러서는 이미 모두 애조를 띠고 있었다. 어찌 보면 각각의 작품들이 들려준 사건 하나하나가 마지막으로 벌어진 이야기처럼 느껴지기도 한다. 역사 속 전원 시기에 이르러서는 이미 멀리로 사라져 버린 이야기로 말이다.

가우초는 죽었어도 사람들의 혈관 속에, 어두컴컴하거나 과도하게 대중에 노출된 일종의 향수 속에, 그리고 도시 속 남자들을 그려 낸 문학 속에 살아 숨 쉬고 있다. 이 프롤로그를 쓰는 중에도 나는 몇 권의 책을 열거했다. 또한 팜파스에서 태어나고 자랐으며, 상실한 것들을 좀 더 잘 느끼기 위해 스스로 유배의 삶을 추구했던 허드슨가 사람들을 잊을 수가 없다.

서문, 『가우초』, 무츠니크 에디토레스, 1968.

알베르토 헤르추노프[378] 『돈키호테로의 귀환』

천체력과 사전과 조상들이 남겨 준 서글픔과 냉랭함이 감도는 불멸이 있는가 하면, 사랑스러운 일화와 행복한 문장들과 주인공들의 기억과 교류 속에 오래도록 자리 잡고 있는 내밀함과 따사로움이 감도는 불멸도 있다. 알베르토 헤르추노프는 분명 작가였다. 하지만 그가 누리는 명성의 형태를 보면 단순한 문인으로서의 명성을 초월한다. 그가 일부러 그런 것도 아니고, 어쩌면 스스로 알지도 못하는 사이에 그는 오랜 과거 속의 어떤 유형, 즉 글을 단순히 말의 대용품 정도로 여기며 불경한 무엇으로 생각했던 대문호들의 유형을 형상화시키고 있었던 것이다. 피타고라스는 글 쓰는 일을 평가 절하했고, 플라톤은 책

---

378   Alberto Gerchunoff(1883~1950). 제정 러시아에서 태어난 아르헨티나 작가.

을 쓰는 일이 주는 불편함을 피해 가는 차원에서 질문을 던지는
이에게 절대 답하지 않는 대화편을 고안해 냈다. 알렉산드라의
클레멘트는 한 권의 책 속에 만사를 다 기록하는 것은 어린아
이 손에 칼을 쥐어 준 꼴이라고 했다. 라틴 속담에 "말은 날아가
도 글은 남는다."라는 말이 있는데, 지금 보면 펜을 통해 사고를
고착시킬 것을 독려하는 말로도 보이지만 글이 곧 증언이 될 수
있다는 위험을 방지하기 위한 것으로도 보인다. 라틴 속담뿐 아
니라 유대나 여타 이교도의 속담에서도 이런 예는 어렵잖게 찾
을 수 있다. 말의 대가들 중에서도 가장 으뜸인 자, 빗대어 말하
기를 즐겼으며, 한번은 마치 사람들이 여인을 향해 돌을 던지려
는 것을 전혀 모르기라도 했다는 듯 그 누구도 읽은 적 없는 글
을 이 땅에서 써낸 자에 대해서는 아무 말 않겠다.

　한 권의 책에서 큰 감동을 받았던 디드로나 닥터 존슨, 하
이네와 마찬가지로 알베르토 헤르추노프는 말을 할 때와 글을
쓸 때 동일한 행복감을 느꼈고, 그가 쓴 책들 속에서는 유창한
달변가의 모습이 보이며, 그와 대화를 나눌 때에는 (마치 대화
를 듣는 듯한 느낌이 드는데) 그 속에는 포용력 있으면서도 완벽
한 느낌이 드는 문학적 섬세함이 감지된다. 무척이나 박식했
던 헤르추노프는 지식보다는 지혜로움을 훨씬 동경했다. 『조
하르』[379]의 「생명의 나무」에서 ── 여기에서 나무란 사람이며
곧 아담 카드몬[380]이다. ── 지혜는 영광스러운 신성의 제2계이

379　　유대교 신비주의 카발라의 경전.
380　　원인간(原人間). 조하르에서 하느님은 아담 카드몬을
　　　　통해 자신을 계시하고 인간의 전형을 제시한다.

며, 지식은 그보다 하위에 있다. 조하르에서는 지혜가 『돈키호
테』와 성경 속에 담겨 있다고 한다. 이 두 권의 책은 우리의 친
구 알베르토가 이 땅을 걷는 동안에도, 한가로운 평원을 기차
를 타고 가로지르는 동안에도, 환희의 바다로 떠나기에 앞서
오른 증기선의 갑판 위에서도 늘 함께했다.

　하지만 세르반테스의 운명은 역설적이었다. 수사학적 허
영으로 가득한 세기와 그런 나라에서 한 인간으로서, 그리고
하나의 인간 유형으로서 인간의 진수를 끄집어냈다. 돈키호테
를 창안하고 탄생시킨 것이다. 『돈키호테』는 서구 문학사상
최후의 기사 소설이자 최초의 심리 소설이다. 세르반테스는
사후에 그와는 별로 닮은 구석이 없는 문학자들로부터 숭배의
대상이 되었다. 그러자 놀란 촌부들도 그를 숭배했다. 그가 유
의어도 많이 알고 속담 등도 잘 알고 있었기 때문이다. 1904년
경 루고네스는 그저 그 대단한 명성만 들을 뿐 돈키호테를 실
제로 접하지 않은 사람들을 일컬어 탱탱하고 맛 좋은 과육을
감싼 주름진 껍질을 갉아 먹는 인간들이라고 했다. 그리고 또
몇 해 뒤에 그루삭은 "익살스러운 문체가 빚어내는 획 굵은 유
머가 있는가 하면 산초의 천박한 말투도 있는 걸 보면, 이것이
거장이 쓴 걸작이라는 게 기적이다."라는 비평은 얼토당토않
은 말이라고 지적했다. 그리고 오늘날 알베르토 헤르추노프는
고심 끝에 탄생한 이 유작을 통해 돈키호테의 내면에 대해 고
민하고 있다. 그는 두 개의 역설을 찾아내어 살펴본다. "미겔
데 세르반테스를 대단히 높이 평가하지 않았지만" 법제도의
희생양인 칼라스와 시르벵을 두둔함으로써 위험을 무릅쓴[381]
돈키호테적 인물이었던 볼테르의 경우가 그 하나이고, 세르반

테스를 신봉하는 용맹스럽고 정의로운 사람이기는 하지만 기이하게도 내내 알론소 키하노[382]를 온통 구식 어휘들로 가득한 울적한 박물관 같은 인간이라고 평가했던 후안 몬탈보의 경우가 또 다른 하나이다. 헤르추노프는 몬탈보를 일컬어 언어의 순수함과 문법적 전통이라는 강박에 사로잡힌 정통 스페인 태생의 작가들 속에서 도대체 어디로 분류해야 할지 알 수 없는, 세르반테스의 근처에도 가지 않은 채 지식이라는 사치스러운 스포츠를 즐기는 재능을 발휘한 사람이라고 했다. 훗날 널리 알려지기에 부족함이 없는 한 문장을 통해 그는 세르반테스가 "거리의 악사들이나 가질 것 같은 청각"으로 파악한 이국적이고 대중적인 목소리들에 대해 이야기하기도 했다.

스티븐슨은 작가에게 매력이 없으면 아무것도 남는 게 없다고 주장했다. 건방진 말인지 모르겠지만, 나의 이 글들에 매력이 넘친다고 본다.

서문, 『돈키호테로의 귀환』, 에디토리알 수다메리카나, 1951.

---

381   볼테르는 프로테스탄트에 대한 편견으로 인해 부당하게 사형당한 장 칼라스(Jean Calas)를 위해 사법 체계 전체와 싸움을 벌여 복권을 이뤄 내고, 역시 프로테스탄트인 피에르폴 시르뱅(Pierre-Paul Sirven)이 무죄 판결을 받는데 결정적 역할을 했다.

382   소설 속에서 돈키호테가 탐닉한 기사 소설의 주인공.

에드워드 기번[383] 『역사서와 전기』

에드워드 기번은 1737년 4월 27일 런던 근교에서 태어났다. 그의 가문은 유서 깊은 가문으로 14세기 한때 대리석공으로 왕실 건축가를 지낸 사람도 있기는 했지만 그리 대단한 명문가는 아니었다. 험난한 어린 시절 내내 모친 주디스 포르텐은 그를 거의 돌보지 않았던 것으로 보인다. 대신 독신이었던 이모 캐서린 포르텐의 헌신적인 돌봄이 있었기에 집요하게 그를 따라다니던 숱한 병마를 이겨 낼 수 있었다. 훗날 기번은 이모 캐서린을 자신의 정신과 건강을 지켜 준 진정한 어머니라고 했다. 그는 이모를 통해 읽고 쓰는 법을 배웠는데, 어찌나 이른 나이에 글을 뗐던지 누군가에게서 배웠다는 사

---

383   Edward Gibbon(1737~1794). 영국의 역사가. 『로마 제국 쇠망사』의 저자로 유명하다.

실 자체를 망각하고 마치 선천적인 재능을 타고난 게 아닌가
하는 생각을 할 정도였다. 일곱 살에는 피눈물 나는 엄청난 노
력 끝에 라틴어 구문에 대한 초보적인 지식을 습득할 수 있었
다. 그가 가장 좋아했던 책은 이솝 우화, 호머의 대서사시, 알
렉산더 포프[384]의 장엄한 시, 유럽인의 상상력을 자극한 앙투안
갈랑[385] 번역의 『천일야화』 등이었다. 『천일야화』라는 동양의
마법 같은 이야기에 고전 문학 작품 몇 가지를 더하자면, 원본
으로 읽은 오비디우스의 『변신 이야기』 같은 것을 포함시킬 수
있다.

열네 살 때, 그는 월트셔[386]의 한 도서관에서 생전 처음으로
관심이 가는 책을 만나게 되었다. 에차드[387]의 로마사 부록본
으로, 그 책을 통해 콘스탄티누스 황제 몰락 후 로마 제국의 흥
망성쇠를 알게 되었다. "고트족의 다뉴브강 물결에 온통 정신
이 팔려 있던 그 순간, 식사를 알리는 종소리에 마지못해 지식
의 향연을 멈추어야만 했다." 기번은 로마 제국 이후의 동양 세
계에 매료되어 원래 아랍어로 쓰였다가 프랑스어나 라틴어로
번역된 마호메트의 일대기를 탐독했다. 이런 역사에 대한 관
심은 자연스럽게 지리학과 연대기로 넘어갔고, 열다섯 살에는

---

384   Alexander Pope(1688~1744). 영국의 시인.
385   Antoine Galland(1646~1715). 프랑스의 동양학자, 고
       고학자. 유럽인으로는 처음으로 『천일야화』를 번역
       했다.
386   영국 잉글랜드의 남부에 있는 카운티(county).
387   로렌스 에차드(Laurence Echard, 1670~1730). 영국의
       성직자이자 역사학자, 번역가.

스칼리제르[388]와 페타우,[389] 마샴[390]과 뉴턴의 물리학 체계의 절충을 시도하기도 했다. 그리고 그 무렵 케임브리지 대학에 입학했다. 훗날 그는 이런 글을 쓴 적이 있다. "적정하고 제법 괜찮은 보수를 받는다는 이유로 마음속 빚을 인정할 이유는 없다." 또한 캠브리지의 유구한 역사에 대해서는 이렇게 썼다. "언젠가는 광적인 자손들 간의 피비린내 나는 무지막지한 논쟁을 불러일으킨 주제, 즉 우리 자매 대학들의 경이롭고 특별한 유구함에 대해 편견 없는 점검을 해 볼 생각이다. 하지만 지금으로서는 존경받기에 부족함이 없는 이 두 대학이 모든 선입관과 노쇠함에 따른 만성적 병증을 비난하기에 충분할 만큼 노쇠했다는 사실 정도만 인정하기로 하겠다. 교수들은 나에게 읽거나 사고하거나 쓰는 숙제를 면제해 주었다." 교수들의 묵인은 (수업에 출석하는 것은 의무 사항이 아니었다.) 청년 기번으로 하여금 스스로 신학 공부를 하게 만들었다. 보쉬에[391]

---

388   조제프 쥐스튀스 스칼리제르(Joseph Justus Scaliger, 1540~1609). 프랑스의 종교 지도자이자 동양학자. 그리스, 로마 중심으로 연구되던 고대사를 페르시아, 바빌로니아는 물론 소외되던 유대의 역사까지 포함하는 개념으로 확장시켰다. 현대 연대학의 창시자.

389   드니 페타우(Denis Petau, 1583~1652). 프랑스의 예수회 신학자. 스칼리제르의 연대기 작업을 개선하고 발전시켰다.

390   Sir. John Marsham(1602~1685). 영국의 연대기 작가. 당대의 역사, 연대기 및 언어에 대한 지식으로 명성을 누렸다.

391   자크 베니뉴 보쉬에(Jacques Bénigne Boussuet, 1627~1704). 프랑스 북부의 도시 모(Meaux)의 주교

를 읽은 뒤, 그는 가톨릭으로 개종했다. 그는 성체 속에 그리스도가 실존한다는 사실을 믿었거나 믿는다는 생각을 했다고 한다. 그는 로마에서 한 예수회 신부로부터 세례를 받았다. 기번은 부친에게 논쟁을 불러일으킬 만한 꽤 긴 서신 한 통을 보낸 적이 있는데, 그 서신은 '온갖 미사여구로 장식되었으며, 기품과 순교자의 기쁨이 녹아 있었다. 옥스퍼드 대학교 학생으로 사는 것과 가톨릭 신자로 사는 것은 병립하기 힘든 일이다. 젊고 열정이 넘치는 배교자인 그는 결국 대학 당국자들에 의해 퇴출되었고, 그의 부친은 그를 당시 칼뱅주의의 거점 도시였던 로잔으로 보냈다. 그는 개신교 목사 파빌리아르의 집에 거주했는데, 그 목사는 2년에 걸친 대화 끝에 그를 올바른 길로 인도하기에 이르렀다. 기번은 스위스에서 5년을 보냈다. 그가 툭하면 프랑스어를 쓰고 프랑스어 철자법을 사용하는 것은 그 시기가 남긴 가장 중요한 결과물이기도 하다. 그리고 그 시기가 기번의 전기에 남아 있는 유일한 연애담, 훗날 마담 드 스타엘의 모친이 되는 마드무아젤 퀴르쇼와의 연애사가 있었던 시기이다. 기번의 부친은 서신을 통해 결혼을 금지시켰고 에드워드는 '연인으로서는 한숨을 쉬었지만, 아들로서는 부친의 말을 따랐다.'

1758년에 그는 영국으로 돌아갔다. 그가 처음으로 한 문학적 위업은 바로 서서히 도서관을 만들어 가는 것이었다. 그가 책을 사는 행위 속에는 과시욕도 오만함도 끼어들 여지가 없

이며, 명망 높은 성직자, 학자, 설교자로서 개신교에 대항하며 가톨릭을 옹호했다.

었다. 그렇게 몇 년을 보낸 끝에 그는 "세상에 좋은 것을 뭐라도 담고 있지 않을 만큼 그렇게 나쁜 책은 없다."라는 아량이 넘치는 플리니우스[392]의 격언을 증명해 보일 수 있었다. 1761년에는 그의 최초의 책이 출간되었는데, 여전히 그가 가장 친근하게 느끼고 있었던 프랑스어로 쓰인 판본이었다. 책 제목은『문학 연구에 대한 에세이』로, 당시 백과사전주의자들에게 다소 멸시당하고 있던 고전 문자들을 변론하는 책이었다. 기번은 당시 그의 저술이 영국에서는 냉랭한 무관심으로 받아들여졌으며, 별로 읽히지도 않은 채 곧 잊히고 말았다고 말한다.

1765년 4월에 시작한 이탈리아 여행을 위해, 그는 수년 전부터 사전 독서를 시작했다. 영원한 도시 로마에 입성하여 맞이한 첫날 밤, 그는 마치 자신의 이야기를 구성하고 있는 수천 개의 낱말들이 만들어 내는 소리를 예감하고 그로 인한 불안함에 사로잡힌 듯 불면의 밤을 보냈다. 그는 자신의 자서전에서 그를 뒤흔들었던 강렬한 감정을 잊을 수도, 표현할 수도 없다고 쓰고 있다. 그가 로마 제국의 쇠락과 멸망을 써낼 가능성을 어렴풋이 느끼게 된 것은 탁발 사제들이 제우스 신전에서 저녁 찬양을 부르는 동안 앉아 있었던 카피톨리우스 폐허에서였다. 처음에는 너무도 막막한 대업을 앞두고 두려움에 사로

---

392 『박물지』의 저자 대 플리니우스의 조카 소 플리니우스는 그 삼촌으로부터 이 아량 넘치는 격언을 물려받았는데(『서간집』 3권 5장), 사실상 이 문구는 세르반테스로부터 비롯되었다는 게 정설이다. 세르반테스는 이 문구를『돈키호테』제2권에서 수차례 언급했다.(원주)

잡히기도 했지만 결국 스위스 독립사를 써 보기로 마음먹었다. 결코 끝내지 못할 과업이었지만 말이다.

그 무렵 특이한 일이 하나 일어났다. 18세기 중반에 이신론자[393]들은 구약이 신이 남긴 글이 아니라는 주장을 했다. 그 내용상 영혼이 불멸한다는 언급도 없고 미래의 징벌이나 상급에 대한 교리도 기록되지 않았기 때문이었다. 다소 애매모호한 부분들이 없는 것은 아니지만, 그럼에도 불구하고 이 주장은 옳다. 파울 도이센[394]은 저서 『성서 철학』에서 이렇게 말한다. "셈의 자손들은 처음에 영혼의 불멸성에 대해 아무런 지각도 하지 못했다. 이러한 지각 없음은 히브리인들이 이란인들과 관계를 맺기까지 지속되었다." 1737년, 영국의 신학자 윌리엄 워버턴은 『모세의 신성한 전설』이라는 광범위한 저술을 펴냈는데 그 저술에서 그는 불멸에 대한 모든 자료들이 누락된 것은 하느님이 보낸 사람이기 때문에 초자연적인 포상이나 징벌을 받을 필요조차 없었던 모세가 지닌 신성한 능력에 기인한 것이라고 역설적인 주장을 펼쳤다. 이는 참으로 재치 넘치는 주장이다. 하지만 워버턴은 이신론자들이 미래의 징벌과

---

393   이신론(理神論)을 믿는 사람들. 이신론이란 신은 천지창조의 주체이기는 하나 이후 인간 세계에 대한 개입을 멈췄다는 신앙이다. 이 신앙에는 신은 인간의 공과에 대한 상벌을 내리는 존재가 아니라는 주장도 포함된다.

394   Paul Deussen(1845~1919). 독일의 철학자. 니체의 학우로 쇼펜하우어의 철학을 계승하고 인도 철학 연구에 정통했다.

포상 같은 것은 언급하지 않지만 신성 역시 부인하는 그리스 이교주의에도 반대할 것으로 내다봤다. 그의 논리를 뒷받침하는 차원에서 워버턴은 그리스 종교라는 영토를 넘어서는 상벌 체계를 상정하면서, 이 상벌들은 엘레우시스[395]의 불가사의에서 드러난다고 했다. 데메테르는 하데스가 딸 페르세포네를 강탈해 간 뒤 여러 해 동안 끝없는 세상 여기저기를 방황하며 살다가 마침내 엘레우시스에서 상봉했다. 이것이 비밀 의식의 신비로운 기원이었다. 비밀 의식은 처음에는 농업과 연관되어 있었고, 실제로 데메테르는 밀의 여신이기도 했는데, 후에는 성 베드로가 사용했던 일종의 유사 은유(죽은 자의 부활도 이와 같으니 썩을 것으로 심고 썩지 아니할 것으로 다시 살며), 즉 불멸을 상징하게 되었다. 페르세포네는 하데스의 지하 왕국에서 다시 태어나고 영혼은 죽음에서 부활할 것이다. 데메테르의 전설은 호머의 서사들 속에 수록되어 있는데 이 책들 속에는 태초에 살았던 이도 죽음 후에 행복해질 것이라는 구절도 발견된다. 그런 면에서는 워버턴의 논문 일부에 수록된 신비의 의미에 대한 논의가 나름 일리 있어 보인다. 하지만 일종의 장식처럼 덧붙였다가 후에 청년 기번으로부터 비판을 받았던 또 다른 부분은 그래 보이지 않는다.『아이네이스』제6권에서는 영웅 오디세우스가 무녀 시빌라와 함께 저승을 여행하는 이야기가 담겨 있다. 워버턴은『아이네이스』첫머리 부분은 엘레우시스의 신비 속에서 마치 입법자처럼 표현되고 있다고 추정한

---

395   고대 그리스의 도시. 신비적 종교 의식의 개최지로 알려져 있다.

다. 지하 세계로 내려가 아베르누스와 엘레우시스까지 도달한 아이네이아스는 예언된 꿈을 의미하는 뿔로 된 문을 통하지 않고 대신 헛된 꿈을 의미하는 대리석 문을 열고 나간다. 이것은 저승이라는 것이 사실상 비현실적이라거나 아이네이아스가 되돌아온 이승 역시 비현실적임을 의미할 수도 있고, 또는 인간 아이네이아스 자체가 꿈에 불과함을 의미할 수도 있다. 마치 우리 자신 역시 어쩌면 꿈일 수도 있는 것처럼 말이다. 워버턴에 따르면 오디세우스 이야기 전체는 환상이 아니라 모방이다. 베르길리우스는 소설 『오디세이』에서 신비의 메커니즘을 묘사했을 것이다. 만일 자신이 저지른 불성실을 지워 버리거나 완화시키고자 했더라면 영웅으로 하여금 사람들 말마따나 허위에 해당되는 상아 문을 통해 나오게 했을 것이다. 그렇지 않다면 위대한 로마를 예견하는 시각은 비현실적이라는 베르길리우스의 말이 설명될 수 없기 때문이다. 1770년에 발표된 제목을 알 수 없는 어떤 글에서 기번은 만일 베르길리우스가 새로운 시도를 하지 않았더라면 자신의 눈으로 보지 않은 일을 사람들에게 폭로할 수 없었을 것이고, 마찬가지로 새로운 시도를 했더라도 역시 그럴 수 없었을 것이라고 주장했다. 사람들에게 그런 사실을 폭로한다는 것 자체가 (이교도적 의미)의 불경이며 신성 모독일 수 있기 때문이다. 비밀을 폭로한 사람들은 사형 선고를 받고 사람들이 보는 앞에서 십자가형에 처해졌다. 신의 정의가 비밀을 폭로하기로 한 결정보다 앞서는 것이며, 그런 죄악을 저지른 딱한 인간과 한 지붕 아래 살아간다는 것은 그야말로 무모한 짓이었다. 코터 모리슨[396]은 기번이 쓴 『결정적 관측』이 그가 영어로 쓴 최초의 산문집으로, 아마도 그가 쓴 글들 중 가장 명료하고 단도직입적인 글일 것이라고 지적했다. 이 책에 대해 워버턴은 침묵을 선택했다.

1768년부터 기번은 저작을 위한 예비 작업에 전념했다. 이미 고전이란 고전은 거의 외울 정도로 익혔지만 그래도 한 손에 펜을 든 채 트로이의 트라야누스에서부터 로마 최후의 황제 카이사르에 이르는 로마사가 담긴 모든 원천적 책들을 읽고 또 읽었다. 그 자신이 한 표현을 빌자면, 그는 이런 책들에 대해서 "메달과 비문과 지리학과 연대기를 드러내는 희미한 빛"이라고 표현했다.

7년의 세월 끝에 마침내 1776년 저작의 제I권이 출간되었고, 이 책은 나오기가 무섭게 며칠 만에 모조리 팔려 나갔다. 이 저작은 로버트슨과 흄의 축하를 불러왔지만, 동시에 기번이 소위 '논쟁의 도서관'이라 부르는 반응도 야기했다. 기번의 표현에 따르면 "교회의 최초 집중 포화"가 쏟아져 그를 당혹케 했지만, 곧 이러한 포격이 다 헛된 것으로 자신의 의지에 상처를 주려는 것뿐이라고 느끼고 자신을 비난하는 자들에게 경멸의 말을 쏘아붙였다. 그리고 자신의 견해에 반론을 제기한 데이비스와 첼섬을 언급하면서 이런 반대론자들을 누르고 승리하는 것이 오히려 굴욕스러운 일이라고 했다.

뒤이어 1781년에 『로마 제국 쇠망사』라는 두 권의 책이 출간되었다. 이 책들은 역사서로써 종교적 내용을 담고 있지 않아 논쟁을 불러일으키지는 않았지만 많은 사람들이 조용히 그

---

396   제임스 아우구스투스 코터 모리슨(James Augustus Cotter Morison, 1832~1888). 영국의 수필가, 역사가.

책들을 읽었다고 로저스[397]는 말한다. 그의 대대적인 저술 작업은 1783년 로잔에서 막을 내렸으며, 마지막 세 권의 책이 출간된 것은 1788년의 일이었다.

기번은 하원 의원 생활도 했지만, 그의 정치 활동에 대해서는 별로 말할 가치가 없다. 그 자신도 자신의 소심한 성격 때문에 논쟁에 끼어들지 못했으며, 글로 이뤄 낸 성공 때문에 목소리를 높이려는 노력은 오히려 맥이 빠져 버렸다고 고백했다.

그는 생의 말년에 3년간 자서전을 저술했다. 1793년 4월 레이디 셰필드의 사망을 계기로 그는 영국으로 돌아왔다. 그리고 잠시 병을 앓다가 1794년 1월 15일 세상을 떠났다. 그가 사망할 당시의 정황에 대해서는 리턴 스트레이치가 자신의 에세이에서 언급한 바 있다.

특정 문학 작품에 대해 불멸 운운하는 것은 위험한 일이다. 특히 그 작품이 역사서의 성격을 띠고 있고, 실제 사건이 일어난 뒤 수 세기 후에 연구를 통해 저술된 경우에는 그 위험성이 더욱 가중된다. 하지만 콜리지가 보인 불쾌함과 비평가 생트뵈브의 몰이해 등을 제쳐 둔다면, 영국과 유럽 대륙 전체가 비평적 대타협을 이루어 내며 200여 년의 세월 동안 역사서 『로마 제국 쇠망사』에 고전이라는 이름을 붙여 준 사실로 미루어 보아 이 명저 속에는 불멸성이 함축되어 있음을 알 수 있다. 기번의 작품에 드러나는 약간의 결함, 어쩌면 포기라는 표현을 원할 수도 있겠지만 여하튼 이런 것이 오히려 그의 작품을 읽

397　　새뮤얼 로저스(Samuel Rogers, 1763~1855). 영국의 시인.『기억의 즐거움』의 저자.

는 데 도움이 된다. 만일 그의 작품이 어떤 이론을 지지하기 위해 쓰였다면 그 책을 읽은 독자들이 그 이론을 수용하거나 배격하는 일은 그 이론이 얼마나 가치 있는 것이냐에 따라 달라졌을 것이다. 그렇지만 기번의 경우는 달랐다. 전반적으로 종교성을 담아내지 않았으며 특히 기독교 신앙에 대해서는 유명한 몇몇 장에서 언급하기는 했지만 조심했던 것 외에도, 기번은 자신이 기술하고 있는 사건에서 멀찍이 떨어져 있는 듯한 자세를 취하면서 마치 피할 수 없는 운명이라는 듯이 무심하게 사건을 역사 속에 투영해 나갔다. 마치 꿈을 꾸고 있거나 꿈을 꿀 줄 아는 사람처럼, 마치 꿈이 부여하는 우연과 소소한 사건들을 묵인하는 사람처럼 그렇게 기번은 자신이 살아 숨 쉬던 18세기에 옛사람들이 비잔티움 성벽 아래서 또는 아라비아 사막에서 경험하거나 꿈꾸었던 사실들을 다시 꿈꾸었다. 그는 자신의 작품을 구성하기 위해 수백 권의 서로 다른 책들을 읽으며 대조하고 요약해야 했다. 따라서 모호하거나 난해한 연대기 원전들을 읽으며 길을 잃는 것보다는 당연히 그의 신랄한 요약을 읽는 것이 즐겁다. 훌륭한 감성과 아이러니는 기번 특유의 작풍이다. 타키투스는 신들을 벽 속에 가둬 버리지 않은 독일인들, 나무나 상아 위에 신들의 형상을 새기려 들지 않은 독일인들의 신앙을 칭찬한다. 그러나 기번은 그저 오두막조차 가질 수 없는 사람들은 신전이나 조각상은 더더욱 가질 수 없다는 사실을 관찰할 뿐이다. 기번은 성서 속 몇몇 기적들에 대해 확신할 수 없다는 글을 쓰는 대신, 갖가지 불가사의한 기적들 중에서 예컨대 예수가 죽었을 때 해와 달이 하루 동안 그 회전을 멈추었다든지 월식이 나타나고 지진이 있었다는 사실 등에 대해 아무런 언급도 하지 않는 이교도들에 대해 그 부주의함을 용서할 수 없다며 비난한다.

드퀸시는 역사를 일컬어 무한한 규율이라고 묘사한다. 역사 속 사실들 자체가 서로 조합되기도 하고, 서로를 통해 다양한 방식으로 해석될 수 있기 때문이다. 이러한 관찰은 19세기에 이르러 이루어졌으며, 그 후 심리학의 발전에 힘입어 다양한 해석이 이루어져 왔고, 예기치 못했던 문화와 문명들이 발견되었다. 그럼에도 불구하고 기번의 작품은 지금까지 아무런 손상도 입지 않았으며, 미래에 있을 다양한 사건들 속에서도 아무런 영향을 받지 않을 것이라는 추측이 가능하다. 이렇게 영속성을 말하는 데에는 두 가지 이유가 있다. 첫 번째이자 아마도 가장 중요한 이유로는, 그 작품이 갖고 있는 미학적 속성을 들 수 있다. 스티븐슨은 문학의 가장 핵심적이며 필수 불가결한 속성이 매력이라고 했는데, 기번의 작품에는 바로 이 매력이 근저에 깔려 있는 것이다. 또 한 가지 이유로는 세월이 흐르면서 역사가들이 이야기로 바꿔 버린 사실, 거의 우울한 느낌이 드는 사실을 들 수 있다. 그래서 우리에게는 아틸라 진영이 어땠는지를 아는 것도 중요하지만, 18세기 영국 신사가 그 진영을 어떻게 상상할 수 있었는가 하는 것도 중요한 것이다. 정교함을 추구하기 위해 플리니우스의 저작을 읽던 시대가 있었지만, 오늘날에는 경이로움을 추구하기 위해 그의 책을 읽는다. 그리고 그러한 변화는 플리니우스의 행운에 아무런 손상도 주지 않는다. 기번에게는 아직 그런 날이 찾아오지 않았고, 과연 언제 찾아올지 우리는 알지 못한다. 다만 칼라일이나 다른 낭만적인 역사가가 기번보다는 우리에게서 더 멀리 떨어져 있는 게 아닐까 싶기는 하다.

기번을 떠올리면 너무도 많이 읽었고 과장된 태도 때문에 전혀 열정적이라는 느낌이 들지 않는 볼테르가 떠오른다. 두 사람 모두 종교나 사람들이 믿는 미신에 대해 경멸의 눈길을 보냈지만, 문학적 행보는 완전히 달랐다. 볼테르는 특유의 문체로 역사적 사실이라는 것이 별다른 가치를 갖지 않는다는 것을 드러내거나 제안했다. 그에 비해 기번은 인간에 대해 더 전향적인 생각을 가진 것은 아니었지만, 마치 공연에 심취하듯 인간의 행위에 심취했고, 그러한 심취를 활용해 독자들을 즐겁게 하고 열광시켰다. 그는 지난 시대를 움직였던 사람들의 열정에 함께하지 않을 뿐 아니라, 그러한 열정에 관용과 연민이 배제되지 않은 의심의 눈초리를 보낸다.

『로마 제국 쇠망사』를 경험하는 것은 대를 이어 살아가는 인류가 주인공으로 등장하는 소설 속으로 깊이 들어가 운 좋게도 길을 잃고 마는 일이다. 이들 주인공들이 활약하는 연극의 장은 바로 이 세상이며, 공연 시간은 장구해서 그 속에서 숱한 왕조가 이어지기도 하고, 정복과 발견의 역사들이 이루어지기도 하며, 언어가 달라지기도 하고, 숭배하는 신이 달라지기도 한다.

발췌 및 프롤로그, 『역사서와 전기』,
부에노스아이레스, 문과대학 현대어문학과, 1961.

446

로베르토 괴델 『불의 탄생』

책은 그 자체만으로도 충분해야 한다.(라고 나는 생각한다.) 하지만 출판 관행을 보면 진짜 책이 시작되기에 앞서 이탤릭 체로 뭔가 강조하는 것 같은 면이 나오는데, 이건 위험천만하게도 뒤이어 나오는, 빠져서는 안 된다는 듯이 늘 등장하는 텅 빈 백지 면과 유사하다. 뿐만 아니라 그 앞에는 책 표지인 듯 위장한 허위의 쪽도 자리 잡고 있다. 프롤로그를 달 수 있는 권한이 확실하게 주어진 건 아니지만, 그래도 다음과 같은 사항을 권유해 보고자 한다.

첫째, 오래된 것이든 최근의 것이든 쓸데없는 논쟁 따위는 잊어버리라는 것이다. 위고를 떠올리게 하는 시인으로, 설득보다는 위압적 발언을 더욱 일삼는 비평가 루고네스는 우리의 문학적 논쟁을 기괴한 일이라 일컬어 단순화시켜 버렸다. 그는 동음의 운율에 맞춰 쉬어 가는 것과 그런 인위적인 장치를 생략해 버리는 것, 둘 모두로부터 약간의 심리적 거리를 두어 왔다. 그것은 운율을 적용하는 시인들에게는 빛이 되었고, 그렇지 않은 사람들에게는 어둠이자 파멸을 의미했다. 설상가상으로 루고네스는 이런 단순화를 얼마 되지 않는[398] 자신의 논쟁 상대들에게도 강요했다. 그런데 이 사람들은 이런 청각적 이원론을 비난하지 않고 오히려 열렬히 환영하며 받아들였다. 그들은 동음운이나 좀 더 나아가 유음운이 옳다는 이론을 거부하고 운율의 카오스를 정당화하는 이론을 수립했다. 그때부터 우리의 부에노스아이레스에서는 운이 맞건 그렇지 않건 간에 반복을 하는 것이 더 이상은 시인을 규정하지 않게 되었다. 로베르토 괴델은 매우 열심히 운을 맞추는 시인이다. 그러나 그것만으로는 그를 현대적 시인이라거나 케케묵은 시인이라고 구분 지을 수 없다.

피하기 힘든 또 하나의 유혹은 그의 작품이 누가 봐도 두드러질 정도로 복잡하다는 사실이다. 알다시피 스페인 시는 무미건조하기 짝이 없어서 300년 전 루이스 데 공고라가 불러일으킨 것보다 더한 소동은 받아들이지 못하고 있고, 그래서 스페인 시가 갖는 온갖 복잡성은 공고라라는 이름으로 직결된다. 괴델 역시 이런 운명을 피해 가지는 못한다. 그의 낭만적 울림은 "선구자" 공고라의 기계적인 과장과 거의 유사하다. 사실 공고라는 상상력이 어찌나 빈약했던지 한번은 어느 시골 촌부가 종교재판을 받고 화형에 처해지는 장면을 보면서 단지 산

---

398   원문에서는 "Quorum pars parva fui"라는 라틴어로 표기하고 있다.

채로 불에 태워진 것이라며 우롱한 적도 있었다. 여하튼 공고라는 올리버 트위스트와 마찬가지로 뭔가를 더 원했다. 그가 쏟아 내고자 했던 불만들은 그가 쓴 소네트 중 한 편을 보면 알 수 있다…….

괴델의 「불의 탄생」은 길이 기억될 그의 시들 중에서도 연애시로 기록되고 있으며 "끔찍한 희망과 영광스러운 불안의 시대"를 노래하고 있다. 사자와 별, 철철 흐르는 피, 쇳덩이 등 유구하고 구체적이며 찬란한 모든 것들이 이 시에 등장하는 자연 시어들인데, 이것들은 그가 사용한 강력한 상징들만큼이나 무척 기이하고 실제적인 것으로 널리 알려져 있다. 그의 시 구 한 소절 한 소절 속에는 외계가 무한히 침투해 있지만, 늘 열정에 따라 붙는 부수적인 성격을 지니고 있다. 사랑에 빠진다는 것은 사적인 신화(a private mythology)를 생성하는 일이며, 이 세상으로부터 구체적이고 유일한 어느 한 사람에게 하나의 암시를 만들어 내는 일이다. 신비주의 작가에게 있어 빛은 신의 그림자와 다르지 않았고, 셰익스피어는 장미에 매료되었지만 장미를 격조한 친구의 그림자로 생각하지 않았던가.

나와 로베르토 괴델과의 우정은 긴 세월 동안 이어져 왔다. 우리가 함께 했던 부에노스아이레스에서도 그랬지만 불모의 드넓은 센트럴 팜파스 사막에서도, 팜파스 지역의 어느 지중해식 정원에서도, 별로 놀랄 것도 없는 남부 마을의 정원들에서도, 나는 이곳에서 출간된 그의 시들을 여러 편 읽곤 했다. 그리고 그 시들을 많은 이들에게 구전하기도 했으며, 이 땅에서만 볼 수 있는 기막히게 아름다운 별빛 아래서 천천히 암송하기도 했다. 그리고 내 눈으로 직접 볼 수 없는 독자들 역시 이

시들과 익숙해질 것임을 안다.

프롤로그,『불의 탄생』, 프란시스코 A. 콜롬보, 1932.

1974년 추서

반세기의 세월이 지났건만, 단 하루도 이 시구를 잊은 적이
없다.

　　훌륭한 준마와 소리 나지 않는 바퀴.

그리고 그 뒤를 이어 나도 모르게 하이메스 프레이레의 결
코 바래지 않은 몽롱한 시구가 떠오른다.

　　마지막 사랑의 기억을 부추기는
　　상상 속 비둘기가 순례를 한다.
　　빛과 음악과 꽃의 영혼인
　　상상 속 비둘기가 순례를 한다.

카를로스 M. 그룬베르그 『유대 문학』

1831년경, 매콜리, 그 공명정대한 매콜리는 즉흥적으로 환상 이야기 하나를 지어냈다. 충분한 분량의 그 이야기 초안은 『에세이』제 2권에 수록되어 있으며, 유럽의 모든 국가에서 행해지고 있는 붉은 머리 인종들에 대한 불법적 행위와 고문, 투옥, 유배, 폭행 등에 대해 이야기하고 있다. 피비린내 나는 수세기가 흐른 지금 그 무자비한 처사의 희생자들이 진정 같은 인간이 아니라고 말할 사람도 아무도 없을 뿐 아니라, 갈색 머리칼이나 금발보다 붉은 머리카락의 외지인과 더 가깝게 지낸다고 고발하려 드는 사람도 없다. 광기에 사로잡힌 자들은 붉은 머리는 영국인이 아니며, 붉은 머리는 영국인이 될 수 없다고 생각한다. 자연이 그것을 허락지 않으며 경험이 이를 증명한다는 것이다. 예상대로 박해는 상호 불화를 일으키며 박해자들을 변화시켰다. 도대체 무엇을 박해하겠다는 것인가? 매

콜리의 투명하게 들여다보이는 우화는 반유대주의자인 아돌프 히틀러가 유럽 전역에 지시하고 이곳에도 추종자들을 만든 현실을 그대로 옮겨 놓은 것이다.

이 훌륭한 저서에서 그룬베르그는 어마어마한 열정으로 그 협잡꾼과 추종자들이 세상을 향해 설파하려던 신화와 거짓말을 반박하고 있다. 단두대와 교수대에도 불구하고, 종교 재판의 화톳불과 나치의 리볼버 권총에도 불구하고, 수 세기 동안 줄곧 행해져 온 숱한 범죄 행위에도 불구하고, 반유대주의는 여전히 조롱거리다. 베를린에서보다 부에노스아이레스에서는 훨씬 더 그렇다. 문학에 사용되는 언어의 근간을 루터와 연결된 히브리어 텍스트에 두고 있는 독일에서 히틀러는 이미 존재하고 있던 반감을 좀 더 강화시키는 일 외에 달리 할 일이 없었다. 그런가 하면 아르헨티나의 반유대주의는 민족도 무시하고 역사도 무시하는 경망스럽기 그지없는 모방에 기인한다. 『로사스와 그 시대』라는 훌륭한 연구서의 주석 어딘가에서 라모스 메히아는 그 당시 널리 사용되던 주요 성씨를 죽 열거했다. 그중 바스크에서 기원한 몇몇 성씨들을 제외한다면 모든 성씨들이 유대포르투갈 성씨로, 예컨대 페레이라, 라모스, 쿠에토, 사엔스 발리엔테, 아세베도, 피녜로, 프라게이로, 비달, 고메스, 핀토스, 파체코, 페레다, 로차 등을 들 수 있다.

내가 즐겨 읊는 시들은 1940년이라는 믿기 어려울 만큼 왜곡된 세상 속에서 유대인으로 사는 것이 주는 명예와 고통을 노래하고 있다. 일부 작가들은 형식을 중시하지만 일부 작가들은 본질적 내용 속에 좋지 않지만 피할 수 없는 은유를 담아내는 걸 더 중시하기도 한다. 형식주의자의 대표적인 예는 공

고라이고 또 다른 예는 (대충) 8음절 시라면 어떤 시든 다 받아
들이겠다고 하는 즉흥시인들이다. 이 책은 이러한 통상적인
구별을 조롱하고 있다. 이 책에서는 형식이 곧 내용이고, 반대
로 내용이 곧 형식이기 때문이다. 이 책 속에 나오는 후데즈노
와 사바트(안식일), 시르쿤시시온(할례) 등의 경우를 예로 들
수 있다.

그룬베르그는 분명한 아르헨티나인이다. 그가 아르헨티나
인이라는 말은 그가 콘도르의 둥지와 옴부나무를 이리저리 돌
아다닌다는 뜻이 아니며, 암울한 조국의 이미지를 담고 있는
로사스 장군을 자주 시구 속에 담아내고 있음을 의미하지도
않는다. 그것은 특정한 어휘와 몇몇 통사론적이고 음운론적인
습관들, 어제와 오늘의 스페인 시인들이 사용하는 사람을 흠
칫 놀라게 만드는 감탄법은 아니지만 명시적으로 드러내는 방
식을 의미한다.

그룬베르그의 시들이 드러내는 운율 개념은 매우 독창적
이다. 운율에 대한 1891년 데 레임(De Reim)판의 어떤 연구서
에서 시그마 메링(Sigmar Mehring)은 스페인 시들은 아무런 표
현가치를 지니지 않는 ido, ado, oso, ente, ando 등등의 어미들
을 과도하게 즐겨 쓰는 경향이 있다고 지적했다. 로페 데 베가
의 경우를 보면 알 수 있다.

　　기둥 옆에 선 엔디미온은

　　아름다운 달을 사랑하게 되어

　　질투심에 사로잡힌 채 슬픈 목소리로 말했다.

　　그대가 움직이는데 그 누구인들 제자리를 지킬 수 있으리요.

나의 믿음으로 커 가던 그대가 이제 점점 작아지더니,
어느덧 사라지며 경멸하듯 그 모습을 감추어 버리는군요.
청명해 보이는가 하면, 어느새 눈물짓는 듯이 보이더니,
오만한 자태로 정해진 궤도를 빙글빙글 도네…….

그로부터 3세기 후, 후안 라몬 히메네스는 또 이렇게 썼다.

나의 마음이 이 허무의 공간으로 들어섰구나.
아이들이 날려 보내자 날아오른 뒤
맹목적으로, 두려움에 떨면서
버려진 어두운 방 안으로 날아든 작은 새처럼.

가끔씩 그 마음은 탈출을 시도한다.
허상의 탈을 쓴 무한을 향해.
의구심을 갖던 마음은 저만치로 가 유리창 밖 찬란한 거짓
을 향해
뜨겁게 울어 댄다.

공고라와 케베도, 토레스 비야로엘, 루고네스 등은 루고네
스가 소위 '변화무쌍한 다양한 운율'[399]로 이름 붙인 운율을 활

---

399   1901년판 「감상적 달력」의 처음 일부 페이지를 보면
       루고네스의 운율을 볼 수 있다.(náyade-haya de, orla-
       por la, petróleo-mole o.) 하이네는 「시대시」 일부 연에
       서 이와 유사한 기법을 활용한다.(In der Fern'hör ich

용한 시인들로 유명하지만, 단지 그로테스크하고 풍자성 강한 시에만 활용했다. 반대로 그룬베르그는 서정시 곳곳에 당차고 즐거운 마음으로 마음껏 활용했다. 예를 들면 이렇다.

속된 잉여의 어휘들을 잘라 냈다.
히브리어로 변환하기 위해.

속된 잉여의 어휘들을 잘라 냈다.
그대는 후안 페레스가 아닌, 후다 벤 시온이기에.

또는 이런 예도 들 수 있다.

오래전 유대인 학살이 있었을 때,
사람들이 그의 아들의 목을 베었다.

---

mit Freude-Wie man voll von deinem Lob ist-Und wie du der Mirabeau bist-Von der Lüneburger Heide.) 브라우닝 역시 이런 기교를 끊임없이 적용하고 있다.(monkey-one hey, person-her son, paddock-ad hoc, circle-work ill, sky-am I, Balkis-small kiss, pardon-hard on, kitchen-rich in, issue-wish you, Priam-I am, poet-know it, hanour-upon her bishop-wish shop, Tithon-scytho in insipid ease-Euripides.등) 새뮤얼 버틀러도 「휴디브래스」에서 이와 유사한 모습을 드러내고 있고, 밀턴의 풍자시와 바이런의 「돈 판」에서도 이런 면을 발견할 수 있다. 라파엘 칸시노스 아센스 역시 1920년 어느 가을밤에 (Buscarini-y ni) 같은 운율을 선보였다.(원주)

어느 날 밤, 누군가 그날의 일을 내게 이렇게 말했다.

"위대한 압살롬 만세!"

모든 주요 저술들이 그렇듯, 카를로스 M. 그룬베르그가 쓴
이 책 역시 많은 이유로 주요 저술이라 할 수 있다. 우선 유럽
대륙, 어쩌면 우주 전체의 거대한 야만의 그림자가 우리 위에
까지 드리워진 불행한 "늑대와 칼의 시대"[400]에 나온 명쾌하고
가독성 있는 글이기 때문이다. 또한 정확하고 열정적이기 때문
이며, 그 속의 대수학과 불길 때문이며, 운율적 기교와 섬세한
정열의 지속적이고 조화로운 공존 때문이다. 그리고 페이지 곳
곳에 스며들어 있는 반어적이고 용맹스러운 영혼 때문이다.

어쩌면 이 저술의 가장 눈에 띄는 오류라면 한림원 사전에
서나 찾아볼 수 있는 어휘들을 나열한 오만일 것이다.

부분적 부조화 정도를 제외하고는 다른 즐거움을 찾아내
기 힘든 금세기, 시는 매혹적으로 보이고 싶어 하고 시인은 열
병에 걸렸거나 마술에 걸린 것처럼 보이고자 하는 금세기에,
그룬베르그는 아무런 신비함도 지니지 않은 서정시를 내놓을
용기를 지니고 있다. 투명함은 이스라엘의 습성이다. 하인리
히 하이네를 떠올려 봐도 좋고, 14세기의 다작 시인인 랍비 셈
톱, 즉 "카리온의 유대인" 셈 톱의 4행시를 떠올려도 좋다.

---

400   「에다 마요르」에 나오는 표현. 북유럽 신화 「신들의
       운명」에 속 예언에 따르면, '칼의 시대'에는 신들이 침
       잠하고 '늑대의 시대'에는 온 세상에 죽음이 깃든다고
       한다.

그룬베르그와 그의 독자들에게 축하를 보낸다.

프롤로그, 『유대 문학』, 에디토리알 아르히로폴리스, 1940.

프랜시스 브렛 하트[401] 『캘리포니아 스케치』

날짜는 잊어버리라고 있는 것이지만, 사람들을 시간 안에 고정시키기도 하고 수많은 의미를 담기도 한다.

그 나라 대다수의 작가들이 그렇듯이 프랜시스 브렛 하트 역시 이 동쪽 나라에서 태어났다. 사건이 일어난 것은 1836년 8월 25일, 뉴욕주 주도인 올버니에서였다. 그가 훗날 명성을 얻고 지금까지도 그의 이름 하면 떠올리게 되는 캘리포니아로 처음 여행을 떠난 건 열여덟 살 때의 일이었다. 당시 그는 광

---

401   Francis Brett Hart(1836~1902). 미국의 소설가. 잡지 《오버랜드 먼슬리》를 창간하였다. 단편 「로링 캠프의 행운」, 「포커 플랫의 추방자들」 등에서 지방 작가다운 특색으로 환영받았다. 『정직한 사람 제임스 이야기』 (1870)로 유명하다.

부들과 기자들의 일과 관련해 수필을 썼다. 오늘날에는 잊히고 만 시인들에 대해 패러디성 글을 썼는가 하면, 나중에 더 좋은 글을 내놓지 못할 정도 수준의 단편도 몇 편 써서 함께 싣기도 했다. 마크 트웨인을 후원하기도 했지만, 마크 트웨인은 그에 대한 고마움을 얼마 지나지 않아 잊어버리고 말았다. 크레펠트와 프러시아, 글래스고와 스코틀랜드 등지에서 미 영사로 재직했으며, 1902년 런던에서 사망했다.

1870년 이후로는 독자들의 무관심과 묵인하에 자기 표절을 해 대는 일 외에는 특별히 한 일이 없다.

이런 그의 삶을 들여다보고 있자면 씁쓸한 규칙을 재확인하게 된다. 특정한 작가에게 정의롭게 대하고자 하면 다른 작가들에게는 부당해질 수밖에 없다는 규칙 말이다. 보들레르는 포를 찬양하기 위해 에머슨을 단호히 부정한다. (예술가로서는 에머슨이 포보다 훨씬 우수한데도 말이다.) 그런가 하면 루고네스는 에르난데스를 찬양하기 위해 다른 가우초 작가들이 가우초에 대해 아무것도 알지 못한다고 부정한다. 버나드 디보토[402]는 마크 트웨인을 찬양하기 위해 1932년판 『마크 트웨인의 아메리카』에서 브렛 하트를 일컬어 "문학적 사기꾼"이라고 썼다. 루이손 역시 『미국 문학 이야기』에서 브렛 하트에 경멸의 시선

402　버나드 어거스틴 디보토(Brnard Augustine DeVoto, 1897~1955). 미국 소설가, 비평가, 역사가. 문예 비평에는 사회사의 지식이 필요하다고 주장했다. 『마크 트웨인의 미국』 등 마크 트웨인에 관한 연구서를 많이 남겼다.

을 보내고 있다. 믿기지는 않지만 그는 시대적 명령이라는 이유를 제시한다. 우리 시대 미국 문학은 감상적이 되기를 거부하고 있으며, 그래서 감상적일 수 있는 여지를 지닌 작가들 역시 거부한다는 것이다. 그는 난폭함이야말로 문학이 지니는 덕목임을 발견하였으나, 19세기 미국인들은 그러한 덕목을 지켜 나갈 만한 능력이 없음을 확인하였다. 행인지 불행인지 모르겠지만 난폭함의 미덕을 감당할 수 없다는 것이다. (물론 우리는 다르지만 말이다. 아스카수비의 『라 레팔로사』, 에스테반 에체베리아의 『도살장』, 『마르틴 피에로』에 등장하는 갈색 피부의 살인자, 에두아르도 구티에레스에 수도 없이 등장하는 단조롭고 잔혹한 장면들 같은 걸 얼마든지 열거할 수 있는 우리는 말이다.)

1912년에 존 메이시는 이런 지적을 했다. "우리의 문학은 이상주의적이고, 꼴값잖고, 나약하며, 너무 달콤하다……. 거대한 강줄기와 위험천만한 바다 위를 항해하는 오디세우스는 일본 판화에나 등장하고, 미국 남북 전쟁의 영웅은 마리 코렐리와 용맹스럽게 싸워야 한다. 거친 사막의 정복자들은 노래를 불러 대지만, 그들의 노래 속에는 장미 한 송이와 작은 정원이 존재한다." 이러한 두 가지 언급은 감상주의자가 되기를 배제하고, 가급적 잔혹해지고자 하는 데 그 목적이 있다. 하드보일드 작가의 정점에 헤밍웨이와 어스킨 콜드웰, 파렐, 존 스타인백, 제임스 케인이 있다면 중급 작가나 괜찮은 정도의 작가로 분류되는 수많은 작가들에는 롱펠로, 딘 하월, 브렛 하트 등이 있는 것이다.

사실 우리 남미 사람들은 그런 논쟁에서 벗어나 있다. 더러 번거롭기도 하고 경우에 따라서는 치명적인 결함이 있는 것도 사실이지만, 감상적이라는 결함은 지니고 있지 않기 때문이다. 솔직히 나는 브렛 하트가 독일인처럼 완고하고 불확실하지만, 그래도 확실히 오염될 위험이 크지 않기에 우리는 그를 호의적으로 볼 수 있을 것으로 생각한다. 또한 하트의 낭만주의는 허위를 동반하지 않는다고 생각한다. 다른 주의와는 달리 낭만주의는 문학적 양식이나 회화적 양식을 넘어선 훨씬 중요한 양식이었다. 그가 쓴 이야기들은 바이런의 작품들과는 거리가 있지만, 그의 요란한 삶과 떠들썩한 죽음에서 벗어나지는 못한다. 빅토르 위고는 영웅들을 대상으로 황당한 운명을 마구 남용하고 있으며, 보나파르트 포병대 중위의 운명을 결정하는 데에도 역시 황당함을 마구 남용했다. 만일 브렛 하트가 낭만주의자였다면, 그가 쓴 이야기들이 들려주는 현실, 즉 수많은 신화들을 품고 있던 깊은 대륙 이야기도, 남북 전쟁 당시 셔먼의 행진과 모르몬교 지도자 브링엄 영의 일부다처 신권주의, 서부의 황금과 석양 저 너머의 들소 떼, 포의 목마른 미로, 그리고 월트 휘트먼의 고성들 역시 낭만적이었다.

프랜시스 브렛 하트는 1858년에 캘리포니아의 금광들을 둘러보았다. 그가 광부가 아니었다는 이유로 비난하는 사람은 만일 그가 광부였다면 작가가 될 수 없었거나, 설사 작가가 되었더라도 광산이 아닌 다른 주제들을 선호했을 것임을 망각하고 있는 것이다. 사람들은 매우 친숙한 것에서 아무런 자극도 느끼지 않기 때문이다.

이 책 속 이야기들은 원래 《오버랜드 먼슬리》에 게재되었던 글들이다. 디킨스가 1869년 초 그 글들 중의 하나이자 너무나 매력적이어서 영원히 남을 글 「포커 플랫의 추방자들」을 읽었다. 디킨스는 그 글에서 자신의 작품의 유사성을 발견했지만

"등장인물에 대한 섬세한 터치, 신선한 주제, 대가적인 서술, 이 모든 것들이 기적과도 같이 혼재한 현실"이라는 표현을 써 가며 과할 정도의 칭찬을 늘어놓았다. (존 포스터의 『찰스 디킨스의 삶』 2권 7장) 그 당시에도, 그 후에도, 그의 글들을 칭송하는 증거들은 얼마든지 차고 넘친다. 인문학자인 앤드루 랭도 1891년 판 『적은 수필들』에서 러디어드 키플링 작품의 원천은 브렛 하트와 Gyp[403]이라고 밝혔다. 그러나 또 다른 의미심장한 지적도 있었으니, 체스터턴은 이러한 칭송들에도 불구하고 그의 작품 속에서는 아메리카 특유의 뭔가가 빠져 있다고 지적했다.

위의 평가에 대한 갑론을박보다 그나마 조금이라도 유용해 보이는 일이 있다면 브렛 하트와 체스터턴, 스티븐슨 등이 지닌 재능을 확인해 보는 일일 것이다. 바로 놀라울 정도의 시각적 효과를 창조하는(강력하게 배치하는) 재능 말이다. 어쩌면 가장 기이하고도 행복한 기억은 열두 살에 처음 읽은 후 평생을 살아가는 동안 늘 함께하게 될 이 기억, 즉 아름드리나무 기둥 앞에 세워진 도박꾼의 시체 위에 비수로 꽂혀 있는 흑백의 카드 한 장에 대한 기억일지도 모른다.

서문, 『캘리포니아 스케치』,
비블리오테카 에메세 에 오브라스 우니베르살레스,
에메세 에디토레스, 1946.

---

403   프랑스의 풍자 소설가인 마리 앙투아네트 드 리케티 드 미라보(Marie-Antoinette de Riquetti de Mirabeau, 1850~1932)의 필명.

페드로 엔리케스 우레냐 『비평서』

갑작스레 날아든 그의 부고를 접했던 1946년의 그 가을날에 그랬듯이 나는 다시금 페드로 엔리케스 우레냐의 운명과 그가 지닌 독특한 성격을 떠올린다. 시간은 사물을 규정하고 단순화시킬 뿐 아니라 영락없이 피폐하게 만들어서, 우리 친구의 이름은 오늘날 우리의 머릿속에 '아메리카의 스승'이나 기타 이와 유사한 표현들을 떠오르게 만든다. 그렇다면 이런 표현들이 함축하고 있는 내용이 무엇인지 살펴보기로 하자.

스승이라는 단어는 괴리된 사실을 가르치는 사람도 아니고, 그런 사실들을 배우고 되뇌며 기억하도록 만드는 사람도 아니다. 왜냐하면 그런 일에서는 사람보다 연대기 서적 한 권이 더 훌륭한 스승이 될 수 있기 때문이다. 스승이란 모범적인 방식으로 사물을 다루는 방식, 즉 부단하고 변화무쌍한 우주와 맞닥뜨리기 위한 포괄적인 양식을 가르치는 사람을 말한다. 가르치는 데에는 다양한 방법이 있는데, 직접 말로 가르치는 것은 그 다양한 방법 중의 하나에 불과할 뿐이다. 소크라테스의 대화록이나 공자의 논어, 부처의 비유와 강연을 기록해 놓은 경전 등을 탐독해 본 사람이라면 최소한 한 번 이상 실망감을 느껴 보았을 것이다. 제자들이 성심성의껏 모아 작성했지만 별것 아닌, 또는 보잘것없는 이런 어록은 그런 사람에게는 어록 속에 담겨 있으면서 과거에도 그랬듯 여전히 시공간 속에서 울려 퍼지고 있는 이야기들이 지닌 명성에 필적하지 못하는 것으로 보일 것이다. (내 기억이 틀리지 않는다면, 이러한 규범의 유일한 예외가 바로 사복음서[404]다. 괴테와의 대화나 콜리지와의 대화 역시 이 규범의 예외는 되지 못한다.) 그러니 이러한 차이의 문제를 해결하기 위한 답을 찾아보기로 하자. 종이에 적힌 채로 생명력을 상실해 버린 사상은 그것을 듣고 가슴속에 간직하는 사람들에게는 고무적이고 생기를 띤 것들이다. 그 사상들 뒤에, 그리고 그 사상들 주위로 한 사람이 있었기 때문이다. 그 사람이, 그리고 그 사람의 실존이 그 사상들을 새롭게 한다. 억양 하나하나, 동작 하나하나, 얼굴 하나가 그 사상들에 오늘날 상실해 버린 미덕을 부여하는 것이다. 여기서 우리가 기억해야 할 것은 한 남자가 메세리츠 마을을 찾아갔다는 역사적 또는 상징적인 사건이다. 그 남자는 설교하는 이의 설교를 들으러 간 게 아니라 그 사람이 신발 끈을 어떤 방식으로 묶

---

404   신약성서 중 「마태오의 복음서」, 「마르코의 복음서」, 「루가의 복음서」, 「요한의 복음서」를 가리키는 말. 예수의 생애를 그 내용으로 한다.

었는지를 보기 위해 간 것이다. 확신하건대 그 스승의 모든 것, 심지어 일상의 행동 하나하나까지도 모두 모범이었던 탓이리라. 이 특이한 일화의 주인공 마틴 부버는 그 스승에 대해 말하면서 그는 율법을 드러내는 자일 뿐 아니라, 율법 그 자체라고 했다. 내가 페드로 엔리케스 우레냐에 대해서 아는 사실은 그가 말이 그리 많은 사람은 아니라는 점이다. 과거 모든 진정한 스승들이 그랬듯이 그 역시 간접적으로 표명하는 사람이었다. 그는 존재 그 자체만으로도 차별성과 엄정함을 드러낼 줄 알았다. 그가 보여 준 일명 "축약된 방식"이라 불릴만한 몇 가지 예가 뇌리를 스친다. 어쩌면 나일 수도 있는 어떤 자가 감히 그에게 혹시 우화를 싫어하느냐고 경솔하게 물었을 때, 그는 아주 담백하게 이렇게 대답했다. "나는 장르의 적이 아닙니다." 이름까지는 기억하고 싶지 않은 한 시인, 레오폴도 마레찰은 베를렌의 시의 번역본 중 일부는 문장의 길이나 운을 맞추지 않아 오히려 프랑스어로 쓰인 원본보다 낫다고 주장해 논란을 불러일으켰다. 페드로도 이 엉뚱한 견해를 그대로 수용했을 뿐 아니라, 거기에 "사실상"이라는 부사를 첨언하기까지 했다. 어떻게 좀 더 정중하게 고쳐 표현하는 게 불가능하다. 미지의 땅을 끝없이 떠돈 것과 망명의 습성이 그에게 이런 미덕을 부여한 것이다. 알폰소 레이예스도 젊은 시절에는 일종의 순수한 불규칙성에 매료된 적이 있었다. 하지만 1925년경 내가 그를 처음 만났을 당시에 이미 그는 신중함을 갖추고 있었다. 그는 비난하는 사람들이나 그릇된 견해들에 대해 거의 묵인하지 않았다. 그가 오류라는 것은 스스로 뒤틀리게 되어 있으므로 굳이 오류를 책망할 필요는 없다고 말하는 걸 여러 번 들은 적 있다. 그는 찬양을 즐겨 했다. 그의 기억력은 그야말로 정밀한 문학의 박물관이라 부를 만하다. 며칠 후 나는 책갈피 속에서 예전에 에우리피데스의 시구를 떠올리며 적어 두었던 메모지를 발견했다. 재미나게도 그 시는 길버트 머리[405]가 번역한 시였다. 마침 그때 그가 번역의 기술에 대한 이야기를 했고, 나는 여러 해의 세월이 흐르는 동안 그 말을 곱씹어 가면서 내 것으로 만들었다. 그래서인지 머리 번역시의 한 구절("With the stars from the windwooven rose(바람을 엮어 짠 장미)")을 읽으면서, 그 구절이 어디서 나온 것인지, 무엇이 계기가 되어 그런 시상을 떠올리게 된 것인지 기억해 낼 수 있었다.

페드로(우리 친구들은 그를 부를 때 이렇게 부른다.)라는 이름에는 아메리카라는 이름이 따라 붙곤 한다. 어찌 보면 이것이 그를 위해 준비된 운명이 아닐까 싶다. 처음에는 사실 페드로가 도미니카라는 대지를 향한 향수를 애써 감추고 더 큰 조국을 꿈꾼 게 아니었나 생각했다. 그런데 시간이 흐르면서 아메리카 대륙의 공화국들이 표방하는 진정하고 비밀스러운 유사성들로 인해 당초의 판단에 의구심을 품게 되었다. 한 번은 두개의 아메리카가 구대륙에 맞선 적이 있었다. 즉 앵글로색슨 아메리카와 스페인 아메리카가 구대륙에 맞선 것이다. 또 한번은 라틴 아메리카의 공화국들이 스페인과 함께 북미 공화국에 맞서기도 했다. 지금도 이런 방식의 연합이 존재하고 있는지는 모르겠다. 또한 아르헨티나인이거나 멕시코인이면서 선

---

405   Gilbert Murray(1866~1957). 영국의 고전학자.

언적으로 또는 그저 건배사 하는 수준을 넘어서 아메리카인인 사람들이 많은지, 그것도 잘 모르겠다. 하지만 역사적인 두 건의 사건 덕에 우리의 민족적 단일 의식 또는 대륙적 단일 의식이 강화되었다. 이 둘 중 첫 번째 사건은 아메리카 대륙의 모든 사람들을 이쪽 진영 또는 저쪽 진영으로 갈라 버린 스페인 내전이 불러일으킨 전율이었다. 두 번째 사건은 특정 지역이 지녀 온 자부심 같은 것과 상관없이 우리 역시 피해 갈 수 없었던, 그래서 아메리카 전역의 고통스럽고 공통적인 운명이라고밖에는 할 수 없었던 기나긴 독재의 세월이었다. 이런 세월에도 불구하고 아메리카 의식으로 불리거나 또는 스페인 — 아메리카 의식이라고 불리는 감정은 여전히 산발적으로 불거지고 있다. 사람들이 이야기를 나눌 때마다 루고네스와 에레라, 또는 루고네스와 다리오의 이름을 거명하면서 그들의 국적을 강조하는 것만 봐도 분명하다.

페드로 엔리케스 우레냐에게 있어서 아메리카는 하나의 실체였다. 국가라는 것이 신념으로 하는 의식 그 자체였기에, 어제는 부에노스아이레스 또는 이런 저런 지역명을 떠올렸다면, 내일은 아메리카와 인류를 떠올리게 될 수도 있지만 말이다. 페드로는 과거 스스로를 세계의 시민이라고 표명하고, 수백 년의 세월이라는 것은 사실상 세계의 유람객 또는 모험가와 동의어로 치부했던 스토아학파 사람들이 사용했던 초기적이고 엄격한 의미에서 스스로를 아메리카인, 그리고 세계인이라고 느꼈다. 나는 그에는 이 세상의 그 무엇도 선언적인 의미의 '로마나 모스크바'를 담아낼 수 없었을 거라고 단언한다. 그리고 그러한 단언은 결코 나의 착각이 아님을 확신한다. 그는 기독교 교리, 그리고 우연이 가져온 숙명을 대체하는 신, 그 신이 배제된 칼뱅주의로 규정할 수 있는 교조적 물질주의, 이 두 가지 모두를 똑같이 극복해 냈다. 페드로는 전통적 스콜라 학파에서 주장한 신이 그랬듯, 한 명의 사람이 아니라 모든 사람들이자 다른 층위에서 보자면 모든 존재일 수도 있는 그런 영혼의 우월함을 주장했던 베르그송과 쇼의 작품을 즐겨 읽었다.

그가 우상을 숭배했다고 해서 그에 대한 존경심이 희석되지는 않는다. 그는 벤 존슨이 명명한 "이러한 우상 숭배"에 탄복했다. 그는 공고라를 무척 좋아해서 공고라의 시를 늘 외우고 다녔다. 하지만 누군가가 공고라를 셰익스피어와 동일한 반열에 올리기라도 하면 위고가 했던 말을 되풀이하며 셰익스피어가 공고라를 아우르고 있다고 주장했다. 나는 그로부터 위고를 이야기할 때 비아냥의 대상이 되었던 많은 면면들이 휘트먼을 이야기할 때에는 우러름의 대상이 되었다는 이야기를 들은 기억이 있다. 그가 좋아했던 영국 작가들이 여럿 있었는데, 그중 최고는 스티븐슨과 램[406]이었다. 엘리엇에 의해 야기된 18세기의 찬미와 낭만주의자들에 대한 비난이 그에게는 상업적 조작 또는 전횡으로 비쳤다. 그는 각각의 세대는 다소 무작위적일지라도 저마다의 점수판을 만들기 마련이고, 그 판위에 누군가의 이름을 써 넣기도 하고 또는 빼기도 하는 것이라고 생각했던 것이다. 그래서 더러는 한바탕 소동이 일어나기도 하고 혹평이 쏟아지기도 하지만, 세월의 흐름 속에서 결

---

406   찰스 램(Charles Lamb, 1775~1834). 영국의 수필가, 비평가. 필명 엘리아(Elia).

국에는 늘어선 명단의 순서가 암암리에 확정된다고 보았다.

　그와 나눈 또 다른 대화를 떠올려 보고자 한다. 어느 날 밤, 산타페 거리였는지 코르도바 거리였는지 명확지 않지만 어느 거리 한 모퉁이에서였다. 마침 내가 돌연사에 대한 두려움은 인간의 영혼이 자신이 지은 온갖 죄를 짊어진 채 느닷없이 신의 심판대 앞에 서게 된다는 공포스러운 기독교 신앙이 만들어 낸 하나의 허구이거나 고안이라고 주장했던 드퀸시의 구절을 언급했다. 그러자 페드로가 「도덕적인 서신」이라는 삼행시를 천천히 읊었다.

　　절제 없이도 그대는 뭔가를
　　완벽하게 볼 수 있는가? 오, 죽음이여! 조용히 오라!
　　언제나 화살에 실려 그렇게 찾아왔듯이.

　그는 매우 이교도적인 감성을 담고 있는 이 시구가 과연 라틴어로 쓰인 시를 그대로 번역한 것인지 아니면 개작한 것인지 의문을 가졌다. 나중에 그가 다시 나의 집을 방문했을 때, 나는 오디세이 제 11권에서 저승의 테이레시아스가 고뇌 없는 죽음이야말로 복 중의 하나라며 그런 죽음을 율리시스에게 약속했던 장면을 떠올렸다. 하지만 그 이야기를 페드로에게 할 기회는 없었다. 그로부터 며칠 후, '누구'인가가 그날 밤 우리의 이야기를 듣고 있었기라도 했다는 듯 페드로가 기차 안에서 갑작스럽게 사망했기 때문이다.

　구스타브 스필러는 자신의 저작에서 칠십 평생의 기억들을 하나의 평범한 추억 속에 담아낸다면, 그것은 순서대로 회상해 낼 수 있는 2~3일 정도의 시간을 내포하게 될 것이라고 썼다. 벗의 죽음 앞에서, 나는 최대한 기억해 내려 애썼음에도 불구하고 내가 남들에게 전해 줄 수 있는 사건이나 일화들의 수가 매우 빈약하다는 것을 확인하게 된다. 이 책에 담아낼 수 있는 페드로 엔리케스 우레냐에 대한 이야기들은 내가 쓴 이 것들이 전부이다. 이 정도가 내가 전할 수 있는 모든 것이기 때문이다. 하지만 말로 전할 수 없는 그의 이미지는 내 안에 영원히 남아 있을 것이며, 앞으로도 나를 개선시키고 지원할 것이다. 그와의 기억들은 별로 남아 있지 않지만 그가 미친 개인적 영향만큼은 지대하다는 사실은, 모르긴 해도 사람들이 말하는 언어의 이차성과 현존의 즉각적 가르침을 입증하는 게 아닌가 싶다.

서문, 『비평서』, 비블리오테카 아메리카나,
멕시코-부에노스아이레스, 폰도 데 쿨투라 에코노미카, 1960.

호세 에르난데스 『마르틴 피에로』[407]

1

지금까지 나온 호세 에르난데스의 모든 전기는 그의 형 제인 라파엘이 1896년에 펴낸 책 『페우아호. 거리 이름 붙이기 ── 각각의 거리들이 기리고자 하는 아르헨티나 시인들에 대한 간단한 언급』을 그 출발점으로 하고 있다. 거리에 시인들의 이름을 붙이자는 발상은 이 책에 근거하고 있는데, 그래서 이 책의 마지막 페이지는 페우아호 거리의 주민들에게 이 기이한 이름이 붙게 된 연유를 설명하는 데 할애하고 있다. 이 책

---

[407] 호르헤 루이스 보르헤스는 호세 에르난데스의 시 『마르틴 피에로』의 다양한 판본 중 세 개에 프롤로그를 썼다. (원주)

속에 포함된 시인들에 대한 많은 글들 중에서도 가장 열정이 드러나고 분량도 많이 차지하는 글이 짐작하겠지만 우리의 시인 호세 에르난데스에 대한 글이다.

에르난데스는 1834년 11월 10일 부에노스아이레스주의 산 이시드로 마을에서 태어났다. 부친은 돈 라파엘 에르난데스, 모친은 이사벨 푸에이레돈이었다. 에제키엘 마르티네스 에스트라다는 그가 에르난데스 푸에이레돈이라는 이름을 쓰지 않고 거의 익명에 가까운 호세 에르난데스라는 이름을 쓰기로 선택한 것이 참으로 놀랍다고 했지만, 사실 그 당시만 해도 성을 두 개 나란히 쓰는 일은 그리 흔한 일은 아니었다. 당시 아메리카 대륙 전역이 그랬지만, 인구가 많지 않으면서 성장하고 있는 나라에서 사람들은 한 사람이 여러 사람 몫을 해내곤 했다. 에르난데스는 농장주이며 군인이고, 속기사인 동시에 기자였으며, 문법 교수이면서 논객이고, 부동산 중개인이고 서점 주인이며, 상원 의원이기도 했고, 좀 모호하기는 하지만 내전 당시에는 군에 몸담기도 했다. 그는 1886년 10월 21일, 벨그라노 마을의 산 호세 산장에서 영면했다.

그의 삶 속 일상이나 생애 주요 날짜보다 더 흥미로운 것은, 에르난데스가 동시대인들에게 강렬한 인상을 심어 준 게 분명하다는 사실이다. 그루삭은 파리에 머무는 동안 빅토르 위고를 만나러 간 적이 있었다. 그리고『지적인 여행』에서 그루삭의 집 현관에서 그를 기다리는 것만으로도 위대한 시인의 분위기가 느껴지는 것 같아 잔뜩 기분이 고양되었다면서도, 문학적 열정이 타오르는데도 불구하고 마치『마르틴 피에로』의 작가 호세 에르난데스의 집에 와 있기라도 한 것처럼 마음이 차분해지는 느낌이 들었다고 했다. 마르티네스 에스트라다는 에르난데스가 사람들에게 강력한 인상을 남기기 원치 않았고, 그래서 일종의 자살 의식을 수행하면서 아무도 없는 곳과 어둠을 선택했다고 했다. 추정이 좀 과했을지는 모르겠지만, 19세기 하반기에는 가우초를 옹호하는 사람은 복고적이고 무심한 사람처럼 보였어야 했다는 사실을 기억하게 되는 것만으로도 충분하다. 에르난데스는 연방주의자였고, 당시 국내에서 괜찮다고 생각되는 사람들은 하나같이 지성과 윤리적인 측면을 문제 삼아 연방주의를 혐오했다. 모든 주민들이 서로 알고 지내는 도시에서 에르난데스는 거의 아무런 일화도 남기지 않았다. 알려진 것이라고는 그저 그가 몸집이 크고 턱수염을 길렀으며 체력이 좋았고, 성격이 유쾌했으며 기억력이 남달리 뛰어났다는 사실 정도다. 아울러 그는 다른 가족들과 마찬가지로 심령술사였다. 친구들은 그를 '마르틴 피에로'라는 별명으로 불렀다. 어렸을 때 그를 만났던 우리 아버지께서는 오늘날 비센테 로페즈 광장으로 불리는 그 광장 인근에 있던 그의 집 현관에서 자신의 형제 라파엘이 군에 복무했던 파이산두 요새를 그리도록 했던 일을 떠올리셨다. 툴리오 멘데스는 우리에게 1880 몇 년 무렵에 에르난데스가 말을 타고 벨그라노 지역을 돌아다녔다면서, 당시 그를 아는 사람들이 도대체 뭐 하는 거냐고 묻자, 그는 "살 빼는 중"이라고 답했고, 사람들은 그에게 "웃기고 있네!"라고 호응하곤 했다.

　　그는 『마르틴 피에로』에서 세르반테스와 셰익스피어의 패러독스인 "Mutatis mutandis(필요한 변경이 이루어지다.)"라는 말을 수차례 반복했다. 다가올 미래 세대가 영원히 기억하고 싶어 하는 작품을 남긴 별로 노련하지 못하고 평범한 사람의 패러독스 말이다. 모두 알다시피, 세르반테스와 셰익스피어는 모두 하나의 문학적 전통에서 출발했다. 이제 우리는 호세 에르난데스가 끌어다 쓰고 결국 찬란하게 꽃피운 문학적 전통에 대해서 생각해 보려고 한다.

가우초 시

스페인어로 쓰인 다양한 문학 작품 중에서도 가장 독특한 것 중 하나가 바로 가우초 시다. 그것은 가우초가 있었기에 존재 가능한 것으로, 초상화라는 예술이 가능했던 것은 다양한 사람들의 얼굴이 있었기에 가능한 것이었고, 『돈키호테』가 나올 수 있었던 것은 알론소 키하노가 있었기에 가능했던 것과 같은 원리다. 가우초는 가우초 시의 창조자가 아니라, 그 시의 소재이다. 사실 가우초와 유사한 사람들은 오레곤 또는 몬타나에서부터 카보 데 오르노에 이르는 여러 곳에 존재했다. 하지만 이런 곳에서는 우리가 가우초 시라고 이름 붙인 그런 종류의 시에 필적할 만한 시를 탄생시키지 못했다. 결국 사막과 기마병이 있다고 다 되는 건 아니라는 게 증명된 셈이다.

낭만적 성향이 담겨 있다는 편견 때문에 사람들은 가우초 시가 도시 사람들이 창시했거나 만들어 냈으리라고는 생각하지 못한다. 1927년에 그루삭은 『돈 세군도 솜브라』의 저자는 아마도 자신의 복장을 드러내지 않기 위해 겉에 판초를 걸치고 다녔을 거라고 했는데, 이것은 가우초가 아니었던 에스타

니슬라오 델 캄포나 에르난데스에 대한 케케묵은 농담을 재탕
하는 것과 다름없었다. 주지하다시피 이 두 사람은 부에노스
아이레스 출신의 도시인으로서, 평원의 습성과 언어에 물들어
있던 사람들이었다. 그런데도 이 둘이 이렇게 가우초와 유사
하게 된 데에는 많은 상황적 배경이 기여했다. 농장주가 인부
들과 함께 한 전원생활이라든지, 말 타는 기술, 들판과 가까이
있어 그 들판이 내포하는 위험 역시 가까이에 있을 것, 크리오
요라는 공통된 핏줄, 끊임없이 이어지는 내란, 도시 출신이 지
휘하는 기사단 관련 일들, 이런 것들이 그들을 가우초와 동화
시킨 것이다. 또한 도시적인 것과 시골 냄새 풍기는 것을 구분
짓는 특정한 사투리를 쓰지 않은 것도 그 이유 중의 하나였다.
만일 (일부 언어학자들이 주장하는 것처럼) 그런 사투리를 사용
했더라면 가우초 시 역시 오염된 것으로 비쳤을 텐데, 그러지
않은 것이다.

사르미엔토는 가우초에 대해 열거하고 연구하면서 즉석에
서 노래 부르는 사람, 즉 가수에 대해 말한 적이 있다. 그는 이
가수에서 가우초 시의 기원을 찾아보고자 했다. 리카르도 로
하스에게 있어 에르난데스는 최후의 파야도르[408]이다. 그러나
여기서 한 가지 명백히 하고 넘어가야 할 사실은, 평원이나 강
변 지역의 파야도르는 동료들이나 가우초들을 위해 노래 부르
는 동료나 가우초였을 뿐, 결코 지역색을 추구하거나 찾으려
하지 않았다는 점이다. 이와는 반대로 이달고, 아스카수비, 에

---

[408]　파야도르, 파야도라는 '파야다'라고 불리는 민속요를
　　　　부르거나 만드는 예술인을 지칭한다.

르난데스와 같은 가우초 시인으로 불리는 시인들은 스스로 가우초임을 자랑스럽게 드러내는 사람들로, 이를 위해 촌스러운 면모들을 세련되게 갈고닦은 식자층이었다. 결국 이 두 장르의 가장 핵심적인 차이점이 「마르틴 피에로」속에서 그대로 드러난다. 아르헨티나 팜파스 특유의 음(吟)과 상(象), 인용 등이 작품 속에 차고 넘치지만, 가우초가 가무잡잡한 피부를 가진 자와 함께 파야다를 부를 때에는 쪽방과 국경 지역에서의 고달픈 삶이 잊히고 밤과 바다와 시간과 무게감과 영원을 이야기하게 된다. 흡사 에르난데스가 무명의 파야도르들이 지니고 있던 의욕적이고 막연한 감동과 자신의 문학 작품 사이의 차이를 써 내려가기라도 한 듯 말이다.

그 외에 가우초 시의 역사를 살펴보면 불명확한 구석이라고는 전혀 없다. 가우초 시의 기원은 1812년 몬테비데오 태생의 바르톨로메 이달고로 거슬러 올라간다. 하지만 그가 한 일이라고는 그저 교양 있는 독자들에게 독서의 즐거움을 주기위해 독특하게 말하는 가우초를 보여 주기 위한 시적 기교를 발견해 낸 것 뿐이었다. 로하스는 이를 일컬어 파야도르라고 했다. 하지만 로하스가 쓴『아르헨티나 문학사』를 보면 8음절 시 이전에 이미 11음절 시가 먼저 등장했는데, 11음절 시는 사실상 파야도르들이 접해 보지 못한 형식이었다. 이달고의 뒤를 이어 일라리오 아스카수비가 등장했다. 그는 아르헨티나-브라질 전쟁과 다양한 내전에 참전한 군인이었으며, 그가 이룩한 위대하고 견줄 데 없는 업적은『파울리노 루세로』와『아니세토 엘 가요』,『산토스 베가』등 세 권의 책 속에 잊힌 채 고스란히 담겨 있다. 이 중에서 두 번째로 언급한『아니세토 엘

가요』에 대해 언급하자면, 이 책은 그의 친구인 에스타니슬라오 델 캄포가 유사한 필명인 아나스타시오 엘 포요라는 이름으로 쓴 작품이다. 그가 쓴 작품 중에서도 최고의 명작으로 꼽을 수 있는 『파우스토』속에는 유머와 부드러움과 우정이 부여하는 유쾌한 감성이 담겨 있다. 1872년 초에 루시치는 몬테비데오에서 『동부 지역의 3대 가우초』를 출간했는데, 이 책은 아스카수비와 이달고의 영향을 받은 작품으로, 병사들의 대화를 담고 있으며, 어렴풋이나마 『가우초 마르틴 피에로』의 등장을 예고하고 있다.

『마르틴 피에로』

이 작품의 출간과 관련해서는 어떤 사실들이 알려져 있을까? 에르난데스는 『마르틴 피에로』 초판본 출간에 앞서 소일로 미겐스(Zoilo Miguens)[409]에게 보낸 편지에서 이 책을 저술하면서 호텔에서 지내며 느끼는 무료함을 달랠 수 있었다고 밝혔다. 루고네스는 이 호텔이 '25 데 마요 이 리바다비아' 거리 모퉁이에 위치한 '오텔 아르헨티노' 호텔을 말하는 것으로, 에르난데스가 그곳에서 「패거리들 속에서」라는 시의 시상을 떠올렸을 것이라고 말했다. 그러나 비센테 로시는 그 호텔은 상타나 두 리브라멘토 호텔이고, 에르난데스는 냐엠베 전투에서

---

[409]   호세 에르난데스의 친구로, 에르난데스는 그에게 마르틴 피에로와 관련한 중요한 서신을 보냈다.

패전한 뒤 그곳으로 피난해 있었다고 주장한다. 아마도 브라질과 우루과이 국경에서 만났던 가우초들이 부에노스아이레스에서 경험했던 가우초들의 기억에 또 다른 기억으로 더해졌던 것 같다. 그리고 이를 통해 그의 작품 속 브라질리즘이 설명된다. 뭔가를 하는 데 있어 지리나 지형보다 더 중요한 것은 시를 쓰지 않던 사람이 자신도 모르게, 그렇게 하려는 의도가 없었는데도 불구하고 위대한 시를 써냈다는 사실이다.

에르난데스는 1872년 말, 부에노스아이레스에서 『마르틴 피에로』 초판본을 출간했다. 그림이 하나도 실리지 않은 초판본은 마치 공책 같은 느낌을 주었는데, 식자층의 관심을 끌지는 못했지만 시골 사람들의 관심을 끈 건 분명해 보인다. 작가는 문학적 의도가 아닌 정치적 의도를 갖고 이 책을 집필했고, 그의 동시대인들은 그의 의도를 이해했다. 그러니 그들의 맹렬한 비난에 대해 우리가 성급한 타박을 해서는 안 될 것이다. 연방주의적 전통을 지니고 있던 에르난데스는 특히 20년 전에 있었던 카세로스 전투가 가우초들의 불운한 삶을 전혀 개선시키지 못했다는 사실을 드러내고자 했다. 인디오들을 상대로 국경을 수비한다는 미명이 결국 군 전체를 형무소로 만들어 버리는 바람에 모조리 교도소 신세를 지는 신세가 되었고, 마구잡이식 불법 행위를 저지르게 했다. 에르난데스는 그러한 학대 행위를 고발하고 싶어 했고, 그로서는 시보다 더 좋은 방도를 찾아낼 수 없었다. 우리로서는 다행스러운 일이다. 아마도 그는 에스타니슬라오 델 캄포와 아스카수비가 과장하는 방식으로 가우초 특유의 언어를 왜곡했다고 생각했던 것 같다. 그런 모든 판단이 가우초가 직접 등장해 진정한 가우초의 목소리로 정부 때문에 가우초들이 겪을 수밖에 없었던 불행과 불운을 노래하는 시를 쓰게 했던 것인지도 모른다. 이 가우초는 모든 가우초들이 스스로와 동일시할 수 있도록 총체적인 인물이어야 했다. 그래서 마르틴 피에로의 경우, 부모가 알려진 바 없으며(나는 마치 물고기처럼 태어났다./ 심해 한가운데서) 그래서 시의 무대가 되는 곳도 남부(아야쿠초와 산맥 지대)와 서부의 경계 지역 어느 곳이다.(태양이 몸을 숨기는 곳의 오른편/ 태양이 저무는 대지 저 안쪽)

마르틴 피에로는 금욕주의적 본성과는 달리 불평을 쏟아 내곤 한다. 말도 많고 탈도 많았던 저자의 당초 의도 때문에 그런 반복적인 불만이 쏟아져 나온 것이다.

지금까지 나는 에르난데스가 의도했을 것 같은 부분을 추측해 보았다. 하지만 만일 이러한 나의 생각의 그의 계획과 일치했더라면 그는 결코 오늘날 우리가 기억하는 작가가 될 수 없었을 것이다. 호세 에르난데스에게는 마르틴 피에로가 있던 것이 정말 다행한 일이다. 당시의 상황을 그대로 반영한, 학대받아 불평불만이 가득했던 가우초 마르틴 피에로가 조금씩 생명력을 지닌 거친 성정의, 있을 법한 인물로 자리 잡으며 문학사에 길이 남게 되었기 때문이다. 모르긴 해도 에르난데스 자신조차도 어떻게 이런 일이 일어나게 된 것인지 설명하기 어려울 것이다. 그러니 우리가 그것을 설명하기는 더 어려운 일이다. 작품 속 주인공의 목소리가 작가의 일시적 의도를 이겼다고 말할 수 있을 것 같다. 작가에게는 지금껏 나로서는 한 번도 점검해 보거나 분석해 본 적 없는 그런 경험들이 축적되어 있었다. 그리고 시간이 배태한 이런 암울한 경험들이 그가 쓴 시 속에 투영된 것이다. 다가올 세대들이 길이 기억할 그런 책을 남기기 위해서는 일종의 순진무구함으로 책을 써야 하는데, 이런 과정은 작가의 몫은 아니다. 세르반테스는 기사 소설의 패러디를 쓰고 싶어 했고, 에르난데스는 전쟁부(戰爭部)에 대항하기 위한 대중용 소책자를 만들어 내고자 했던 것이니 말이다.

루고네스의 『파야도르』(1916) 제7장에는 논란이 되었던 「마르틴 피에로는 전쟁 시다」라는 제목이 붙어 있다. 논란의 끝은 우리가 '전쟁의'라는 형용사를 무엇으로 규정하느냐에 따라 달라질 것이다. 만일 칼릭스토 오유엘라의 바람대로 그 의미를 영웅과 신들이 등장하는 전통적인 소재를 다루는 무명 시인의 시로 한정한다면 『가우초 마르틴 피에로』는 서사시로 볼 수 없다. 그러나 운명과 모험과 용맹성 등이 버무려진 것을 서사라고 이름 붙인다면, 이 작품은 서사시임이 분명하다.

에르난데스는 미트레와 경쟁 관계에 있었음에도 불구하고 그에게 시집 한 권을 보냈다. 미트레는 이런 답신을 보낸 바 있다. "당신에게는 언제나 이달고가 호머 역할을 할 것입니다." 사실 이달고라는 태초의 전통이 없었더라면 『마르틴 피에로』도 없었을 것이다. 하지만 에르난데스가 그 전통에 반기를 들고 자신의 가슴 속에 담아 두었던 모든 열정을 쏟아 부어 그것을 변모시켰다는 사실 역시 분명하다. 어쩌면 전통을 활용할 다른 방법이 없었기 때문일 수도 있겠지만······. 이 점과 관련해서는 앞서도 언급했던 소일로 미겐스에게 보낸 에르난데스의 서신 속 글이 실례가 될 것이다. "만일 가우초 관련된 시 장르에서 당연시되고 있듯이 가우초들의 무지함을 들어 사람들을 웃게 만들 생각이었더라면 이 책의 출간이 훨씬 더 쉽고 성공적이었을 것이다. 하지만 나의 목적은 그들의 위대한 면모와 그들의 풍속, 그들이 하는 일, 하루하루 살아가는 습성, 기질, 악덕과 미덕 등을 솔직하게 그려 내는 것이었다. …… 마르틴 피에로는 5월 25일의 사건이나 『파우스토』를 비롯한 몇몇 유명 작품들에서 언급하고 있는 그와 유사한 또 다른 기회에 감탄의 눈으로 지켜본 일들에 대해 동료들에게 들려주겠다면서 도시로 떠나는 대신에, 자신이 가우초로서의 삶 속에서 겪은 갖가지 우연들에 대해 이야기하고 있다."

　예술이 지니는 다양한 기능 중 하나는 어제라는 환영을 인간의 기억 속에 심어 주는 것이다. 아르헨티나 사람들의 상상력이 꿈꿔 온 수많은 이야기들 중에서도 피에로, 크루스와 그 자녀들의 이야기야말로 가장 감동적이고 견고한 것이리라.

호세 에르난데스, 『마르틴 피에로』, 에디토리알 수르, 1962.

2

　후세의 사람들이 사라져 버리게 내버려 두지 않을 유명한 책을 쓰기 위해 꼭 필요한 조건 중 하나는 유명한 책을 쓰고야 말겠다는 생각을 하지 않는 것일지도 모른다. 책임감은 심미주의적 작업을 꼬이게 만들거나 중단시킬 수 있으며, 오히려 예술을 향한 무심한 충동이 예술을 하는 데 유리할 수 있다. 베르길리우스는 아우구스투스 황제의 명이 있어서 『아이네이스』를 썼으며, 미겔 데 세르반테스 대위는 기사 소설의 패러디를 만들어 내려는 단순한 목적을 추구했을 뿐이다. 한때 장사꾼이었던 셰익스피어도 자신의 극단 단원들 때문에 이런저런 글을 쓰거나 각색을 했을 뿐, 콜리지나 레싱에게 보여 주기 위해 작품을 쓰지 않았다. 연방의 기자 출신인 호세 에르난데스의 경우 역시 이보다 더 유별날 것도 없고, 덜 신비할 것도 없다. 그가 『마르틴 피에로』를 쓰게 된 동기는 처음에는 미학적이기보다는 정치적이었다. 루고네스는 『파야도르』에서 이런 장면을 그럴듯하게 재구성하기도 했다. 5월 광장이 내려다보이는 한 호텔 방에서 많은 패거리들 사이에서 자신이 탄생시킨 가우초의 불운한 삶을 즉석에서 노래하는 우리의 에르난데스를 생각해 낸 것이다. 촌부들의 가슴을 울리기 위해 굳이 8음절 시 형식과 기타를 끌어올 필요도 없었다. 그저 이달고와 아스카수비를 운운하는 것만으로도 그들의 마음을 샀기 때문이다. 그가 쓰고자 했던 시의 집필 목적을 달성하기 위해서는 영웅이 어떤 식으로든 가우초 모두를 담아내거나 특정 가우초를 담아내면 되었다. 당초에 마르틴 피에로에게는 특별한 차별성이 보이지 않았다. 몰개성했고 포괄적이었으며, 책에 몰입한 독자들이 전쟁부가 말도 안 되는 가혹함으로 그를 얼마나 학대했는지 알 수 있도록 불만을 쏟아 낼 뿐이었다. 작품의 집필은 예상했던 과정을 밟아 나갔다. 그런데 점차적으로 마법과도 같은, 어느 정도 신비롭기까지 한 일이 벌어지기 시작했다. 피에로가 에르난데스에게 영향력을 행사하게 된 것이다. 처음 이야기가 의도했던 불만으로 가득 찬 희생자가 아닌 우리가 알고 있는 강인한 남성, 즉 도망자이자 탈주자이며 가객이자 칼잡이면서 어떤 이들에게는 용사이기도 한 그런 인물이 등장하게 된 것이다.

주지하다시피 미트레는 에르난데스가 보내 준 시집을 받은 뒤 이런 편지를 보냈다. "당신에게는 언제나 이달고가 호머 역할을 할 것입니다." 그의 지적은 정확하다. 하지만 에르난데스가 문학사가들이 흔히 가우초 시라고 부르는 문학적 전통을 기계적으로 수용한 것이 아니라, 그것을 혁신하고 변화시켰다는 사실 역시 잊지 말아야 할 사실이다. 그가 탄생시킨 가우초는 우리에게 재미를 선사하려는 게 아니라, 우리에게 감동을 주려 하기 때문이다.

그 누구도 안성맞춤의 상황을 조성해 호세 에르난데스가 본인의 의지와 상관없이 위대한 걸작을 탄생시킬 수 있도록 돕는 은총을 부여한 적 없다. 파란만장한 40년의 세월이 그에게 다채로운 경험을 부여했을 뿐이다. 아침과 뿌옇게 동트는 새벽, 평원의 밤과 죽은 가우초들의 얼굴들, 목소리들, 그리고 말과 폭풍의 기억, 그 모든 것들 사이로 흘낏 보이는 것들, 꿈꾸었던 것들, 그리고 이미 잊힌 것들, 이 모든 것들이 그의 안에 있었고 그 모든 것들이 그의 펜대를 움직이게 만들었을 뿐이다. 그렇게 저자인 에르난데스도, 동시대의 다른 사람들도 온전히 이해하지 못했지만 훗날 루고네스와 에세키엘 마르티네스 에스트라다의 날카로운 시선을 통해 더욱 풍성해지게 되는 그 책이 태어났다.

내가 지금 프롤로그를 쓰고 있는 이 판본은 과거의 것과 동일한 판본이다. 신기하게도 거의 한 세기가 지난 뒤에 과거 부에노스아이레스에서 호세 에르난데스가 사용했던 서체와 필적을 재발견하는 기쁨이 쏠쏠하다. 훗날 아무런 영광도 없이 먼지만 뒤집어쓴 채로 파라과이를 덮쳤던 길고 긴 청홍당의 통치 아래로 되돌아간 그 부에노스아이레스에서 말이다.

호세 에르난데스, 『가우초 마르틴 피에로』, 『마르틴 피에로의 귀환』, 동일본, 에디시오네스 센투리온, 1962.

3

사르미엔토의 『파쿤도』이래로, 아니 어쩌면 『파쿤도』와 더불어 『마르틴 피에로』는 아르헨티나 문학을 대표하는 작품이다. 이 작품이 지니는 휴머니즘적 가치와 심미적 가치(아마도 이 두 형용사는 근본적으로 같은 의미를 지니고 있을 것이다.)는 부정할 수 없다. 이 대륙과 바다 건너 반대편 대륙의 수많은 명망 있는 비평가들 뿐 아니라, 훨씬 중요한 여러 세대의 독자들이 그렇게 말하고 있다. 사람들은 심미적인 부분을 민감하게 느낄 수 있지만 그렇다고 해서 심미적이라는 사실 하나로 작품의 우수성을 단정 지을 수는 없다고 생각한다. 『마르틴 피에로』의 경우를 보면 이 작품이 책이 주는 즐거움, 책이 주는 복합적이고 감동적인 즐거움과는 완전히 거리가 있음을 보여 주는 여러 가지 이유를 떠올리게 된다. 예를 들면 『마르틴 피에로』는 어떤 식으로든 그 속에 아르헨티나의 역사를 담아낸 서사시로, 혹자는 이 책을 성경과 비교하려고도 한다. 하지만 이러한 무모한 과장은 대번에 반박을 당했고(대표적으로 오유엘라에 의해 반박당했다.) 오히려 냉정한 평가를 어렵게 하고 좀먹게 했다. 그러니 이제 실제로 넘어가 보자.

1872년 무렵 에르난데스는 마흔이 채 안 된 나이였다. 당시에는 그의 형제인 라파엘이 훨씬 저명해서, 그로부터 수년 후에는 록슬로가 『우루과이 문학사』에서 그의 작품을 논하기도 했다. 마을 사람들끼리 서로를 다 알고 지내던 그란 알데아에서 살 당시 에르난데스는 일화 하나조차 남기지 못했다. 그 당시 그는 그저 로사스를 지지하는 전통을 지닌 푸에이레돈 가문의 일가친척 중 하나인, 그야말로 평범한 아르헨티나 남자일 뿐이었던 것이다. 이렇게 기억에 남을 만한 사건이 전무한 가운데 단 하나의 잊지 못할 사건이 있었으니, 바로 그가 평생을 『마르틴 피에로』 집필을 준비하는 데 바쳤다는 사실이다. 가우초를 안다고 말하는 사람도 거의 없지만 가우초를 모른다고 말하는 건 아예 불가능한 일이다. 에르난데스 자신조차 명확히 말할 수 없는 그런 경험들에 대해서 말이다. 드넓은 국경 인근에서 맞이한 황혼, 한 남자의 실루엣 또는 그 남자의 목소리, 누군가한테 들었지만 새벽녘에는 이미 잊어버리고 만 이야기 같은 것 말이다. 아마도 그런 경험들과 기타 어슴푸레한 기억들이 그가 글을 쓰려고 했을 때 그의 주위를 맴돌았을 것이다. 루고네스의 지적에 따르면 에르난데스가 부에노스아이레스로 넘어가 있던 것이 사람들에게 알려지지 않은 건 그에게는 잘된 일이었을 것이다. 당시 그는 이미 우르키사에 대항해 싸우는 리카르도 로페즈 호르단 군에 가담한 상태였기 때문이다. 그는 2~3주 동안 단 한 번도 5월 광장 쪽으로 난 그 호텔 밖을 나서지 않았고, 바로 그곳에서 그 시를 썼다.

당초 그는 정치적 목적을 갖고 있었다. 그때만 해도 징집이 일상화된 일이었기 때문에, 술집에서고 사창가에서고 시장에서고 마구잡이로 남자들을 징병해 군에 넘기곤 했다. 에르난데스는 처음에는 이런 권력 남용을 반대하는 비방서를 쓸 생각이었다. 그런데 우리에게는 잘된 일이지만, 나중에 바르톨로메 이달고가 창시하고 후에 일라리오 아스카수비와 에스타니슬라오 델 캄포가 발전시킨 가우초 시 장르를 떠올리게 되었다. 운문 형식과 대중적인 시어는 책자를 널리 유포시키는 데 도움이 될 것이라고 생각한 것이다.

그러다 우연히 에르난데스는 전통적으로 사람이 할 수 있는 유일한 일, 즉 '수정하기'를 실행에 옮겼다. 그보다 앞서 시를 썼던 사람들은 시에 재미를 부여하기 위해 시골 사람들 특유의 말씨를 강조했다. 그러나 에르난데스는 처음부터 우리가 그의 작품 속 가우초를 진지하게 대하게 하겠다고 생각했다. 『파우스토』의 첫 연을 떠올려 보자.

비슷하지만 처음 보는
장밋빛이 도는 복숭앗빛 말
서둘러 바호 쪽 내리막길을 가는
말 잔등에 멋들어지게 올라앉은
브라가도 출신의 그 남자의
이름은 라구나.
저런! 어리디어린 기수로다.
다른 대안이 없구나.
달밤에 망아지 고삐를

조이며 갈 수 있는 자가.

이제『마르틴 피에로』를 여는 첫 연을 보도록 하자.

이곳에서 나 노래 부르네,
비구엘라의 리듬에 맞추어.
지독한 형벌로
잠 못 이루는 남자를 노래하나니,
외로운 한 마리 새처럼
노래로나 위로받는구나.

작가의 생각은 전쟁부에 의해 학대받고 질책당하는 촌부는 개개의 가우초 한 명 이거나, 원한다면 가우초 모두를 담아내야 한다는 것이었다. 이런 이유로 인해 시의 주인공에게는 알려진 부모가 없으며(나는 마치 물고기처럼 태어났다./ 심해 한가운데서) 같은 이유로 인해 시의 지리적 배경도 일부러 명확지 않게 썼다. '산맥'이라는 단어는 남부 지역에 해당되는 단어지만, 도망자와 상사가 빌린 말 등에 올라탄 채 노천의 막사를 찾아다니는 것을 보면 무대가 서부가 된다.(태양이 몸을 숨기는 곳의 오른편/ 태양이 저무는 대지 저 안쪽)

호텔 방에서 외로운 남자가 글을 쓰는데, 아주 특이한 사건이 벌어졌다. 처음에는 그저 운이 맞는 소리에 불과했던 피에로라는 이름이 호세 에르난데스에게 부여된 것이다. 피에로는 이제 우리의 문학이 꿈꾸던 것보다 훨씬 더 생동감 넘치는 인간이 되었다. 너무 생생하고 복잡한 나머지 정반대의 해석이

나올 정도였다. 오유엘라에게 피에로는 무법자, 즉 상대적으로 사람을 덜 죽인 또 한 명의 모레이라였고, 루고네스와 리카르도 로하스에게는 한 사람의 영웅이었다.

단순한 언어적 메커니즘이 아닌 모든 시는 시인의 뜻을 초월한다. 뮤즈를 향한 오랜 기도는 수사학적 공식이 아니다. 그러한 신성과 깊은 뿌리를 부정하고 한 편의 시는 시인의 의지의 표출이라고 말하는 목적시는 그래서 헛된 것이다. 사막을 정복하는 이야기는 서사시이지만, 사막의 병영에 있는 병력을 공격하려는 목적이 있는 에르난데스는 진정한 서사가 무엇인지를 숨겨 버리거나 무시해야 했다. 툭툭 던져지는 군인들의 이야기는 재미도 없고 흑인 살해나 적군과의 전투 이야기보다 기억에 남지도 않는다.

알려진 바에 따르면 로하스가 가우초 시라고 부르는 시들은 도시 사람들에 의해 쓰였다. 가우초인 척은 하지만 사실상 가우초가 아닌 것이다. 폴 그루삭은 1926년에 리카르도 구이랄데스에 대한 글을 쓰면서 에스타니슬라오 델 캄포나 에르난데스에 대한 오래된 농담을 다시 언급한 바 있다. "안에 입은 프록코트가 보이지 않도록 판초를 잘 늘어뜨리시게." 그 누구도 그런 부조화를 에르난데스보다 더 잘 은폐하지 못했다. 가끔 안쓰러움을 과장해 드러내거나 ── 한 명의 가우초는 그렇게 심한 불만을 털어놓지 않는다. ── 작가가 스스로의 목소리를 내는(이 붓으로 그린 것은/ 시간도 지워 버리지 못한다.) 일부 연을 제외한다면 상호 공감은 완벽하게 이루어졌다.

사실상 가우초 시 장르의 가장 어려운 문제는 풍경의 묘사였을 것이다.

독자가 풍경을 상상해야 한다. 촌부는 풍경을 상상해 보거나 실제로 본 적이 없기 때문에 명확히 그려 내지 못했다. 그런데 에르난데스는 그 문제를 직관적으로 해결해 버린다.『마르틴 피에로』시 속에서 사람들은 내내 평원의 존재를 느끼고, 한번도 묘사된 바 없지만 늘 뇌리에 떠오르던 팜파스가 부여하는 무언의 중력감도 느낀다. 예를 들면 이런 것이다.

> 가장 불행한 가우초는
> 털조차 다 빠져 버린 말밖에 없었지만,
> 그에게는 위로도 필요치 않았으며,
> 사람들 사이를 걸을 뿐이었다……
> 들판 저 너머로 시선을 돌리니
> 길은 보이지 않고 농원과 하늘만이 보이는구나.

또 다른 예로는 이런 것이 있다.

> 어느 집에서 말을
> 끌고 나온 크루스와 피에로가
> 능숙한 크리오요들처럼
> 앞을 향해 내달렸다.
> 그리고 얼마 지나지 않아, 두 사람은 미처 느끼지도 못한 채
> 국경을 가로질렀다.
> 국경을 지나며
> 여명이 환하게 밝아 오자
> 크루스는 마지막 남은 이들을 보라고 말했다.

피에로의 뺨을 타고

굵은 눈물방울이 흘러내렸다.

호세 에르난데스, 『마르틴 피에로』, 산티아고 루에다 에디토르, 1968.

1974년 추서

『마르틴 피에로』는 아주 잘 쓰인 책이지만 아주 잘못 읽힌 책이다. 에르난데스는 전쟁부가 — 일단 당시의 명칭을 쓰겠다. — 가우초를 탈주자이자 반역자로 만들어 버렸음을 보여 주기 위해 이 책을 썼다. 그런데 루고네스가 그 불운한 사람을 용사의 전형으로 고양시켰다. 그리고 우리는 지금 그 결과와 맞닥뜨리고 있는 것이다.

헨리 제임스『노스모어가의 굴욕』

　　스베덴보리주의자에서 기독교로 개종한 동명의 부친과 프래그머티즘의 창시자인 유명한 심리학자 형을 둔 헨리 제임스는 1843년 4월 15일에 뉴욕에서 태어났다. 이들 형제의 아버지는 두 아들들이 사해동포주의자가 되기를 바랐다. 즉 스토아주의적인 의미에서 세계의 일원이 되기를 바랐던 것이다. 그래서 자녀들을 영국과 프랑스, 제네바, 로마 등지에서 교육시켰다. 1869년 헨리는 미국으로 돌아와 막연한 법학 공부를 시작했지만 중도에 그만두었다. 글쓰기를 시작한 것은 1864년의 일이었는데, 그는 이 일에 헌신적이었고 명석했으며 행복감을 느꼈다. 1860년부터는 런던과 서섹스에 살았다. 어쩌다 한 번씩 미국을 방문하기는 했지만, 뉴잉글랜드를 떠나지 않았다. 1915년 7월, 그는 조국이 독일에 전쟁을 선포하는 것이 도의적 책무임을 인지하면서 영국 시민권을 획득했다. 그는

1916년 2월 28일 눈을 감았는데, 마지막 임종의 순간에 그가 한 말은 "이제야 마침내 그 멋진 죽음을 맞게 되는군."이었다.

그의 출간 작품은 그가 섬세하게 검토를 마친 작품들로 총 서른다섯 권에 달한다. 이렇게 꼼꼼하게 손질된 작품들의 대부분은 단편과 장편 소설 들이다. 물론 그가 평소 존경했던 작가 호손의 전기와 절친한 벗으로 지냈던 투르게네프와 플로베르의 작품들에 대한 비평서도 포함된다. 그뿐만 아니라 졸라에 대한 몇몇 언급과 복잡한 연유로 쓰게 된 입센에 대한 글도 있다. 그는 웰스를 지지했지만, 웰스의 반응은 배은망덕하기 그지없었다. 또한 그는 키플링의 결혼식 들러리 역할을 하기도 했다. 그의 작품 속에는 다양한 성격의 연구 결과들이 담겨 있는데, 예를 들면 서술 기법이나 아직 탐색된 바 없는 주제의 발굴, 주제로서의 문학적 삶, 우회적인 절차, 악과 죽음, 즉 홍성이 갖는 미덕과 위험성, 초자연, 시간의 흐름, 즐거움을 줘야 한다는 의무감, 그림 작가가 텍스트 작가와의 경쟁을 피하기 위해 설정해야 하는 한계, 방언 사용의 불허, 관점, 1인칭 시점으로 이야기하기, 큰 소리로 낭독하기, 지금까지 한 번도 구체적으로 묘사된 바 없는 악의 현현, 유럽에서의 미국인 추방, 우주에서의 인간 추방 등이 있다. 이런 주제에 대한 그의 분석은 당연히 한 권의 책 속에 고스란히 담겨 있으며, 화려한 수사법으로 치장하고 있다.

그는 런던에서 수차례 희극을 무대에 올렸는데, 관객들은 휘파람으로 환호했지만 버나드 쇼는 정중한 방식을 취하면서도 혹평을 퍼부었다. 그는 평생 대중적 인기를 누리지 못했고, 영국 비평계에서는 그에 대해 영혼이 결여된 무심한 칭찬이나 늘어놓는 통에 그의 작품을 읽는 사람들은 별로 없었다.

루드빅 루이손은 "그의 일대기는 포함하고 있는 것보다 누락된 것들 때문에 더 중요성을 갖는다."라고 말했다.

나는 동서양의 다양한 문학을 접해 봤고 환상 문학 선집을 엮어 봤으며 카프카와 멜빌과 블루아를 번역했지만 헨리 제임스의 작품처럼 기이한 작품은 본 적이 없다. 내가 줄줄이 열거한 작가들의 이름을 보면 첫 페이지에서부터 놀라울 정도다. 그들이 상정하는 우주는 거의 완벽하리만치 비현실적이다. 그러나 지옥에서 온 아이러니한 인간 제임스는 세상이 비현실임을 드러내기에 앞서 다른 작가들에 비해 색깔이 드러나지 않는 그야말로 평범한 한 명의 소설가가 되는 위험을 감수하고 있다. 그의 작품을 읽기 시작하면 모호함과 피상적인 면면이 거슬리게 되지만, 그렇게 몇 장을 넘기는 사이 오히려 그러한 소홀함이 작품을 더욱 풍성하게 만들고 있음을 깨닫게 된다. 여기서 한 가지 주의해야 할 점은 내가 상징주의자의 순수한 모호성을 지적하고 있는 게 아니라는 점이다. 사실 의미를 회피함으로써 만들어진 그의 부정확성은 오히려 모든 것을 의미할 수 있다. 나는 그가 소설의 일부분을 의도적으로 누락시키고 있음을 말하고자 한다. 이것은 사람들로 하여금 각자의 방식대로 그의 작품을 해석하게 만든다. 결국 그 모든 방식의 해석조차 다 작가에 의해 사전에 기획되고 규정되었던 것이다. 그렇게 보자면 『헨리 제임스 전집』에서 문하생에게 준 조언이 불성실한 것이었는지 그렇지 않았는지 우리로서는 알 수가 없다. 「나사의 회전」에 등장하는 아이들도 희생자인지 아니면 유령 또는 악마의 대리인인지 알 수 없으며, 「성천」에서는 길버트 롱의 신비를 파헤치는 척 하는 여성들 중에서 어떤 여인이 그 신비의 주인공인지 알 수 없고, 「노스모어가의 굴욕」에서는 미세스 호프가 준비한 계획의 끝이 무엇인지 알 수 없다. 나는 복수를 다루고 있는 이 섬세한 작품이 지니고 있는 또 다른 문제점도 언급하고자 한다. 우리로서는 아내의 눈을 통해서만 파악할 수밖에 없는 워렌 호프의 근본적인 장단점이 무엇인지도 알 수 없다는 점이다.

제임스는 멜로드라마적 특징으로 인해 비난을 받았는데, 작가에게 있어 이런 부분은 단순한 과장이거나 플롯의 강조일 뿐이었다. 「미국인」에서 보면 마담 드 벨르가르드가 저지른 범죄가 그 자체만으로는 믿기 어렵지만 유구한 역사를 지닌 한 가문의 부패의 흔적으로 보자면 그럴 수도 있어 보이는 게 바로 그 예다. 그래서 「사자의 죽음」에서 영웅이 죽고 무의미하게 원고가 사라지는 것도 영웅을 존경하는 척 가장하는 사람들의 무관심을 드러내는 은유일 뿐인 것이다. 역설적이지만 제임스는 심리 소설가가 아니다. 그의 작품 속에서는 등장인물들을 통해 사건이 발생하지 않는다. 오히려 인물들은 주어진 상황을 정당화하기 위해 창조되었다. 그러나 그 반대의 경우도 있으니, 바로 메러디스의 경우이다.

제임스에 대한 비판을 담은 글은 얼마든지 있다. 비판의 목소리를 확인해 보고자 한다면 1916년에 나온 레베카 웨스트의 에세이(「헨리 제임스」)나 각각 1934년 4월과 5월에 하울드와 혼을 추모하기 위해 나온 퍼시 루복의 「소설 작법」, 스티븐 스펜더의 「파괴적 요소」, 그레이엄 그린이 공동 집필한 열정적인 글 「영국 소설가」 등을 읽어 보면 된다. 마지막에 소개한 글은 이런 말로 마무리된다.

"……셰익스피어가 시(詩)의 역사에서 굳건히 자리 잡았다면 헨리 제임스는 소설의 역사에 굳건히 선 사람이다."

서문, 『노스모어가의 굴욕』,
콰르데노스 데 라 키메라, 에메세 에디토레스, 1945.

프란츠 카프카 『변신』

카프카는 1883년 프라하의 유대인 구역에서 태어났다. 그의 부친은 병약하고 소심한 성격의 카프카를 늘 못마땅해했으며, 1922년까지 줄곧 그를 냉대했다. (사실 카프카 자신은 이런 아버지와의 갈등, 그리고 부친의 끝 모를 권력욕과 불가해한 관용에 대한 끈질긴 사색이야말로 그의 문학의 원천이었다고 밝힌 바 있다.) 카프카의 청소년기와 관련해서 알려진 것은 엇갈린 사랑을 했다는 것과 여행을 소재로 한 소설에 남다른 애정을 가졌다는 두 가지 정도다. 대학을 졸업한 후에는 얼마간 보험 회사에서 근무했는데 그 여파로 결핵에 걸리게 되었고, 띄엄띄엄이나마 남은 그의 반생을 티롤과 카르파토스, 에르츠게비르게 등지의 요양소에서 보내는 계기가 되었다. 1913년에는 그의 첫 번째 작품 「판결」이, 1915년에는 그 유명한 소설 「변신」이, 그리고 1919년에는 환상 단편 열네 편과 악몽과도 같은 짧은 이야기

열네 편을 담은 「시골 의사」가 출간되었다.

이들 작품들 속에서는 전쟁에서 비롯된 억압이 담겨 있다. 잔혹성으로 규정될 수 있는 이 억압된 감정은 인간으로 하여금 짐짓 행복과 들끓는 열정을 가장하게 한다……. 포위 끝에 힘이 빠진 중앙제국[410]은 1918년에 백기를 들고 말았다. 그럼에도 불구하고 봉쇄는 지속됐고 프란츠 카프카는 그 정책의 희생양이 되고 말았다. 1922년, 그는 경건주의로도 통하는 하시디즘 가문의 여성 도라 디아만트를 만나 베를린에 둥지를 틀었지만, 1924년 여름에는 전쟁과 그 후로 계속 이어진 생활고 속에 지병이 악화되면서 결국 비엔나 인근의 한 요양소에서 임종을 맞았다. 그리고 임종 시에 확실한 유언을 남겼음에도 불구하고 그의 친구이자 유언 집행인 역할을 했던 막스 브로트는 그가 남긴 원고들을 모아 책을 출간하기에 이르렀다. 이 현명하기 짝이 없는 불복에 힘입어 오늘날 우리는 금세기 최고의 대작을 만날 수 있게 된 것이다.[411]

---

410   카프카의 조국 오스트리아-헝가리 제국을 이르는 말. 1867년부터 1918년까지 존속했다.

411   베르길리우스는 죽음이 임박하자 친구들에게 "가차 없이 그림자 속으로"라는 표현과 함께 미완의 작품 『아이네이스』를 없애 달라고 부탁했다. 그러나 친구들은 그의 유언을 집행하지 않았고, 막스 브로트 역시 그렇게 했다. 물론 두 경우 모두 남은 이들이 고인의 숨은 뜻을 존중한 셈이다. 만일 고인이 진정으로 자신의 작품을 없애 버리고 싶었다면 자기 손으로 직접 했을 텐데 굳이 타인에게 그 일을 맡긴 것은 그 말을 따르라는 뜻이 아니라 결국 어겨 달라는 뜻이었기 때문

프란츠 카프카의 작품 전반을 이끄는 관념 — 아니, 어쩌면 강박적 관념이라고 부르는 게 좋겠다. — 은 두 가지로, 그 하나는 '종속'이고, 또 다른 하나는 '무한'이다. 그가 쓴 거의 모든 작품에는 위계가 존재하며, 그 위계는 무한대로 이어진다. 그가 쓴 첫 번째 작품[412]의 주인공인 카를 로스만은 복잡하게 뒤얽힌 대륙에서 길을 헤쳐 나가는 가엾은 독일 소년으로, 훗날 오클라호마 자연 극장에 취업한다. 무한으로 이어지는 그 극장에는 우리가 살고 있는 이 세상만큼이나 많은 사람들이 살아가고 있고, 천국을 의미하기도 한다. (사실 이는 매우 개인적인 생각으로, 실제로 천상으로 그려진 그곳에서도 사람들은 결국 행복한 존재로 그려지지 못하며 여전히 어렴풋하면서도 다양한 지연이 존재한다.) 두 번째 소설[413]의 주인공인 요제프 K는 점차적으로 비상식적인 소송에 휘말려 결국에는 자신이 왜 기소되었는지도 모르고 범죄 사실을 소명하지도 못했으며 볼 수조차 없는 재판부와 맞서 심판을 받아야 했다. 재판부는 판결 내용을 사전에 공지하지도 않은 채 그를 처형시키고 만다. 세 번째 소설

이다. 한편 카프카는 그의 성실함이 만들어 내는 일련의 악몽 시리즈에서 벗어나 행복감이 묻어나는 평온한 느낌의 작품을 써 보고 싶어 했던 것 같다. (원주)

412 미완성 장편 소설로 고독 3부작의 하나이다. 카프카는 자신의 일기에서 이 소설을 「실종자」라고 칭했으나 1927년 막스 브로트에 의해 『아메리카』로 출판되었다.

413 장편 소설 『소송』을 말한다. 주인공 요제프 K는 존재의 모순을 극복할 수 없는 모든 현대인으로 해석된다.

이자 마지막 소설[414]의 주인공 K는 측량 기사로 어느 성으로 갔는데 끝내 그 성에 편입되지 못하고 그 성을 지배하는 권력자들의 인정을 받지 못한 채 생을 마감하고 만다. 끝없이 이어지는 '지연'은 그의 다른 단편들도 관통하는 주제이다. 그런 단편의 한 예로 황제의 전갈을 지닌 전령의 앞길을 가로막는 사람들 때문에 끝내 도달하지 못하는 황제의 전갈 이야기를 들 수 있다. 또 다른 예로는 바로 옆에 있는 작은 마을에 끝내 도달하지 못한 채 죽고 마는 한 남자의 이야기를 들 수 있고, 또 다른 예로는 결코 만나지 못한 두 이웃의 이야기를 담은 「일상 속의 혼란」도 들 수 있다. 그러나 뭐니 뭐니 해도 이 단편들 중에서도 가장 기억에 남을 만한 이야기가 있다면 「1919년 중국 만리장성의 축성」을 들 수 있는데, 이 단편 속에서는 여러 겹의 '무한'이 등장한다. 무한히 이어지는 병사들의 열을 차단하기 위해 무한한 시공간을 거슬러 올라가야 만날 수 있는 한 황제가 무한히 이어 갈 세대들에게 무한한 제국을 둥글게 에워쌀 무한히 긴 성벽을 무한히 쌓아 올릴 것을 명한 것이다.

비평가들은 카프카의 소설 세 편 속에는 중간중간 일부 장들이 누락되어 있다고 지적하면서도, 그 장들이 반드시 있어야만 했던 것은 아니라는 사실도 인정한다. 나는 이러한 불만이 카프카 예술에 대한 근본적 몰이해를 드러내는 것이라고 생각한다. 이 "미완"의 소설이라는 페이소스는 사실 동일한 영

---

414   「실종자」,「소송」과 더불어 "고독의 3부작" 중 하나인 「성」을 가리킨다. 현대인이 겪는 실존의 부조리성을 그린 작품으로 미완성 장편 소설이다.

웅의 앞길을 반복적으로 가로막고 또 가로막는 장애물의 수가 무한하다는 데서 출발한다. 프란츠 카프카는 끝내 소설에 종지부를 찍지 않는데, 이는 근본적으로 소설은 끝없이 이어지는 것이기 때문이다. 제논의 첫 번째 역설, 그 가장 명료한 역설을 기억하는가? 운동은 불가능하다는 역설 말이다. B에 도달하기 전에 먼저 C와의 중간 지점을 지나야 하는데, C에 도달하기 전에 다시 D와의 중간 지점에 도달해야 하고, D에 도달하기 전에는 또…… 그리스의 철학자 제논은 모든 지점을 다 열거하지 않았지만, 프란츠 카프카 역시 이 모든 움직임들을 하나하나 열거할 필요는 없었다. 그저 그 모든 움직임들은 '지옥'만큼이나 무한하다는 사실을 이해하면 될 뿐이었기 때문이다.

독일 안팎에서는 그의 작품을 신학적으로 해석하려는 움직임이 있었다. 우리 모두 카프카가 파스칼과 키에르 케고르를 신봉했음을 잘 알기에 그런 해석들이 자의적이지는 않았지만 그렇다고 그리 유용하지도 않았다. 카프카의 작품이 주는 가장 큰 즐거움이라면, 다른 모든 작품들이 다 그렇듯이 수많은 해석들을 만들어 내되 결코 그것들에 휘둘리지 않는다는 점이다.

카프카가 지닌 미덕 중에서도 최고의 미덕이라면 아마 견딜 수 없는 상황을 창조해 내는 능력일 것이다. 길이 남을 불멸의 작품을 만드는 데는 몇 줄이면 충분하다. 예를 들면 이런 것이다. "그 동물은 주인의 손에서 채찍을 빼앗은 뒤 자기가 주인이 된 것처럼 주인을 벌주기 시작한다. 그러고는 곧 깨닫는다. 이 모든 것은 채찍에 생긴 새로운 매듭이 만들어 낸 하나의 환상일 뿐이라는 것을." 이런 예도 있다. "표범 몇 마리가 사원에 침입해 성전의 포도주를 마신다. 그리고 이런 일이 지속적으로 반복된다. 결국 앞으로도 동일한 일이 발생할 것임이 예견되자 사람들은 이 일을 사원의 의식 중 하나로 편입시킨다."

카프카의 작품 속에서는 있던 것의 가공보다는 새로운 것의 발명이 훨씬 돋보인다. 사람이 주인공인 경우는 그의 단편 중 「호모 도메스티쿠스」가 유일하다. 매우 유대주의적임과 동시에 매우 독일적인 이 길들여진 인간은 어느 한 장소에 있고 싶어 한다. 이를 위해서는 극히 비굴해지기도 하고, 어떤 명령이든지 따르기도 한다. 그 장소는 지구가 될 수도 있고, 어떤 한 부서가 될 수도 있으며, 광인들의 피난처가 될 수도 있고, 감방이 될 수도 있다. 줄거리와 주변 정황이 핵심이다. 이야기의 전개나 심리학적 통찰 같은 것은 불필요하다. 그리고 바로 그런 점이 그의 단편들을 장편 소설보다 우위에 있게 해 주고, 바로 그런 점이 그의 단편 모음이 우리에게 매우 특별한 작가만의 방식을 고스란히 전해 준다는 사실을 장담할 수 있게 해 준다.

번역 및 서문, 『변신』,
라 파하리타 파렐, 에디토리알 로사다, 1938.

노라 랑헤 『어느 오후의 거리』

노라 랑헤의 낮과 밤은 모두 5번가에 담겨 있고, 그곳에서 빛난다. 나는 그 5번가가 어디에 있는지 거짓으로 구체적 설명을 늘어놓을 생각은 없다. 그저 널찍한 대로 이면에 자리 잡고 있고 해 질 녘에야 자비로운 한 조각 햇살이 깃드는 곳이며, 높다란 보도의 칙칙한 벽돌들은 지구 끝자락 마을에는 조촐한 축제나 마찬가지인 일몰의 태양과도 같은 모습이라고 묘사하는 정도에서 그치고자 한다.

그 인근에서 나는 노라를 처음 만났다. 그녀는 두 가지로 빛이 나고 있었다. 하나는 또렷한 가르마가 있는 머리, 그리고 대지 위로 가볍게 날아오른 듯한 빛나는 젊음이 그것이었다. 그리고 그녀의 영혼 역시 바람에 나부끼는 깃발처럼 가볍고 도도하고 열정적이었다. 두서없이 흐르는 3년의 세월을 간직한 뜨뜻미지근했던 그 시절에 아메리카 대륙에는 울트라이즘이 깃들고 있었고, 세비야에도 스며들어 호감을 불러일으키게 된 쇄신을 향한 의지가 우리들 속에도 믿음직스럽고 열렬한 공감을 불러일으켰다. 그 시기가 바로 '프리스마' 시대였다. 벽화가 밋밋한 담벼락과 개구멍에 잠정적이나마 투과의 능력을 부여했고 그곳으로 투과되어 집집마다 쏟아져 내린 햇살은 체념해 버린 그늘을 향해 활짝 열린 창문이었다. 또한 그 시기는 '프로아' 시대이기도 했다. 3면의 지면은 일종의 3중 거울 역할을 하여 그 거울에 비친 모습 덕분에 멈춰 버린 것들을 움직이게 하고 변화하게 했다. 당시 현대 시는 한물간 유행처럼 우리의 감정에 전혀 무익한 것이었던 만큼, 우리에게는 새로운 서정시라는 분위기가 긴요했다. 오만한 말잔치와 900세대[415] 시인들의 음악 같은 부정확성에 신물이 나 있던 우리는 전례 없고 효율적인 예술을 사랑했고, 그것을 요구했다. 지난 10월 먹을 것과 살 곳을 외쳐 대던 그 활기와 아름다움, 둘 다를 추구하는 그런 예술을 말이다. 그 예술은 이미지와 글과 모든 것을 순식간에 요약해 내는 명칭을 구사했다. 그런 예술이 시작될 즈음 노라 랑헤가 우리 대열에 합류했다. 우리는 심장을 고동치게 하는 그녀의 감동적인 시를 경청했고, 그녀의 목소리는 화살 같아서 언제나 과녁을 명중시켰고, 그 과녁은 언제나 별이었음을 지켜봤다. 고작 열다섯 살이었던 그녀의 시가 얼마나 효율적이었는지! 그녀의 시 속에서는 매우 남다른 두 가지가 빛

415　900세대는 1868년부터 1886년 사이에 태동해 1900년 경에 정점을 이루었던 우루과이의 작가군을 일컫는다. 주로 모데르니스모 성향의 작품을 썼다.

을 발했으니, 하나는 연대기적이면서도 이 시대 고유의 것을 함께 지니고 있다는 점이었고, 또 다른 하나는 신비로울 만큼 개인적이라는 것이었다. 이 중에서 첫 번째 특징은 은유가 우아하게 넘쳐흐르는 것을 의미하는데, 그 은유는 공간을 환하게 비출 뿐 아니라 예측할 수 없었던 유사성으로 칸시노스 아센스의 산문과 바다를 항해하는 선박, 검을 타고 흐르는 혈통에 이름 붙일 때 따오곤 했던 중세 스켈트강 사람들(노라, 이곳이 노르웨이의 뿌리 아니었던가요?)의 산문에서 발견되는 대규모 이미지의 축제를 연상하는 것을 당연한 일로 만든다. 두 번째 특징은 각각의 시가 매우 적확하고 핵심만을 담아내어 매우 짧다는 것이었다. 가장 비근한 예가 바로 옛날에는 기타 선율에 맞춰 탄생했고 오늘날에는 오래전 이 땅의 기타 선율만큼이나 묵직하고 신선하며 애달픈 우물 옆에서 되살아나게 된 4행시다.

주제는 사랑이다. 마치 상처 내기를 갈망하며 허공을 날아가는 투창처럼 우리의 영혼이 갈기갈기 찢겨 불안한 무엇이 되어 버린 것이 아닌가 하는 느낌을 갖게 될지도 모른다는 심오한 기대감 말이다. 그러한 당초의 열망은 그녀로 하여금 세상에 대한 시각을 갖게 해 주었고, 수평선을 길게 이어지는 외침으로, 밤을 기도로, 쾌청한 날들의 연속을 묵직한 염주로 표현하게 만들었다. 고독을 느끼며, 또는 천천히 산책하거나 조용히 앉아 이러한 비유에 대해 되짚어 보니 다 맞는 것 같다.

노라는 머나먼 어딘가에서 금방이라도 사라져 버릴 것만 같은 일몰을 지켜보며, 그러나 높다란 꿈을 간직한 채 이 책을 썼다. 나는 그녀를 칭찬하는 나의 이 글이, 성경 속 축제에서 환한 동산을 밝힘으로써 새로운 달이 떠오를 것임을 알려 주었던 바로 그 삼나무 화톳불이 될 수 있기를 바란다.

서문, 『어느 오후의 거리』, 에디시오네스 J. 사메트, 1925.

루이스 캐럴 『전집(全集)』

루이스 캐럴로 길이 알려지고 있는 C. L. 도지슨[416]은 1892년작 「상징 논리」 제2장에서 우주는 종류별로 분류할 수 있는 것들로 구성되어 있으며, 이 종류들 중 하나는 불가능한 것이라고 지적한 바 있다. 그러면서 1톤 이상의 무게가 나가면서 동시에 어린아이가 들어 올릴 수 있는 종류의 것을 그 예로 들었다. 만일 그런 것이 존재하지 않는다면, 그런 것이 우리가 느끼는 행복의 일부가 아니라면 「이상한 나라의 앨리스」가 바로 이런 종류에 속할 것이다. 사실 논리적이고 형이상학적이면서도 모순된 줄거리를 담고 있고, 「천일야화」만큼이나 재미있

---

416   찰스 루트위지 도지슨(Carles Lutwidge Dodgson, 1832~1898). 영국의 동화 작가이자 수학자인 루이스 캐럴의 본명이다.

으면서 독자들이 반길 만한 그런 작품을 생각해 내는 것이 가능하기나 한 일인가? 앨리스는 '붉은 여왕'의 꿈을 꾸는데, 붉은 여왕은 앨리스의 꿈을 꾼다. 누군가가 경고하기를 붉은 여왕이 잠에서 깨게 되면 앨리스는 촛불 꺼지듯이 사그라질 것이라고 한다. 앨리스는 꿈을 꾸고 있는 붉은 여왕의 꿈에 불과하기 때문이라는 것이다. 이렇게 서로가 서로를 꿈꾸는 끝없이 이어질 꿈처럼, 마틴 가드너[417] 역시 한 통통한 여류 화가를 상정한 뒤, 이 화가가 바싹 마른 여류 화가를 그리고 있는데 이 바싹 마른 여류 화가는 또 바싹 마른 여류 화가를 그리고 있는 통통한 여류 화가를 그리고 있다는 무한히 이어지는 이야기를 한 바 있다.

영국 작가 캐럴의 작품과 꿈 간에는 오랜 친분 관계가 내포되어 있다. '존사 베다'는 영국 최초의 시인으로 캐드먼을 언급하며, 그가 최초의 시를 꿈속에서 썼다고 했다. 언어와 건축과 음악이 3중으로 겹쳐진 꿈은 콜리지로 하여금 「쿠빌라이 칸」의 놀라운 시구를 받아쓰게 만들었다. 스티븐슨은 지킬이 하이드로 변신하는 꿈과 「오랄라」의 중심 무대를 꿈에서 보았다고 했다. 위에 언급한 예에서 시를 만들어 내는 것은 꿈이다. 꿈이 주제가 되는 경우들은 셀 수 없이 많고, 그중에서도 가장 두드러지는 예가 바로 루이스 캐럴이 쓴 작품들이다. 여전히 앨리스가 꾼 두 번의 꿈은 악몽이다. 테니얼의 삽화들은 늘 악몽을 더욱 위협적으로 만들어 준다.(테니얼의 삽화는 이제 작품의

---

417   Martin Gardner(1914~2010). 미국의 수학자, 과학 저술가.

일부가 되어 버렸지만 캐럴은 그의 그림을 별로 좋아하지 않았다.)
처음 이 작품들을 읽었을 때, 또는 그 기억을 되살려 볼 때, 작품 속 모험들은 두서없고 거의 엉뚱하다는 생각이 들 정도이다. 하지만 점차 그 속에는 체스나 카드 놀이에서 적용되는 치밀함이라는 비밀이 숨겨져 있다는 사실과 모든 것이 상상의 모험이라는 사실을 깨닫게 된다. 알려진 바에 따르면 도지슨은 옥스퍼드 대학의 수학 교수였다. 그러나 이 작품이 논리적 수학적 모순을 독자들에게 제시한다고 해도 어린이들에게 하나의 마법이 되는 데는 아무런 문제가 없다. 꿈의 뒷배경에는 체념한 채 미소 짓는 우수가 자리 잡고 있다. 허상들 속에서 앨리스가 느끼는 고독에는 이 불멸의 작품을 써냈던 독신 작가의 고독이 반영되어 있다. 과감히 사랑에 도전하지 못했던 남자, 어린아이들과 친구가 되었지만 세월의 흐름 속에서 결국 그 우정도 빼앗길 수밖에 없었던 남자, 그 당시에는 평가절하되었던 사진 촬영 외에는 다른 취미조차 없었던 남자의 고독 말이다. 물론 고독 외에도 관념적 사색이나, 요즘 같은 세상에는 모든 사람들이 갖게 되어 다행이지만, 여하튼 개인적 신화의 창조와 실행 같은 면도 덧붙여야 할 것이다. 그런가 하면 나처럼 무능한 사람은 미처 감지하지 못했고, 이해한 사람들은 무시해 버린 또 다른 부분도 있다. 예컨대 불면의 밤을 견디고, 찾아드는 불경한 생각들을 떨쳐 내기 위해 서둘러 쓴 「베개 문제」 같은 작품이 그것이다. 쓸모없는 물건들이나 만들어 내는 가엾은 「백기사」는 의도적인 자화상이기도 하고, 의도하지는 않았는지 모르겠지만 돈키호테가 되고자 했던 또 다른 시골 귀족의 투영이기도 하다.

심술궂은 천재성을 지닌 윌리엄 포크너를 통해 오늘날의 작가들은 시간의 유희를 배웠다. 프리스틀리[418]의 천재적인 극작품을 언급하는 것만으로도 그 증거가 될 것이다. 그런데 캐럴은 이미 유니콘이 손님에게 건포도 푸딩을 서빙하는 정확한 방법을 앨리스에게 알려 줬다고 썼다. 즉 먼저 덩어리 채로 푸딩을 준 뒤 나중에 자르는 방식이다. '하얀 여왕'은 손가락을 찔릴 것을 알고 먼저 요란한 비명을 질러 댄다. 손가락을 찔리기 전에 피가 먼저 나기 시작하기 때문이다. 또한 다음 주에 일어날 일들을 매우 정확하게 기억하고 있고, '메신저'는 판사의 판결 이후에 저지를 범죄 행위 때문에 재판을 받기도 전에 수감되어 있다. 이렇게 가역적인 시간에 멈춰 버린 시간까지 더해진다. '모자 장수'의 경우를 보면 시간이 항상 오후 5시다. 그 시간은 차를 마실 시간이고, 그래서 늘 찻잔이 비었다가 가득 차기를 반복한다.

과거에는 작가들이 우선적으로 독자들의 관심이나 감동을 추구했다. 그러나 이제는 문학 속 수많은 이야기들의 영향으로 작품의 영속성을 고정시키는 체험을 하거나 심지어는 자신의 이름이 덧없이 사라져 버리는 경험을 시도해 보기도 한다. 캐럴의 첫 번째 경험, 즉 앨리스를 주인공으로 한 두 개의 작품은 운 좋게도 아무도 실험적이라고 평하지 않았고 무척 쉬운 작품이라고 판단하는 사람들이 많았다. 그의 마지막 작품인 「실비와 브루노」(1889~1893)에 대해서 정도만 솔직하게

418　　조지프 프리스틀리(Joseph Priestley, 1733~1804). 영국의 신학자, 화학자.

실험적이라는 평가를 할 뿐이다. 캐럴은 대부분의 책들, 혹은 모든 책들이 기존의 플롯에서 태어나고, 다양한 세부 내용들만 후에 작가가 삽입할 뿐이라는 것을 알고 있었다. 예를 들어 이야기의 순서를 뒤바꾼다든지, 일상이나 꿈이 제공해 준 상황들을 기록해 두었다가 나중에 그 순서를 정하는 일 같은 것 말이다. 10년이라는 더딘 세월은 그에게 주어진 그 이질적인 형상들을 제대로 구체화시킬 수 있게 해 주었고, 혼돈의 언어들을 활용해 명쾌하고 압도적인 개념들을 써 내려갈 수 있게 했다. 그는 자신의 작품 속에 일종의 연결 고리 역할을 하게 될 문장 같은 것을 삽입하려 하지 않았다. 그는 정해진 분량 만큼의 원고지를 줄거리와 그 주변 이야기들로 채우는 것이 작가가 결코 해서는 안 될 예속이라 생각했다. 그에게는 명성이나 돈 같은 게 아무런 의미가 없었기 때문이다.

나만의 이론을 요약해 봤는데 여기에 한 가지 다른 사항을 추가하고자 한다. 바로 요정이 존재하며 그 요정은 어쩌다 보니 불면의 밤에도, 꿈속에서도 명백히 존재하게 되었으며 그래서 우리가 발을 디디고 사는 일상의 세계와 환상의 세계가 서로 호환하고 있다는 사실이 그것이다.

그 누구도, 심지어 부당하게 망각되어 버리고 만 프리츠 모스너조차도 언어에 대해 진지하게 불신하지는 않는다. 따라서 독창적인 작품들에 대해 멍청해 보이기조차 하는 단순한 찬사를 내뱉는 것은 신소리에 불과할 뿐이다. 예를 들면 발타사르 그라시안이 남긴 "유쾌한 단테"라든가 "교양이 넘치되 감춤 없는 공고라" 같은 찬사 말이다. 독자들은 캐럴의 작품을 읽으며 평범해 보이는 문장들 속에 깃든 모호함을 발견하게 된다. '보다'라는 동사 속에 숨겨진 모호함 같은 것이 바로 그 예다.

> 그는 논거를 목도했다고 생각했다.
> 그 자신이 교황임을 입증하는 논거였다.
> 다시 보고서야 발견하게 되었다. 그것이 다름 아닌
> 얼룩덜룩한 무늬가 들어 있는 비누였음을.
> "진실이 너무도 두렵구나." 그가 나지막이 말했다.
> "모든 희망을 없애 버리니!"

　여기서 중의적인 언어유희가 발견된다. '목도했다'라는 동사는 어떤 이치를 발견했다는 뜻이지 물리적인 대상을 지각했다는 뜻은 아니기 때문이다.

　어린이용 작품을 쓰는 작가들은 유치한 언어에 오염될 위험성이 크다. 작가 스스로가 청자와 자신을 혼동해 버리기 때문이다. 장 드 라 퐁텐이나 스티븐슨, 키플링 같은 작가들이 그 예다. 사람들은 스티븐슨이 『어린이를 위한 시집』을 썼다는 사실을 망각하곤 하는데, 「발란트래 경」을 썼다는 사실도 잊곤 한다. 그런가 하면 키플링이 우리에게 『바로 그런 이야기들』을 비롯해 금세기 가장 비극적이고 난해한 작품들을 남겼다는 사실도 잊어버리곤 한다. 캐럴 이야기로 돌아가면, 앞서도 말했지만 앨리스가 등장하는 작품들은 요즘 많이 쓰는 표현을 빌리자면, 다양한 층위에서 읽고 또 읽힐 수 있다.

　모든 일화 중에서도 가장 기억에 남는 것은 '백기사'와의 작별 이야기다. 어쩌다 보니 백기사가 감동하게 된다. 앨리스가 '붉은 여왕'의 꿈 속 인물인 것처럼 자신 역시 앨리스가 꿈꾸어 만들어 낸 인물이며, 곧 사그라지게 될 것임을 모르지 않기 때문이다. 기사는 곧 고독이 키워 낸 사랑스러운 꿈과 작별을 고하는 루이스 캐럴 자신이다. 이 시점에 자신의 친구이자 우리 모두의 친구인 알론소 키하노와 "그는 그 자리에 모인 농부들과 그들의 눈물 속에서 영면했다. 즉 세상을 떴다."라는 말로 영원한 작별을 고할 때 미겔 데 세르반테스가 느꼈던 우울한 심경이 떠오르는 것도 당연하다.

서문, 『전집(全集)』, 코레히도르, 1976.

『도망자』

참 재미난 건, 역사와 다양한 사건들로 인해 얼마간이라도 분단되어 본 나라들을 보면 모두 저마다의 고전 작품이 하나씩은 있다는 사실이다. 영국은 수많은 영국 작가들 중에서도 가장 덜 영국다운 작가 셰익스피어를 꼽을 것이고, 독일은 아마도 자신들의 결점을 덮기 위해서라도 괴테를 선택하겠지만, 사실 괴테는 그들이 경외해 마지않는 독일어라는 도구를 경시한 사람이었다. 이탈리아는 보나마나 우수에 젖은 발타사르 그라시안을 깔아뭉개기 위해서라도 유쾌한 단테를 꼽을 것이고, 포르투갈은 카모엥시를, 스페인은 케베도와 로페가 박학함이 넘치는 소동을 벌여 신격화시킨 재치 넘치는 세속인 세르반테스를, 노르웨이는 입센을, 스웨덴은 아무래도 스트린드베리를 골랐을 것이다. 문학적 전통이 대단한 프랑스에서는 볼테르도 롱사르에 못지않고, 위고도 「롤랑의 노래」에 뒤지지 않을 것이다. 미국에서는 휘트먼이 있으나 멜빌이나 에머슨을 밀어내기는 힘들 것이다. 우리나라로 넘어오면, 우리 역사는 좀 다르다는 생각이 든다. 그래서 금세기 이래로 나온 작품 중에서만 고른다면 「파쿤도」나 「마르틴 피에로」를 꼽을 수 있을 것이다.

사르미엔토가 가우초들을 다양하게 구분해 열거한 것은 매우 유명한 사실이다. 그의 구분에 따르면 정통자, 추적자, 은닉자, 그리고 아스카수비가 이미 악당이라고 이름 붙였던 악한 가우초가 있다. 「성 베가 또는 라 플로르가(家)의 쌍둥이들」 (1872)의 프롤로그에서 아스카수비는 이렇게 썼다. "이것은 온갖 범행을 다 저지를 수 있고, 그래서 법의 심판에 넘겨져야 마땅한 행위를 많이 한 한 악당에 대한 이야기"다. 에르난데스의 작품에 대한 칭송은 루고네스의 「파야도르」에서 처음 시작되어 로하스에 이르러 한껏 부풀려졌고, 이러한 칭송의 결과 사람들은 도망자와 가우초에 대해 특이한 혼동을 경험하게 되었다. 만일 도망자가 자주 볼 수 있는 그런 유형의 사람이었더라면 많은 세월이 지난 지금까지도 모레이라라든지 검은 개미 (오르미가 네그라), 칼란드리아, 케켄 호랑이(엘 티그레 델 케켄) 등의 이름이나 별명을 기억하는 사람은 아무도 없었을 것이다. 마르틴 피에로가 우리의 복잡다단한 역사를 담아내는 하나의 암호라고 반복해 주장하는 얼빠진 사람들이 있는데, 그럼 잠시 모든 가우초들이 병사들이었다는 주장을 수용한다고 해 보자. 말도 안 되지만 그냥 순응하겠다는 자세로 서사시의 주인공처럼 모든 가우초들이 탈주범이라거나 탈영병, 또는 도망자였다가 결국 야만적인 인간이 되고야 말았다는 주장도 받아들이는 것으로 해 보자. 만일 그랬더라면 그들은 사막을 정복하지 않았을 것이다. 핀센[419]과 콜리케오[420]의 창은 우리가 사는 도시를 쑥대밭으로 만들었을 것이고, 특히 호세 에르난데스는 작품을 남기지도 않았을 것이다. 또한 가우초를 기리는 가우초 동상 같은 것도 세워지지 않았을 것이다.

부에노스 아이레스에서는 '형제(compadrito, 콤파드리토)'와 '칼잡이(cuchillero, 쿠치에로)'라는 용어에서도 이와 유사한 혼동을 경험했다. '콤파드리토'는 플라타강 유역이나 중부 지역 하층 서민들을 지칭하는 용어로 주로 짐꾼이나 마부를 의미했지, '쿠치에로'와 동격은 아니었다. 콤파드리토는 도둑질을 하거나 여자들을 등쳐 먹는 남자들을 경멸했다. 바르톨로메 이달고의 작품 속에 등장하는 노련한 콤파드리토들과 일라리오 아스카수비가 열광했던 "노래하고 전투하는 플라타강의 가우초들", 파우스토 박사 이야기를 재창조한 재기 넘치는 이야기꾼들은 구티에레즈에게 영광을 선사한 반란군들에 못지않은 실존적 인물들이다. 노령의 소몰이꾼 돈 세군도는 평화로운 사람이다.

사람의 상상이 경찰 편에 서서 도망자를 찾아 나선 가우초가 아니라 도망자를 선택하는 것은 어쩌면 당연하고 거의 불가피한 일이다. 저항자, 심지어 무지한 범법자일망정 국가에 맞서 대항하는 한 인간이 매력적인 것은 어쩔 수 없다. 그루삭

---

419   호세 핀센(Jose Pincen). 지방 토후인 카시케(Cacique).
420   이그나시오 콜리케오(Ignacio Coliqueo, 1786~1871). 아르헨티나 군의 대령.

은 장소와 상관없이, 시대를 불문하고 사람들은 이런 자들에게 매료되어 왔음을 지적한 바 있다. 영국의 '로빈 후드'와 '헤리워드 더 웨이크', 아일랜드의 '그래티어 더 스트롱'이 그 예다. 또한 미국 애리조나주의 '빌리 더 키드'도 있는데, 이 사람은 스물한 살의 나이에 처절하게 사살되지 않았더라면 멕시코인들을 제외하고도 스물한 명의 목숨을 앗아간 죄로 사법 처리 되었어야 할 사람이었다. 그런가 하면 '마카리오 로메로'의 경우에는 한 4행시에서 매우 익살스러운 남자로 묘사되고 있는 것을 볼 수 있다.

> 진한 밤색 말 잔등에 올라앉은
> 마카리오는 얼마나 멋진지!
> 한 손에 총을 들고
> 서른다섯 명을 대적하는구나!

세계사는 지나간 세대에 대한 기억이며, 우리가 아는 한 이 기억에는 발명도, 또 그 발명의 한 형태일 수도 있는 실패도 모두 포함된다. 황량한 팜파스나 복잡하게 꼬인 산줄기 또는 검의 미로 속으로 마법처럼 숨어 버리는 쫓기는 기마병은 어쨌거나 사람들이 필요로 하는, 그러나 생각하면 가슴이 찡한 용맹스러운 인물이다. 또한 일반적으로 한곳에 자리 잡고 살아가는 가우초는 지역 전체를 휘젓고 다닐 뿐 아니라 드넓은 파라나강의 급물살을 헤치고 우루과이 전역을 가로지르며 법질서에 도전하는 도망자를 우러르게 될 것이다.

특정한 인물들보다는 수가 적지만, 지난 시절의 역사는 몇

몇 가지의 원형들을 탄생시켰다. 아르헨티나인들에게 있어 그 원형적 유형 중 한 가지가 바로 도망자다.

　오요(Hoyo)와 모레이라는 무법자 집단을 이끌며 나팔총을 쏘아 대던 자들이다. 그러나 우리는 이 두 사람을 판초를 걸치고 큰 칼을 휘두르며 홀로 싸워 나가는 사람들로 상상하곤 한다. 별로 높이 평가받지는 못하지만, 도망자들이 지닌 미덕 중의 한 가지는 그들이 과거에 속해 있다는 사실이다. 그렇기 때문에 우리는 아무런 위험 없이 그들을 우러를 수 있는 것이다. 도망자로 산다는 것은 한 남자의 삶에 있어 하나의 일화가 될 수 있다. 주말 밤의 칼과 술, 그리고 왜인지는 알 수 없으나 우리가 '마치스모(machismo)'라고 부르는 모욕당할지도 모른다는 거의 여성적인 불안감 등은 결국 치명적인 결투를 불러오곤 한다. 「파우스토」에 이런 구절이 있다.

　　누군가가 당신을 모욕하면
　　뒤돌아볼 것도 없이
　　플랑드르 검을 뽑아 휙! 휙!
　　단 두 번의 칼부림으로 상대를 끝장낸다.

　　당국이
　　추방을 명하면
　　장밋빛이 감도는 말 잔등에 올라탄 채
　　한숨을 내쉬며 떠난다.

　　악인으로 전락해 버린 당신이지만

그 누구도 당신에게 작별을 고하지 않는다.
발길 닿는 그 어느 곳에서도
환대를 받을 뿐.

당신이 부지런한 사람이라면
얼마든지 먹고살 수 있다.
그리고 그런 당신 옆에는
옥수수 빵과 밧줄과 동아줄이 있을 것이다.

세월이 지나 빚을 청산할 때가 되면,
당신이 떠나 있던 시간이
길면 길수록
더 큰 환호와 칭송을 받게 될 것이다.

신기한 건, 불행은 도망자가 아닌 죽은 자 위에 드리워진다는 점이다.

이 선집은 도망자를 위한 변명도 아니고, 검사에 대한 비난도 아니다. 그저 이런 글을 쓰는 것 자체가 나에게는 기쁨이었으니, 훗날 이 글을 읽은 이들도 부디 내가 경험한 그 기쁨을 함께 나눌 수 있기를 바란다.

발췌 및 서문, 『도망자』, 에디콤 S. A., 1970.

허먼 멜빌『바틀비』

1851년 겨울, 멜빌은 그에게 명확하게 작가로서의 영예를 안겨 준 불멸의 소설「모비 딕」을 발표했다. 한 장 한 장 넘길 때마다 이 작품의 외연은 더욱 확대되어 우주만큼 커진다. 맨처음 이 작품을 읽기 시작할 즈음 독자들은 고래잡이 어부들의 처절한 삶이 이 소설의 주제일 거라고 생각한다. 하지만 좀 더 진도가 나가게 되면 흰고래를 추격해 기필코 잡고야 말겠다는 에이하브 선장의 광기가 주제일 거라고 생각이 달라지게 된다. 그러나 좀 더 읽고 나면 백경과 에이하브 선장, 그리고 지구상의 바다 위에서 지치도록 벌어지는 추격전이야말로 우주의 상징이자 거울임을 깨닫게 된다. 이 작품이 상징적임을 넌지시 드러내기 위해 멜빌은 오히려 그렇지 않다고 힘주어 말한 바 있다. "「모비 딕」이 기괴한 이야기라거나 더 나아가 도저히 견딜 수 없는 잔혹한 비유라고 생각하는 사람은 부디 아무도 없기를 바란다."(『모비 딕』, 45장) '비유'라는 어휘가 통상적으로 함축하고 있는 것이 비평가들의 눈을 가린 모양이다. 비평가들은 하나같이 이 작품의 윤리적인 측면을 해석하는 데 급급했으니 말이다. E. M. 포스터의 경우, 그는 『소설의 제상(Aspects of the Novel)』 제7장에서 "좁은 의미로 구체적인 해석을 하자면, 「모비 딕」의 내면적 주제는 잘못된 방식으로 과도하게 이어지는 악에 대항하는 투쟁"이라고 지적한 것이다.

그것도 맞는 말이다. 그러나 고래라는 상징은 우주가 거대하다든지, 비인간적이라든지, 잔혹하다든지, 수수께끼처럼 명청하다든지 하는 점을 상징한다면 모를까 우주가 사악하다는 것을 드러내기에는 별로 적합해 보이지 않는다. 체스터턴은 어떤 작품에선가 무신론자들의 우주를 중심 없는 미로에 비유한 적 있었다. 「모비 딕」의 우주 역시 그렇다. 우주, 즉 혼돈은 영지주의자들이 직관했던 것처럼 무척이나 사악한 것이기도 하지만, 루크레티우스의 6음절 시처럼 불합리한 것이기도 하다.

「모비 딕」은 낭만적인 영어 방언, 즉 셰익스피어나 토머스 드퀸시, 브라운, 칼라일 등의 집필 과정에서 드러나거나 활용된 격정적인 방언으로 쓰였다. 그에 비해 「바틀비」는 차분한 언어로 쓰였고, 심지어 잔혹한 소재를 다루면서도 일부러 익살스러움까지 더해 마치 프란츠 카프카를 미리 보는 듯한 느낌이 들게 한다. 그렇지만 이 두 편의 소설 사이에는 비밀스럽고 핵심적인 유사성이 존재하고 있다. 「모비 딕」에서는 에이하브의 편집적 집착이 같이 배에 탄 선원들을 어지럽히고 결국에는 모두를 죽음으로 몰아간다. 「바틀비」에서는 바틀비의 순수한 허무주의가 주변 동료들에게까지 전파되고 심지어 우둔한 상관에게까지 전해져 그의 이야기를 전하거나 상상의 과제를 대신하게 한다. 멜빌이 했던 말이 그대로 이루어진 것이다. "다른 모든 사람도 비이성적이 되고 이 세상이 통째로 비이성적이 되게 하기 위해서는 단 한 명의 비이성적인 인간이 존재하는 것만으로도 충분하다." 인류의 역사를 살펴보면 이런 무시무시한 일을 증명해 줄 수 있는 예가 차고 넘친다.

「바틀비」는 「피아자 이야기」(1856년) 속에 삽입된 단편이다. 이 책에 실린 다른 단편을 보면, 존 프리먼은 끝내 온전하게 이해되지 못하다가 거의 50년이 지난 뒤 조지프 콘래드가 일종의 비슷한 작품을 펴내고 나서야 이해되기에 이르렀다. 내가 보기에는 카프카의 작품이 훗날 「바틀비」에 흥미로운 광채를 뿌려 준 게 아닌가 싶다. 「바틀비」는 1919년 무렵 프란츠 카프카에 의해 복구되고 심화된 문학 장르, 즉 행동과 감정의 환상 문학 또는 요즘 심리 소설이라는 그릇된 방식으로 불리는 그런 장르를 이미 선보이고 있다. 그렇다고 「바틀비」가 초반부터 카프카를 느끼게 하는 것은 아니다. 오히려 디킨스가 엿보인다거나 디킨스의 재판으로 생각되기도 했다. 1847년에 멜빌은 소설 「마르디(Mardi)」를 발표했다. 이 작품은 너무나 난해해서 지금까지도 잘 읽히지 않지만, 그렇다고 해도 핵심적인 줄거리만은 편집증적 집착과 「성」, 「소송」, 「아메리카」의 메커니즘 등을 선행적으로 제시하고 있는 건 틀림없다. 즉 망망대해에서의 끝없는 추적 말이다.

앞서도 멜빌과 다른 작가들과의 유사성에 대해 말한 바 있다. 그렇다고 멜빌이 다른 작가들에 종속되어 있다는 뜻은 아니다. 그저 모든 묘사와 정의를 할 때 규칙에 따라 말하고 있을 뿐이다. 즉 아는 것들을 향해 모르는 것을 이야기하는 것 말이다. 멜빌의 위대함은 본질적인 데 비해 그가 누린 영예는 새로운 것이다. 멜빌은 1891년에 사망했는데, 그의 죽음 이후 20년이 지난 뒤 발행된 『브리태니커 백과사전』 11쇄를 보면 그를 바다 생명체를 주제로 다루는 일개 연대기 작가라고 되어 있다. 1912년의 랭과 1914년의 조지 세인츠버리의 영국 문학사에서도 그의 이름은 완전히 무시되고 있다. 훗날 그를 복권시킨 것은 아라비아의 로렌스(D. H. 로렌스), 윌도 프랭크, 루이스 멈포드 등이었다. 1921년에 레이몬드 위버는 아메리카 대륙에서는 처음으로 『허먼 멜빌: 신비주의자 선원』이라는 최초의 멜빌 평론집을 냈고, 1926년에는 존 프리먼이 비평적 전기 『허먼 멜빌』을 출간했다.

어마어마한 인구와 도시의 발달, 어딘가 잘못된 요란한 홍보 등에 힘입어 비밀에 감추어져 있던 이 위대한 작가는 아메리카의 전통 중 하나로 우뚝 서게 되었다. 그 전통 중에는 에드거 앨런 포가 있고, 멜빌 역시 그 가운데 한 명이 된 것이다.

번역 및 서문, 『바틀비』,
콰데르노스 데 라 키메라, 에메세 에디토레스, 1944.

1971년 추서

발레리 라르보는 라틴 아메리카 문학의 빈곤함과 미국 문학의 풍성함을 대조한 바 있다. 보통은 이러한 차이가 국토의 크기와 인구에 기인한다고 말한다. 그러나 한 가지 잊지 말아야 할 것은 위대한 미국 작가들은 하나같이 특정 지역, 즉 뉴잉글랜드 태생이었다는 사실이다. 사실상 양쪽의 작가들은 서로 이웃이었다. 그들이 최초의 혁명과 서부(Far West)를 포함한 모든 것을 만들어 냈다.

프란시스코 데 케베도 『산문과 운문』

다른 것들과 마찬가지로 문학사 역시 수수께끼투성이다. 그렇지만 그 어떤 수수께끼도 나를 어지럽히지 못했고, 그것은 현재에도 마찬가지다. 예를 들면 케베도가 이상하게도 온전한 영광을 누리지 못한다는 사실 같은 것 말이다. 세계적 대문호들의 이름을 열거할 때 그의 이름은 등장하지 않는다. 나는 그의 이름이 빠지게 된 알 수 없는 이유에 대해 오래도록 의문을 품어 왔다. 그러다가 언젠가, 어떤 학회였는지 기억은 나지 않지만 그곳에서 그 이유를 찾을 수 있었다. 그의 엄격한 글들이 감정적으로 느긋함을 가져오지도, 그것을 용납하지도 않기 때문이라는 것을. ("조지 무어는 과도하게 감정적이어야 성공한다." 라고 지적했다.) 내 생각에 영예를 얻기 위해서 작가가 감상적임을 드러낼 필요는 없지만, 최소한 작품 또는 일부 전기적 상황만큼은 비장한 감정을 자극할 필요가 있다. 그런데 내가 살펴

보니, 케베도의 인생과 작품은 그 어느 것 하나도 영예라는 반향을 불러일으킬 수 있는 유연한 과장을 보여 주지 않았다.

사실 이런 설명이 맞는지는 나도 잘 모르겠다. 그래서 다음과 같은 설명으로 이것을 보완해 보고자 한다. 사실상 케베도는 그 어떤 작가에도 밀리지 않는다. 그러나 독자들의 상상력을 자극할 만한 상징을 전혀 제시하지 못했다. 호머에게는 살인을 저지른 아킬레우스의 손에 입맞춤하는 프리아모스가 있었고, 소포클레스에게는 자기 자신의 처절한 운명의 수수께끼가 주어져 그 수수께끼를 풀어야 하는 왕이 있었으며, 루크레티우스에게는 무한한 별들의 심연과 원자의 충돌이 있었다. 그런가 하면 단테에게는 아홉 개의 지옥과 천국이 있었고, 셰익스피어에게는 폭력과 음악이 있는 그만의 세계가 있었으며, 세르반테스에게는 다행스럽게도 대비되는 산초와 돈키호테가 있었다. 또한 스위프트에게는 고결한 말들과 난폭한 야후들이 사는 공화국이 있었고, 멜빌에게는 백경에 대한 애증이 있었으며, 프란츠 카프카에게는 소리 없이 커져만 가는 그만의 미로가 있었다. 이렇게 세계적인 명성을 누리는 대문호치고 자기만의 상징 하나 만들어 내지 않은 작가가 없었던 것이다. 물론 상징만이 늘 대놓고 지향하는 목적은 아니다. 예컨대 공고라나 말라르메 같은 작가들은 비밀스런 작품을 열심히 만들어 낸 작가로 이름을 길이 남기고 있고, 휘트먼은 「풀잎」에서 반쯤 신성을 갖춘 주인공으로 등장하고 있다. 반면 케베도는 희화화된 이미지로만 남아 있을 뿐이다. 레오폴도 루고네스는 "스페인의 가장 우아한 명문장가가 기담의 원형이 되었다."라고 지적한 바 있다.(『예수회 왕국』(1904년), 59쪽)

램은 에드먼드 스펜서를 일컬어 '시인 중의 시인(the poets' poet)'이라 했는데, 케베도에 대해서는 '정통한 문예인 중의 정통한 문예인'으로 칭해야 했을지도 모른다. 케베도의 마음에 들기 위해서는 지금 당장이든 혹은 미래의 잠재력을 통해서든 문학적인 사람이 되어야 했다. 거꾸로 뒤집어 말하자면, 문학적 소양이 없는 사람은 절대로 케베도의 마음에 들 수 없었다는 말이다.

사람들은 말로는 케베도를 위대하다고 한다. 그를 철학자라거나 신학자라거나 아우렐리아노 페르난데스 게라가 그랬듯이 정치가라고 규정하는 것은 잘못이다. 그가 쓴 작품의 내용이 아닌 제목만 보고 붙인 이름이기 때문이다. 그가 쓴 "하느님의 섭리를 부정하는 자들이 경험할, 그리고 그것을 믿는 자들이 누리게 될 신의 섭리: 비열한 인간들과 욥의 박해에 대한 연구 결과 나온 교리"는 이성에 대한 위협이다. 「신의 본질에 관하여」(제 2권 40~44절)의 키케로와 마찬가지로 그는 "광활한 빛의 공화국"인 행성을 관측하여 찾아낸 질서를 통해 신성의 질서를 확인한다. 또한 그는 우주와 관련된 주장들로부터 행성의 움직임을 확인한 뒤 이렇게 덧붙인다. "신의 존재를 완벽히 부인하는 사람들은 거의 없었다. 나는 멜로스의 디아고라스, 압델라의 프로타고라스, 데모크리투스와 세속적으로는 무신론자라는 이름으로 불린 테오도로스[421]의 제자들, 불경하고 어리석은 테오도로스의 제자 보리스테네스의 비욘과 같이

---

[421]　키레네의 무신론자 테오도로스(BC 340~BC 250). 키레네 학교의 철학자.

믿음이 적은 자들을 찾아내 망신을 당하도록 할 것이다." 그야
말로 테러나 마찬가지다. 철학사를 보면 그 안에는 인간의 상
상력에 흑마법을 쓴, 허위일 가능성이 많은 교리들이 있다. 영
혼이 여러 육신으로 전이된다고 한 플라톤과 피타고라스의 교
리, 이 세상은 호전적이고 조잡한 어느 잡신이 만들어 낸 작품
이라고 주장하는 영지주의 교파의 교리 같은 것이 그것이다.
오로지 진리만을 탐구하던 케베도는 이런 매혹적인 교리를 보
아도 끄떡도 하지 않는다. 그는 영혼의 윤회 같은 것은 "비이성
적인 헛소리"이자 "흉악한 미친 짓"이라고 치부했다. 아그리
젠토의 엠페도클레스는 "나는 어린 사내아이였고 소녀였으며
한 그루 떨기나무였고 한 마리 새였으며 바다에서 솟아오른
한 마리 말 못 하는 물고기였다."라고 말한 바 있다. 케베도는
이에 대해 「신의 섭리」에서 이렇게 말했다. "재판관들과 율사
들은 이 혹세무민하는 엠페도클레스가 한때 물고기였다고 하
더니 나중에 전혀 다른 상반된 성질을 가진 물고기가 되었다
고 하고, 다시 한때 자기가 살았던 바다를 눈앞에 두고 불 속으
로 뛰어들어 죽고 마는 에트나의 나비였다고 하는 걸 보면 마
법사임에 틀림없다고 썼다. 영지주의자들에 대해서도 케베도
는 「플루토의 하계」 제일 끝부분에서 이들을 불경스럽고 사악
하며 광기에 빠져 무도한 짓들을 꾸며 내는 사람들이라고 비
난했다.

아우렐리아노 페르난데스 게라는 케베도의 「하느님의 정
치와 우리 주 예수 그리스도의 나라」를 "완벽한 정부 체제, 가
장 성공적이고 가장 존귀하며 가장 편의성 높은 체계"로 봐야
한다고 주장한다. 이러한 견해가 믿을 만하다는 것은 이 책의

마흔일곱 개의 장 모두에서 예수 그리스도의 말(알려진 바에 따르면 그것은 'Rex Judaeorum(유대인의 왕)'이라는 말이었다.)과 행동은 비밀스러운 상징이며, 그 상징이 발하는 빛에 의거해 위정자가 문제를 해결해야 한다는 흥미로운 가설과 관련한 근거를 무시하고 있다는 점을 떠올려 보는 것만으로도 충분하다. 카발라적 믿음을 소유하고 있던 케베도는 사마리아 여인의 일화에서 왕이 징수하는 세금의 액수가 경미해야 한다는 결론을 끄집어냈고, 오병이어의 일화에서는 왕들이 백성들의 필요를 충족시켜줘야 한다는 결론을 끄집어냈다. 또한 반복적으로 따르는 무리가 형성되는 것과 관련해서는 "왕이 자신 뒤로 고관들을 이끌고 다녀야지, 고관들이 왕 앞쪽에서 걷는 것은 안 된다."라는 결론을 도출했고……. 사람들은 방법의 임의성에 한번 놀라고 결론의 진부함에 다시 한번 놀라게 된다. 그러나 그가 사용하는 언어의 품격 덕분에 모두들, 아니 거의 모든 사람들이 케베도를 되살린다.[422] 뭔가에 정신이 팔려 있던 독자는 그의 작품을 읽은 덕에 자신이 교화되었다고 판단할 수도 있

---

422   레예스는 『스페인 문학 속 여러 이야기들』(1939년) 133쪽에서 다음과 같이 명확히 지적하고 있다. "케베도가 쓴 정치적 작품들은 수사적 가치 이상의 그 어떤 정치적 가치에 대한 새로운 해석도 담아내지 않는다……. 어쩌면 그것은 기회에 대해 말하는 팸플릿이거나 학술적 선언이라고 할 수 있다. 겉으로는 대단히 야심차 보였음에도 불구하고, 사실 『하느님의 정치』는 그저 사악한 성직자들에게 쏟아 내는 항변에 불과하다. 다만 그 속에서 부분적으로나마 가장 케베도적인 흔적이 발견되는 것도 사실이다." (원주)

다. 크게 두드러지지 않는 갈등과 관련해서는, 결론은 기억해야 하지만 생각은 기억할 필요 없다고 「마르쿠스 브루투스의 생애」에서 경고하고 있다. 케베도는 자신의 가장 웅장한 문체를 이 작품을 통해 완성하고 있다. 이 정선된 하나하나의 문장을 보고 있으면 마치 스페인어가 과거 세네카와 타키투스와 루카누스 시대의 엄격한 라틴어, 은의 시대의 까다롭고 엄한 라틴어로 되돌아간 것 같은 느낌이다. 노골적인 간결함, 도치법, 거의 대수학과도 같은 엄격함, 용어 대립, 무미건조함, 어휘 반복 등이 이 글에 몽환적인 정확성을 부여한다. 많은 시절(詩節)들이 완벽이라는 판단을 필요하다고 생각하거나 요구한다. 예를 들면 다음에 인용한 이런 시절이 그 예다. "월계수 관으로 누군가의 이마를 영예롭게 했다. 검에 새겨 넣은 문양으로 한 가문에 만족감을 주었다. 개선에 보내는 박수로 위대한 주권 국가의 승리를 치하했다. 동상을 세워 거의 성스럽기까지 한 삶을 보상했고, 보물에 대한 권리가 약해지지 않도록 하기 위해 나뭇가지와 잎사귀와 대리석과 언어를 불평하는 자들에게는 주지 않고 공훈을 세운 자들에게만 주었다." 케베도는 또 다른 문체 역시 즐겨 사용하곤 했다. 「부스콘의 삶」에 나오는 외견상 구어체로 보이는 문체와 터무니없고 제멋대로지만 그렇다고 비논리적이지는 않은 「모든 이의 시간」에 나오는 문체가 그것이다.

　체스터턴은 『G. F. 와츠』(1904년) 91쪽에서 이런 말을 했다. "이것은 과학적 사실이 아니라 예술적 사실이다. 전사들과 사냥꾼들이 그것을 발명했으며, 그것은 과학보다 훨씬 이전의 일이었다." 그러나 언어는 기본적으로 논리적인 도구라고 믿어 왔던 케베도로서는 체스터턴의 견해에 동의할 수 없었다. 물을 수정에 비유하고, 손을 눈송이에 비유하고, 눈이 별처럼 빛난다고 한다든가 별이 눈처럼 바라본다고 하는 식의 시(詩)가 지니는 진부함과 영속성은 수월하기 때문에 그를 불편하게 만들었지만, 허위이기 때문에 훨씬 더 불편하게 만들었다. 그런 비유들을 검열하면서 그는 은유라는 것이 두 가지 이미지의 순간적인 접촉일 뿐, 두 이미지의 규칙적인 동일화가 아니라는 사실을 망각했다. 그는 또한 관용적인 표현도 혐오했다. "그런 것들을 망신 주기"위해 그는 그런 표현들을 모으고 기워서 「이야기들에 대한 이야기」라는 표절 작품을 서둘러 만들어 내기도 했다. 그런데 이러한 관용적 표현에 매료되어 온 수많은 세대들은 오히려 황당하게 요약된 그 작품 속에서 아름다운 표현들의 집합체를 경험했고, 하마터면 잊어버릴 뻔한 '야단법석 떨며(zurriburri)', '마구잡이로(abarrisco)', '허둥지둥(cochite hervite)', '순식간에(quítame allá esas pajas y a trochimoche)' 같은 표현들을 되살리는 데 그 작품이 제대로 기여했음을 알아챘다.

케베도는 최소한 한 번 이상 사모사타의 루키아노스와 비교되었다. 두 사람 사이에는 근본적인 차이점이 존재한다. 루시아노의 경우 2세기에 올림푸스의 신들과 일전을 벌이면서 종교적으로 논란을 일으킨 작품을 썼고, 케베도의 경우 우리의 시대인 17세기에 동일한 일전을 벌이기는 했지만 이는 하나의 문학적 전통을 관찰하는 것에 불과했기 때문이다.

그의 산문을 간략하게나마 살펴보았으니, 이제 산문에 비해 결코 적지 않은 그의 시에 대한 논의로 넘어가기로 하자.

열정의 운문으로 여겨지는 케베도의 에로틱한 시들은 그

리 만족스럽지 못하다. 도치의 유희, 의도적인 페트라르카주의의 실행으로 여겨지는 그의 시들은 줄곧 칭송의 대상이 되어 왔다. 엄청난 식욕을 자랑하던 케베도는 스토아적 금욕주의의 실천을 멈추지 않았다. 또한 여자에게 의지하는 것은 아주 몰상식한 일이라고 생각했다. 그는 이런 생각을 늘 주변에 말해 왔고, 그래서 여자들에게 잘 대해 주기는 했지만 결코 신뢰하지 않았다. 이것만 보아도 그가 시집 『파르나소』에서 "무훈과 아름다움을 노래하는" 뮤즈 IV에 의도적인 인위성을 부여한 이유가 무엇인지 알 수 있다. 케베도가 개인적으로 중점을 두었던 대상은 자신의 우울감, 분노, 환멸 등을 표명한 다른 작품에서 찾아볼 수 있다. 실례로 그가 후안 수도사의 탑에서 돈 호세 곤살레스 데 살라스에게 보낸 아래의 소네트 등을 들 수 있다. (「뮤즈 II」, 109)

약간의, 그러나 수준 높은 책 몇 권을 챙겨 들고
평화로이 이 사막을 떠나서
죽은 자들과 대화하며 살고
죽은 자들의 목소리를 두 눈으로 듣는다.

늘 이해할 수는 없지만 늘 두 눈을 뜬 채로
나를 조정하고 맞춘다.
소리 없는 음악의 대위법 속에
산 사람의 꿈에 대고 죽은 자들이 말한다.

죽음은 위대한 영혼들을 밀쳐 내나니,

오! 위대한 돈 조셉이 보복의 세월 동안 쌓여 온 모욕으로부터
인쇄술을 풀어 주는구나.

돌이킬 수 없는 도피 속으로 시간이 달아난다.
그러나 그 시간이야말로 최고의 시간이었으니,
배움과 연구를 통해 우리를 개선시키는구나.

이전 작품에는 눈으로 듣는다든지, 깨어 있는 자들이 살아 있는 자들의 꿈에 대고 말한다든지 하는 식으로 기지주의의 흔적이 남아 있었다. 그런데 소네트는 기지주의의 흔적 때문이 아니라 그런 흔적들에도 불구하고 효과적이다. 현실을 그대로 묘사하는 데 효과적이라는 뜻이 아니다. 현실이라는 것은 언어로 옮겨질 수 있는 것이 아니기 때문이다. 대신 소네트를 구성하는 시어(詩語) 자체는 그 시어들이 만들어 낸 장면이나 그 시어들로 구성된 호방한 말투에 비해 중요성이 떨어진다는 말을 하고 있는 것이다. 물론 언제나 그런 것은 아니다. 이 시집에서도 가장 유명한 소네트는 「옥사한 오수나의 백작, 돈 페드로 히론을 영원히 기억하며」이다.

그의 무덤은 플랑드르의 전장이요,
그의 묘비는 핏빛 달이로다.

여기에서 볼 수 있는 놀랍도록 효과적인 대구법은 그 어떤 해석에도 앞서 있을 뿐 아니라, 그런 해석에 기대고 있지도 않

다. 이런 표현에서도 마찬가지다. "병사들의 절규를 못 알아들을 리 없건만, 다 헛되구나. 병사들의 절규는." 핏빛 달과 관련해서는, 돈 페드로 테예즈 히론이 무슨 약탈 행위를 했는지는 모르겠지만 여하튼 그로 인해 광채를 잃고 만 터키인을 상징한다는 점은 무시하고 지나가는 것이 좋겠다.

많은 경우, 케베도의 출발점은 고전이다. 이 구절은 매우 유명하다.(「뮤즈IV」, 31)

먼지가 될 것이다. 그러나 사랑에 빠진 먼지가.

사실 이것은 프로페르시우스(「비가 I」, 19)의 다음과 같은 시구를 재창조 또는 승화시킨 구절이다.

잊히고 만 쓸모없는 사랑의 먼지처럼

케베도의 시 세계는 거대하다. 그 속에는 워즈워스를 떠올리게 만드는 숙고 끝에 탄생한 소네트도 있고, 퍽퍽하고 그 무엇도 통할 것 같지 않은 엄격함이 있으며,[423] 느닷없이 돌출하

---

423   암울한 그림자의 왕이
       절망적이고 참혹한 권력을 휘두르는 그곳에서
       피가 다 뽑혀 나가 차갑게 식어 버린 죽은 그림자가
       문지방과 문을 뒤흔든다.
       커다랗게 벌린 아가리로 울부짖더니
       신성하고 순결한 새로운 빛을 보는 순간
       케르베로스는 입을 다물고, 순식간에

는 신학적 신비도 있고,("열두 명과 만찬을 했는데, 내가 곧 만찬의 음식이었다.") 자신도 공고라와 같은 유희를 할 수 있음을 증명이라도 하듯 공고라주의적 요소들도 삽입되어 있다.[424] 또한 이탈리아 특유의 우아함과 달콤함,("초록빛과 음악성이 감도는 초라한 고독") 페르시우스와 세네카, 유베날리스, 에크뤼튀르,[425] 조아생 뒤 벨레의 변주, 라틴어의 간결함, 잡다한 소리들,[426] 재

시커먼 그림자 같은 자들이 한숨을 내쉰다.

발아래에서는 대지가 신음을 토하고,
두 눈을 들어 천상을 쳐다볼 수조차 없는
허연 재로 뒤덮인 삭막한 민둥산들이
누런 황갈색 속으로 우리의 평원을 눈멀게 한다.
두려움과 비탄이 커져 가고
텅 빈 왕국 곳곳에서는 개들의 목쉰 울음소리만이
적막을 가로질러 귓전을 두드리니,
울부짖는 소리와 탄식 소리가 뒤섞여 가는구나.
　　　　　　　　　　　　　　　　—「뮤즈 IX」(원주)

424　수고의 운명을 타고나고
　　　유한한 생명을 가진 인간의 질투의 상징인 동물,
　　　그것은 여호와에게는 변장이요 변복이로다.
　　　시간은 실제의 손을 딱딱하게 굳게 하는데,
　　　그 시간의 등 뒤에서는 판관들이 신음하는구나.
　　　천상에서는 빛이 뿌려지고 있건만.
　　　　　　　　　　　　　　　　—「뮤즈 II」(원주)

425　ecriture. 프랑스어로 쓰기, 문자, 쓰여진 것을 의미한
　　　다. 현상학에서 중요한 개념으로 여긴다.

426　멘데스가 땀을 뻘뻘 흘리며
　　　비명을 질러 댔다.
　　　어깨 위로

미난 기교에 대한 조롱,⁴²⁷ 소멸과 혼돈이 불러일으키는 호화롭
되 음산한 느낌 등도 포함되어 있다.

　케베도 최고의 작품들은 그 시를 탄생시킨 감동과 그 시를
이끌어 낸 평범한 생각들을 훨씬 뛰어넘은 저 높은 곳에 존재한
다. 그 시들은 암울하지 않고, 말라르메나 예이츠, 게오르규와
는 달리 수수께끼 같은 것을 집어넣어 마음을 교란시키거나 주
의를 산만하게 만드는 오류를 교묘히 피해 간다. 굳이 말한다면
그의 시들은 언어로 형상화된, 은반지나 은으로 만든 검처럼 순
수하고 독립적인 사물이다. 다음의 시구들이 그 예다.

　　독을 품은 티로의 토가가 넘쳐흐른다.
　　딱딱하게 굳어 버린 빛 바랜 황금 속에서
　　동방의 보석으로 치장하지만
　　오, 리카스여! 그대의 순교는 쉼이 없구나.

　　엄청난 죄악이 주는 행복감에
　　그대는 정신없이 황홀경에 빠져 있네.

　　　　서캐들이 흩뿌리듯 쏟아져 내리니.
　　　　　　　　　　　　　　　　　—「뮤즈 V」(원주)

427　　파비오가
　　　격자가 있는 발코니에서
　　　이미 그를 잊어버린 아민타를 노래하네.
　　　사람들은 그녀가 더 이상 파비오를 기억조차 하지 않
　　　는다고 하는데.
　　　　　　　　　　　　　　　　—「뮤즈 VI」(원주)

그대의 암울한 공포는 화려함으로 치장한 채 그대를 속이
나니,
장미 속의 뱀이요, 백합 속의 독사로다.

그대의 궁전을 주피터와 나누고자 하네.
별처럼 빛나는 황금이 그대를 속이므로.
그대가 살고 있는 그 궁전에서 죽음을 맞이할 것도 모르
는 채.

모든 것의 주인인 그대여, 그 어마어마한 영광 속에서
그대를 시험하는 자에게 그대는
그저 비천하고 구역질 나는 수렁일 뿐이네.

케베도의 육신이 생명을 잃은 지 300년의 세월이 흘렀다.
그러나 케베도는 여전히 스페인 문학사상 가장 뛰어난 언어
의 세공사다. 조이스나 괴테나 셰익스피어와 마찬가지로 프란
시스코 데 케베도는 적어도 구구하고 복합적인 하나의 문학을
만들어 낸 작가이다.

서문, 아돌포 비오이 카사레스와 발췌 및 주석, 『산문과 운문』,
클라시코 에메세, 에메세 에디토레스, 1948.

1974년 추서

케베도는 처음에는 느린 속도로 시작되었던 스페인 문학
의 쇠퇴기를 연 장본인이며, 그 뒤를 이어 나온 것이 그라시안
의 풍자 소설이다.

아틸리오 로시 『먹물로 그린 부에노스아이레스』

우리의 사랑스런 도시 부에노스아이레스를 담아낸 이 서정적이고 섬세한 그림들이 한 이탈리아인의 작품이라고 해도 놀랄 것 없다. 건축 측면에서 볼 때, 부에노스아이레스는 스페인 건축으로부터 분리되기 위한 노력을 해 왔다. 정치적인 면에서는 이미 분리되었기 때문이다. 부모와의 차별화는 어쩌면 자식들에겐 숙명일지도 모른다. 이를 애써 무시하거나 바로잡아 보려는 사람들도 있다. 굳이 과도하게 눈에 띄는 "식민지풍"의 건물을 짓는 방식으로 말이다. 이를테면 중국식 장벽을 쌓아 올려 마치 만화 같은 느낌을 주는 부에노스아이레스의 푸엔테 알시나[428] 같은 게 그런 것이다. 이런 건물들은 도시의

---

[428] Puente Alsina. 1938년에 지어진 식민지풍의 다리. 다리 입구가 이국적이고 화려하다.

다른 건축물들과 조화를 이루지 못해 마치 유령처럼 괴리되기 마련이다. 그럴 만한 이유가 있건 없건 간에, 부에노스아이레스는 스페인스러운 면모들은 옅어지고 이탈리아적인 색채가 강해졌다. 이탈리아식은 건축에서 남다른 특성들을 드러냈는데, 예컨대 난간 손잡이나 지붕, 기둥, 아치 같은 것이 그것이다. 라스 퀸타스(Las Quintas)[429] 입구에 있었던 돌로 만든 항아리 형상들도 이탈리아식이었다.

한때 도시 경관이라는 모순적인 개념이 존재했던 때가 있었다. 조형 예술 분야에 도대체 누가 그 개념을 도입했는지는 알 수 없다. 일종의 풍자로 사용되었던 것(스위프트의 「아침의 묘사」와 「도시 소낙비의 묘사」)을 제외한다면, 내가 아는 한 문학에 그런 개념이 등장한 것은 디킨스 이후였다……. 이 책은 로시가 이런 장르를 개척하면서 얼마나 행복해했는지를 증명하고 있다. 내가 알기로, 그가 그린 수많은 그림들 중에서도 가장 훌륭한 몇 점을 고르자면 아마도 바리오 수르(Barrio Sur)[430]를 그린 그림들일 것이다. 그리고 사실 이것은 결코 우연이 아니다. 그것은 부에노스아이레스의 그 어떤 지역보다도, 파세오 콜론이나 브라실 거리, 빅토리아, 엔트레리오스 같은 특색 있는 거리보다도 수르가 부에노스아이레스, 즉 부에노스아이레스라는 지구적 형상 또는 플라톤적 이상을 구성하고 있는 훨씬 더 독창적인 요소이기 때문이다. 파티오(patio)와 중문

429　　부에노스아이레스 남서쪽에 위치한 동네 이름.

430　　부에노스아이레스에 처음 만들어진 두 개 동네 중 하나로 본래 명칭은 카테드랄 알 수르(Catedral al Sur)다.

(puerta cancel), 현관(zaguán) 등은 (여전히) 부에노스아이레스만의 특징이다. 물론 중부와 서부, 남부 구역에서도 눈물겹게나마 이런 것들을 볼 수는 있지만, 남부를 빼고는 이런 것을 논할 수 없다. 그런데 여기서 소소한 고백을 하나 해도 좋을지 모르겠다. 30년 전에 나는 내가 살던 팔레르모 구역에 대한 시를 써 달라는 청탁을 받았다. 나는 휘트먼 식 운문 절 측정법에 따라 그곳의 그늘진 무화과나무와 황무지, 나지막한 가옥들과 장밋빛 모퉁이 등을 노래했고, 카리에고의 전기를 썼으며, 한때 카우디요였던 사람을 만났고, 빼어난 칼잡이 '칠레인 수아레스'와 '후안 무라냐'의 무용담을 존경심을 가득 담아 경청했다. 어떤 때에는 밤이면 빛을 발하는 어느 상점과 웬 남자의 얼굴, 노래 한 곡에서 그 시 속에서 내가 찾아내고자 했던 풍미를 느낄 수 있었다. 그러한 복원과 확인들이 이제는 남부에서만 일어나고 있다. 팔레르모를 노래했다고 믿었던 나는 사실상 남부를 노래했던 것이다. 솔직하고 내밀하게 말하자면 영원의 관점 아래에서 남부가 아닌 부에노스아이레스는 한 뼘도 존재하지 않기 때문이다. 서부는 남부와 북부의 형상들에 대한 이질적인 표절이다. 북부는 유럽을 향한 우리의 향수를 드러내는 불완전한 상징이다. (아메리카 대륙의 남부에 있는 다른 도시들, 즉 몬테비데오나 라플라타, 로사리오, 산티아고 델 에스테로, 돌로레스 등의 도시들 역시 남부다.) 건축은 언어이고 윤리이며 살아 숨쉬는 양식이다. 우리 아르헨티나인들은 지붕이 있는 저택이나 옥상이 아닌 바리오 수르의 건축물들 속에서 마음의 평화를 느낀다.

앞서 말한 것들에 대해 혹자는 내가 핵심적이라고 언급했던 양식은 이미 죽은 것이나 진배없다고 항변할지도 모른다. 이미 새로운 건축 양식들이 그 양식을 밀어냈고 낡은 건축물들은 영속할 수 없기 때문이다. 머지않아 사각형 파티오나 중문 같은 건 하나도 남지 않게 될 수도 있다. 솔직히 이런 반대 의견에 대해 나는 뭐라 답을 해야 할지 모르겠다. 다만 언젠가는 부에노스아이레스도 또 다른 그만의 양식을 찾아낼 것이며, (내 눈앞에서는 비밀스럽고 금방이라도 꽁무니를 빼며 사라질 것 같지만 미래 앞에서는 또렷할) 그 새로운 양식들은 유쾌한 이 책의 책장 한 장 한 장에 미리 자리 잡고 있을 것이라는 것은 알고 있다.

서문, 『먹물로 그린 부에노스아이레스』,
비블리오테카 콘템포라네아, 에디토리알 로사다, 1951.

1974년 추서

앞서 언급했던 스위프트의 경관은 사실상 유베날리스로부터 비롯된 것이다.

도밍고 F. 사르미엔토『시골의 추억』

옛날 사람들은 수사학이라 불렀고, 요즘 사람들은 (아마도) 문체론이라 부르고 있는 규범인 문학적 분석술은 무척이나 이단적이고 너무 조악하다. 이것은 지난 20세기에 걸쳐 서슬 퍼런 영향력을 행사해 왔으나 결국 주어진 텍스트의 유효성을 논증하는 데 전혀 적절하지 않은 것으로 판단되고 있다. 분석을 어렵게 만드는 이유는 매우 다양하다. 일단 체스터턴, 말라르메, 케베도, 베르길리우스처럼 분석 수행이 불가한 작가군이 있다. 이들 작가들에 대해서는 부분적으로나마 수사학을 논할 수 있는 그 어떤 방법도, 행운도 없다. 조이스나 휘트먼, 셰익스피어 같은 또 다른 작가군은 분석 대상의 치외 법권 지대에 놓여 있다. 이보다도 훨씬 미스터리한 또 다른 작가군도 있는데, 이들은 분석적으로 이치가 닿지도 않는다. 점검을 해 보면 그 어떤 문장도 고치지 못할 것은 없다. 그 어떤 문인도 실

수 한 번 하지 않을 수는 없기 때문이다. 그런데 분석은 논리적이고, 원본 텍스트는 거의 논리적이지 않음에도 불구하고 대상이 되는 텍스트는 최고의 유효성을 드러낸다. 그 이유는 알수 없지만 말이다. 이렇게 그 단순한 이유조차 설명이 되지 않는 작가군에 사르미엔토가 들어 있다. 물론 이 말이 사르미엔토의 특이한 예술이 다른 작가들의 작품보다 덜 문학적이라든가, 순수하게 언어적이지 않다든가 하는 것을 의미하지는 않는다. 처음에 내비쳤듯이 그의 예술은 분석하기에는 너무 난해하다는 것(아니, 어쩌면 너무 단순한 것일 수도 있다.)을 의미할뿐이다. 사르미엔토 문학의 특징은 유효성이라는 측면으로 잘드러난다. 관심 있는 독자라면 「시골의 추억」이나 그가 쓴 또다른 자전적 작품 속에 등장하는 한 일화와 루고네스가 공들여 쓴 루고네스 판본의 동일한 일화를 서로 비교해 보면 될 것이다. 한 줄 한 줄 대조해 보면 루고네스 판본이 사르미엔토의작품보다 훨씬 훌륭하다. 그런데 전체적으로 보면 사르미엔토의 작품이 훨씬 더 감동적이고 가슴을 때린다. 누구라도 사르미엔토가 쓴 문구들을 수정할 수는 있지만, 그 누구도 그에 필적할 수는 없는 것이다.

　「시골의 추억」은 다른 점은 다 차치하고라도 정감이 넘치는 작품이다. 혼돈스럽지만 행복감이 깃든 장면들은 선집 곳곳에도 실려 있다. 그중에서 가장 유명하지는 않지만 길이 기억될 만한 이야기를 꼽자면 페르민 마예아와 종업원 이야기를 들수 있을 것이다. 이 이야기는 핵심은 하나도 건드리지 않고도장편 심리 소설로 확장시킬 수 있을 만한 그런 이야기다. 그렇다고 반어법이 훌륭한 글도 아니다. 왜냐하면 로사스를 '황무지의 영웅'이라고 불러야 한다고 주장하면서 그 이유를 "조국을 황폐화시킨 사람이기 때문"이라고 했기 때문이다.(169쪽)

세월은 작품도 변화시킨다. 1943년 말경에 「시골의 추억」을 꼼꼼히 다시 읽으면서 나는 이 작품이 20년 전 내가 읽었던 그 책이 아니라는 사실을 깨달았다. 당시 세계는 활기를 잃은 상태였고 온갖 폭력으로부터 다시는 벗어날 수 없을 것만 같아 보였다. 리카르도 구이랄데스는 마차꾼이 겪는 냉혹한 삶의 현실을 (과장된 서사와) 향수 어린 몸짓으로 되살리면서, 호전적이고 거대한 도시 시카고에서는 주류 밀매업자들에게 기관 단총을 난사해 버린다는 상상을 하게 만들었다. 문학적 열의로 가득했던 나는 쓸데없이 집요할 정도로 플라타강 유역의 칼잡이들이 남긴 흔적을 뒤좇았다. 잔혹한 사건들이 비일비재하고 더 운 좋은 세대에나 어울렸을 법한 "늑대의 시대, 칼의 시대"(『에다 마요르』I, 37)를 애통해하는 우리들과는 달리 세상은 너무나도 평온하고 흔들림 없이 평화로워 보였다. 당시 「시골의 추억」은 회복할 수 없는 과거에 대한 책이었고, 그래서 반가운 책이었다. 당시의 혹독한 상황이 사람들을 과거로 돌아갈 수 있게 해 줄 수 있다고 믿는 사람은 아무도 없었기 때문이다. 나는 이 책은 물론 유사한 또 다른 책인 「파쿤도」의 곳곳에 카우디요 I세대인 아르티가스와 마지막 남은 두 명의 카우디요 중 한 사람인 로사스를 비판하는 독설이 포함되어 있는 것을 보면서 다 소용없는 일이기도 하지만 너무 대놓고 드러낸 게 아닌가 하는 생각을 했다. 그런데 사르미엔토가 묘사한 위험천만한 현실은 너무 먼 옛날이야기라서 상상조차 할 수 없을 것 같다. 지금은 현대이기 때문이다. (유럽과 아시아에서 전보가 날아드는 현실이 지금 내 말을 증명해 줄 것이다.) 단 한 가지 차이점이라면 야만이라는 것이 전에는 사전에 계획되지 않은 충동적인 것이었다면, 이제는 응용되고 지각될 뿐만 아니라 키로가 추종자들이나 마조르카 비밀경찰대의 이 빠진 칼날이 자행하는 방식처럼 훨씬 더 강압적인 방법으로 행해진다는 점이다.

방금 잔혹함에 대해 말했지만, 이 책은 잔혹함이 이 암울한 시대의 최고 악은 아니라고 말한다. 최고 악은 무지와 조종되고 조장된 야만, 증오를 키우는 교육, 살아 숨 쉬는 또는 죽어 없어진 휘장을 두른 난폭한 체제 등이 그것이다. "우리가 로사스를 용서할 수 없는 건, 지난 수백 년 동안 가꿔 온 모든 것들을 불과 20년 만에 황폐하게 만들어 버렸기 때문이다."(『사르미엔토의 역사』, 제4장)라던 루고네스의 말처럼 말이다.

「시골의 추억」 1쇄가 세상에 나온 건 1850년 칠레 산티아고였다. 사르미엔토의 나이 한창 때인 서른아홉 시절이었다. 그 책에서 그는 자신의 삶을 이야기하고, 개인적 운명과 국가적 운명 속에서 만났던 다른 사람들의 삶에 대해서도 이야기하고, 지근거리에서 발생했던 일들과 그로 인한 고통스러운 결과에 대해서도 이야기했다. 오늘날 벌어지고 있는 일들도 별로 다르지 않다. 사람들은 전체적인 형상과 근본적이고 비밀스러운 단위를 지각하기까지 긴 시간을 필요로 한다. 사르미엔토는 현재를 역사적인 시각에서 관조하고, 지금 이 순간을 마치 지나간 과거인 양 단순화시켜 직관하는 위업을 이뤄냈다. 요즘은 전기도 넘쳐나고, 수백 권씩 쏟아져 나오는 위인전은 인쇄물로 찍어 내는 일조차 힘들 지경이다. 사르미엔토가 했던 것처럼 자신이 들려주는 우연한 사건들을 앞질러 해석해 낸 사람들이 과연 얼마나 될까? 사르미엔토는 자신의 개인적 운명을 아메리카라는 대륙의 운명에 준해 바라보았다. 더러는 대놓고 이렇게 말한 적도 있다. "내쳐져서 분노한, 그러나 또한 끈덕지게 얼마나 고양되고 고결할지 모를 하나를 꿈꿔 온 내 삶을 보면서 나는 허무 속에서 요동치고 날개를 펼치기 위해 혼신의 노력을 다하지만 새장 속에서 날개를 퍼덕일 때마다 쇠창살에 부딪쳐 상처만 나는 이 가엾은 남아메리카의 자화상을 발견한다." 그는 세계주의적 비전을 가졌지만 그렇다고 개인에 대한 비전을 흐리지는 않았다. 불운하게도 과거 속에서는 아무런 감정도 드러내지 않는 경직된 글들만을 보게 되지만 말이다. 사르미엔토는 지금은 동상이나 대리석상으로 남아 있는 사람들에 대해 말한다. "전쟁터에서 네코체아, 라바예, 수아레스, 프링글레스를 비롯한 유객들의 모습으로 현현했던 아르헨티나의 젊은이들은 전투에서도 선봉에 서지만 여성과 어울리는 데에도 앞장섰다. 뒤꽁무니에 선 자들은 결투에서도 모습을 보이지 않지만 술자리와 방탕한 놀이에서도 그 모습을 볼 수 없다." 데안 푸네스는 "한 떨기 꽃의 향기를 맡으니 마치 죽을 것만 같았다. 그는 자신이 아끼는 사랑스런 존재들에게 이렇게 말했다. 어차피 그럴 줄 알았으니 그리 놀랄 일도 아니라고……." 이제는 폭정, 그리고 폭정 덕에 영광스럽게 빛나게 된 내전에 대해 예상하는 것은 그리 어려운 일도 아니다. (내가 여기서 '폭정'이라는 표현을 쓴 것은, 다양한 2인자들이 있지만 그들 역시 가장 강한 1인자에 비해 결코 그 힘이 약하지 않다는 생각이 들어서다. 어차피 2인자 중 누군가가 1인자를 치고 들어올 테

니까 말이다.) 이 불운한 시대를 살아온 사르미엔토의 동시대인
들에게는, 우리에게 1943년이 설명 불가한 시절이었던 것처럼
그들에게는 그 시대가 설명 불가한 그런 시절이었다.

사르미엔토는 여러 가지 측면에서 스페인에게는 적이었
다. 그렇지만 혁명이라는 이름의 군사적 영광으로 사람들을
현혹시키지는 않았다. 그러기에는 시기상조라고 생각했던 것
이리라. 어차피 너저분해지고 황폐해진 조국이 군사력으로 자
신의 자유를 지켜 줄 수 없으리라는 것을 잘 알고 있었던 그는
이런 말을 남기기도 했다. "스페인의 식민지가 된 나라들에는
나름대로 존재 방식이 있고, 부왕의 유연한 통치하에 식민 시
기를 잘 보내고 있지만, 사실 우리 스스로가 오래도록 고통의
박차를 가할 왕들을 만들어 낸 셈이다. 이 땅에서 조련된 말들
은 쫓아내 버리고." 그의 말이 암시하는 바는 명확하다. 같은
장에서 이런 말도 했다. "로사스는 잔학함에 있어서는 닥터 프
란시아와 아르티가스[431]의 제자 격이고, 지식인과 외국인에 대
한 박해에 있어서는 스페인 종교 재판소의 신봉자다."

사르미엔토에게는 역설적으로 야만인이라는 별명이 붙어
있다. 가우초에 대한 그의 반감을 공유하고자 하지 않는 사람
들은 시골 벽지에서 가우초 규율에 대한 거칠고 과격한 자세
를 보이는 사람이나 문화 정복 면에서 거칠고 과격한 자세를

---

431   호세 헤르바시오 아르티가스(Jose Gervasio Artigas,
1764~1850). 우루과이의 몬테비데오 출신의 군인, 혁
명가. 가우초 생활을 하다 군인이 되어 우루과이 독립
을 위해 싸웠다.

보이는 사람이나 어찌 보면 다를 바 없다면서 그 역시 가우초라고 주장한다. 보다시피 이러한 비난은 그저 유추에 지나지 않는다. 나라 상황이 척박하고, 누군가는 심하게 또 누군가는 상대적으로 약하게, 여하튼 모든 사람들이 폭력의 영향을 받고 있다는 정황 외에 다른 명확한 사유가 없기 때문이다. 그루삭은 즉흥적으로 쓴, 거의 한결같다고 할 만큼 과장된 한 추모의 글에서, 사르미엔토의 '거침'을 잔뜩 과장하면서 그를 "지성의 전투에 나아가는 무시무시한 유격대원"이라고 부르고, 예견 가능한 일이지만 안데스 계곡의 급류에 비유했다. (말 그대로만 보자면 사르미엔토가 그루삭에 비해 훨씬 더 보편성을 띤 작가다. 사르미엔토는 거의 전 아르헨티나인들과 맞지 않고, 그루삭은 프랑스의 모든 대학생에게 혼동을 불러일으킨 작가이기 때문이다.) 분명한 것은 사르미엔토가 원시적 열정을 숭배했다는 점이다. 그보다 덜 충동적이고 동시에 덜 천재적인 로사스는 일부러 사르미엔토의 시골스러운 면모를 과장했고, 이러한 속임수는 여전히 현재를 기만하여 불가사의한 농장주이자 관료인 사르미엔토를 판초 라미레스나 키로가에게 위험할 수 있는 유격대원으로 탈바꿈시켜 버렸다.

그 어떤 아르헨티나인도 사르미엔토를 명확하게 투시하지 못한다. 부분적으로 서서히 이루어진, 거의 사막화된 평원이었던 아메리카 대륙의 아르헨티나 정복과 관련해서는 말이다. 주지하다시피 혁명은 아메리카 전역이 해방되고 아르헨티나가 페루와 칠레에서 승전보를 울린 대가로 이 나라를 일시적이나마 낡은 관습과 개인적 야심을 가진 세력의 손아귀에 떨어뜨리고 말았다. 우리의 유산은 인디오들의 유산도, 가우초의 유산도, 스페인 사람들의 유산도 아님 또한 주지의 사실이다. 우리는 그 어떤 것도 배제하지 않은 채 서구 문화의 완성체를 꿈꿀 수 있다.

지난한 과거와 핏빛 서린 현재를 부정하는 사르미엔토는 모순적인 미래의 사도이다. 에머슨이 그랬듯이 그 역시 인간은 자신 안에 운명을 지니고 있으며, 비이성적인 희망을 갖고 살아가는 것이야말로 그 운명을 감당하며 살아가는 증거라고 믿었다. 사도 바울 역시 꿈꾸는 것들의 본질과 눈에 보이지 않는 것의 증거는 바로 '믿음'이라고 하지 않았던가……. 시골 사람들, 동부 지역 사람들, 포구 사람들이 잡다하게 섞여 있는 부조화한 세상 속에서 사르미엔토는 최초의 아르헨티나인이었고, 지역의 경계를 뛰어넘은 사람이었다. 그는 조각조각 나뉘어 버린 불운한 땅덩어리 위에 조국을 건립하기를 꿈꾸었다. 그는 1867년에 후안 카를로스 고메스에게 이런 서신을 띄운 적이 있다. "몬테비데오는 빈궁한 도시고, 부에노스아이레스는 촌이며, 아르헨티나 공화국은 거대한 땅덩어리입니다. 플라타강 유역의 국가들이 하나로 뭉친다면 가장 강력한 체제, 세계의 일부, 제대로 조련된 아메리카 인종의 선봉, 위대한 업적을 이룰 수 있는 무엇이 될 수 있을 것입니다."(루이스 멜리안 라피누르, 『과거 약사(略史)』 제I권, 243쪽)

이 편지를 쓴, 이제는 이 세상에 없는 용감한 그를 믿는 자, 사르미엔토를 존경하고 숭배하는 사람, 즉 그에 대해 충만하고 관대한 우정을 지닌 자가 아니라면 이 책을 읽을 수 없을 것이다. 그는 책 말미에 "이 책을 읽는 자, 한 남자를 만나게 될 것이다."라고 썼을 수도 있다. 어떤 이들은 이 책이 인정받는 것은 상당 부분 사르미엔토의 작가적 명성에 힘입은 것이라고 주장한다. 그렇지만 그들은 아르헨티나의 현세대에게 사르미엔토는 오히려 이 책에 힘입어 탄생한 인물이라는 것을 망각하고 있다.

서문 및 주석, 『시골의 추억』,
콜렉시온 엘 나비오, 에메세 에디토레스, 1944.

1974년 추서

사르미엔토에 대한 평가는 여전히 문명과 야만이라는 양극을 오가고 있다. 그러나 아르헨티나 사람들이 어떻게 평가하고 있는지는 널리 알려진 사실이다. 「마르틴 피에로」가 아닌 「파쿤도」를 최고의 작품으로 꼽았더라면 우리의 문학사는 달라졌을 것이고, 아마도 더 좋아졌을 것이다.

도밍고 F. 사르미엔토 『파쿤도』[432]

19세기에만 유일하게 존재했고 우리 세기에 그 후계자를 남기지 않은 쇼펜하우어는 역사라는 것이 그리 정밀하게 발전하지 않고, 역사 속 사건들은 구름만큼이나 우연적으로 발생하며, 그 우연들 속에서 인간의 환상은 만(灣)의 형상을 인식하기도 하고 사자의 형상을 인식하기도 한다고 했다. (「안토니우스와 클레오파트라」에도 "때때로 우리는 용 형상의 구름을 보게 된다."라는 구절이 있다.) 제임스 조이스는 역사라는 것이 깨어나

---

432   「파쿤도」는 아르헨티의 정치적, 사회적, 문화적, 경제적 갈등 양상을 후안 파쿤도 키로가라는 인물을 통해 그린 작품이다. 아르헨티나는 물론 라틴 아메리카의 근현대사를 이해하기 위한 필독서이자 고전으로 평가받는다.

고 싶은 악몽이라고 말했다. 그리고 물론 이보다 훨씬 많은 수
의 사람들이 역사 속에는 명확하거나 비밀스러운 그림들이 담
겨 있다고 감지하거나 주장했다. 가까운 작가를 예로 든다면,
튀니지의 이븐 할둔[433]과 비코,[434] 슈펭글러,[435] 토인비 등의 이름
을 떠올리는 것만으로도 충분하다. 「파쿤도」는 문명과 야만이
라는, 내 생각에는 인류 역사의 흐름 전반에 적용 가능한 양대
명제를 제시하고 있다. 사르미엔토에게 있어서 '야만'은 토착
원주민과 가우초가 살아가던 평원이었고, '문명'은 도시였다.
가우초는 식민자들과 노동자들로 대체되었고, 야만성은 농부
가 아닌 대도시 하층민의 속성이 되었으며, 선동가들이 역시
과거 선동가였던 옛 카우디요의 기능을 대신하게 되었다. 결
국 양대 명제는 바뀌지 않은 것이다. '영원한 하층민' 이야기인
「파쿤도」는 지금까지도 아르헨티나 최고의 문학으로 자리매
김하고 있다.

    1845년경, 사르미엔토는 망명지인 칠레에서 조국 아르헨
티나의 민낯을 직관을 통해 지켜볼 수 있었다. 과감히 뛰어들
었던 군 생활이나 교사 생활 중에 아르헨티나 각지를 얼마간

---

433   이븐 할둔 또는 이븐 칼둔(Ibn Khaldun, 1332~1406)
        은 중세 이슬람 세계를 대표하는 역사가, 사상가, 정치
        가이다.

434   잠바티스타 비코(Giambattista Vico, 1668~1744). 이
        탈리아의 철학자. 나선형적 순환사관을 주장했다.

435   오스발트 슈펭글러(Oswald Spengler, 1880~1936). 독
        일의 철학자. 그의 저서 『서유럽의 몰락』은 서구 사상
        계에 큰 영향을 주었다.

이라도 돌아본 것이 그의 이야기꾼으로서의 천재성을 돋보이게 할 수 있는 계기가 되었다고 추정하는 것은 당연하다. 밤샘을 이어 가는 열정과 페니모어 쿠퍼,[436] 이상주의자 볼니,[437] 이제는 아무도 기억하지 않는 작품 「포로」,[438] 빼어난 기억력, 사랑과 당연히 있을 수밖에 없는 증오, 이런 모든 것들을 통해 사르미엔토가 본 것은 무엇이었을까?

사람들이 공간의 크기를 그곳을 돌아보는 데 걸린 시간의 크기로 측정하고, 짐마차로 이동하는 병사들이 망가진 사막지대를 구해 내는 데 여러 달의 시간을 보내는 상황에서 그는 지금보다도 훨씬 더 확장된 영토를 보았다. 그는 현재의 처참함과 다가올 위대함을 함께 보았다. 정복은 표면적이었고, 산카를로스의 전투는 이제 확정된 사안이므로 1872년에는 모두를 해방시킬 수 있으리라 믿었다. 실제로 남부 지역에는 온전히 인디오들로만 이루어진 부족들이 있었고, 그들은 백인들의 위협이 괜한 소리가 아니라고 생각했다. 야생의 풀들이 자라던 평원 지대는 말과 소들이 번식하게 되었고, 여기저기 무작

---

436   제임스 페니모어 쿠퍼(James Fenimore Cooper, 1789~1851). 미국의 소설가.

437   콘스탄틴 프랑수와즈 드 샤스뵈프, 볼네 백작(Constantin François de Chasseboeuf, comte de Volney). 프랑스의 철학자이자 사상가로 프랑스 혁명에 적극적으로 가담했다. 저서 『폐허』(1791)는 토머스 제퍼슨에 의해 번역되어 미국이 18세기 계몽사상의 전유를 통해 국가적 토대를 갖추어 가는 데 영향을 주었다.

438   에스테반 에체베리아(Esteban Echeveria)의 시.

위로 형성된 먼저 가득한 도시들, 예를 들면 협곡에 세워진 코르도바나 강가의 진흙 위에 세워진 부에노스아이레스 같은 도시들은 저 멀리 위치한 당시의 스페인을 흉내 내고 있었다. 도시의 모습은 지금도 그렇지만 단조롭기만 했다. 스페인식의 평평한 지형에 가운데에는 휑한 광장이 자리 잡았다. 우리는 조금 더 남쪽에 위치한, 조금 더 기억에서 잊힌 왕국이었다. 가끔씩 때늦은 뉴스가 전해지기도 했다. 어느 영국 식민지에서 반란이 있었다든지, 파리에서 국왕을 처형했다든지, 나폴레옹 전쟁이라든지, 스페인 침공 같은 소식이 그것이었다. 그런가 하면 이교도적 교리를 담고 있는 비밀스러운 도서들에 대한 이야기도 돌곤 했는데, 그 결과가 예를 들면 5월 25일 아침에 일어난 사건 같은 것이었다. 통상적으로 역사적인 일자의 지적 의미는 망각되기 마련이다. 조금 전 내가 넌지시 언급했던 도서들은 위대한 마리아노 모레노, 에체베리아, 발레라, 산 루이스 태생의 후안 크리소스토모 라피누르, 투쿠만 의회 사람들이 열심히 읽어 댔다.

오레곤과 텍사스에서 또 다른 대륙의 끝자락에 이르는 아메리카 대륙의 다른 지역들과 마찬가지로 평원에는 말을 타고 다니며 가축을 치는 독특한 거주자들, 일종의 혈통이 생겨났다. 이곳 브라질 남부와 우루과이의 일부 지역에서는 이런 이들을 가우초라 불렀다. 이들은 특정한 인종이 아니었다. 그들의 핏줄에는 인디오의 피가 흐를 수도, 그렇지 않을 수도 있었다. 가우초는 특정한 조상을 가진 자들을 부르는 이름이 아니라 특정한 운명을 타고난 자들을 규정하는 이름이었다. 조상이 누구인지는 전혀 중요하지 않았고 보통은 조상이 누구인지조차 알지 못했다. '가우초'라는 명칭의 어원과 관련해서는 스물 몇 개의 설이 있는데, 그중에서 그나마 가장 믿을 만한 정설로 여겨지는 것은 '우아초(huacho)'에서 나왔다는 설이고, 사르미엔토도 이 설을 받아들였다. 미국의 카우보이와는 달리 가우초는 모험을 좋아하는 사람들이 아니고, 카우보이의 적인 인디언들과는 달리 유목 생활을 하지도 않았다. 그래서 그들의 거주지는 떠돌이 천막이 아닌 흙벽돌로 만든 단단한 오두막이었다. 「마르틴 피에로」에는 이런 구절이 있다.

> 더 이상 부담금 지급을 하지 못한 채
> 다른 곳으로 가야 한다니 슬프구나.
> 영혼은 온통
> 격동과 고통으로 가득하네.
> 대초원의 사람이 모래사막으로 떠나니
> 가혹한 현실이 다가오리라.

가우초 마르틴 피에로에게 떠난다는 것은 모험이 아니라 시련이다.

내가 보기에 도시 작가 세대가 지닌 흥미로운 재능, 즉 가우초 문학은 가우초의 중요성을 과도하게 부풀리고 있다. 사회학자들이 떠들어 대는 헛소리와는 달리 우리의 가우초 문학은 개인에 대한 이야기일 뿐 대중에 대한 이야기가 아니다. 사르미엔토가 "전화(戰火) 속에서 단련된 서민 시인"이라고 불렀던 일라리오 아스카수비는 "독재자 후안 마누엘 데 로사스와 그의 추종자들을 무너뜨릴 때까지 노래하며 싸운 플라타강의 가우초들"을 칭송한 바 있다. 그러나 과연 구에메스가 언급한 가우초들, 즉 독립을 위해 목숨을 바친 그 가우초들은 파쿤도 키로가를 따르던, 사람들을 괴롭히던 다른 가우초들과 정말 그토록 다른 사람들이었던가 궁금해진다. 키로가를 추종하던 자들은 무지몽매한 자들이었다. 그들에게는 조국애 같은 건 있지도 않았고, 또한 그런 사실이 이상하지도 않다. 영국 침략자들이 킬메스 하구에 배를 댔을 때만 해도 그 지역 가우초들을 한 데 모여 그저 호기심 어린 눈빛으로 키 크고 번쩍이는 군복을 갖춰 입고 알지 못하는 이상한 언어로 떠들어 대는 남자들을 구경했을 뿐이다. 달아나 버린 부에노스아이레스 당국자들이 아니라 그곳의 시민들은 리니에르스의 지휘하에 침략자들을 몰아내는 일을 떠맡았다. 영국 배의 상륙 사건은 사람들도 다 아는 사실로, 허드슨도 이를 언급한 바 있다.

사르미엔토는 작품을 쓰기 위해서는 조잡한 익명의 누군가로는 부족하다는 걸 깨달았다. 그래서 그보다 훨씬 두드러지는 인물, 야만성을 담아내 인격화할 수 있는 인물을 모색했다. 그래서 찾아낸 것이 성경을 읽는 음울한 남자, 파쿤도였다. 파쿤도는 해골과 정강이뼈가 그려지고 "종교가 아니면 죽음을!"이라는 문구가 새겨진 검은 해적 깃발을 내걸었다. 로사스는 그런 그를 무시했다. 파쿤도는 정확히 카우디요는 아니었다. 창 한번 제대로 던져 본 적 없었고, 죽지 않음에 대해 무척 불편해했다. 사르미엔토는 비극적 결말을 확정했다. 갤리선에서 칼에 찔려 피투성이가 된 채 죽어야 하는 운명을 타고난 키로가를 펜 끝으로 묘사하는 데 그보다 적임자는 없었을 것이다. 라 리오하 태생의 키로가에게 운명은 참으로 너그러워서 길이길이 기억될 죽음을 선사했으며, 그 죽음을 사르미엔토가 이야기하게 해 주었다.

많은 이들은 한 권의 책을 구상하게 만드는 주변 상황에 관심을 기울인다. 알베르토 팔코스[439]가 그런 관심을 체계적으로 추린 게 아마도 35년 전의 일일 것이다. 이는 매우 정당한 것으로, 그가 쓴 목록을 그대로 옮기자면 다음과 같다.

I. 로사스와 카우디요주의, 그리고 결과적으로 칠레에서 로사스를 대신하고 있는 대리인을 불신하는 상황. 작품을 쓰게 되는 우연한 계기가 됨.

2. 아르헨티나 사람들의 이주 이유를 정당화하고 그것을 신성화하는 상황. 이는 사르미엔토 스스로가 자기만의 독특한 문체를 사용하기 위한 것이기도 함.

3. 후대의 사람들에게 야만에 대항하는 문명의 투쟁과 위대한 전투의 깃발에 대한 해석 및 자극으로 작용할 수 있는 교리를 제공해 주는 상황.

4. 문학적 능력이 최절정에 다다른 상황에서 그 가공할 만한 문학적 능력을 분명히 하는 상황.

5. 그리고 '폭정'이 사라지자마자 다가올 근본적인 변화를 예견하여 초기 추방된 정치인들의 명단에 자신의 이름을 삽입시키는 상황.

---

439   Alberto Palcos(1894~?). 아르헨티나의 작가. 사르미엔토 연구소 소속.

스튜어트 밀의 오랜 독자인 나는 늘 원인은 복합적이라는 그의 주장에 동의해 왔다. 팔코스의 목록은 내 생각에 과도해 보이지는 않다. 그러나 완벽하지 못하고 피상적이다. 그는 사르미엔토의 의도를 충실히 따르고 있는 것으로 보이는데, 사람들은 독창성이 빛을 발하는 작품(예를 들면 「파쿤도」 같은 작품이 그런 작품인데)에서 가장 독창적이지 않은 것이 바로 '의도'임을 잘 알고 있다. 그 고전적인 범례가 바로 「돈키호테」다. 세르반테스는 기사 소설을 비꼬고 싶어 했고, 지금 우리는 사람들이 기사 소설에 대해 조롱을 퍼부었던 것을 기억한다. 이 시대 최고의 작가로 손꼽히는 러디어드 키플링은 작가로서의 생애를 다할 무렵에서야 작가는 우화를 만들어 낼 수 있지만, 그 우화 속에 담긴 내밀한 교훈까지 이해할 수는 없는 법임을 깨달았다. 스위프트의 경우도 매우 흥미로운데, 그는 인간미 넘치는 장르가 아닌 논증을 쓸 것을 제안했지만, 결국 어린이들을 위한 동화를 남겼다. 결국 시인은 성령이나 뮤즈의 필경사일 뿐이라는 반복적 교리로 돌아가게 된다. 근대의 신화는 이보다 덜 아름다워서, 잠재의식 또는 잠재된 무엇인가가 글을 쓰게 만든다고 주장한다.

모든 창세 신화와 마찬가지로 시의 창작도 신비롭다. 에드거 앨런 포의 효과주의적 주장에 따르면, 시의 창작은 일련의 지적 작용의 결과일 뿐이다. 그러나 이것은 사실이 아니다. 앞서도 언급했지만, 우연적인 상황의 결과는 더더욱 사실이 아니다. 팔코스가 지적한 첫 번째 의도는 "로사스와 카우디요주의, 그리고 결과적으로 칠레에서 로사스를 대신하고 있는 대리인을 불신하는 것"인데, 사실 그 혼자의 힘으로 "비겁한 것

으로 보면 절반은 여자요, 피에 굶주린 것으로 보면 절반은 사
자인" 스핑크스 같은 로사스의 생생한 이미지를 생성해 내지
도 못했고, "끔찍한 파쿤도의 그림자"라는 이미 전제된 시의
한 구절을 형상화시키지도 못했다.

　투쿠만 의회[440]가 열리고 30년의 세월이 지났으나 역사는
여전히 역사박물관의 형태조차 만들어 내지 못하고 있다. 그
러나 중요한 것은 뼈와 살이 있는 인간이지 대리석상이나 동
상도 아니며, 그림도 아니고, 어떤 파벌이나 당파도 아니다. 간
단한 융합 과정을 통해 우리는 그들을 적과 하나가 되게 해 버
렸다. 그래서 도레고의 기사상은 라바예 광장 인근에 있는 것
이다. 또 어떤 지방 소도시에서 나는 베론 데 아스트라다 거
리와 우르키사 거리가 서로 교차하고 있는 것을 본 적 있는
데, 역사가 거짓말을 하는 게 아니라면 우르키사는 베론 데 아
스트라다의 목을 베었던 당사자다. 자유로운 사상가였던 내
선친께서는 학교에서 교리 문답서가 아르헨티나 역사로 대
체되는 것을 줄곧 지켜보셨다. 사실은 명확하다. 우리는 기
념일, 100주년 기념일 더 나아가 150주년 기념일 등을 통해
세월의 흐름을 측정한다. 여기서 150주년을 일컫는 스페인
어 'sesquincentenario'라는 어휘는 오라시오의 익살맞은 시어
'sesquipedalia verba'에서 나온 것으로, 이것은 발 하나 반 길이
에 맞먹는 긴 단어를 의미한다. 사람들은 태어난 날과 죽은 날
을 기념한다.

440　1816년 투구만에서 열린 회의를 통해 아르헨티나는
　　　　스페인에 독립을 선언했다.

스페인군과 싸우고 용맹스럽게 조국을 위해 목숨을 버린 구에메스와 아레키토, 폭동을 일으켜 군인으로서의 이력에 흠을 남긴 부스토스 장군 외에도 카우디요들은 아메리카를 이유로 들어 호전적이었다. 그들은 아메리카 속에서 시골 지역들을 지배하려는 부에노스아이레스의 핑계를 찾았거나 찾고자 했다. (아르티가스는 동부 사람들이 안데스군에 편입되는 것을 금지했다.) 사르미엔토는 재빨리 자신이 쓴 책을 통해 그들을 가우초로 만들었다. 실제로 그들은 부하 병사들을 싸우도록 명령하는 대지주였고, 키로가의 부친은 스페인 장교였다.

사르미엔토가 창조해 낸 「파쿤도」는 우리 문학사에 길이 빛날 인물이다. 이 위대한 책이 내포한 낭만적 문체는 어쩔 수 없이, 그러나 자연스럽게 이 책이 언급하는 가공할 사건들과 딱 맞아떨어지고, 또 무시무시한 주인공과도 제대로 맞아떨어진다. 훗날 우리엔이나 카르카노, 기타 여러 작가들이 이 작품을 수정 및 개작했으나 홀린쉐드[441]의 「맥베스」, 삭소 그라마티코의 「햄릿(아미오티)」이 그랬던 것처럼 별다른 관심을 끌지 못했다.

수많은 불멸의 이미지들이 사르미엔토를 아르헨티나인들의 기억과 결부시킨다. 파쿤도의 이미지, 다른 수많은 동시대인들의 이미지, 모친의 이미지, 그리고 여전히 죽지 않은 채 싸우고 있는 자기 자신의 이미지 등이 그것이다. 그를 별로 좋아하지 않았던 폴 그루삭은 그를 "지성의 전투에 나아가는 무시

441 　라파엘 홀린쉐드(Raphael Holinshed, ?~1580). 영국의 연대기 작가.

무시한 유격대원"이라고 부르면서, "크리오요의 무지함에 대항하는 기사의 무게감"을 부여했다.

　「파쿤도」를 아르헨티나 최초의 소설이라고 말하지는 않을 생각이다. 무언가를 명확히 단정 지어 말하는 것은 신념을 드러내는 길이 아니라 논란을 불러오는 길이기 때문이다. 대신 이렇게 말하고자 한다. 만일 우리가 「파쿤도」를 모범적 경전으로 꼽았더라면, 우리의 문학사는 더 멋지게 달라졌을 것이다.

서문 및 주석, 『파쿤도』,
리브로스 푼다멘탈레스 코멘타도스,
리브레리아 "엘 아테네오" 에디토리알, 1974.

마르셀 슈보브[442] 『소년 십자군』

만일 동양에서 온 여행객, 예컨대 몽테스키외가 말한 페르시아 사람이 프랑스 문학의 특징이 잘 반영된 작품을 골라 달라고 한다면, 몽테스키외의 작품이나 볼테르의 예순 몇 권에 달하는 저술들을 언급하지 않을 수 없을 것이다. 또는 '천국으로 들어가는 문, 무지개'를 의미하는 'arc-en-ciel' 같은 행복한 어휘나 '프랑스 사람들을 통해 이룩된 신의 위업'을 의미하는 *Gesta Dei per Francos*[443]와 같은 제1차 십자군 운동과 관련한 훌륭

---

442   Marcel Schwob(1867~1905). 19세기 말 프랑스의 소
        설가, 학자. 『이중의 마음』(1891), 『황금 가면의 왕』,
        『프시케의 램』 등을 썼다.
443   12세기 초 프랑스의 신학자이자 역사가인 기베르 드
        노장(Guibert de Nogent, 1053~1124)의 저서.

한 역사서의 제목을 되뇌는 것만으로도 충분할 수도 있다. 그런데 "프랑스 사람들을 통해 이룩된 신의 위엄"이라는 제목보다 더 놀라운 것은 그 속에 담긴 무자비한 위업들이다. 난처해진 역사가들은 쓸데없이 이성적이거나, 사회적, 경제적, 인종적으로 가능한 설명을 제시하려는 시도를 했다. 사실 두 세기에 걸쳐 예수의 무덤을 찾고야 말겠다는 열정이 서구 사회 전체를 점령했다. 어쩌면 놀랍게도 사람들의 이성 그 자체를 점령한 것일지도 모르겠다. 11세기 말, 은자 아미앵의 일성이 제1차 십자군 운동을 촉발했다. 아미앵은 자그마한 키에 하찮은 느낌을 풍기지만(persona contemptibilis, 멸시당하는 인간) 눈빛만큼은 유독 생생하게 살아 있는 그런 사람이었다. 13세기 말에는 신월도와 잘릴[444]의 기계들이 산 후안 데 아크레를 포위했다. 유럽은 다른 어떤 일도 하지 않았다. 불필요한 잔혹함을 수없이 유발시키고 볼테르의 비판을 불러일으켰던 그 기이하고 끝없이 이어지는 열정은 끝을 향해 치달았다. 유럽은 예수 그리스도의 무덤을 되찾는 데에만 열중하고 있었다. 십자군은 결코 실패한 것이 아니라 그저 멈춘 것뿐이라고 어니스트 바커는 말한다. 어마어마한 규모의 군대를 불러 모으고 숱한 침공을 기획했던 광란의 열기는 수 세기 후 「예루살렘」이라는 서글프고 투명한 거울 속에 투영된 철갑옷으로 무장한 채 말 등에 올라탄 기병들, 사자들이 어슬렁거리는 밤, 주문에 걸린 고독한 대지와 같은 몇몇 이미지만을 남겼다. 하지만 이보다 더

---

444   알 아슈라프 잘릴(Al-Ashraf Jalil, 1263~1293). 바리 왕조의 술탄.

욱 고통스러운 이미지가 있으니, 바로 셀 수 없을 정도로 많은 실종된 아이들의 이미지가 바로 그것이다.

12세기 초, 독일과 프랑스에서 각각 소년 원정대가 출정했다. 그들은 여윈 두 다리로 걸어서 바다를 건널 수 있다는 믿음을 갖고 있었다. "어린아이들이 내게 오는 것을 용납하고 금하지 말라."(「누가복음」 18장 16절)라는 복음의 말씀이 아이들에게 원정을 허락하고 그들을 보호한 게 아닐까? 또한 예수께서는 믿음만 있으면 산도 옮길 수 있다(「마태복음」 17장 20절)고 하지 않으셨던가? 희망에 부푼 가슴으로 순수하게, 그리고 행복하게 소년들은 남쪽의 항구를 향해 걸어 나갔다. 물론 예상했던 기적은 일어나지 않았다. 신은 프랑스의 행렬이 노예 상인들에게 피랍되어 이집트로 팔려 나가는 것을 허락하셨던 것이다. 독일에서 출발한 원정대는 험한 지세와 (추정컨대) 역병으로 인해 중간에 길을 잃기도 하고, 사라지기도 했다. 결말은 알 수 없다.(Quo devenirent ignoratur.) 전해지는 바에 따르면, 그 행렬의 여운은 가이테로 데 하멜린[445]의 전통 속에 길이 남아 있다고 한다.

인도의 일부 책들을 보면 우주는 각각의 사람들 속에 깃들어 있는 부동의 신성이 꾸는 꿈과 같다고 쓰여 있다. 19세기 말에 이 꿈의 창조자이자, 행위자이자, 관객인 마르셀 슈보브는 수 세기 전에 아프리카와 아시아의 고독 속에서 꾸었던 꿈, 즉 예수 그리스도의 무덤을 되찾기를 열망했던 소년들의 이야기

---

445   『하멜른의 피리 부는 사나이』의 모델이라고 여겨지는 사람.

인 그 꿈을 다시 꾸려고 시도했다. 확신하건대 그는 플로베르의 조바심 어린 고고학은 답습하지 않았고, 그보다는 자크 드 비트리나 에르놀[446]이 쓴 고서적을 탐독했으며, 나중에는 상상력과 선택의 훈련에 몰입했다. 그렇게 그는 교황이 되는 꿈을 꾸기도 했고, 유랑하는 성직자가 되는 꿈을 꾸기도 했으며, 세 명의 어린이가 되거나 스콜라 철학자가 되는 꿈을 꾸기도 했다. 그는 장편의 산문시인 「반지와 책」(1868)에서 열두 명의 독백을 통해 복잡한 범죄 이야기를 살인자의 시각과 희생자의 시각과 세 명의 목격자의 시각과, 변호사, 검사, 판사의 시각과, 끝으로 로버트 브라우닝 자신의 시각까지 포함한 열두 가지의 시각에서 들려주는데, 마르셀 슈보브는 이러한 로버트 브라우닝의 분석 기법을 자신의 일에 적용시켰다. 라루(『프랑스 현대사』, 282쪽)는 슈보브의 "소박한 전설"이 가진 "절제된 정밀함"을 강조했다. 나는 그 정밀함 때문에 작품이 덜 전설적이거나 덜 비통하게 느껴지지는 않는다는 말을 덧붙이고 싶다. 기번이 말하지 않았던가? 비통함이란 통상 미세한 정황으로부터 생겨난다고.

서문, 『소년 십자군』, 에디시오네스 라 페르지스, 1949.

---

446   1229년에 세워졌을 때부터 시작해 예루살렘의 역사를 기록한 연대기 「에르놀 연대기」의 추정 작가.

윌리엄 셰익스피어 『맥베스』

　풍자적이고 우수에 젖은 덴마크 왕실의 멋쟁이 햄릿은 복수에 앞서 느리게 행동했으며 많은 독백을 쏟아 내거나 슬픈 표정으로 해골을 가지고 노는가 하면 자신에 대한 비난에 더 많은 관심을 가졌다. 이는 예언에 따라 햄릿 자신 안에 바이런, 에드거 앨런 포, 보들레르 및 갈수록 자신들의 행동에 대해 천천히 분석하는 일을 기꺼워하던 도스토예프스키의 인물들과 같은 19세기 특유의 특성들이 깃들어 있었기 때문이다. (당연히 여러 가지 특성이 있는데, 그중의 하나가 의심이다. 의심은 '지성'의 또 다른 이름으로, 햄릿의 경우에는 망령의 진위 여부에 한정되는 게 아니라 자신이 처해 있는 현실, 더 나아가 육신이 썩어 버린 뒤에 우리 앞에 기다리는 것에 대한 의심까지 그 한계가 확장된다.) 내 눈에는 늘 맥베스 왕이 연극 무대가 요구하는 것 이상으로 진실되고, 그 이상으로 냉혹한 운명에 내던져진 것으로 보였다. 나는 햄릿은 믿지만 햄릿을 둘러싼 상황은 믿지 않는다. 그러나 나는 맥베스를 믿고 그의 이야기 또한 믿는다.

휘슬러는 "예술이 생겨난다.(Art happens.)"라고 했지만, 우리 인류가 심미적 신비를 파헤치려는 시도를 결코 멈추지 않을 것임을 알기에, 가능했던 모든 예술들에 대한 검토를 반대하지 않는다. 주지하듯이 예술은 무한하다. 논리적으로 볼 때, 또 다른 예술이 생겨나게 하려면 모든 결과들과 그 결과를 기획하고 그 결과에 선행했던 모든 원인들의 결합이 요구된다. 지금부터는 그중의 일부, 가장 가시적인 몇 가지에 대해 생각해 보고자 한다.

지금은 예술이 빚어낸 허상임을 알지만, 그래도 맥베스가 한때 실존했던 인물이라는 사실을 우리는 줄곧 망각하곤 한다. 마술과 뱅코의 유령, 성을 향해 확장되어 오는 밀림에도 불구하고, 비극은 역사적 순번에 맞춰 일어난다. 「앵글로색슨 연대기」에는 스탬포드 브릿지에서 노르웨이군이 패망하고 노르망디 공국이 정복되기 약 12년 전인 1054년에 있었던 다양한 사건들이 기술되어 있는데, 그중에서 노섬브리아 백작 시워드가 스코틀랜드를 바다와 육지에서 동시에 공격하여 왕인 맥베스를 도망가게 만들었다는 내용이 포함되어 있다. 맥베스는 다른 건 다 차치하더라도 왕위를 이어받을 권리가 어느 정도 있었고, 폭군도 아니었다. 그는 '피아도소(piadoso)'하다는 평판을 누렸는데, 피아도소라는 어휘는 자비롭다는 뜻과 신앙심이 돈독하다는 두 가지 의미를 모두 갖고 있고, 그의 평판은 이런 두 가지 의미를 다 담고 있었다. 즉 가난한 자들에게는 자비로웠고 기독교 신앙도 투철한 사람이었다는 것이다. 그는 한 전투에서 선왕이었던 덩컨 왕을 죽였다. 또한 의기양양한 태도로 바이킹과 맞섰다. 그의 치세는 오래 지속되었고, 정의로웠다. 창의적인 인간의 기억은 그를 하나의 전설로 만들어 갈 것이다.

수백 년의 세월이 흐른 지금, 우리는 또 다른 중요한 인물을 발견하게 된다. 연대기 작가인 홀린쉐드가 그 사람이다. 그에 대해서는 거의 알려진 바가 없다. 심지어 언제, 어디에서 태어났는지조차 불명확하다. 전해지는 바로는 "신의 말씀을 전하는 자"였다고 한다. 그가 런던에 온 것은 1560년경의 일이었고, 그즈음 훗날 『연대기』라는 책으로 발간된 영국과 스코틀랜드, 아일랜드를 중심으로 하는 광범위하고 야심찬 세계사 집필 작업에 끈기 있게 참여했고, 결국 오늘날에는 그 책의 저자로 그의 이름이 올라 있다. 그 책 속에 셰익스피어에게 영감을 주었던 전설과 여러 차례 영감을 자극했던 어휘들이 포함되어 있다. 홀린쉐드는 1580년에 사망했다. 그리고 그가 쓴 글들은 1585년에 유작으로 발간된 것으로 추정된다.

그럼 이제 윌리엄 셰익스피어로 넘어가 보자. 명실공히 무적함대와 네덜란드 독립, 스페인 쇠락의 시기이자 갈기갈기 찢긴 채 한쪽으로 밀쳐져 있던 섬나라 영국이 위대한 왕국 중의 하나로 부상하던 그 시대에 셰익스피어의 운명은 묘하게도 평범함을 벗어나지 못하고 있었다. 그는 소네트를 작시하기도 했고 배우와 기업인, 사업가, 소송 전문가 생활을 하기도 했다. 사망하기 5년 전에는 은퇴해 고향 스트랫퍼드어폰에이번으로 돌아갔다. 그곳에서는 유언장 외에 글이라고는 한 줄도 쓰지 않았는데, 유언장 속에서도 저작에 대한 언급은 전혀 없었고, 장난이 아닌가 싶을 정도로 막 쓴 묘비명이 담겨 있을 뿐이었다. 그는 자신의 희곡 작품을 한 권의 책으로 묶어 내지 않았다.

우리가 볼 수 있는 최초의 판본은 1623년에 출간된 2절판 판본인데, 그나마도 몇몇 배우들의 발상에 힘입어 나온 것이었다. 존슨은 그가 라틴어를 잘하지 못했고, 그리스어는 전혀 알지 못했다고 주장한다. 따라서 이러한 사실로 미루어 보아 그 첫 번째 판본은 그냥 그의 이름을 빌려 준 정도가 아니었을까 추정된다. 한 정신 병원에 갇힌 채 생을 마감했고, 자신이 저술한 책에 그 책을 읽지도 않은 호손이 서문을 써 준 바 있던 레이디 델리아 베이컨은 셰익스피어 희곡 작품들의 진짜 저자는 프랜시스 베이컨이라고 주장했다. 베이컨은 경험 철학의 창시자이자 순교자로 불리며, 모든 것으로부터 서로 다른 상상을 끄집어내는 사람으로 알려져 있다. 마크 트웨인도 이 의견을 지지했다. 그런가 하면 루터 호프만은 훨씬 신빙성이 떨어지기는 하지만 "뮤즈들의 사랑을 독차지한 남자"라는 시를 써서 시인 크리스토퍼 말로가 진짜 저자라는 주장을 했다. 정말로 뮤즈들의 사랑을 독차지했더라면 1593년에 뎁포드의 한 술집에서 칼에 맞아 죽지는 않았을 텐데 말이다. 이 중 델리아 베이컨이 낸 첫 번째 주장은 19세기에 제기되었고, 루터 호프만의 주장은 금세기에 제기된 것이다. 그렇다면 초반 200년 동안에는 아무도 셰익스피어가 그의 작품의 진짜 저자가 아닐지도 모른다는 생각을 하지 않았다는 말이다.

1830년의 성난 젊은이들은 열일곱의 나이에 다락방에서 자살한 토머스 채터턴[447]에서 시인의 원형을 발견해 냈으며, 결

447　　Thomas Chatterton(1752~1770). 영국의 시인. 19세기 영국 낭만파 시인들에게 영향을 끼쳤다.

코 별 볼일 없는 셰익스피어의 이력에 모든 것을 더해 줄 생각이 없었다. 그들은 셰익스피어를 무기력한 인간으로 남겨 두고자 했고, 위고는 화려한 능변으로 자신과 동시대를 살아가는 사람들은 셰익스피어를 무시하거나 경멸한다는 사실을 드러내기 위해 가능치 않은 일까지 포함한 가능한 모든 일을 다 했다. 그러나 침울한 진실은 다양한 초반의 기복에도 불구하고 셰익스피어는 늘 잘살았고, 존경을 받았으며, 전도양양한 삶을 살았다는 사실이다. (또한 그는 샤일록이기도 했고, 고네릴, 이아고, 라에르테스, 코리올레이누스, 운명의 세 여신이기도 했다.)

그전 이야기를 좀 하자면, 그의 생애와 관련해 사람들의 놀람을 해소시켜 줄 만한 몇 가지 일화를 떠올릴 수 있다. 셰익스피어는 자신의 작품을 출간하지 않았는데(물론 일부 예외가 없는 것은 아니지만) 이는 모든 작품은 무대에 올리기 위해 썼을 뿐 독서용으로 쓴 게 아니었기 때문이다. 드퀸시의 주장에 따르면 셰익스피어가 올린 연극은 출간될 작품들 못지않은 인기를 누렸다고 한다. 17세기 초만 해도 연극용 대본은 하위 장르의 문학이었는데, 이것은 오늘날 텔레비전 드라마나 영화 제작을 위해 쓴 시나리오와 유사한 것이다. 그래서 벤 존슨이 "작품집"이라는 제목으로 비극과 희극, 가면극 대본을 출간했을 당시 사람들의 비웃음을 샀다. 또 다른 추정을 한번 해 볼까 한다. 셰익스피어는 작품을 쓸 때 무대 효과를 구체적으로 기술했고, 매우 촉박하게 초연 일정을 잡았으며 배우들을 섭외하곤 했다. 그래서 극장 '글로브'를 매각한 뒤 다시는 희곡을 쓰지 않았던 것이다. 설상가상으로 그때만 해도 작품은 작가나 각색자의 소유가 아니라 극단 소유가 되었던 시절이었기 때문이기도 했다.

우리가 살아가는 지금에 비해 덜 면밀하고 덜 맹신적이었던 셰익스피어의 시대에는 역사 속에서 각박할 정도의 정밀함이 요구되는 과학이 아니라 예술, 즉 재미나고 도덕적 교훈을 담아낼 수 있는 우화 같은 예술을 추구했다. 셰익스피어는 역사가 과거를 되살릴 수 있을 것으로는 생각지 않았지만, 재미있는 전설 속에 과거를 새겨 놓았을 수는 있을 거라고 믿었다. 그 결과 몽테뉴와 플루타르크, 홀린쉐드를 탐독했던 독자 셰익스피어는 홀린쉐드의 역사책에서 「맥베스」의 플롯을 찾아낼 수 있었던 것이다.

알려진 바에 따르면 처음 등장하는 세 명의 인물은 천둥번개가 치고 비가 쏟아지는 황야의 세 마녀다. 셰익스피어는 이들을 '운명의 세 여신(weird sisters)'이라 불렀다. 원래 '운명(Wyrd)'은 색슨 신화에 등장하는 정령으로, 인간과 신의 운명을 주재하는 자였다. 따라서 '운명의 세 여신'은 기이한 자매가 아닌, 숙명을 다루는 자매, 스칸디나비아의 노른, 즉 자매 신을 뜻한다. 주인공보다 더 앞장서 연극을 이끌어 가는 자들은 바로 이들 세 여신이다. 자매들은 맥베스를 향해 코더의 영주, 또는 왕에는 못 미쳐 보이는 다른 이름으로 부르며 인사를 건넨다. 두 개의 예언 중에 첫 번째 예언이 곧바로 이루어지자 자연스럽게 두 번째 예언도 여지없이 이루어질 것이라는 확신을 갖게 하고, 레이디 맥베스의 독촉 속에 맥베스는 덩컨 왕을 살해하게 된다. 맥베스의 동료 뱅코는 운명의 세 여신에게 그리 큰 중요성을 부여하지 않는다. 그는 여신이라는 환상적 존재에 대해 이렇게 설명한다. "물에 거품이 있듯이 대지에도 거품이 있는 법."

우리의 솔직한 현실주의자들과는 달리, 셰익스피어는 예술은 늘 픽션이라는 사실을 무시하지 않는다. 비극은 서로 다른 두 개의 장소와 서로 다른 두 개의 시간, 즉 저 멀리 11세기의 스코틀랜드와 16세기 초 런던 외곽의 어느 극장 무대에서 동시에 벌어진다. 수염이 길게 자란 마녀들 중 하나가 타이거호 선장 이야기를 한다. 알레포 포구를 떠나 기나긴 항해 끝에 배는 영국으로 돌아왔고, 그 배의 선원 중 한 명은 연극 초연을 볼 수도 있었다.

영어는 게르만어족의 언어다. 그러나 14세기 이래로는 라틴어 계열로 보고 있다. 셰익스피어는 일부러 결코 동의어가 될 수 없는 이 둘을 넘나든다. 이렇게 말이다.

무수한 연분홍빛 바다,
녹색과 하나의 빨강을 만들다.

첫 번째 소절에서는 찬란한 라틴어의 흔적이 드러나는데, 두 번째 소절은 앵글로 색슨어 특유의 간략하고 직접적인 문체를 보여 준다.

셰익스피어는 맥베스 자신보다는 아내의 야망과 권력욕이 더욱 컸다고 느꼈던 것 같다. 맥베스는 순종적인 사람이자, 운명의 세 자매와 아내인 왕비가 휘두르는 냉혹한 칼끝이다. 슐레겔[448]은

---

448   프리드리히 폰 슐레겔(Friedrich Von Schlegel, 1772~
        1829). 독일의 철학가, 비평가, 작가.

이렇게 생각했지만 브래들리의 생각은 달랐다.

　나는 「맥베스」에 대한 글을 많이 읽었고, 또 많이 잊어버렸다. 콜리지와 브래들리의 연구(『셰익스피어의 비극』(1904))는 여전히 그 누구도 능가할 수 없는 최고의 것으로 평가되고 있다. 브래들리는 셰익스피어의 작품이 끊임없이, 그리고 명확하게 '빠르다'는 느낌을 불러일으키지 '간결하다'는 느낌을 주지는 않는다고 주장한다. 그리고 거의 암흑에 가까운 어둠이 작품 전반을 장악하고 있는데, 바로 느닷없이 비추는 불꽃과 단절된 어둠, 그리고 피에 대한 집착이 바로 그것이다. 연극의 모든 장면은 다 어둠 속에서 이루어지는데 단 하나, 아이러니하고 감상적인 덩컨 국왕의 살해 장면은 예외다. 덩컨 왕은 단 한 번도 벗어나 보지 못한 성루들을 바라보다가 제비들이 둥지를 트는 곳은 공기조차 온화하다는 사실을 깨닫는다. 덩컨 국왕 살해를 계획한 맥베스 부인은 까마귀를 보고 까옥거리는 소리를 듣는다. 폭풍우가 몰아치는 가운데 범행이 이루어지고, 대지가 진동하며 광란에 휩싸인 덩컨 국왕의 말들이 서로를 물어뜯는다.

　살아 있는 모든 것은 늘 생기를 띤다. 맥베스는 그 위험에서 멀리 벗어나 있다. 이 작품은 우리가 접할 수 있는 문학 작품 중에서도 가장 격렬한 작품이며, 그 격렬함은 결코 쇠하지 않는다. 때로는 잔인하고 악마적인 방법으로 인간의 이성을 간파하는 세 마녀의 수수께끼 같은 대화들("아름다운 것은 더럽고, 더러운 것은 아름답다.")에서 맥베스가 포위된 채 싸우다가 죽는 장면까지, 이 극은 마치 열정 또는 음악처럼 우리를 매혹시킨다. 우리의 믿음은 거부하지만 제이콥 I세처럼 악마를 믿어도 상관없고, 뱅코의 등장이 우리에게 고통스러운 죽임을 당하는 와중의 착란 현상으로 보이든 아니면 망자의 유령으로 보이든 상관없다. 비극은 비극을 바라보고, 악몽에 대한 굳건한 확신을 지닌 채 비극을 맞닥뜨리거나 상기하는 사람들에게 주어진다. 콜리지는 시적 믿음은 불신에 대한 기껍고 자발적인 중단이라고 말했다. 다른 모든 독창적 예술 작품들이 그렇듯이 「맥베스」 역시 이 견해를 지지하고 정당화시킨다. 이 서문을 써 내려가는 내내 말했지만, 행위는 중세 스코틀랜드와 해적들이 난무하고 스페인과 바다의 제국 자리를 놓고 격돌하던 그 영국에서 동시에 일어난다. 결국 셰익스피어가 꿈꾸었고 지금은 우리 모두가 꿈꾸고 있는 드라마는 역사라는 시간 밖에 위치한다. 달리 표현하자면 드라마 고유의 시간을 창조한다는 것이다. 별 무리 없이 왕은 아무런 정보를 갖고 있지 못한 무장한 코뿔소에 대해 말할 수도 있다. 거친 세상을 살아가는 숙고하는 한 남자가 겪는 비극인 「햄릿」과 달리, 음향과 「맥베스」의 착란은 분석을 피해 가게 만든 것 같다.

　「맥베스」에서는 바로크적이고 과도하게 난해한 언어를 제외한 모든 것이 중요하다. 유사한 언어는 케베도와 말라르메와 루고네스와 모든 작가들 중에서도 특히 제임스 조이스가 말한 기술적 열정에 의해서가 아니라 영혼의 열정에 의해 정당화된다. 제대로 잘 엮인 은유, 영웅의 고양과 좌절을 보면서 쇼는 「맥베스」에 대한 그 유명한 정의를 내리게 된다. "살인을 저지르고 마법에 걸려든 근대 문인의 비극"이라고.

　죽은 살인자와 그의 악마적인 왕비(이 표현은 말콤 왕자의 표현을 그대로 옮긴 것인데, 이 표현은 두 인간의 복잡한 현실보다는 자신이 느끼는 증오심을 빗댄 표현이다.)는 자신들을 피로 붉게 물들인 범죄를 후회하지 않았다. 그러나 이 범죄 행위는 이상하게도 두 사람을 쫓아다니며 결국 이들을 미치게 하고 죽음에 이르게 했다.

셰익스피어는 영국의 수많은 시인들 중에서도 가장 덜 영국적인 작가이다. 뉴잉글랜드의 로버트 프로스트, 워즈워스, 새뮤얼 존슨, 초서, 그리고 수많은 애가들을 쓰거나 노래한 이름조차 알지 못할 수많은 시인들과 비교해 볼 때, 그는 거의 외국인이나 다름없다. 영국은 '절제된 표현'의 나라이며, 잘 갖춰진 묵설법의 나라인데 비해, 과잉과 과장, 화려함이 셰익스피어 특유의 요소이다. 물론 톡톡 튀는 세르반테스 역시 마녀재판을 하고 요란하게 허세를 부려 대는 스페인 사람으로 보이지는 않는다.

나는 여기서 그루삭이 셰익스피어에 대해 쓴 모범적인 글을 잊을 수 없고, 잊지도 않을 것이다.

서문, 『맥베스』,
콜렉시온 오브라스 마에스트라스,
에디토리알 수다메리카나, 폰도 나시오날 데 라스 아르테스, 1970.

575

윌리엄 섄드『발효』[449]

1877년에 페이터[450]는 모든 예술이 음악적 성격을 지니기를 열망한다고 주장했다. 음악이야말로 형태 그 자체인 유일한 예술이며, 쇼펜하우어가 말한 대로 지구가 아닌 곳에서도 존재할 수 있는 유일한 예술이다. 의지를 직접 객관화한 것이 음악이기 때문이다. 페이터의 이론은 당대 예술 행위를 정당화시켰다. 너무나도 다채롭고 도저히 양립할 수 없는 테니슨

---

449   William Shand(1902 ~ 1997). 스코틀랜드 출신의 아르헨티나 시인, 소설가, 극작가. 1938년에 아르헨티나로 이주한 뒤 잡지사에서 번역가, 비평가로 활동하며 작품 활동을 했다.

450   월터 허레이쇼 페이터(Walter Horatio Pater, 1839~1894). 영국의 비평가. 19세기 말 데카당스적 문예사조의 선구자.

과 스윈번, 윌리엄 모리스의 시들은 음악이 되고자 했고, 실제로 그렇게 되기도 했다. 금세기 들어 무어는 이런 생각들이 다 근대 문학의 저주라며 "순전히 각자의 개성으로 무장한 시인에 의해 창작된 시"인 순수시 선집을 편찬했다. 비슷하게 예이츠 역시 개개인의 기억 이면에 존재하는 총체적 기억을 일깨우는 상징을 추구했고, 낭만적 불명확성을 남발했으며, 1940년대에는 자신이 과거에 썼던 모든 작품들을 수정하고, 구어체적 표현과 구체적인 정황이 넘쳐흐르는 시를 썼다.

예이츠의 진화는 곧 영국 시의 진화이다. 핵심은 손상시키지 않으면서 아득한 것, 유명한 것, 선율적인 것으로부터 즉각적인 것, 평범한 것, 거친 것으로 전이하는 진화 말이다. 물론 전통에 대한 그의 도전 역시 전통적이다. 이탈리아식의 우아함에 반대의 목소리를 높였던 던을 떠올리는 것만으로도 충분하다.

나는 유혹하기 위해 요정처럼 노래하지 않는다. 나는 냉엄한 사람이니까.

또한 아서 휴 클러프와 브라우닝을 떠올리는 것도 괜찮다. 나는 이 책 속 몇몇 장에서 브라우닝을 떠올리곤 했는데, 그중 하나가 「속물들의 고백」(1947)을 읽을 때였다. 브라우닝은 자신의 모놀로그 속에 등장하는 인물들이 칼리반이나 나폴레옹 3세 같은 사람일지라도 늘 그들을 정당화시키고자 했는데, 샌드는 자신의 '속물'을 해석하려 들기보다는 수치스러움을 느끼도록 했다.

브라우닝의 영웅들은 개별적이다. (최소한 브라우닝은 타인

이 되려 했다.) 이에 비해 샌드의 영웅들은 포괄적이다. 비난이
아니라 그냥 그렇다는 것이고, 사실은 「사랑에 눈먼 사람」에
나오는 어머니 중 한 명의 충고이다.

> 필사적으로 배워라.
> 어떻게 살아갈 것인지를.
> 그대 아들의 무덤은 정의된 바 없으니.

　이 시는 특정한 캐릭터를 묘사하기보다는 특정한 상황을
묘사하고 있다는 점에서 더 기억할 만하다. (나는 여기서 '정의
된 바 없으니'보다 더 효율적인 시어를 도저히 떠올릴 수가 없다.)

　엘리자베스 여왕 시대 이래로 세상에 그처럼 모든 언어로 시
를 쓴 사람이 또 있을까? 조지 무어는 키플링을 추켜세우기 위해
쩔쩔매며 이런 수사학적 질문을 던진 바 있다. 윌리엄 샌드에 대
해서도, 모든 언어로 시를 쓴 시인이라고 할 수 있을 것이다. 그의
시구 속에서 불편한 통계학적 위업을 찾는 대신 서로 다른 분위
기의 시어들을 적절히 조합시키는 능력을 보려 한다면 말이다.

　많은 경우 복잡하고 삭막한 시들을 읽는 행위를 정당화하
는 데에는 퍼뜩 찾아오는 깨달음이 필요한데, 그런 깨달음과
관련하여 엘리엇은 시인에게 있어서 가장 중요한 것은 추함과
아름다움 저 너머의 것, 즉 혐오와 두려움과 영광을 볼 줄 아는
것이라고 했다. (『시의 효용과 비평의 효용』, 106쪽)

　영어판 주기도문의 놀라운 마지막 문구를 놀랍게 변주한
이 말은 샌드가 가진 능력 한 가지를 제대로 정의하고 있다. 그
가 가진 또 한 가지의 능력은 우리가 살아가고 있는 이 영광스

럽고 혐오스럽고 두려운 세상을 표현할 수 있는 상징들을 창
출해 내는 능력이다.

모든 책은 언젠가 선집에 포함될 수 있다. 이 책 속의 어떤
부분들이 훗날 선호의 대상이 될지 나로서는 알 수 없다.「발
효」에는 심각하고 슬프게 반복되는 후렴구가 나온다.

오늘 그대를 망각해 버린 나를 용서해 주오

어쩌면 운율의 기교보다 시인을 움직이게 하는 열정의 필
요성을 강조한「발효」가 선호의 대상이 될지도 모른다. 어쩌면
영화 예술에서나 볼 수 있는 간결함으로 좁다란 공간 안에 운
명을 담아낸「인형」이 그 대상이 될지도 모르고, 어쩌면 다음
과 같은 처량하고 망막한 불평을 드러내는「심야」가 그 대상이
될 수도 있다.

나는 그들의 증오심이 만들어 낸 한 마리 새라네

그리고 어쩌면「나는 갑자기 혼자라네」가 그 대상이 될지도
모른다. 이 시 속에는 이 세상에 죄를 고백하지 못했다고 느낄 사
람은 없다는 메시지가 담겨 있다. 어쩌면「노래」가 그 대상이 될
지도 모르겠다. 여기에는 꽤 오래전에 만들어진, 작가 미상의 시
두 편이 실려 있다. 이 시에서는 모든 사람이 작가가 될 수도 있고,
아무도 작가가 되지 못할 수도 있다.

그녀에게서 멀리로 떨어지면 나는 너무 노쇠하고,

그녀 곁에 있으면 무척 젊어진다네

　그런가 하면 놀라운 시구 속에 독일인의 신비를 담은 「프란
츠」가 그 대상이 될 수도 있다.

　　그는 음악을 뼛속에 숨겨 들여왔다네

　그도 아니면 「카페의 남자」를 구성하고 있는 다채로운 시
각들(또다시 브라우닝의 그림자가 드리워진다!)이 그 대상이 될
수도 있다.
　역사 속 작금이라는 현실에서 시인이라는 신비롭고 유구
한 직분을 감당한다는 것은 매우 중대한 책임을 떠맡는 것이
다. 윌리엄 샌드는 그것을 모르지 않기에 시어 하나하나를 선
택함에 있어서 경외심을 갖고 행복한 마음으로 임한다.

서문, 『발효, 시』, 에디시오네스 보테이야 알 마르, 1950.

올라프 스테이플던[451] 『별의 창조자』

1930년, 윌리엄 올라프 스테이플던은 이미 나이 마흔을 훌쩍 넘긴 상태에서 처음으로 문학에 투신했다. 이처럼 뒤늦게야 문인 생활을 시작한 탓에 일부 문학 기법을 익히지 못했고, 그 덕에 일부 못된 습관을 갖지 않게 되었다. 과도하게 추상적 어휘를 많이 사용하는 그의 문체를 분석해 본 결과, 아마도 글을 쓰기 전에 소설이나 시는 별로 읽지 않고 철학서를 많이 읽은 게 아닐까 추정된다. 그의 성향이나 생애와 관련해서는 그

---

451   William Olaf Stapledon(1886~1950). 영국의 철학자. SF 소설가. H. G. 웰스의 뒤를 이어 영국 SF의 사상적, 철학적 발전에 공헌하였다. 저서로는 『마지막 인류와 최초의 인류(1931),『오드존』(1934),『별의 창조자』(1935) 등이 있다.

스스로가 사용한 문구를 그대로 옮기는 게 바람직할 것 같다.

"나는 타고나기를 제멋대로인 사람으로, 자본주의 체제의 보호를 받고 살았다. (어쩌면 자본주의 탓에 엉망이 되어 버린 것일지도 모르지만.) 그리고 반세기 동안 노력한 끝에 이제야 뭔가를 해내는 방법을 배우기 시작했다. 나의 유년기는 25년 동안이나 지속됐고, 그 시절을 형성한 것은 수에즈 운하와 에보츠홈[452]과 옥스퍼드 대학이었다.

다양한 이력을 경험했으나 항상 재난이 닥치기 직전에 도망쳐 나와야 했다. 교사로 일할 때에는 성경의 역사를 가르치기 위해 수업 전날 성경 구절을 통으로 외웠다. 리버풀의 어느 사무실에서 일할 때에는 선적 물품 목록을 분실했으며, 포트 사이드에서는 순진하게도 선주들이 계약 분량보다 석탄을 더 많이 싣는 것을 용인했다. 사람들을 가르치는 일을 했다지만, 내가 가르친 것보다는 광부들과 철도 노동자한테 내가 배운 게 더 많았다.

1914년 세계 대전 중에도 나는 평화로운 삶을 살았다. 프랑스 국경 지역에서 적십자 구급차 운전을 한 것이다. 그다음에는 낭만적인 결혼을 했고, 자녀가 생겼으며, 일상적이고 열정으로 가득 찬 가정생활을 영위했다. 그렇게 결혼은 했지만 어린애 같은 상황으로 서른다섯이 되어서야 정신을 차렸다. 그리고 고통을 동반한 상태로 애벌레 상태에서 뒤늦은 모호한

---

452   영국 스태퍼드셔에 있는 작은 마을.

성숙의 상태로 옮겨 갔다. 당시 나를 지배한 경험은 두 가지였다. 하나는 철학이었고, 다른 하나는 인간들로 들어찬 벌통 속의 비극적 혼란이었다……. 이제야 나는 정신적 성년기로 들어서는 문지방 위로 한 발을 내디뎠지만, 다른 한 발은 무덤을 딛고 있음을 미소 띤 얼굴로 인지하고 있다."

쓸데없는 메타포에 해당되는 마지막 줄은 스테이플던의 문학적 무심함의 한 예다. 그의 무한한 상상력에서 나온 것이 아니기 때문이다. 웰스는 촉수가 달린 화성인이나 투명 인간, 지하에 사는 눈먼 프롤레타리아 같은 괴물들과 일상 속의 사람들을 번갈아 언급한다. 이에 비해 스테이플던은 상상의 세계를 건설하고 이를 정밀하게, 그러나 자연주의자 특유의 무미건조한 자세로 묘사한다. 그가 만들어 낸 생물학적 환영들은 인간이 만들어 내는 재난으로 인해 오염되지 않는다.

포의 「유레카」에 대한 연구에서 발레리는 우주 창조론이야말로 문학 장르에서 가장 오래된 장르라고 말했다. 이미 베이컨이 17세기 초에 『뉴아틀란티스』 출간을 통해 보여 주었지만, 가장 근대적인 장르는 우화 또는 과학적 환상 소설이라고 할 수 있다. 우리는 포가 이 두 장르에 각각 독립적으로 접근했다가 우연히 후자를 창안해 낸 것으로 알고 있다. 그런데 올라프 스테이플던은 이 독창적인 한 권의 책 속에 이 두 장르를 조화롭게 담아냈다. 이런 상상의 시공간 탐험을 위해 그는 불필요하고 모호한 메커니즘 같은 것은 적용하지 않았다. 대신 인간의 정신과 일종의 현란한 황홀경, 또는 (원한다면) 수태한 여성의 몸처럼 한 인간의 육신에는 수많은 영혼이 깃들 수 있다

고 주장하는 카발라주의를 약간 변용한 교리와의 융합을 시도
했다. 스테이플던의 동료 대부분은 임의적이거나 무책임해 보
인다. 반면 스테이플던은 특이하고 때로는 기괴한 이야기를
쓰는데도 불구하고 성실한 인상을 풍긴다. 독자들에게 재미를
선사하거나 넋을 빼 버리기 위해 작품을 마구 써내지 않는다.
일관된 꿈에 필요한 복잡하고 음울한 파란만장을 엄격히 따르
고 기록할 뿐이다.

　기왕에 연대기와 지리학이 인간의 영혼에 신비로운 만족을
불러일으키니, 한 가지 더 덧붙이기로 하겠다. 우주를 꿈꾸는 이
몽상가는 1886년 5월 10일 리버풀에서 태어나 1950년 9월 6일
런던에서 사망했다. 금세기 인류의 정신적 전통에 있어서 「별
의 창조자」는 경이로운 소설이기도 하지만, 동시에 복수(複數)
의 세계 및 복수의 극적인 역사가 존재할 수도 있다는 가능성
이기도 하다.

예비 보고, 『별의 창조자』, 에디시오네스 미노타우로, 1965.

에마누엘 스베덴보리『신비주의 작품들』

스웨덴의 걸출한 인물 칼 12세에 대해 볼테르는 지구상에 존재했던 가장 남다른 인물이었다고 썼다. 그러나 그가 '가장' 이라는 최상급을 쓴 것은 경솔한 행동이었다. 최상급은 다른 이들을 설득하기보다는 그저 쓸데없는 논쟁만 불러일으키곤 하기 때문이다. 그러나 나는 볼테르의 그 표현을 다른 유명한 인물들과 마찬가지로 군사적 정복에 앞장섰던 칼 12세가 아니라 그의 가장 신비로운 신하 중의 하나인 에마누엘 스베덴보리에 적용시켜 보고자 한다.

1845년의 그 경탄스러운 회의[453]에서 에머슨은 우리의 스베덴보리를 신비주의의 원형으로 꼽았다. 딱 들어맞는 이 '원

---

453   1845년 텍사스 합병에 대한 법안이 미국 의회에서 통 과되었다.

형'이라는 말을 듣는 순간 한 사람을 떠올리게 된다. 별로 중요할 것 없어 보이는 사람, 본능적으로 주변 정황과 왜인지는 알 수 없으나 우리가 '현실'이라고 부르는 그 긴급성에서 뚝 떨어져 있는 한 사람을 말이다. 명석하게, 그리고 부지런히 이 세상과 또 다른 세상들을 답파한 스베덴보리보다 더 이런 이미지에 부합하는 사람도 없을 것이다. 또한 스베덴보리보다 더 온전히 삶을 수용한 사람도, 스베덴보리보다 더 열정적으로, 지적 열의를 가지고 인생을 알고자 하는 간절한 열망으로 삶을 탐구한 사람도 없을 것이다. 그뿐만 아니라 붉은 에이리크[454]보다 더 멀리로 나아간 이 다혈질의 스칸디나비아 사람보다 더 남다른 사람도 없을 것이다.

부처와 마찬가지로 스베덴보리 역시 사람을 가난하게 만들고 더 나아가 피폐하게 만드는 고행에 반대했다. 한번은 천국으로 들어가는 경계에서 한 남자를 만났다. 그 남자는 천국에 들어가기를 꿈꿔 왔고, 살아생전에 평생을 고독 속에서 황량한 생활을 했다. 그런데 마침내 천국에 들어왔지만 그 행운아는 자신이 천사들과 이야기를 나눌 수도 없고 복잡다단한 낙원의 대소사 속으로 들어갈 수도 없음을 깨닫는다. 그러다가 결국 그에게는 환상적인 사막의 이미지를 주변으로 투시할 수 있는 능력이 주어진다. 바로 그곳에서 이제 그는 예전에 지상에서 그랬듯이 고행하고 기도한다. 그러나 이제는 더 이상

---

454   에이리크 힌 라우디 토르발드손(Eiríkr hinn rauði
       Þorvaldsson, 950~1005?)은 그린란드에 최초로 노르
       드인 식민지를 개척한 인물이다.

천국을 향한 희망은 없다.

그의 부친 제스터 스베덴보리는 루터파 주교로, 열정과 인내심이 절묘하게 혼합된 내면의 소유자였다. 에마누엘은 1688년 초에 스톡홀름에서 태어났다. 어려서부터 신을 추구했고, 아버지를 만나기 위해 그의 집에 곧잘 모이던 성직자들과 대화를 나누는 걸 좋아했다. 루터의 종교 개혁에서 주춧돌 역할을 했던 믿음을 통한 구원도 중요했지만 그는 행동이야말로 구원의 명백한 증거이며, 믿음을 통한 구원보다 행동을 통한 구원이 중요하다고 생각했다. 그는 이렇게 고독과 함께 별난 사람으로 살았지만, 동시에 다른 모든 사람들처럼 그렇게 살기도 했다. 그는 수공예를 경시하지 않았다. 젊어서 런던에 살 때에는 수작업으로 책을 제작하는 제본소에서 일하기도 했고, 목공일을 하기도 했으며, 안경이나 시계를 만드는 일을 하기도 했고, 과학 기기를 제작하는 일에 종사하기도 했다. 그런가 하면 선주문을 받아 지구본을 만드는 일을 하기도 했다. 그러나 이런 일을 하는 한편으로는 대수학과 뉴턴의 신 천문학 등의 다양한 자연 과학 지식의 연마 역시 게을리하지 않았다. 그는 뉴턴과 꼭 한번 이야기 나눠 보기를 꿈꿨지만 결국 그를 만나 보지는 못했다고 한다. 그에게는 매우 창의적인 응용 능력이 있었다. 라플라스나 칸트보다 앞서 성운설을 제시했고, 우주를 날아다닐 탐사선과 해저를 누비고 다닐 군용 잠수선을 발사하기도 했다. 우리가 달의 지름을 측정하는 방법을 갖게 된 것은 그의 덕이며, 그는 그와 관련해 연구 논문을 발표하기도 했다. 1716년에는 웁살라 대학에서 과학 잡지를 처음 펴냈다. 《북방의 발명가》라는 멋진 이름이 붙은 이 잡지는 2년간 발행되었다. 1717년에는 사변을 위한 사변에 염증을 느끼고 국왕이 제시한 천문학 교수직을 거부했다. 칼 12세가 물불 안 가리고 벌인 거의 신화적인 전쟁의 시기 동안 (끝없이 이어진 이 전쟁들은 「앙리아드」의 저자 볼테르를 서사시인으로 탄생시켰다.) 스베덴보리는 병영에서 기사로 일하면서 함선들을 싣고 육상에서 14마일이 넘는 거리를 이동할 수 있는 장비를 구상하고 제작했다. 1734년에는 작센에서 세 권짜리 『철학·야금학 논집』을 출간했다. 라틴어로 쓴 훌륭한 6음각 시를 남겼으며, 영문학이 지닌 상상력에 매료되었다. 만일 그가 신비주의에 귀의하지 않았더라면, 그의 이름은 과학사에서 빛을 발했을 것이다. 그러나 데카르트가 그랬듯이, 그 역시 영혼과 육신이 서로 교감하는 정확한 지점을 파악하는 데 지대한 관심이 있었다. 해부학과 물리학, 대수학, 화학 분야에서 매우 많은 저작을 남겼는데, 이들 저작들은 언제나와 마찬가지로 라틴어로 쓰였다. 네덜란드에 체류할 때는 사람들의 믿음과 복지에 온통 관심이 쏠려서 네덜란드를 공화국으로 거듭나게 하는 데 온 힘을 다 바쳤다. 왕정하에서는 사람들이 왕에게 영합하는 게 습성화되어 있고, 자연히 신을 기쁘게 하는 데 열심인데, 자신의 기쁨이 아닌 신의 기쁨을 추구하는 것은 노예적 면모라고 생각했기 때문이다. 이참에 그는 여행을 하면서 많은 학교와 대학을 방문했고, 빈곤 지역과 공장 지대를 둘러봤으며 음악, 특히 오페라에 열광했다는 점도 언급하고자 한다. 그는 '왕립 광산국'의 자문역을 맡았으며 '귀족원'의 의원직도 역임했다. 교의신학을 연구할 때에는 늘 성경을 근간으로 했다. 라틴어 서적을 읽는 것만으로는 만족하지 못해 히브리어와 그리스어로 쓰인 원서들도 연구했다. 최근에는 신문지상에서 터무니없는 오만을 경계하는 글을 쓰기도 했다. 그는 서점에 줄지어 선 서적들을 훑어보면서 큰 힘 들이지 않고도 저 정도의 책은 얼마든지 쓰겠다는 생각을 했지만, 후에 하느님은 인간의 심금을 울리기 위한 천 가지 방법을 갖고 계신 바, 이 세상 그 어떤 책도 쓸모없지 않다는 사실을 깨달았다고 쓴 것이다. 이미 이 세상에 선한 내용 하나조차 담고 있지 않은 그런 악한 책은 없다는 표현으로, 소 플리니우스가 같은 말을 했고, 세르반테스 역시 이를 반복하지 않았던가.

그의 개인적 삶에서 가장 중요한 사건은 1745년 어느 날 밤 런던에서 일어났다. 그 사건을 스베덴보리 스스로는 '조심스런 기쁨' 또는 '이탈의 기쁨'이라 부르고 있다. 그 사건이 있기 전, 그는 꿈을 꾸고 기도하고 불안한 시간과 단식의 시간을 거쳤으며, 무엇보다 부지런히 과학과 철학을 탐구했다. 그날 밤 런던 거리를 걷고 있는데 누군가가 조용히 그의 뒤를 밟으며 따라왔다. 그 사람의 면모와 관련해서는 알려진 바가 전혀 없는데, 여하튼 그 사람이 갑자기 스베덴보리의 방에 불쑥 나타나서는 자신이 하느님이며, 당장에 무신론과 오류와 죄악에 빠져 있는 사람들을 찾아가 지금은 상실된 그러나 진정한 예수 그리스도의 믿음을 알리라는 사명을 주었다고 한다. 그러면서 스베덴보리의 영혼이 천국과 지옥을 돌아보며 죽은 자들과 악마와 천사와 대화를 나누게 될 것이라는 말도 했다.

그때가 스베덴보리 나이 쉰일곱 때였다. 그리고 그로부터 30여 년을 그는 신비주의자로서의 삶을 살면서 명료하고 또렷한 문체로 빽빽한 저서들을 집필했다. 그러나 다른 신비주의

자들과는 달리 그의 글에서는 은유나 찬미, 막연하고 열광적인 과장 같은 것은 배제되었다.

그의 설명은 쉽다. 그가 사용하는 어휘 하나하나가 모두가 공유한 경험에서 나온 만큼 각각은 하나의 상징이다. 만일 그가 커피 맛에 대해 말한다면 그것은 우리 모두가 커피 맛을 알고 있기 때문이며, 만일 그가 노랑을 말한다면 우리가 이미 레몬이나 황금, 보리, 석양을 본 적 있기 때문이다. 인간 영혼과 신성과의 형언하기 어려운 결합을 설명하기 위해 이슬람의 수피교에서는 황홀경이나 육체적 사랑을 담아내는 경이로운 알레고리, 즉 장미의 이미지를 활용한다. 그러나 스베덴보리는 이런 수사학적 기교를 차용하지 않는다. 그가 말하고자 하는 것은 격렬하게 취한 영혼의 황홀경이 아니라 이 세상의 것은 아니지만 분명한 어떤 지점을 정확하게 묘사하는 것이었기 때문이다. 사람들로 하여금 절절하게 깊은 지옥을 상상하게 하거나 그에 대한 상상을 시작하게 하도록 만들기 위해 밀턴은 "빛이 아니라 오히려 어둠이 보인다."라고 했다. 이에 비해 스베덴보리는 엄격하지만(엄격하다고 말하지 않을 이유가 있을까?) 결국에는 미지의 왕국들에 대해 탐험가들이나 지리학자들이 늘어놓을 법한 장황한 설명을 한다.

이렇게 말하는 순간, 독자들의 거대한 의심이 마치 높다란 구리 장벽처럼 내 앞을 가로막는 느낌이 든다. 두 가지의 결합은 이 의심을 더욱 강력하게 만든다. 바로 이런 기이한 사실들을 써 내려간 작가의 의도적 속임수와 돌발적이거나 점진적인 광기의 영향 간의 결합 말이다. 그중에서 첫 번째 의도적 속임수는 명확지 않다. 만일 에마누엘 스베덴보리가 속일 생각이 있었더라면, 상당수의 저작물을 익명으로 출간하는 일을 멈추지 않았을 것이다. 열두 권에 달하는『천국의 비밀』을 낼 때에는 이미 유명해진 작가의 이름을 드러내지 않았는데 말이다. 그는 독자와의 대화에서 독자를 제 편으로 만들기 위해 버둥대지 않는다. "논쟁은 아무도 설득하지 못한다."라고 했던 에머슨이나 월트 휘트먼처럼, 그는 논쟁이 그 누구도 설득하지 못하므로 상대가 받아들이게 만들려면 그저 진실을 표명하는 것만으로도 충분하다고 생각했다. 그는 늘 논란을 피했다. 그의 작품 전체를 통틀어 봐도 삼단논법은 단 한 건도 발견되지 않고, 그저 유려하고 차분한 단언만이 있을 뿐이다. 분명히 장담컨대, 그의 신비주의 저작 모두가 그렇다.

그의 광기에 대한 추측은 근거 없는 억측이다.《북방의 발명가》와『프로도무스의 자연의 법칙』의 저자가 미친 사람이었다면, 우리는 그의 집요한 펜 끝에 수천 쪽에 달하는 일목요연한 저작을 빚졌을 리 없다. 그 저작들은 광기와는 아무런 상관 없는, 30여 년에 걸친 그의 노고의 집대성일 뿐이다.

이번에는 분명 어마어마한 초자연적인 면모를 담고 있는 그의 일관성 있고 다중적인 예언을 살펴보기로 하자. 윌리엄 화이트는 우리들이 옛 선인들의 예언에 대해서는 아무런 거부감 없이 신뢰하면서도 근대인들의 예언에 대해서는 거부하거나 조롱하는 경향이 있다고 날카롭게 지적한다. 사람들은 아주 먼 시공간 속에서부터 찬양해 왔다는 이유로 에스겔을 신뢰하고, 스페인 문학의 일부라는 이유로 산 후안 데 라 크루스를 신뢰한다. 그러나 스베덴보리에게 반기를 든 제자 윌리엄 블레이크와 그의 바로 위 스승 스베덴보리는 신뢰하지 않는

다. 도대체 정확히 언제부터 우리는 진정한 예언을 포기하고
그 자리를 거짓된 예언으로 대체해 온 것일까? 기번은 기적에
대해서 같은 이야기를 했다. 스베덴보리는 성경을 직접 해석
하기 위해 2년 동안 히브리어를 공부했다. 나는 스베덴보리를
스피노자나 프랜시스 베이컨과 같은 사상가라고 생각해 왔다.
(믿기지 않겠지만, 겉으로 보기에 그는 그냥 작가지 과학자나 신학자
로는 보이지 않는다는 말이다.) 그래서 그가 신약과 구약의 틀에
맞춰 자신의 생각을 조정했다는 것은 큰 실수였다는 생각이
든다. 과거 유대 카발라주의자들에게도 똑같은 일이 일어났었
다. 그들은 근본적으로 신플라톤주의자였지만 자신들의 체계
를 정당화시키기 위해 성경과 말씀과 심지어 성서 속 글자들
의 권위를 말했다.

　'신 예루살렘(New Jerusalem)'의 교리를 소개할 생각은 없
다. (스베덴보리 교회의 이름이 바로 신 예루살렘 교회다.) 그러나
두 가지 점은 짚고 넘어가고자 한다. 첫째는 그가 제시한 천국
과 지옥의 독창적인 개념이다. 그는 1758년 암스테르담에서
출간된 것으로, 그의 수많은 저작 중에서도 가장 널리 알려지
고 가장 아름다운 저작인 『천국와 지옥에 대하여』에서, 이에
대해 구구하게 설명하고 있다. 블레이크도 이를 언급했고, 버
나드 쇼는 존 터너의 꿈 이야기를 다루고 있는 『사람과 초인』
(1903) 제3막에서 이를 또렷하게 요약했다. 물론 내가 아는 한,
쇼는 단 한 번도 스베덴보리에 대해 언급한 적이 없다. 아마도
블레이크의 영향 때문이었을 것이다. 블레이크에 대해서는 여
러 차례 언급한 적 있으니 말이다. 나는 그저 그가 스스로의 힘
으로 스베덴보리와 같은 생각에 도달했을 거라는 거짓이 아닌

사실을 존중할 뿐이다.

칸그란데 델라 스칼라[455]에게 보낸 한 서신에서 단테 알리기에리는 자신의 「신곡」은 성경과 마찬가지로 서로 다른 네 가지 방식으로 읽힐 수 있으며, 글자 그대로 읽어 내는 것은 그 중 하나의 방식일 뿐이라고 했다. 그러나 명확한 시구에 길들여져 있던 서신의 독자는 지옥의 아홉 개 고리와 연옥의 아홉 개 층, 천국의 아홉 개 하늘이 주는 외형적인 인상을 그대로 받아들였다. 이 지옥과 연옥과 천국은 세 개의 장소, 즉 형벌을 받는 곳, 회개하는 곳, (그리고 이런 신조어가 수용될 수 있다면) 상을 받는 곳에 해당된다. "여기 들어오는 자, 모든 희망을 버려라." 같은 지옥문의 문구는 작품이 제시하는 지형학적 확신을 더욱 강하게 해 준다. 스베덴보리의 초우주적 운명 역시 이와 다를 바 없다. 스베덴보리 교리의 천국과 지옥은 장소가 아니다. 설사 어딘가에 머물고 있고 또 어찌 보면 그러한 곳을 창출해 내는 것으로 생각되는 사자(死者)들의 영혼이 어떤 특정한 곳에 정주하고 있는 것처럼 보이기는 하지만 말이다. 그의 천국과 지옥은 전생에 의해 결정되는 조건이다. 그 누구에게도 천국으로 들어가는 것이 금지되어 있지 않고, 그 누구에게도 지옥이 지정되지 않는다. 결국 돌려 말하자면 문은 다 열려 있는 것이다. 죽은 자는 자신이 죽었다는 사실을 모른다.[456] 얼마나 되는지 정해지지

---

455   Cangrande della Scala(1291~1322). 이탈리아 베로나
       의 전제 군주. 단테를 후원하여 『신곡』 중 「천국편」을
       헌정받았다.

456   영국에는 거울에 자기 모습을 비춰 보았을 때 자기 모

않은 한동안 평소 살던 세계의 밝은 이미지가 투사되고 아는 사람들이 주변에 있다. 이 시간이 지나고 나면 모르는 사람들이 다가온다. 만일 악인이 죽은 거라면 악마의 모습이 주어지고 악마에 대한 처우가 부과된 뒤 그들과 어우러지게 된다. 만일 죽은 자가 정의로운 자였다면, 천사를 선택하게 된다. 복 받은 자에게 악마의 세계는 늪과 동굴과 불타는 오두막과 폐허와 사창가와 선술집이 있는 지역이다. 지옥에 떨어진 자들은 얼굴이 없거나 잔혹하게 잘려 나간 상태지만 스스로는 아름답다고 느낀다. 힘을 행사하고 상호 간에 미워하는 것이 그들에게는 행복이다. 남아메리카적인 어휘의 의미에서 볼 때, 그들은 정치적으로 살아가고 있는 것이다. 다시 말해 그들은 음모를 펼치고, 거짓말을 하거나 누군가를 억누르며 살아간다는 것이다. 스베덴보리는 천국의 한 줄기 빛이 지옥의 중심에 투사되는데, 지옥에 떨어진 형벌을 받은 이들에게는 이것이 악취와 궤양, 어둠으로 느껴진다고 말한다.

지옥은 천국의 또 다른 얼굴이다. 지옥의 정확한 뒷모습은 창조의 균형을 위해 필요하다. 천국에서와 마찬가지로 지옥을 관장하는 이는 하느님이다. 쉼 없이 뿜어져 나오는 천국의 선(善)과 지옥에서 뿜어져 나오는 악(惡) 간의 자유로운 왕래를 위해서는 이 두 세계의 균형이 요구된다. 매일매일, 그 매일의 한 순간 한 순간마다 사람은 영원한 파멸과 구원을 위해 일한다. 우리의 현재가 미래를 만드는 것이다. 죽음을 앞에 두고 겁

습이 보이지 않으면, 그때서야 자신이 죽었음을 확인하게 된다는 미신이 있다.(원주)

에 질려 있거나 혼란스러울 때 주로 생기는 두렵고 질겁하게 만드는 고뇌는 별로 중요치 않다.

사람의 불멸을 믿건 또는 믿지 않건 간에, 스베덴보리가 제시한 교리에서 부정할 수 없는 사실은, 마지막 순간에 거의 우연히 주어지는 신비로운 선물로서의 천국과 지옥보다는 훨씬 더 윤리적이고 타당하다는 것이다. 그리고 그 때문에 사람들로 하여금 선한 삶을 살게 하는 것이다.

스베덴보리가 보았던 천국에는 셀 수 없이 많은 천국들이 있다. 역시 셀 수 없을 만큼 많은 천사들이 그 각각의 천국들을 이루고 있고, 각각의 천사들은 또한 각각의 천국 그 자체다. 하느님의 불타는 뜨거운 사랑이 천국과 그곳의 사람들을 주관한다. 하늘의 일반적 형태는 (전체 하늘들의 형태도 마찬가지지만) 인간의 형태와 유사하거나 인간 그 자체가 되려고 하는 천사의 형태와 유사하다. 천사 역시 인간과 다른 종이 아니기 때문이다. 악마들과 마찬가지로 천사들 역시 천사계나 악마계로 넘어간 사자(死者)들이다. 이미 헨리 무어가 예시한 바 있듯이 4차원의 세계가 제안하는 흥미로운 특성이 여기에도 나타난다. 즉 천사들은 그 어느 곳에 있든지 하느님과 정면으로 마주 보고 있다는 것이다. 영혼의 세계에서 태양은 신을 드러내는 가시적인 이미지다. 공간과 시간은 비현실적으로만 존재한다. 그래서 누군가가 다른 무엇인가를 생각하는 순간, 그것이 옆에 놓여 있게 되는 것이다. 천사들은 사람들과 마찬가지로 유절 어휘를 사용해 듣고 말하는 방식으로 대화를 나누지만, 그들이 사용하는 언어는 자연적으로 습득되는 것으로 따로 배울 필요가 없다. 이는 모든 천사계에 공통적인 특성이다. 글 쓰는 기술도 천국에는 널리 알려져 있다. 스베덴보리는 몇 차례에 걸쳐 육필본 또는 인쇄본으로 된 하느님의 통신문을 받은 적이 있었지만, 전부 다 해독해 낼 수는 없었다. 하느님은 말씀으로 직접 지시하는 걸 더 선호하셨기 때문이다. 부모로부터 물려받은 세례와 종교와는 별개로, 아이들은 모두 천사들이 가르치는 천국으로 간다. 재산이나 언행, 허영이나 이 세상에서의 삶은 천국에 들어가는 것을 가로막는 장애물이 아니다. 그렇다고 가난한 것이 미덕이 되는 것도 아니며, 불운 역시 마찬가지다. 중요한 건 의지와 신의 사랑일 뿐 외부적 상황이 아니라는 것이다. 앞서도 천국에 가고 싶어 했던 남자의 경우를 봤지만, 그는 오히려 고행과 고독으로 인해 천국에 들어갈 수 없었고 천국의 환희를 포기해야 했다. 1768년에 나온『결혼애』에서 스베덴보리는 이 세상에서는 완전한 결혼이 없다고 말한다. 남성에게는 이해가 우선되고 여성에게는 의지가 우선되기 때문이다. 그러나 천국에서는 사랑하는 남자와 여자가 단 하나의 천사를 만들어 낸다.

신약 성서를 구성하고 있는 경전 중 하나인「묵시록」에서, 신령한 사도 요한은 천상의 예루살렘에 대한 이야기를 한다. 스베덴보리는 이러한 발상을 다른 대도시로까지 확대시킨다. 실제로『진정한 그리스도교』(1771)에서는 이 세상 밖에 런던이 두 개 있다고 주장한 바 있다. 사람들은 죽어서도 자신의 개성을 상실하지 않는다. 영국인들은 내면의 지적 광채와 권위에 대한 존중을 그대로 지니고 있고, 네덜란드인들은 여전히 무역에 종사하며, 독일인들은 여러 권의 책을 짊어지고 다니다가 누군가가 무슨 질문이라도 하면 책을 뒤져 본 뒤에 질문에 답하곤 한다. 가장 흥미로운 건 무슬림들의 경우다. 무슬림들의 영혼 속에는 마호메트와 회교의 개념이 매우 복잡하게 얽혀 있는데, 신은 이 영혼들을 마호메트를 흉내 내는 천사에게 맡겨 그들에게 믿음을 가르치게 하고 있기 때문이다. 천사는 늘 같은 천사가 아니다. 한번은 진짜 마호메트가 그를 믿는 사람들 앞에 현현해 "내가 너희들의 마호메트로다."라고 말한 뒤 점점 거무스름하게 변하더니 다시 지옥 속으로 침잠해 버렸다.

영혼의 세계에 위선자는 없다. 모두가 자기 본연의 모습 그대로이기 때문이다. 한 악한 영혼의 주문에 따라, 스베덴보리는 악마들이 간통을 저지르고 도적질하며 사기와 거짓을 말하면서 기쁨을 느끼지만 배설물과 시체 썩는 악취에서도 쾌락을 느낀다고 썼다. 관련한 일화를 직접 쓴 바도 있으니, 혹시 관심 있는 독자라면 그의 저작 『신의 섭리에 대한 천사들의 지혜』(1764)의 마지막 장을 읽어 보면 될 것이다.

다른 예언들과는 달리 스베덴보리의 천국은 이 세상보다 훨씬 더 명료하다. 형태도, 사물도, 구조도, 색깔도 훨씬 복잡하고 생생하다.

복음서를 보면 구원은 윤리적 과정이다. 정의로움이 가장 핵심이지만 겸손과 청빈, 고초 등도 높이 평가된다. 그런데 정의로움이라는 필수 조건에 스베덴보리는 그 어떤 신학자들도 언급한 바 없는 또 다른 조건 한 가지를 더한다. 바로 지식이 그것이다. 고행을 하며 살았지만 결국 천사들과 신학적 대화를 나눌 만한 사람이 아닌 것으로 판명된 남자 이야기를 다시 떠올려 보자. (스베덴보리의 셀 수 없이 많은 하늘들은 하나같이 사랑과 신학으로 가득 차 있다.) 블레이크는 "아둔한 자는 성스럽다 해도 결코 천국에 들어갈 수 없다."라면서 "성스러움을 벗어던지고 지식으로 무장하라."라고 말했는데, 이 말이야말로 구구하게 설명된 스베덴보리의 생각을 촌철살인의 간략한 표현으로 변모시킨 것이나 마찬가지다. 블레이크는 또한 올바름과 지식만으로도 안 되고 구원받기 위해서는 세 번째 요건을 갖추어야 한다고 주장한다. 바로 예술가가 되어야 한다는 것이다. 관념적 추론이 아닌 비유와 은유로 사람들을 가르친 예수 그리스도는 예술가였다.

망설임 끝에, 지금부터는 다소 파편적이고 거칠겠지만 많은 이들에게 우리가 논하고 있는 주제의 중심을 제공해 주기 위해 그의 대응어 관련 견해를 살펴보기로 한다. 중세 시대에는 하느님이 책 두 권을 쓰셨다고 믿었다. 그 하나는 소위 성경이라 불리는 책이고 또 다른 하나는 세상이라고 불리는 책이다. 이들을 해석해 내는 것은 우리 인간에게 주어진 임무다. 해석이 궁금해진 스베덴보리는 우선 첫 번째 책에 대한 해석에 돌입했다. 그는 성서 속 말 하나하나가 영적 의미를 지니고 있다고 보고 결과적으로 광대한 규모의 숨겨진 의미 체계를 만들어 냈다. 예를 들어 돌은 자연의 진리를 나타내며 귀금속은 영혼의 진리를, 별은 신성한 지식을 표현한다고 했다. 말(馬)은 성경에 대한 올바른 이해를 나타내지만 궤변 작품들에 대해서는 왜곡을 표명하기도 하고, 피폐에 대한 혐오는 삼위일체를 의미하며, 심연은 하느님 또는 지옥을 표명한다고 했다. (이 분야에 대한 연구를 좀 더 해 보고 싶은 독자라면 1962년에 출간된 『대응어 사전』을 참조하면 될 것이다. 이 책에는 성경 속 어휘 5000여 개에 대한 분석이 담겨 있다.) 성경의 상징에 대해 읽어 내던 스베덴보리는 결국 우주와 우리 인간에 대한 상징적 읽기로 넘어왔다. 그는 천국의 태양은 인간 영혼이 빚어내는 광채, 즉 신의 이미지의 투영이며, 이 땅 위에 부단한 신성의 영향을 받지 않는 존재는 없다고 보았다. 스베덴보리의 독자 중 한 명이었던 드퀸시는 세상에서 가장 저열한 사물은 어른들의 감춰진 거울이라고 했다. 칼라일은 우주의 역사는 우리가 끝없이 읽고 써야 하는, 그리고 그 속에 우리 스스로에 대해서도 씌어 있는 하나의 텍스트라고 했다. 우리 인간이 신이 암호로 써 내려간 텍스트 속의 상징적 암호이나 그 진정한 의미를 우리 스스로가 알지 못한다는 이 불온한 의심은 레옹 블루아의 저술에서도 곳곳에서 발견되며, 카발라 신비주의자들 역시 같은 생각을 했다.

스베덴보리의 대응어 관련 견해를 살펴보다 보니 카발라의 문구가 하나 떠오른다. 내가 아는 한, 아니 내가 기억하는 한, 지금까지 이 둘의 밀접한 유사성에 대해 연구한 사람은 없다. 창세기 I장은 하느님이 자기 형상대로 사람을 창조했다고 쓰고 있다. 이 말은 곧 신이 한 인간의 형상을 지니고 있음을 뜻한다. 중세 시대에 『광휘의 서』를 낸 카발라 신비주의자들은 불가지한 신성을 근원으로 하여 나오는 열 개의 방사체, 즉 세피로트[457]는 한 그루의 나무[458]나 한 인간, 즉 태초의 인간인 아

---

457   카발라에서 말하는 '생명의 나무'에서 나오는 열 개의
       유출물이다.
458   '세피로트의 나무'는 천국에 있는 '생명의 나무'를 의
       미한다. 이 '생명의 나무'는 대우주를 의미하는 동시에
       소우주로서의 인체이자, 나아가 신에게 이르는 정신
       적인 편력을 의미한다.

담 카드몬으로부터 만들어진다고 주장한다. 만일 신이 만물에 편재한다면, 만물은 지상에 현현한 신의 투영인 한 명의 사람 속에도 편재한다. 그렇게 보자면 스베덴보리와 카발라 신비주의는 소우주 개념, 즉 우주의 거울이자 요약체로서의 인간 개념에 도달한 셈이다. 스베덴보리에 따르면, 지옥과 천국은 사람 안에 내재하며 따라서 사람 안에는 행성과 산, 바다, 대륙, 광물, 나무, 풀, 꽃, 엉겅퀴, 동물, 파충류, 새, 물고기, 도구, 도시, 건물 등이 모두 들어 있다.

　I758년에 스베덴보리는 한 해 전에 세상의 심판을 목격했다고 밝혔다. 그 심판은 영의 세계에서 열렸으며, 심판이 있었던 날짜는 모든 교회에서 믿음의 불씨가 꺼져 버린 바로 그날과 정확히 일치한다고 했다. 교회의 타락은 로마 교회가 생겨난 그 순간부터 시작되었다. 루터가 주도하고 그 전에 위클리프[459]가 예시했던 종교 개혁은 불완전했고, 많은 경우 이단적이기도 했다. 또 다른 최후의 심판은 각각의 인간이 죽는 순간 이루어지며, 심판은 그간 살아온 삶의 결과이기도 하다.

　I772년 3월 29일, 에마누엘 스베덴보리는 자신이 그토록 사랑했던, 그리고 신이 어느 날 밤 그를 유일한 적임자로 선택하고 사명을 부여했던 바로 그 도시 런던에서 영면했다. 지켜본 사람들 말에 따르면, 그는 임종에 즈음하여 여러 날 동안 검은 비로드 옷을 입고 기이한 형상의 손잡이가 달린 검을 차고

459　존 위클리프(John Wycliffe, I320~I384). 영국의 신학자, 철학자. 유명론(唯名論)에 반대하여 실재론(實在論)을 주장하였고 성서의 영역본(英譯本)을 완성하였다.

있었다고 한다. 그는 평생을 검약하며 살아서, 먹는 것이라고는 커피와 우유와 빵이 전부였다. 밤낮을 가리지 않고 아무 때고 그가 방 안을 오락가락하면서 천사들과 이야기 나누는 소리가 들렸다고 그의 집에서 일하던 사람들은 말했다.

1960 몇 년인가에 그는 이런 소네트를 썼다.

에마누엘 스베덴보리

다른 사람보다 큰 그 남자가

저 멀리 사람들 사이를 걸어가고 있다.

그는 천사들의

비밀스러운 이름을 거의 부르지 않는다. 그는 본다.

이 세상의 눈으로 볼 수 없는 것들을.

불꽃이 이글거리는 기하학과 투명한

신의 미로, 그리고 소리 없이

휘감아 도는 지옥의 쾌락이 주는 소용돌이.

그는 알고 있었다. 영광과 지옥은

모두 사람의 영혼과 신화 속에 존재한다는 것을.

그리스인들이 그랬듯이 그는 알고 있다.

이 세상에서의 날들은 영원의 거울이란 것을.

무미건조한 라틴어로 기록되고 있었다.

왜인지, 언제 올지도 모르는 마지막 날들이.

서문, 『신비주의 작품들』, 뉴욕, 샌프란시스코 뉴 제루살렘 교회.

폴 발레리 『해변의 묘지』

번역이 제기하는 문제만큼 문학 또는 소소한 문학의 신비와 불가분의 관계에 있는 문제도 없을 것이다. 직접 쓴 글은 쉽게 잊혀 공허한 것이 되고 말 수 있음을 내포하고 있고, 섣불리 모두가 그럴 거라고 생각하는 이상적인 글쓰기 과정에 대한 고백이 있을지도 모른다는 두려움과, 헤아릴 수 없을 만큼의 그림자를 중심에 온전한 모습 그대로 유지하고자 하는 과도한 욕망도 내포하고 있다. 반대로 번역은 탐미적 논의를 이끌어 내게 되어 있는 모양이다. 번역을 위해 제시된 모형은 이미 끝난 프로젝트에 담긴 평가할 수 없는 미로 같은 텍스트나 너무 수월할 것 같아 순간적인 유혹을 느끼게 되는 그런 텍스트가 아니라 명료한 텍스트다. 버트런드 러셀은 외부의 사물을 가능한 느낌을 방사하는 순환 체계로 이해했다. 텍스트도 같은 방식으로 이해할 수 있다. 즉 말해진 것의 무수한 반향으로 말

이다. 인간이 겪는 갖가지 역경을 파편적으로 담아낸 가치 있
는 글들은 번역의 형태로 남아 있다. 채프먼[460]에서 마니엥[461]에
이르는 수많은 「일리아스」는 한 가지 사실에 대한 다양한 시각
이거나 누락과 강조를 실험하는 지속되는 제비뽑기가 아니라
면 과연 무엇이겠는가? 굳이 언어를 바꿀 필요도 없다. 하나의
문학 그 자체에서라면 언어를 바꾸지 않는 의도적인 유희도
가능하다는 말이다. 모든 요소들을 재편성하면 분명 원전보다
못할 것이라는 추정은 '9번 작품'이 분명 'H 작품'보다 못할 것
이라는 추정과 동격이다. 그저 작품은 작품일 뿐인데도 말이
다. '결정적인' 텍스트라는 개념은 종교에서나, 또는 넌더리가
난 경우에나 통할 개념이다.

번역이 일반적으로 열등할 것이라는 미신(이 미신은 널리 알
려진 이탈리아의 격언[462]에서 나왔다.)은 막연한 경험에서 비롯된
다. 충분한 수의 작품들을 대상으로 확인해 본 바에 따르면, 무
조건적이고 확실해야만 좋은 작품이다. 알다시피 흄은 인과
관계와 불변하는 연속을 동일시하고자 했다.[463] 그렇다면 위로

---

460   조지 채프먼(George Chapman, 1559~1634). 영국의
       극작가이자 시인. 1616년 호메로스의 『일리아스』와
       『오디세이아』의 영어 완역본을 최초로 출판했다.

461   빅토르 마니엥(Victor Magnien, 1879~1952). 프랑스
       고전학자로, 1924년에서 1928년까지 호메로스의 『일
       리아스』 주해본 스물네 권을 출판했다.

462   번역자는 배신자(Traduttore, tradittore)라는 이탈리아
       금언을 가리킨다.

463   아랍에서 수탉을 부르는 이름 중에 '여명의 아버지'라
       는 이름이 있다. 마치 앞서 닭의 울음이 있어야만 여명

가 될지 모르겠지만 그저 그런 영화도 두 번째로 다시 보면 더 좋은 영화가 되어 있어야 한다는 얘기다. 다시 봤다는 그 가혹한 불가피성 때문에 말이다. 유명한 책 같은 경우에는 처음 읽는 게 이미 두 번째 읽는 셈이다. 이미 그 책에 대해 알고 독서를 시작하기 때문이다. 따라서 '고전을 다시 읽다.'라는, 통상적으로 알려져 있지만 매우 의미심장한 그 문구는 순수한 진실을 도출해 낸다. "그다지 오래되지 않은 옛날, 이름까지 기억하고 싶진 않은 라만차 지방의 어느 마을에 창 꽂이에 꽂혀 있는 창과 낡아 빠진 방패, 야윈 말, 날렵한 사냥개 등을 가진 시골 귀족이 살고 있었다."라는 정보가 과연 공정한 미(美)의 추구를 위해 좋은 것인지 나도 잘 모르겠다. 다만 한 가지 분명한 것은, 그 어떠한 수정도 불경한 것이며 「돈키호테」의 서두를 이 구절이 아닌 다른 구절로 시작한다는 것은 상상조차 할 수 없다는 점이다. 내 생각에 세르반테스는 그 사소한 미신 같은 건 떨쳐 버린 것 같다. 그리고 첫 문장이 다른 것과 동일한 것임을 식별조차 하지 않았을 것이다. 반대로 우리가 할 수 있는 일이라고는 그 어떤 차이도 용납하지 않는 것뿐이다. 그럼에도 불구하고 나는 남아메리카의 독자에게(나와 같은 자, 나의 형제여!) 읽어 보라고 권하고자 한다. 스페인어로 쓰인 제5연을 음미해 보자.

소음 속으로 해안선은 흐릿해져 가고

이 밝아올 수 있기라도 하다는 듯이 말이다.(원주)

네스토르 이바라의 독창적인 이 시구는 따라 하기 힘든데, 원래 발레리의 원문은 이랬다.

해안선은 소음이 되어 버리고,

발레리의 이 시구는 라틴의 맛까지 온전히 담아내지 못한다. 오히려 반대 입장을 과도할 정도로 지지하는 역할을 한다. 결국 일시적으로 그의 관념을 표명해 낸 네스토르 이바라에 의해 발레리의 관념은 강력하게 부인당한 것이다.

「묘지」의 스페인어판 판본은 세 개 있는데, 그중에서 네스토르의 이 판본만이 원작이 지닌 엄격한 운율을 그대로 따르고 있다. 자유자재로 ── 발레리 역시 거부하지 않은 ── 도치법을 활용하지도 않으면서도 훌륭한 원작과 동등해지고 있다. 다시 한번 모범적 예로서 끝에서 두 번째 연을 소개하고자 한다.

아! 미쳐 날뛰는 바다, 표범의 피부 같고,
태양의 형상 같은 무수한 구멍이 뚫린 천 조각 같으며,
무한히 뻗어가는 히드라 같은 그 바다의
시퍼런 육신이 한껏 취해 정신을 잃는다.
찬란한 꼬리만이 침묵하는 가운데 그 바다를 모방한
소란 속으로 스스로를 갉아먹어 간다.

여기서 ‘형상(imagenes)’은 프랑스어로 된 원작의 ‘우상 (idoles)’을 대체하고 있으며 ‘찬란한(espléndida)’은 ‘눈부신 (étincelante)’과 동일하게 사용되었다.

그럼 이제 시 자체를 들여다보자. 우선 이 시에 갈채를 보내는 행위는 부질없어 보인다. 결핍과 몰염치와 혼란을 감추는 행위이기 때문이다. 그러나 이 거대한 다이아몬드 같은 시가 지닌 결함에 대해 생각해 볼 수는 있음을 밝히고자 한다. 이 시는 소설적 현상을 드러내고 있다. 시 전체가 상황에 대해 너무 세세한 기술을 하고 있는데, 이것은 필요치도 않은 신뢰성을 확보하기 위한 것으로 보인다. 때마침 무대 위로 몰아치는 바람이라든가, 계절을 혼동하고 흔들리는 나뭇잎이라든가, 파도에 따라 붙는 갖가지 소리들, 새들이 날아와 쪼아 대는 삼각돛, 책 같은 것이 그 예다. 극작법에 따라 브라우닝의 독백 시나 테니슨의 「고행자 성 시미온」에서는 이와 유사한 세밀함이 요구되지만, 명상 시인 「묘지」에서는 아니다. 세밀함은 전통적으로 특정 지역의 특정한 공간에서 특정한 상대가 있을 때 가능한 일이다. 하지만 혹자는 그런 세밀함 속에서 상징성이 발견된다고 지적한다. 그러나 이것은 「리어왕」 제3막에서 광기에 사로잡힌 설교자 리어왕에게 한동안 폭풍우를 몰아치게 한 것보다 더 취약한 기법이다.

발레리는 죽음에 대해 사색하면서 일단 스페인어 번역 시가 만들어 낼 수 있는 반향을 수용하기로 한 것 같다. 즉 스페인만의 시가 되는 게 아니라 스페인어로 쓰인 시의 독창적인 주제가 되어 보기로 한 것이다.(결국 전 세계가 그의 시를 알게 되었다.)

간지럽다며 요란한 비명 소리를 질러 대는 여자아이들,
두 눈, 치아, 젖은 눈꺼풀,
불꽃처럼 일렁이는 매력적인 젖가슴,

핏빛으로 빛나며 다가오는 입술,

마지막 선물과 거부하는 손가락,

모든 것은 비밀스럽게 유희를 시작한다!

그럼에도 불구하고 동일화는 부당하다. 발레리는 사랑스럽고 에로틱한 부분들의 유실을 유감스럽게 생각했다. 스페인어는 이탈리카의 원형 극장과 아라곤의 왕자, 그리스 깃발, 알카사르키비르의 군대, 로마의 성벽, 도냐 마르가리타 여왕의 묘비를 비롯해 매우 공식적인 것들에 사용할 언어이다. 뒤에 나오는 17연은 핵심 주재인 '죽음'을 다루고 있는데, 여기에서 시인은 차분히 고풍스러운 물음을 하나 던진다.

그대는 살아 숨 쉬고 있을 때 노래하는가?

이는 후세에 길이 남을 온정 넘치는 질문이었다. 물론 푸블리오 아드리아노가 남긴 문구에 비하자면 훨씬 미약하지만 말이다.

연약하고 부유하는 내 작은 영혼이여……

이러한 사유는 모든 개별자들의 것이다. 사변적 무지는 우리의 공리(公理)이며, 상상력과 소총 삼각대가 별로 있을 것 같지도 않은 사자(死者)들의 관심을 끌게 된다면, 문자는 우리의 유일한 영예인, 너무나도 흥미롭고 조형적인 어둠의 소멸을 개탄하게 될 것이다. 그렇기에 벌을 주거나 영광을 부여하는 등 믿음이 지니는 법적 명확성은 조용한 무신론보다 오히려 시와 더욱 배치된다. 기독교 시(詩)는 우리의 경이로운 불신, 그리고 누군가는 우리의 불신을 알고 있을 것이라고 믿고자 하는 욕망에 기대어 큰다. 기독교 시를 쓰는 병정들, 예를 들어 폴 클로델, 힐레어 벨록, 체스터턴 같은 사람들이 우리의 경탄에 일조한다. 그들은 그 흥미로운 인간, 즉 기독교인이 보여 줄 수 있는 상상 가능한 반응들을 극화시켰으며, 그 결과 음성으로 이루어진 그 기독교인의 혼령이 작가들을 대신하기에 이르렀다. 헤겔이 절대적인 무엇이었던 것처럼 그들은 기독교도였다. 그들의 픽션은 비밀스럽게 찾아올 줄 아는 죽음 위로 빛을 드리운다. 그리고 죽음은 그 픽션에 불가사의성과 깊이를 알 수 없는 심연을 부여한다. 단테는 우리가 무지함을 몰랐기에 소설적 특성, 즉 인간이 운명은 무척 다양하다는 점을 보여 주어야만 했다. 그는 철저히 임무를 수행했지만 그의 작품에는 늘 희망과 거부가 빠져 있었다. 그는 운명 자체가 불안정하다는 사실을 알지 못했다. 사도 바울의 운명과 토머스 브라운경, 휘트먼, 보들레르, 우나무노, 그리고 폴 발레리의 운명이 그랬던 것처럼 말이다.

서문,『해변의 묘지』, 레 에디시옹 쉴링게, 1932.

마리아 에스테르 바스케스[464] 『죽은 자의 이름』

　　어원학이 잘 숨겨져 온 가치 있는 진실을 다룬다고 생각하는 것은 분명코 오류다. 말이라는 것은 우연적이고 불안정한 상징이기 때문이다. 그러나 한 가지 이야기를 한다거나 심지어 1000가지 이야기를 한다고 말하는 것은 여전히 의미심장하다. 내가 할 줄 아는 언어들에서는 순서대로 이야기하거나 순서대로 열거할 때 하나같이 같은 뿌리에서 나온 동사나 동사들을 활용하고 있다. 이렇게 이야기하는 것과 열거하는 것을 동일시하게 되면 이 두 행위가 모두 시간 속에서 이루어지며, 각각의 부분들은 순차적으로 이루어진다는 점을 떠올리게 된다. 오늘날의 문학은 이런 명백한 사실을 망각하곤 한다. 흔

464　　Maria Esther Vazquez(1937~2017). 아르헨티나의 기자, 전기 작가.

히들 모든 정신적 상태를 표명하거나 물리학적 느낌을 표명할 때 '이야기'라는 이름을 붙인다. 그런가 하면 현재와 과거 기억의 데이터들을 일부러 뒤섞어 독자들을 더욱 당혹스럽게 만들기도 한다. 또한 문자 언어가 음성 언어에서 왔다는 사실을 망각하고 둘 모두에서 유사한 매력을 찾아내려고 한다. 이 책을 구성하고 있는 '이야기들'이 지니는 가장 분명한 미덕은 '말'이라는 것의 진정한 의미에서 볼 때 진정한 이야기라는 점이다.

에드거 앨런 포는 모든 이야기는 마지막 단락, 아니 어쩌면 마지막 한 줄을 위해 씌어져야 한다고 말했다. 이런 주장은 과장된 느낌이 없지 않지만, 이 말은 의심의 여지없는 사실에 대한 과장이거나 단순화일 뿐이다. 다시 말해 미리 정해 놓은 결말을 위해 이야기 속 사건들의 순서가 정해져야 한다는 것이다. 오늘날의 독자들은 독자이자 비평가이기도 하고, 문학적 기법에 대해서도 잘 알기 때문에 이야기는 허위의 플롯과 진짜 플롯, 이 두 가지 모두를 담아내야 한다. 허위의 플롯은 어느 정도 드러나지만 진짜 플롯은 이야기가 마무리될 때까지 비밀스럽게 감추어져 있어야 한다. 이 책 속 이야기들은 추리 소설도 아니고 추리 소설이 되고자 하는 바람도 없다. 그러나 추리 장르가 장편 소설이나 단편 소설에서 보여 준 치밀함, 놀람과 기대 등의 유희가 다 담겨 있다.

'같은 사람'이라는 주제, 다시 말해 같은 사람이라는 주제를 다루는 문학의 가능성은 이 책 속 이야기들 중에서도 가장 멋진 이야기들을 탄생시켰다. 그중 두 개의 이야기(독자 여러분의 즐거움에 상처를 주지 않기 위해 나중에 좀 더 자세히 언급하도록 하겠다.)에서 이야기를 풀어 가는 나는 역사 속의 인물에 해당된다. 또 다른 이야기에서 우리는 별것 아닌 평범한 주제와 맞닥뜨리고 있다는 생각을 하게 되는데, 나중에서야 현실 세계 속 사람들 사이의 상거래에서도 자주 일어나듯이 이 평범함 속에 폭력과 죄가 담겨 있음을 확인하게 된다. 내가 언급한 이 세 편의 이야기는 모두 성공적이었다. 부분적인 암시와 은폐를 신중하고 이중적으로 배치한 작품으로, 이야기 거의 끝부분에 도달할 때까지도 진정한 화자가 누구였는지를 아무도 감지하지 못하게 만들었다. 그러다가 모든 게 밝혀지고, 놀람은 극대화된다. 이야기 전반이 포의 미학이 모색해 온 바로 그 지점을 향하고 있었던 것이다. 작품을 접할 때, 특히 1인칭 시점의 소설을 읽을 때 독자가 주인공과 자신을 동일시하게 되는 심리적 현상으로 인해 모든 게 밝혀지는 시점에 약간의 마술적 특성을 부여하게 된다. 마치 갑자기 모든 것이 밝혀지고, 마치 순간적으로 우리 스스로가 유명한 등장인물 자체가 된 것 같은 기분을 느끼게 되는 것이다. 일부 이야기 속에서는 플롯 자체로 인해 의고적 언어들이 사용된 것으로 보인다. 이런 의고주의는 자칫 이야기 전체를 오염시켜 현학적이고 냉랭한 분위기를 줄 수 있는데, 다행히 그런 일은 일어나지 않았다.

수년 전, 마리아 에스테르 바스케스와의 순수한 우정은 나를 영광스럽게 했고, 기쁘게 했으며, 어찌 보면 젊음을 되찾게까지 했다. 그 세월 속에서 나는 그녀가 얼마나 광대하고 생생한 문학적 호기심을 지니고 있는지 확인할 수 있었다. 그녀의 문학적 호기심은 전 세계의 다양한 지역을 포함하고 옛것 또는 현재의 것 중 하나에 미신적으로 빠져들지 않고 전 역사의 다양한 시기를 아우르는 그런 것이었다. 그녀가 갖춘 타고난 미덕에 이 책은 시집의 출간을 예시하는 미덕을 더하고 있다. 나는 그녀가 쓴 시집의 초벌 원고를 읽고 또 읽어 볼 수 있는 특혜를 누릴 수 있었는데, 그 속의 몇몇 소네트는 밀턴의 표현을 빌리자면 '미래 세대들이 결코 잊지 않을' 만한 그런 것들이었다. 문학이 시에서 출발했다는 것은 누구나 아는 사실이다. 즉 산문에 앞서 시가 존재했기에 산문은 부지불식간에 근원으로 돌아가려는 속성을 드러낸다. 『죽은 자의 이름』 속 이야기들 중에는 적게나마 시적 요소를 내포하지 않는 것이 없다. 또한 그 이야기들은 문학적 주장을 제기하기 위해서나 논란을 촉발시키기 위해서가 아닌, 영적 필요성과 독자의 기쁨을 위해 써졌다. 그리고 이 두 가지 목표는 온전히 달성되었다.

『죽은 자의 이름』 속에는 모두 열네 편의 이야기가 수록되어 있고, 각각의 이야기 속에는 한 명의 주인공이 등장하는데, 이 주인공은 일반 사람들과 어느 한 구석도 닮은 구석이 없는데도 불구하고 책을 읽는 시간 내내 실존한다.

요즘 문학은 손쉬운 카오스와 위험한 즉흥성으로 가득 차 있다. 그런데 노련하고 감각적이며, 열정과 상상력, 그리고 모든 예술 작품이 가져야하는 영원성도 결코 놓치지 않은 이 책을 우리는 고전이라 부를 수 있을 것 같다.

마리아 에스테르 바스케스는 죽음이라는 핵심적 불가사의에 대해 깊이 있는 성찰을 했으며, 그녀의 이야기 한 편 한 편마다 결코 멈추지 않는 일상의 탐구가 엿보인다.

서문, 『죽은 자의 이름』, 에메세 에디토레스, 1964.

월트 휘트먼『풀잎』

　먼저 현기증이 날 정도로 눈부신 시집『풀잎』을 읽은 뒤 고생 많았던 작가의 전기를 탐독한 사람이라면 누구나 속은 느낌이 들게 된다. 이 암울하고 하찮아 보이는 작가의 생애를 읽으면서 독자들은 우리에게 놀라운 시를 선사해 놓고는 자신의 모습은 드러내지 않아 독자들을 경악하게 하는 그 방랑하는 반(半) 신성을 찾아 헤매게 된다. 최소한 나와 내 모든 친구들은 이런 경험을 했다. 내가 이 서문을 쓰게 된 것은 이런 난처한 불일치에 대해 설명하거나 설명을 시도해 보기 위해서다.

　1855년에 뉴욕에서는 기념비적인 책 두 권이 선을 보였다. 둘 다 경험주의적 특성을 지니고 있었지만 서로 완전히 다른 그런 책이었다. 이 중 한 권은 출간과 함께 유명세를 탔으며, 오늘날에도 교과서에 실리거나 학자들과 어린이들을 위한 선집에 실리곤 하는, 바로 롱펠로의『하이어워사(Hiawatha)』다. 롱펠로는 당시 뉴잉글랜드에 있던 붉은 피부의 인디언들에게 영어로 된 예언적이고 신화적인 서사시를 선물해 주고 싶었다. 물론 롱펠로에 바로 뒤이어서, 사람들은 잘 기억하지 못하지만, 뭔가 토속적 냄새가 물씬 풍기는 『칼레발라』도 엘리아스 뢴로트의 손질과 재구성을 통해 핀란드에서 나왔다. 나머지 한 권이 당시에는 주목받지 못했지만 지금은 불멸의 작품으로 인정받고 있는 『풀잎』이다.

앞서도 이 두 책이 완전히 다르다고 했는데, 정말 그렇다. 『하이어워사』는 도서관에서 많은 시간을 보낸, 상상력이 풍부하고 많은 것을 들은 훌륭한 시인이 깊은 사색을 통해 탄생시킨 작품이다. 그에 비해 『풀잎』은 천재 시인이 써낸 전대미문의 명시집이다. 두 작품이 너무 달라서 이 두 작품이 동시대 작품이라는 게 믿기 어려울 정도다. 그럼에도 불구하고, 두 작품을 하나로 묶는 공통점이 있으니, 바로 둘 다 미국의 서사시라는 점이다.

미국은 당시만 해도 유명한 이상의 상징이었다. 지금은 투표의 남용과 과도한 수사가 넘치는 웅변으로 과소비되어 버렸지만, 그래도 여전히 수백만의 사람들이 그 피를 이어받았고, 지금도 이어 가고 있다. 전 세계가 미국과 미국의 "힘찬 민주주의"를 주시하고 있다. 이를 증명할 수 있는 증거는 수 없이 많지만 "멋진 아메리카"라고 노래한 괴테의 시구 한 구절이면 다른 예가 필요 없을 것이다. 늘 스승이었던 에머슨의 영향으로 휘트먼은 새로운 역사적 사건, 즉 아메리카의 민주주의라는 대사건을 노래하는 서사시를 쓰기 시작했다. 우리 시대 혁명들의 단초, 프랑스 혁명과 라틴 아메리카 혁명의 시발점은 미국의 혁명이었으며, 미국의 혁명이 내건 기치가 다름 아닌 민주주의였음을 부디 기억하기 바란다. 인류의 새로운 신념을 노래할 적합한 방법은 무엇일까? 수사학적으로 편한 방법을 찾거나 다른 작가들처럼 타성에 젖은 그런 방법을 찾았더라면 답은 자명했을 것이다. 서둘러 송가를 만들어 내든가 그렇지 않으면 호격 감탄사나 대문자 같은 걸 뺀 우화를 만들어 내면 될 터였다. 그러나 휘트먼은 기꺼이 그 답을 거부했다.

그는 민주주의가 전혀 새로운 사건인 만큼 그에 대한 찬양에도 만만치 않게 새로운 과정이 요구될 거라고 생각했다.

바로 서사시 말이다. 청년 휘트먼이 알고 있던, 소위 봉건적이라고 불리던 훌륭한 모델들을 보면 그 안에 중심인물이 있었다. 예를 들면 아킬레우스나 오디세우스, 아이네이아스, 롤랑, 엘시드, 지크프리트, 예수 그리스도 같은 사람들이 그들이다. 이 중심인물의 위상은 다른 사람들을 압도해 모두가 그 앞에 굴복하곤 했다. 휘트먼은 이런 우월성이 이제는 폐지된 세계 또는 사람들이 폐지를 꿈꾸는 세계, 즉 특권 계급 사회에 해당된다고 생각했다. 나의 서사는 이래서는 안 된다. 여럿이어야 한다. 모든 사람들이 비할 바 없고 절대적인 평등을 외치고 상정해야 한다. 이런 서사를 필요로 하다 보니 불가피하게 온갖 것들이 누적되고 뒤범벅되어 카오스가 되어 버릴 것 같았다. 하지만 천재 시인이었던 휘트먼은 이런 위험성을 경이롭게 피해 나갔다. 그는 지금까지의 문학사에 기록된 그 어떤 실험보다도 대담하고 광범위한 실험을 기꺼이 시도했던 것이다.

문학적 실험을 말한다는 것은 곧 요란하게 실패했던 실험에 대해 말하는 셈이다. 예를 들어 공고라의 「고독」이나 제임스 조이스의 실험이 그것이다. 그러나 휘트먼의 실험은 대단히 성공적이어서 심지어 우리는 그것이 실험이었다는 사실 자체를 망각할 지경이다.

그의 시집 일부 소절에서 휘트먼은 영광에 빛나는 훌륭한 인물들이 여럿 수놓아진 직물을 떠올리면서 자신은 저마다의 영광에 빛나는 무수한 사람들이 수놓아진 무한한 직물을 그려 내겠다고 밝힌다. 과연 이런 위업을 어떻게 수행해 나갈 수 있을까? 믿기 어렵지만, 휘트먼은 그 일을 해냈다.

그에게는 바이런처럼 영웅이 필요했다. 그러나 그의 영웅은 복합적 민주주의의 상징이어야 했고, 스피노자의 '산재된 신(神)'처럼 셀 수 없이 많으며 어디에나 편재하는 그런 영웅이어야 했다. 그래서 그는 우리로서는 이해할 수 없었던 기이한 피조물을 만들어 내고 월트 휘트먼이라는 이름을 붙여 주었다. 그 피조물에게는 두 개의 형태를 지닌다는 특성이 있었다. 그중 하나는 롱아일랜드 태생에, 맨해튼 거리를 걸어가다가 만난 친구가 서둘러 인사를 건네고 지나가는 평범한 신문 기자 월트 휘트먼이었고, 또 다른 하나는 앞서 월트 휘트먼이 정말로 되고 싶었지만 끝내 될 수 없었던, 모험과 사랑으로 점철된 서두름 없고 용감하며 느긋한 마음으로 미국 전역을 돌아다니는 월트 휘트먼이었다. 이렇게 우리는 「풀잎」의 어느 부분에서는 롱아일랜드에서 태어난 휘트먼을 만나고, 또 다른 부분에서는 남쪽에서 태어난 휘트먼을 만난다. 가장 진짜 같은 시 「나 자신의 노래」 중 한 소절에서는 멕시코 전쟁의 영웅적 일화에 대해 언급하면서, 그 이야기는 한 번도 가 보지 못한 텍스에서 이야기되는 것을 들은 것이라고 했다. 또 노예 제도 폐지론자인 존 브라운의 처형 현장을 목격했다는 이야기도 하고 있다. 이런 예들은 수도 없이 많다. 아마도 진짜 휘트먼과 그가 너무나도 되고 싶어 했던 휘트먼이 뒤섞이지 않는 부분을 찾기 힘들 것이다. 여하튼 진짜 휘트먼은 이제 다음 세대의 애정과 상상 속에서 이미 그토록 되고 싶었던 휘트먼이 되어 있다.

휘트먼은 이미 여럿이 되었다. 작가가 무한개가 되도록 한 것이다. 「풀잎」의 영웅은 이제 삼위일체가 되었다. 세 번째 인물인 독자, 지속적으로 변화하며 이어지는 독자가 가세한 것이다. 독자는 줄곧 작품 속 주인공과 자신을 동일시한다. 「맥베스」를 읽는다는 건 어찌 보면 맥베스가 된다는 것이다. 위고의 작품 중에는 『그의 삶을 지켜 본 목격자가 말하는 빅토르 위고』라는 책이 있다. 우리가 아는 한, 월트 휘트먼은 잠정적인 동일화를 끝까지, 그것도 결코 끝나지 않을 복잡한 끝까지 이어 나간 최초의 작가이다. 이 작품은 처음에 대화로 시작된다. 독자가 시인과 이야기를 나누다가, 무엇을 듣고 무엇을 보고 있는지 묻고, 그를 지금까지 알지 못했고 사랑하지 못했다는 사실에 슬프다는 이야기를 한다. 독자의 질문에 휘트먼이 답한다.

나는 광야를 가로지르는 가우초를 보고 있고,
한 손에 밧줄을 든
비할 바 없는 말 탄 남자를 보고 있다. 팜파스에서는
멋진 농원에 대한 박해를 보고 있다.

또한 이런 답도 한다.

　　사실 이것은 모든 시대, 모든 국가의

　　모든 사람들이 하고 있는 생각이지,

　　결코 나만의 독창적인 생각이 아니다.

　　당신의 생각이 나의 생각과 같지 않더라도, 괜찮다. 거의
괜찮다.

　　그것이 수수께끼나 수수께끼의 답도 아닐지라도,

　　괜찮다.

　　그것이 멀리 있는 것만큼 그렇게 가까이 있지 않더라도,
괜찮다.

　　이것은 흙이 있고 물이 있는 곳에 자라는

　　풀잎과 같으며,

　　이것은 우주를 감싸고 있는 평범한 공기다.

　　휘트먼의 어조를 따라한 사람의 수는 셀 수도 없을 정도이
고, 정말 다양하다. 칼 샌드버그, 리 매스터스, 블라디미르 마
야코프스카, 파블로 네루다 등등. 그러나 도저히 해독할 수 없
고 분명 판독 불가한 작품 「피네건의 경야」의 작가를 제외하고
는 그 누구도 다수의 형태를 가진 인물을 창조할 엄두조차 내
지 않았다. 분명히 말하거니와 휘트먼은 1819년에서 1892년
의 시기를 산 소박한 사람이었고, 동시에 그런 그가 무척이나
되고 싶었지만 결코 되지 못했던 그런 사람이었다. 우리 한 사
람 한 사람과 앞으로 이 지구상에 살아갈 모든 사람들도 되고
싶지만 되지 못할 그런 사람 말이다.

내가 서사시 속 영웅 휘트먼을 세 형태를 가진 인물로 추정했다고 해서 그의 시가 지니는 경이로움을 무분별하게 없애 버리거나 축소시키려는 것은 아니다. 오히려 찬양할 것을 제안한다. 한 인물을 이중 삼중, 더 나아가 무한대의 인물로 만들고자 했던 것은 단순히 한 천재 작가의 야심이었을 수 있다. 그러나 그 목표를 끝까지 추진해 행복한 결말에 도달할 수 있게 만든 것은 휘트먼의 필적할 바 없는 위업이다. 예술의 혈통과 교육의 다양한 영향력, 인종과 환경에 대해 논하던 한 카페 논쟁에서 화가 휘슬러는 "예술은 생겨나는 것이다."라고 일갈했다. 이는 탐미적인 작업이 근본적으로는 설명 불가한 일이라는 것을 받아들인 셈이다. 사실 성령을 말하는 히브리인들도 그렇게 이해했고, 뮤즈를 논하던 그리스인들도 그렇게 이해했다.

내 번역과 관련해서는…… 폴 발레리는 작품을 쓰는 작가라면 그 누구도 자신의 결함을 완벽하게 파악하지 못한다고 했다. 비즈니스계에서는 요즘 번역이 시원찮은 옛날 원전보다 훨씬 낫다는 이야기를 하고 있지만, 나는 내가 한 번역이 원작을 더욱 돋보이게 한다고는 장담하지 못하겠다. 그렇지만 대충 번역하지는 않는다. 나는 프란시스코 알렉산더의 번역(키토, 1956)을 늘 참고하곤 하는데, 지금까지도 그의 번역이 최고라고 생각한다. 물론 과도하게 글자 그대로 옮기는 경향이 없지 않지만, 이는 원저자에 대한 존중으로도 볼 수 있고, 어쩌면 사전에 과도하게 의지했기 때문으로도 볼 수 있다.

휘트먼의 언어는 동시대적 언어다. 그의 언어가 사어(死語)가 되려면 아마도 수백 년의 세월이 흘러야 할 것이다. 그리고 그때쯤이면 자유롭게 그의 작품을 번역하고 재창조할 수 있을 것이다. 하우레기[465]가 「파르살리아」를 번역하고, 채프먼과 알렉산더 포프와 D. H. 로렌스가 「오디세이」를 번역했던 것처럼 말이다. 한편 나는 내가 한 것 같은, 개인적 해석과 주어진 엄격함 사이를 넘나드는 번역이 또 다른 어떤 가능성을 가져올지에 대해서는 고민하지 않을 생각이다.

나를 안심시키는 일이 하나 있다. 몇 해 전, 「맥베스」 공연을 관람했던 적이 있다. 배우들의 연기나 덕지덕지 칠한 무대에 비해 대사의 번역이 너무 형편없었다. 그렇지만 나는 비극적 감성에 한껏 젖어 거리로 나올 수 있었다. 셰익스피어가 내 앞으로 길을 열어 주었던 것이다. 휘트먼 역시 그렇게 할 것이다.

발췌, 번역, 서문, 『풀잎』, 에디토리알 후아레스, 1969.

---

465   후안 데 하우레기(Juan de Jauregui, 1583~1641). 스페인의 시인.

작품 해설

위대하고 처절한, 새로움에 대한 갈망

I부 『또 다른 심문들』 정경원

혹자는 보르헤스를 유명론자의 대열에 합류시키기도 하고, 또 혹자는 플라톤주의자로 간주하기도 한다. 그러나 이에 대해 보르헤스 자신은 수긍하지 않는다. 그는 관념론자가 되기 위해서는 뭔가를 믿어야 하지만, 자기 자신은 그 무엇도 믿지 않는 회의론자라고 말했을 뿐 아니라, 한 발 더 나아가 자신을 철학자로 간주하지 말아 줄 것을 당부하고 있다.

이렇게 철학가 보르헤스라는 주제로 논란이 일 정도가 된 것은 그의 글들이 지독히도 난해하고 현학적이기 때문인데, 보르헤스 픽션의 서사적 동인은 무엇보다 시간이라는 수수께 끼라고 요약할 수 있다. 시간만은 유일하게 언급되어서는 안 되며 "부적절한 메타포나 정말로 우회적인 표현에 의존"해야 하는 것이고, 그에 비해 공간적인 것은 시간이라는 수수께끼의 해답 주변을 맴도는 메타포이며 '부적절한 표현'들에 지나지 않는다는 것이다. 결국 보르헤스 문학은 상당 부분 '시간'의 문제로 귀결된다.

보르헤스는 1925년, 이 세상을 심문해 본다는 의미에서 『심문』이라는 수필집을 냈는데, 한동안 환상 문학에 심취하다가 다시 고개를 털며 빠져나와 1952년에 낸 책이 바로 그간의 수필들을 한데 묶은 『또 다른 심문들』이었다.

이 책에는 다양한 주제들에 대한 보르헤스만의 독특한 시선이 담겨 있다. 그 주제도 시공간의 관계를 비롯해 영원성, 무한, 카발라적으로 성서 읽기, 신의 이름들, 지옥, 범신론, 붓다의 전설, 시간에 대한 변론 등 다양하다. 그러나 외형적으로는 다양한 이름표를 달고 있지만 근본적으로는 유한한 존재로서의 존재론적 고민이 담겨 있는 것으로 축약할 수 있고, 생명의 유한성은 곧바로 '시간'이라는 주제로 연결되는 바, 보르헤스의 '시간'이 독특한 것은 그가 시간의 전후라는 것이 인과적 고리에 의해 선형화된다는 상식적 믿음을 거부하는 데서 출발하고 있기 때문이다.

아르헨티나인인 보르헤스에게서 그리스도교를 분리해 내는 것은 애초부터 불가능한 일이지만, 스스로 무신론자임을 자처하던 그도 불멸, 기억 그리고 속세로부터 도피하기 위해 그리스도교, 정확히 말해 플라톤 이론을 수용하는 한도 내에서 그리스도교를 외면할 수는 없었다.

플라톤은 『테아이테토스』에서 세상은 비유, 모방(Mimesis), 즉 현실의 모방이라고 확신했다. 진실된 것, '진정으로 현실적인 것'은 관념이며 보이는 현실은 신기루일 뿐이라는 것이다. 결국 우리 주위에 있는 것은 진정한 현실이 탈색되어 불완전하게 반영된 것일 뿐이다.

그리스도교는 플라톤을 잘 소화해 낸다. 그리스도교인에게 신의 피조물은 존재가 아닌 존재이다. 다시 말해서 신만이 스스로 존재할 뿐, 피조물에는 신의 본성이 투영되어 있을 뿐이라는 것이다. 결국 모든 존재는 신에게 머무는 것에 달려 있다. 창조되는 자(피조물)의 조건은 궁핍하며, 존재 자체는 빌려진 것이다. 만약 신이 한순간만이라도 피조물을 생각하지 않는다면 세상은 멸망할 것이다. 따라서 그리스도인은 신을 욕되게 하여 세상이 벌을 받지 않도록 끊임없이 노력한다. 세상의 위대함은 단지 우리를 신에게 봉헌하는 데 있다. 아리스토텔레스를 추종하는 일부 그리스도교 이론은 지나칠 정도로 세상의 견고성을 강조한 나머지 현실의 본질이 결코 소멸하지 않는다는 것을 적지 않은 가톨릭 신자들에게 믿게 했다. 그리스도교는 세상의 마지막 현실을 중요시하는 아리스토텔레스주의에 빠질 것을 경계했다. 이렇게 이 세상을 절대화하는 경향에 대항하여 토머스 아퀴나스를 비롯한 중세 신학자들에게 아리스토텔레스주의 영향을 최소화할 책임이 부과되었다.

보르헤스가 소개한 『고백론』의 잘 알려진 장에서 아우구스티누스 성인은 시간과 실제적인 세월의 흐름을 아무것도 아닌 것으로 폄하했다. 과거는 존재하지 않고 미래도 아직 존재하지 않고 현재는 끊임없이 사라지고 있다. 따라서 '지금'은 이제 더 이상 과거가 아니다. 아우구스티누스 성인은 세상의 본체론적 교만을 무너뜨렸다. 만약 세상이 흐르고, 시간도 흐른다면 존재하는 것을 끝내는 것 외에는 아무것도 아니다.

그리스도교에서 시간은 세상이 존재하는 방법이다. 피조

물의 조건은 한시적이지만 신은 그렇지 않다. 시간은 피조물들이 자신들을 볼 수 있는 수단이지 신이 피조물을 보는 수단은 아니다. 신은 피조물들을 한시적으로 생각하지 않는다. 더 이상 나눌 수 없는 현재는 신이 세상을 이해하는 방법이다. 아울러 신의 영원성은 단지 시간의 연장이 아니고 과거, 현재, 미래를 동시에 포함하는 것이다.

보르헤스는 영원성을 미적 경험의 소산인 소위 '현재주의(presentismo)'로 이해했다. 그에게는 단지 현재의 순간만이 존재했다. 이제 버클리와 흄의 이론에 귀를 기울이는 보르헤스에게 시간은 동질화된 개념이고 현재의 순간 밖에서 시간은 더 이상 의미를 갖지 않는다.

보르헤스의 현재주의는 범신론적인 색깔을 띤다. 형이상학적인 관객을 찾으려는 시도를 한다. 현재주의는 하나의 자신(un yo)을 요구한다. 그러나 이러한 '자신'은 칸트의 미숙한 아이가 되는 것으로 끝난다. 모든 시간적인 현시를 가능하게 하는 하늘의 존재 같은 것을 만드는 것이다. 보르헤스는 동질의 현재 속에서 흘러가는 허구의 세계마저도 획일화시킨다. 불행하게도 획일화를 할 수 있는 것에 대해서 단지 하나의 최고 주체에게만 감사할 수 있다. 그렇지만 그 최고 주체도 동일한 흐름에서 완전히 자유롭거나 분리될 수 없다.

보르헤스는 범신론으로 넘어갈 찰나에서 마지막 순간에 범신론을 단념한다. 대신 자신의 경험, 세속적이며 일상적인 삶 그리고 세속적인 대화를 고집하며 그 과정에서 자신도 절대적인 보르헤스가 아님을 인식한다. 즉 보르헤스의 본질은 끊임없이 변화하는 보르헤스이고 종국에 무로 돌아가는 한 개인일 뿐이다. 우리 모두가 그렇듯이 보르헤스도 순수하고 한 시적인 자신의 존재에 놀라며 난공불락의 현재가 그를 추월할 때 두려워한다.

현재주의의 모든 결과를 받아들일 때 의기소침해진다. 우리가 동질적인 현재의 흐름 속에서 유한한 존재라고 한다면 모든 성찰과 모든 신비주의 통해 추구하는 건 죽음을 피하려는 헛된 시도일 뿐이다. 보르헤스는 영원한 흐름의 심오한 절망 앞에 한 발짝도 내딛지 못한다. 다름 아닌 회의주의에서 비롯된 무기력한 상태에 빠진다. 희망을 잃고, 신학자들과 함께 길을 걸어왔으면서도 그리스도교로부터 멀어졌으며, 환멸 또한 그를 쾌락주의에 등을 돌리게 했다. 다시 말해서 회의주의는 인간 지성의 한계에서 비롯된 것이다. 보르헤스는 그 예를 인간이 사용하는 언어에서 찾았다. "모든 언어는 순차적인 속성이 있다. 영원하고 무시간적인 것을 논하기에 적합하지 않기 때문이다."라고 주장한다. 회의주의는 보르헤스에게서 뿐만이 아니라 그리스도교에서도 나타난다. 단지 차이점은 보르헤스에 있어서 실체론적인 담론에 대한 불신이 매우 빨리 와 신이 부재하는 시의 손에 실체론적인 담론을 맡긴다. 반면에 그리스도교에서 실체론적 담론에 대한 불신은 시간을 두고 일기 시작해 신의 보호를 받는 시의 손에 맡겨진다. 그리스도교 신앙은 신비주의 시와 맥을 같이 한다. 엑토르 사갈 아레긴 (Héctor Zagal Arreguín)은 "신이 부재하는 신비주의 시구는 쓰고 무의미한 운율, 허무한 말장난으로서 인생을 어둡게 하는 지저분한 쓰레기에 불과하다. 꿈과 죽음은 우리가 바라는 기쁨이다."라고 신이 부재하는 보르헤스의 회의주의를 그의 시「셸록 홈스」를 예로 들며 비판한다. 그러나 사울 유르키비치(Saul Yurkievich)는 오히려 회의주의는 보르헤스 문학 세계의 핵심이며 그의 문학 세계를 한 단계 더 성숙시키는 계기가 되었다고 평한다. 사실 보르헤스는 1926년『내 기다림의 크기』에서 자신 문학 세계의 창조자로서 회의주의에 대해 자기의 소신을 언급한다.

우리의 회의주의는 나를 의기소침하게 하지 않는다. 무신앙이 확고하다면 이 또한 하나의 믿음이며 이 믿음은 많은 작품들이 생산될 원천이다. 루시노와 스위프트 그리고 로렌소 스턴 그리고 조지 버나드 쇼에게 이를 알려 주길 바란다. 위대하고 처절한 회의주의는 우리의 업적이 될 수 있다.

보르헤스의 회의주의는 자기 테두리의 설정, 초월, 풍자적인 거리감, 그리고 유희와 유모스러움의 절제 등을 내포하고 있다. 나아가 텍스트의 비인격성, 작품에서 작가의 부분적인 내포, 발화된 작품에서 발화자의 분리, 자서전적인 요소 제거 등을 표방하고 있다.

이렇게 보르헤스는 문학적 행위의 자유를 위해서 회의주의를 선호한다. 다양한 세상에 대한 동경, 신학, 가치론, 우주론 등을 하나의 편중됨이 없이 자유자재로 다룰 수 있기 때문에 회의주의를 선호한다. 결국 구속됨이 없는 자유로운 사고와 그의 문학적 재능은 서로 결합되어 동서고금을 넘나드는 경이로운 혼합적 문학 세계를 연출해 낸다. 유다가 예수일 수 있듯이 성스러운 것이 추하고 추한 것이 성스러울 수 있는 가능성을 위해 한 종교에 빠져 있지 않은 것이다. 보르헤스는 이와 같이 신성성이 배제된 순수한 현재를 추구한다. 신이 존재하지 않고 녹녹치 않은 현재주의가 보르헤스 작품의 근간을 이룬다. 보르헤스는 신과 거리를 둔 채, 꿈에서조차도 그를 항상 따라다니는 기억으로부터 자유롭지 않은 채 속세의 한 인간이었던 것이다.

보르헤스는 체계적인 철학자를 지향하지 않았고 철학자가 되길 원하지도 않았다. 폭넓은 동서 고전 지식을 겸비한 작가였으며 그의 작품은 언어적인 측면에서도 고풍의 언어를 사용하는 지혜의 문학이라고 할 수 있다. 보르헤스는 종교적 또는 철학적 사상을 그의 미적 가치나 경이로움을 표현하기 위한 신화적, 상징적 수단으로 삼았다.

전지전능한 신의 주제는 보르헤스의 시 세계의 주요 테마이다. 신학의 난해함에 대한 일관된 그의 관심은 '신'을 미적인 상징 중의 하나로 만들었다. "보르헤스가 다룬 모든 것은 다시 보르헤스가 된다."라고 그를 잘 아는 사람은 말한다. 그의 텍스트에서 신은 시적인 기법을 통해 우리에게 나타났다가 동시에 우리에게서 숨는다. 따라서 종교가 보르헤스에 의해 다루어졌다면 그 종교는 신화의 옷을 입고 다시 보르헤스가 되어 나타난다.

보르헤스는 성경과 함께 성장했지만 어떤 종교적인 보상도 바라지 않았고 어떠한 벌도 두려워하지 않았다. 이러한 맥락에서 그의 문학 작품에서 나타난 정의의 원형은 윤리의 원형이었다. 즉 소크라테스의 죽음은 세속의 윤리가 되었지만 예수의 죽음은 종교적 윤리가 되었다. 그렇지만 공통점은 정의로운 인간의 이상을 실현하는 노력이었듯이 종교의 윤리는 보르헤스의 작품에서 끊임없이 인간의 이상을 실현하는 상징으로 모습을 드러냈다는 것이다.

언제나 익숙하게 엷은 미소를 지은 채 흐린 망막 저 너머 무언가를 응시하고 있는 보르헤스가 바라보고 있는 것이 과연 무엇일지 갈수록 더욱 궁금해지기만 한다. 그리고 그것이 늘 새롭게 그를 향해 도전하게 만드는 원천이 아닐까 싶다.

지적 모험을 향한 첫 번째 미로, 프롤로그

2부 『프롤로그 중의 프롤로그를 담은 몇 편의 프롤로그』 김수진

온라인 서점이 보편화된 세상이기는 하지만, 여전히 서가에 책이 빽빽하게 꽂힌 전통 서점을 들르면 뭐라 형언할 수 없는 뿌듯함과 함께 지적 허영심이 충족된 듯한 풍요로움을 느끼게 된다. 그러나 내심 구매할 도서를 점찍고 간 경우가 아니라면 홍수처럼 쏟아져 나오는 책들 중에 의미 있는 책 한 권을 찾아내는 일은 그리 쉽지 않다. 그래서 보통은 이런저런 책들을 집어 들고 서두의 프롤로그나 말미의 역자 해설을 뒤적이곤 한다. 보르헤스의 말마따나 "서문은 본문과 떼려야 뗄 수 없는 불가분의 관계"에 있기 때문이다.

「프롤로그 중의 프롤로그를 담은 몇 편의 프롤로그」는 보르헤스가 1923년부터 1974년에 이르는 50여 년의 세월 동안 다양한 작가와 작품에 대해 쓴 글들을 모아 놓은 것이다. 예를 들어 아스카수비, 비오이 카사레스, 칼라일, 세르반테스, 카프카, 루이스 캐럴 같은 작가들, 또는 가우초 시, 마르틴 피에로, 노스모어가의 굴욕, 변신, 바틀비, 맥베스 등의 작품이 그것이다.

그렇다고 해서, 보르헤스가 독자들의 사랑을 한몸에 받았다던가, 세상에 던져져 온갖 논란의 대상이 되었던 책들만을 대상으로 이야기를 풀어 가지는 않는다. 사실상 보르헤스가 쓴 것으로 보이는 모든 프롤로그나 그 프롤로그의 대상이 된 책들 전부가 실존하는 것은 아니다. 한마디로 보르헤스는 언제나 그랬듯이 군데군데 실존하지 않는 대상을 등장시켜 서문을 쓰고, 곳곳에서 따온 실존하지 않는 인용문을 독자들에게 아무렇지도 않게 내민다. 그것은 카프카에 힘입어 카프카의 선구자들이 존재할 수 있듯이, 이렇게 쓴 서문이 무형의 자양분이 되어 실존하지 않았던 글들이 실존하게 되는 가역적인 사건을 만들어 낼 수 있다고 믿기 때문이다.

「프롤로그 중의 프롤로그를 담은 몇 편의 프롤로그」는 몇 가지 면에서 우리의 관심을 잡아끈다. 우선 이 작품을 통해 독자들이 경험하게 될 가장 강렬한 느낌은 데자뷔다. 보르헤스의 목소리를 따라가며 독자들은 언젠가 자신이 읽었을 성싶은 책들을 다시 만나는 경험을 하게 된다. 더불어 앞으로 읽게 될 책들에 대한 상상의 나래도 마음껏 펼쳐 볼 수 있다. 이는 미래의 또 다른 데자뷔를 위한 근간이 될 것이다. 이와 동시에 독자들은 이 작품을 통해 연대기적 순서에 구애받지 않고 시공간을 넘나들며 서구 문학사를 일별하는 기회도 맛볼 수 있다. "불과 연기를 나치즘의 아버지로 언급한 칼라일, 여전히 제2의 돈키호테를 꿈꾸고 있다고 말하는 세르반테스, 천재적인 신화 파쿤도, 위대한 대륙의 목소리 월트 휘트먼, 정교함의 극치 발레리, 몽환적 체스와도 같은 루이스 캐럴, 엘레아적 연기 카프카, 구체적 천국을 제시한 스베덴보리, 소문과 분노의 맥베스, 신비로운 미소의 마세도니오 페르난데스, 절망적 신비문학의 알마푸에르테 등이 이 책 속에서 자신들의 메아리를 들을 수 있을 것"이며, 독자들 또한 서문과 본문과의 긴밀한 관계를 고려해 볼 때 그 메아리를 공유할 수 있기 때문이다. 같은 맥락에서, 독자들은 각 장마다 펼쳐지는 서로 다른 배경 속에서 예상치 못했던 주인공이 등장해 이야기를 펼쳐 가는, 그야말로 "문학"이 주인공이 된 소설을 읽는 듯한 느낌도 갖게 될 것이다. 각각의 장들은 스스로 생명력을 더하며 살아 움직일 것이고, 그 속에서 독자들은 작가와 작품과 보르헤스가 빚어내는 다양한 메아리를 듣고 더러는 그 메아리 속에 자신의 반향을 더할 수도 있을 것이다.

사실 보르헤스는 「프롤로그 중의 프롤로그를 담은 몇 편의 프롤로그」의 프롤로그에서 "프롤로그는 대가들에 어울리는 찬미를 대신하는 대체물이 아니라, 일종의 완곡한 비평이다. 오랜 세월에 걸쳐 다양한 견해들을 담아낸 나의 프롤로그에 대해서도 좋은 평가와 그렇지 않은 평가가 엇갈릴 것이다."라고 말함으로써 앞으로 자신이 이 책을 통해 하려는 일과, 이 책을 읽은 독자들이 해야 할 일이 무엇인지 넌지시 알려 주고 있다. 보르헤스는 프롤로그가 일종의 출판 관행이므로, 정말 좋은 책이라면 프롤로그 없이 그냥 그 작품 자체만으로도 충분하다고 말한다. 역설적으로 보자면 모두가 좋은 책이라고 인정할 만한 책이라면 굳이 프롤로그도 필요 없다는 말이다. 그럼에도 불구하고 그는 「천일야화」의 맨 앞부분에 등장하는,

매일 아침 왕비의 목을 베도록 명하는 왕의 이야기는 뒤이어 나오는 이야기들에 비해 결코 경이로움이 덜하지 않다."라고 언급함으로써 프롤로그의 중요성과 더 나아가 프롤로그 자체가 갖는 고유의 생명력에 대해서 말하기도 거부하지 않는다. 이 책도 마찬가지다. 그가 쓴 프롤로그들은 그가 읽은 책들과 혹은 읽은 것처럼 위장한 책들과 불가분의 관계에 있으며, 이 프롤로그들에 붙인 프롤로그 역시 「천일야화」 서문의 경우와 마찬가지로 그 중요성이 덜하지 않다. 어찌 보면 모든 책들의 표지 뒤에 습관처럼 서문을 달고 있는 출판계의 관행이 보르헤스의 작품들로 이루어진 미로 같은 정원에 또 하나의 미로를 추가함으로써 색다른 맛과 멋을 더해 주고 있는 것이다.

보르헤스는 "다행히 내가 아는 한 지금까지 프롤로그론(論)을 정립한 사람은 없었다. 뭔가를 누락시켰다고 해서 고민할 필요도 없다."라거나 "이미 사람들의 뇌리에서 잊혀버린 프롤로그들을 되짚어 보면서 나는 문득 좀 더 독창적이고 더 나은 책을 써 봐야겠다는 생각을 하게 되었다."라는 식의 겸손한 언급을 함과 동시에 누군가 원한다면 자신이 쓴 책에 대해서도 가차 없이 형을 집행할 수 있게 하겠다는 의지를 피력하고 있다. 자기보다 더 노련한 글 솜씨와 집요함을 요구하고 있기는 하지만, 그는 언제라도 독자들의 독서를 통해 지금 자신이 쓰고 있는 이 프롤로그에 대한 또 다른 프롤로그가 나올 수 있으며, 그러한 과정을 통해 문학은 고갈되지 않고 무한한 생명력을 지속하리라고 말하고 있다.

보르헤스에게는 저자만이 유일한 글쓰기의 주체로서 무소불위의 힘을 발휘하지 않는다. 무한히 이루어지는 다양한 형태의 독서를 통해 부분적이고 상대적으로 변형된 작품이 다시 창조될 수 있기 때문이다. 그가 다른 작가나 작품을 읽고 프롤로그를 쓰는 일 또한 그러한 창조적 작업의 일환이었음에 틀림이 없다. 결국 그에게 있어 문학은 곧 독서의 복수성을 의미하며, 자신이 쓴 프롤로그에 대한 또 다른 프롤로그를 기대하는 것 역시 고갈되지 않는 문학의 가능성을 희구하는 바람 그 자체다.

보르헤스와의 만남은 늘 무한으로 이어지는 미로 속에 빠져든 것 같은 두려움과 현기증을 불러일으킨다. 그러나 독서와 문학의 즐거움을 알기 시작한 순간, 끝없이 둘로 갈라지는 정원 속을 산책하는 일은 두려움보다는 또 다른 갈라짐에 대한 기대와 무한에의 즐거움을 주기 시작한다. 특히 보르헤스가 제시한 프롤로그 중의 프롤로그들은 끝없는 지적 허기를 채우려는 독서에의 욕구를 자극한다. 그의 말대로 "무지(無知)함은 문맹"이나 마찬가지니, 무지를 떨쳐 버리고 싶은 강렬한 욕구가 치솟는 것은 당연하다. 역자는 이 해설을 쓰는 순간 고갈되지 않는 문학의 가능성에 동참하는 한 발을 내디뎠다. 독자들도 이 책 속에서 보르헤스와 문학이 울리는 메아리를 들으며 무한한 문학을 창조하는 대열에 합류하는 경험을 공유하기 바란다.

아울러 보르헤스의 미로보다 더 무한히 이어지는 기다림을 인내로 감내해 주신 민음사 편집부에 깊이 감사드린다.

작가 연보

1899년   8월 24일 아르헨티나 부에노스아이레스에서 변호사의
아들로 태어남.

1900년   6월 20일 산 니콜라스 데 바리 교구에서 호르헤 프란시
스코 이시도로 루이스 보르헤스라는 이름으로 세례를
받음.

1907년   영어로 다섯 페이지 분량의 단편 소설을 씀.

1910년   아일랜드의 작가 오스카 와일드의 『행복한 왕자』를 번
역함.

1914년   2월 3일 보르헤스의 가족이 유럽으로 떠남. 파리를 거쳐
제네바에 정착함. 중등 교육을 받고 구스타프 마이링크의
『골렘(Golem)』과 파라과이 작가 라파엘 바레트를 읽음.

1919년   가족이 스페인으로 여행함. 시 「바다의 송가」 발표.

1920년   보르헤스의 아버지가 마드리드에서 문인들과 만남. 3월
4일 바르셀로나를 출발함.

1921년 부에노스아이레스로 돌아옴. 문학 잡지《프리스마(Pris-ma)》창간.

1922년 마세도니오 페르난데스와 함께 문학 잡지《프로아(Proa)》창간.

1923년 7월 23일, 가족이 두 번째로 유럽으로 여행을 떠남. 플리머스 항구에 도착하여 런던과 파리를 방문하고, 제네바에 머무름. 이후 바르셀로나로 여행하고, 첫 번째 시집『부에노스아이레스의 열기(Fervor de Buenos Aires)』출간.

1924년 가족과 함께 바야돌리드를 방문한 후 7월에 리스본으로 여행함. 8월에 리카르도 구이랄데스와 함께《프로아》2호 출간.

1925년 두 번째 시집『맞은편의 달(Luna de enfrente)』출간.

1926년 칠레 시인 비센테 우이도브로와 페루 작가 알베르토 이달고와 함께『라틴 아메리카의 새로운 시(Indice de la nueva poesia americana)』출간. 에세이집『내 희망의 크기 (El tamano de mi esperanza)』출간.

1927년 처음으로 눈 수술을 받음. 후에 노벨 문학상을 받게 될 칠레 시인 파블로 네루다와 처음으로 만남. 라틴 아메리카의 최고 석학 알폰소 레예스를 만남.

1928년 시인 로페스 메리노를 기리는 기념식장에서 자신의 시를 낭독. 에세이집『아르헨티나 사람들의 언어(El idioma de los argentinos)』출간.

1929년 세 번째 시집『산마르틴 공책(Cuaderno San Martin)』출간.

1930년 평생의 친구가 될 아돌포 비오이 카사레스를 만남.『에바리스토 카리에고(Evaristo Carriego)』출간.

1931년 빅토리아 오캄포가 창간한 문학 잡지《수르(Sur)》의 편집 위원으로 활동함. 이후 이 잡지에 본격적으로 자신의 글을 발표함.

1932년 『토론(Discusión)』 출간.

1933년 여성지《엘 오가르(El hogar)》의 고정 필자로 활동함. 이 잡지에 책 한 권 분량의 영화평과 서평을 발표함.

1935년 『불한당들의 세계사(Historia universal de la infamia)』 출간.

1936년 『영원성의 역사(Historia de la eternidad)』 출간.

1937년 버지니아 울프의 『자기만의 방(A Room of One's Own)』과 『올랜도(Orlando)』를 스페인어로 번역함.

1938년 아버지가 세상을 떠남. 지방 공립 도서관 사서 보조로 근무함. 큰 사고를 당하고 자신의 지적 능력이 상실되었을지 몰라 걱정함. 프란츠 카프카의 『변신』 번역.

1939년 최초의 보르헤스적인 작품으로 평가되는 「피에르 메나르, 『돈키호테』의 저자(Pierre Menard, autor del Quijote)」를《수르》에 발표함.

1940년 아돌포 비오이 카사레스와 실비나 오캄포와 함께 『환상 문학 선집(Antología de la literatura fantástica)』 출간.

1941년 『두 갈래로 갈라지는 오솔길들의 정원(El jardín de senderos que se bifurcan)』 출간. 윌리엄 포크너의 『야생 종려나무(The Wild Palms)』와 앙리 미쇼의 『아시아의 야만인(Un barbare en Asie)』 번역.

1942년 비오이 카사레스와 공저로 『이시드로 파로디의 여섯 가지 사건(Seis problemas para Isidro Parodi)』 출간.

1944년 『두 갈래로 갈라지는 오솔길들의 정원』과 『기교들(Artificios)』을 묶어 『픽션들(Ficciones)』이라는 제목으로 출간.

1946년 페론이 정권을 잡으면서 반정부 선언문에 서명하고 민주주의를 찬양했다는 이유로 지방 도서관에서 해임됨.

1949년 히브리어의 첫 알파벳을 제목으로 삼은 『알레프(El

Aleph)』출간.

1950년 아르헨티나 작가회의 의장으로 선출됨.

1951년 로제 카유아의 번역으로 프랑스에서『픽션들』이 출간됨.

1952년 에세이집『또 다른 심문들(Otras inquisiciones)』출간됨.

1955년 페론 정권이 붕괴되면서 국립 도서관 관장으로 임명됨.

1956년 '국민 문학상' 수상. 부에노스아이레스 대학에서 영국 문학과 미국 문학을 가르침. 이후 12년간 교수로 재직.

1960년 『창조자(El hacedor)』출간

1961년 사무엘 베케트와 '유럽 출판인상(Formentor)' 공동 수상. 미국 텍사스 대학 객원 교수로 초청받음.

1964년 시집『타인, 동일인(El otro, el mismo)』출간.

1967년 예순여덟 살의 나이로 엘사 아스테테 미얀과 결혼. 비오이 카사레스와 함께『부스토스 도메크의 연대기(Cronicas de Bustos Domecq)』출간.

1969년 시와 산문을 모은『어둠의 찬양(Elogio de la sombra)』출간.

1970년 단편집『브로디의 보고서(El informe de Brodie)』출간. 엘사 아스테테와 이혼.

1971년 영국 옥스퍼드 대학에서 명예 박사를 받음.

1972년 시집『금빛 호랑이들(El oro de los tigres)』출간.

1973년 국립 도서관장 사임.

1974년 보르헤스의 전 작품을 수록한『전집(Obras completas)』출간.

1975년 단편집『모래의 책(El libro de arena)』출간. 어머니가 아흔아홉의 나이로 세상을 떠남. 시집『심오한 장미(La rosa profunda)』출간.

1976년 시집『철전(鐵錢, La moneda de hierro)』출간. 알리시아 후라도와 함께『불교란 무엇인가?(¿Qué es el budismo)』출간.

1977년 시집『밤 이야기(Historias de la noche)』출간.

1978년 소르본 대학에서 명예 박사를 받음.

1980년 스페인 시인 헤라르도 디에고와 함께 '세르반테스 상'을
공동 수상. 에르네스토 사바토와 함께 '실종자' 문제에 관
한 공개서한을 보냄. 강연집『7일 밤(Siete noches)』출간.

1982년 『단테에 관한 아홉 편의 에세이(Nueve ensayos dantescos)』
출간.

1983년 미국 위스콘신 대학에서 명예 박사를 받음. 프랑스 국가
최고 훈장인 레지옹 도뇌르 훈장을 받음.『셰익스피어의
기억(La memoria de Shakespeare)』출간.

1984년 도쿄 대학과 로마 대학에서 명예 박사를 받음.

1985년 시집『음모자(Los conjurados)』출간.

1986년 4월 26일에 마리아 코다마와 결혼. 6월 14일 아침에 제
네바에서 세상을 떠남. 1936년부터 1939년 사이에《엘
오가르》에 쓴 글을 모은『나를 사로잡은 책들(Textos
cautivos)』출간.

『또 다른 심문들』옮긴이
정경원

한국외국어대학교 스페인어과를 졸업하고 국립멕시코자치대학교에서 중남미 문학을 전공하며 석사 및 박사 학위를 취득했다. 미국 스탠퍼드대학교 교환 교수, 한국외국어대학교 부총장, 세계문학비교학회 회장을 역임했으며, 현재 한국외국어대학교 중남미 연구소 소장으로 재직 중이다. 지은 책으로는 『라틴 아메리카의 문학과 사회』, 『세계의 시 문학』, 『라틴 아메리카 문화의 이해』, 『라틴 아메리카 문학사 I, II』 등이 있으며, 옮긴 책으로는 낸시 케이슨 폴슨의 『보르헤스와 거울의 미학』 등이 있다.

『프롤로그 중의 프롤로그를 담은 몇 편의 프롤로그』옮긴이
김수진

한국외국어대학교 스페인어과를 졸업하고 통번역대학원에서 석사 학위를, 대학원에서 문학 박사 학위를 받았다. 현재 사이버한국외국어대학교 스페인어학부 교수로 재직 중이다. 옮긴 책으로는 『남부의 여왕』, 『검의 대가』, 『살인의 창세기』, 『너를 정말 사랑할 수 있을까』, 『안개의 왕자』, 『한밤의 궁전』, 『공성전』 등이 있다.

또 다른 심문들
보르헤스 논픽션 전집   4

1판 1쇄 찍음   2019년 12월 20일
1판 1쇄 펴냄   2019년 12월 27일

지은이   호르헤 루이스 보르헤스
옮긴이   정경원 김수진
발행인   박근섭 박상준
펴낸곳   (주)민음사

출판등록   1966. 5. 19. 제16-490호
주소   서울시 강남구 도산대로 1길 62(신사동)
             강남출판문화센터 5층 (우편번호 06027)
대표전화   515-2000   팩시밀리   515-2007
홈페이지   www.minumsa.com

한국어판   ⓒ (주)민음사, 2019. Printed in Seoul, Korea

ISBN   978-89-374-3652-9(04800)
ISBN   978-89-374-3648-2(04800)(세트)